成君忆 / 著

成君忆版《三国演义》

烈火三国

【上卷】

人民东方出版传媒
東方出版社

图书在版编目（C I P）数据

烈火三国 / 成君忆著 . — 北京 : 东方出版社 , 2017.8
ISBN 978-7-5060-9808-3

Ⅰ . ①烈… Ⅱ . ①成… Ⅲ . ①长篇小说 – 中国 – 当代 Ⅳ . ① I247.5

中国版本图书馆 CIP 数据核字（2017）第 160172 号

烈火三国
（LIEHUO SANGUO）

作　　者：成君忆
策　　划：王莉莉
产品经理：吴　第
责任编辑：王莉莉
出　　版：东方出版社
发　　行：人民东方出版传媒有限公司
地　　址：北京市东城区东四十条 113 号
邮政编码：100007
印　　刷：三河市金泰源印务有限公司
版　　次：2017 年 8 月第 1 版
印　　次：2018 年 7 月第 2 次印刷
印　　数：7801—10800 册
开　　本：710 毫米 ×1000 毫米 1/16
印　　张：50
字　　数：810 千字
书　　号：ISBN 978-7-5060-9808-3
定　　价：88.90 元
发行电话：（010）85924663 85924644 85924641

烈火歌

天地之间是一团火，
烈火熊熊地烧着。
要让黑暗成灰烬，
灰烬之中有新我。

第三十五章《当的卢马跃过檀溪》

飞越之歌

烈火是我的翅膀
请让我乘着大风飞翔

从一种生命飞越到另一种生命
就在那烈火与烈火之间
就在那翅膀与翅膀之间

第八十八章《烈火是他的翅膀》

目录

第一章

大青蛇是一个隐喻

罗贯中版《三国演义》，从“天下大势，合久必分”写起。然则“合久必分”是个什么道理？不能审其详也。成君忆版《三国演义》改从一条大青蛇写起，却又别有奥妙。

大青蛇隐喻着一个妖孽。按照大学问家蔡邕的说法，就是这个妖孽控制了皇帝的脑袋，让他陷在淫乐之中不能自拔。而东汉末年之所以天下大乱，就是这个妖孽作的祟。

1. 大青蛇隐喻的是什么妖孽?

人们的灾难记忆，是从那条大青蛇开始的。

时间是建宁二年四月望日。按照汉朝的历法，望日就是每个月份的第十五日，人们将会在那一天夜晚望见月亮的圆满。有人认为那一天象征着花好月圆的完美，也有人认为那一天预示着月满则亏的不祥。那一天早晨，群臣都聚集在温德殿，等候着皇帝商议国家大事。皇帝打着哈欠，在宦官们的簇拥下进得殿来，宣布会议开始。忽然一阵狂风，把大臣们的帽子纷纷吹落在地。群臣惊慌失措，各自去捡帽子，大殿里一片混乱。就在那时，大青蛇从大梁上飞旋而下，吓得皇帝回头就跑，一跤摔在地上，兀自抽搐着，不能动弹。群臣亦是大惊失色，只见大青蛇盘踞在龙椅之上，摇晃着那颗邪恶的脑袋，得意洋洋地吐着信子。

早有人赶过去救驾，将皇帝扶向内宫。群臣惊魂稍定，再看看那龙椅上面，却哪里还有大青蛇？群臣面面相觑，都不知道发生了什么怪事。紧接着一道闪电撕裂了天空，“轰隆”一声炸雷，把群臣都惊吓得魂飞魄散。然后，大雨夹杂着冰雹，哗啦啦地就落了起来，从白天一直落到半夜。还有大风，像魔鬼的大手一样到处撕扯，毁坏了洛阳城内外的许多民房。

“那条大青蛇是一个隐喻。”著作郎卢植和他的同事蔡邕在温德殿南面的东观躲避风雨，他用裁纸刀拨弄着灯花，眼睛在晦暗中闪烁着思想的亮光。

“你说得对。”蔡邕很肯定地回答说，“它就是上天给我们的一个隐喻。”卢植抬头看着蔡邕，问道：“那么，它究竟隐喻着什么呢？”蔡邕沉默着，良久发出一声长叹，然后才说道：“它隐喻着一个妖孽，也意味着神州大地已经远离了天神的祝福。从此以后，只恐国将不国，天下陷入大乱，天下苍生亦将不能聊生。”

卢植听得一愣，失手将裁纸刀掉落在地上。“伯喈兄为什么这样说呢？”他倒吸了一口凉气，继续问。蔡邕，字伯喈。邕，就是四面有水的城邑，和睦谐美的安居之地。喈，就是春天里和谐悦耳的鸟啼。卢植与蔡邕同事多年，深知他平素为人处世，恰如其名其字，有着《诗经》一样的温良谐美，如今却忽然说出“国将不国”“天下大乱”“民不聊生”的丧话来，岂不令人惊讶？

“你还记得高祖当年斩白蛇起义的故事吗？”蔡邕看着卢植反问他。卢植当然记得。传说秦二世元年某月，高祖刘邦还是沛县泗水亭的亭长，有大白蛇横陈于道。刘邦拔剑出鞘，大喊一声，一剑将那白蛇斩为两段。事后有一个神秘的老妇人哭诉说：“我儿子是白帝子，而今被赤帝子杀了，我好伤心哪！”不久，陈胜、吴广在大泽乡揭竿起义，刘邦也从芒砀山起兵响应。威严高傲的大秦帝国竟自轰然倒塌，从此便有了大汉朝四百年的江山。蔡邕说：“四百年前的大白蛇便是一个隐喻。你想想看，那大白蛇虽是帝子，却并非真龙天子，而是横陈于道的妖孽，秦二世便是它所隐喻的那个妖孽。高祖怒而斩之，天命便转移到了真龙天子身上，高祖便是赤帝子所隐喻的真龙天子。四百年后的今天，又跑出来一条邪恶的大青蛇，其中隐喻着什么，你一猜便能知道。”

卢植再次大吃一惊，急忙掩口低声问道：“你是说，当今皇帝并非真龙天子，而是大青蛇所隐喻的妖孽？这种话是万万说不得的，说出来就是灭门的大祸啊！”

蔡邕沉静地看着卢植，半晌才说：“你我相知一场，都是赤诚的肝胆。我说，你听，天机只有你我知晓，大祸却从何而来？”卢植透过灯火，看到蔡邕沉毅的脸庞，心里感到惭愧。他站起来看了看窗外，第十五日的满月被黑云遮掩得严严实实的，看不到一丝光线。周遭都陷在黑暗之中，刚刚歇止了一会儿的大雨，又淅淅沥沥地响了起来。只有东观的这一碗灯火飘摇着，映现出两个隐隐绰绰的身影。卢植知道，今晚是回不了家的，除了一夜长谈，似乎并没有更好的选择。

“感念伯喈兄一片赤诚，但我还是不太明白。”卢植想了想，然后又问道，“你说那大青蛇所隐喻的，究竟是何种妖孽？如何又牵扯到当今的皇帝？”蔡邕从容回答道："蛇所隐喻的，是人类的欲望。请你想一想，那温德殿是商议国事的大殿，皇帝是温德殿的大梁，大青蛇从温德殿的大梁上飞旋下来，而后盘踞在龙椅之上，此事究竟隐喻着什么，不是显而易见的吗？"卢植生性亦是果敢刚直，也不忌讳蔡邕，立即回应道："当今皇帝的荒淫，满朝文武都是知道的。以伯喈兄之见，难道他已经荒淫到了误国的程度吗？"蔡邕回答说："当今皇帝德不配位，自然不能很好地领导群臣。上梁不正下梁歪，整个温德殿都要垮塌，怎么可能不误国呢？"

卢植沉吟着问："你我生逢末世，这也是无可奈何的事。但是，我们能够用什么办法做一些补救吗？"蔡邕回答说："从严格意义上讲，皇帝并不是妖孽，而是那个妖孽住进了皇帝的脑袋。如果我们能够赶走那个妖孽，帮助皇帝找回自己，那么他就还是真龙天子。但是以你我的法力，恐怕根本不是那个妖孽的对手。"

2. 被妖孽控制的皇帝

蔡邕是一个大学问家。按照他的说法，我们每个人的脑袋里其实都住着一些妖孽。我们之所以需要学习，需要道德上的修养，就是要用明心见性的方式驱逐那些妖孽。驱逐自己脑袋里的妖孽，就叫作"独善其身"；帮助别人驱逐妖孽，就叫作"兼济天下"。

然而除非自己有警觉，否则谁也无法赶走我们脑袋里的妖孽，皇帝当然也是这样。蔡邕唯一的办法，就是用自己的忠诚不断地提醒他。但皇帝是否愿意接受蔡邕的提醒，则完全取决于他自己的觉察力。

妖孽已经控制了皇帝。没错儿，皇帝有自己的觉察力，但那种觉察力非常微弱。例如，他在某些时候会安静那么一小会儿，他会感觉到神光照耀着他，而他是那么虚弱。又例如，他可以觉察到蔡邕的与众不同，他也因此很尊敬蔡邕，尽管是敬而远之。相比较而言，他更喜欢那些宫女和宦官，因为他们很善于讨好他，让他能够尽兴地玩乐。

刚刚即皇帝位时，他还是一个 12 岁的小孩，大臣们总是喜欢向他说教一些君君臣臣的大道理，要他做一个合格的好皇帝。但究竟什么是合格，落实到每一件具体的政务上面，每一位大臣的说法又各不一样。他尊敬那些有权威和有学问的大人,但同时又厌烦他们。等到年龄稍长,他忽然爆发出对女人的兴趣。

他再也不愿意理会那些讨厌的政务了，整天泡在女人堆里。人们经常可以看到，他在枕席上、书案上、龙椅上、走廊里、窗台上、假山边、秋千上做那种男欢女爱的事情，玩着各种花样做那种男欢女爱的事情。是的，他是一个浪漫的少年，但皇帝有皇帝的职责，不可以，绝对不可以浪漫到这样荒唐的程度。朝中的正人君子们都很痛心疾首，纷纷上书，要求他检点自己的行为，回到做一个好皇帝的立场上来。刚开始他还会不太情愿地听从，到后来索性不予理睬。他住在西园，那里就是他的乐园，他要宦官在门口挡住那些正人君子，好让自己沉迷在那些男男女女光着屁股打打闹闹的游戏之中。

妖孽控制了皇帝，让他陷在淫乐之中不能自拔。无论蔡邕还是卢植，几乎没有机会见到皇帝。即使偶然遇见了，也难有机会谈论妖孽的事情。蔡邕很有些着急，但他同时也知道，这不是着急能够解决的事。

3. 皇帝圣体有恙

世事虽然荒唐，时光却依然在流转。转眼又到了建宁四年二月望日，正是春暖花开的季节，景阳山和濯龙园的杏花都开了。夜半子时，忽然地震大作，把皇帝惊得从龙床上坐了起来。早朝遍问群臣，郎官马融回答说，地震的发生地点在东方。两日后，从东海传来快报，说是发生了海啸，海潮汹涌，冲毁了大片的农庄田野，无数居民死于非命。

卢植因此又问蔡邕：“以伯喈兄之见，这次地震又隐喻着什么呢？”

蔡邕回答说：“皇帝春情亢奋，却又体质阴虚，内热迸发，因此有地震的征兆。如果我算得不错，不久皇帝必然圣体有恙。”

时间继续向前行进，转眼到了夏天。皇帝又突发奇想，令人将濯龙池里的水源引入西园，让池水在西园里面到处漫流，又令人在流水中种植从江南采来的荷花。荷花盛大如盖，一茎有四莲丛生；荷叶只在夜晚望月舒展，白天则自动卷起，甚是有趣，所以叫作“望舒荷”。每逢月夜，皇帝就会挑选身材娇美的宫女，裸体执篙划船。又故意使坏，出人意料地把船打翻，看那些裸女们在水中扑腾。那是他最忘怀的时候，经常乐得哈哈大笑。

闹够了，就喝酒。喝了酒，就唱歌。他感叹说：“假如一万年都这样的话，那可真是天上的神仙啦！”于是兴致勃勃地写了一首《小风歌》[①]，要宫 女们演唱。歌曰：

> 小风吹着哩，月亮照着哩，
> 荷花在它的叶子上美着哩。
> 让我们为这美丽的夜晚沉醉吧，
> 就在这月亮的光辉里，
> 就在这情深蚀骨的欢乐里。

宫里的艳事传到墙外，大家伙儿都苦笑。从此西园就有了一个别称，叫作“裸游馆”。

也是皇帝乐极生悲，忽然有一次热血直冲大脑，精液倾泻而出，几乎死在

---

① 根据汉灵帝《招商歌》改写。《招商歌》原诗为：“凉风起兮日照渠，青荷昼偃叶夜舒。惟日不足乐有馀，清丝流管歌玉凫，千年万岁嘉难逾。”从前汉高祖刘邦有一首《大风歌》，而今汉灵帝也有一首《小风歌》，可以互为映照。

一位宫女身上。旁边伺候的宦官们赶紧通知太医，抢救了两三个时辰才悠悠醒转。消息传到东观，卢植看着蔡邕感叹说：“伯喈兄果然算得不错！”

4. 在西园卖官

光和元年新春，颍川郡有一只母鸡，忽然在元旦那天跳上山墙，咯咯咯地打起鸣来。人们都觉得很怪异，纷纷传说，称之为“雌鸡司晨”。卢植和蔡邕谈论此事，蔡邕回答说：“这是一种生物的性变异现象，尚不足以称怪。”卢植问：“莫非此事亦有隐喻？”蔡邕回答说：“那只雌鸡所在何处？豫州颍川郡，是吗？如果我记得不错，那里应该是张常侍张公公的故乡。张公公原本是一位英俊男儿，净身入宫，这就叫‘雄鸡化雌’。而今张公公站立于皇帝左右，顾问朝政大事，这就叫‘雌鸡化雄’。雌鸡司晨并非隐喻他人，隐喻的乃是张公公啊！”

他们谈到的这位张公公，乃是籍贯豫州颍川郡的一位宦官，姓张名让，颇得皇帝敬爱，官至中常侍。皇帝常常感叹说：“君子以温良恭俭让处世，张常侍既名一个‘让’字，堪称是温良恭俭让的模范。”于是把他当作父亲一样爱戴，甚至当着群臣的面称呼他为“阿父”。岂知张公公的这个“让”字诀，不过是谄媚皇帝的方法；他还有一个“欺”字诀，是用来欺弄群臣的。

张公公不仅深得皇帝爱戴，而且是宦官集团的首领。这个宦官集团，包括张让、赵忠、封谞、段珪、曹节、侯览、蹇硕、程旷、夏恽、郭胜等十位中常侍，史书称之为“十常侍”。别看他们是净过身的宦官，不能生育，却有很多官员和财主情愿卖身投靠做他们的养子。皇帝信任他们，封他们为列侯，让他们建造自己的府邸。哪怕是在他们府上打杂的奴仆，都可以为非作歹，权势熏天。

扶风郡有一个名叫孟佗的大财主，不惜花重金与张让府上的奴仆交好。那奴仆感激地说：“你给了我这么多好处，需要我怎么报答你呢？”孟佗说：“我求见张公公多次，始终不能如愿。等到我下次再去，请你代表张常侍向我行一个跪拜礼就够了。”那时候，张让府前经常是车水马龙。只见那奴仆带领一群人急匆匆从里面出来，在众目睽睽之下向孟佗行跪拜礼并表示歉意。众人看在眼里，都很吃惊，都以为孟佗与张让的交谊非同一般，争先恐后地用珍宝来贿赂孟佗。孟佗暗自得意，分出其中一部分，拜托那奴仆进献给张让。没过多久，皇帝便任命孟佗做了凉州刺史。

皇帝想在西园修建一座万金堂，却苦于资金匮乏。张让说：“如今人们到处跑官卖官，那些有权力授官任职的大官都大发其财。我的建议是，与其让他们卖，不如陛下自己卖。”赵忠说：“按照经济学的观点，官职也是一种稀缺资源。陛下应该想办法从中摄取一部分价值。”于是制订了一份价目表，按照官职和俸禄定价，俸禄两千石的官职定价两千万钱，俸禄四百石的官职定价四百万钱。历史上称之为“西园卖官”，张让便是“西园卖官”的总负责人。

蔡邕说：“国家政府这个体制，是需要官员们用道德和才能来做支撑的。如今张让、赵忠卖官鬻爵，满朝文武皆是贪鄙无耻之徒，必然会造成天崩地裂的祸害。”卢植深有同感，长长地叹息了一声，说：“我也为此日夜忧虑，只恨自己少有智慧，回天无力。”蔡邕回答说：“天意如此，你我又有什么办法？以我们所做的全部学问，也难以理解天意。可怜普天下的老百姓和我们自己，都要被毁灭在这神秘莫测的天意之中了。”

当蔡邕说这些话时，他对着窗外发呆。忽然看到一道黑气，大约延绵有十余丈。然后又忽然“嗖”的一声，飞入了温德殿中。

5. 三桩欺君大罪

是夜戌时，蔡邕坐在家中，一边看书，一边用着晚茶。外面忽然有人把门拍得轰响，将蔡邕的叔父蔡质惊得坐起。紧接着，一队官兵破门而入，不由分说，将蔡邕、蔡质和满门男丁捆绑起来，押着往外就走，吓得女眷们一片慌乱痛哭。当夜，蔡家满门男丁都下狱了。到了第五天下午，有人提审他们。蔡邕定睛一看，却是“十常侍”之一的曹节。

“蔡邕，你知道你犯了什么罪吗？”曹节满脸笑容地问道。蔡邕回答说：“自高祖皇帝以来，历朝历代都曾经褒奖过我们蔡家的忠孝门风。我的六世祖君严公曾经被王莽授任高官，但他却立志不仕二姓，携带家人逃进深山隐居，光武皇帝称赞他‘有忠直贞亮的意志’。还有我的父亲，一生品行清白，被孝桓皇帝追谥为‘贞定公’。至于我蔡邕，也是一向迁善远罪，却不知罪在何处？”曹节说：“你们蔡家门风忠孝，那是你们祖上的功绩。至于你蔡邕，我也没有想到你会犯下这么大的罪过。”蔡邕莫名其妙，问道：“请曹公公明示，我蔡邕究竟犯了什么大罪？”

曹节便宣告蔡邕的三桩大罪：第一桩，将当今皇帝比作大青蛇，与荒淫无道的秦二世相类；第二桩，用地震、海啸、暴风雨等自然灾害编排皇帝的私人生活；第三桩，用“雌鸡司晨”的传说诽谤皇帝、大臣和朝政。三桩大罪，桩桩都是欺君，都是大不敬。任凭哪一桩，都足以将蔡邕以死罪论处。说着说着，曹节便收起了笑容，恶狠狠地冷笑道：“没想到你一介书生，竟然胆敢造谣惑众，欺侮皇帝和祸乱国家政权。幸亏皇帝圣明，大汉朝江山秀丽，岂是你几句谣言所能抹黑的？”

蔡邕站在那里，好像被闪电击打了似的一阵颤抖。他想起了卢植。他一直以为自己是了解卢植的，并因此欣赏卢植、信任卢植，把卢植看作自己的知交，但现在看起来却无疑是卢植出卖了他。那些所谓的“谣言”，他只跟卢植说过。如果不是卢植出卖，别人怎么能够知道得这么清楚呢？

此时此刻，卢植正在向皇帝陈情，他说：“我听说有道德的人，是国家的梁柱；写作，是国家的典籍。蔡伯喈的道德文章名满四海，如今又肩负着《汉记》的写作任务。陛下若是听信谗言，处决了蔡伯喈，便等于伤害和废弃了国家的顶梁柱与典籍。我以为，陛下应该再三思考这件事情。”皇帝气呼呼地说：“蔡伯喈犯下三桩欺君大罪，胆敢把朕比作大青蛇，怎么可以轻饶了他！”卢植回答说：“蔡伯喈曾经跟我说过，那大青蛇并不是陛下，而是一种妖孽。蔡伯喈认为，陛下原本是一位聪明剔透的圣人，就是因为大青蛇这个妖孽蒙蔽了陛下的圣心，才会接连不断地发生那么多的灾异。数年以来，蔡伯喈和我每天都在为陛下忧心忡忡，赤胆忠心，可鉴日月。请陛下一定要明察，千万不可枉杀了忠臣哪！”皇帝便想起几年前在温德殿发生的那桩往事，问道：“你且说说，那条大青蛇究竟是什么妖孽？”

卢植回答说：“蔡伯喈学问高深，那桩往事只有他最清楚。陛下何不亲自问他，要他亲自回答？”皇帝决定去见蔡邕。在皇帝到达之前，监狱已经被打扫得干干净净，蔡邕和他的家人们也按照要求沐浴洗漱，换上了干净的囚服。现在皇帝就坐在蔡邕对面，看着他难以掩饰的忧伤和憔悴，心里忽然充满了怜悯。

“你要跟皇帝从头说起，”卢植提醒蔡邕，“关于那条大青蛇，你要说清楚，究竟是怎么回事？”

6. 大青蛇究竟是什么妖孽?

蔡邕抬头看着皇帝，问他：“陛下，您知道的，人们常常把皇帝叫作‘天子’。但您可知道，‘天子’是什么意思？”

皇帝听得一愣，回答说：“是啊，‘天子’是什么意思？朕还真不晓得。”蔡邕说：“太史公作《史记》，说从尧帝开始，以至于夏、商、周三代君主，都是贵族后裔，血统高贵，我大汉朝的高祖皇帝却出身于一个连族谱都没有的平民家庭。陛下自己，也并非孝桓皇帝的嫡子，而是出身于河间解渎亭侯府。陛下您看，历代君主其实都有自己的父亲，无论他们的父亲是贵族还是平民，甚或是奴隶。那么问题就来了，他们和您为什么会被称为‘天子’呢？事实上每一位皇帝都是上天之子，也就是说，你们有两个父亲。”皇帝顿时惊得站了起来。卢植慌忙痛斥道：“伯喈兄，你究竟在胡说什么？”

皇帝拦住了卢植，示意蔡邕说：“请你解释清楚，其中究竟是何原委？”蔡邕回答说：“陛下原本就是天神[①]之子，是天神通过您的父母创造了你。换而言之，您原本就是一位来历非凡的圣人。所以，当孝桓皇帝驾崩以后，人们就选择了您做我们的皇帝。然而，当您12岁来到皇宫，您可能并不了解您的身份；与此同时，又有那么多人怀着各自不同的动机围绕着您，您一会儿莫名其妙地感到迷茫，一会儿莫名其妙地感到得意，甚至还会莫名其妙地感到恐惧。您之所以信任那些宦官，是因为在您迷茫和恐惧时他们给了您安慰。”皇帝目瞪口呆地看着蔡邕。是的，他一直莫名其妙于他的人生。这是第一次，有人向他说出人生的真相。

“蔡先生，”皇帝说，“我必须叫你蔡先生，因为你是一个有学问的人。从我12岁以来，我一直不知道上天为什么要我当皇帝。你知道吗？我并不是一个坏人，我只是想玩儿，快快乐乐地玩儿。可是总有那么多麻烦事纠缠着我，让我无可奈何。是的，你说得对，我很迷茫，也经常恐惧，请你教教我，我该怎么做？”蔡邕回答说：“上天之所以要您做皇帝，是因为您能够做一个好皇帝。而您之所以想玩儿，却是为了逃避做皇帝的职责。您必须把自己找回来。当您找到自己的时候，您就能够听到天父[②]的声音，你就不会再迷茫，并且能够得到上天赐予你的无穷无尽的力量。”

“窦太后可不愿意我当一个好皇帝，”皇帝说，“还有那些豪门大族，还有那些用各种关系纠缠在一起的利益集团。朕表面上是皇帝，其实不过是他们利

---

① 汉代以前，中国人的社会信仰体系中有一位至高神，被尊称为昊天上帝，又称皇天上帝，简称神、天神、上天、上帝、上苍、苍天、天帝，这些同义词可以根据不同的语境转换使用。中国之所以被称为神州，原因即在于此。需要说明的是，明清以后，神、上帝、天父这些本土汉语被基督教借用，给今天的人们造成外来文化的错觉。可参见《中国宗教通论》。

② 皇帝被称为“天子”，天神便相对应地被称为“天父”。

用的工具。你们动辄批评‘十常侍’，但只有他们听朕的话。请问窦太后会听朕的话吗？那些争权夺利的利益集团会听朕的话吗？把自己找回来，做一个好皇帝，你说得倒是很好，做起来可不容易！”

皇帝说到的窦太后，是前朝孝桓皇帝的皇后窦妙。孝桓皇帝驾崩以后，没有储君继位，窦妙从宗室中选中解渎亭侯刘苌的儿子刘宏为继承人，于是就有了当今的皇帝。窦妙以太后身份临朝称制，任用父亲窦武为大将军，视皇帝如玩偶。没想到众宦官更善于玩弄权术，裹挟着皇帝，将窦武和整个窦氏家族的男丁全部枭首示众，并幽禁窦太后于云台。政治斗争之无情，竟然到了惨绝人寰的地步。

“是的，您说得没错儿。”蔡邕回答说，“每一个争权夺利的利益集团都在利用您，包括您宠爱的‘十常侍’。您以为他们在听您的话，其实是您在听他们的话。您必须找回自己，听到天父的声音。答案在天父那里，而不是‘十常侍’。只有这样，您才能做一个真正的天子。”皇帝勃然大怒道：“你在批评朕不是一个真正的天子吗？”蔡邕沉静地回答说：“当您与您的圣心同在时，您才是一个真正的天子。但在很多时候，您被那条大青蛇控制了，远离了您做天子的本分。您不是问我大青蛇究竟是什么妖孽吗？请允许我坦诚地告诉您，那是您从黑暗、恐惧和迷茫中幻化出来的寻欢作乐的欲望。作为一个天子，您再也不能听从您的欲望，要听从您本有的圣心。”

皇帝再次站了起来，一言不发地转身就走。走出了很远，才转身对卢植说：“这个蔡邕是个不可理喻的好人。朕答应你，放他一条生路，让他带着全家人回乡下种田去，别在这里胡说八道，给朕添乱。”

第二章

他看到一簇一簇的火苗

当皇帝被欲望所累，就会变得骄奢淫逸。当皇帝骄奢淫逸，就会败坏做皇帝的职责。于是，天下的臣民们就会对皇帝感到失望，致使整个国家都充满了怨愤。成君忆版《三国演义》谋篇布局,先写皇帝的欲望，再写臣民的失望，这样就说明了东汉末年天下大乱的因果。

聪明的张角在人类历史上第一次喊出了“苍天已死”的预言，比西方哲学家尼采喊出“上帝已死”要早一千六百八十九年。苍天或曰上帝是否真的已死?直到今天依然是一个严峻的哲学问题。与尼采有所不同的是，张角并不仅仅是一个预言家，而且还是一个勇于行动的创业者，并因此发动了历史上著名的黄巾起义。曾经被苍天祝福的神州大地，就这样陷入了一场天翻地覆的大灾难之中。

7. 他看到一簇一簇的火苗

话说巨鹿郡有兄弟三人，一名张角，一名张宝，一名张梁。有一天，张角入山采药，竟然在不知不觉中来到了天堂。回来后，他向兄弟们讲述上天的经历。他说，从那高处俯瞰人间，看到的是一簇一簇的火苗。

“是的，那就是人间。”他兴奋地说，“许许多多的人，许许多多的火苗。人群中的每一个生命，都闪烁着自己的火苗。有的大，有的小，颜色也各不相同。有的像蜡烛光一样微弱和执着。有的像篝火一样猛烈地燃烧，仿佛随时都能够把身边的物品点燃。”

他的两个兄弟聚集在他身边，被他的讲述吸引得翩然神往。仿佛他就是篝火，所有的人都将被他点燃。接着，张角说出了自己的设想：“要是我们能够把这些火苗攒在一起，我们就可以合成一堆熊熊燃烧的大火，烧毁这个罪恶的旧世界。”张宝问：“你怎么做得到呢？”张角说：“我只需要一个口号就能做到。这个口号就是——苍天已死，黄天当立；岁在甲子，天下大吉。”张梁算了算日子，今年是己未年，五年后就是甲子年。

兄弟们问：“你都计划好了吗？”张角兴奋地点头，并且继续卖弄他的玄虚：“你们知道吗，我在天堂还遇见了谁？我遇见了庄子，就是庄周梦蝶的那个庄周，就是人们说的南华老仙，他给了我三卷天书，名曰《太平要术》。按照这三卷天书的指引，我们就能够轰轰烈烈地毁灭这个旧世界，漂漂亮亮地创建一个新世界。”兄弟们翻看那三卷天书，里面都是没有文字的白页。

“你们是看不懂天书啦，但不要紧，因为我能够看懂。”张角说，“你们有任何问题都可以问我，等我看完天书就可以给你们解答。”兄弟们纷纷说“好”。于是，张角便以《太平要术》为指南，开始创办他的企业。他把他的企业命名为“太平道”，并着手创建以黄神为图腾的企业文化。所谓黄神，就是生养万物的土地之神。张角告诉他的兄弟们：“天书上说，是大能的黄神创造了和供养着我们所生活的这个世界，可是人们却忘记了黄神，在祂[①]的世界里为所欲为，犯下了那么多丑恶的罪行！如今我们的使命就是要在这个丑恶的旧世界里重建黄神信仰，找回黄神与我们之间的亲子关系，以我们满腔的热爱敬奉黄神。这样黄神就会赐给我们权柄、信心和力量，让我们成为新世界的创建者和主宰者。”

兄弟们听得热血沸腾。接着，张角带领他们创建了太平道，招募了第一批徒众五百多人，每个人的脑袋上都包裹着清一色的杏黄头巾。张角自任总头领，称“大贤良师”。又把徒众五百多人任命为“渠帅”，分派到全国各地创办分支机构。在短短几年之内，太平道迅速崛起，在全国发展出了三十六个分支，称之为“三十六方”，其中大“方”有徒众一万多人，小“方”也有徒众六七千人。一时间风起浪涌，声势非常浩大。

8. 那首民谣是你自己创作的吧？

光和六年冬十一月某日，解职归乡的蔡邕和他的堂弟们带着十二辆马车，晃晃悠悠地走在年久失修的官路上。只听得一声唿哨，四下里涌现出许多黄巾黄袍的武士，将蔡邕和他的车队团团围住。

劫获蔡邕的那伙人以为蔡邕是一位财主，没想到十二辆马车之中，有七辆都是书，剩下五辆则是家眷。他们很奇怪地问道：“世人们所看重的，都是亮闪

---

① 祂，音tā，从示从也，对天神、神灵和神圣事物的代称。

闪的金银珠宝，而你要这么多书做什么？”蔡邕回答说：“不读书的人们只能生活在地狱里，读了书以后便能知道地狱以外还有天堂。”

徒众们说：“我们虽然读书很少，但也知道地狱以外还有天堂。读了一本书便能开窍，读了许多书反倒会变得迂腐。你说，要读这么多书做什么？”蔡邕回答说：“读书的目的，不是为了迂腐，而是为了读懂。然后你们便可以更加知道，地狱和天堂其实还有许多层级，下有十八层地狱，上有十八层天堂。读书的好处就在于，能够让沉落在每一层地狱里的生命都能够得到救赎。”徒众们听不懂蔡邕的话，但他们却互相议论说：“我们的大贤良师仅仅读了一本《太平要术》便能开窍，获得创业灵感和呼风唤雨的神力，做得天大的事业。这位蔡先生居然有七车书籍，比成语学富五车还要多两车，岂不是天下的宝器？”于是将蔡邕押送到嵩山，把他进献给在那里讲学的大贤良师张角。

行医和讲学是张角创业的两大法宝。他专门为那些孤苦伶仃的穷人们提供医治服务，那些穷人们则回馈给他无限的爱戴和赞美。他的医术也许并不精湛，但穷人们的赞美却让他享有了圣人一样莫大的荣誉。除了医治人们身体上的疾患，他还用讲学的方式医治人们心灵上的创伤。即使是传说中的孔夫子，也不过是三千弟子七十二贤吧，张角门下的弟子却是数百倍于孔门，达到几十万人之众，遍布青、幽、徐、冀、荆、扬、兖、豫等八州六十一郡。若是有人胆敢对张角不敬，就会立即惹得群言汹汹，甚至会因此遭遇种种不测。热爱他的那些弟子们愿意为他做出各种疯狂的事情。

在嵩山的一处露天大讲堂，蔡邕第一次看到传说中的张角。更深刻地说，他看到了张角的洋洋得意。张角也是第一次看到传说中的蔡邕，他看到的是蔡邕的沉静和从容。

“留下来，做我的军师吧！”张角说，“你听说过那首民谣吗？苍天已死，黄天当立。我们正在做一件伟大的事业，就是毁灭那个已经僵死的苍天，创建一个欣欣向荣的黄天。以蔡先生这样学富五车的大学问，一定能够给我们提供许多有益的帮助。”

“那首民谣是你自己创作的吧？”蔡邕紧紧地盯着张角问道。张角感觉自己遭到了冒犯。他享用大贤良师这个身份已经很久了，几乎没有人敢用“盯”这个动作冒犯他。他使用毅力克制着自己，回答说：“是的，你问得很对，那首民谣确实是我自己创作的。它是整个计策的关键部分。我们将因此有信心推翻那个旧的王朝，创造一个新的时代。”

“为什么要推翻这个旧的王朝？”蔡邕继续问道。张角笑了起来，回答说：“那个旧的王朝不好，它不公平。整个国家社会被各路权贵利益集团把控，而皇帝却荒淫无道，不能承担起管理国家的职责。与之相反，数以百万计的平民却在竞争中失去他们的土地，被迫沦为奴客或者流民。苍天已死，黄天当立，人们在渴望着一个公平正义的新时代。”蔡邕继续问道：“你确信你能够取代大汉，建立一个公平正义的新王朝吗？”张角已经被盯得很不自在了，回答说：“是的，我有这样的志向，但现在黄神还没有给我更多的谕示。”

蔡邕把目光转向了远处的天空和山河，用他沙哑的嗓子继续跟张角说话：“你是一个很聪明和很有领导力的人。但正如你听从黄神的谕示，我也有我的神。恕我直言，我的神可能比你的黄神更加辽阔和伟大，祂无处不在，不仅仅在土地中，而且充满了四周的海洋和整个宇宙。我只听从我的神，请你让我离开。当然，我会继续关注你，关注你的成功或者失败。”张角不得不承认，他遇到了一个比他更有神力的人，尽管对方只是一个瘦弱的书生。

“既然有缘相见，”他忽然显得很无助地相问道，“你能够给我一点忠告吗？”蔡邕便对他说：“你并不是结局，而是一个时代的序幕。在你的后面，将会重演战国群雄的故事，直到最后由三个人争霸天下。那三个人，一个是宦官的儿子，一个是世家子弟，还有一个是皇族的弃儿。”

9. 黄巾起义爆发了！

箭在弦上，不得不发，事情已经容不得张角迟疑。两个月以后，他将太平道变身为黄巾军，发动了那场著名的黄巾起义。他自己的身份，也从太平道人、大贤良师改称为“天公将军”。他的两个弟弟，张宝号称“地公将军”，张梁号称“人公将军”。他以极富感染力的声音昭告天下说：“暗无天日的大汉王朝，将会像黑夜一样崩溃。与此同时，大圣人的光芒将会照耀新的天空。请你们拿起武器，跟着我一起干吧，一起来迎接属于我们自己的新时代。”四面八方的老百姓闻风而动，都裹上了黄色的头巾，手持各种形制的铁器，跟随张角奔向了攻打官府和地主庄园的战斗。

黄巾起义的时间，原本定在三月初五日，这是张角精心计算出来的黄道吉日。他对自己的计划信心满满，其中最大的支持力量就是隐藏在皇帝身边的“十常侍”。他给“十常侍”之一的封谞写信，并且指派自己的心腹弟子唐周为信使，没想到唐周却径自向朝廷告密。时值春节，皇帝闻讯连夜审问“十常侍”。张让、赵忠、段珪、曹节等众宦官巧言善辩，把责任推向业已退休的中常侍王甫、侯览。皇帝大怒，将封谞、徐奉、王甫、侯览一干人等收入监中；同时紧急命令大将军何进平叛，擒获黄巾军一位名叫马元义的渠帅。正月十五日，大将军何进以谋逆大罪将封谞、马元义车裂于牛马市。张角看见事情不妙，立即改变计划，于二月初二日发动起义。二月初二日是传说中土地神的生日，也是民间传统的春耕节；又有人说那一天是龙抬头的日子，所以又名“龙头节”。

黄巾军群起有四五十万之众，可谓声势浩大。一个月之内，共有七州二十八郡发生战事。他们攻占州郡，焚烧官府，四处劫掠粮食和钱财。那些逃亡的官员们跑到皇帝面前哭诉，说黄巾军像闹蝗灾一样漫天遍野，所过之处，寸草不存。

大将军何进启奏说：“贼众声势浩大，须得立即征集兵员，选派大将率军征讨。”著作郎卢植此时已经升任侍中，当即挺身而出。皇帝大喜，任命卢植、皇甫嵩、朱儁三人为中郎将，前往大将军帐前听调。大将军何进屯驻在洛阳城外的都亭，以卢植为北中郎将、皇甫嵩为左中郎将、朱儁为右中郎将，分别委以精兵，以三路大军征讨黄巾军。

10. “我就是重典，我就是毒药。”

话说东郡顿丘县的县令曹操，也拿着自己的名刺来求见何进。曹操，字孟德，小名阿瞒，籍贯谯县，是洛阳城有名的官二代。曹操的父亲曹嵩，是中常侍曹腾的养子，先后官至司隶校尉、大司农、大鸿胪。当朝皇帝在西园卖官，曹嵩又花费了一万金，为自己捐得太尉一职，地位仅次于大将军，接近于位高权重的顶峰。曹操自己，任性好侠，放荡不羁，机警而有权变，二十岁就被举为孝廉，出任洛阳北部尉，负责洛阳北部地区的治安工作。曹操一到职，就在衙门左右悬挂了十几根五色大棒，若是有人胆敢违犯禁令，无论权贵，一律棒责。蹇图是中常侍蹇硕的叔父，竟然在宵禁时间提着宝刀在街上大摇大摆地行走，恰好遇到巡夜的曹操，立时被五色棒打死。曹操的威名顿时震动了洛阳城，一时间禁令肃然，无人敢于冒犯。中常侍蹇硕因此暗恨曹操，却又顾忌曹嵩的权威，到底不敢报复他，只是找了一个机会，明升暗降，把曹操远远地调任到了顿丘县。

何进拿着曹操的名刺有点儿发呆，心想：“这个公子哥儿，不在顿丘县好好待着，跑回洛阳干什么？”就像蹇硕顾忌曹嵩的权威那样，何进也得礼让曹操三分。于是，他接见了连走路都有些吊儿郎当的曹操。

“我昨天去过东观。”曹操说，“蔡邕曾经在那里工作过，现在似乎仍然在那里。在我之前，已经有许多人去过那里，在墙壁上留下了许多献给他的诗句。当初就是他解读了大青蛇的喻义，甚至预言了而今正在继续的黄巾暴乱。跟其他人不一样，我没有在墙壁上写字，而是一直在寂静中跟他说话。是的，我和蔡邕，我们两个人一直在谈心，然后我决定前来找您。”

何进问：“你找我做什么呢？”曹操说：“我再也不愿意当那个无聊的顿丘县令了。我想从军,为国立功。”何进说:“从事任何职业都应该有与之匹配的才能。你究竟有何种才能，让你能够从军立功？”曹操回答说：“您听说过许劭吗？此人曾经对我有一个评鉴，赞我是‘清平之奸贼，乱世之英雄’。”

何进大笑起来，说：“这是赞你吗？”曹操回答说：“我认为是在赞我。他赞我是毒药，是极有药用价值的毒药。方今天下大乱，乱世要用重典，恰如重病要用以毒攻毒的奇药。‘清平之奸贼，乱世之英雄’两条评语，赞得真好！”何进于是对曹操刮目相看，当即任用他为骑都尉，列入左中郎将皇甫嵩麾下，命他协助皇甫嵩进剿颍川地区的黄巾军。

11. 在桃林中结义

却说幽州涿郡涿县也有一位英雄，姓刘，名备，字玄德。与官二代曹操不同的是，此人出身贫贱，却胸怀宽和，可容山川城廓。

刘备的先祖，据说是三百多年前的孝景皇帝之子中山靖王刘胜。刘胜爱好酒馔、歌舞和美女，众多美女为他生育了一百二十多个儿子和不计其数的女儿。岂知到了刘备这一代，竟然没落成了一个贫穷的孤儿，与寡居的母亲相依为命，织造和贩卖草席、草鞋为生。到了刘备的青年时代，只因天下动乱，匪患丛生，马匹成为抢手的奇货，他便有机会为中山国的大商人张世平和苏双代理马匹生意，一时间颇有盈利。同县张飞，子承父业，在街上屠工卖肉。又有河东郡解良县的关羽，因为仇杀了家乡的豪强，逃亡在涿县贩卖米豆为业。刘备、关羽、张飞三人因此相识，友爱如同兄弟。

那一日，幽州刺史刘焉，为清剿黄巾贼众在涿县张贴榜文招募义兵。县城内外的居民旅客都来看榜，议论纷纷，却无人愿意应募。刘备和关羽、张飞也在人群中看榜，刘备忍不住慨然长叹。

“你叹个什么气呢？”张飞在刘备身后嘲笑说，“国家危难，自有那些锦衣玉食的既得利益者相忧，关乎你我屁事！”刘备回答说：“那些既得利益者目光短浅，只会相忧于他们各自的利益。可怜国家危难，我若不相忧，却不知天下还有何人相忧！”关羽就问：“莫非兄长有什么打算吗？”刘备说：“我想要挺身而出，为国家做一番事业。你们两位以为如何？”关羽说：“我们本来就是异姓的兄弟，自然是心手相握，共同进退。兄长但有吩咐，我们两个一定唯命是从。”说得两人相视而笑。又看看张飞，那张飞也逐渐从眼睛里放出光来，连连点头叫好。

刘备又提议说：“虽说是异姓兄弟，还需结义才好。”三人就于次日在城南桃林中焚香祭拜苍天，订立盟誓。有誓词曰：“苍天在上，刘备、关羽、张飞在下。念我三人，虽然姓氏不同，却是同义相感。今在此结盟起誓：不求同年同月同日生，但愿同年同月同日死，从此同心协力、共享甘苦，为报效国家、造福民众而奋斗。敬请苍天作证，若有忘恩负义，愿受天人共戮之责。”誓毕，以刘备为长兄，关羽次之，张飞为三弟，兄弟三人就在桃林之中痛饮一醉，说了许多关于创业的酒话。

兄弟三人说干就干，当即拿出各自的资产，用来招募乡勇。张世平和苏双听说，情愿相送五十匹好马，另加五百两金银。刘备大喜，立即派人从荡阴县山中购得一千斤生铁，用来打造兵器铠甲。那时候的匠人已经懂得用生铁锻造百炼钢，刘备的双股剑就堪称是两件百炼钢的宝器。关羽打造了一把大刀，刀身狭长，形如偃月，刀背有青龙图案，称为“青龙偃月刀”；又因其冷如寒光，艳逸绝伦，故又名“冷艳锯”。张飞打造了一把丈八点钢矛，矛尖形如灵蛇吐信，于刺、挑、戮、划之间锋芒闪烁，令人胆战心惊。兄弟三人总共募得乡勇五百余人，堪称是一支新生的豹旅。

12. 卢植有很多身份

当曹操在左中郎将皇甫嵩麾下建功立业的时候，刘备也带着他的那支涿县籍乡勇投奔到了北中郎将卢植军中。此时，卢植已经连战连胜，将天公将军张角围困在广宗县城。

说起来，卢植也是涿县人氏。刘备十五岁那年，曾经与同县的公孙瓒等一起拜在卢植门下读书。如今师徒同在一座军营，时常说起当年讲学听课的往事，心中满满的都是喜悦和情谊。这一日，师徒俩正在闲谈，忽然听得营帐外面乌鸦叫了几声。军士进来禀报，说有天使前来劳军。卢植以为是幽州刺史刘焉，赶出去一看，却是黄门侍郎左丰。卢植立即迎上去，双方说了一些礼节性的客套话。

有人对卢植说："这位左大人是皇帝身边的红人。将军须得好好奉承他，省得他回去向皇帝说你的坏话。"卢植说："军务繁忙，我哪有时间去奉承他呢？更何况军中钱粮物质短缺，也不曾有奉承他的余钱。"左丰在军中逗留了几日，仅仅得到卢植一次礼节性的招待，却不见有任何金钱礼物，于是暗自奇怪生恨，跟左右说了关于卢植的许多坏话。

左右劝告左丰说："卢植是海内闻名的大学问家，如今又是带兵打仗的大将，您这么说他，好像不太妥当啊？"左丰回答说："卢植有很多身份，大学问家是一个身份，大将是另一个身份。但他现在的身份是我的敌人，无论我怎么憎恨他，都是不过分的。"想了想，又说道："我早就听说过卢植卖友求荣的传言，说他通过出卖蔡邕，换取了自己的荣升和权位。如今我为蔡邕鸣不平，一定要设法让皇帝灭了他的威风。”

仅仅过了二十几日，天使去而复返。这次来的不是左丰，而是廷尉崔烈。皇帝已经得到左丰的密报，认定卢植拥军自傲、怠慢军心、贻误战机，派遣崔烈赶赴军中，当场拿下卢植，罢免了他的北中郎将一职，用囚车押回洛阳问罪；同时改派东中郎将董卓[1]接替卢植领军，继续攻打广宗县城里面的黄巾军。

卢植不服，分辩说：“广宗县城是张角老巢，城坚粮足，需要久困。此乃军机，怎么会无端冤枉我拥军自傲呢？”崔烈说：“我也相信卢将军是被人冤枉的，只是要委屈将军跟我走一趟。以将军一身正气，必然有惊无险，自证清白。”卢植只好束手就擒，走上了囚车。

刘备和兄弟们都站在送别的人群中。关羽说：“卢中郎既然被解职问罪，我们在这里已经无所归依，不如另作打算。”刘备想了想，便吩咐兄弟们收拾行装，转头投奔驻守在颍川的右中郎将朱儁。

13. 张角的头颅和被缝合的嘴巴

话说朱儁与皇甫嵩在颍川与黄巾军恶战，被黄巾军几番掩杀，节节败退，只得退守长社县城。黄巾军大帅波才，骁勇善战，每日在城外叫喊。城中兵少，敌众我寡，军心恐慌。皇甫嵩安慰众将说：“用兵在于奇变，不在兵多兵少。如今黄巾贼众依草结营，容易因风起火。如果趁夜燃放大火，他们一定会四散惊逃。到那时我军趁势出兵掩杀，四面合围，便可以像战国时代田单使用火牛阵那样大获全胜。”众将听说，倍感振奋，个个都是跃跃欲试。

---

① 董卓，字仲颖，陇西郡临洮县人氏，身壮力大，擅长骑马射。中平元年六月，北中郎将卢植被罢免，董卓被任命为东中郎将，接管冀州战区事务。

天遂人愿，当晚果然大风骤起。皇甫嵩先派敢死队潜出城外，四处纵火，大声喊叫。城上也一齐点燃火把，高声呐喊，内外呼应。忽然间北门大开，皇甫嵩身先士卒，率军冲杀而出。朱儁与刘备也各自率军从东门冲杀而出。黄巾军果然四散惊逃，一败涂地。迎面遇到骑都尉曹操，又是一顿砍杀。这一仗杀到天亮，数万人尸横郊野，连空气中都弥漫着浓烈的血腥味儿。捷报传到洛阳，皇帝大喜，封皇甫嵩为都乡侯。

八月，天公将军张角在广宗县城病死，病情不详。东中郎将董卓接替卢植领军，被人公将军张梁一顿冲杀，折杀了许多兵马。大将军何进奏请皇帝，又将董卓部划归皇甫嵩统帅。皇甫嵩审时度势，决定采用卢植的既定战略，高挂免战牌，坚守营寨，休养将士。张梁迷惑不解，不知所措。皇甫嵩却趁夜调兵，于鸡鸣时分发起冲锋。黄巾军仓皇应战，阵亡三万多人，渡河溺死五万多人，人公将军张梁也死在战场之上。皇甫嵩于是进驻广宗县城。

此时，天公将军张角的遗体已经下葬一月有余。坟茔被掘开了，只见张角脸色铁青，仿佛还有些许生气。皇甫嵩下令割下他的头颅；又害怕他到阎罗王那里去喊冤，就用一根线把他的嘴巴缝了起来。很快，张角的头颅被快马传送到洛阳。皇帝又喜又惊，这才知道错怪了卢植，诏令卢植官复原职；又升任皇甫嵩为左车骑将军，加封槐里侯；曹操亦因有功，迁任济南相，职级相当于一郡之太守。

又有黄巾军赵弘、韩忠两位渠帅在汝南郡起兵为张角报仇。朱儁奉命征讨，先后平定汝南郡、陈国和南阳郡，在宛城斩杀赵弘、韩忠。孙夏收集黄巾军余众，继任渠帅。朱儁纵兵击杀，孙夏不能抵挡，数万之众命丧荒野。捷报传到洛阳，皇帝升任朱儁为右车骑将军，封钱塘侯；刘备亦因有功，出任安喜县尉。

十一月，皇甫嵩与巨鹿郡太守郭典合力攻打曲阳县，斩杀、俘虏黄巾军十余万人。地公将军张宝于慌乱之中被部将严政枭首，成为严政献城投降的礼物。这就是历史上的黄巾起义，其兴也勃，其亡也忽，至此已经进入灰飞烬灭的尾声。

第三章

在安喜县当官的日子

先写皇帝放僻淫佚的欲望，再写烈火熊熊的黄巾起义，再写从火光中奔腾而出的曹操、刘备，再写刘备初涉官场的举步维艰，这种叙事的层次便是文学的妙处。人们常常指责文学虚构了历史，殊不知好的文学作品恰恰是为了更深刻地反映历史的真实。罗贯中版《三国演义》如是，成君忆版《三国演义》亦如是。

怒鞭督邮，怒从心中起，只为官场之中人情复杂，上有贪官，下有刁民，你争我斗，步履艰难。一个“怒”字，可见心中激愤之切也。三国时代的乱世，便起因于这样的争、这样的斗和这样的怒。但对于读者们来说，却不可以有这样的怒，为何？唯有一双冷眼，才能看清其中隐藏的奥秘。

14. 想过几年安稳的日子

话说刘备拿到告身文书，对关羽、张飞说：“如今黄巾军已经覆灭，愚兄也要上任去了，两位贤弟有什么打算？”关羽回答说：“人们都说官场凶险，哪有让兄长孤身一人前去上任的道理？我们既然是结义的兄弟，就应该不离不弃，互相照应。”这是一个很好的选择，刘备听得欢喜。便遣散了部队，只带着关羽、张飞和亲随十余人，前往中山国安喜县就任。到达县城已是下午申时，刘备招呼兄弟们先到客栈住下，洗浴，用餐；次日一早，径自到县衙报到。

汉朝的建制，有居民超过一万户为大县，大县称县令；不足一万户为小县，小县称县长。安喜是一个小县，地名叫得甚是喜庆悦耳，其实原名叫作安险。县长周繇，满嘴荆州口音，是个好好先生，凡事都要县丞赵理做主。赵理事先并不知情，看到刘备递上的告身文书，这才知道是新任的县尉，赶紧吩咐衙役去把县长周繇、主簿张堃叫来与刘备相见。所谓告身文书，就是当官的任职凭证，相当于委任状。

见礼之后，主簿张堃便为刘备交割职务。原来县尉，是主管一县治安的官吏，职掌律法和警务，分配有专署办公。刘备有征讨黄巾军的军功，转业于地方治安，倒也是人职匹配。关羽、张飞和一众亲随，也一并任作亭长、游徼，都享有官秩。所谓秩，就是按照官职等级发放的薪俸。汉朝以粮米为货币信用基础，官秩也是按照粮米计量，其中大将军官秩一万石，郡太守官秩二千石。相同官秩又分中、真、比三级，有中两千石、真两千石和比两千石。县长官秩分为一千石、八百石、六百石、五百石和三百石等五个级别，县丞、县尉也依次分为八百石、四百石、三百石、二百石等四个级别。主簿张堃解释说，这些官秩并不是一次性发放，而是按照月俸、年俸和加俸依次发放；其中又有一部分按粮米发放，另一部分换算成货币发放。刘备初来乍到，也不计较，他已历经了许多战场奔波的苦楚，现在只想安顿好兄弟们和他自己的生活，拿着官秩和月俸过几年安安稳稳的日子。

刚刚安顿好住宿，关羽便发现县衙附近有一家餐馆，店老板姓胡，并州五原郡人氏，为人豪爽而神秘。这一日，关羽到馆中用餐，向胡老板寒暄说："酒店收入怎样？"胡老板说："区区小店，生意也不是很好，好在我从不缺钱花。"关羽问："这是为什么呢？"胡老板笑道："我有法术。若是缺钱，只需作法，铜钱便可以像暴雨似的落满一地。"关羽不信。胡老板便向关羽讨要了几枚铜钱，当作母钱，抛向空中。不一会儿，果然有一阵钱雨从天而降，叮叮当当地落满一地，转眼间淹没了膝盖。两丈见方的房间，积满了两三尺厚的铜钱。胡老板笑道："客官若是看得喜欢，这些钱都是你的。"关羽惊得目瞪口呆，半晌才回答说："胡老板生财有术，但我却取之不义。"一面说着，一面从铜钱中拔出脚来，向胡老板揖手而去。胡老板看在眼里，赞在心里，回头向女儿说道："此人临财不苟，值得女儿托付终身。"

关羽回到寓所，向刘备叙说胡老板的法术。刘备也称赞说："二弟临财不苟，沉着有定，可任大事。"在这个陌生而又寄托着希望的地方，他们需要小心谨慎地处理好每一件事，实在不必要为了一点可耻的欲望惹出意外的风险。兄弟三个不由自主地变得更加友爱，食则同桌，寝则同席，仿佛秤与砣一样少有离分。每当刘备在大庭广众之中开会或者处理公务，关羽、张飞都会善始善终地侍立在刘备左右。人们都很惊讶于他们的精诚和团结，并由此心生敬重。

15. 张角有七颗头颅

过了一些时日，胡老板又来请关羽喝酒，叫女儿却非也在旁边陪着。关羽性格谨慎，不敢拿眼看却非，只跟胡老板谈论县里发生的一些时事。时值夏粮收获季节，从各乡各里传来黄巾军纵火抢劫的消息。胡老板说：“这一定是曲阳县的黄巾军余孽。”曲阳县在安喜县西面，是天公将军张角的故里。

传说张角虽然被左中郎将皇甫嵩切割了头颅，遗体却被他的部将偷到曲阳县重新下葬。传说又说，张角的遗体在下葬之前又长出了一颗新的头颅。又有人传说，张角其实有七颗头颅，虽然被皇甫嵩割走了一颗，却还有六颗。至今张角墓地近旁有村庄名曰“七祭”，又名“七级”。村民们姓张，据说都是张角的后裔。胡老板说：“你想啊，那张角有七颗头颅，他的余孽想要死灰复燃，不是很容易的事吗？”

关羽回来向刘备禀报黄巾军的消息，却不曾领会到却非姑娘的一片情意。刘备便命令关羽、张飞严密关注曲阳县的动态，重点巡视安喜县与曲阳县相邻的各乡。那胡老板浪迹江湖多年，性格豪放，也不顾女儿的羞涩，径自前来向刘备提亲。刘备和张飞听说，原来是福不是祸，都是满心欢喜。胡老板自己又算了算黄道吉日，五月十二日适逢天德，最宜婚配，也不计较彩礼，吹吹打打地将女儿送过门来。想那关羽不过初来上任，竟然享有这样的飞来艳福，岂不羡煞群男？

新婚数日之后的一个早晨，关羽别了新娘，与张飞结伴到高就乡巡游。当晚，兄弟两人借宿于农夫家中。约莫四更天，忽然马嘶犬吠。张飞尚在梦呓，关羽却早已惊醒。一阵火光摇曳而过，接着是纷乱的脚步。关羽慌忙披衣而起，出门遇见农夫，问发生了什么事？农夫回答说：“黄巾军抢夺了十几车麦籽，往西面去了。”关羽回屋叫唤张飞，只有鼾声回应。情急之间，提起大刀，出门飞身上马就追。

往西追赶了几里路，看见一群人打着火把，赶着十几辆马车匆匆而行。关羽在马上纵声喊道：“好一伙强徒，往哪里走！”众强徒吃了一惊，回头看时，却只有关羽孤身一人，于是又一齐奚笑起来。

其中一人貌似首领，调转马头来问道：“你是何人？”关羽回答说：“我乃是安喜县新任的游徼[1]。”那人却毫不在意，扬声向关羽叫道：“你且先到别处游徼去吧，不要坏了我们的好事！”关羽回答说：“职责所在，岂可游徼别处？”那人便大叫一声，挥动着一件武器直奔关羽而来。关羽侧身让过，舞起青龙偃月刀，一刀把他劈倒在马下。

众强徒二十余人，慌忙执起刀枪棍棒，纷纷上来打斗。关羽奋起刀法，只见黎明前的微光中人影纷乱，在一片惨叫声中，顷刻间又被关羽劈倒了六七人。众强徒惊骇不已，都跪在地上求饶。关羽命令强徒们将抢劫得来的麦籽送还原主；回去叫醒张飞，录下强徒们的口供，放他们去了。

兄弟两人回到县里，张飞先去向刘备报功，关羽径自回屋看望娇妻。没想到那胡氏女却嗔怪他说：“你如今游徼乡里，不比沙场杀敌，怎么能够提刀便要人性命？那伙强徒，平日里都是吃苦耐劳的农民，只是迫于生计或者一时糊涂才铤而走险做了黄巾。他们可都是本地人，跟县里也有着千丝万缕的人情。如今人命关天，他们岂能轻饶了你？”关羽大吃一惊，连声叫道：“还是娘子聪慧，我却没有想到这一层，我却没有想到这一层！”

胡氏女算得不错，隔了一日，县丞赵理便听到消息，勃然大怒，把关羽、张飞叫过去骂道：“他们哪里是黄巾军？分明是本县和邻县的农民。你你你……你们身为游徼，虽有治安之责，却怎么能够冷血无情，提刀便要杀人？如今死了三人，重伤五人，都来向你索命！”刘备赶紧询问情由，原来去年黄巾暴乱，害得许多农夫错过农时，地里无有种植，只好冒充黄巾军抢夺粮食疗饥。被关羽砍杀的三人，其一名叫张继，乃是主簿大人张堃的族弟。

刘备深知本地人情复杂，辩驳不得，只好满脸赔笑地向赵理和张堃告罪。又急忙向张世平、苏双筹借款项，抚恤那些气势汹汹的苦主。如此一番折腾，花费了许多金钱，这才勉强平息各方民愤。关羽、张飞也是满心懊恼，郁闷了许多时日。

---

① 游徼，古代巡查警务、缉拿盗贼的武士，后世又叫作捕快、巡捕、巡警。

16. 梦见肥猪咬脚趾头

转眼到了七夕。刘备跟兄弟们约着，到卢奴县去答谢张世平和苏双。日暮归来，远远看见一座灯火辉煌的戏台，许多人围着看戏。兄弟三人也去看戏，都下了马，要把马匹拴在树干上。岂知关羽的那匹马忽然摔动鬃尾，跳跃起来，狂吼乱叫。关羽控制不住，那马便奋力挣脱，径自往安喜县飞奔而归。兄弟们也只好一路追赶马匹归来。次日相问于三老，三老说："那地方有一棵槐树，名叫'张家槐'。只因你们杀戮太多,那槐树便不容许你们拴马。"刘备和关羽听了，作声不得。回到屋里，那张飞却叫道："哪有槐树不容拴马的道理？分明是他们心中怨愤难平，容不得我们在这里立足。"兄弟们都陷入了沮丧，动了去职的念头。

又过了几日，刘备昼寝，梦见一头肥猪在咬自己的脚趾头。刘备感觉到一种怪异的疼痛，扭头看时，却发现那头猪正在幻化成一个可怕的人形。醒来想请人占梦，不敢相问于三老，却叫上关羽去酒店问他的岳丈胡老板。胡老板说："梦见肥猪是吉兆，但梦见肥猪在咬你的脚趾头却可能是凶兆，不知何解？"胡老板话音未落，县长周繇派人来请刘备，说是皇帝降诏，要考核淘汰一批因军功为长吏的转业军人，负责考评的督邮明日就到安喜县。

刘备于是暗自疑惑了一整夜。次日一早，县长周繇、县丞赵理、主簿张堃和县尉刘备都到城外迎接督邮。只见那督邮高坐于大马之上，神态甚是倨傲。到了馆驿，众人与督邮寒暄了几句，都去了，却唯独留下刘备一人侍立于台阶之下。

良久，督邮问话道："请问刘县尉是何出身哪？"刘备回答说："属下乃是涿县人氏，自响应朝廷征诏，招募乡勇，清剿黄巾，经历大小三十余场战斗，有一些军功，被授予县尉之职。”

督邮又问：“祖上又有何人哪？”刘备回答说：“先祖乃是孝景皇帝之子，中山国靖王即是。”督邮说：“靖王乃是自孝景皇帝以来中山国的第一任王，至今已有三百多年。你且说说令祖与令尊。”刘备回答说：“祖父与父亲都已不在人世。家中只有一位老母亲。”督邮听了，忽然拍案叫道：“你只有一位老母亲在世，如何知道自己是中山国靖王的后裔？依我看哪，分明是你诈称皇亲、虚报军功！如今皇帝降诏，就是要淘汰你这样的贪官污吏。你且去写一份述职报告来，让我再做定论。”

刘备满头雾水，回到县里，说与小吏张楷。张楷说：“督邮话里暗藏玄机，无非是索要贿赂罢了。”刘备便回想起恩师卢植被宦官左丰陷害的往事，回答说：“我自来安喜县，不过拿得三四个月的月俸，又不会做贪官，哪里有钱贿赂于他？”张楷感叹说：“方今这个世道，可做贪官，却不可不懂人情。”

正说着话，督邮又派人将张楷喊去，要与张楷合谋陷害刘备。张楷忌惮刘备兄弟三人的势力，不敢胡来，推脱说：“刘县尉是个好人。今番陷害于他，以后如何与他共事？”督邮勃然大怒，将张楷绑在柱子上，责令他反思。刘备听到消息，心想：“那张楷是个好人。”几次前往馆驿求情，都被挡在门外。

话说张飞心中郁闷，喝了几杯烧酒，从馆驿前面踉跄而过。忽然看见几个老人聚在门前哭泣，问是什么缘故，众老人回答说：“我们都是张楷的父辈。督邮起心要害刘县尉，张楷不从，被捆绑在柱子上责打。我们赶来苦告，连门也进去不得。”张飞怒从心起，嗷嗷大叫着，把酒坛子摔得粉碎，径自闯入馆驿，不由分说，一把揪住那督邮的头发，扯将出来，一路拉到县衙门前，把他绑在拴马桩上。满县民众何曾见过这种阵势？都看得呆了。张飞又去攀折了十几根柳条，劈头盖脸地抽打，每抽打一下就痛骂一声：“你这个害人的东西，竟敢陷害我家大哥，我打死你，打死你！”打得督邮血迹淋漓，骂得他叫苦不迭。

刘备在县衙里面听得督邮嚎叫，赶出来也看得目瞪口呆。顿时又想起梦中幻化成人形的肥猪，原来梦有解析，恰好落在督邮这厮身上；那张飞是屠夫出身，恰好又有屠猪的手段。只见那督邮慌忙哀告刘备说：“玄德公快来救我！”刘备心中无限感慨，到底有些不忍，便急忙喝令张飞住手。

关羽也赶到了现场，在旁边说道：“如今这个世道，上有贪官，下有刁民，人心复杂。我劝大哥，不如杀了这厮，带着兄弟们远走高飞，别做良图。”刘备想了想，事情闹到这个地步，确乎没有很好的选择。却叫关羽去取来印绶，挂在督邮的脖子上，责骂他说：“你才是真正的贪官污吏，却反倒以贪官污吏的罪名勒索于我。像你这种装腔作势、贼喊捉贼的东西，杀你一千遍也不解恨。今天姑且留下你的贱命，代我向朝廷缴还印绶。从此我便去矣，不要让我再次见到你！”说完，吩咐兄弟几个各自回去收拾细软，带上家眷，从县城北门绝尘而去。

第四章

何进之死

督邮是一头肥猪，“十常侍”则是一群肥猪。张飞怒鞭督邮，鞭得那叫一个爽快。何进要杀“十常侍”，反被“十常侍”所杀，死得那叫一个窝囊。

何进是一个自作聪明的屠夫，而自作聪明恰好就是愚蠢的代名词，人世间所有的愚蠢其实都来源于这样的自作聪明。人们常说“事在人为”，但历史的吊诡也常常在于：那些愚蠢的作为似乎也在一次一次地推动着人类的进程。那么，这种吊诡里面究竟隐藏着什么呢？

17. 国家是什么？

刘备带着关羽、张飞逃亡了五年，几经辗转，投奔到奋武将军公孙瓒门下。公孙瓒与刘备有同学之谊，于是为刘备上书陈情，推荐他以别部司马的身份兼守平原县令。别部司马是军职，平原县令是一县之长，刘备要军马有军马，要钱粮有钱粮，日子过得甚是扬眉吐气。

中平六年夏四月下弦日，刘备再一次梦见猪。或者说，他梦见一个人，是一个屠夫。他反复确认，那个人不是张飞。那是一个陌生人，提着刀到猪圈里去杀猪，却反被那群猪扑杀。醒来以后，刘备暗自心悸，不懂得是何征兆，又是好几日郁闷，就约着关羽、张飞到旷野上骑马狂奔一番。折腾得累了，就坐在草地上遥望泰山，谈论他们所关心的国家大事。

国家是什么？以我们的人生来说，国家是一个命运共同体；每个人都应该培养出自己的独立人格，并在这个基础上学会热爱和维护这个命运共同体。但如果从每个人各自的经济利益出发，国家却不过是一块蛋糕；经济学研究的是如何做蛋糕和分蛋糕的问题。有人会问，汉朝有蛋糕这种食物吗？是的，没有，没有蛋糕，但人们依然会争抢各种食物，例如滋味鲜美的鹿肉。

话说清剿黄巾军一场大战，在各路政治势力看来，不过是猎杀和争抢鹿肉的绝好机会，人们把这种争抢行为叫作“中原逐鹿”。幽州刺史刘焉，对于鹿肉有他自己独特的考量。最初他看中了最南部的交趾，那是鹿的后腿肉。他向朝廷建言说：“之所以会激发黄巾军这样的民变，是因为各州的刺史和各郡的太守滥用职权、胡作非为、盘剥百姓造成的恶果。请皇帝选任一批德高望重的清名重臣，到各州去担任牧伯，这样就能让那些动乱的地方在较短时间内归于太平。”皇帝认为他说得对，大将军何进也很支持他，于是挑选幽州、荆州、交趾三个地方为试点，将交趾改名为交州，分别委任刘虞、刘表、刘焉三位清名重臣为幽州牧、荆州牧和交州牧。从刺史到州牧，是大汉王朝人事制度的重大变局：刺史不过是皇帝用来监察地方的使者，州牧却是总领一州行政和军事的最高领导人，在随后的动荡岁月里这些州牧又演变成了割据一方的军阀。

第一个割据一方的军阀，恰好就是刘焉自己。刘焉担任中郎的时候，曾经辞官为他的老师祝公服丧，是人们交口赞誉的道德君子，也是皇族公认的清名重臣。在刘焉赴任交州牧之前，益州刺史郤俭因为大肆贪敛激发民变，侍中董扶建议刘焉改任益州牧，并说益州有天子之气。刘焉怦然心动，以益州牧身份进驻益州整饬吏治，然后又以乱贼阻隔交通为由，中断了益州与中央政权的联络，这样就让益州成为一个事实上的独立王国。

在官二代之中，一批青年才俊也有机会崭露头角。孝武皇帝时代，为拱卫长安城，曾经特别设置虎贲八校尉。而今"十常侍"与大将军何进争权，也建议当朝皇帝以拱卫洛阳城为名，特别设置西园八校尉。所谓西园八校尉，包括：上军校尉，由中常侍蹇硕担任；中军校尉，由虎贲中郎将袁绍[①]担任；下军校尉，由屯骑校尉鲍鸿担任；典军校尉，由曹操担任，此前他已经从顿丘县令迁任议郎；助军左校尉，由光禄大夫赵融担任；助军右校尉，由冯芳担任；左校尉，由谏议大夫夏牟担任；右校尉，由淳于琼担任。诸校尉由上军校尉、中常侍蹇硕牵头，直接听命于皇帝，一时间声势浩大，连大将军何进都要忌惮三分。

西园八校尉由两部分构成：其一，世家子弟，例如袁绍，连续四代都是朝中最高阶的"三公"；其二，宦官亲属，例如曹操，祖父和父亲都是宦官。可惜八校尉之中，大多是中看不中用的绣花枕头。例如助军右校尉冯芳，是誉满洛阳的美男子，被中常侍曹节选作女婿，后来官至大司农。若是以才干而论，袁绍和曹操则可谓是出类拔萃的俊杰，偏偏此二人却被大将军何进拉拢，仿佛是何进安插在西园八校尉之中的私士。

---

① 袁绍，字本初，出身东汉名门"汝南袁氏"。从他的曾祖父开始，连续四代五人位居三公，因此有"四世三公"的美誉。

政局有如大风暴雨一样瞬息万变。八个月以后，刘备在虎牢关听群雄谈论时事，这才突然觉察：原来他梦见的那个屠夫，竟然就是他从未谋面的大将军何进!

18. 孝灵皇帝之死

八面威风的大将军何进，最初也是屠夫出身，因为妹妹生育了皇子辩且被立为皇后，于是得到皇帝的重任。按说皇帝是信任他们兄妹俩的，但事实上这种信任却又是那样莫名其妙和变幻无常。皇子辩出生五年后，又有王美人生育了皇子协。何皇后嫉妒王美人，设计将王美人鸩杀。董太后怜爱皇子协孤苦，亲手抚养他长大。皇帝亦是偏爱皇子协，自知时日无多，要立皇子协为太子。中常侍蹇硕向皇帝建议说："要立皇子协为太子，大将军何进便是祸患，须得设计诛灭了他。"皇帝听从了蹇硕的话，便令众宦官构设计策，但等何进入宫。

何进已经到了宫门。司马潘隐听到消息，赶来阻止何进说："大将军不可入宫。蹇硕已经构设了计策，要陷害大将军。"何进大吃一惊，慌忙返回大将军府，召集众军官商议大事。正在议论，潘隐又进来报告说："皇帝已经驾崩，宫中秘不发丧，只等大将军入内。他们指望着杀了大将军，立皇子协为新皇帝。"

西园八校尉之一的中军校尉袁绍，此时已经升任司隶校尉，挺身而出，说："我愿率五千精兵，闯入宫门，册立皇子辩为新皇帝，灭了他们的诡计。"何进大喜，当即调拨五千御林军给袁绍。袁绍全身披挂，率兵闯入宫中。何进带领议郎何颙、黄门侍郎荀攸、尚书侍郎郑泰等三十多位大臣相继而入。就在先皇帝的柩前，追谥他为灵，这就是历史上的孝灵皇帝。而后举行仪式，扶立皇子辩登基为新皇帝。

中常侍蹇硕躲在御园的花阴之中。他的同事另一位中常侍郭胜从背后擒住了他，把他推倒在何进面前，一刀结果了性命。袁绍说："中官结党为祸，今日正好趁机做个清理。"张让情知不妙，慌忙窜入内宫，拜倒在何太后跟前，哀告说："设计危害大将军的，只有蹇硕一人。老奴无辜，万望娘娘怜悯。"何太后便传旨令何进入内，为张让说情，说："你我兄妹二人，如果不是张让成全，怎么会有今日的富贵？蹇硕不仁，尽管诛灭他的家族，却不可连累无辜。"何进不敢反驳，连声喏喏着退下。

从此，"十常侍"又得宠于何太后。董太后与何太后竞争，也在重用"十常侍"。可叹张让老辣，在董太后与何太后之间左右逢源，尽得渔翁之利。袁绍见此情势，心中焦躁不已，感叹说："何进打蛇不死，日后必被蛇咬，祸事不远矣。"

五月十一日，董太后与何太后争吵，互相谩骂，把永安宫飞檐上的瓦片都震碎了几块。何太后大怒，命令大将军何进出兵将董太后遣送回原籍。次月，董太后在原籍河间国暴病而死。消息传到洛阳，"十常侍"说："这一定是大将军使用诡计，毒杀了董太后。"

袁绍听到流言，赶来责劝何进说："张让、段珪四处传说大将军的坏话。大将军若不及时了断此事，必然酿成大祸。"何进说："张让老谋深算，如今又深得太后宠幸，却不知如何是好。"袁绍说："天底下的英雄，痛恨宦官专权已经很多年了。大将军可召令他们齐聚京都，与太后说道，太后必然不敢姑息。"何进以为此计大妙，便命令书吏撰写诏文。可叹何进无知，一念之间竟造成了整个汉朝的倾覆。

19. 何进之死

话说何进用计，典军校尉曹操却在旁边抚案大笑道："宦官之祸，由来已久。但如果要治他们的罪，一个狱吏就足以胜任。大将军何必如此大张旗鼓？难道不怕宦官们看破你的计谋吗？”何进不听，以为曹操自己便是宦官之后，在为宦官们说项。

东中郎将董卓已经升任前将军，统领大军二十万，驻在西凉。此时接到大将军何进的密诏，暗自窃喜，吩咐女婿牛辅守住陕西，自己带着另一个女婿李儒和李傕、郭汜、张济、樊稠诸将，直奔洛阳而来。李儒与董卓商议说：“大将军何进的密诏，语义暗昧。不如索性给朝廷上一道表，把事情挑明，看事态如何变化，好从中取利。”董卓为此计叫好，便令人写了一篇表文，投往洛阳。表文说：“我听说国家管理之道，在于天常。如今中常侍张让侮慢天常，致使国家管理陷入了混乱。我此番提兵前来，就是为了除掉张让这个祸害。”

何进自以为得计，把董卓的表文出示给众位大臣观看。卢植大吃一惊，说：“我深知董卓为人，面善而心狠，请大将军赶紧阻止他！”尚书侍郎郑泰也说：“董卓是一个人面兽心的豺狼，一入京城，那可是要吃人的！”何进不听。卢植、郑泰与众大臣见势不妙，纷纷弃官而逃，去了大半。

张让听到消息，与宦官们商议说：“这是何进在用计迫害我们。他口口声声指责我们宦官专权，敢问天底下的英雄又何尝不是争权？我们得赶紧行动起来，否则死无葬身之地。”便前去哀告何太后说：“大将军引来董卓，向我们这些做宦官的问罪。请娘娘看在我们朝夕伺候的份上，一定要设法救助我们啊！”何太后说：“我知道你们都是好人，但你们就是跟大将军搞不好关系，我又有什么办法？”张让说：“请娘娘务必再为老奴说几句好话。如果大将军还是不听，老奴情愿死在娘娘面前。”

何太后于是宣召大将军何进入宫议事。主簿陈琳说：“太后此番宣召，一定是‘十常侍’的计谋。大将军切不可去，去必有祸。”何进轻蔑地一笑，不以为意。袁绍说：“大将军一定要去的话，请让我们率领亲兵护从，以防不测。”于是，袁绍、曹操各自挑选了五百名亲兵，护送何进前往何太后居住的长乐宫。到了长乐宫外，有宦官传告说：“太后与大将军叙说家事，其余人等，不得入内。”把袁绍、曹操和众亲兵拦阻在宫门之外。

何进依然不以为意，昂首径自入内。刚到嘉德殿前广场，忽见张让迎头上来痛骂道："你这个忘恩负义的小人，不就是一个杀猪的出身吗？如果不是我们的推荐，你们兄妹两个会有今天的富贵吗？我们不说要你的报答，但你也不应该残害我们呀！你口口声声说我们有罪，试问天下何人无罪？你自己就是一个满手血渍的罪人，有什么资格向我们问罪？"何进慌忙回头看时，宫门早已紧闭，后退不得。埋伏在四周的五十名刀斧手现身而出，将何进一顿砍杀，而后劈为两段。鲜血飞溅在宫墙之上，仿佛淋漓尽致的泼墨。

这样就意味着，刘备、袁绍、曹操、陈琳、卢植、郑泰和许多人的预感都得到了应验。墨菲定律说："如果你担心某种情况发生，那么它就很有可能发生。"原来早在中国汉朝，何进便以自己的悲剧，演绎了墨菲定律的奇怪法则。

20. 在草堆里梦见火

话说张让杀了何进，将何进的头颅扔出墙外。袁绍、曹操与众军士大吃一惊。张让又站在宫墙之上，大声叫道："太后宣谕，何进谋反，已经当场伏诛；你们这些协从，不予问罪，请自行散去吧！"他以为何进已死，群龙无首，险情即将逆转。

岂知袁绍当即拔出剑来，挥舞着大声回应道："你这个恶人，竟敢谋杀大臣！弟兄们，攘凶除恶，就在今朝，跟我上啊！"众军士便齐声鼓噪，纷纷张弓射箭。虎贲中郎将袁术不由分说，指挥众军士突破宫门，见到宦官就杀。一时间，血雨腥风，烈火熊熊，试问汉朝自有宫殿以来，何曾遭此大难？赵忠、程旷、夏恽、郭胜四人逃到翠花楼前，被追兵剁为肉泥。张让、段珪、曹节、侯览劫持着何太后和小皇帝且逃且走，出了北宫，往北邙山方向逃窜。

黑夜降临，众军士打着火把一路追杀。张让走投无路，情急之间投河而死。河南郡中部掾闵贡迎面遇到段珪，一阵打杀，砍了他的脑袋。但见乱草丛中，流萤点点，众军士齐声高喊，就是听不见回应，不知道小皇帝落在了何处？

此时，小皇帝刘辩和他的弟弟刘协就躲在那乱草丛中。他们不清楚那些军士们的身份和虚实，心里害怕得瑟瑟发抖。耳听着人声渐渐远去，这才敢于开口说话。“已经四更天了吧？”小皇帝说，“一天一夜折腾到现在，饥寒交迫，如何是好？”

小皇帝的弟弟刘协，此前被封为陈留王，虽然比他小五岁，却性情深沉而有主张，说道：“此处不宜久留，还得别寻活路。”兄弟两个手拉着手，从沼泽地里爬上岸来，跟着萤火虫在山地里行走。于微光中看到山岗边有一座草堆，兄弟两个又饿又累，一起倒在草堆中歇息。小皇帝感叹说：“人说皇帝是天子，却不知道我那个神秘的天父究竟要做什么，要用这样的命运折磨我？还不如做一只萤火虫自在。”他的弟弟说：“我也想要听见天父的声音，听祂说一说命运的奥秘。”说着，说着，兄弟两人各自在忧愁中睡去。

醒来时已经到了晌午。陈留王说：“我梦见了火。”他的皇帝哥哥说：“我也梦见了。我梦见火星从草堆里面冒出来。我想撒尿去灭它，没想到却像火上浇油一样，弄得烈焰腾空。”陈留王看着皇帝哥哥通红的双眼说：“你可能生病了。”小皇帝说：“是的，我感到眩晕。”得赶紧找点儿吃的。他们站起身来四处张望。一位农夫正在往他们这个方向走来，手里牵着一匹耕马。

第一个找到小皇帝的是河南郡中部掾闵贡。小皇帝和他的弟弟正在农舍里吃粥。闵贡跪拜在小皇帝面前，请他饶恕自己救驾来迟。农夫家的耕马没有马鞍，不能乘用。闵贡便把马匹让给兄弟两个乘坐，他自己则牵着马匹，往大路走来。走不到三里，遇到一大群人，却是太尉杨彪、司徒王允、左军校尉淳于琼、右军校尉赵萌、后军校尉鲍信、司隶校尉袁绍和若干随从。群臣接着小皇帝，都跪在路上痛哭。又赶紧备好车驾，簇拥着小皇帝和陈留王回京。

走不到数里地，忽然又看见尘土滚滚，从中冒出一支旌旗猎猎的人马来。司隶校尉袁绍硬着头皮，提马上前问道：“来者何人？”只见从旌旗影中，一员大将飞奔而来，并不理睬袁绍，却厉声反问道：“皇帝可在？”群臣见此阵势，不禁大惊失色，都把眼光看向了小皇帝。小皇帝亦是紧张得瑟瑟发抖，从昨夜以来，他似乎已经落下了发抖的毛病。

还是陈留王心疼哥哥，当即提马向前，再次喝问道：“来者何人？”对方回答说：“西凉刺史董卓是也。”陈留王继续问道：“你是来保驾的呢，还是来劫驾的？”董卓回答说：“当然是来保驾的。”陈留王说：“既然是来保驾的，皇帝就在这里，还不下马参拜？”董卓吃了一惊，慌忙下马，拜倒在路旁。群臣这才擦了一把冷汗，继续启程，赶往洛阳。

待到小皇帝与群臣经过，董卓从尘土中站起身来，向左右说道：“刚才那位陈留王，年少英杰，胜过他的皇帝哥哥十倍。我若是得志，一定要改立他做皇帝。”

第五章

嘉德殿政变

自负有才华的人，多半不会满足于他的薪酬。吕布就是这样一个自负的人啊，董卓因此有机会收买他，把他豢养成俯首听命的虎狼。

人中吕布，马中赤兔。赤兔，马中赤诚者也。吕布，可有赤诚之心乎？想想吕布一世英雄，虽有赤兔马之才，却无赤兔马之德。可叹董卓一生，成也吕布，败也吕布，当为天下做主公者戒。

---

21. 丁原背后那个手持方天画戟的人

却说董太后与何太后相争，"十常侍"得利；何进与"十常侍"相争，董卓得利。如今何进与"十常侍"两败俱亡，董卓带领铁甲兵横行于洛阳街市，为所欲为，肆无忌惮。官员百姓，都是敢怒不敢言。国家权柄，全都落在董卓的魔掌之中。

又一日，董卓忽然召集众官，讨论乱世中的治国方略。众官不知道董卓葫芦里卖的什么药，开始还有些犹犹豫豫，但终于忍不住七嘴八舌地议论起来。有批评已故孝灵皇帝亲谗远忠、近色远贤的，有责备董太后、何太后外戚干政的，有咒骂"十常侍"卖官鬻爵的，仿佛在开批斗会。等到大家说完，所有人都在凝神静气地等待着董卓的答复。

"很好！"只见董卓不急不缓地答复说，"你们都是好医生，都很会开药方！但你们关注的仅仅只是病，而不是病因。请想一想，认真地想一想，你们明知道孝灵皇帝不是一个好皇帝，为什么不换掉他？依我看，想要治理好国家，只需要解决两个问题：第一，我们需要一个聪明而有智慧的好皇帝；第二，我们需要听话的臣民。"

说着，他站了起来，在朝堂之上走动，提议说："我有一句话，请你们一定要认真地听。我们真的需要一个聪明而有智慧的好皇帝。孝灵皇帝不是一个好皇帝，当今这个小皇帝呢？懦弱无能，也不是一个好皇帝。我建议，改立聪明好学的陈留王为新皇帝，你们觉得可好？"众官听了，都惊得目瞪口呆。

想要撤换一个新皇帝？这事儿可非同小可！与现代社会的契约关系不一样，古代中国的理想社会是信托。契约的执行需要监督，信托则是一种信任和期待。所以尽管汉朝有史以来一直都存在权力上的争夺，但它的政治主题却始终在强调道义。在汉朝的管理学教材中，最好的政治就是君明臣良，只有君明臣良才会发生道义上的互勉，并建立彼此之间的信任和期待。然而，如果君不明，做臣子的应该怎么做呢？首先要检讨自己是不是一个良臣；而做一个良臣的标准则是对皇帝进行有效的劝勉，而不是随意撤换皇帝。

撤一皇帝，换一皇帝——或者说，废一皇帝，立一皇帝——对于国家来说，可是一桩惊天动地的大事。数一数几千年历史人事，也只有像伊尹、霍光那样雄才伟略的大政治家才做得到。《孟子》说："有伊尹之志则可，无伊尹之志则篡也。"意思是说，除非你是伊尹那样胸怀坦荡的大良臣，你才有资格谈论如何撤换皇帝，否则就会被人们目为谋权篡位的逆贼。

在鸦雀无声的一片死寂之中，忽然有人勃然站起，大声呼叫道："当今皇帝，乃是先皇帝的嫡长子，合法的继承人。你是什么人？竟然敢妄议废立皇帝？难道你想谋权篡位吗？"众官闻声看去，原来是并州刺史[①]丁原，此前也是响应何进征诏入京征讨宦官的，有大军驻扎在洛阳东北方向的河内郡，堪称是与董卓势均力敌的对头。但见那董卓怒视着丁原，把佩剑拔在手中，连手臂都颤抖了起来。

李儒在旁边，目光却越过了丁原，看到他背后那个手持方天画戟的人，急忙出来劝和说："都是为了国家大事，有话好说，有话好说！"众官也都出言相劝。丁原却是气愤难平，带着那个手持方天画戟的人，毅然上马飞奔而去。

次日清早，丁原便带着大军在洛阳城外叫骂董卓。董卓大怒，也带领一支军马出城，与丁原怒目相向。"看到那个手持方天画戟的人了吗？"李儒靠近董卓说，"此人姓吕，名布，字奉先，是一员勇将。"只见吕布头顶束发金冠，身披百花战袍，英姿飒爽，恍若天神。

李儒说："丁原不可畏，唯有这个吕布，深可畏也。"董卓问："可以用钱买到他吗？"李儒说："以我对他的了解，应该可以。"董卓便哈哈大笑道："那么，他也并不可畏。"

---

① 并州刺史：罗贯中版《三国演义》错写成"荆州刺史"。

只见旌旗猎猎之中，丁原遥指董卓骂道：“宦官弄权，朝廷蒙难。董卓老贼，无有尺寸之功，却心怀险恶，妄言废立，祸乱京都！”董卓还没来得及回应，吕布舞动方天画戟，纵马直扑过来。董卓顿时惊慌失措，急忙调转马头奔逃。丁原随后率军掩杀，将董家军杀得大败。

22. 薪酬与忠诚度成正比吗?

董卓召集会议。将领们都称呼他为主公，也就是老板的意思。这表明他们都是董卓的私人将领，而不是朝廷的命官。会议一开始，董卓就表达了他对人才的渴慕。他说：“想要创建伟大的事业，就必须要有杰出的人才。我看吕布这个人，确实是一个神勇无敌的奇才。如果能够得到他，那么何愁大事不成呢！”

虎贲中郎将李肃起身应答说：“我听说想要得到一个人，需要具备两种吸引力：第一种是情感上的吸引力，就是做老板的要确实爱才，而且要宽厚仁慈，能够赢得人们的倾心、追随与忠诚；第二种是薪酬上的吸引力，能够付出令人满意的薪酬和职位待遇。毫无疑问，老板您是具备第一种吸引力的——接下来，只要您舍得花大价钱，我自信可以凭借三寸不烂之舌，说动吕布拱手来降。”

董卓大喜，说：“你且说，需要付出怎样的代价？”李肃说：“我听说主公有一匹日行千里的名马，大名‘赤兔’。只要有这匹马，再多与金银财宝和利禄名位，我再给他说明利害得失，他必然舍弃丁原，改投到董公您的麾下。”那赤兔马可是一匹极其珍贵的神马。董卓听了，有点儿犹豫不决。李儒在旁边劝说道：“薪酬的多少，应该与一个人的才华和忠诚度成正比。您既然那么欣赏吕布，又何必吝啬一匹马呢？只要他拱手来降，人和马其实都是您的。”

董卓略一踌躇，满口答应。李肃便带了礼物，前往造访吕布。吕布看见那马，不由得满心惊喜。《周礼》有云：“马，八尺以上为龙。”那赤兔马从头到尾长一丈，从蹄铁到头颅高八尺，浑身上下赤如火炭，没有半根杂毛，嘶鸣咆哮之间仿佛有腾空入海的气势，果然是一匹神采奕奕的火龙马。李肃说：“宝马配英雄。这赤兔马与贤弟堪称绝配。”

吕布连忙安排酒宴相待。李肃等待的就是酒宴。只要有酒宴，就会有机会。酒至酣畅之处，机会便来了。那李肃借着酒意问道：“以贤弟你的才华，薪酬一定很高吧？”

这是一个居心叵测的提问。自负有才华的人，多半不会满足于他的薪酬。果然，李肃一问就把吕布的情绪激荡起来了。吕布感叹说：“囊中羞涩，不好意思相告于兄长。”

李肃又敬了吕布一碗酒，说：“活着就应该现实一点。你我都是受雇于人的军官，要找就找一个出得起高薪的雇主。学得文武艺，货与帝王家，图的就是一份高薪。当今帝王虽然暗弱，却也是有雄才伟略的主公。贤弟一代名将何不改换门庭，另谋高就？”一句话就说到了吕布的心坎上。那吕布便乜斜着醉眼问道：“以兄长之见，天底下谁才是最雄才和最伟略的主公？”李肃说：“天下英雄，莫过于西凉董卓。”吕布沉吟说：“我也见过董公两次，只是不知道怎么跟他说话？”

李肃便取来金银财宝，一一陈列在吕布跟前，说：“赤兔马和这些财宝，其实都是董公的馈赠。董公久慕贤弟英名，特此派遣愚兄前来致意。”吕布满眼都是财宝，便动了投奔新老板的心思，又再三犹豫说：“董公如此厚待，却不知我应该拿什么礼物回报董公？”李肃说：“贤弟大才，只要愿意为董公做一两件事，便是绝好的礼物。”吕布说：“我以丁原的项上人头为礼物，如何？”李肃大笑起来，回答说：“如此甚好！”

晚饭过后，不过二更时光。丁原正在秉烛观书，听得大帐的钩带一响，知道是吕布进来了，也无戒心，问道：“孩儿有什么事情吗？”吕布冷笑道：“我乃堂堂大丈夫，怎么是你的孩儿！”丁原这才大吃一惊，那吕布甘为义子，由来已久，没想到忽然有此变故。说时迟，那时快，吕布纵身上前，一刀砍下去，丁原的热血便如喷泉一样飞溅而出，溅得吕布头上、脸上、手上、衣服上到处都是。

当晚吕布便提着丁原的头颅来见董卓。董卓置酒相待，就在席上行拜礼，说：“董某爱才，今得将军，有如旱苗之得甘雨。”吕布慌忙赶上去，扶着董卓坐好，然后跪拜说：“感谢董公如此厚爱，请让我拜你为义父。”有奶便是娘，有钱便是爹，不过两个时辰，他便换了一个义父。董卓大喜，当即封官许愿，任吕布为中郎将，封都亭侯。丁原的旧部散去了大半，剩下的都被收拢在吕布麾下。

23. 嘉德殿政变

却说董卓新收了吕布，势力更加雄横。便不由分说，把日子定在九月初一日，要在嘉德殿举行仪式，撤换皇帝。众英雄见势不妙，纷纷远走：先是鲍信，率领本部军马去了泰山；而后袁绍将他的司隶校尉大印悬挂在洛阳城东门，策马北向，投奔冀州刺史韩馥去了。董卓来不及阻拦，只好任随他们去了。

众英雄纷纷远走，蔡邕却不请自来。那天晚上，他看见夜空中新星闪亮，便对家人们说：“近日即将有新皇帝登基，我要赶去帮助他。”只因女婿卫仲道病故，又没有子嗣，女儿蔡文姬已经回到娘家居住。蔡邕便安顿好一家人的生活，只带着蔡文姬，父女二人乘坐着马车直奔洛阳而来。

九月初一日，蔡邕刚刚启程，嘉德殿的仪式却已经开始。董卓的女婿李儒以郎中令的身份宣读策文，说：“当今皇帝，年少轻浮，不足以威天下。兹废皇帝为弘农王。请奉陈留王为新皇帝，君临四海，以慰万民之心。”宣读完毕，早有人上去，解除了小皇帝头上的皇冠，命令他到北面长跪称臣。却又把一个更年少的陈留王扶持上去，立为新皇帝。

即将登基的新皇帝说：“我听说只有真命天子才有资格做皇帝。至于是不是真命天子，却需要尊奉天父的旨意。”董卓冷笑道：“而今是我扶立你做皇帝，我就是你的天父。”新皇帝和一众官员呆立在那里，皆是作声不得。

只见台阶之下，忽然有一位大臣怒声高叫道：“董卓老贼，胆大欺天，罪该万死！”奋力将手中象简掷向董卓，打在董卓身上。董卓大怒，定睛一看，乃是尚书丁管。当即喝令武士拿下丁管，推出去斩首。丁管骂不绝口，声音在嘉德殿久久回荡。

可怜新皇帝木偶一样坐在那里，接受众官朝贺。何太后与废帝刘辩母子，都被幽禁在永安宫中，缺衣少食，度日艰难。董卓自为相国，享受“赞拜不名、入朝不趋、剑履上殿”的特权，作威作福，无与伦比；甚至于夜宿龙床，奸淫宫女，肆无忌惮。董卓部属军士，亦是横行霸道，四处抢劫妇女钱财。

却说越骑校尉伍孚，心中暗恨董卓，在官服里面藏了一把短刀，时刻准备着，要伺机行刺。等到董卓入朝，伍孚赶到殿门前来迎接。两人正在寒暄，伍孚忽然拔出刀来，直刺过去。董卓吃了一惊，一把捉住刀刃。伍孚想要抽刀再刺，没想到董卓力气大，竟然动弹不得。就在这时，吕布赶了上来，用力把伍孚揪倒在地。董卓气呼呼地问道：“你为什么要造反？”伍孚反问道：“你不是我的君王，也不是我的老板，凭什么说我造反？真正造反篡权、罪恶滔天的是你！我一腔热血，就是为了诛杀你这个造反篡权的恶贼！”董卓被骂得气结，就用伍孚的那把短刀，把伍孚的脖子捅得对穿。后世有人叹说：“丁管击卓身先死，伍孚杀贼而后亡。纵使罪恶滔天起，犹有忠愤在朝堂。”

从此，董卓便心有余悸，每一次出行都要吕布和全副武装的亲兵护卫安全。

24. 做皇帝的使命

蔡邕已经赶到洛阳。适逢郊县庙会，董家军将赶集的男男女女团团围住，砍下了一千多颗男人的头颅，回到洛阳扬言剿匪大胜而归，却将妇女财物各自分享。蔡邕在驿馆听到传闻，先来请问董卓。

董卓回答说："我养的是豺狼虎豹，豺狼虎豹是要吃肉的，我只有让他们吃肉，他们才会情愿为我所用。"

蔡邕说："自古以来，唯有善能治天下，却不曾听说以恶治天下的道理。董相国既然以天下为己任，就应该劝人为善，把这些豺狼虎豹变成吉祥的羊群。"

董卓回答说："如今是乱世，这些豺狼虎豹还有许多用场。治理天下是一件大事，请蔡先生容我从长计议。"

此前，董卓早已听闻蔡邕的才名，也不计较蔡邕的责难，反而大喜过望，向蔡邕请教了许多问题。尽管他并不认同蔡邕的诸多观点，但他却被蔡邕的博学多才所折服。于是吩咐左右安排好蔡邕父女的住宿和生活；隔了几日，又带着蔡邕来见新皇帝，将蔡邕拜为侍中。

新皇帝一看到蔡邕就喜欢上了他。他已经看惯了人们的凶狠和哀愁，忽然看到蔡邕那张慈祥的脸，心里顿时涌起一股奇怪的暖意。他到底是一个孩子啊，刚开始还以为蔡邕是董卓的人，可是没多久就放弃了戒备，把心里话都倾诉了出来。

"蔡先生，"小皇帝问道，"我一直不懂，人世间为什么是这样的呢？人们总是在争夺着什么，生活也过得这么苦！"

"他们看不到天父，他们的心里是黑暗的。"蔡邕慈爱地看着他，解释说，"因为黑暗，他们迷茫而又惊恐，于是魔鬼就趁机住进了他们的脑袋。他们被魔鬼——或者说是妖孽——所操纵，他们会伤害你，他们也会彼此伤害，但他们并不知道自己在做什么。请不要怨恨他们，因为他们也是受害者。作为一个皇帝，您要学会去爱他们。"

小皇帝听不懂，继续问道："你说到天父？从前，我听宫里的老人们说，皇帝就是天子，是天父的儿子。现在董相国又说，他就是我的天父。请问，你见过天父吗？他长得什么样子？是董相国这样吗？"

蔡邕轻轻地摇着头，回答说："董相国不是天父，而是天父的一个工具。这一次，是天父使用了董相国，让您通过他成为新一代的皇帝，尽管你们俩对此都茫然无知。现在既然您已经做了皇帝，就应该学会承担起做皇帝的使命。"

“做皇帝的使命是什么？”小皇帝继续问道，“你说是爱，可是爱究竟是什么？”

“当你看到了天父，就会明白什么是爱。”蔡邕回答说，“您将会理解，天父是怎样爱你的；而您也将因此学会爱。”

“天父在爱着我吗？”小皇帝忽然哭出声来，“那么，他怎么能够这样忍心，不声不响地看着我，任由我经历这么多苦难？”

25. 王允和他的“黑古董会”

比小皇帝更加苦难的是他的哥哥，被董卓废掉的前皇帝刘辩。刘辩性格怯懦，却甚是多愁善感，这样就使得他的苦难更加深重。冬去春来，刘辩在窗边看见紫燕双飞有感而发，不禁脱口吟出一首诗①来。诗曰：

从前，我总以为我是皇宫的主人
微雨中双飞的燕子，不过是我的客人
现在，主人已经被逐出了皇宫
燕子们却依然在那里飞出飞进
我无法理解燕子们的自由和快乐
我的心里只有怨恨

董卓探听到这首诗，心中暗想：“这孩子心怀怨愤，留着终究是个祸患。”

① 罗贯中版《三国演义》原诗为：“嫩草绿凝烟，袅袅双飞燕。洛水一条青，陌上人称羡。远望碧云深，是吾旧宫殿。何人仗忠义，泄我心中怨！”

唤来郎中令李儒，吩咐他如此如此。李儒便往永安宫来，向刘辩说道："春日融和，恶疫丛生。董相国特地为你准备了一壶寿酒，饮之可以辟恶。"刘辩早有警觉，说："我没有病，你们不过是想杀我罢了！"李儒便命人斟满毒酒，逼迫刘辩饮用。何太后在旁边忍不住痛声大骂道："董卓老贼，欺人太甚，早晚必有报应！你们这些做奴才的，如此丧心病狂、助纣为虐，难道也想为老贼陪葬吗？"李儒大怒，上前一把将何太后扯起，奋力推下楼去，把她摔得身糜骨碎。又命令左右用白绫绞死了刘辩的唐妃。可怜刘辩泪流满面，被李儒抓住头发，一壶毒酒咕噜咕噜地全都被灌进了他的喉咙。

消息传出，众多官员百姓都是满心悲恸，纷纷以"黑古董"为暗号，秘密集会，商议如何除灭董贼。司徒王允明里与董卓一团和气，事实上却是那"黑古董会"的领袖。在"黑古董会"里面，又以骁骑校尉曹操最为激进活跃。

袁绍听说"黑古董会"的消息，也秘密送书给王允说："董贼前番有废主之罪，今次又有弑君之毒，人世间凡有良知者，无不悲愤满胸。听闻司徒秘密集会，图谋除贼，如此甚善。我袁绍虽然远在渤海，却也在日夜训练精兵，随时听候司徒的计划和差遣。"等到下一次召集"黑古董会"时，王允让众人传阅袁绍的书信，询问众人有何良策除灭董贼？众人七嘴八舌说到深夜，却被王允一一否决，没有一条上策。

王允于是掩面大哭，众人也忍不住大哭，只有曹操抚掌嗤笑道："满朝公卿纵然从夜哭到明，从明哭到夜，难道还能哭死董卓吗？"王允暗自惊奇，把曹操带往另一个秘密房间，问道："莫非你有什么高见吗？"曹操说："诛敌先诛首，擒贼当擒王。董卓虽然势大欺人，但若是有机会诛灭了他这个贼首，那么他的整个势力集团便会随之土崩瓦解。"王允以为他有什么妙计，听他如此说，顿时就有些泄气，说："你这条计策，越骑校尉伍孚已经用过，却是不中用。"曹操说："计策虽然相似，执行各有不同。我近来颇得那董贼的信任，能够自由出入相府。相比于伍孚，却多了许多胜算。"

王允暗自沉吟说："我姑且信他一回。只要他侥幸得手，便是天下之福。"站起身来，亲自酌酒向曹操致敬。曹操又向王允讨要七宝刀，那刀长一尺二寸七分，上面嵌饰着光华夺目的七色宝石，刀刃极其锋利，有切金断玉之能。王允心中有些吝啬，一咬牙，吩咐左右取来宝刀，亲手递给曹操。曹操把那七宝刀藏在身上，举起酒樽，一饮而尽，起身辞别王允，从小门先自去了。

其余众官仍在大厅议事，直到深夜才各自散去。王允心疼他的七宝刀，又担心曹操冒失误事，患得患失，竟然一夜无眠。

第六章

山猪的故事

大青蛇是一个隐喻，曹操从镜子里瞥见两头山猪也是隐喻。孝灵皇帝一生，被大青蛇所驱使。董卓和曹操各自的一生，亦是被山猪所驱使。人生之所以是一场悲剧，就是因为我们沦落在被驱使的命运之中。

26. 从镜子里看到两头山猪

话说曹操醒得很早，躺在床上，把整个计划琢磨了又琢磨。然后佩着宝刀，径自来到相府。董卓问道："看你神情恍惚，莫非有什么心思？"曹操说："都是我那匹病马，不好好行走，惹得我心烦。"董卓回头对吕布说："我从西凉引进一批好马，你去选一匹来，我要赐与孟德。"孟德是曹操的字。曹操听得感动，心想："此贼虽然心地凶狠，却懂得轻财重士，确实是一代枭雄。"

吕布领令去了。董卓便招呼曹操坐下，喝茶，说话。那董卓身体肥大，过了一会儿便有点儿喘气，说："孟德不是外人，请自便。我得躺着休息一会儿。"于是倒身而卧。曹操心想："我今番便要了此贼的性命！"把宝刀掣在手中，准备着行刺，不想却一眼从床头镜里瞥见两头青面獠牙的山猪，吃了一惊，失手将宝刀落在地上。

董卓听见响声，回身问道："你在干什么？"曹操惊恐万状，不敢造次，却急中生智，把宝刀捡了起来，装作很认真地端详了片刻，然后跪地呈献给董卓说："恩相送我一匹宝马。我昨日得到一把宝刀，也想要献与恩相把玩。"董卓接过来，也是看了又看，笑道："我送孟德一匹宝马，孟德送我一把宝刀，如此情谊甚好！"

刚好吕布牵着宝马回来了，董卓引着曹操出去看马。曹操一副无限欢喜的模样，说："我这就出去骑着它试试看！"牵着马出了相府，回头看看，没有人注意，赶紧快马加鞭，直奔东南而去。

转眼过去一个时辰。董卓说："孟德怎么一去不回？"刚好女婿李儒进来，拿起宝刀看了又看，说："此刀如此锋利，令人心寒。那曹操手持利刀入府，莫非别有企图？"董卓顿时也吃了一惊，说："我也觉得曹操形迹可疑。想起来，他似乎正要行刺，却失手把刀掉落在地上，被我觉察，所以假装献刀。”立即差人前去召唤曹操。去了良久，回报曰：“曹操出了东门，说是丞相差他有紧急公事，纵马去了。”

李儒说：“曹操没有妻小在京，独自一人住在寓所。此番必然是因为行刺未遂，心虚恐慌，逃命去了。”董卓大怒道：“我如此重用他，没想到他竟然狼心狗肺，想要谋害于我！”命令李儒赶紧制作缉捕文书，四处张贴，缉拿曹操。

27. 在中牟县遇到陈宫

却说曹操一路奔逃，满脑子都是那两头山猪的模样，暗自想道：“床头镜照见的都是屋子里的景象，有桌椅，有床榻，有茶案，两头山猪却是从何而来？若说床榻上那头肥壮的山猪是董贼，难道旁边那头短小的山猪是我？”心中不由得万分难受，之间把马鞭都抽打断了，只好在路边折了一根树枝当作马鞭。

曹操在地上逃得快，缉捕文书却仿佛在天上飞得更快。当他来到中牟县时，缉捕文书已经贴在了城墙上。守城的军士见到他，满是嫌疑，立即把他捉住，往见县令。曹操分辩说：“你们捉错人了。我复姓皇甫，是一位遵章守法的客商。”那县令把曹操上下打量，微微笑道：“我从前在洛阳求官时，认得你是曹操。”吩咐皂隶把曹操收监，明日解往京师请赏。

当晚曹操便住在监中，周遭阴森森的，仿佛大祸临头似的令人恐慌。到了深夜，却有皂隶进来，呼唤曹操的名字。曹操暗自想道：“这个县令也忒性急，难道要连夜把我解往京师吗？没想到我曹操满心雄图大志，竟然死在此处！”

跟着皂隶来到后院，县令正在那里秉烛饮酒，微笑着问他：“我听说董相国待你不错，你为什么要与他为敌，自取其祸呢？”曹操应答说：“人各有志，你又何必问我？还是问问你自己吧，究竟是想要谋财还是谋官？你若是谋财，想要多少我都可以给你；你若是谋官，我便跟随你去见那董贼。”

县令吃了一惊，当即屏退左右，对曹操说：“我既不想谋财，也不想谋官。我有一问，请你不要闪烁其词，一定要好好回答我。你如今畏罪潜逃，将欲何往？”曹操应答说：“我要回到老家去，变卖家产，招募义军，号召天下英雄一起来讨伐董卓。”县令听说此言，上来亲手打开了曹操的镣铐，然后向他致拜礼，感叹说：“你是天下难得的忠义之士啊！”

曹操也慌忙回拜。问县令姓名。原来县令姓陈，名宫，字公台，老母妻子都在东郡，只有他一人在中牟县独自为官。陈宫说：“你既有讨伐董卓的雄图大志，我也不当这个县官了，跟随你一起去吧！”曹操满心都是死里逃生的喜悦。两人连夜更衣易服，收拾盘费，各骑一匹快马，继续往东南奔逃。

奔走了三日三夜，两人都是疲惫不堪。曹操放慢马步，遥指广武山，对陈宫说：“此处有我父亲的一位结义弟兄，姓吕，名伯奢，为人豪爽热情。今晚我们就往他家借宿，如何？”陈宫答应说“好”。两人沿着小路穿过树林，到山庄前下马，入见吕伯奢。吕伯奢问道：“我听说董相国在到处捉拿你。你父亲也闻风逃往陈留国[①]避难去了。你怎么跑到这儿来了？”曹操便把路上经历一一相告，说：“若不是陈县令，我已经到鬼门关那里去了。”吕伯奢听说，再三感谢陈宫，然后起身入内，过了好久才出来，说：“家里无有好酒。请你们稍等半个时辰，容我到西村去买一壶酒来。”言讫，骑着驴匆匆而去。

岂知曹操忽然起了疑惑，暗自想道：“这个吕伯奢神情恍惚，必定有什么怪异。难道他以买酒为名，要报官捉拿我吗？没想到曹操我满心雄图大志，竟然死在此处！”

---

① 两汉采用郡县制，兼行封国制。汉献帝原为陈留王，陈留国便是他的封国，后改为陈留郡。

28. 忽然听到磨刀霍霍的声音

话说吕家庄果然有怪异，但此怪异却并非曹操疑惑的彼怪异。在吕家庄东面的山林里，有一头成精的山猪，时常变幻成女子，红衫黑裙，肤色黝黑，容貌艳丽，仿佛一株摇曳生姿的黑牡丹，附近种田打柴的农民时常被她诱惑。前些时候，吕伯奢的次子被那山猪精纠缠。吕伯奢设计用草药泡酒，让次子哄骗着那山猪精喝了。山猪精在昏迷中现出了原形，被捆绑在后院里。刚好曹操二人前来投宿，吕伯奢便寻思着，要把那山猪宰了接待他们。

曹操哪里知道这些内情，与陈宫坐了良久，吕伯奢还没有回来。忽闻后院有磨刀霍霍之声，曹操低声对陈宫说："这磨刀声令我心慌。不幸生逢乱世，人心叵测，我们还是小心为妙。"两人便蹑手蹑脚潜入草堂后面，听见有人说道："父亲久去未归，等不及了，要赶紧动手杀了那黑猪，免得她醒来惹出后患。"曹操只当他们在说自己，心里面被撞击得扑棱一响，顿时就起了斗志，直拿眼睛去瞅陈宫。陈宫点点头，两人拔剑直入，不问男女，见人就杀，一连杀死八口人。搜寻至院墙边上，竟然真有一头黑山猪被捆绑在那里待宰。曹操和陈宫顿时呆住了。陈宫说："都是你多心，我们误杀好人啦！"

两人慌忙出了山庄，骑着马就跑。行不到二里，只见吕伯奢牵着一匹健驴，鞍上挂着两只酒葫芦，远远看着他们叫道："贤侄怎么就走了呢？"曹操上前赔笑道："小侄身犯大罪，不敢久住。"吕伯奢说："贤侄见外了。天色已经落黑，你们无论如何也得住上一宿，明日天光再走。"曹操连声说"不"，策马与吕伯奢擦肩而过。吕伯奢满脑子惊愕，却见曹操走了几步又回来了，指着他身后叫道："你看那边来的何人？"吕伯奢回头去看。说时迟，那时快，曹操挥起利剑，一剑把吕伯奢砍倒在地。

陈宫大吃一惊，问道："若说刚才是误杀了他的家人，现在你又为什么故意杀他？"曹操回答说："误杀了他的家人，已经铸成大错。等到他回到家中，看到死了那么多人，怎么会善罢甘休？只能将错就错，灭了他这个祸根。"陈宫说："你如此心狠手辣，却不是一个善人！"曹操回答说："这就叫'宁可我负天下人，休让天下人负我'。"

两人疾行了十几里夜路，于月光中投宿在客栈。曹操先自睡了。陈宫怀着心事，前去喂马，寻思道："我以为曹操是个义人，弃了官职来跟随他，却没想到他如此狠毒。"顿时便有了去意；回房间又再三思想，忽然翻身坐起，也不等天明，取了行李，上马自向东郡，投往老母妻子去了。曹操醒来不见陈宫，心里亦是暗自寻思道："我昨日杀了九条人命，此人说我不善，想必已经鄙弃了我，连夜投往别处去了。"也不敢久留，上马日夜兼程，自去陈留国寻找父亲。

父子相见，说起往事，都有死里逃生的虚惊。又说到陈宫与吕伯奢。那曹操素有大志，没想到竟然被一个小小的县令鄙弃，心中又是羞愧又是懊恼。父亲曹嵩安慰他说："男儿想要做成大事，第一要有不拘小节的格局，第二要有善于牺牲别人的胆略。你又何必耿耿于怀呢？"曹操认为父亲说得对，便把情绪抛到九霄云外，在家乡竖起一杆"义"字大旗，一面忙碌着变卖家产，一面招募兵马，打算轰轰烈烈地大干一场。

29. 猎猎作响的义字大旗

说来有汉一朝，富贵者愈来愈富贵，渐成世家大族；贫贱者愈来愈贫贱，只能卖身为奴客，或者沦为流民。曹操这个家族，虽然比不得袁绍家族的四世三公，却也有三代的积累，因此有钱招募到一支五千余人的队伍。父亲曹嵩还嫌钱少，恐难成事，又劝曹操去联络本地的另一个大财主卫兹[①]。曹操便殷勤邀请卫兹到家做客，指着那一杆猎猎作响的“义”字大旗说：“当今朝政多变，皇帝幼小无能。被那董卓老贼专权，平白得了许多好处。你我何不共举义旗，兴师问罪，从中分得一杯美羹？”卫兹点头赞好，慨然捐出许多钱粮，以资军用。

东郡卫国县有一人，大名乐进，胆识英烈，也来投曹操。山阳郡巨野县也有一人，大名李典，也来投曹操。沛国谯县又有夏侯惇与夏侯渊兄弟两个，各引壮士千人来会。曹仁与曹洪兄弟两个，也各引兵马千余人来会。曹操大喜，以夏侯氏兄弟和曹氏兄弟为大将，以乐进、李典为帐前吏，在庄前辟出大片空地调练军马。卫弘尽出家财，置办旗幡衣甲。但见场面上如火如荼，气势颇为浩大。

袁绍在渤海接到曹操的书信，振奋不已，率领麾下武将谋士和兵马三万余人，来与曹操会盟。曹操于是假借皇帝密诏，即兴创作檄文分发全国诸郡，文曰：“董卓老贼，欺天罔地，灭国弑君，秽乱宫禁，残害生灵，狼戾不仁，罪恶充积，人神共愤。今有袁绍、曹操，奉皇帝密诏，以血肉之躯奋起，高举义旗，大集义兵，誓欲扫清华夏、剿戮群凶。诚望各郡英雄火速起兵勤王，拯救国民，切勿缓怠，当机立断。”

各路英雄看得血脉贲张，纷纷起兵响应，史称“十八路诸侯”。自清剿黄巾以来，群雄并起，已然形成角力之势，恰如春秋战国时代之诸侯，因此有“十八路诸侯”之称。第一路，祁乡侯、渤海郡太守袁绍。第二路，后将军、南阳郡太守袁术。第三路，冀州刺史韩馥。第四路，豫州刺史孔伷。第五路，兖州刺史刘岱。第六路，河内郡太守王匡。第七路，陈留郡太守张邈。第八路，东郡太守乔瑁。第九路，山阳郡太守袁遗。第十路，济北相鲍信。第十一路，北海相孔融。第十二路，广陵郡太守张超。第十三路，徐州刺史陶谦。第十四路，

① 卫兹，字子许，陈留国襄邑县人氏，中平六年（189年）以家财资助曹操起兵。罗贯中版《三国演义》误写为“卫弘”。

征西将军、陇西郡太守马腾。第十五路，奋武将军、右北平郡太守公孙瓒。第十六路，上党郡太守张杨。第十七路，乌程侯、长沙郡太守孙坚。第十八路，便是曹操自己。各路军马，有两三万者，有一两万者，各自旌旗招展，直奔洛阳而来。

第七章

在虎牢关被天神使用

大青蛇住进了孝灵皇帝的身体，山猪住进了曹操的身体，现如今天神又住进了关羽的身体，以此类推，试问一问，你的身体里又住着谁？

想想看，关羽不过是一个贩夫的出身，却从哪里来的武艺，能够在万军之中力斩大将华雄？读者们每每看到虎牢关，都赞叹关羽的神勇，殊不知“神勇”一词的主语，并不是关羽，而是住在他的身体里的天神。

30. 十八路诸侯与虎牢关

话说刘备、关羽、张飞兄弟三人在平原县，日子过得像土地里的麦苗一样青秀而有生机。虽说是人间的乱世，原野上却颇有物产，温饱倒也不愁。关羽有美妻胡氏，也如庄稼似的孕育一子，生得天庭饱满，甚是可爱。只因此子生在平原，《诗经》又有“土治曰平”之语，关羽便为他取名关平。

谁想天伦虽乐，却不长久。关羽梦见有人对他说：“两个月后，你将会被天神使用，并因此成为闻名天下的英雄。”醒来后尚是黎明，关羽惊诧不已，不知道说话的那人究竟是谁；却也因此知道自己留在家中的时间不多了，于是更加勤于家务，对美妻稚子疼爱有加。

两个月后的某日下午，关羽抱着儿子关平，与美妻胡氏相伴在城郊散步。忽见一匹快马飞奔入城。关羽说：“我认得来人，是奋武将军公孙瓒的信使。如果我猜得不错，应该是我的时间到了。”原来是公孙瓒接到了曹操的檄文，特地派人命令刘备整顿军马，先到高唐会师，而后随大军一起前往洛阳讨伐董卓。刘备赶紧开会，吩咐兄弟们安顿家小、整理戎装。关羽有一件战袍，是刘备赠送的，已经有些破旧了，胡氏连夜缝补得整整齐齐，第二天叫他穿在身上，夫妻二人洒泪而别。

兄弟们急行军赶到高唐。公孙瓒早已在那里等候，集合了严纲、田楷、单经、刘备众将，合计精兵一万五千余人，浩浩荡荡地直奔虎牢关而来。那虎牢关古名成皋，乃是黄河边上的高岸，南连嵩岳，壁立千仞，形势险要，乃是京都洛阳的门户；传说周穆王曾在此圈养猛虎，故又名虎牢。十八路诸侯陆续到达，遥望高山关口，各自安营下寨，连绵二百余里。曹操令人宰牛杀马，大会诸侯，商议进军策略。

河内郡太守王匡说："十八路诸侯协同作战，须得有盟主统御全局，然后才可进军。"众人以袁绍一族四世三公，名望最重，都要推他为盟主。袁绍谦虚再三，终究应允。次日便登上高台，祭告苍天，发表盟誓说："国家不幸，皇纲失统。贼臣董卓，乘衅纵害，祸加至尊，虐流百姓。今有袁绍等一众志士，在此纠合义兵，共赴国难。悠悠我心，皇天可鉴。凡我同盟，歃血为誓。齐心协力，使命必达。"辞气慷慨，惹得众人一个个涕泗横流，然后又依次歃血。

从高台下来，袁绍升帐，各路英雄依照爵位年齿分列而坐。袁绍说："承蒙各位抬爱。袁绍既为盟主，有功必赏，有罪必罚。国有常刑，军有纪律，各宜遵守，不要违犯。"众人立即纷纷表示，唯盟主之命是从。袁绍便分派任务，命令从弟袁术总督粮草，供应各路军营，无使有缺。长沙郡太守孙坚挺身而出，愿为前部先锋，袁绍慨然应允。孙坚便率领本部军马，杀奔虎牢关而来。守关将士大惊失色，立即派遣流星马往洛阳城告急。

董卓接到告急文书，慌忙与众将商议。吕布自告奋勇，高声叫道："父亲不要担忧，孩儿愿意领军前往御敌。"话音未落，又有一人高声叫道："杀鸡焉用牛刀？且让我去，把他们的脑袋一个个砍下来，给相国当夜壶用！"董卓与吕布循声看过去，只见那人身高九尺，长得豹头、猿臂、虎体、狼腰，原来是猛将华雄。董卓大喜，立即升任华雄为骁骑校尉，令他与虎贲中郎将李肃率领马步军五万人，星夜赶赴前线，与孙坚相峙于虎牢关。

却说孙坚麾下也有四员猛将：第一员，姓程，名普，字德谋，使一支铁脊蛇矛；第二员，姓黄，名盖，字公覆，使一根铁鞭；第三员，姓韩，名当，字义公，使一口大刀；第四员，姓祖，名茂，字大荣，使双刀。华雄派遣副将胡轸出关迎敌，只见那程普挺着那支铁脊蛇矛，飞马直扑过来，不过几个回合，胡轸落荒而逃。孙坚乘胜指挥大军攻关。李肃在关上如暴雨般抛掷矢石，令孙坚大军知难而退。

战争才刚刚开始，悬念都在孙坚身上，并没有人注意刘备，更没有人注意关羽。谁知到了晚上，那个熟悉而又神秘的声音又出现了，向关羽叮咛着说道："就是这个地方。天神就要在这个地方使用你。请你一定要用心做好准备。"

31. 天神住进了他的身体

同一天夜晚，李肃早已与华雄设好计策。趁着月白风清，首先是华雄逼近了孙坚前寨，突然发起鼓噪和进攻。孙坚慌忙披挂上马，正好遇上华雄，两人打成一团。接着，李肃也靠近了孙坚后寨，在那里纵情地放起火来。孙坚大军顿时大乱，只有祖茂掩护着孙坚突围而走。华雄在后面紧追不舍，看看到了天明，远远看见一团红色，认得是孙坚的头巾，跃马上前便取。祖茂从树林后杀将而出，挥舞着双刀来劈华雄。华雄大喝一声，把祖茂一刀砍于马下。

袁绍接到战报，大惊道："孙太守勇冠江东，不想竟败于华雄之手！"恰于此时，又有探子报告说："那华雄用长竿挑着孙太守的红头巾，在寨前大骂搦战。"袁绍环顾众人，问道："谁敢应战？"袁术背后走出一员骁将，朗声应道："小将俞涉愿往。"袁绍叫了一声"好"，指令着他去了，没想到过了一会儿探子又来报告："俞将军与华雄相战，不过两个回合，就被华雄一刀斩了。"众人都是大惊，纷纷叫道："如何是好？"冀州刺史韩馥说："我有大将潘凤，使一把大斧，可斩华雄。"袁绍便指令潘凤出战，去不多时，又有探子飞马来报："潘将军也被华雄斩了。"众人越发惊慌失措。"还有谁敢应战？"袁绍遍问诸侯，再也无人应声。于是，袁绍便失望地感叹说："我有上将颜良、文丑，可惜都不在这里。设使他们有一人在此，便不必畏惧于华雄！"

刘备、关羽、张飞兄弟三个都站在奋武将军公孙瓒身后。关羽的性格原本是又认真又倔强，用他的妻子胡氏的话说，是个认死理的榆木疙瘩，但此时奇迹却正在发生。一位金盔金甲的天神灿然出现，直觉告诉他，那就是天神。旁人都看不见。只有关羽，满眼都是天神的光华。就在那流光溢彩的一瞬间，他听见轰隆一响，那天神便住进了他的身体，与他合二为一。

接着，关羽便从公孙瓒背后挺身而出，把刘备和张飞都吓了一跳。只见他精神抖擞，声如巨钟，朗声叫道："关某愿往，斩了华雄那厮！"众人的目光顿时都聚焦在他的身上。

袁绍惊讶地问道："此是何人哪？"公孙瓒回答说："此人姓关名羽字云长，是平原县令刘玄德的兄弟。"袁绍又问："他现居何职啊？"公孙瓒回答说："跟随刘玄德，充任马弓手。"袁术从袁绍身边勃然站起，大声喝斥道："诸侯之中，自有大将。你区区一个马弓手，哪有资格在这里说话？左右，给我把他轰打出去！"

曹操急忙站了起来，说："诸侯暂且息怒。此人既出大言，必有勇略。可以叫他出马应战，如若不胜，再来责备他不迟。"袁绍说："派遣一个马弓手应战，岂不被华雄耻笑？"曹操说："此人神采奕奕，华雄怎么知道他是马弓手？"关羽也跟着应答道："关某如若不胜，愿将头颅献与诸侯。"

曹操便叫人酾了一杯热酒，为关羽壮行。关羽说："且留给我回来再喝。"大踏步走出营帐，飞身上马去了。刘备和张飞都是惊心动魄，唯恐他有去无回。就在这时，众人听得寨外鼓声、呐喊声、惊叫声响成一片，仿佛天崩地裂一般。正要派人打听，关羽却已经翻身下马，大踏步走进帐来，把华雄的头颅掷在地上。曹操感动于他的神勇，急忙叫人把酒杯端上，摸一摸杯体，尚有温度。关羽扬起脖子，把那杯酒畅快淋漓地喝了下去。这便是历史上著名的"关云长温酒斩华雄"。

却见那张飞又惊又喜，也从公孙瓒背后站了出来，高声大叫："俺二哥斩了华雄，何不趁此气势，杀入关去，活捉了那董卓？"袁术的脸上却再也挂不住了，怒声喝道："我们这些大臣，尚且在互相谦让。你等不过是一县之小卒，怎么敢在这里耀武扬威！左右，都给我赶出帐去！"曹操说："打仗论的是输赢，谦让什么？况且盟主早有前言，有功必赏，却为什么要以贵贱论英雄呢？"袁术冷笑说："难道孟德兄眼里只有这个小卒吗？请容我告退。"众人见势不妙，都拿好话劝说袁术和曹操。公孙瓒觉得无趣，带着刘备、关羽、张飞自回营寨。众诸侯各自打着哈哈，也都散了。

32. 虎牢关三英战吕布

话说董卓折了大将华雄，满心恼怒，紧急召集吕布、李傕、郭汜和李儒商议对策。李儒说：“十八路诸侯，共推袁绍为盟主。袁绍的叔父袁隗，目前还是朝中高官。倘若他们叔侄两个里应外合，也是麻烦。”董卓听了，当即令李傕、郭汜领兵将太傅袁隗全家尽数诛灭，把袁隗的头颅送往虎牢关悬挂，以示惩戒。可怜袁隗贪恋权位，百般讨好董卓，廉耻心荡然无存，竟然不免惨死。

董卓随后起兵二十万，亲来屯守虎牢关。又分兵三万与吕布，令他在关前扎寨。袁绍立即分派王匡、乔瑁、鲍信、袁遗、孙融、张杨、陶谦、公孙瓒八路诸侯迎战吕布。河内郡太守王匡引兵先到，遥见吕布头戴紫金冠，身穿红锦战袍，手持方天画戟，坐下一匹赤兔马昂扬嘶叫，果然是“人中吕布，马中赤兔”！

王匡回头问道：“谁敢出战？”一代名将方悦挺枪而出。吕布挥起方天画戟，或冲铲，或横刺，或回砍，或翻刺，或直戳，不过五个回合，便将方悦戳死在马下。王匡顿时军心震动，被吕布一顿冲杀，四散奔逃。幸亏乔瑁、袁遗两军随后赶到，奋力击退吕布，救下王匡。三路诸侯各自折了一些人马，后退三十里下寨。随后八路诸侯陆续赶到，都说吕布英勇，无人可敌。

次日，八路诸侯聚会，正在商议对敌策略，吕布又来搦战。上党郡太守张杨部将穆顺出马迎战，又被吕布一戟刺于马下。北海名将武安国，飞马而出，战到十余回合，又被吕布一戟戳断了手腕。八路诸侯一齐上阵，救起武安国。吕布认定了骑白马的公孙瓒，不过几个回合，杀得公孙瓒提马便走。吕布自恃有赤兔马，日行千里，奔走如飞，眼看就要赶上，举起画戟便刺。只见乱军丛中，张飞格外奋勇，挺着一杆丈八蛇矛，纵声大叫：“三姓家奴，休要猖狂，燕人张飞在此！”从此，有“人中吕布”美称的吕布，又多了“三姓家奴”这个绰号。

吕布气急败坏，便舍了公孙瓒，来战张飞。张飞初次与名将对战，却也抖擞精神，毫无怯意。关羽见了，唯恐张飞遇险，把马一拍，舞动青龙偃月刀，赶来助阵。三匹马你来我往，转眼间厮杀了三十多个回合。刘备挥舞着双股剑，从刺斜里冲出，也来助阵。兄弟三个围住吕布，走马灯似的杀成一团，把八路诸侯都看得呆了。这便是历史上著名的“虎牢关三英战吕布”。

饶是吕布武艺娴熟，也比不得三兄弟奋勇争先。只见关羽高扬着青龙偃月刀迎面扑来。吕布吃了一惊，他感觉到关羽浑身闪耀着慑人的光芒，急忙举起方天画戟去抵挡。接着，关羽大喊了一声，顺势一拖，顿时把吕布左臂上的铠甲连同皮肉都撕下一大块来。吕布只得负痛而逃，转眼又看到刘备从右边攻了上来。吕布不敢恋战，往刘备脸上虚刺一戟，趁着刘备躲闪之机，荡开阵角，倒拖画戟，急忙往回逃窜。

三兄弟哪里肯舍，拍马便追。八路军马，喊声大震，一齐掩杀过来。怎奈赤兔马跑得飞快，一溜烟便钻入了关门之中。三兄弟追赶到关下。只见关上青罗伞盖迎风飘动，张飞大声叫道：“那一定是董卓！只要拿了老贼，便是斩草除根！”拍马直奔关门而来。却眼睁睁地看着关门升起，关上如暴雨般抛下矢石，三兄弟只得勒住战马，含恨退回营寨。公孙瓒迎接着他们，八路诸侯都是赞叹不已。三兄弟从此一战成名，跻身于诸侯之间。

33. 两百年繁华之后的浩劫

话说董卓在关上设下美酒，为吕布压惊。吕布说：“那三人奋不顾身，骁勇异常，却不知是何等人物！”李儒说：“吕将军已经是人世间顶级的勇士。那三人除非有天神相助，否则不可能是吕将军的对手。”董卓问道：“打听到了吗？

那三人姓甚名谁，究竟是怎样的来头？”李儒说：“吕布将军，人中猛虎也。孙坚，亦江东猛虎是也。十八路诸侯之中，唯有孙坚以勇烈闻名。我猜想，一定是孙坚和他的副将。只要设法拉拢孙坚，十八路诸侯便可不战而胜。”

董卓便派了爱将李傕，前往孙坚营寨和亲。孙坚问道：“你来干什么？”李傕说：“董相国所敬重的，只有将军一人。今天特派我来，想要把他的爱女许配给将军之子，从此化戾气为玉帛，结为亲家之好。”孙坚听了，却冷冷一笑，回答道：“董卓欺压君王，残害无辜，逆天无道，十恶不赦。我正要灭了他的九族，告慰天下苍生，怎么会与这种逆贼结亲呢？我今天且饶了你的性命，滚回去叫那逆贼赶紧献关投降！”李傕抱头鼠窜，回来向董卓诉说孙坚如此无礼。董卓怒上心头，却又无计可施。

李儒说：“那孙坚自恃有天神相助，因此敢于桀骜不驯。吕布将军的臂膀又受了伤，必然不是孙坚的对手。如此看来，洛阳已经不是久留之地，不如迁都到长安去，依靠函谷关天险，可保万全。”董卓听得怦然心动，赶紧调整军事，令大将赵岑守住虎牢关，自己急匆匆地返回了洛阳。

“迁都？”小皇帝刘协大吃一惊，“那怎么可以？”董卓回答说：“怎么不可以？你年少不懂事，这事儿要听我的。”司徒杨彪忍不住问道：“洛阳，京都所在，国之根本，一旦动迁，天下震动，却如何是好？”董卓回答说：“自孝桓皇帝和孝灵皇帝以来，天下已经震动了无数次，再多震动一次又如何？如今群雄并起，国土分裂，早已形成诸侯争霸之势。十八路诸侯，明面上是问罪于我董卓，实际上却是为了争抢各自的利益。我们西归长安，一者回归高皇帝的古都，却也合乎法理；二者可以扼守函谷关天险，能够确保皇室与朝廷之偏安。这是乱世中的国策，请各位不要阻拦！”太尉黄琬忍不住又问：“自王莽为祸以来，长安已经荒废两百年，却如何做得了京都？”董卓回答说：“此事不劳太尉操心。洛阳城中多的是富商，随便拎一个出来都可以富甲天下。只要得到他们的财产，别说一座长安城，十座长安城也做得起来。”

当即不由分说，分派李傕、郭汜各带两千铁甲兵，到处捉拿富商。可怜那些商户，祖祖辈辈几代人刻苦经营的财富，最终却连同自己的性命全部贡献给了董卓。那董卓又以“反臣逆党”为名，将数千家商户尽数斩首于护城河边，令人作呕的腥臭气味顿时弥漫了整座洛阳城。此后数月之内，连厨娘们打出来的井水都是血渍蛆虫。

又命令李儒先把小皇帝送往长安。与此同时，又命令众将把洛阳居民数百万人用绳索捆绑，编队赶往长安，致使一路上拖拽踩踏，老弱病残死于沟壑者不计其数。其间凡有美貌女子，一个个惨遭军士们奸淫，连带着全家人一起哀哭，把天地之间哭得风云变色。

董卓自己却留守到最后，令吕布、李傕、郭汜带兵把皇宫内外、先皇寝陵、官民坟冢中的金银宝物洗劫一空，总共装载了几千车之多。临走时又到处投放大火，把一座两百年繁华的洛阳城烧成一片火海。

第八章

后洛阳时代的纷争

做皇帝要有与皇帝相匹配的职业道德和政治权威。不遵守职业道德，就会遭到臣民的反叛。缺少政治权威，则会遭到权臣的冒犯。从前孝灵皇帝虽然荒淫，但他的政治权威还在。而今小皇帝被董卓挟持和操纵，哪里还有政治权威可言？

这难道是小皇帝一个人的悲哀吗？古人治理国家，以君为臣纲。什么是纲？就是拉网的总绳。当小皇帝的权威遭到冒犯，不能承担起纲的职责，国家社会这张网还能怎么维系呢？由此看来，董卓真是愚不可及啊，除了脑满肠肥，并无半点治理国家的智慧。

董卓没有智慧，难道关东群雄就有吗？所谓关东群雄，哪一个又不是董卓？一颗从井底打捞而起的传国玉玺，孙坚要藏，袁绍要争，刘表要截，他们一个一个究竟想要做什么？这些贪婪而没有智慧的人哪，只看到了皇帝的权位，却看不到皇帝的职责。

34. 松林里的黑美人

且说董卓火烧洛阳，赵岑在虎牢关遥见火光一片，不禁放声大骂道："老贼心狠手辣，洛阳城两百年繁华，竟然被他一把火化为灰烬！"当即便献了虎牢关。十八路诸侯鱼贯而入，各自奔向洛阳救火。只见万间宫阙，早已化作残垣断壁；满地烟灰，二三百里无有鸡犬人迹。

孙坚先于众诸侯到达，已经灭尽了残火。众诸侯各自在荒地上屯住，一个个六神无主似的，惊慌失措。独有曹操来见袁绍，质问说："董卓老贼已经西去，为什么不乘势追袭他？"徐州刺史陶谦说："董卓火烧洛阳，无疑是骇人听闻的大罪。然则追溯事情的起因，却在于十八路诸侯不依不饶地苦苦相逼。如今董卓虽然已经西去，皇帝和公卿却还在他的手中，若是继续追逼，保不住他会做出什么鱼死网破的祸事来。"曹操不听，径自率领本部军马连夜来追董卓。

且说董卓离开洛阳，经过弘农[①]，正好遇到李儒从长安派来的信使。李儒在信中说道："相国大人一路西迁，须得谨防追兵。可依据山势，如此如此设伏。但有兵马追来，即可前后掩杀，直教后来者不敢复追。"董卓赞道："此计甚好！"令吕布自引精兵断后，却又令大将徐荣前往某处设伏。

吕布负着伤痛，行走在山间。曹操一支大军风风火火地赶了上来。吕布大笑道："果然不出李儒所料！"命令军马向后转头，摆开阵势。先是曹操出马大骂："大胆逆贼，火烧洛阳，劫持天子，想往哪里跑？"而后是吕布回骂："你个忘恩负义的混蛋，辜负了董相国一片深情，有什么脸面在这里妄言！"互骂之后，

---

① 罗贯中版《三国演义》为"董卓行至荥阳地方"。荥阳在洛阳以东，董卓西迁长安，并不经过荥阳。今根据历史地图修改为"弘农"。

夏侯惇便挺枪跃马，直取吕布。双方打得热闹，没想到李傕又引一军从左边杀来，曹操急忙命令夏侯渊迎敌。紧接着右边喊声又起，郭汜又引一军从右边杀到，曹操又急忙命令曹仁迎敌。岂知吕布虽然负伤，却依然威风凛凛；夏侯惇抵挡不住，飞马回阵。吕布挥动方天画戟，率领三路军马掩杀过来。曹操顿时溃不成军，回马便跑。

跑到一座荒山脚下，这才惊魂稍定，集合残兵，准备埋锅造饭。时约二更，月明如昼，只听得四周围一声喊杀，伏兵从草木丛中突击而出。曹操慌忙翻身上马，夺路奔逃，迎面遇上大将徐荣。曹操不敢恋战，策马便走。徐荣微微一笑，取箭弯弓，一箭直向曹操射来。曹操只觉肩臂上一阵剧痛，从飞马上翻滚而下，掉落在草丛之中。徐荣看在眼里，以为他已经被摔得粉身碎骨，便扔了弓箭，抓起铁脊蛇矛，转身与夏侯惇捉对厮杀起来。

也是曹操命不该绝。说时迟，那时快，只见松林里飞出一道黑影，将曹操团团抱住，一起摔倒在地上。曹操只觉浑身香软，原来落在一位肥硕的黑美人身上，因此不曾伤到筋骨。曹操起身致谢，那黑美人却向他回礼道："我，广武山之黑氏也。前番承蒙恩公搭救，我便暗暗发誓，要三次报答于恩公。今日是第一次。此后恩公若有危难，我必定挺身相救。"说罢，盈盈地一转身，又化作一道黑风去了。曹操但见月影浮动，简直疑在梦中；又从广武山联想起吕伯奢来，却始终记不起那黑美人是谁。

抬头看看远处，人影混乱。侧耳细听，从风中断断续续地传来几声呐喊、打杀和惨叫。曹操不敢久留，认定一条小路，往东狂奔而去。连跑带走了二十余里，却又被一条大河阻住去路。当即脱去袍铠，奋力渡过河去，倒在南岸的卵石地上，筋疲力尽地睡去。

天明时候，曹洪找到了他。两人正在诉苦，随后夏侯惇、夏侯渊、曹仁、乐进也陆续赶到。集合残兵，剩下五百余人，只得含恨而归。也不回洛阳，带着残兵败将，归往家乡去也。

35. 打捞到一颗传国玉玺

却说长沙郡太守孙坚屯住在建章殿的殿基之上。晚间有军士报告说："殿南宫井之中，有五色毫光荡漾。"孙坚听得诧异，命令几个亲随点起火把，下井捞起一具妇人的尸首。那妇人一身嫔妃打扮，怀里抱着一只锦盒，用金锁锁着。打开一看，原来是一颗玉玺，方圆四寸，上镌五龙交纽，刻有篆书八字云："受命于天，既寿永昌。"

孙坚有些疑惑，就找来几个心腹相问。程普回答说："这就是人们所传说的传国玉玺啊！相传，卞和在荆山发现这块玉石，进献给楚文王。秦始皇横扫六合，得到这块玉石，命令良工琢成国玺，刻李斯亲笔书写篆书八字于其上。秦始皇既已驾崩，高祖皇帝领军进入咸阳，子婴即将此国玺献与高祖。有汉一朝，从此代代相传。前者十常侍作乱，劫持少帝出奔北邙，回到宫中却不见了国玺。想来这个妇人，应该是少帝的唐妃，在乱中抱着国玺投在井里。今日老天让将军得到国玺，却不知道是什么意思。"又问黄盖，黄盖沉吟着说道："如今董卓已经退入函谷关，关外也即将形成诸侯争霸之势。老天让将军得到国玺，莫非是预言天命将归于将军吗？此处不宜久留，要赶紧返回江东，图谋大事。"韩当接着也说道："昔日西楚霸王项羽起于江东，今将军亦是起于江东，也许真有天命降落在将军身上，要将军有所担当啊！"孙坚看那国玺通体闪烁虚荣之光，顿时便起了贪念，当即与一众心腹密谋如此如此，吩咐各位不得泄漏。

没想到内中有一人，明里是孙坚的亲随，暗里却是袁绍的同乡，连夜潜往袁绍大营告密。次日，孙坚前来告辞说："我昨日偶患小恙，想要返回长沙，特此向盟主告别。"袁绍冷笑着说："你患的是'传国玉玺病'吧？"孙坚大惊失色，问道："盟主这是说的什么话？"袁绍说："十八路诸侯结盟讨贼，为的是国家大义。那传国玉玺乃是一国之宝，你既然获得，就应该留在盟主这里，等以后诛灭了董卓，再归还给朝廷。可是你如今私藏传国玉玺而去，究竟想做什么呢？”孙坚分辩说：“我哪里有什么传国玉玺？请盟主不要冤枉了好人！”袁绍追问道：“你从宫井之中打捞出来的宝物何在？”孙坚咬着牙齿回答说：“我不曾打捞到什么宝物，请盟主不要逼我！”袁绍冷笑着，继续问道：“你敢对天发誓吗？”孙坚便指天为誓，说：“我若真的私藏了传国玉玺，日后必然不得善终，死于刀箭之下！”

众诸侯都来劝和，纷纷说道：“孙太守既然说如此誓言，想必无有此事。”袁绍便叫那告密者出来对质，问道：“看看此人，是你的亲随吗？打捞国玺之时，他便在场亲证。”孙坚勃然大怒，反问道：“此人若是我的亲随，如今岂不是背主求荣？这等小人，怎么能够采信？”拔剑就要斩了那人。袁绍也拔剑在手，冷笑道：“你在我这里杀人，眼里还有我这个盟主吗？”袁绍背后，颜良、文丑也一起拔剑出鞘。孙坚背后，程普、黄盖、韩当见状，也各自掣刀在手。众诸侯慌忙拉住，两边劝和。

孙坚随即上马回营，下令起寨，率军直奔长沙而去。告密者问道：“难道就这样放过他了吗？”袁绍说：“不然。那孙坚此去长沙，必经襄阳。我只需写书一封给荆州牧刘表，便可叫他拱手献出国玺。”

36. 十八路诸侯开始内讧

话说刘表，字景升，山阳郡高平县人氏，以青年才俊闻名于世。论家谱，乃是皇室宗亲。只因黄巾之乱，被委任为荆州牧。当时看了袁绍的书信，大怒道：“孙坚欺人太甚！那玉玺是我们刘家的宝贝，怎么可以被他私自夹带回家？”亲自率领军马一万人前来拦截孙坚。

孙坚在马上施礼说:“景升兄为什么偏信袁绍，相逼于我？”刘表回答说:“你怎么知道我会偏信袁绍？我只偏信我自己的眼睛！你说，你是不是真的夹带着传国玉玺？你究竟是什么意图，莫非是想造反吗？”孙坚哑口无言。刘表看在眼里，已经确信了七分。

刘表追问道:“你为什么不说话？莫非真有什么难言之隐吗？”孙坚回答说:“我并没有私藏什么传国玉玺，你要我说什么？”刘表继续追问道:“你敢对天发誓吗？”孙坚回答说:“我已经对袁绍发过毒誓，若是藏有国玺，死于刀箭之下！”刘表看他那言不由衷的模样，已经确信了九分，于是冷笑道:“论官阶，我是你的上峰。荆州七郡，南阳郡、南郡、江夏郡、零陵郡、桂阳郡、武陵郡和你的长沙郡，要说都在我的治下。你若真要取信于我，须得将随军行李让我搜看。”

却见孙坚大怒道:“你拿官架子吓我，难道我怕你不成？”拍马上前，直想一枪要了刘表的性命。刘表转身便走，孙坚纵马便追。忽见两面山后伏兵跃起，将孙坚团团围困。可怜孙坚苦战近两个时辰，直到程普、黄盖、韩当随后赶到，拼死相救才得脱身。从此，孙坚便与刘表结下了仇怨。

消息传到洛阳，袁绍感叹说:“想不到刘景升空有俊杰之名而无俊杰之实，竟然奈何不了孙坚！”只觉得心头满是郁闷，每日里与诸侯把酒求醉。刘备屯兵在河南，粮草日益短缺，往来见公孙瓒说:“历史已经进入后洛阳时代。董卓遁往长安，十八路诸侯留在此地无所作为，必然为利相争，惹起内讧。我们还是赶紧北归为好。”公孙瓒回答说:“你说得对！”于是下令拔寨北去。走不多时，兖州刺史刘岱便问东郡太守乔瑁借粮，乔瑁推辞不给，刘岱立即袭击了乔瑁的大营，将乔瑁的军马粮草尽数纳入囊中。众诸侯见势不妙，各怀心机，一哄而散。

袁绍与冀州刺史韩馥商议说:“如今之势，须得有一位德高望重的人做皇帝，方能号令群雄。幽州牧刘虞，光武帝之后裔，为人忠信，美名卓著，堪称不二人选。”于是写信给刘虞，极尽恳切，说道:“董卓危害，天下大乱。当今皇帝，实为傀儡。我等忧虑再三，以为您是当世圣君，愿尊奉您为新皇帝，忠心协力，复创太平。”

刘虞在幽州，为政宽仁，爱护百姓。当时接到书信，暗自想道："袁绍狂放不羁，明里奉我为新皇帝，其实是想以我为傀儡，要与董卓的长安政府分庭抗礼。"便微笑着对信使张岐说："天下分裂，皇帝蒙难。我家世代享受皇恩，正想为国尽忠。你们怎么可以策划这种逆谋来玷污我呢？"断然拒绝了袁绍。

37. 逢纪设计赚冀州

话说洛阳北面有山，主峰之巅有石坛，传说是轩辕氏黄帝祭天的所在，故名天坛山。山中峰谷幽妙，旷中有奥，奥中有旷，古来便有仙人居住其中。有几只狐狸，跟随仙人们读诗诵经，竟然也修炼成精，可以变化成人。又各自引经据典，自名为逢纪、审配、沮授、许攸。闲极无聊之时，逢纪与沮授对弈象棋，一连七日七夜，难分胜负。逢纪便说："你那不过是棋盘上的功夫。若论实战，我只需轻施小计，必然叫你一败涂地。"沮授不服。逢纪便带了许攸去投袁绍，沮授便带了审配去投韩馥，相约以大地为棋盘，一战高低。

说话袁绍在河内练兵，全赖冀州刺史韩馥供养。逢纪劝告袁绍说："大丈夫纵横天下，为什么要依靠别人送粮为食呢？自大禹治水以来，冀州便是钱粮广盛之地，将军何不取为己有？"袁绍说："冀州刺史韩馥，原本是先父的门生，自董卓专政以来又多年有恩于我，实在不忍心打他的主意。"逢纪说："战场上只有成败得失，哪里还能讲什么仁义恩情呢？"袁绍被一语说破心思，沉默良久，问道："不知先生可有良策？"逢纪说："我有一计，四步可得冀州。第一步，将军可派人秘密送书给公孙瓒，与他相约夹攻冀州。第二步，坐等公孙瓒兴兵前来。第三步，将军于此时却要按兵不动，静观事变；那韩馥素来平庸无能，必然要请将军同治州事。第四步，将军只需趁势取便，冀州即可落入掌中。"袁绍听得怦然心动，立即给公孙瓒写了一封密信，相约平分冀州。

公孙瓒看到密信，兴奋不已，立即起兵，奔往冀州而来。韩馥得到消息，慌忙召集众谋士商议对策，说："公孙瓒人多势众，长驱而来。麾下又有虎牢关大战吕布的刘备、关羽、张飞，锋芒不可抵挡。如何是好？"不出逄纪所料，果然有人建议说："何不求助于袁绍？袁将军智勇过人，麾下有颜良、文丑，若能请来同治州事，哪里会怕公孙瓒呢？"韩馥听得眼前一亮，当即派人去请袁绍。

却说沮授、审配已投在冀州。韩馥激赏沮授，任为别驾，却并不采用审配。沮授听到要请袁绍，慌忙赶来阻止韩馥说："袁绍不过是客居冀州的雇佣军，无论衣食都要仰仗于我们。就好像一个婴儿在我们的手掌之上，只要断了他的奶，他便只有等死的命。而今你把州事委托给他，他岂不是可以反客为主，反过来要你的命吗？"韩馥回答说："我原本就是他们袁家的门生故吏，论才能也不如袁绍。古人有让贤之美，你们就不要多说了。"沮授只好暗自叹息，回来对审配说："逄纪果然厉害，只需区区小计，便让冀州更换了主人！"

数日之后，袁绍带兵而来，入州理事，重用逄纪、许攸、沮授、审配。却让韩馥做了一个空头的奋武将军，既没有兵，也没有官署。于是，袁绍反客为主，将大权都握在手中。都官从事朱汉，曾经被韩馥轻慢，眼见韩馥失势，趁机赶去寻仇；韩馥逃命躲在楼上，他的大儿子韩琦却被朱汉硬生生地打断了双腿。韩馥惊恐万状，设法逃出冀州，飞马往投陈留郡太守张邈去了。

38. 山岗上的少年将军

公孙瓒屯住在渔阳，听说袁绍已经得手，就派遣他的弟弟公孙越前来，要求袁绍按照约定平分冀州。袁绍对公孙越说："是我和令兄的约定，自当由我和令兄协商解决。你且回去，请令兄自来。"公孙越只好返归，走了不到五十里地，路旁忽然闪出一彪军马，声称是董卓家兵，将公孙越乱箭射死。公孙瓒听到报告，勃然大怒道："董卓远在长安，怎么会有家兵在冀州呢？分明是袁绍使诈，欺我太甚！"于是尽起本部兵马，要来报仇。

两军对阵于磐河之上。公孙瓒立马于桥西，大声叫道："从前我们都敬爱你的忠义，推选你做盟主。而今看你做的这些肮脏事，却不过是狼心狗肺之徒。"袁绍骑着高头大马，洋洋得意地回答说："韩馥自愿让冀州给我，与你何干？"公孙瓒说："你无耻使诈也就罢了，却为什么杀害我的弟弟？"拍马上桥，直杀过来。袁绍身后冲出文丑，就在桥边与公孙瓒交锋。不到十几回合，公孙瓒抵挡不住，回马便走。文丑乘势杀入中军，往来冲突。公孙瓒只好逃向山谷，慌忙间把弓箭头盔都掉落了一地。文丑追在后面，厉声大叫："还不下马受降！"公孙瓒马失前蹄，翻身落在山坡之下。

文丑也急忙翻身下马，提枪来刺。此时却从山岗上飞出一位少年将军，挺枪来战文丑。文丑只好舍了公孙瓒，翻身上马应战。两人就在坡地之上，来来回回大战五六十回合，胜负难分。直到大队救兵赶到，文丑见取胜无望，便调转马头去了。那少年将军也不追赶，却下马把缰绳绾在手中，独自向前走去。

原来少年将军姓赵，名云，字子龙，常山郡真定县人氏，生得浓眉大眼、阔面重颐。公孙瓒曾经征讨乌桓，赵云受到本郡太守推举，率领一支义从前来投奔。那公孙瓒甚是赞赏赵云的武艺，却又无端怀疑他来历不明，不敢重用。

次日，公孙瓒以左右两队列阵，势如羽翼。五千多匹白马，场面好不威风。当时擂起战鼓，令先锋严纲进军。只听得一声炮响，袁绍军中弓弩齐发，犹如暴风骤雨。严纲前进不得，正待回马，袁绍军中飞出大将麴义，一刀将严纲斩于马下。袁绍趁势挥军掩杀，一直杀到界桥。麴义一马当先，奔向公孙瓒的中军大旗就砍。

赵云从后军赶到，挺枪跃马直取麴义，不过几个回合，一枪将麴义刺于马下。局势顿时逆转，公孙瓒军势大振，强力反攻，将袁绍压迫在寨墙边上。谋士许攸慌忙对袁绍说："情势危急，请将军赶紧到墙缝中躲藏！"袁绍把头盔摔在地上，大声喊道："大丈夫自当浴血沙场，哪有躲在墙缝里苟活的道理！"左右只好拼力死战，一次一次打退赵云的冲锋。

正在冲突，颜良、文丑率领左右两军到了。赵云只得放弃袁绍，保护着公孙瓒往界桥方向杀出重围。只见迎面又从喊杀声中涌出一支军马，却原来是刘备、关羽、张飞从平原国[①]赶到。刘备的双股剑，关羽的青龙偃月刀，张飞的丈八蛇矛，三样兵器，寒光凛凛，飞奔而来，直取袁绍。袁绍抵挡不住，只得撤回河东。公孙瓒惊魂稍定，见好就收，回到寨中，设宴款待刘备。刘备第一次见到赵云，当时便有敬爱之情。

袁绍从此坚守不战，两年相拒两月有余。袁绍想来想去，将公孙瓒的从弟公孙范任作渤海郡太守，然后派遣公孙范向公孙瓒求和。公孙瓒从长计议，答应袁绍，各自罢兵。那公孙范一到渤海郡，立即背叛袁绍，以全郡之兵力协助公孙瓒，相继攻破青州、徐州和兖州。公孙瓒于是兼有幽州、青州、徐州和冀州的一部分领土，势力日益强盛，连袁绍也要敬畏他三分。

公孙瓒又升任刘备为平原相。赵云赶来相送，两人惺惺相惜，不忍别离。赵云说："原以为公孙瓒是一位大义的英雄，而今看他与袁绍相争多时，却一样是狼心狗肺之辈。"刘备劝告他说："世道混乱，你我只能冷眼相看，见机而行。"两人互相叮咛，祝愿后会有期。直到刘备走出十里以外，还能回头看到赵云站在山岗上的身影。

---

① 平原国隶属青州刺史部。两汉采用郡县制，兼行封国制。公孙瓒不久升任刘备为平原相，详见后文。

第九章

在凤仪亭等候貂蝉

刘、关、张三英不能胜吕布，而貂蝉一女子足以胜之。十八路诸侯不能杀董卓，而吕布一负心人足以杀之。这就是王允实施连环计的妙处。

39. 董卓的长安与郿坞

却说孙坚在荆州与刘表相争，分兵四面，围住襄阳攻打。那襄阳城自古人称“铁打的襄阳”，如何攻打得破？忽然在某一个夜色黄昏之中，军士入帐报告说：“有一彪人马从东门杀将出来，往岘山去了。”孙坚来不及通知诸将，急忙带了三十几名亲随，快马加鞭追赶而去。岂知荆州大将黄祖早已在幽暗的山林中设下埋伏，只听得一声锣响，山上的石头、林中的箭矢，如暴风骤雨般发作。孙坚措手不及，身上被乱箭穿透，头上被打得脑浆迸流，连人带马惨死在山下，年仅三十七岁。袁绍在冀州听到消息，顿时惊骇得目瞪口呆，半晌才说道：“原来世上真有天意，叫那孙坚遭到乱箭穿身的报应！”

消息传到长安，董卓亦是感叹道：“人世间总算少了一个冤家！”心中又暗自动了念头，要仿照襄阳城建造一座坞堡。选址在长安西面二百五十里的郿县，因此把坞堡叫作郿坞。又升迁自己为太师；任命弟弟董旻为左将军、侄子董璜为侍中，总领禁军；董氏家族，不分老幼，都封为列侯。

原来那时只因黄巾之乱，豪门大族都建有坞堡。高墙之内房屋毗连，四隅和中央则是塔台高楼；高墙之外又有深沟，仅以吊桥与外界相通。各大家族豢养家兵，据险自守，抵抗饥民强盗的袭击。后世又有围屋，规模虽然不及坞堡，却在建筑架构上保留了坞堡的一些风格和功能。

董卓的这座郿坞，奴役民工二十五万人筑造，城墙比襄阳城高出两丈，堪称空前绝后。内盖居室，规模宏大，家属、卫兵、门客各有住处；其中堆积金玉、彩帛、珍珠不知其数，屯积粮食可备用二十年。董卓于是夸口说：“我若能成大事，便可雄据天下；不成，守此郿坞亦足以终老。”公孙瓒在北方听说，也要筑造一座大坞堡，叫作易京楼。

从此，董卓往来长安与郿坞之间，或半月一回，或一月一回，公卿官吏都来候送，威仪有如皇帝。董卓为人处世又喜欢随心所欲，常常在路上搭设帐篷，与公卿将领饮宴议事。某一日正在饮宴，恰好李傕从西凉押解俘虏数百人报到，董卓当即下令砍断他们的手足，剜出众俘的眼睛，割下他们的舌头，用大锅烹煮作食。现场一片血腥狼藉，哀号之声惊天动地，宴会的官员们战栗得把筷子都掉在了地上，唯独董卓谈笑自若。

司徒王允百虑攒心，痛恨老天不公，竟然生出董卓这样恶贯满盈的魔王。更深夜静，独自一人坐在庭院里长吁短叹。女仆貂蝉前来奉茶，王允见到她满脸月亮似的光辉，忽然心里一亮，顿时便有了主意。

40. 王司徒巧使连环计

原来这位女仆，乃是并州九原郡人氏。本姓胡，姐妹二人，一名却非，一名貂蝉。父亲行商为业，闲来教姐妹二人练习歌舞。姐姐却非好静，不愿意学艺；妹妹貂蝉却乐在其中，一招一式，真可谓妩媚生春。只因家乡匪患，母亲被贼人虐杀，父女三人都流落在江湖之中。后来黄巾起义，流民奔突，貂蝉又与父亲和姐姐失散，被人带到洛阳，卖在王允府上做了奴仆。王允夫人也曾问过她，家中还有何人？说是幼时父母将她许配给一家姓吕的，一朝离散，便杳无音信。夫人又说给王允听。王允当时一声感叹，却不曾在心。从那时起，历经宦官之乱、何进之死、董卓专政、洛阳兵祸和迁都长安等许多大事，貂蝉侍候在夫人身边，已有三四年时光，出落得亭亭玉立、美艳动人。

王允却于此时又想了起来，把貂蝉唤到跟前问道："令尊将你许配给那家姓吕的，可是叫作吕布？"貂蝉回答说："正是。小女子还依稀记得他在草原上骑马奔驰的模样。"王允心想，这就是了，既是同名同姓，也同是并州九原郡人氏，此吕布必是彼吕布无疑。便对貂蝉说道："我要将你送往一户人家，在那里能够找到你的夫君。”貂蝉不知是计，心中顿时就充满了感激与向往。

王允不找吕布，却先来找董卓。过了几日，眼见吕布不在董卓身侧，王允上前殷勤相请，说：“卑职仰慕太师已久，想要邀请太师到寒舍喝一杯清酒，希望能够得到您的准允！”董卓大喜，说道：“王司徒既然备有好酒，我哪有不答应的道理！”当即往赴王允府上做客。只见锦绣铺地，内外各设帏幔，把坐席设在前厅正中。王允引导着董卓入坐，向董卓敬酒致辞，说：“太师有盛德于当朝，即使是历史上的伊尹、周公也比不上您啊！”董卓听得满心欢喜，却又假装谦虚，把那杯酒一饮而尽。几杯酒喝得心花荡漾，转眼天色已晚，王允又请董卓进入后堂，一路上说道：“我自幼学习天文，昨夜观看乾象，大汉朝的气数已经到了尽头。太师功德重于华夏，何不效仿尧、舜、禹的故事，自立为帝，君临天下呢？”董卓假意推脱说：“我哪里敢有这种奢望呢？”王允说：“天下苍生盼望有道的君王，太师正是众望所归啊！”董卓听得哈哈笑道：“假若天命真的归我，王司徒就是元勋。”

到了后堂，只见画烛明照，堂中陈列珠光宝气，直叫董卓赏心悦目。王允说道：“我从并州得到一位美姬，且令她为太师歌舞一回，可好？”董卓赞道：“很好！”王允便叫女仆们放下帘栊，又叫乐师们演奏笙簧，簇拥着貂蝉在帘外歌舞。只见她舞姿轻盈，婉转犹如惊鸿；歌声柔美，叫人心魂荡漾。一曲歌罢，董卓有请貂蝉入帘饮酒，问道：“小娘子青春几何啊？”貂蝉回答说：“小女子虚度二十。”董卓感慨说：“正是桃李年华，令人沉醉啊！”

王允看在眼里，心中暗自得计。先令貂蝉退下，然后向太师问道：“此女兰心蕙质，我想把她托付给太师，不知道太师愿意接纳否？”董卓大喜，说道：“此神仙中人也。王司徒放心，老夫若能得到此女，一定会善待于她！”王允说：“此女能够得到太师的垂顾，也是她的福分。”又暗自将貂蝉叫到一边叮嘱说：“你好生侍候太师，他便能够帮你找到夫君。”当即令人备好毡车，把貂蝉先自送到太师府上。董卓喝得醉意酣然，回来便要貂蝉侍寝。貂蝉惊慌失措，却又不敢不从；当董卓进入她的时候，一种奇怪的疼痛感从小腹迅速扩散到了全身。

又过了几日，貂蝉回来拿取自己的贴身物用。王允问道：“太师待你可好？”

貂蝉回答说好。王允又问："可曾找到你的夫君？"貂蝉一脸茫然。王允说："太师有一位义子名叫吕布，好似就是你的夫君。"貂蝉一听，如巨雷轰顶，脱口叫道："我已经失身于太师，却怎么与夫君相见？"王允假装感慨万千，说道："想来太师爱慕你的色艺，因此顾不得吕布，故意占为己有。"又反复叮嘱说："太师府风波险恶，千万要谨言慎行。我这就设法告知吕布将军，好让你们夫妻相认。"

王允又跟貂蝉要了一颗玉坠，作为信物转送给吕布。吕布在虎牢关受到的创伤已经愈合，骑马，射箭，摔跤，操练画戟，依然虎虎生风。接到那颗玉坠，不禁惊呆，半晌才说道："都是造化弄人，转眼过去六七个春秋，没想到她竟然又来到了我的身边。"王允也是长吁短叹，跟着说道："我原以为把她送到太师府上，能够让你们夫妻相认。没想到太师竟然不顾人伦，把她占为己有。却不知如何是好。"吕布心里像点着了星火，然后渐渐地燃烧成了满腔的仇怨。

41. 在凤仪亭等候貂蝉

却说吕布当即别了王允，径自返回太师府，向女仆探听董卓的消息。女仆回答说："太师纳了新欢，每日都要与她昼寝，至今没有起床。"吕布听得心绪烦乱，偷手偷脚地潜入董卓卧室后面窥探。貂蝉已经起来，坐在窗下梳头，忽见窗外池水中照出一个人影，转眼来看吕布，却也依稀认得。两个人四目相对，都被惊得魂飞魄荡。

从此一连月余，吕布心心念念想的都是貂蝉。一日，董卓罹患风寒疾病，吕布入内问安。董卓正在沉睡，貂蝉坐在床后侍候。那貂蝉看见吕布，心中波涛汹涌，喉咙哽咽，半天不能出声，只好以手指心，又以手指董卓，泪水把一张粉脸打得透湿，把吕布看得心都碎了。恰好董卓朦胧醒来，看到吕布目不转睛的模样，立即支起身体，大声喝斥道："你胆敢欺负我的爱妾！"呼唤来人把吕布驱赶出去，今后不许进入后堂。

董卓病体既愈，入朝议事。吕布手执画戟相随。眼见董卓与皇帝谈论不休，吕布便趁机从宫中溜出，快马直奔太师府来。飞身下马，系马于桩上，急匆匆闯入后堂，找到貂蝉。貂蝉说："你且去后花园凤仪亭等我。"吕布依言前往等候；貂蝉却心绪复杂，花费了好大工夫打扮整齐，前来与吕布相会。两个人执手相看，说起往事离情，心里面又是欢喜又是酸楚，都忍不住落泪。那貂蝉说道："王司徒最初跟我说能够在太师府找到你，我还将信将疑。如今却又疑在梦中。谁知太师起心不良，竟然不顾他与你的父子之情，将我霸占为己有。现在既然已经与你相见，也就了结了我此生的心愿。且让我投水死在你的面前，来生再来与你为妻！"貂蝉用玉手攀登曲栏，要往荷花池中跳去。吕布急忙抱住，胸中激情奔涌，哭泣着说道："我今生若是不能以你为妻，那还算是男人吗？"貂蝉回过头与吕布搂抱在一起，两个人哭成一团。

却说董卓在皇宫，回头不见吕布，心中生疑。急忙向皇帝告辞，赶回府来。在门前看到吕布的马匹，问门吏，回答说："吕布将军闯入后堂去了。"赶到后堂，问女仆，回答说："夫人到后园看花去了。"赶到后园，正好看见吕布和貂蝉互相依偎在凤仪亭下说话。董卓勃然大怒，大喝一声。吕布闻声大惊，连画戟也来不及拿，跳起来就逃。董卓追赶不及，回头抓起画戟，奋力掷向吕布。吕布听得耳边风响，挥手将画戟打落在地，飞也似的逃得无影无踪。董卓赶出园门，却迎面与他的女婿李儒相撞，一屁股坐在了地上。

42. "你与吕布做的什么好事？"

李儒急忙上前扶起董卓，问道："岳父何故如此？"董卓气呼呼地说："吕布这个孽畜，竟敢勾引我的爱妾，简直岂有此理！"李儒笑道："哎呦，不就是一个女人吗？吕布既然喜欢，岳父不如索性赏赐给他，他必然感激涕零。以一个女人换取吕布的忠诚，不正是岳父做大事业应有的气魄吗？”董卓沉思良久，说：“你说的也有道理。我来想想，再做决定。”返身回到凤仪亭，坐在那里，把貂蝉唤到跟前，问道：“刚才你与吕布做的什么好事？”

貂蝉何等聪慧，心想这事儿打死也不能说，否则结局比打死还惨，得编个瞎话糊弄过去。“没做什么好事啊，”她装作惊魂初定的样子，说道，“是吕布将军认错人了。”董卓大感意外，问道：“他怎么认错人啦？”貂蝉说：“我在园子里看花，吕布将军火急火燎地闯进来，硬要说我是他没过门的娘子。我问他是哪年哪月的婚约，他回答是哪年哪月的婚约。我情知他认错了人，当然矢口否认。但他就是不信，与我发生争执，拉拉扯扯，嚣然失态。幸亏太师赶来为我解围。”

董卓问道：“吕布将军英雄了得，他既然喜爱你，我就把你赏赐给他，可好？”貂蝉知道董卓在用计试探，当即断然拒绝，回答说：“太师是当朝的太师，我是太师的侍妾，若是把我赏赐给他人，岂不有损太师的体面？我与吕布将军不过一场误会，太师若是信不过我，我情愿今天就死！”伸手拔取董卓腰间的宝剑，便要自刎。董卓慌忙夺过宝剑把她抱在怀里，说：“我怎么舍得把你赏赐给他人呢？不过一句玩笑话，你还当真？”貂蝉倒在董卓怀里，无限委屈似地放声大哭，把董卓哭得心都软了。

过了几日，李儒记得此事，向董卓问道：“岳父想好了吗？什么时候把貂蝉送给吕布？”董卓回答说：“我与吕布有父子伦理，世上哪有父亲与儿子共用侍妾的道理？你去告诉他，我也不追究他的罪过；除了貂蝉，任他要怎样的女人我都给他。”李儒说：“我看那貂蝉聪明伶俐，岳父是不是被她迷惑了？”董卓勃然变色道：“你的娇妻愿意让给吕布享用吗？貂蝉的事，请你不要多言；言则必斩！”李儒顿时便有不祥之兆，出来仰天叹道：“女人啊女人，纵然是父子情分，也能被她挑起仇隙。老天爷啊，这可不是一件好事。”

第十章

一颗星子坠落在长安

皇帝，天子也。既有天子，天父何在？小皇帝的孤苦，就在于他得不到天父的爱。只有在找到天父之后，小皇帝才可能真正成为有权威和有力量的天子。可惜的是，随着蔡邕去世，小皇帝再也听不到天父的消息。遥远的上天啊，已经成了虚无缥缈的传说。

43. 王允与吕布的结盟

董卓在长安住了一月有余，要带貂蝉前往郿坞。百官都来相送。吕布在人群之中，远远地看着貂蝉。只见貂蝉在车上，也远远地看着吕布，忽然用长袖掩面，仿佛失声痛哭的样子。吕布心如刀割，强忍着，几乎把钢牙都咬碎了。回头又看到司徒王允，王允说："将军若有心思，可到寒舍喝酒解闷。"

吕布跟着王允回府，在密室里喝酒谈心。王允问道："貂婵在太师府过得可好？"吕布便喝着酒，把凤仪亭的故事叙述了一遍。王允痛心疾首地说道："我与貂婵已是六七年的父女情分。而今太师奸淫我的女儿，霸占将军的妻子，说出去要被天下人耻笑。不是耻笑太师，而是耻笑我和将军你啊！我王允老迈无能，也就罢了；可惜将军你一代英豪，难道也要承受这样的侮辱吗？"吕布听得怒火中烧，拍案大叫。王允慌忙又来劝告吕布，说道："都是老夫失语，请将军息怒！"吕布嗷嗷大叫道："我恨不得杀了这个老贼！"

王允不再说话，只为吕布添酒。吕布亦是沉默了良久，忽然又解说道："我真是想杀了这个老贼，无奈父子相称，恐惹后人闲话。"王允冷笑着说："将军自姓吕，太师自姓董。他拿画戟杀你时，哪有什么父子情分？"吕布把案子又是一拍，说道："王司徒说得对，都是我在犯浑，都是我在犯浑！"

从此，吕布便常来王允府上行走，两人情好日密。又一日，王允说道："国家纷乱，皇帝艰难。将军何不扶助皇帝，做一个青史留名的忠臣？若是跟随董卓呢，却只能是一个附逆的反臣。"吕布说："多谢王司徒教诲，我当然要做一个忠臣；王司徒若是不信，我愿以血为誓！"当即拔出配刀，刺开手腕，以为血证。王允慌忙跪在地上，撕开衣袖，一边为吕布包扎伤口，一边说道："这是一桩大事，我们需要谨慎策划。"吕布回答说："王司徒放心，我吕布一定听从你的吩咐！”

44. 一颗星子坠落在长安

王允大喜。回头又去联络司隶校尉黄琬、尚书杨瓒[1]。杨瓒说：“骑都尉李肃，虽是董卓的旧部，却也怨恨董卓。可以叫他来，一起策划大事。”于是派人把李肃请来，连同吕布，五个人秘密集会，组成了一个旨在推翻董卓暴政的政治集团。

初平三年三月二十三日，一颗星子坠落在长安，砸坏了清明门的城门楼子。次日，小皇帝问蔡邕是何预兆。蔡邕回答说：“并没有别的意思，是我要离开这个世界了。”小皇帝感到害怕，问道：“你不是说，与天父同在的人可以永生吗？却怎么会像凡人一样死去呢？”蔡邕回答说：“我不会死，但要去另一个世界了。”

小皇帝顿时哭了起来，问道：“那么，我还能见到你吗？”蔡邕回答说：“你真正要见到的，不是我，也不是任何人，而是天父。”小皇帝问：“没有了你的教导，我要到哪里去找天父呢？”蔡邕回答说：“关于天父的事实，其实就隐藏在你最深的感受中。我所给你的，仅仅是一些建议，也许能够帮助你理解某些事物；但只有通过你自己的感受，你才能听到天父的声音。只有天父告诉你的，才是真正的教导和智慧。”小皇帝说：“我听不懂你在说什么，我也不懂天父为什么要我做这个皇帝，太苦了，我真的承担不了！”说着说着，又哭。到了下午，忽然晕厥。众人慌忙把他抬送到龙床上安歇。

一连数日，小皇帝都病卧在床，神情倦怠。司徒王允便与黄琬、杨瓒、吕

① 罗贯中版《三国演义》原为“仆射孙瑞”。“孙瑞”应为“士孙瑞”之误，士孙瑞的官职也不是仆射，而是尚书令。根据《三国志》今改为“尚书杨瓒”。

布、李肃密谋说:“皇帝有恙，正好以此为由头，宣召董卓入京，趁机诛灭了他。”先派李肃率领十几位御林骑兵，到郿坞宣召。

那李肃原本是董卓旧部，董卓并不起疑，问道:“皇帝有什么事儿啊?”李肃说:“皇帝病卧不起，恐有意外，想要把大位禅让给太师。”说完把诏书献上。董卓看时，认得是王允的笔迹，当时更不怀疑，说道:“几日前，我在郿坞遥见有一颗星子降世，却原来是这个预兆!”吩咐家臣好生守护郿坞，与貂蝉道别，前遮后拥，往长安而来。

45. 董卓的肚脐眼

走了不到五十里地，一匹服马忽然仰头咆哮嘶喊，扯断了辔头。董卓把李肃叫到跟前问道:“服马咆哮，扯断辔头，又是什么征兆呢?”李肃回答说:“想来应该是太师即将弃旧换新，换乘玉辇金鞍的征兆。”董卓听得欢喜，心中不祥之感顿时风吹云散，向李肃许愿说:“等我当了皇帝，就任命你做执金吾。”李肃连忙拜谢，以臣自称。

当夜在驿馆住宿，听见有几个小儿在郊外作歌，歌声悲切，曰:“千里草，何青青!十日卜，不得生!”晨起又问李肃，李肃说:“‘千里草，何青青’说的是董氏正在兴起。‘十日卜，不得生’说的是诸侯惊慌失措，来日无多。真正是好兆头哩。”董卓哈哈大笑，再次向李肃许愿说:“等我当了皇帝，一定任命你做执金吾。”

到了长安城外，百官都来迎接。吕布上前搀扶董卓下车，董卓说:“等我当了皇帝，就任命你总督天下兵马。”吕布也急忙谢过了。当夜，王允、黄琬、杨瓒、吕布、李肃都聚集在一起，把行动计划又推敲了一遍。

次日，董卓入朝。李肃腰配宝剑，扶车而行。到了北掖门，军士们都被挡在外面，只让推车的二十余人入内。此时，董卓遥见王允、黄琬、杨瓒等一众文武各执宝剑立在未央殿门前，惊问李肃说：“这是什么情况？”李肃也不回答，推着车快步上前。只听得王允大喊道：“反贼已经押到，武士们何在？”两旁转出武士一百余人，持戟挺槊就刺。

董卓臂膀受伤，翻身滚落在车下。回头看见吕布，大声呼喊道：“我儿快来救我！”吕布厉声回答道：“吕布在此奉诏讨贼！”一戟直刺咽喉，董卓仰头便倒，鲜血汩汩，顿成一片血泊。可怜董卓苦心经营，竟然遭此横死。后人说起，不禁感叹出一首诗来，说：“霸业成时为帝王，不成且作富家郎。岂知幽远有天意，郿坞方成已灭亡。”

董卓既已伏诛，立即便有人把董卓的女婿李儒捆绑着推了上来。吕布说：“此人助卓为虐，罪该立斩！”司徒王允当即命令押往市曹斩之，又命令将董卓尸体扔在大街上示众。董卓尸身肥胖，看尸的军士在他的肚脐眼点火为灯，油脂竟然流了一地。满城百姓，哪个不是满腔憎恨？过去过来都要吐他几口、踩他几脚。董卓旧部李傕、郭汜、张济、樊稠听到消息，吓得魂飞魄散，赶紧收拾行装，往北逃窜。

吕布不顾一切赶到郿坞，先取了貂蝉，夫妻终得团聚。董卓亲属不分老幼，全部收监，只等王允一声令下，都被砍了脑袋。郿坞中储藏的黄金珠玉、艺术宝物、绫罗绸缎和粮食，都被清点籍没充公。王允大快心意，乃设宴于都堂，召集百官，酌酒称庆。

46. 蔡邕在街头痛哭

百官正在饮宴，忽然有人来报：“有一个人在街头哭拜董卓。”王允大怒道：“此何人哪？给我把他抓来！”不一会儿工夫，军士把那人推到堂前。大家一看，却不是别人，而是大名鼎鼎的蔡邕！王允喝斥道："董卓，国之妖孽也。一旦伏诛，官员百姓莫不称贺。你不为国庆，反为贼哭，究竟是为什么？"

蔡邕回答说："我并非为董卓而哭，乃是为国家而哭啊。从前'十常侍'虽然专权，但还有洛阳；后来'十常侍'被诛灭，洛阳也跟着丢了。恰如董卓虽然专权，但还有长安；如今董卓被诛灭，长安也要陷入危急了。这就叫：'十常侍'以后无洛阳，董卓以后无长安。我蔡邕自思无力拯救大汉王朝，怎么能够不为之一哭呢？"

王允听得气急败坏，叫道："谬论！谬论！人人都以董卓为国之妖孽，按照你的逻辑，他反倒是国之基石了吗？"

蔡邕回答说："人之初，原本为善天使。后来却有妖孽住进了身体，于是成为恶的工具。孝灵皇帝是这样，'十常侍'是这样，董卓是这样，如今你又何尝不是这样？管理之道，在于以善治恶。若是以恶治恶，便会形成恶与恶的相争，让恶更加嚣张。"

王允益发怒不可遏，叫道："谬论！谬论！我只听说过以恶治恶，却从没听说过以善治恶的道理。从前都以为你是大学问家，没想到你还有这种妖言惑众的本事！"当时便喝令武士们将他推出去斩首。蔡邕站在那里闭上了双眼，心想：那颗星子坠地的预兆，原来应验在这里！

太傅马日磾慌忙阻止众武士，回头劝告王允说："蔡伯喈是一位旷世的大才，恳请王司徒饶恕他的死罪，令他戴罪续写汉史，也不失一桩大好的事业。"王允冷笑道："从前孝武皇帝不杀司马迁，让他写出一部腹诽心谤的《史记》流传于后世。如今难道也要我重蹈覆辙，让他这样的佞臣执笔诽谤于我吗？"想了又想，下令先将蔡邕收监。过了两日，却终将蔡邕缢死在狱中。

从此，王允便日益势大。百官奏请皇帝，以司徒王允主持政务，称之为"录尚书事"；任用吕布为奋威将军，统领军事，与王允共辅朝纲。

第十一章

长安之乱

蔡邕预言："'十常侍'以后无洛阳，董卓以后无长安。"其中究竟是什么缘故呢？这是因为"十常侍"在时，皇帝的权威还在；等到皇帝的权威被董卓践踏，洛阳便沦为了一片火海。同样的道理，董卓虽然无德，但他作为大臣的权威还是有的，等到他被王允诛灭，长安便沦为了兵连祸结的战场。

什么是权威？就是人们对管理者的尊敬、畏惧和服从。身为国家的管理者，举手投足都需要权威。王允虽然能够用计，却不懂得权威的妙用。一味地声色俱厉，最后只能激起众人的反感和顶撞。

47. 兔子被逼急了要咬人

且说董卓旧部李傕、郭汜、张济、樊稠惊慌而逃，逃到肤施，只见前方大雾弥天。李傕深感不祥，对郭汜说："陕北何曾有过如此大雾？其中必有缘故！"派人前往打探，说是马腾、韩遂已经据有凉州，正在前方等待着，准备用一场灭顶之灾迎接董卓旧部的到来。李傕大吃一惊，只得在肤施驻扎下来。此时人心惶惶，粮草也日益短缺，军士们纷纷离队脱逃。清点人数，仅剩四千余人。

讨虏校尉贾诩，字文和，凉州武威郡人氏，为人机敏而有谋略，此时也在军中，向李傕说道："做大树的若是不能生产果实，枝头便没有猢狲栖身。做将军的若是不能打胜仗，手下便没有人跟从。如今大势已去，只有写信给吕布，请求他看在同僚一场的份上，给予宽宥。"众军官听得面面相觑，别无良策。李傕只好听从贾诩的建议，分别向王允和吕布写信乞降，派人送到长安。

光禄大夫杨彪建议说："兔子被逼急了要咬人的，何况是李傕、郭汜呢？李傕、郭汜素来能征惯战，不如准降。若是可用，可继续任作大将。若是不可用，可废为平民。"王允回答说："李傕已经陷入绝境，量他能够怎样咬人？况且董卓之所以跋扈，都是因为有李傕、郭汜、张济、樊稠四人做爪牙。如今天下人都可赦罪，偏偏就是不赦这四人。"

使者回报李傕。李傕说："往前是凉州，马腾、韩遂正在磨刀以待。往后是长安，王允已经切断了我们的退路。不如解散部队，各自逃生去吧！"贾诩赶紧阻拦说："不可！各位请想，你们若是没有军队，与凡人又有什么两样？只要一个亭长，就能让你们一个一个束手就擒。不如重振旗帜，聚合军马，杀回长安给董卓报仇。一旦事成，便可以反过来问罪于王允；若其不胜，再走也未迟。"李傕想了又想，决定再次采纳他的建议。

于是召集众人商议说：“我们已经陷入进退维谷的死地，要么坐在这里等死，要么奋起而求生。现在愿意奋起而求生的，请举起你们的右臂！”众人纷纷举起右臂响应。然后重新高扬起他们的旗帜，转身杀向长安。

48. 贾诩妙计犯长安

王允闻讯，急忙派遣徐荣、胡轸迎战。两军对阵于京兆尹新丰县。李傕派人潜入县城，对胡轸说：“将军和我们同是凉州血脉，怎么忍心兄弟相残？何况王允为人向来刻薄，若是将军输了，必然受到处置；赢了，却未必能得到什么好处。不如你我联合在一起，轰轰烈烈地干一番大事。”胡轸听得怦然心动，相约于五更打开城门，李傕、郭汜、张济、樊稠各自带兵汹涌而入。徐荣从床上惊跳起来，连铠甲也来不及穿，慌忙上马夺路而逃，迎面遇到郭汜，被一刀斩于马下。李傕于是占领新丰，聚合各路军马达到十余万人众，声势好不疯狂。

军情逆转得如此迅猛，王允顿时惊慌失措起来。吕布安慰他说：“司徒放心。有我吕布在此，哪里轮得到李傕、郭汜这样的鼠辈猖狂！”王允全部指望都在吕布身上，亲自把盏为他壮行。吕布一饮而尽，披挂上马，打开城门，挺着一支方天画戟，率领军队冲了出去。李傕不由得心慌意怯，溃败五十余里；日暮依山下寨，请众军官都来议事。

李傕感叹说：“吕布勇冠天下，如之奈何？”贾诩回答说：“吕布虽勇，然而无谋。我有一计，可令他首尾不能救应，必然大败。”众人大赞，依计而行。李傕带领一支军队守住谷口，每日引诱吕布前来厮杀；每当吕布纵马冲杀，他便退走上山，投下飞石乱箭。郭汜另带一支军队从阵后骚扰；每当吕布回战，他也退得无踪无影。贾诩这条计策，乃是楚汉战争期间彭越的挠楚之法，打得吕布两头受气，疲于奔命。贾诩暗地里却派遣张济、樊稠，分兵两路直取长安。

话说吕布一连几日，既不能战，又不能不战，不由得怒气满胸，却又无可奈何。忽然飞马来报，说是张济、樊稠两路兵犯长安。吕布急忙回军。李傕、郭汜随后一路追杀。等到吕布杀回，李傕、郭汜、张济、樊稠四路大军，立时将长安城围得水泄不通。数日之后，凉州同党李蒙、王方在长安城内偷开城门，四路大军汹涌而入。吕布左冲右突，抵挡不住，只好飞马赶到青琐门外，呼叫王允说："情势紧急，请司徒赶快上马，随我一同杀出城去！"

王允惊慌失措，顿时又想起蔡邕那句预言，暗自叹道："想不到蔡伯喈一语成谶！"抬头却向吕布慨然应答道："王允志愿以身殉国，别无他求。将军若是能够逃到关东，请代我向各路豪杰致意，要努力以报效国家为念！"说话之间，城中已是四处火焰冲天。吕布只得率领一百余骑亲随飞奔出城。郭汜在北门迎面遇着。那吕布恰如困兽犹斗，奋起方天画戟，或直刺，或反钩，或斜割，把一套戟法使得犹如毒蛇吐信。不过几个回合，郭汜便翻身落在马下，左右赶紧上来营救。吕布也不敢恋战，慌忙飞马逃生去了。

却说王允与众大臣簇拥着小皇帝逃到了宣平门。李傕遥见门楼上仪仗鲜明，知道小皇帝就在那儿，立即通知众军官聚集拢来，一起山呼"万岁"。小皇帝从楼上俯问道："你们这样大动刀兵，杀入长安，究竟想干什么？"李傕、郭汜奏道："司徒王允谋杀董太师，罪大恶极。我们也是被逼无奈，只好铤而走险，要找王司徒问个究竟。"

王允听得清楚，向小皇帝奏道："这伙贼人既然是冲着我来的，请陛下允许我以身谢国！"小皇帝心中不忍，颇是犹豫。只见王允毅然转身，站在栏杆边上，向楼下大声疾呼道："罪大恶极的是董卓，穷凶极恶的是董卓，恶贯满盈是董卓！你们怎么能够颠倒黑白，反来问罪于我？"李傕一时语塞，却又故意冷笑说："董太师与你，究竟哪个有罪，自然各有说法。可是我们这些人又有何罪，竟然被你逼得走投无路，铤而走险？"王允大声回答道："尔等向来助董为虐，怎么能说自己无罪？王允精忠报国，纵然化作厉鬼也决不放过尔等！"说完向前一扑，竟然化作一只苍鹰，从楼上俯冲下来。楼下众军官看得惊心动魄，慌忙四散避让。却见那苍鹰又从高空转头，再次俯冲而下。只听到郭汜"啊呀"一声怪叫，高扬起他的长刀，迎头一刀把王允劈倒在地上。

49. 李傕与郭汜同掌朝政

却说王允既死，李傕与郭汜商议说："事已至此，何不杀了皇帝谋取大事？"贾诩在旁边听见，慌忙阻拦说："千万不可！当今皇帝虽然年小，却天资善良。若是任性虐杀了他，恐怕引起众怒。不如仍旧效仿董太师摄取政权，然后从长计议。"众军官都认为贾诩说得对，李傕便按住了兵器。

此时小皇帝在楼上问道："王司徒已经捐躯，你们为什么还不退兵？"李傕抬头说道："臣等有功于国家，请陛下给予赏赐，这便立即退兵。"小皇帝问："国家贫穷，你们想要什么赏赐？"李傕、郭汜、张济、樊稠四人各自书写愿望，勒索自己想要的官品。小皇帝被逼无奈，封李傕为池阳侯，任车骑将军兼司隶校尉；封郭汜为美阳侯，任后将军，与李傕同掌朝政；封樊稠为万年侯，任右将军；封张济为平阳侯，任骠骑将军；其余李蒙、王方等，各为校尉。众军官这才谢恩，各自领兵出城扎营去了。

李傕、郭汜既掌大权，第一件事就是追寻董卓的尸首，获得一些零碎皮骨，用香木雕成形体，用王者衣冠棺椁，选择吉日，迁葬于郿坞。接着便把小皇帝身边的侍从，全部撤换成了他们自己的心腹，因此小皇帝一举一动都在他们的监控之中。至于朝中官员人事，都由他们随意任免升降，谁敢不从，立时格杀勿论。

至于李傕、郭汜两个人的私交，则可谓亲如兄弟。李傕三日一小宴，五日一大宴，都要邀请郭汜。两个饮酒作乐，总要以"兄弟齐心，其利断金"的格言互勉。李傕夫人姜氏，待郭汜亦可谓恩厚，每次宴会都要特意为郭汜准备醒酒汤，甚至多次留宿郭汜于府中。谁知郭汜夫人杜氏，却渐渐地起了醋意。

过了几日，郭汜又去赴宴，杜氏拦住他说："李傕生性狡诈，莫看他表面对你好，小心他暗地里下你的毒手！"郭汜微微一笑，只当妇人之言，并不听信。杜氏便百般撒娇，只是不让郭汜出门。偏偏姜氏记挂着郭汜，见他不来赴宴，特意派人送了酒食过来慰问。杜氏使坏，先暗自投毒于酒食之中，然后才端到郭汜面前。郭汜刚要动嘴，杜氏立即阻止他说："外面送来的食物，怎么能够张嘴便吃？"说着，从食盒中挑出一块肉来，投给郭汜心爱的狼犬食用。不过一刻钟工夫，那狼犬"喔喔"叫了两声，七窍流血，"噗"地倒头就死。郭汜惊得站起，从此心中便有了猜疑。

又过了一些时日，郭汜在李傕府中议事，事后又是一番胡吃海喝。回来只觉得头重脚轻，腹中冷痛。杜氏在门口迎着，大惊小怪地叫道："哎呀，这一定是中毒啦！"郭汜昏昏沉沉地问道："可有解药？"杜氏说："有一个偏方，叫作'黄龙汤'。"叫人去取了"黄龙汤"来,其实就是茅厕中的粪汁。一碗粪汁下去，郭汜便翻江倒海地呕吐。次日郭汜醒来，恼恨着说道："我与李傕同谋大事，没想到他竟然害我！"杜氏在旁边冷笑着说："一山不容二虎，他要害你，不是情理中的事情吗？"郭汜点点头说："我得早做准备，先发制人！"当即召集手下密谋攻打李傕。

李傕听得内线报告，当即亦是勃然大怒，也点起了本部军马。两人就在长安城外对阵和叫骂。一个说："我待你亲如兄弟，你怎可忘恩负义！"一个说："你把我当棒槌使唤，当真是你的什么狗屁兄弟？"骂完便是一场恶战。郭汜武艺高强，李傕抵挡不住，只得退往内城，劫持了小皇帝，从后宰门逃出，在北原扎下营寨。郭汜随后将长安城洗劫一空，也在李傕对面扎营。两个人每日都要叫骂和厮杀，无数人命都死在兵连祸结之中。

第十二章

徐州是一种责任

在曹操眼里，徐州是一块肥肉，因此要占有它。在刘备眼里，徐州是一种责任，因此要推让它。不一样的价值观，决定了不一样的看见，也决定了不一样的作为。

50. 寺院里的血案

话说曹操回到家乡，一番经营，占据东郡，自任太守，颇有些军马钱粮。此时从青州传来消息，说是黄巾军死灰复燃，聚众数十万人。曹操说："这是上天赐给我的机会啊！"立即派人向长安报告。长安城中正值变乱，无人主政。曹操便自己制作了两面"奉旨讨贼"的旗帜，与济北相鲍信相约，夹击黄巾军于寿阳。鲍信不幸死于乱军之中。曹操一路追击，直到济北，降服黄巾军数万人；然后又以降军为前驱，兵马到处，无不归顺。不过一百多天，竟然招安到流民百余万口、青壮三十余万。曹操从中挑选精锐重新编组，号为"青州兵"，势力迅速壮大。又派人向长安告捷，也不等朝廷下旨，自任镇东将军，领兖州牧。

有叔侄二人来投奔曹操：叔叔姓荀名彧字文若，侄子名攸字公达，都是颍川郡颍阴县人氏，同以才识闻名海内。曹操大喜，遂以荀彧为行军司马，以荀攸为行军教授。荀彧又推荐程昱，程昱又推荐郭嘉，郭嘉又推荐刘晔，刘晔又推荐满宠和吕虔，满宠和吕虔又推荐毛玠。过不多日，大将于禁带领一支军队来投；曹操见他弓马熟娴，武艺出众，当即任作点军司马。过不多日，夏侯惇又推荐典韦，此人使一双铁戟，孔武有力，被曹操任作帐前都尉。从此曹操部下文有谋臣，武有猛将，威镇山东。这些文臣武将，都称呼曹操为主公，也就是老板的意思。翻一翻史料，曹操大约是那个时期继董卓之后第二个被称呼主公的人。徐州刺史陶谦，字恭祖，为人温厚纯笃，听说曹操如此发迹，心中颇是忧虑难安。

那曹操既然已经坐大，便派人去迎接父亲。曹操的父亲曹嵩，在瑯琊国[①]

---

① 两汉采用郡县制，兼行封国制，琅琊国领十三县。

躲避战乱，接到书信，喜不自胜，当即带着老小四十余人、马车一百多辆往兖州而来。瑯琊国隶属徐州，陶谦得知消息，想要结个善缘，于是亲自前来相迎，安排宴席款待；曹嵩要走，又特地派遣都尉张闿率领卫兵五百人护送。曹嵩也是再三感谢陶谦的热忱，率领他的车队继续上路。车到华县与费县之间，暴风雨骤然而至，只得投在一座寺院中歇息。

却说这座寺院虽然广大，却已经荒废无人。都尉张闿吩咐卫兵们打扫房间，供曹嵩家小居住；自己则与卫兵们居住在大殿和走廊。到了夜间，张闿醒来，只见暴雨已经停歇，月光从破云中透露出来，把山林照耀得朦朦胧胧。张闿翻身起来，出了寺院，到外面撒尿。却见院墙转角处有一丛竹林，林边有一人，坐在石桌旁边独酌。张闿心中怀疑，就大着胆子去问他。他哈哈一笑，回答说："你怀疑得对，我的确不是人类，而是一棵成了仙的竹子。"张闿好奇地问："你们做竹子的，也会为生活烦恼吗？"竹仙回答说："你们人类总在为富贵钱财争斗打杀，当然有无穷的烦恼。不像我们做竹子的，只在乎自己的品格，却把钱财看作粪土。"

张闿不以为然地说："人生不为钱财富贵，活着做什么？"回去继续睡觉，忽然暗自叫道："我要到哪里去求钱财富贵？这老曹家便是巨富，一百多车金银细软，只要动手劫了他，钱财富贵便可尽入囊中。"再次翻身而起，把手下几个头目一一叫醒，商议如此如此。众头目也是利欲熏心，都纷纷叫好。

时值清晨，曹嵩刚刚起床，听得周围喊杀声四起，不知出了什么变故。又听得隔壁房门一响，次子曹德在门口问道："你们想干什么？"接着就是曹德一声惨叫。曹嵩从门缝看见曹德被一杆铁矛捅死在庭树之下，情知不妙，趁机开门窜进方丈，想要从那里翻墙逃走。谁知小老婆紧紧地跟随着他，两个人都很肥胖，互相拉扯，怎么也翻不过墙去。曹嵩只好慌忙把小老婆带进茅厕躲藏。不过片刻，卫兵们搜索而来，用矛头一顿乱捅，两个人都惨死在粪坑之中。那张闿既已杀人越货，也不回徐州，带着兄弟们逃奔淮南，落草为寇去了。

有幸存的家丁，赶来兖州向曹操报告。曹操痛心疾首，嚎啕大哭，当时咬牙切齿道："我与陶谦那厮无冤无仇，谁想他竟然纵兵杀了我的父亲。我这就要点起大军，洗荡徐州，以雪我心中的仇恨！”吩咐曹仁留守兖州，荀彧留守鄄城，荀攸留守范县，程昱留守东阿；自己带领夏侯惇、于禁、典韦，浩浩荡荡，杀奔徐州而来。每到一地，便下令屠城；城中妇女财物，任由军士们肆意劫掠。大军所过之处，都是一片血海。

51. 向刘备求救

却说张闿遇见的那位竹仙，平日里只知道清风明月，过得甚是逍遥。忽然有一天心惊胆跳，对自己说道：“不好！我原本要劝那张闿从善，没想到却触动了他的贪念，惹出人间的血海深仇！”内中甚是自责。便起身前来徐州，自称姓麋[1]，名竺，东海郡朐县人氏，要从水火之中营救陶谦。

陶谦满脸愁容，说道：“曹操兵多将广，怎么能够得救？我只好把自己绑了，前往曹营请罪。任他千刀万剐，只求他放过徐州一方百姓。”麋竺说：“陶使君请勿担忧。我与青州北海郡太守孔融颇有交情。请陶使君写一封书信，我去求他，或许有救。”陶谦将信将疑，写了一封书信，托付给麋竺。麋竺毅然去了。

却说北海郡太守孔融，字文举，孔子第二十代后裔。自小聪明，精通《四书》《五经》。一代名士李膺，任职河南尹期间见到少年孔融，非常欣赏，以为必成大器。及至长大，最爱竹石，自己画了一幅竹石图挂在堂上，用来励志，因此感动麋竺。冬来寒气料峭，孔融在堂前作诗，曰：“翠竹生野外，高节有龙姿。”麋竺从图画中应声和道：“临池似碧玉，风雪寄清思。”然后化身而出，与孔融把酒同饮，其乐融融。从那时以来，两人已有六年的情谊。

---

①“麋”姓出自“芈”姓，“麋竺”原本姓“麋”。后“麋”与“糜”通用。罗贯中版《三国演义》写作“糜竺”。

听说老友来访，孔融大喜，急忙请入。麋竺拿出书信，说道：“曹操一路屠城，所过之处，都是血海。请太守垂救。”孔融说：“既是老友亲自送信来，徐州当然要救。只恨麾下没有大将可用。”从事简雍说：“我有同乡好友刘备，颇有军功，在平原国为相。”孔融问道：“可是虎牢关三英战吕布的那个刘备？”简雍回答说：“正是此人。”孔融说：“若得此人相助，徐州必然能够得到解救。”

说话间，兵曹宗宝来报，说是贼人管亥高举黄巾大旗前来借粮。孔融说：“贼人借粮，有借无还。”出城看时，只见浩浩荡荡，竟然有数万之众。那管亥出马喊道：“我知道孔太守素来仁义，只要借给我一万石米粮，即便退兵而去。”孔融回答说：“老夫受百姓供养，已然不易，哪有这多余粮借给你！”管亥怒声高叫：“孔太守既然说话这么不客气，那我就要攻破你的城池，杀你一个鸡犬不留！”拍马舞刀，直取孔融。兵曹宗宝从孔融身边跃马而出，上前迎战。谁知几个回合，宗宝就被管亥一刀砍倒在马下。孔融见势不妙，慌忙退回城中。管亥随即分派兵丁，从四面团团围住。孔融在城楼上感叹：“还说去救陶谦。生逢乱世，连我自身都难以保全。”

次日又来登城察看。忽然远远看见一人挺枪跃马杀入敌营，所到之处，黄巾军犹如惊涛般裂开。直到城下，大叫：“开门！”孔融不认得此人，有些犹豫不决。此时黄巾军追到，那人回头一连刺倒十几个人，吓得群敌慌忙后退。孔融急忙命令开门，那人纵马入城，然后翻身下马，上城来拜见孔融。孔融问他姓名，他却说出一桩往事来。

原来他复姓太史，名慈，字子义，在辽东任职。家有老母，住在城外二十里的一处山庄。孔融不认得太史慈，却听说过他的英名，便时常派人送一些粮食衣裳，接济他的老母。昨日太史慈回家省亲，老母说道：“你不在家，我屡受孔太守深恩。如今他有难困在城中，你要赶去救他。”今日他便不顾一切，赶来报恩。

孔融听得满心欢喜，当即赠与他一副崭新的甲胄。太史慈穿在身上，说道：“请太守借给我一千精兵，让我出城杀敌。”孔融说：“你虽然英勇，但以一千精兵，如何杀得了数万之敌？”太史慈说：“老母特地派我来报恩。太守若有差遣，万死不辞。”孔融说：“我听说平原国的刘备，是个英雄人物。若是你能够杀出重围，请得他来相救，贼人必然退去。”太史慈说：“任他怎样重围，我自有妙计出城。”

孔融便写了一封书信。简雍也写了一封。太史慈把两封书信揣在怀里，牵着马匹出了城门，却在护城河边练习弓箭。黄巾军个个好奇，都在隔河观望。过了一会儿，太史慈却又收起箭靶，回城去了。又过了一时半会儿，却见太史慈又出来练习弓箭。如此反复多次，黄巾军也从好奇看得倦怠，太史慈这才忽然翻身上马，飞也似的冲出。管亥急忙带人来追，被太史慈回头射倒几个，只好眼睁睁地看着他飞马而去。

却说太史慈一路马蹄，赶到平原国，将两封书信呈上。刘备惊讶地问道：“孔北海名满天下，也知道人世间有个刘备吗？”立即叫来关羽、张飞，点起三千精兵，往北海郡而来。

管亥早已得到探子报告，分兵前来迎敌。两军对阵，太史慈正待奋勇向前，关羽早已跃马直冲出去；自从温酒斩华雄以后，他便充满了一往无前的神勇。管亥使的是刀，关羽使的也是刀，两把大刀噼里啪啦打了十几个回合，管亥便先自慌乱了。只听见关羽大喝一声，手起刀落，雪光四溅，将管亥劈倒在马下。刘备看得欢喜，立即带领张飞、太史慈掩杀过来。孔融在城楼上望见，也立即率兵出城，形成两面夹攻。黄巾军群龙无首，溃不成军，死的死，逃的逃，剩下的都蹲在地上哀告着投降。

52. 徐州是一种责任

孔融满心感谢，迎接刘备入城。简雍与刘备、张飞本是儿时好友，少不了问说家乡。又向刘备引荐麋竺，把张闿劫杀曹嵩、曹操洗荡徐州的事由叙说了一遍。孔融说道：“你既然已经救得了我，还得拜托你去救陶谦。”

众人便研究作战计划：先派麋竺返回徐州报信；刘备原有三千精兵，又新收了许多降军，便与孔融合兵一处，也往徐州而来。太史慈已经报恩，只因扬州刺史刘繇来信召唤，便与众人告辞，自往扬州去了。

却说麋竺请来孔融、刘备，陈登也从青州请来田楷。孔融与田楷先到，都惧怕曹军势大，不敢轻进，远远依山下寨。曹操见来了两路军马，也分出两股兵力来相峙。刘备随后赶到，与孔融、田楷商议说：“不知道城中虚实如何。孔太守与田将军且在城外坚守，我却先自越过敌营，去城中见陶太守，再作打算。”吩咐关羽率领大部分兵力，留在孔融身边联合作战，他自己和张飞带着一千人马杀入曹营。

大将于禁迎头截杀过来，大叫：“哪里来的狂徒，敢在这里撒野！”张飞并不答话，只管奋勇向前，直取于禁。刘备舞动双股剑，也来助阵。于禁被那丈八蛇矛刺得心惊肉跳，只得败走。张飞一路追杀，直到徐州城下。陶谦在城楼上看见一面“刘”字大旗，知道刘备到了，急忙开门，把他们接进城来。

到了府衙，陶谦赶紧设宴款待。见刘备容貌忠厚、谈吐正定，陶谦心里欢喜。便命陈登取了徐州刺史的牌印，要让给刘备。刘备惊讶地问道：“陶太守这是何意啊？”陶谦说：“如今国家纷乱，管理失控。老夫年迈，无力保全徐州，情愿让给刘将军，请不要推辞。”刘备再三拜谢，说：“我听说为人做官，必须德位相配。我刘备何德何能，能做徐州之长？请陶使君慎重，不要开这种让人受惊的玩笑。”陶谦说：“徐州并不是一件可以随意赠送或者占有的礼物，而是一种责任。若是一件礼物，老夫早就让给曹操去了。老夫把徐州托付给刘将军，责任重大，怎么能够说是玩笑呢？”再三劝说，刘备怎么也不肯。

麋竺建言说：“大敌当前，且先商议退敌之策。等到危机过去，再来相让不迟。”刘备说：“先礼后兵。我先写一封书信给曹操，以礼相劝。他若无礼，我们便可以理直气壮地打他。”张飞在旁边说道：“大哥迂腐，这是一个讲礼的年代吗？”刘备说：“他讲不讲礼，在他。我讲不讲礼，在我。”

于是铺开云笺，执笔写道：“我曾经在虎牢关拜见过曹将军，深为将军的风度和胆略所折服。如今令尊之所以遭遇不幸，都是因为国家变乱、人心凶恶的缘故。将军可问罪于张闿，却不可问罪于陶谦。诚望将军深明大义，撤兵言和，为国为民，从长计议。”写完，请陶谦审阅。陶谦叫好，令陈登把书信绑在箭上，射往曹营。

53. 请刘将军坐在上席

却说曹操接到书信，破口大骂：“是那个三英战吕布的刘备吗？那日在虎牢关，我敬他是个人才。如今他竟然这样不知轻重，不仅要管我的闲事，还要写信教训于我。真是岂有此理！”当时怒火万丈，命令于禁全力攻城。

正在商议作战方案，忽然有流星马来报，说是兖州已经落入吕布之手，濮阳亦是岌岌可危。原来吕布从长安逃出，去投袁绍，与袁绍一起在常山大破黄巾军张燕部。谁知吕布自命不凡，言语傲慢，惹起众怒，只好离了袁绍，去投张杨。李傕、郭汜在长安听说，写信给张杨，令他杀了吕布。吕布只好离了张杨，去投张邈。陈宫对张邈说：“如今曹操东征陶谦，兖州空虚。吕布勇冠天下，何不与他相约共取兖州？”张邈大赞好计，便令吕布袭取兖州；曹仁领军迎战，被吕布杀得绕城而走，只得丢了兖州，退守濮阳。

曹操看完战报，惊得站起，说：“兖州有失，使我无家可归矣！”郭嘉说：“还请主公暂且放弃徐州，去救兖州要紧。”曹操说：“就在眼前的肥肉，竟然吃不到嘴。罢，罢，罢，索性卖个人情与刘备，回军救兖州去吧。”写了一封回信给刘备，说是看在故人的情面上，暂且放过陶谦。然后下令开拔，一阵风往兖州去了。陶谦在城楼上如释重负，回头感谢刘备说：“这都是刘将军的功劳。”

下得城来，一面下令举办宴会，一面派人出城去请孔融、田楷。陶谦说：“刘将军于徐州有救命之恩，一定要坐上席。”刘备不肯。孔融、田楷、糜竺、简雍都来相劝，刘备只好从命。酒过三巡，陶谦放下杯盏，向众人拱手说道：“各位英雄，都是徐州的恩人。老夫年迈，如今想要把徐州让给刘将军，请各位做个见证。”刘备慌忙应答道：“刘备此来徐州，原本是遵从孔太守的使令，为的是一个“义”字。若是无端据为己有，天下人岂不是都要骂我贪婪无义吗？况且陶使君还有两位公子，可以作为后继，哪里轮得到我刘备呢？”陶谦回答说：“老夫相让徐州，为的是徐州数百万人民的公益，而不是我陶氏一门的私利。两位犬子才薄智浅，不堪国家重任。刘将军义不容辞，请不要推脱。”孔融、糜竺、田楷见陶谦说得诚恳，都来劝说。刘备一张脸涨得通红，只是不肯。

陶谦抹了一把老泪，然后说道：“刘将军既然执意不肯领受徐州，老夫也是无可奈何。但请刘将军不要舍我而去。徐州近旁有一座小城，叫作小沛。刘将军可在那里屯兵，对徐州也是个照应。”孔融、糜竺、田楷跟着相劝。刘备这才答应。陶谦大喜，从此一连几日，殷勤劳军。孔融、田楷也住了几日，各自带着兵马回去了。陶谦亲自带着刘备兄弟三个，前往小沛；又召集当地士绅前来开会，嘱咐军民互帮互惠、友爱相处。

第十三章

一道大梁带着火焰砸向曹操

一只公山猪能够住进曹操的脑袋，一只母山猪当然也能住进典韦的身体。可叹母山猪多情，从典韦的身体里几番出入，几番搭救曹操逃出生天。想那曹操虽非善类，却能历经大难不死，这大约就是古人们说的天数吧。

54. “我有荀彧，哪里会害怕吕布呢？”

话说曹操在行军路上遇到曹仁，情知不妙，问道：“你不好好地守住濮阳，到这里来做什么？”曹仁说：“都怪我无能，又丢了濮阳。”曹操急忙又问：“荀彧、程昱何在？”曹仁说：“荀彧、荀攸、程昱守卫鄄城、范县、东阿三县，至今得以保全。”曹操于懊丧之中赞道：“我有荀彧，以荀彧之智，力敌吕布之勇，必然不在话下。”当即派人到鄄城去请荀彧。

曹操站在山头，远远望见荀彧到来，急忙上前接着。晚来设宴，曹操问道：“吕布何在？”荀彧说：“吕布吩咐副将薛兰、李封屯守兖州，他自己屯住在濮阳，试图以兖州、濮阳互为犄角之势迎战我军。”曹操问：“我军将如何应战？”荀彧说：“可令曹仁领一军围打兖州，主公自引大军攻打濮阳。只要打败吕布，薛兰必然闻风丧胆，弃城而逃。”曹操大喜，命令曹仁率领一万兵马围打兖州。曹仁领命，于次日清晨拔寨往兖州去了。曹操在路口与曹仁道别，自引大军往濮阳而来。

两军对阵。吕布当先出马。曹操遥指吕布，问道：“我与你自来无仇，为什么要夺我的州郡？”吕布放声大笑，他旗下八员健将张辽、臧霸、郝萌、曹性、成廉，魏续、宋宪、侯成，也跟着一起放声大笑。笑完之后，吕布反问道：“你的州郡又从何来？偏偏你能夺别人的州郡，我却夺不得你的？”曹操无言以对。

只见旌旗翻飞之下，吕布左手提住他的方天画戟，右手向前一挥，臧霸便从他右边跃马而出。曹操慌忙令乐进迎战。两匹马交错，两杆枪噼里啪啦打在一起。然后回马再战，又是噼里啪啦的一阵厮打。打到三十几个回合，胜负不分。曹操这边，夏侯惇忍不住拍马出来助战。吕布那边，张辽也急忙上去截杀。惹得吕布性起，挺戟骤马冲出阵来。乐进和夏侯惇抵挡不住，各自调转马头就走。吕布挥动大军掩杀过来。曹操大军顿时崩溃，一路丢盔弃甲，败走四十余里，退回马陵山大寨。吕布看得哈哈大笑，收兵回城去了。

曹操输了一阵，立即召开会议，问道："吕布勇猛无敌，如何是好？"荀彧回答说："我今日上山观望，只见濮阳城西面有一座寨子，地势险要，却没有多少驻军。吕布得胜，今夜必不设防。主公可趁机派军偷袭，若能得手，必将挫伤那吕布的锐气。"曹操听了，再次赞叹说："我有荀彧，哪里会害怕吕布呢？"就请荀彧在马陵山守住大寨，亲自率领轻骑兵三千人、步兵二万人，连夜从小路往西寨而来。

55. 曹操埋伏在丛林之中，下令攻打西寨

荀彧算得不错，吕布果然不曾设防但他却偏偏忘记了吕布身边还有一个陈宫。陈宫正在为吕布举杯庆功，忽然说道："西寨是个要紧去处，若是曹操来袭，却怎么是好？"吕布说："他今日输了一阵，怎么还有胆子敢来？"陈宫说："须要谨防他攻我不备。"吕布说："你总是这样疑神疑鬼，曹操有什么好怕的？"陈宫说："那曹操恰是一个生性狡诈的鬼才，荀彧也是足智多谋，不可不疑，不可不防。"吕布听从了他的话，分派高顺率兵增援西寨。

三更时分，曹操埋伏在丛林之中，下令从四面攻打西寨。一时杀声震天，守将魏越惊慌失措，弃寨而逃。曹操夺了西寨，正要打扫战场，忽然又是一阵喊杀，却是高顺率兵到了。曹操急忙迎战，与高顺、魏越两军混战在一起。将及天明，又听得东面鼓声大震，却是吕布亲率大军赶到。曹操只得放弃到手的寨子，向北奔逃。

迎面遇到吕布。于禁、乐进联手迎战，却也抵挡不住吕布一支画戟。曹操见势不妙，扭头往西而去。忽然又是一阵喊杀，从山后涌出两支军马，左有张辽，

右有臧霸。曹操扭头又往北走，忽然又是一阵喊杀，郝萌、曹性、成廉、宋宪四员大将拦住去路。看看天色，已是正午，曹操又急又饿，竟然奋勇争先，杀上阵去。只听见梆子一响，箭矢如骤雨般射来。曹操左右抵挡，无计脱身，大声呼叫道："谁人救我？"

却说都尉典韦，已经战得筋疲力尽。听到曹操呼叫，浑身一阵激灵，竟然又像充血似的奋跃起来。前有乱箭，后有追兵，那典韦将十几支短戟握在手中，一面冒着箭雨前行，一面对亲兵说："敌人进入十步之内就叫我！"亲兵大叫说："已经十步了！"典韦说："进入五步之内就叫我！"亲兵又叫道："已经五步了！"典韦扬手将短戟纷纷飞出，追兵纷纷应声坠马，其余的人都惊吓得扭头就走。典韦这才飞身上马，挥舞着两支大铁戟冲杀而来，上前护住曹操。曹洪、李典、吕虔、于禁随后赶到，双方又是一场混战。

看看天色傍晚，忽然又是一阵喊杀，吕布跃马赶到，大声叫道："曹操休走！"曹操吓得魂飞魄散，仰天大叫道："天不容我，竟叫我死在此处！"只得奋力拼杀，且战且退。吕布跃马挥戟，有如砍瓜切菜。天色已经暗黑，忽然又是一阵惊雷，大雨倾盆而下，众人眼睛迷离，这才各自罢兵。

曹操回到马陵山，浑身泥水，狼狈不堪。见到荀彧，心中忍不住埋怨，嘴里却感叹道："我此番死里逃生，都是典韦将军的功劳。"当即重赏典韦，并升任他为领军都尉。

56. 一道大梁带着火焰砸向了曹操

话说吕布回到濮阳城中，见到陈宫，赞道："若非公台妙算，险些叫曹操夺了西寨。"陈宫说："曹操遭此挫败，必然心有不甘。濮阳城中有富豪田氏，可派他勾引曹操前来攻城。只要曹操入得城来，我便四门放火，伏兵击杀。纵使曹操有三头六臂，也叫他插翅难飞。”吕布赞道：“此计大妙！”

曹操正在郁闷，接到田氏第一封书信，上面写道：“吕布残暴不仁，军心浮躁。而今闻听他要移兵黎阳，只有高顺留守在城内。曹将军可连夜进兵，濮阳城唾手可得。我为内应，在城楼上插白旗，大书一个‘义’字，便是暗号。”曹操看得满心欢喜，说道：“我认得这个田氏，多财善贾，在城市有商铺，在乡下有庄园，使唤着一千多名仆役员工，是整个东郡的首富。有他做内应，如何不得濮阳？”于是重赏信使，收拾兵马，准备再战濮阳。荀彧说：“吕布刚刚打了胜仗，为什么说他军心浮躁，他又为什么要移兵黎阳？只恐其中有诈，不可不防。”曹操说：“我上次就是听信你的话去袭击西寨，差点儿丢了性命。而今你虽然说得有理，我却再也不愿采信。”荀彧只好仰天叹息。

大军来到濮阳城外。曹操抬头看见西门角上，果然有一面“义”字白旗，心中不禁暗喜。在午后的太阳下，城门大开，两员大将率军出战，前军是侯成，后军是高顺。曹操高举马鞭，指令乐进迎战。乐进大叫一声，催马直取侯成。侯成惊慌失措，扭头就跑。乐进赶到吊桥边。高顺接着，噼里啪啦一阵厮杀，却也抵挡不住，只得奋力跳上吊桥，都退回城中去了。其中却有一个军人，趁机混过阵来求见曹操，说是信使，呈上田氏第二封书信。上面写道：“今夜初更时分，请曹将军在城外静听我吹响螺号。我便在那时打开城门，迎接将军进城。”

时约初更，月光朦胧。只听得西门上螺号吹响，接着亮起缭乱的火把，接着吊桥落了下来，接着城门大开。曹操做过东郡太守，认得濮阳城中街道，当时拍马率先进城，直到郡府，不见田氏前来迎接，慌忙回马大叫道：“赶快退兵！”只听得郡府中一声炮响，四周烈火轰天而起。紧接着鼓声大作，从东巷内转出张辽，从西巷内转出臧霸，翻江倒海似的喊杀着涌上前来。曹操只好走向北门，遇着郝萌、曹性，又是一阵厮杀。曹操改走南门，又遇着高顺、侯成。典韦在旁边护着曹操，挥舞着两支大铁戟，杀得性起。高顺、侯成抵挡不住，且战且退。典韦追杀到城门口，回头不见了曹操。

却说曹操在乱军中失散了典韦，几经拼杀，又转向了西门。吕布从后面赶来，用画戟敲打着他的头盔问道：“可曾看到曹操？”曹操从伤口抓起鲜血往脸上一抹，指向前面说道：“那骑黄马的就是他。”吕布便纵马越过了曹操，向前追赶而去。曹操却赶紧拨转马头，往东门奔逃。

刚到城门边上，那城门楼子便垮塌了下来。一块大石头正打着曹操的战马后胯，那马扑地就倒，把曹操压在地上动弹不得。紧接着，一道大梁带着火焰砸向了曹操。说时迟，那时快，典韦不知从什么地方冲出来，奋力推向大梁。那大梁从天而降，重力何止千斤，竟然被典韦推倒在五步之外。恰好曹洪随后赶到，上前搬动马尸，救起曹操。三个人慌忙出了东门，逃向城外的黑暗之中。

57. 还记得吕伯奢家中那头山猪吗?

却说典韦的双手都被烫伤，火热疼痛。又没有金疮药，曹洪只得用头盔舀来泉水为他冷敷。典韦疼痛难忍，折腾到五更天，竟至于昏迷过去。曹操失声痛哭道：“典韦将军为我奋不顾身，两次救我于必死之地，叫我如何报答啊！”

不曾想典韦又悠悠醒转过来，开口说话，却是女声。只听得那女声说道：“救你的并非典韦将军，而是小女子我啊！”曹操惊问道：“你是何人？”那女声回答说：“你还记得吕伯奢家中那头山猪吗？那就是我啊！承蒙恩公搭救，我发誓要三次报答于恩公。恩公昔日在荥阳追击董卓，被徐荣一箭射落下马，是我第一次相报。此番在濮阳两次大战，也是我在使用典韦将军的身体，相报于恩公啊！如今已经报恩三次，小女子心愿已了，就此向恩公告辞！”曹操便想起那头被捆绑的山猪和在松林里暗香浮动的黑美人来，急忙问道：“娘子三次救我，大恩如何能忘？倘若想念娘子，却要到哪里相寻？”那女声回答说：“我，广武山之黑氏也，小名宛珠，又名珠娘。你我若是真有缘分，也许异日还会再见。”

说话间已是天光大亮，一道黑影从典韦身上飘逸而起，化作了无形。典韦自己却又仰头倒在草地上，昏昏沉沉地睡去。曹操看得惊奇万分，回头再看曹洪，也早已蜷缩在地上睡着。约莫一刻钟工夫，曹洪和典韦这才相继醒来。曹操说起珠娘报恩的事情，两人听得满脸痴呆。

回到马陵山，众位将军都来问安。曹操冷笑了两声，说道："两番大战，身经险恶。如果不是那珠娘相救，我已经死在濮阳城中。如今我便将计就计，诈称被火烧伤，已经不治而死。吕布听说，必然带兵来攻。那时我便伏兵于山谷之中，叫他有来无回。"众将听令，各自回营大办丧事，并犒劳军士。军士们苦战多日，忽然吃到可口的饭菜，都赞曹操死得好。

吕布听到探报，便要起兵攻寨。陈宫阻拦说："曹操未必真死，须得谨防有诈。"吕布说："世上哪有活人情愿诈死的道理？"当即点起兵马，往马陵山而来，远远望见白旗白幡，守寨的军士们也都挂着孝白。吕布大喜，说道："曹操果然已死。陈宫胆小多疑，看我回去怎么笑话他。"指挥大军，直奔山寨而来。忽然一声鼓响，伏兵四起，乱箭如雨。吕布惊恐万状，四下张望，到处人仰马翻，只得扭转马头，拼死冲出重围。回到濮阳，清点人马，竟然死伤过半。

双方相持两月，都在做秋收时节决战的准备。忽然蝗虫四起，田野间稻谷都被啮食。饥荒顿时像野火一样蔓延了广袤的大地，每斛米豆价值五十贯钱，甚至出现了吃人和贩卖人肉的人间惨剧。曹操缺少粮草，只得返回鄄城暂住，吕布也只得率部前往山阳县征粮养兵，双方就此休战。遥想那濮阳自颛顼以来便有帝乡的美誉，仓颉造字也在此处，尧、舜二帝也都曾在此治国理政，文明之光何其璀璨，现如今却忽然堕落成了人间的炼狱。

第十四章

当刘备遇到吕布

吕布与群雄纵横天下，认的是一个“争”字，只是争来斗去，争斗得无处容身。刘备与众不同，偏偏要认一个“让”字。温良恭俭让，原本是做人的美德，但在这么一个龙争虎斗的乱世，刘备又让到几时？当吕布与刘备在同一个屋檐下相遇，他们的争与让将会演绎出怎样的剧情？

58. 陶谦三让徐州

话说徐州刺史陶谦受了曹操一场惊吓，身体衰弱，延绵数月，竟至于卧床不起。又叫陈登去小沛请来刘备，说："从前老夫两番让位于刘将军，都遭到刘将军的拒绝。如今老夫病势沉疴，朝夕难保，唯恐徐州后继无人。万望刘将军可怜徐州百万黎民，答应老夫出来执掌州事。"刘备慌忙回答说："承蒙陶使君错爱。晚辈德薄智浅，哪里有能力执掌徐州？"陶谦说："徐州倒也有些人才，有陈登，有孙乾，有麋竺，都可以做刘将军的助手。"刘备连连摇手说："使不得！使不得！"陶谦躺在床上，只能叹息。

兄弟三个在馆舍中谈心。关羽问道："陶使君情意诚恳，兄长何必苦苦推辞？"刘备回答说："三弟有所不知，那名利场上的凶险，都在一个'争'字。大将军何进与'十常侍'相争，却是两败俱亡。董卓争得一朝太师，却是暴尸街头。曹操与吕布相争于濮阳，却是九死一生。我却偏偏只认一个'让'字，从容处事，只求保全。"张飞却在旁边问道："兄长说得很好。只是我们在徐州，到底是客人的身份。一旦陶使君撒手人寰，我们却要如何保全？"刘备被问得暗自心惊。

当夜，陶谦死在子时，年寿六十三岁。陶谦的两个儿子，长子陶商，次子陶应，抱着徐州刺史的印绶到馆舍向刘备报丧，哀告说："父亲临终有令，请刘将军先接任州事，而后再举丧事。"刘备不再推辞，毅然跪在地上接过大印。赶紧召集会议，任用孙乾为主簿、麋竺为别驾、陈登为典农校尉。一面出榜安民，一面大设祭奠，把陶谦安葬在黄河之原。

曹操在鄄城听说刘备入主徐州，勃然大怒道："我大仇未报，他竟然不费半箭之功，坐得徐州。真是岂有此理。"叫人找来荀彧，讨论如何起兵。

荀彧问道："从前高祖皇帝和光武皇帝之所以能够成就大业，一个有关中，一个有河内，都是因为有巩固的根据地。如今我们只有鄄城、范县、东阿三县，舍此三县去攻徐州，多留兵则不足用，少留兵又怕吕布乘虚来袭。倘若攻打徐州不得，而三县又失，我们却到何处栖身？”曹操说：“今年粮草短缺，三军困守在此，终究不是个办法。我去攻徐州，其实也是为了弄点粮食养兵。”荀彧说：“不如向西去攻打汝南、颍川的黄巾军何仪部和黄劭部。那何仪与黄劭到处抢劫，积攒了许多金银财宝和粮食。黄巾军是犯上作乱的贼人，主公对付他们又有作战经验，夺取他们的钱粮来养兵，朝廷也欢喜，百姓也高兴，岂不是顺天应人的美事？”

曹操点点头说：“你说的道理我懂，柿子要捡软的捏。”于是暂且放过刘备，令夏侯惇、曹仁留守鄄城，自引大军往汝南而来。

59. 从汝南到定陶

荀彧说得不错，黄巾军到底是乌合之众：坐没个坐相，站没个站相，两军对阵，一个个把锄头、钉耙扛在肩上，跟下地做农活似的。曹操看得暗自好笑。

只见一员步将出战，头上裹着黄巾，身上穿着绿袄，手里提着铁棒，上来大声叫道：“听说过我截天夜叉何曼的名号吗？谁敢与我厮斗？”曹洪大喝一声，飞身下马，提着长刀大踏步迎上前去。噼里啪啦打了四五十个回合，曹洪假装落败，扭头就跑。何曼哪里肯依，紧追不舍。不曾想曹洪突然转身，一刀把何曼砍倒在地，又补上一刀把他杀死。黄巾军顿时惊慌失措，都拖着锄头、钉耙往山中奔逃。李典乘势飞马冲杀而上，认准了黄劭，一把将他活捉了过来。曹操追到他们的老巢，夺取大量钱粮物资。只剩下一个何仪，带着数百名骑兵逃往了葛陂。

话说谯县有一个家族，姓许，是圣人许由的后裔。只因时逢乱世，这个家族便建造了一座坞堡，数千人聚住在一起。内中有一位壮士，大名许褚，字仲康，身长八尺，腰大十围，使一把长刀，勇猛无敌。有两个故事，让他闻名于远近。有一次，许家坞被黄巾军围困，七天七夜，箭矢全部用尽。黄巾军以为许家坞必破，岂知许褚竟投以飞石，黄巾军被纷纷击中，一片哀号，只得退去。又有一次，许家坞粮食短缺，与黄巾军约好以粮换牛；黄巾军派人送粮进来，然后赶牛出去。几头牛刚刚走出坞堡，忽然扭头往回奔走。许褚两只手抓住两头牛的尾巴，大吼一声，把两头牛拉出一百多步。黄巾军大为惊骇，粮食也不要了，牛也不要了，慌忙告辞而去。从此方圆一百多里的地面上，提起许褚的名头，都是如雷贯耳。

也是冤家路窄，那何仪正在奔走之间，正好迎面遇着许褚。何仪吓得魂飞魄散，仅仅一个回合，就被许褚伸手一把搂了过去。只听得许褚一声断喝，一伙黄巾军都慌忙下马投降。许褚便将他们全部绑了，押在坞堡之中。

乐进随后赶到，在坞堡外叫住许褚，问道："你也是黄巾军吗？"许褚回头答应道："我并非黄巾军，倒是刚刚活捉了数百名黄巾军。"乐进说："请你赶快献出来，饶你不死！"许褚冷笑道："你若赢了我手中的宝刀，我便献出给你！"乐进大喝一声，挺枪便刺。许褚转身躲开，劈刀就砍。两个人从日中打到晡时，不分胜负。曹操听说，急忙带领众将来看。只见两个人歇息了片刻，又噼里啪啦混战在一起。曹操见那许褚威风凛凛，心中好不欢喜。

看看天色已晚，乐进便与许褚相约次日再战。曹操赶紧派人连夜设下陷阱，吩咐乐进须得如此如此。次日乐进再来战时，不过几个回合，扭头就走。许褚大笑道："真是个死东西，今日怎么这样不中用呢？"提马往前就追，忽然天旋地转，连人带马都落在陷阱之中，被缚住了双手来见曹操。

曹操急忙下帐迎接，亲自为他松绑，命人取来新衣更换，又端上一盏热酒压惊。曹操说道："我爱壮士才能，不知道你是否愿意降我？"许褚回答说："请你给我一夜时间思考。"过了一夜，许褚答应归降。曹操立即任用他为都尉，给他非常丰厚的犒赏。

黄巾军既已平定，荀彧说道："当今之大计，在于强兵足食。汝南、颍川，天中之地也，田野肥沃，何不在此屯田？”曹操回答说：“我从前听说陶谦在徐州屯田，不知道他是怎么做的。此计甚好，战不废耕，耕不废守，守不废战，正合我意。”于是，任用枣祗、韩浩为屯田校尉，将众多黄巾军俘虏重新编组分配，就在许县试行屯田。黄巾军原本就是农人，耕种田地是拿手的本事，第一年就收获了稻谷一百万斛。

等到曹操班师返回鄄城时，已经是兵强马壮，不同往日。第一战便攻克了兖州，兖州守将薛兰被许褚一刀斩于马下。第二战便攻克了濮阳，濮阳田氏这次真的做了内应，趁吕布出城迎战，将吕布挡在城门之外。陈宫在城中见势不妙，急忙带着吕布一家老小从东门逃出，在野外找到吕布，一同往定陶去投奔张邈。曹操再接再厉，第三战大破定陶，张超自刎于乱军之中，张邈匹马投奔袁术去了，吕布一家老小流落在海滨，处境好不凄凉。自此山东全境，尽被曹操所得。

60. “万一那吕布真是一匹恶狼呢？”

却说吕布在海滨收集残军，准备再与曹操决一死战。陈宫说：“曹军势大，未可与争锋。还是先找一个安身之地，再找机会决战不迟。”吕布说：“如今我已走投无路，哪里找得到一个安身之地？”陈宫说：“徐州就在不远。我听闻刘备入主徐州，也许可以去投奔他。”吕布别无选择，只得率领部属投奔徐州而来。

刘备在徐州听说，急忙与众人商议道：“吕布，当今英勇之士也，我们要出城去迎接他。”糜竺说：“那吕布如虎似狼，不可收留；留在身边，会吃人的。”刘备说：“上次曹操攻打徐州，若不是吕布袭取了他的后方，真不知道徐州会落到怎样的结局。如今吕布日暮途穷，只求有一个安身之地，能够有什么虎狼之心呢？”张飞在旁边问道：“大哥总是把人往好处想，万一那吕布真是一匹恶狼呢？无论如何，也要做些准备。”刘备一笑而过，领着众人出城三十里去迎接吕布。

回到徐州，双方按宾主就坐。吕布说："自从我与王司徒诛杀董卓之后，又遭逢李傕、郭汜之变，可怜我飘零关东，诸侯多不能相容。好容易占据了兖州，却没想到得而复失。今日承蒙收留，我愿与刘使君共图大事，不知道刘使君意下如何？"刘备回答说："我哪里是什么使君？只因陶使君新逝，无人管领徐州，我只是暂且代理州事罢了。今日将军既然到此，理当将徐州让给将军。"于是将印绶双手奉上，送与吕布。

吕布大喜，伸手就要去接，抬头却看见刘备背后关羽、张飞怒目相向，只好仰天笑道："想我吕布一介武夫，如何能做徐州之主？"刘备说："将军曾在长安统领全国军事，与王司徒共辅朝纲，如何做不得徐州之主？"吕布心中被惹起满腔悲愤，只是摇头，说："做不得！做不得！"陈宫察言观色，在旁边说道："承蒙刘使君收留，已经是莫大的恩情，却怎么可以反客为主，徒让天下人笑话？"刘备这才收回印绶，吩咐设宴款待吕布一行。

又安排宅院让吕布一家老小住下。隔了几日，吕布收拾妥当，回头宴请刘备。饮酒至半酣，吕布吩咐妻女出来拜见刘备。刘备再三谦让，吕布说："贤弟不必客气。"张飞听了，瞪目大叫道："你这人好不懂事！我大哥好心收留你，你不称'恩公'也就罢了，却怎么敢称他为'贤弟'？都说你英勇无敌，我就怕你啦？你来，你来，我与你斗上三百回合！"刘备连忙喝住张飞，命令关羽把他劝了出去，回头向吕布陪笑道："都是我这个弟弟酒后狂言，请兄长不要见怪。"吕布心中又涌起一阵虎落平阳的悲怆感，默然无语。

过了一会儿，宴终席散。吕布送刘备出了大门，只见张飞跃马横枪而来，大声叫道："吕布，你来，我与你斗上三百回合！"刘备急得满脸涨红，赶紧命令关羽上去制止了他。

61. 那一夜，胡氏不能成眠

却说关羽回来，向妻子胡氏说道："今日随大哥到吕布家中赴宴，见到他的两位夫人。其中一位，举止、神情、口音，都与你颇是相似。我因此感到奇怪，难道她竟然是你孪生的姐妹？"胡氏听得也是万分诧异，回答说："我还真有一位孪生姐妹，已经失散了多年。你去问问，她是不是叫作'貂蝉'？"关羽失声叫道："她还真是叫作'貂蝉'。此前王司徒就是使用她做连环计，诛灭了董卓。此事天下人皆知。"胡氏顿时坐在地上，喃喃自语道："可怜我这个傻妹妹，经历了这么多苦难！"

当夜胡氏便不能成眠，拉着关羽说了一通宵的话。那胡氏说："我父有两个女儿，我叫却非，她叫貂蝉。两年前，父亲已经死在平原，我此生就只有她这个妹妹了。论姻亲，你可是他的姐夫。她跟着吕布到处颠沛流离，你得设法让他们有个安身的住处。"关羽次日便来找刘备商议，说："吕布桀骜不驯，留在徐州终究不是长久之计。不如让他屯兵在小沛：他若是个好人，可以彼此照应；他若不好，也可远远地离着相安无事。"

刘备听了，赞道："如此甚好！"叫上孙乾，一起上门去见吕布。吕布也说："如此甚好！"对刘备千恩万谢，又吩咐部属们各自收拾行李，迁往小沛安身去了。

第十五章

回到洛阳

在经历了一段颠沛流离、险象环生的旅行之后，小皇帝终于像小鸟一样飞回了朝思暮想的故都洛阳。然而，在这个群雄争霸的乱世，善良和富于幻想的小皇帝还能有什么作为呢？仅有善良和幻想是不够的，他还需要有足够的力量。

62. 郿坞外开出了一树白色的花

话说李傕与郭汜相争，一个劫持了小皇帝，驻扎在郿坞；一个占据了长安城，每日夜宿龙床。两个都以朝廷自居，向天下发号施令。

可怜的小皇帝没有能力改变军人们之间的战争。他说的话，李傕愿意听就听，不愿意听就不听。寂寞无奈的时候，他喜欢坐在郿坞的硐楼上遥看远方。远方其实什么也没有，让他感到疲倦，然后等到下一次再看。他也常常想念起蔡邕，然后忍不住哭，直到哭得累极了。

是年春天，他忽然看到郿坞外面的岩石边开出了一树白色的花，忍不住跑下去看。看了半天，也分辨不出究竟是海棠还是白鹃梅，但心里却莫名其妙地有了欣喜和希望。接着他做了一个决定，把“初平四年”改元为“兴平元年”。他是一个傀儡，但按照汉朝的传统，他依然是某种神圣的象征。按照惯例，他做出的改元，也立即成为了全国通用的纪年方式。

春天虽美，奈何年成依然不好。兴平元年四月至七月间，关中大旱，粮价飞涨，一斛稻谷五十万钱，一斛豆麦二十万钱，吃人和贩卖人肉的事情到处都是。小皇帝听到奏报，悲痛得几次落泪，下令侍御史侯汶打开太仓，用米豆煮粥周济百姓。侍中杨琦问道：“太仓存粮有限，一旦告罄，陛下自己又拿什么果腹？”小皇帝回答说：“朕既然是皇帝，存，与民同存；死，与民同死。”杨琦因此感叹做皇帝的不易。

但每天仍然有很多人饿死。小皇帝心中疑惑，把侯汶叫来问话。侯汶回答说，一锅粥用米、豆各五升。小皇帝当面验看，米、豆各五升可熬粥两锅。侯汶吓得磕头如捣蒜，承认自己贪污了许多粮食。民愤大起，要问侯汶死罪。小皇帝到底不忍，只叫责打他五十廷杖，并继续任用他煮粥赈灾。侯汶满心惭愧，而饥民们也因此得到了较好的救济。

朱儁与杨彪在长安城听说小皇帝赈灾的故事，都劝郭汜与李傕修好，接回小皇帝，为国家造福。郭汜听了，回答说："有何难处？我去把皇帝抢回来就是。"点起大军，一路车马，直奔郿坞而去。

63. 把皇帝当赌注

两军对阵，郭汜用马鞭指着李傕骂道："李傕反贼，赶快交出皇帝，饶你不死！"李傕说："我乃是保驾的大功臣，凭什么说我是反贼？"郭汜说："你哪里是保驾？分明是劫驾！"李傕说："不要废话！你我两个亲自上阵打一场，不许用别人帮忙，谁赢了皇帝就归谁。"两个人都不服气，就在阵前厮杀，战到二十回合，不分胜负。

只见杨彪拍马赶到，大叫："两位将军听我说话，老夫特地邀请了众位官员，来与两位讲和。"李傕回应道："是他先来惹我。你们跟他说好，再来找我说话。"杨彪、朱儁和众位官员六十余人，先到郭汜营中劝和。郭汜一声令下，军士们四下涌出，将众位官员全部扣押在监牢之中。可怜众位官员说："我们是为了两位和好，为什么要这样相待？"郭汜说："李傕劫了皇帝，我便要劫公卿，这样才算公平！除非你们选派一人去见李傕，叫他送出皇帝，我便放了你们！"

谒者令皇甫郦，出身于皇甫世家，与李傕同乡。众位官员商议，选派皇甫郦为代表。皇甫郦来见李傕，说："我与将军有同乡之谊，是来劝和的。"李傕说："天底下的人都知道，自从王允、吕布乱政以来，是我赶走了吕布，辅佐皇帝理政四年。他郭汜是什么东西？一个盗马贼而已，竟然敢跟我争锋，我誓必杀了他！"皇甫郦回答说："从前，后羿自恃有善射之能，不思后患，终致灭亡。将军武功虽好，比之后羿如何？那郭汜劫持公卿当然不对，难道将军劫持皇帝就对吗？况且皇帝任用将军为上将，享受持钺仗节的特权，子孙族戚个个官位显赫，而将军不思报答国恩，反而以劫持皇帝为能，难道真的没有想过后患吗？”李傕听得勃然大怒，霍地拔出宝剑来，叫道：“你是故意来辱骂我的吗？胆子不小，我这就斩了你的狗头！”光禄大夫贾诩慌忙阻拦说：“将军杀了皇甫郦，岂不是给了郭汜兴兵问罪的把柄？将军可以不怕郭汜，却不能不怕天下人的议论。”李傕这才强压怒火，下令把皇甫郦一顿乱棍赶了出去。

李傕军中大部分是西凉兵。皇甫世家在西凉一向德高望重。那皇甫郦被一顿乱打，心中愤恨难平，就对西凉人说：“李傕劫持皇帝，是谋反的大罪。你们谁要是做他的从犯，事后必有大患。”西凉人听了他的话，私下里议论纷纷，军心渐至涣散。李傕听到消息，勃然大怒，下令抓捕皇甫郦。当时皇甫郦就在小皇帝身边。小皇帝说：“赶快逃走，否则遭遇不幸！”皇甫郦只得慌忙出逃。李傕命令虎贲郎王昌去追，王昌装模作样地追了一程，回来报告说：“皇甫郦不知道逃到哪里去了。”

话说小皇帝送走皇甫郦，回头忧心忡忡地对杨琦说道：“国家混乱到了这般光景，要我如何是好？”杨琦回答说：“我观察光禄大夫贾诩，虽然是李傕的心腹，却常有忠义之心。陛下可以找个机会，去征询他的帮助。”过了几日，贾诩有事报告。小皇帝屏退了左右，哭着对贾诩说：“都是我这个做皇帝的无能，竟然眼睁睁地看着国家混乱到了这种地步。我听说你是个有大才能的人，愿意为了拯救这个国家，做点儿力所能及的好事吗？”贾诩慌忙拜伏在地上，说：“陛下心怀慈悲，我这个做臣子的自然心有感念。请不要多说，我会设法做一些有益的事情。”小皇帝擦着眼泪，向贾诩致谢。

64. 乱世中的一只小鸟

话说李傕平日喜爱女巫，常常请女巫在军中击鼓降神。李傕想做大司马，女巫说：“这有何难？我只需做一场法事，管叫那小皇帝听我的话。”过了两日，小皇帝果然降诏，任命李傕为大司马。李傕大喜，感叹说：“这都是女巫做法事的功劳啊！”于是重赏女巫。

贾诩暗地里对骑都尉杨奉说：“众位将军出生入死，怎么反而不如一个女巫功大呢？”杨奉听得怒火中烧，去找宋果商议说：“李傕作威作福，分明是第二个董卓。我们不如起兵杀了这个浑蛋，救出皇帝，也是大功一件。”宋果响应说：“我在中军放火为号，你带兵马从外进攻。”两人约定二更天举事。不料李傕事先得知消息，叫人抓了宋果。杨奉在外面等候火光，没想到李傕带兵杀出，双方混战到黎明。杨奉眼看无力取胜，趁黑逃往北方。随后一连数日，西凉兵纷纷逃走，李傕的势头日渐衰弱，竟至于无力与郭汜相争。

却说骠骑将军张济，屯驻在弘农郡。听说李傕、郭汜相争，率领大军前来解和，扬言说：“谁不听话，我就打谁！”李傕审时度势，马上答应放出小皇帝。郭汜听说，也答应放出公卿。众位官员出了监牢，都到郿坞来看望小皇帝。张济贡献出新鲜的粮食酒肉，给小皇帝和官员们享用；又向小皇帝建言，请他移居弘农郡。小皇帝马上联想到距离弘农郡不远的洛阳，高兴地说道：“朕日夜思念洛阳，若是能够回去看看，那该是多么快乐的事啊！”张济立即收拾车驾，护卫着小皇帝向东而去。

对于小皇帝来说，旅行是一件新鲜的事情。他已经在郿坞待了很久，他需要去寻找一些新鲜的感觉。道路并不平整，他乘坐的銮驾也并不舒适，但他还是如饥似渴地贪看着一路的风景。就在那时，他看到一个妇人，一个因为穷困和饥荒而失魂落魄的农妇。她衣衫褴褛，脸上、头发上、衣服上到处都是脏乱的污渍。她是那个饥荒的年代里成千上万的农妇之一。那个浑身瘦弱、脏乱、憔悴的农妇，站立在一片荒芜的田地里。她瘦得皮包骨头，手里抓着一块东西。小皇帝猜想那是一块食物，但他很快看清那是一只小鸟；小鸟已经死了，而她正在慢慢地拔去它的羽毛。不知怎么搞的，小皇帝总觉得那只小鸟就是他自己。

不久，车队便经过新丰县，来到了霸陵桥。只见数百名军士守在桥上，拦住了去路。侍中杨琦上前喝问道："圣驾在此，谁敢阻拦？"有两位军官回答说："我们是郭将军的部下，在此把守桥梁道路，以防奸细。你既然说是圣驾，须得亲眼看见龙颜，才能确信。"杨琦上去把车窗上的珠帘高高揭起。众军士看见，立即毕恭毕敬地分立于两旁，给小皇帝和车队放行。

小皇帝前脚刚走，郭汜后脚就到。那郭汜从马上跳下来，气急败坏地责问道："我要你们守卫此桥，你们怎么能够擅自放人过去？"两位军官回答说："只因是皇帝陛下，所以不敢阻拦。"郭汜扬手打了其中一位军官的耳光，叫嚷着说："我要李傕放出皇帝，是为了让皇帝回到长安，不是让他到处乱跑的！"又翻身上马，下令将两位军官斩首，带着军马继续追赶。赶到华阴县，便远远地看到了皇帝的銮驾。郭汜飞马赶来，高声叫道："请陛下留步！"

早有人上来报告小皇帝。小皇帝大惊失色，问道："才离开李傕的狼窝，又遇着郭汜的虎口，如何是好？"官员们也是个个惊慌失措。眼看追兵越来越近，忽然听得一阵战鼓，又一支大军从山后蜂拥而出，当先一面旗帜，上书"大汉杨奉"四字。原来杨奉被李傕打败，几经辗转，驻军在终南山下，听到皇帝的消息，特地赶来护驾。

65. 一路颠沛流离

当下两军列开阵势。郭汜方面的部将崔勇出马，大骂杨奉："你个反贼，快来受死！"杨奉问道："我效忠皇帝陛下，怎么是反贼？"崔勇叫嚷着说："你背叛你的主公李傕，怎么不是反贼？"杨奉大怒，回头喊道："公明何在？"从阵中飞出一员猛将，姓徐，名晃，字公明，手执一把大斧，直取崔勇。仅仅一个回合，崔勇就被劈倒在马下。杨奉乘势掩杀，郭汜军败走二十余里。杨奉于是鸣金收兵，前来见驾。小皇帝欣慰地说："若非爱卿相救，朕将遭遇不测！"当夜小皇帝驻跸在华阴县。又有将军段煨前来见驾，并供应衣服膳食。

次日继续上路。岂知郭汜率军埋伏在途中，从四面八方涌来，把小皇帝和杨奉围困在中央。正在危急之际，东南方喊声大震，国丈董承[①]带领大军赶到，与杨奉形成内外夹击之势。郭汜腹背受敌，只得慌忙退却。小皇帝见到国丈，诉说前尘往事，董妃在旁边听着，都哭。董承听得心酸，只能用好话安慰。又唯恐郭汜率军卷土重来，赶紧连夜起驾，前往弘农郡安歇。

话说郭汜败军而回，前思后想，分别给李傕、张济写信，叫人快马送出。信中写道："我与将军，原本是多年的兄弟，怎么会任性争斗，让彼此陷入莫大的凶险？如今皇帝已经远离长安，若是到了关东，立住脚跟，必然布告天下，诏令诸侯共同讨伐你我。你我的命运，又与董太师何异？不如你我重归于好，合兵一处，杀了皇帝，以绝后患！"又给张济写道："将军与董承素来不和。有

---

①《三国志·蜀书·先主传》写作"国舅"，罗贯中版《三国演义》也写作"国舅"。但裴松之在《三国志·蜀书·先主传》有注："董承，汉灵帝母董太后之侄，于献帝为丈人。盖古无丈人之名，故谓之舅也。"

董承在，将军能落到什么好处？不如兄弟们重归于好，大秤分金，小秤分银，岂不快活？”张济在长安，被郭汜说中心事，决定驻军观望。李傕却被惊出一身大汗，急忙率军赶到，与郭汜合兵一处，向弘农郡杀奔而来。

董承、杨奉见势不妙，只能舍了城池，逃往大山。但见李傕在左，郭汜在右，漫山遍野，都是追兵。董承、杨奉各自奋战，官员、女眷到处奔逃，所带档案、典籍和御用物品都被一路遗弃。董承大叫道：“事急矣！请陛下上马先行！”小皇帝说：“群臣都在难中，朕不可舍他们而去。”众位官员听到，无不号啕大哭。

可怜小皇帝和众位官员穿行在荆棘丛中，一个个鲜血淋漓。好容易赶到黄河岸边，只找到一只小舟做渡船。边岸高耸，不得下船，行军校尉尚弘找到十几匹白绢，用绢布包裹住小皇帝和后妃，依次放到船上。渡过小皇帝和后妃，回头再来渡众人。后面追兵又紧，人们纷纷跳下河去，争夺渡船。新任的征北将军李乐立在船头，挥剑砍断攀附渡船人的手指；只听得惨叫声和哭声连成一片，令人惊惧。

小皇帝渡过黄河，身边只剩得十余人。杨奉找到一辆牛车给小皇帝乘坐，一路上饥肠辘辘，黑夜借宿在农舍。老农用小米煮饭招待他们，里面尽是沙粒和老鼠屎，粗粝得难以下咽。山中天气寒冷，人们被冻得整夜瑟瑟发抖，不能安眠。次日，太尉杨彪、太仆韩融赶来，与小皇帝抱头痛哭。

又起驾到安邑县。小皇帝和众人都住在茅屋之中，在屋檐下议事。那李乐和韩暹原本是黄巾军的头领，举止粗俗；只因与杨奉相识，被召来护驾，如今却趁机专权，经常在小皇帝面前逞凶打骂官员。又自以为有功，列出两百多人，无论流氓无赖、巫医走卒，都要求小皇帝分封官职。有封将军的，有封校尉的，有封御史的，来不及刻制官印，就用锥子在砖头上画一个，全然不成体统。

却说还有许多官员、女眷都陷落在追兵手中。太仆韩融赶回黄河南岸，去见李傕、郭汜，劝他们不要滥杀无辜，徒然增添仇恨。两人居然心生怜悯，答应把官员和女眷们放归。亲人们在劫难中团聚，又是一场惊心动魄的悲欢。

66. 回到了朝思暮想的洛阳

冬去春来，到了兴平二年，又是一个大荒年。老百姓都在山中采食野菜，饿殍遍野。小皇帝和官员们缺衣少食，河东郡太守王邑送来一些绢帛，河内郡太守张杨送来一些米肉。什么是米肉？其实是人肉的隐语。官员们不敢惊吓小皇帝，都瞒着他，只说米肉好吃。小皇帝饱经忧患，这才稍得安宁。

董承又与杨奉商议说："李乐为人，粗暴专横，不能久处。"两人去找李乐，董承说："安邑县是个小地方，不能施展政治。洛阳原本就是京都，不如派人去重修宫院，把皇帝送回洛阳。"李乐不同意，说："你们要走就走，我只在这里住。"董承便与杨奉护驾起程，走走停停，来到箕关。谁知李乐在安邑县，忽然感到后悔，一拍脑袋，率领兵马追赶上来，冒充李傕、郭汜，要来抢夺皇帝。正是四更天气，箕山之上火光遍起。双方激战，徐晃一把大斧将李乐砍杀于乱军之中。

现在，小皇帝历尽艰辛，终于回到了他朝思暮想的洛阳。当年他离开的时候，洛阳是一个多么繁荣的天堂啊；如今却只有残垣断壁，街市上到处都是荒草。小皇帝惊得目瞪口呆，良久才放声痛哭。官员们站在荆棘丛中，都是满腹凄凉。杨奉带着军士们盖了一栋小屋，权且当作皇宫。小皇帝平日里就坐在门槛上，与官员们议事。又改"兴平二年"为"建安元年"，想要重建一个平安繁荣的未来。

没想到建安元年又是一个大荒年。洛阳居民仅有数百家，都到城外去剥树皮、掘草根为食。朝中尚书郎以下官员，都得出城去采食。年老昏花、体弱多病的，几乎都死于残垣断壁之间。小皇帝坐在门槛上，看着万里无云的天空，忽然又想起那个农妇和她手中的那只小鸟。他在想，天空还在，但小鸟在哪儿呢？

事实上，他已经不是小皇帝了。从八岁那年被立为皇帝，他经历了整整七年的刀光血影和无穷无尽的艰难困苦，已经是一个十五岁的大人啦。

第十六章

一场挟天子而令诸侯的把戏

前者，董卓一把大火烧了洛阳，把帝都迁往了长安。今者，小皇帝千辛万苦回到洛阳，又被曹操迁都到了许县。可怜小皇帝命苦，在迷失了他的天父之后，他还有什么能力做一个称职的天子呢？

67. 惊险时刻，曹操赶到了洛阳

话说曹操在山东，听说皇帝已经回到洛阳，立即警觉到这是一个重要的政治事件。荀彧建言说："从前，晋文公得到周襄王的推许，因此成为称霸于列国；汉高祖为义帝发丧，因此得到天下人的点赞。如今皇帝落在苦难之中，主公若是能够第一个站出来伸张正义，就能够奉天子以令诸侯。主公若不早图，别人就会先我而图之。"曹操听到晋文公和汉高祖的故事，不由得怦然心动，立即着手设计行动方案。皇帝的使者也恰在此时赶到，说是洛阳危急，诏令曹操起兵勤王。

原来是李傕、郭汜卷土重来。洛阳城崩倒多年，不能御敌，顿时惊险万分。太尉杨彪赶紧奏请皇帝，宣召曹操入朝。使者去了还没有回来，李傕、郭汜的大军已经近在眼前。国丈董承说："洛阳城无力保全，请陛下移驾到山东躲避。"皇帝只得听从，起驾往山东而去。官员们多半没有坐骑，只能跟着步行。走了大半天，还没有走出一箭之地。忽然看到前面尘土蔽日而起，一支大军风风火火地赶到。众人不知道是什么来头，都吓得不能言语。

只见一匹马飞奔而来，却原来是派往山东的使者赶回来了，向皇帝启奏道："曹将军大起兵马，应诏前来。先差夏侯惇为先锋，率领马军赶来保驾。"皇帝这才稍微安心。过不多时，夏侯惇、许褚带领一众军官，都来见驾。皇帝感叹说："众位将军来得及时，都是力挽狂澜的功臣。"看看太阳已经西斜，诏令群臣返回洛阳居住。夏侯惇就在洛阳城外驻军。

次日清早，忽报东面又来了一路大军，原来是曹操的步军到了。夏侯惇上前迎接，然后带着曹洪、李典、乐进去见圣驾。皇帝感叹说："众位将军勤劳为国，将来是一定要彪炳史册的。"探马报说李傕、郭汜已到二十里内。夏侯惇与曹洪分作两翼迎战，马军打头，步军随后，旗开得胜。李傕、郭汜后退五十里，寻得一处山坡下寨。

第三日清早，却是曹操自引大队军马到来，入城来见皇帝。皇帝满心欢喜。曹操说："臣世代蒙受国恩，无日不在思恩图报。这次带来二十万精兵，必将毙杀李傕、郭汜于战场。请陛下保重龙体，不要担忧。"皇帝感叹说："曹将军从天而降，真是天佑大汉的社稷重臣。"当即任用曹操为司隶校尉，保卫京畿安全。

曹操领命，与李傕对阵。许褚、曹仁、典韦各自率领一百铁骑，在李傕阵前往来冲突三次，这才严阵以待。李傕派遣他的侄子李暹、李别出马，还没来得及说话，许褚飞马过去，一刀斩了李暹；李别吃了一惊，摔倒在马下，也被许褚斩了。当许褚挽着两颗人头回来，曹操拍着他的后背赞叹说："你真是我的樊哙啊！"樊哙早年以屠狗为业，后来成为汉高祖麾下最勇猛的战将。可见曹操言为心声，俨然是以汉高祖自命了。

随后一声令下，大军汹涌而出。李傕不能抵挡，大败而走。曹操亲领大军追杀，犹如砍瓜切菜，战场上一片狼藉。李傕、郭汜慌忙逃命，有似丧家之狗，再也不敢回头。曹操收兵，仍旧屯住在洛阳城外。皇帝震惊于他的功劳，特地授予他假节钺、录尚书事的特权。

杨奉与韩暹商议说："如今曹操成了大功，掌握重权，如何容得了你我？"于是入奏皇帝，请求追杀李傕、郭汜残部。皇帝准奏，两个人出得城来，率领本部军马屯住在大梁，在那里观望洛阳政事。

68. 说要迁都就迁都

皇帝派董昭宣召曹操入宫议事。曹操第一次见到董昭，见他眉清目秀、颇有逸姿，不禁问道："洛阳今年大荒，官僚军民生活饥馑，敢问董公有何妙法，能够养生？”董昭回答说：“没有什么妙法，只是三十年来清心寡欲，饮食清淡而已。”曹操因此觉得董昭神秘可敬，问他平生事迹。自云年少时被举孝廉，在袁绍麾下做过参军，在张杨麾下做过骑都尉，后来感叹于人世动乱，又到终南山修行数年；只因杨奉驻军终南山，不得安宁，却又复出，刚刚被皇帝任为议郎。曹操听他谈论天下大事，无不叹服。

与董昭谈话投机，曹操于是问道：“如今国家纷乱，京都荒残，如何是好？”董昭回答说：“曹将军此番大兴义兵，除灭暴乱，是相当于春秋五霸的功勋啊。然则皇帝身边人心各异，各有图谋，曹将军在这里多有不便。曹将军在许县颇有经营，何不以许县为新都，劝说皇帝移驾前往？如此一则可以供养朝廷，二则也可以开辟一派新气象。”曹操心中激起共鸣，握着董昭的手笑道：“你说得太好了，这就是我的志向啊。但这件事情里面还有许多细节问题，诚望董公一一教我。”

当时，太史令王立观察天文，看到金星在牵牛星与北斗星之间犯了土星；火星经过银河以后，却又逆行，也与金星交会在牵牛星与北斗星之间。王立私下里对宗正刘艾说：“我看汉朝气数快要完了。即将有新兴的王者，从魏晋之地替代汉朝。金火交会，预兆的就是这个意思。”当时魏晋之地，恰好是袁绍的势力，刘艾因此怀疑是袁绍。

曹操听到传说，就派人去警告王立说：“我知道你是一个有学问的人。然则天道高远，请你管好嘴巴，不要到处乱说。”但他自己却去请教荀彧。荀彧回答说：“以五行而论，汉朝是火德，而主公是土命。火能生土，土能旺木，正好与董昭、王立的预言暗合。许县是天中之地，属土，主公到那里必有兴盛。”曹操大喜，因此下定决心，与一众谋士策划如何迁都。

策划周全以后，曹操来见皇帝，启奏说：“洛阳荒废已久，不可修葺；转运粮食，亦是艰辛。许县经济繁荣，钱粮物资，应有尽有，既有能力大造城郭宫室，也可以很好地供养朝廷。臣敢请陛下改许县为许都，移驾前往，开辟新政。”皇帝问问群臣，也有连声说“好”的，也有反对的。曹操听见，就大声斥责那些反对者，众人因此都不敢有异议。皇帝当场听着，仿佛又从曹操身上看到了董卓的嘴脸，顿时惊悚得汗毛都竖了起来，于是只好择日起驾。曹操安排大军沿路护驾，文武百官也都跟着一路随行。

69. 路上遇到杨奉

前行不到几程，来到一处高陵。忽然一阵喊叫，却是杨奉、韩暹领兵拦住了前路。曹操出马来看，只见杨奉用马鞭指着他叫道："大胆曹操，你要劫持圣驾到哪里去？"

曹操回答说："我分明是护驾，怎么就被你说成劫驾了呢？"杨奉大声骂道："你那狼子野心，别人不说，我却知道。不过是一场挟天子而令诸侯的把戏，董卓玩过这个把戏，李傕、郭汜也玩过这个把戏，甚至李乐也玩过这个把戏，怎么到了你的嘴里，却变得这么冠冕堂皇呢？"曹操顿时恼羞成怒，命令许褚出马击杀杨奉。杨奉也命令徐晃出马迎战。一个使长刀，一个使大斧，噼里啪啦打了五十多个回合，不分胜负。曹操看那徐晃浑身都是威风，暗暗称奇，心中有些盘算，下令鸣金收兵。

许褚正在兴头，回来问道："为什么要收兵呢？"曹操说："杨奉、韩暹没什么了不起；但那徐晃真是一员良将，令我激赏。我不忍心看到你们两个互相伤耗，所以叫你回来，设计招降于他。"满宠，字伯宁，山阳郡昌邑县人氏，时任行军从事，挺身说道："我从前与徐晃有些交情，今晚扮作小卒，偷入他的营帐，劝说他来归降。"曹操大喜。

是夜，徐晃在帐中秉烛修补铠甲。满宠忽然进来，笑道："兄长做得一手好针线活！"徐晃回答说："在战场上关乎性命的事，当然需要做好。"打好结头，抬头看见满宠，惊问道："伯宁兄怎么到了这里？"满宠说："我今日在阵前见到兄长，有些肺腑之言，冒死前来相告。"

徐晃满腹疑惑，请他就座。满宠说：“兄长胆大心细，知道战场无情，稍有闪失，便是一场可怕的劫难。如今杨奉与曹将军争战，其中必有一败。曹将军当世英雄；必败者，杨奉也。我为兄长忧虑，杨奉一败，兄长便凶多吉少。”徐晃说：“我也知道杨奉缺少做大事的胸襟和谋略，却不知如何是好。”满宠说：“曹将军就在你的面前。他敬爱兄长一身好武艺，特意派我来向你问好。良禽择木而栖，贤臣择主而事，兄长何不杀了杨奉，改投曹将军而去？”徐晃沉吟良久，回答说：“以臣弑主，是人世间最大的罪恶。我怎么可以为了自己的前途，犯下这样可耻的大罪！”满宠听得肃然起敬，赞道：“兄长真是一位难得的义士！”便叫徐晃收拾了行李，只带帐下几十名亲兵，跟着满宠连夜来投曹操。

杨奉听说，率领数千骑兵来追，大叫：“徐晃反贼休走！”曹操早已备好兵马接应，只待杨奉来时，一声炮响，山上山下，伏军四出。杨奉大惊，只见周遭一片火把，早已被曹军团团围住。两军一场混战，杀到天明。杨奉大败，带着韩暹，两个人落荒而逃。曹操收兵回营，见到徐晃，满心欢喜。徐晃却是诚惶诚恐，并不多言。

70. 从此大权都掌握在曹操手中

曹操新建的许都，远不如皇帝小时候洛阳故都的繁华，甚至也不如董卓建造的长安城和郿坞那样富丽，但却是皇帝离开长安城以后见到的最宏伟的建筑群。有宫室殿宇，有宗庙社稷，有省台司院衙门，有城郭府库。也就是说，这座城市虽然有些狭小和简陋，但确实已经具备了京都的功能。相比较于洛阳废墟，它看上去更适合成为全国的政治中心。

但是皇帝一看到这座城市就后悔了。尽管他曾经有那么一段时间是信赖曹操的，但他现在却发现：他应该在洛阳的废墟上重建自己的都城，而不是陷入董卓、李傕、李乐之后又一位权臣的掌控中。在到达许都的那天夜晚，他确信他听到了天父的声音。也许他曾经听到过很多次，但这次却是他第一次确信。

他问天父：“我真的有能力重新建造一座新洛阳吗？”天父回答说：“是的，你有能力，就像你有能力摆脱李傕、郭汜的掌控，历尽千辛万苦回到洛阳那样，你能做成任何你想做的事情。”

“可是你看，”皇帝伤心地说，“我千辛万苦地逃脱了李傕、郭汜的魔爪，却再一次投入了曹操的牢笼。”天父回答说：“都是因为你的怯懦。因为怯懦，你总是习惯于依赖权臣，然后也因此被权臣控制。可怜的孩子，你真正应该依赖的是我。只有我才能给你信心，帮助你勇敢地做好自己。”

“那么，”皇帝可怜巴巴地问道，“我还会有机会吗？”天父回答说：“可怜的孩子，你需要忍耐和等待，漫长的忍耐和等待。但仅仅忍耐和等待是不够的，你还需要有足够好的觉察力和莫大的勇气。我知道你很艰难，但只有做到这些，我才可能给你机会。”

皇帝又问：“我愿意忍耐和等待。可是我要怎样才能得到那么好的觉察力和勇气呢？我千辛万苦地回到洛阳，然后我又错过了它。谁知道今后我还会错过什么呢？”天父回答说：“你应该跟我在一起，而不是迷失我。只有我会给你足够好的觉察力、信心和勇气。人生在世，装可怜是没有用的。我不会帮助可怜者，但我会帮助那些全然信仰我的人。”

装可怜是没有用的。后悔也是没有用的。皇帝只能继续忍耐和等待。现在是曹操说了算。曹操已经拟好了名单，他要求皇帝任命他为大将军、封武平侯；任命荀彧为侍中尚书，荀攸为军师，郭嘉为司马祭酒，刘晔为司空仓曹掾，毛玠为典农中郎将，董昭为洛阳令，满宠为许都令，夏侯惇、夏侯渊、曹仁、曹洪皆为将军，吕虔、李典、乐进、于禁、徐晃皆为校尉，许褚、典韦皆为都尉；其余将士，也都各有封官。皇帝想要拒绝，但他的怯懦在继续产生作用，以至于他不敢。从此，大权都掌握在曹操手中；国家大事，必须先禀报曹操，然后才可以根据需要上奏皇帝。

第十七章

在徐州看柳树跳舞

刘备与吕布之间的争端，唯有却非能解。那却非是貂蝉的姐姐，是吕布的姨姐，却非作的法，就是姨姐作的法。人群以男女姻亲的方式联结在一起，是亲情在维系着社会的存在，而人间的利益纷争也在撕裂着亲情，由此演绎出许多爱恨情仇的故事。

71. 看柳树在河边跳舞

侍中尚书令荀彧向曹操报告说："皇帝好像对这座新都城并不满意，整天闷闷不乐。"曹操回答说："皇帝长大了，想女人了。我有很多女儿，每年给他享用一个，看他还想不想。"众将军都笑，纷纷说道："主公对皇帝太好了。"事实上，曹操关心的不是皇帝，也不是他的那群女儿，而是他的事业；他的眼睛又盯上了让他讨厌的刘备和吕布。

话说刘备在徐州，逐渐熟知各种人情世故，管理州事也逐渐得心应手。关羽之妻胡氏，芳名却非，与貂蝉两个亦是姐妹情深。到了端午，刘备特地邀请吕布回来过节。麋竺说："既然是端午节，要划龙舟竞渡。"吕布与张飞各带一队军士竞渡，刘备在岸上擂鼓助威。两舟相争，吕布险胜。张飞哪里肯服气，在后面大骂吕布，说他在中途使诈。却非又做了粽子，叫大家都来品尝。貂蝉说："姐姐会包粽子，又会作法。记得小时候，父亲偏心，只教姐姐作法，却不教我。"关羽也记起岳父从天降下钱雨的法术来，大赞神奇，又问妻子懂得何种法术？却非喝了雄黄酒，一时兴起，说："我能叫柳树跳舞。"便设坛作法，又叫关羽带领一队军士敲打鼓点。只见两岸柳树随着鼓点舞动枝条，动作整齐而有韵律，仿佛摆手舞似的灵动而又热烈，把满城军人百姓都看得呆了。

曹操也在许都宴请众将军过端午节，问道："你们可知，端午节为什么要沐兰汤、喝雄黄酒啊？"郭嘉回答说："端午节恶月恶日，沐兰汤、喝雄黄酒可去除恶疾。"曹操停下杯盏，恨恨地说道："刘备在徐州，与吕布狼狈为奸，便是我心头的恶疾。"许褚立即响应说："主公不必烦忧。我愿领精兵五万，去斩了那两个人的头颅，献给主公。"曹操问荀彧："你怎么看？"荀彧说："许将军虽勇，却不如用谋。我有一计，名曰'二虎竞食'之计。"曹操问："何谓'二虎竞食'

之计？”荀彧说：“那刘备虽然主管徐州，却不曾得到皇帝的任命，并不是名正言顺的徐州刺史或州牧。主公可以送他一个人情，请皇帝任命他为徐州牧；同时写信令他诛杀吕布。事情一旦发作，要么刘备残杀吕布，要么吕布残杀刘备，这就叫‘二虎竞食’之计。”

吕布和貂蝉前脚刚走，皇帝的使者后脚就到了徐州。刘备带领众人出城来迎。使者来到堂前宣读诏书，任命刘备为征东将军，封宜城亭侯，领徐州牧。刘备谢过皇恩，毕恭毕敬地接着诏书。使者说：“刘将军此次能够得到任命，实在是因为曹丞相在皇帝面前的保荐。”便取出一封书信来。刘备看罢，回答说：“此事且容我细思。”当晚安排使者住在馆驿，又赶紧召集众人开会商议。

张飞说：“吕布本来就是一个不讲道义的人，杀之何妨！”刘备说：“吕布不讲道义，我却不能不讲。凡事须得思虑周全，岂可鲁莽造次？”反复沉思，便吩咐关羽连夜去请吕布。吕布快马加鞭赶到。刘备在城头上等候着，将曹操的书信递给吕布看。吕布看得一声惊叹，说：“那曹操好不凶险，一面任命你做徐州牧，一面却叫你我鹬蚌相争，他却从中坐得渔翁之利！”刘备说：“我与兄长合则两利，分则两败，岂可让曹操奸计得逞？”吕布再三拜谢。刘备就写了回信，次日托付给使者，送他回京去了。

曹操看到回信。信中推说吕布英雄了得，请缓些日期再说。曹操问荀彧说：“看来一计不成，如何是好？”荀彧说：“一计不成，又有一计。主公可让皇帝下诏，令刘备讨伐袁术；暗地里却派人去通知袁术，要他早作防备。两边相攻，吕布必生异心，这就叫‘驱虎吞狼’之计。”曹操赞道：“好一个‘一计不成，又有一计’！”立即便要荀彧拟写诏书。

72. 张飞醉酒打曹豹，吕布月夜取徐州

刘备在徐州接到诏书，满心忧愁。糜竺说："这又是曹操使的诡计。"刘备说："明知是他使的诡计，奈何皇命难违！"于是召集众人商议如何出兵。孙乾问道："刘将军出兵在外，不知何人留守徐州？"关羽起身答应道："我愿留守。"刘备说："我早晚要与你议事，离不得你。"张飞说："那就让小弟来守。"刘备说："你守不得此城。一来你酒后任性，动辄鞭挞士卒，容易惹起事端。二来你行事鲁莽，不听人劝。我不放心。"张飞便发誓，从今往后，决不贪酒，不打军士，诸事善听人劝。刘备说："纵然三弟如此誓言，我还是不放心。"便把张飞托付给陈登，要陈登早晚监督他少饮酒，千万不可失事。又将州中各项事务，反复交代，这才起兵往淮南而来。

曹操早已密报袁术，说是刘备上表，要兼并他的郡县。袁术勃然大怒道："你一个织席编履的贱民，如今竟然占据大郡，与贵族同列。我正要去讨伐你，你反来找上门来，深为可恨！"派遣大将纪灵率兵十万讨伐徐州。两边相向行军，遭遇于盱眙。

刘备兵少，依山傍水下寨。那纪灵长得人高马大，使一口五十斤重的三尖刀，出阵骂道："刘备村夫，怎敢侵犯我的境界！"刘备回答说："天子有诏，袁术狂妄不臣，令我前来问罪于他！"纪灵大怒，拍马舞刀，直取刘备。关羽大声喝道："匹夫休得逞强！"从刘备身边纵马而出，与纪灵大战三十回合。纪灵耐不得累，有些气喘，大叫少歇。关羽便拨马回阵，立在阵前等候，没想到纪灵却派出副将荀正。关羽说："你去叫纪灵来，与我决个雌雄！"荀正冷笑道："你是何人，值得纪将军动手？"关羽大怒，挥刀直取荀正，就在两马交错一刹那，将荀正一刀砍于马下。刘备趁势挥军掩杀。纪灵大败，退守在淮阴河口，不敢交战。

却说张飞在徐州送走刘备，次日宴请各处职官。众人依次坐好，张飞说道："我大哥临去时，吩咐我守住城池。今日我请大家来尽兴一醉；明日各自戒酒，不得误事。"一边说，一边起身向众人敬酒。偏偏有一个曹豹，推辞说："我从天戒，不饮酒。"张飞说："我敬你是一个带兵打仗的男人，怎么不饮酒？我要你喝一盏。"曹豹无可奈何，只得喝了一盏。张飞一连敬了几十人，他自己也一连喝了几十盏，不觉大醉。一轮下来，又到了曹豹面前。曹豹说："我实在是不善喝酒。"张飞说："你恰才明明喝了，却又为何再三推辞？分明是不给我面子！"当即借酒使性，喝令军士们拿下，打一百鞭子。陈登慌忙阻拦说："刘将军临去时是怎么吩咐你的？"张飞说："你是文官，只管文官的事，休来管我！"曹豹只得哀告道："张将军，请看在我女婿的面子上，放过我吧！"张飞问道："你女婿是谁？"曹豹回答说："吕布将军是也。"张飞一双醉眼盯着他，继续问道："吕布那厮何时成了你的女婿？"曹豹回答说："吕布将军去年腊月刚刚纳了小女为妾。"张飞哈哈大笑道："我本来只想吓唬你，你却反拿吕布来吓唬我，所以我偏要打你！我打你，便是打吕布！"当时就把曹豹打了五十鞭，众人苦苦相劝，这才住手。

那曹豹倍感羞辱，回去写信差人送往小沛，诉说张飞如此无礼。又说刘备不在徐州，张飞鲁莽，可趁机引军来取。吕布看到书信，请来陈宫商议。陈宫说："小沛不宜久客。客久而不能主事，迟早要做贱客。今徐州既有可乘之机，不如反客为主，取为己有。"吕布随即披挂上马，率领五百骑兵先行；陈宫率领大军随后跟进。

小沛距离徐州不过四五十里，上马便到。吕布来到城下，恰才四更天色，月光朦胧，人们都在梦中。曹豹在城上看见，便令军士开门。吕布挥军直入，喊声大振。张飞还在醉卧，左右急忙摇醒，报说："大事不好，吕布杀进城来了！"张飞慌忙抓起丈八蛇矛上马，迎面遇着吕布。张飞此时酒犹未醒，不能力战。吕布要的是徐州城，并不为难张飞，只打了几个回合，便让他杀出东门去了。刘备、关羽、张飞三家人口，都被困在城中，顾及不得。

却说曹豹见张飞身边只有十几员随从，又以为他沉醉可欺，率领一百多员健卒赶来。在河边遇着，战斗三个回合，曹豹败走。张飞奋起丈八蛇矛，把那曹豹一矛刺死在河中。吕布入城，第一等大事就是安抚居民，便由着张飞去了；又分派一百军士守卫刘备兄弟三人的宅院，诸人不准擅入。天空中风云际会，到了午间便是一场大雨。

张飞带着十几员随从，在路上被大雨淋得湿透，也不更换衣服，只是纵马狂奔。刘备在傍晚见着张飞，不禁大惊失色，问道："你不是在守卫徐州吗？怎么忽然来到了这里？"张飞跪在地上，回答说："小弟无能，被那曹豹与吕布里应外合，丢了徐州。"关羽又急忙问道："我兄弟几个的家小安在？"张飞哭着回答说："都陷落在城中。"刘备默然无语，关羽却不禁顿足埋怨道："你当初要守城时说什么来着？大哥吩咐你怎么做来着？这才两日，城池也丢了，三家亲人也丢了，却如何是好？"

张飞听得惶恐，无地自容，拔出剑来就要自刎。刘备向前抱住，夺剑掷在地上，大声喝道："亲人们既已陷落，兄弟之间更要倍加珍惜。上天留得贤弟一条性命，自然还有用场，岂能轻易捐生！"兄弟三个，痛哭一场。哭完以后，刘备说道："当下之计，还得找一块活命的土地。"于是挥军向东攻打广陵郡，想要在那里立住脚跟。

73. 从徐州到小沛

且说关羽之妻却非，在自家宅院中听得满城喧闹，也不顾护院军士阻拦，径自来见吕布，痛声斥责道："好你个吕布！我们好心收留于你，对你以贵客相待，没想到你却恩将仇报，真是一个狼心狗肺的恶徒！"吕布回答说："这是男人们之间的事情，女人不要插嘴！"却非痛斥道："男女同生于这个世界，岂能容得你这样可耻的男人？"吕布大怒，命令左右把她撵出。

只见那却非盘腿坐在地上，念念有词，又作起法来。院中一棵柳树，挥动千百枝条，把一众军士劈头盖脸地打倒在地。吕布手中的方天画戟，也被卷起，扔至城外河水之中。不过一时片刻，便把那吕布打得披头散发，遍体都是伤痕。吕布只得趴在地上，双手护住头颅，不住嘴地向却非告饶。

却非说："要我饶你可以。但你要善待我的夫君，给他三兄弟留一条活路。"吕布满口答应，狼狈逃窜而去。又赶紧命令军士们到护城河中打捞方天画戟，然后来见陈宫。陈宫说："刘备以贵客待我，我也应该以贵客待他。从前他让我客居小沛，而今我也让他在小沛客居。他日，即可令刘备为先锋，先取袁术，逐渐谋取大事。"吕布听从他的话，一面吩咐貂蝉去好言安抚却非，一面差人送信给刘备，要他回来安住。

却说刘备攻打广陵郡，袁术派遣督军中郎将吴景和都尉孙贲劫了他的营寨，折损了他的大半兵马。溃逃中遇着吕布的信使，又从落魄中生出一些欢喜来。关羽、张飞都说："吕布是一个不讲道义的人，怎么能够信他？"刘备回答说："我们的亲眷都在他的手中，姑且信他一回。"带着一群残兵败卒返回徐州。吕布唯恐兄弟三个疑惑，特地派人护卫着甘夫人、麋夫人和却非前来迎接。刘备回头对关羽、张飞说："我早就知道，吕布要的是徐州，却绝不至于要伤害我们的亲眷。"

当时便要入城去谢吕布。张飞心中气愤难平，只肯在城外等候。吕布在城门口迎着刘备，满脸堆笑着说道："并非是我要夺取徐州城。只因令弟张飞恃酒杀人，而且杀的是我的岳丈，我唯恐有失，所以赶来相守。"刘备说："我前番便有意将徐州让与兄长。以兄长之神勇，徐州城必然坚不可摧。"吕布假意谦虚。刘备却是执意推让，带领军队和家眷自去小沛屯住。徐州城从此便换了主人。

一连多日，关羽、张飞都是愤愤不平。刘备安慰他们说："人生在世，要受得了委屈，守得住本分。命里有时，终究得有。命里无时，不可强争。"吕布又派貂蝉送来一些粮米布匹。女眷们怜爱貂蝉，挽留她小住了数日。貂蝉对却非说："我家夫君说了，不怕张飞使坏，就怕姐姐作法。"却非回答说："你我姐妹一场，我能够对你家夫君作什么法？"两家于是言归于好，恰如风雨过后，日丽天青。

曹操在许都听到探报，向荀彧赞道："那刘备胸有天地，能容世事恩仇，是一个真正的英雄。"

第十八章

上天总是青睐勇敢的人

勇敢是一件很有意思的事。就好像一个人在黑暗中活动，感觉到处都是魑魅魍魉，到处都是可怕的危险，可是只要你往前摸索，情况又并非如此。还有黑暗中的人际关系，也是你猜疑我，我猜疑你;你害怕我，我害怕你。在曹操、袁术、刘表那些叱咤风云的英雄们面前，孙策不过是一个孩子，但他的勇敢却让所有充满恐惧的人们像惊弓之鸟一样惊慌失措。

74. 上天总是青睐勇敢的人

话说刘备性格宏阔，却少了一些勇敢。勇敢者谁？江东孙策是也。孙策，字伯符，前长沙郡太守、破虏将军孙坚的长子。孙坚死时，孙策尚在少年，与母亲吴氏住在江南。及至稍长，与名士张纮讨论时政，说：“天下纷乱，各路英雄只知道争夺利益，却没有人真心为国家危难着想。先父曾经与袁氏共破董卓，却不幸在岘山被黄祖所害。如今我想到袁术那里去，请求他把先父的旧部交还给我统领。这样我不仅有机会为先父报仇雪耻，而且能够为朝廷做一个镇戍平叛的藩侯。您以为如何？”

张纮回答说：“周王朝当年的时势，一如今日。既然如此，那么你确实有机会成就齐桓公、晋文公那样的事业。假如你愿意继承父辈的遗志，先暂且栖身于丹阳郡，而后召集吴郡、会稽郡两郡兵马，便有足够的力量扫平荆州与扬州，报仇雪恨自然不在话下。到了那时候，你凭借长江，奋发威德，扫除群雄，匡扶汉室，所能够创建的功业，绝不会亚于齐桓公和晋文公，岂止做一个藩侯呢？如今时世艰难，如果真想建功立业，就应当积极行动起来，我和我的好友都将会支持你。”

孙策便渡江去寿春拜见袁术。袁术甚爱他的英勇，感叹说：“但使我袁术有子如孙郎，死复何恨！”却又舍不得把孙坚的旧部交还给他，便说：“我已任命你的舅父吴景为丹阳郡太守，你的堂兄孙贲也在丹阳郡做都尉，你可先去投奔他们。丹阳是一个出精兵的地方，你可以在那里召集兵勇，开创你的职业生涯。”孙策于是前往丹阳投靠舅父吴景，领兵征讨在泾县占山为王的祖郎，几番战斗，颇有斩获。

袁术立即擢拔孙策为怀义校尉，又派遣他去攻打庐江郡的陆康，承诺说：“只要你能够攻下庐江郡，我一定保举你做庐江郡的太守。”孙策年方十七，倘若袁术愿意兑现他的承诺，那么孙策将会一举成为全国最年轻的太守。岂知孙策浴血征战，袁术却出尔反尔，在庆功宴上改任刘勋做了庐江郡太守。

孙策喝了许多闷酒。回到营寨，遥望云中明月，感叹壮志难酬，不觉放声大哭。有一人从外面进来，问道："伯符何故如此悲伤？我与令尊，乃是故友。你有什么不痛快的事，何不问我，也好给你一些帮助。”孙策回头看时，认得他是追随父亲孙坚征讨过董卓的朱治，擦干眼泪回答说："想先父当年，何其勇烈！我如今所哭者，是痛恨自己不能继承先父的遗志啊。”朱治说："你若要图谋大事，何愁没有机会？但这机会不能指望袁术恩赐给你，而是要你自己亲手创造。”当时，吴景在横江郡与刘繇隔江对峙，已经持续了很久。朱治提议说："你何不向袁术借兵去救你的舅父？一旦兵权在握，便有了创业的资本。”

次日，孙策便去拜见袁术，哭拜说："舅父与刘繇战于横江，情势危急。我的老母家小，都在曲阿，也是凶多吉少。请借数千兵马，渡江去救亲眷。”袁术说道："大将带兵出征，须得有所质押。你年纪轻轻，家小又不在我这里，有什么质押可以让我借兵与你？”孙策问道："先父存有传国玉玺，不知道可以当作质押否？”袁术看见传国玉玺，眉开眼笑，说道："我借兵三千、马五百匹与你。事成之后，可速回来。”

孙策于是集合父亲旧将程普、黄盖、韩当、朱治等人，率兵出征江东。周瑜，字公瑾，庐江郡舒城县人氏，英俊多才，也率领一支军队参战。孙策与那周瑜乃是儿时的好友，当时遇见，满心欢喜，说道："我有公瑾，大事必成！”周瑜又推荐张昭。张昭，字子布，有经天纬地之才，与张纮并称“二张”。孙策派人带着厚重的礼物去聘请他，遭到拒绝。接着便亲自前往，与张昭相谈甚欢。张昭问道："你信仰天命吗？”孙策摇头。张昭感叹说："纵然你不信天命，上天也总是青睐你这样勇敢的人。”便答应孙策，被拜为长史，兼抚军中郎将。又拜张纮为正议校尉。从此，孙策兼有文臣武将，形成创业的班底。

75. 神亭岭大战

却说那时诸侯相争，有两个扬州牧：一个是袁术，自任扬州牧；一个是刘繇，被朝廷加授振武将军，兼领扬州牧。扬州的治所，原本在寿春，已经被袁术占有，刘繇只得把治所改在曲阿。两边互相攻打，各有胜负。

听得孙策到来，刘繇急令部将张英到牛渚布防。两军对阵，黄盖出马，与张英相战。一番打斗，不过几个回合，张英身后忽然阵容大乱。报说寨后有人放火，张英慌忙调转马头，回军去救。孙策引军掩杀。张英只得弃了牛渚，望深山而逃。原来那寨后放火的，乃是蒋钦与周泰，二人在长江之中，以劫掠往来商户为生，如今闻得孙策为江东豪杰，与同伙三百余人赶来相投。孙策大喜，收在旗下，任作军前校尉。又收得张英降卒四千余人，粮食、兵器、物资无数，军威大振。于是乘势进兵，在神亭岭下寨。

孙策向土人询问当地人文地理，答曰："岭上有汉光武庙。"孙策说："我昨夜梦见光武帝召我相见，当前往祈拜。"长史张昭阻拦说："不可。岭南就是刘繇的大营，恐有他的伏兵。"孙策说："既有光武帝保佑，我怕他的什么伏兵！"带着程普、黄盖、韩当、蒋钦、周泰等十二员爱将，骑马上岭，到庙前焚香祈拜。又从庙后头翻山过岭，在岭上俯瞰刘繇的大营。

早有探子飞报刘繇。太史慈自从营救陶谦以后，便在刘繇帐前任职，当时便雀跃着叫道："此时不捉孙策，更待何时！"刘繇却说："此必是孙策诱敌之计，须得小心。"太史慈说："机不可失！"情急之下，竟然独自披挂上马叫道："有胆气的，都跟我来！"众将不动，都笑话他。太史慈只好单枪匹马，奔出营去。

却说孙策在岭上俯瞰多时，这才调转马头回营。刚刚下到一道山坳，就听得有人高叫："孙策休走！"回头只见一人一骑飞下岭来。孙策暗自称奇，将十三骑摆开阵势，迎候着他。太史慈一路赶来，高叫道："哪个是孙策？"孙策问："你是何人？"回答说："我，太史慈也，特来捉你！"孙策大笑道："你好大胆子！你一个人，我们十三个，捉得住我？"太史慈说："你十三个都上，我也不怕！"纵马横枪，直取孙策。孙策叫众人都不要动，亲自挺枪来迎。大战五十回合，不分胜负。

太史慈暗自想道："这少年郎枪法娴熟，竟无半点儿渗漏，我得用计擒他。"于是诈败，往山背后奔逃。孙策大喝道："走的不算好汉！"随后紧追不舍。太史慈且走且战，且战且走，来到山背后一块平川之地，又是五十回合。只见孙策一枪刺出，太史慈闪过，左手一把抓住他的枪头。接着太史慈也一枪刺出，孙策也一把抓住了他的枪头。两个人互相用力一拖，都滚下马来。两个人都弃了枪，厮打成一团，战袍也被扯得粉碎。孙策眼疾手快，抢了太史慈背上的短戟，太史慈也抢了他的头盔。孙策就用戟来刺他，太史慈就用头盔遮挡。忽然身后喊声大起，原来是刘繇率军接应来了。孙策后面，程普、黄盖、韩当等十二员爱将也飞马赶来。双方一场混战，将孙策追杀到神亭岭下。又听得一阵喊杀，却是朱治领军赶到。此时风云变幻，暴雨骤至，双方各自收兵。

太史慈埋怨说："众人不听我言，坐失良机，致使孙策逃脱。"刘繇回答说："胜负不在一时，莽撞却是大忌。"太史慈不服，次日又来挑战。孙策用枪挑起太史慈的小戟，令军士大叫道："太史慈若不是会逃，早已被一戟刺死！"太史慈也将孙策的头盔挑在阵前，也令军士大叫道："孙策的头颅在此！"程普听得大怒，向孙策请令出战。太史慈说："你不是我的对手，回去叫孙策来！"程普不由分说，挺枪直取太史慈。双方大战二十回合，忽然听到身后鸣金。太史慈只得回营，问道："我正要捉拿贼将，何故收兵？"刘繇说："人报周瑜领军攻袭曲阿。曲阿是我家基业，不可有失。赶紧收拾行装，前往救应。"

当夜正在熟睡，忽然喊杀四起，却是孙策前来劫营。刘繇措手不及，被冲杀得七零八落。太史慈独力难当，带领十几员轻骑，往泾县方向奔逃。忽然马失前蹄，摔在地上。众军士一拥而上，把他生擒，押往大寨。孙策亲自出营，喝退军士，为太史慈解除捆绑，又把自己身上的锦袍脱下来给他穿上，请入大帐就坐，对太史慈说："我与将军惺惺相惜。可惜刘繇蠢笨，荒废了将军的大才，以至于此败。"太史慈见孙策言语诚恳，毅然跪拜在地请降。孙策大喜，急忙扶起，令左右备上好酒，两人尽兴而醉。

76. 披着虎皮的鼠辈

于是以太史慈为先锋，攻打秣陵。太史慈一马当先，率领十几员亲兵冲突入阵，斩获首级五十余颗。秣陵守将薛礼被吓得魂飞魄散，紧闭城门，再也不敢应战。孙策正要设计攻城，忽然报说刘繇与笮融联手反攻牛渚去了。孙策大怒，又挥师回奔牛渚，与刘繇、笮融对阵。

孙策高声问道："今我大军到此，尔等还不下马归降？"刘繇冷笑道："一个刚长绒毛的小娃娃，竟然这样桀骜难驯！"把手一挥，部将于糜挺枪出马。战得三个回合，孙策左手抓枪，右手却把于糜抓了过来，挟在腋下。樊能素来与于糜友爱，急忙挺枪赶来。眼见得那枪头就要刺到孙策后心，孙策忽然回头大喝一声。樊能顿时受到惊骇，翻身倒在马下，头部撞破而死。等到孙策回来，把于糜丢在地上，却早已被挟死。不过一霎时工夫，孙策便喝死一将、挟死一将，从此有了"小霸王"的名号。

刘繇与笮融败走豫章郡，投奔刘表去了，所剩散兵游勇，大多归降了孙策。孙策率军复攻秣陵，被城上一支冷箭，正中他的左腿。当时便翻身落马，被众将慌忙救起，还营拔箭，以金疮药敷之。忽然心生一计，令左右诈称自己中箭身死，要全军举哀，拔寨起往曲阿。薛礼听说，赶紧来追。忽然伏兵四起，孙策当先出马，高声大叫："薛礼来得好！"一场大战，薛礼、张英、陈横都死在乱军之中。

于是乘胜攻打吴郡的严虎。那严虎曾经占据白虎山称王，人称"严白虎"。

严虎之弟严舆，以勇力著称，驻守在枫桥。孙策有心出战，张纮阻拦他说：“你如今已是三军之主将，身系三军之安危，不可轻率。”孙策说：“多谢先生指教。我其实是想要身先士卒，激励将士们奋力杀敌。”改派韩当出马。韩当刚到桥上，蒋钦、陈武已经驾着小舟杀到彼岸，先是一阵乱箭，而后飞身上岸砍杀。严舆前后不能顾全，只得败入吴城。孙策随后水陆并进，将吴城团团围住。

城上有一员裨将，左手抚着护梁，右手指着城下大骂。太史慈马上拈弓取箭，对左右将士说道：“看我射中那厮左手！”弓弦响处，果然射个正中，把他的左手射透，钉在护梁之上。城上城下，见者一片喝彩。严虎大惊道：“敌军之中有如此神人，安能取胜？”派弟弟严舆出城求和。

孙策请严舆入帐饮酒。酒到酣处，孙策问道：“令兄意欲如何？”严舆回答说：“欲与将军平分江东。”孙策忽然拔剑砍向案头，把严舆吓了一跳。孙策笑道：“我听说你有大勇，所以跟你开个玩笑。”严舆回答说：“我其实见不得兵刃。见到兵刃，就会止不住心跳。”孙策听了，知道他内心恐慌，于是冷笑道：“你一个披着虎皮的鼠辈，有什么资格与我平分江东？”命左右斩了严舆。严舆慌忙拨剑起身。孙策手快，一剑封住严舆的咽喉，然后令人割下他的头颅，送往城中。严虎惊恐万状，只得弃城而走。孙策分兵追击，黄盖攻取嘉兴，太史慈攻取乌程，几个县都被平定。严虎日暮途穷，只得投奔会稽郡太守王朗。

77. 打的是查渎的草，惊的是会稽的蛇

此时孙策军势浩大，将会稽城团团围住。王朗几番应战，都被杀退。严虎说：“当下之计，只宜深沟高垒，坚守不出。等到孙策军粮耗尽，自然退走。那时我军乘虚掩杀，即可大获全胜。”王朗依计坚守，不理睬孙策的挑战。

孙策无可奈何，请教叔父孙静。孙静说：“王朗凭险固守，一时间难以攻破。

但他的钱粮，却有大半屯在南面数十里的查渎。若是出其不意、攻其不备，必然惊动王朗，而我便有机可乘。”孙策大喜道：“这是打草惊蛇的妙计。打的是查渎的草，惊的是会稽的蛇。只要惊动王朗，他必然出城来赶，那时我便可用奇兵胜之。”

王朗在城楼上观望，只见城外四处烟火，旌旗招展。严虎说：“孙策在此虚张声势，暗地里必有动作。”王朗惊叫道：“我军钱粮，屯在查渎。他若去劫，如何是好？你与周昕赶紧前去救应，我随后就来。”严虎与周昕点起五千精兵，趁着黄昏出城，急行军走了二十余里地，忽听得密林里一声鼓响，火光中一将当先拦住去路，正是“小霸王”孙策。周昕舞起大刀迎战，仅仅两个回合，便被孙策一枪刺死。严虎奋力杀出一条血路，望余杭方向逃走。王朗自引大军跟在后面，进退两难，只得向海上逃亡。

数日之后，有人提着严虎的头颅来献。孙策问他姓名，自云姓董，名袭，字元世，会稽郡余姚县人氏。孙策欣赏他的雄壮，任作别部司马。自此，江南诸郡都被平定。孙策选官任职：嘱托叔父孙静守会稽郡；任用朱治为吴郡太守；又分派将士，驻守各地县城。然后一面上书朝廷，表达忠心；一面写信给袁术，索要传国玉玺。

第十九章

且看吕布如何反复无常

世俗中人有一句座右铭:“没有永恒的朋友，只有永恒的利益。”我听得好不诧异，有什么利益是永恒的呢?

世事无常，除了传说中的真理，没有什么东西是永恒的。孔子说:“君子追求的是真理，小人追求的是利益。”追求真理便可信，追求利益便不可信。“反复无常”这个成语，说的就是见利忘义的小人啊!

在这个物质世界里，没有任何一种利益是永恒的。只要你追求利益，便始终处在患得患失的变化之中。吕布的反复无常，就是一个典型的案例。

78. 贪图二十万石军粮

却说袁术召集堂弟袁胤、女婿黄猗、长史杨弘[①]和大将张勋、纪灵、桥蕤、陆勉、雷薄、陈兰等人商议说："孙策向我借兵起事，大得其利，已经尽得江东地面。可恨他不思感恩图报，反来索要玉玺，有什么办法可以对付他？"

长史杨弘回答说："孙策羽翼已经丰满，况且又据有长江之险，兵精粮广，怎么可能轻易对付得了他？不如先取刘备，后取吕布，集结实力，回头再来对付孙策。"黄猗问道："吕布勇冠天下，犹胜孙策，你如何取得了他？"杨弘回答说："吕布见利忘义，却是极好对付。只要先收买了吕布，要他按兵不动，刘备便可手到擒来。刘备既除，便可远交袁绍、公孙瓒，近攻吕布，徐州唾手可得。"袁术便派遣韩胤为信使，往见吕布。

韩胤说："前者刘备无故兵犯盱眙、广陵，我家主公至今气愤难平，一定要报仇雪恨。请吕将军不要阻拦。"吕布问："刘备是我兄弟，你家主公要打我兄弟，于我有什么好处？"韩胤说："情愿赠送军粮二十万石。"吕布大喜，满口答应。袁术得到回报，立即选任纪灵为大将，雷薄、陈兰为副将，起兵长驱大进，到小沛东南五里处扎下营寨。

刘备慌忙召集众人议事。孙乾说："小沛是个小地方，兵员不过五千，粮草不过数月，如何打得了大仗？赶紧向吕布写信告急。"张飞问："吕布那厮，见利忘义，如何肯救我等？"刘备感叹说："危急之中，只能指望他。"修书一封，

---

① 杨弘，袁术的长史。《三国志·吴书·孙讨逆传》记载："（袁）术死，长史杨弘、大将张勋等将其众欲就（孙）策。"罗贯中版《三国演义》写作"杨大将"，也许是在采集史料时漏掉了杨弘的"弘"字，加之古文又没有标点符号，遂与后文连读成"杨大将"。

言辞诚恳哀切,请孙乾送与吕布。吕布对陈宫说:“袁术送我军粮,要我不救刘备。而今刘备又来求救。我反复思想,倘若袁术灭了刘备,与我比邻而居,整天在旁边磨刀霍霍,我必然不得安生矣。想来想去,还是要救刘备。”于是也点起兵马,到小沛西南五里处扎下营寨。

纪灵听到消息,急忙写信给吕布,责备他言而无信。吕布哈哈大笑道:“我有一计,让他袁、刘两家都不怨我。”就在自家军营中宴请纪灵、刘备。纪灵下马入营,看见刘备坐在帐中,不禁大惊,返身要走;吕布向前,一把拉住。纪灵问道:“将军要杀我吗?”吕布摇摇头。纪灵又问:“莫非要杀大耳朵的刘备?”吕布又摇摇头。纪灵大惑不解:“那你究竟要做什么?”吕布回答说:“刘备是我的兄弟,你是我的贵客,我不忍心你们相斗,特来解斗。”纪灵问:“你如何解斗?”吕布回答说:“我有一个办法,听从天意决断。”

就在帐中宴酒,纪灵坐在左边,刘备坐在右边,两边各怀疑忌。吕布坐在中间行酒。酒行数巡,吕布说道:“你们两家看在我的面上,各自罢兵去吧!”纪灵说:“我奉命捉拿刘备,如何罢得?”张飞大怒,指向纪灵,叱道:“不怕你有十万大军,我只要当下一出手,便能要了你的小命!”纪灵吃了一惊,看向吕布,问道:“你今天设下的是鸿门宴吗?”吕布哈哈大笑,吩咐左右说:“把我的画戟取来!”纪灵、刘备都不知道他要做什么,不禁惶恐失色。

吕布说:“我劝你们两家不要厮杀,且看天意如何决断。”令人将画戟插在辕门之外,然后回顾纪灵、刘备说:“辕门距离中军一百五十步,我若一箭射中画戟的小枝,你们两家各自罢兵。如若射不中,你们各自回营,安排厮杀。”纪灵、刘备都暗自想道:“画戟离得如此遥远,安能一箭射中?”纪灵便一口答应,刘备便听天由命。只见吕布挽起袍袖,搭上箭,拉满弓,叫一声:“中!”箭如流星,正中画戟小枝。营寨内外观者,不禁齐声喝彩。

当下吕布哈哈大笑,把金弓掷在地上,左手拉起纪灵,右手拉起刘备,说道:“这就是天意,要你们两家罢兵讲和!”又将二人拉回帐中饮酒。纪灵沉默良久,说道:“吕将军既然这样说,我不敢不听。只是我回去怎么跟主公说,主公又怎么肯信?”吕布回答说:“我来写一封信,回复他就是。”

79. 许婚与悔婚

袁术看罢书信，大怒道："叵耐吕布那厮，平白得了我许多粮米，竟然用这种儿戏来袒护刘备。我要亲自披挂上阵，把两个人打倒在地，叫他们哭爹喊娘！"纪灵说："主公不必动怒。吕布与刘备还得设法各个击破。我听说吕布有一个女儿，刚刚成年。主公呢，恰好也有一个儿子。何不派人向吕布求亲？吕布若是愿意嫁女，则可置刘备于必杀之地。"袁术赞许他的计策，仍旧派遣韩胤为使，带着礼物往徐州求亲。

韩胤见到吕布，巧言说道："我家主公仰慕将军，求聘令爱为儿妇，永结秦晋之好。"吕布入内去见妻子严氏。原来吕布有二妻一妾，先娶严氏为正妻，后娶貂蝉为妾，后又娶曹豹之女为次妻；貂蝉与曹氏皆无所出，唯有严氏生一子一女。严氏沉吟良久，说道："我听说袁术世代贵族，如今雄踞淮南，兵多将广，早晚要称皇帝。我的女儿嫁到他家，也是后妃的命运。两家联姻，则我在徐州亦无忧矣。"吕布点头，于是许嫁于袁氏。

过不多日，韩胤去而复返，带来许多聘礼。吕布笑纳，设宴款待韩胤，留在驿馆安歇。次日，陈宫也到驿馆来拜望韩胤，问道："这是谁的计策，说是两家联姻，暗地里却要取刘备项上人头？"韩胤慌忙制止他说："请公台切勿泄漏！"陈宫说："我为什么要泄漏你的好计？但我却担心，既然我能看破，那么别人也能看破。"韩胤问："如何是好？"陈宫说："此事宜早不宜迟。我这就去见奉先，要他即日送嫁，何如？"韩胤大喜，感谢说："若能如此，我必请主公重谢公台。"

陈宫入见吕布，问道："听说令爱许嫁袁术之子，不知何时送嫁？"吕布说："且容商议。"陈宫说："古来受聘成婚，都有既定的日期，皇帝之家一年，诸侯之家半年，士大夫之家一季，庶民之家一月。"吕布问："袁术藏有传国玉玺，早晚要称皇帝，以一年为期可否？”陈宫说：“不可。”吕布问：“从诸侯例，以半年为期可否？”陈宫说：“也不可。”吕布问：“难道要从士大夫例，以一季为期？”陈宫说：“也不可。”吕布笑起来，问：“难道要从庶民例，以一月为期？”陈宫还是摇头，回答说：“方今天下大乱，诸侯争利；将军与袁术结亲，诸侯必有觊觎。若是依照惯例挑选良辰吉日，就难免有人在半路伏兵抢夺。我的意见，将军既然已经许婚，不如早早地把令爱送到寿春，先住在别馆，然后择吉成亲，如此便万无一失。”吕布便入内与严氏商议，赶紧置办嫁妆，收拾宝马香车，派遣宋宪、魏续跟随韩胤送嫁。

却说陈登之父陈珪，听得外面鼓乐喧天，问于家人。家人说：“是吕布将军嫁女。”陈珪说：“从未听说婚约之事，怎么嫁得这样突然？”家人说：“众人议论纷纷，都在奇怪哩！”陈珪忽然惊觉，叫道：“这是疏不间亲之计啊。袁、吕两家结亲，必置刘备于危险之境地。”赶紧强撑着病体来见吕布。

吕布问道：“老先生所为何来？”陈珪说：“将军死期将至，特来吊丧。”吕布惊问：“老先生何出此言？”陈珪说：“此前袁术赠送军粮二十万石，为的是诛杀刘备；而今又与将军结亲，还是为了诛杀刘备。将军送嫁于袁氏，袁氏必以令爱为人质，要将军隔岸观火，他却趁机来取小沛。刘备与小沛既亡，徐州便危在旦夕。”吕布说：“袁术要杀刘备，但袁、吕两家既已结亲，却未必会觊觎徐州。”陈珪说：“徐州安危，怎么能够用‘未必’两字保全？纵然袁术不取徐州，只是一会儿来借粮，一会儿来借兵，将军又将如何应对？答应吧，既疲于奔命，又结怨于人。不答应吧，说你有伤亲家之谊，他便有理由兴兵问罪。况且近来听说袁术有意称帝，这不就是造反吗？他若造反，将军不就是反贼的亲属吗？到了那时候，天下群言汹汹，又将如何看待将军你呢？”吕布大惊失色，叫道：“陈宫误我！”赶紧命令张辽带兵去追。

话说韩胤与送嫁队伍走在路上，已到三十里外，但见张辽忽然赶到。韩胤惊问：“是何缘故？”张辽回答说：“人生大事，怎能如此草率送嫁？”不由分说强令众人返回徐州，将韩胤软禁在驿馆。吕布又派人送信回复袁术，推说女儿嫁妆未能备全，备全之后便亲自送来。

80. 与刘备翻脸

才过数日，忽然有人报说：“刘备在小沛招兵买马，不知是何意图？”吕布说：“这是为将者应该做的本分事，何足为怪！”正说着，臧霸、侯成进来报告说：“我二人奉命到山东买马，买得好马三百余匹，刚刚回到小沛县界，却被强徒抢走了一半。经人打听，原来那假装强徒抢劫马匹的，竟然是刘备的三弟张飞。”

吕布听得大怒，立即起兵来攻小沛。刘备大惊，慌忙出迎，在马上行拱手礼，问道：“兄长何故兴兵？”吕布就骂：“好你个大耳朵，我前番辕门射戟，救你于大难之中，你何故要抢夺我的马匹？”刘备说：“我的确在四下收买马匹，却怎么敢抢夺兄长的？”吕布说：“你指使张飞夺了我一百多匹好马，还要抵赖吗？”张飞拍马而出，大声应道：“是我夺了你的马匹，你想把我怎样？”吕布骂道：“环眼贼，你竟敢累次藐视我！”张飞犟嘴应道：“我夺了你几匹马你就恼，你夺我哥哥的徐州又怎么说？”吕布就舞动画戟，出马来战张飞，两个人酣战一百多个回合，不见胜负。

刘备看看夜色将晚，恐有闪失，急忙鸣金收兵。回到城内，把张飞唤来责问道：“都是你夺他马匹，惹起事端！如今马匹却在何处？”张飞说：“都羁縻在场院中。”刘备便派人出城来见吕布，说情愿送还马匹，两相罢兵。吕布说：“既然如此，也就罢了。”陈宫说：“却不可善罢甘休。那徐州原本是刘备的，被我窃取。如今不杀刘备，日后终究是个祸害。”

吕布听陈宫如此说，便拒绝了刘备的请求，发动大军攻城。小沛兵力单薄，哪里禁得起强攻？眼见得北门就要陷落，关羽之妻胡氏毅然挺身而出，站在城上大骂吕布。又即兴作起法来，只见城外一排树木，迎风狂舞，仿佛披头散发的女人，拼命厮打。当时便打倒一片，众军士惊慌失措，如潮水般退去。

刘备连夜召集众人开会，说道："小沛县城狭小，兵力又少，难以坚守，如何是好？"孙乾说："不如放弃这座小城，到许都去投奔曹操。曹操向来痛恨吕布，可向他借兵回攻徐州，此为上策。"刘备问道："谁可当先突围？"张飞说："小弟情愿死战！"刘备便令张飞冲锋，关羽殿后，自己在中间保护老小，趁着更深月明，从北门出走。胡氏悲愤万状，被甘夫人抱在一起痛哭。只听得一路砍杀，冲出重围去了。张辽从后面赶来，被关羽奋力杀退。

此时天色大亮，吕布也不追赶。随即入城安民，令高顺守住小沛，自引大军返回徐州。

81. 陈登的评价

却说刘备在许都城外二十里下寨，先派孙乾来见曹操。曹操说："刘备与我，兄弟也。"便请入城相见。次日，刘备在许都城外五里下寨，令关羽、张飞留守，自带孙乾、糜竺入城。曹操待以上宾之礼。

荀彧入见曰："刘备，英雄也。今不早图，后必为患。"曹操听得彷徨，而后问于郭嘉。郭嘉说："刘备并非无名之辈，若是杀了他，天下人必然责备主公残害英贤，以后谁还敢步他的后尘前来相投？主公自有雄图伟略，怎么可以因为一人之患，在天下人面前毁坏自己的德望呢？"曹操点点头说："你说得对！"次日便向皇帝表荐刘备为左将军，兼领豫州牧。那豫州牧是个空头，也不怕刘备心怀异志。

忽然又探马报说张济从关中率领大军攻取南阳，以贾诩为谋士，屯兵宛城，想要兴兵争夺皇帝。曹操问计于荀彧，说："我正要起兵征讨吕布，却不料张济领兵来犯，两头是敌，如何是好？"荀彧说："吕布贪图小利，极好对付。主公可派人前往徐州，加他的官，赐他的赏，要他与刘备讲和。只要吕布一高兴，他便得意忘形。如此主公即可安心去征讨张济，日后再来理会吕布。”曹操点点头，说：“你说得好！”于是派遣使者前往徐州，任命吕布为平东将军，并赐与印绶；又递上曹操私人书信，称颂吕布为天下之英雄，要他与刘备讲和。吕布满心欢喜，答应让刘备返回小沛居住。

恰好袁术派遣王资前来催促婚事，吕布问道：“却不知你家主公如何看待小女？”王资回答说：“我家主公早晚要做皇帝，立东宫太子，令爱便是太子妃。”吕布冷笑道：“反贼痴心妄想！”喝令拿下王资。次日，写好给曹操的回信，派遣陈登为信使，同时把王资和韩胤都扣上枷锁押往许都，以表达自己的忠心，并请求实授徐州牧一职。

曹操问陈登：“你如何评论吕布？”陈登回答说：“吕布是一匹豺狼，做起事来喜欢任性，不计后果。”曹操说：“吕布狼子野心，诚难久养。你既然在他身边，熟知他的情况，请为我用心谋划。”陈登回答说：“丞相若有举动，我一定会做你的内应。”曹操大喜，立即将王资和韩胤斩首，并传送给袁术，以断绝吕布与袁术之间的勾连；同时又上表于皇帝，让陈登的父亲陈珪享有中二千石的官秩，任用陈登为广陵郡太守。那广陵郡还在袁术的治下，要等到曹操诛灭他以后，陈登才能前往就任。

如此厚待陈登住了数日，临走又相送到大门之外。曹操握着他的手，语重心长地说道：“徐州的事情，都托付在你的身上。”陈登连声承诺，请曹丞相放心。

第二十章

淯水河边的私情欲念

董卓，情欲中人也。曹操，亦情欲中人也。董卓情欲荒唐，终究死于吕布之手。曹操亦是情欲荒唐，也差一点死于张绣之手。

曹操虽不曾死，但他的长子曹昂、侄子曹安和猛将典韦却死在乱军之中。曹操不哭嫡亲的长子，只哭那个死忠的典韦，为什么？可见曹操之无良，竟连父爱也无，只有自私自利而已。

82. 此城中有妓女否?

却说当年董卓麾下有四大金刚：李傕、郭汜、张济、樊稠。其中樊稠作战最是勇猛，也最得人心，因此遭到李傕猜忌，被李傕设宴杖杀。而后李傕、郭汜在洛阳被曹操杀退，流落在草莽之间。张济在关中，只因连年大荒，缺少军粮，便起兵侵略南阳郡，连续攻取淯阳、宛城、穰城，不料在穰城之下被乱箭射杀。等到曹操起兵来时，张济已死，贾诩和众人拥立他的侄子张绣为帅，驻守在宛城。

曹操的大军就驻扎在淯水河岸。贾诩劝说张绣："曹操来势凶猛，我军难以对敌，不如举众投降。"张绣初任主将，无心应战，就听从了贾诩，派遣贾诩前往曹操大营说项。曹操问："我自有大军扫荡南阳，为什么要接纳一个风雨飘零的张绣呢？"贾诩回答说："曹丞相兴起义军，为的是天下归心。如今张绣引众来归，恰合曹丞相的心意。"曹操听得欢喜，对贾诩说："你到我这里来就职，如何？"贾诩回答说："为人臣者，讲究的是一个'忠'字。我今为张绣之臣，不忍弃之。况且张绣即将归降于曹丞相，我为张绣效力，其实也是为曹丞相效力。"曹操点头称赞。次日，张绣果然引众归降，曹操便入住宛城，其余大军屯在城外，连绵十余里。那张绣极尽殷勤，每日设宴，好酒好菜，款待曹操。

某一日，曹操大醉而归，向左右问道："此城中有妓女否？"曹操有两个侄子，一名曹安，一名曹民，听得互相嬉笑，回答说："城中妇女，俱是面黄肌瘦。只有一位寡妇，却是黑胖而别有娇媚。"曹操问："此是何人也？"回答说："是张绣的婶娘邹氏。"曹操说："管她是谁，你二人领兵去把她取来。"过不多时，将邹氏带到。曹操看得眼熟，又问道："你是何人？"妇人回答说："妾乃骠骑将军张济之妻邹氏也。"曹操睁大一双醉眼，说："我似曾在何时何地见过你。"妇人回答说："妾却不曾在何时何地见过丞相。"

曹操便猛然想起那位暗香浮动的珠娘来，于是对邹氏说道："我有一位恩人，与夫人极相仿佛。今宵有请夫人与我同床，让我将恩情报答在夫人身上，何如？"两人便同宿于锦被之中，说不尽的温柔缱绻。邹氏半夜说道："丞相待我虽好，但如此偷情，却恐外人非议。"曹操说："明日与夫人且去城外暂住。"于是移居于城外军寨，令典韦守住帐房，其余人等不许辄入。从此，两人就在帐房之内取乐，不顾白日天黑。

早有人将此丑事说与张绣。张绣大怒道："曹操欺人太甚，叫我如何对得起叔父的在天之灵！"叫来贾诩，骂道："都是你的主意，要我张家承受这样的奇耻大辱！"贾诩也有些发呆，回答说："想不到曹操竟然如此禽兽。将军想要报仇雪恨，须得如此如此。"张绣便按住怒火，暗地里调兵遣将，准备发难，要置曹操于必死之地。

83. 恰似一场噩梦

那张绣心思缜密，推敲细节，只畏惧典韦的勇猛，就把偏将胡车儿找来商议。那胡车儿有挺举五百斤之力，日行七百里之能，也是一位了不起的牛人，当时便说道："人说典韦在濮阳之战大发神威，如今据我查看，却并无特别之处。纵然有所可畏，也无非是两支大铁戟。只要我设法盗取了两支大铁戟，他没有兵器称手，从此便不足畏矣。"

张绣打听到典韦乃是陈留国人氏，便设法买来一位陈留籍歌姬，然后设宴，派贾诩去请典韦。席间，歌姬与典韦叙说乡情，百般挑逗。典韦却始终不苟言笑，只是喝酒，从晡时喝到黄昏，大醉而归。胡车儿趁机混入他的亲兵队伍，进入他的军寨。典韦回到帐房，倒头就睡，被胡车儿悄悄地盗走两支大铁戟，扔在角落之中。

时光已是三更，曹操在帐中与邹氏饮酒歌咏。忽然听到帐外人言马嘶，叫亲兵去看，报说是张绣带兵巡夜。曹操与邹氏到底是偷情，颇有些胆怯，赶紧止住歌咏，却不曾料到即将兵变。过不多时，又听得有人呐喊，报说草料场起火。曹操贪恋欢爱，不愿出帐，对邹氏说："当兵的烧饭失火，有什么大惊小怪的？"只听见火声哔啵，四下里火焰大起，曹操这才着急，赶紧出帐去叫典韦。典韦在醉梦中听得金鼓喊杀之声，惊跳起来，去找他的那双铁戟，却怎么也找不见。此时，敌军已到辕门，典韦只得从亲兵腰间抽出一把钢刀应战。但见门口无数军马，挺着丛林般的长枪，纷纷抢杀而入。典韦奋力向前，砍死二十余人。就在这时，他的背部被刺中第一枪；紧接着第二枪刺中他的大腿，第三枪刺中他的右臂。他的右手负痛扔了钢刀，急切间又抓起两个军卒御敌。众人都不敢靠近，纷纷退后射箭。典韦负痛跪倒在地，浑身像刺猬一样插满箭镞。胡车儿大喝一声，将手中长枪投出，将典韦从后背向前刺穿。典韦应声倒地。胡车儿上去一脚把他踢翻，号令众人去搜曹操。

此时曹操已拉着邹氏出了后寨，两人共乘一马，在路上狂奔。亏得那马是大宛良马，背负两个人的体重，其中邹氏又胖，居然也能跑得飞快。曹操的长子曹昂和侄子曹安也在乱军中奔逃，遇着曹操，一起来到淯水河边。敌军追来，将曹安砍为肉泥。曹操慌不择路，纵马跳入河水，泅渡过河，那邹氏从后面落入水中。曹操回头拉不着她，也不敢停留，只得舍了她，奋力冲上岸去。一支流箭射来，正中那马的眼睛，那马扑地便倒。曹昂跟在后面，急忙把自己的马匹让给父亲。曹操赶紧上马；曹昂在他身后，被一箭射中后脑，猝然倒地。

曹操于是逃得一条生路。路上遇着兵将，集合数十人，这才惊魂稍定。太阳已经高高升起，曹操立马于高坡，回望军寨烟火连天，恰似做了一场噩梦。

84. 在败军之中立住脚跟

却说夏侯惇麾下的青州军团，原系黄巾军改编，此时议论纷纷。这个说：“可笑那曹操，在丞相的位子上作威作福，却全无做丞相的德行。跟人偷情，惹来一场大败，把脸都丢到淯水河里去了！”那个说：“都什么年代了，要脸还能当丞相吗？”大家嘻嘻哈哈，三五成群，各自下乡抢劫民财，说：“丞相有钱搞女人。我们当兵的起点低，得先搞钱，再搞女人。”

有乡民哭告于平虏校尉于禁。于禁当即率领本部兵马在路上执法，责打和追捕青州兵。青州兵四处奔逃，正好遇着曹操，哭拜在地，控告于禁造反，赶杀青州军团。曹操听得大惊失色。过不一会儿，夏侯惇也到了。接着，乐进、李典、许褚也陆续到了。曹操问：“于禁造反，如何是好？”夏侯惇回答说：“赶紧整兵痛击。”

夏侯惇、乐进、李典、许褚便各自整理披挂，率军杀向于禁。那于禁正在山脚下指挥众军士挖掘壕沟，搭建营寨，见曹操到来，依然忙碌如故。曹操不禁满心疑惑，与诸将立马于高坡，冷眼旁观。

有人过来告诉于禁说：“青州兵诬告将军造反。现在曹丞相已到，你怎么不去做个分辩，在这里忙碌个啥呢？”于禁回答说：“敌军即将追到，若不先做准备，如何抵挡得住？分辩事小，退敌事大。”营寨刚刚扎好，张绣骑着一匹白马，果然引军杀到。于禁身先士卒，出寨迎战。夏侯惇、乐进、李典、许褚见状，也赶紧纵马向前。张绣一人哪里敌得住五员大将？只得找个机会调转马头，又引军退去。

于禁收兵回营，这才前来面见曹操。曹操问：“有人告你赶杀青州军团，是什么道理？”于禁回答说：“青州兵四处抢劫民财，风纪全无。若不整治，必然涣散。张绣来时，便不能聚合兵力应战。”曹操点头，又问：“我立马在那高坡之上，为什么不禀报我，擅自立营扎寨？”于禁回答说：“立营扎寨，临阵制敌，乃是做大将的本分。况且事情紧急，只能先自站稳脚跟迎敌，然后再来禀报。”曹操再三点头，环顾众将，说道：“于将军在匆忙之中，犹能任谤任劳，整兵坚垒，反败为胜，即使是古代的名将，也不过如此啊！”于是赐给于禁一顶金盔，加封益寿亭侯。又责备夏侯惇说：“你治兵不严，当记一过。”

85. 善曹操与恶曹操

曹操于是整兵反攻宛城，先遣于禁在城下叫战。城门开处，张绣骑着白马飞跃而出，骂道：“一群不要脸的贱人，我不去追打你们也就罢了，却怎么好意思回来见我？”骂得于禁哑口无言，只得默然退下。夏侯惇赶紧上前截住张绣，两人交手，一场大战。

曹操观战，但见那张绣在场上龙腾虎跃，使一杆虎头湛金枪，在下午的太阳下闪闪发亮。这时他忽然听见有一个声音说道：“那小子武艺不错，是吧？”曹操回答说：“是的，那小子武艺不俗，与夏侯惇不相伯仲，是个人才。”那声音又问：“你既然这样赏识他，为什么让他成为你的敌人？”曹操回答说：“是我自己情欲荒唐，对不住他，使他归降而后复反。”曹操听见了自己的回答，有那么一阵子，他为自己的荒唐感到羞愧。但他很快就原谅了自己，又暗自想道：“我为国家征战，劳苦功高，无论享受任何女人都应该是天经地义的事情，为什么要羞愧呢？何况我统领三军，若是这么羞愧，却怎么叫人们听从我的命令，为我效命于沙场？”他这边自问自答地想着，张绣与夏侯惇那边你来我往地打着，转眼间已经大战了五十回合，难分胜负。日暮，双方各自鸣金收兵。

是夜，曹操躺在床上辗转反侧。他已经惊觉到，在他的身体里面有两个自己在说话，一个是善的自己，另一个是恶的自己。他不喜欢那个善的自己，因为善带来了羞愧和惊恐，而恶却在设法维护他的尊严。次日早起，遥见宛城之上旌旗招展，却见不到一个人影。曹操觉得诧异，令人攀上城头去看。城中已然是空空如也，只有几个市民在街头巷尾议论纷纷。原来，那张绣与夏侯惇一场大战，知道曹操麾下将才凶猛，只得连夜撤出空城，到南方投奔刘表去了。曹操于是再进宛城，在城头上俯瞰淯水，追怀珠娘、邹氏和典韦。

夏侯惇带兵找到典韦的遗体，葬在淯水坡岸。曹操亲自扶柩哭送祭奠，环顾众将说道："我自己嫡亲的长子、爱侄都死在这里，却也不至于让我悲痛到这种地步。我只哭典韦，恐怕天底下再也没有这样的死忠之士啊！"又说："古来有生老病死，也因之有祭典。却不想祭典的这个'典'字，竟然应在了典韦将军身上。"众人听着，各自感叹。

一连多日，曹操无限悲伤。下令班师，返回许都，为典韦立祀、塑像；封典韦之子典满为中郎，收养在自己身边，典韦因此成为人们学习的楷模。荀彧问道："主公帐下大将如云，为何只有典韦独享殊荣啊？"曹操回答说："我需要的不仅仅是大将，还有忠诚。典韦将军理应成为忠诚的象征。试问从今往后，还有谁会像典韦将军那样无条件地效忠于我呢？"荀彧听了，只能默然无言。

第二十一章

王垕的脑袋有妙用

曹操善“借”，前者“借”天子之名以令诸侯，今者“借”王垕之头以安军心。王垕何辜？竟然被他斩首。等到他自犯军法，却又“借”发代首。想曹操一生奸雄，做得好大的一番事业，竟然是如此长袖善“借”的成果。直到若干年后，诸葛亮在赤壁之战“借”来东风，这才知道人世间原来更有善“借”的智者。

86. 袁术是个草包皇帝

袁术想要做皇帝，依据是一则流传了两百多年的谶言。

最早说出这则谶言的是武皇帝刘彻，他说："汉有六七之厄。代汉者，当涂高也。"意思是说，汉朝有"六七之厄"，到那时将会有一个新的王者替代汉朝而有天下，而这个王者便是"当涂高"。什么是"六七之厄"？六七四十二，汉朝刚好四百二十年的寿命。什么是"当涂高"？每个人都有不同的解读。

光武皇帝刘秀认为是一个姓当涂、名高的人。随着"六七之厄"的临近，有一位女巫对李傕说："涂者，途也。当涂之高者，阙也。将军自名傕，傕同阙。由此看来，替代汉朝而有天下的，应该是将军你啊！"没想到李傕很快便身败名裂，竟因此成为一个笑话。继李傕之后，袁术也认为这个"当涂高"是他自己。

袁术召开会议说："我姓袁名术字公路。公路者，当涂也。况且我家四世三公，深孚众望，此即当涂之高也。由此看来，替代汉朝而有天下的，难道不是我吗？如今我又有传国玉玺，难道不是天命要我做皇帝吗？"于是就在寿春称帝，国号仲氏，立独生子袁耀为东宫太子。又派人催取吕布之女为太子妃，没想到第三位使者还没来得及出发，曹操就已经把第一位使者韩胤和第二位使者王资的脑袋送到了他的面前。

袁术顿时怒发冲冠，大骂道："叵耐吕布那厮，言而无信，反复无常，竟敢背叛于我！"当即任命张勋为大将军，统领大军二十余万，分七路征讨吕布。大将军张勋自引第一路，直取徐州。上将桥蕤率领第二路，取小沛。上将陈纪率领第三路，取沂都。雷薄率领第四路，取琅琊。陈兰率领第五路，取碣石。韩暹率领第六路，取下邳。杨奉率领第七路，取浚山。七路军马，浩浩荡荡，卷地而来。又任用纪灵为都救应使，接应七路军马。

吕布急忙召集众人商议。陈宫说："都是因为陈珪父子向曹操献媚，给徐州招来的横祸。将军可斩了他父子的脑袋，献给袁术，大军自然退去。"吕布便下令拿下陈珪、陈登。陈登大笑道："袁术不过是个草包皇帝。我看他七路军马，也不过是七堆腐草，一把火就可以烧得干干净净，何至于让你们害怕成这样呢？"吕布听了，回答说："你若真有破敌之策，我可以免你的死罪。"陈登说："袁术虽然看起来人多势大，其实不过是乌合之众。其中第六路韩暹和第七路杨奉，原本是汉朝的旧臣，只因畏惧曹操奔逃在外，暂时依附在袁术麾下。袁术向来自负，怎么看得起他二人？他二人又怎会为袁术效忠？将军如果能够与他二人里应外合，同时以刘备为外援，袁术焉有不败之理？"吕布听得点头，便要陈登亲自去见韩暹和杨奉，与他二人达成约定。

于是吕布分兵五路，令高顺在小沛迎战桥蕤，令陈宫到沂都迎战陈纪，令张辽、臧霸到琅琊迎战雷薄，令宋宪、魏续到碣石迎战陈兰，吕布自引大军出城三十里迎战张勋。张勋畏惧吕布的威名，后退三十里依山下寨，等待援军接应。

半夜三更，韩暹、杨奉派兵到处放火，接应吕布大军入寨。张勋从睡梦中惊醒，慌忙披挂上马，见势不妙，掉头便逃。吕布紧追不舍，赶到天明，迎面遇着纪灵。两军刚刚交锋，韩暹、杨奉各率一军从两侧杀来。纪灵招架不住，跟着张勋往西南方向败逃。眼看到了一座高山，正要立住阵脚，忽然一声炮响，一彪军从山背后涌出，当先一将乃是红脸的关羽。张勋拼死杀出重围，也不敢回寿春，直往江东投奔孙策去了。纪灵四处不见张勋，只得收拾败军，回淮南去向袁术复命。

吕布大胜，夺得无数军粮甲衣。吩咐在徐州城内大设筵席，韩暹、杨奉和关羽等各路友军赴宴。吕布高举酒樽，大笑道："陈登说得真对，那袁术还真是个草包皇帝。"当晚，将士都有犒赏，众人各自尽情一醉。次日，关羽告辞，回去向刘备复命。

偏是韩暹、杨奉二人无法安顿。陈珪说："韩、杨二人皆是虎狼，时刻有张嘴吃人的危险，不可以让他们住在徐州。"吕布深以为然，于是安排二人暂往沂都、琅琊两地驻守。

87. 王垕的脑袋有妙用

却说袁术败回淮南，派人向孙策借兵报仇。孙策怒气勃发，大骂道："好一个厚颜无耻的袁术，赖着我家的传国玉玺不还，背叛汉朝自称皇帝，竟然好意思向我借兵！"长史张昭说："孙、袁两家，必有一战。不如写信给曹操，劝他南征。我与曹操，夹攻袁术。如此必然大胜，叫他袁术到阴间去做皇帝。"孙策点头，立即写信，派人送往许都。

曹操便点起十七万大军，南征寿春。袁术惊问群臣："前有曹操，后有孙策，寿春危急，如何是好？"杨弘启奏说："敌军远来，必求速胜，我军自当坚守不出。如此旷日持久，等到他兵疲粮尽，必然生变。"袁术不听，令大将桥蕤出城迎战，不过七个回合，被夏侯惇一枪搠死；这才听信杨弘，无论曹操怎样叫骂，只是不战。

两军相拒一个多月。曹操大军每日都要耗费许多粮草，周边郡县又遭逢大旱，无有粮草供给。眼见得粮食就要耗尽，只得写信向孙策借得粮米十万斛，但依然不敷支用。后勤官王垕入帐禀报曹操说："兵多粮少，当如之何？"曹操想了想，回答说："你可换作小斛分配，权解一时之急。"王垕问："如此刻薄，众人必生怨怒，如何是好？"曹操回答说："我自有良策。"王垕领命，改以小斛分配军粮。如此苦度时日，各寨将士无不怨怒，都在唾骂曹丞相欺众。

曹操听到探报，又秘密召见王垕，说："我想问你借个东西，请你不要吝啬。"王垕不解，问道："丞相要借什么东西？"曹操说："不是别的，是你脖子上的脑袋。"王垕大惊，跪倒在地，哀问道："不知我犯下了什么罪过，请丞相明示！"曹操说："你并无罪过，但只有杀了你，才能安抚众人之心。你死后，你的妻妾子女，都由我来赡养，请不必担心。"王垕还要再说什么，曹操一声令下，刀斧手进来将他推出门外，不由分说，一刀就砍下了他的头颅。

于是将王垕的头颅悬挂于高竿之上，在旁边张贴告示说：“王垕克扣军粮，按律斩首。”众人议论纷纷，都说王垕该死，怒火始得平复。又传令各营将领：“军令如山。三日之内并力破城。敢有作奸犯科者，王垕就是榜样！”曹操亲自到前线督战，令众人搬运土石填塞护城河。城头上射箭的射箭，抛石头的抛石头，打得城下四处惨叫。曹操不顾一切，拔剑斩杀两员怯战的裨将，然后冲上去亲自填土码堆。将士们无不感奋，争先攀上城头，斩关落锁，接应大军入城。袁术帐前大将李丰、陈纪、乐就、梁刚都被生擒。讯问袁术何在？原来早就席卷了库藏的金珠宝贝，被一众大臣簇拥着，逃过淮河去了。

各路军队就在寿春城内搜刮粮食酒菜，终得一顿饱餐。忽然快马来报：“张绣联结刘表，反攻宛城。曹洪将军抵挡不住，已连输数阵，特来告急。”曹操正在进退两难：进，无有军粮供给；退，则尽弃前功。荀彧建议说：“时值荒年，粮食艰难，不宜用兵。请丞相暂回许都，派兵去助曹洪将军坚守宛城。等到来年麦熟，军粮足备，再来跟袁术计较。”曹操便下令纵火焚烧袁术的伪皇宫，率领大军依次退去。

刚刚回到许都，便有刘备献上两颗人头。曹操仔细看时，却是韩暹、杨奉。原来二人不守本分，在徐州各郡之间纵兵抢掠钱粮，一路侵犯到豫州。刘备便设计宴请二人，饮酒间掷盏为号，要关羽、张飞伏兵杀出，砍了二人的脑袋。曹操大喜道：“前番征讨袁术，劳而无功，不意间却叫刘备诛杀了韩暹、杨奉。此二人亦是我心腹之患，今得除灭，难道不是‘失之东隅，收之桑榆’吗？”

过不多久，又有段煨献来李傕的头颅。原来李傕在池阳黄白城被段煨击杀，全家老小二百多口，全部沦陷在段煨手中。这一次，高兴的不只是曹操，更高兴的是那个可怜的皇帝。这么说吧，皇帝幽居在许都城内，已经郁郁寡欢了许多日子，忽然兴奋得不能自已，下令把李傕的头颅示众，任用段煨为荡寇将军，令他镇守长安。某一日，曹操路过城门，看到那颗头颅，心中莫名其妙地一阵惊跳，暗自想道：“皇帝悬首示众，莫不是示给我看的？”

88. 在麦田之间行军

小麦冬播、春生、夏熟。到了次年夏四月，正是小麦成熟的季节，曹操调兵遣将，却不是征讨淮南的袁术，而是宛城的张绣。行军路上，一片金黄的麦穗。曹操看得欢喜，对左右说道："我几次劳而无功，都是因为军中缺粮。传令三军，珍惜粮食，但有践踏麦田者，一律斩首。"于是，无论将士经过麦田皆是下马用手扶住麦穗，依次传递而过，无人敢于践踏。

岂知那曹操又从满眼金黄之中想起董卓、李傕与袁术来，心中说道："曾几何时，此三人多么显赫，现如今已是死者其二，半死者其一。为人之主公，在于有强大的领导力。而领导力的关键，并不仅仅在于无人敢于顶撞的权威，更在于众人是否忠诚。"正在思绪纷飞之际，从麦秆间飞起一只山鸠，让马受惊失控，窜入道旁践踏了一大块麦田。曹操拉住惊马，看着现场一片狼藉，忽然又从尴尬之中想到："我今且一试，看众人是否忠诚于我？"

于是派人唤来行军主簿，要他评议自己的践麦之罪。主簿说："丞相统帅大军，岂可议罪？"曹操说："是我制定的军法，又是我自己触犯了它。如果不议罪，叫我何以服众？"当即拔出佩剑，作势就要自刎。主簿慌忙跪在路上劝阻。曹操不依，拿衣袖将剑刃擦了又擦，再次奋力刎向他的脖子。幸好郭嘉、许褚及时赶到，急忙将他抱住。曹操环顾四周，只见众人一片惊恐，纷纷跪倒在田间。

郭嘉于此时劝告说："古来有《春秋》之义，法不加于尊。丞相乃是三军主帅，如若自戕，三军如之奈何？"曹操沉吟良久，这才缓缓说道："既然《春秋》有'法不加于尊'之义，姑且免了我的死罪。"却把剑锋一偏，奋力割下一绺头发，扔在地上，说："死罪可免，罪名却不可轻饶。"命令许褚高举那绺头发，传示三军，说:“丞相践麦，本当斩首号令。今割发代首，以示严惩。”

大军继续前行，只见远方一条白练，横陈于天地之间。走得近了，却原来是淯水河。曹操立马于河岸之上，忽然大放悲声。郭嘉惊问道:“丞相，您这又是怎么啦?”曹操说:“我又想起去年在此地一场恶战，折了大将典韦，不由得我不哭啊！人间所难得者，就是典韦这样的死忠之士啊！”下令就在岸边驻扎，祭奠典韦将军的亡魂。曹操亲自拈香哭拜，三军将士无不感叹。祭奠了典韦，再来祭奠长子曹昂、侄子曹安和阵亡将士。就连那匹被射死的大宛良马，也在祭奠之列。

第二十二章

十胜与十败

曹操迷恋鬼妻邹氏，两次败于宛城。袁绍又写来书信挑衅，其势何其汹汹。谋士郭嘉却于此时提出“绍有十败，操有十胜”之说，虽有大拍马屁的嫌疑，却也有战略上的高见。曹操与袁绍之间的胜败，便从这“十胜十败”之说开始。

89. 鬼妻邹氏

却说曹操兵临宛城，张绣坚守不出。偏将张先责备张绣说："带兵打仗，贵在求胜。如此关门避战，却叫军人们如何服气？"张绣无奈，只得令雷叙与张先结伴出城迎敌。不过三个回合，张先便被于禁刺于马下。雷叙慌忙调转马头，逃入城中。从此，众将都是三缄其口，无人敢开城门。曹操因为军粮足备，也不着急。两军对峙，磨的是性子。

某一日，曹操带领随从到山头俯瞰地形。黄昏归来，清风如水，曹操兴起，快马加鞭，绝尘而去，将众随从都抛在后面。忽然误入河边一块荒地，草木萋萋，潮湿积水。那马动辄陷足，行走困难。正待转身，忽然又听得背后有女人呼喊"丞相"。曹操情知遇着鬼了，心中一阵恐慌，也不敢回头，拍马就要飞逃。没想到那女人呼喊得更加急迫，转眼间也飞到马背上，用两手环抱住曹操的腰身，使曹操摆脱不得。曹操只觉得自己呼吸紧迫，便不顾一切地纵马狂奔。远远看到爱将许褚在树林里射箭，立即大声呼叫："仲康快来救我！"许褚闻声上去拦住马头，问道："丞相何故惊慌？"曹操这才稳住心神来看，原来抱住他的并不是女人，而是一件女人的襦裙。

回到军中，曹操心有余悸，说道："这件襦裙自有来历，应该是张济之妻邹氏的。可怜她死在淯水河中，孤苦伶仃，依然眷恋着我。我已经祭奠过典韦，却不曾祭奠过她。"连夜就在淯水河边设祭，与邹氏对话于阴阳之间。说的都是情话，众随从听着，一个个都忍住了不笑。独有郭嘉赞道："丞相情深义重，令人感佩！"次日，又将那件襦裙埋葬在频临淯水的高坡上，当作那邹氏的坟墓。

不想那邹氏夜来入梦，向曹操说道："我生前是张济之妻，死后怎么还是张济之妻？我为你而死，便是你的鬼妻。"曹操无语以对，又见邹氏妩媚犹胜从前，不禁怦然心动，两人就在床褥之间缠绵。此后一连数夜，邹氏夜夜都来。那曹操在梦里欲仙欲死，白日里却精神倦怠。吩咐左右取镜来看，形容憔悴得厉害，暗自心惊道：“此地不宜久留，须得速战速决，然后离去。”传令在宛城西门角上集结重兵，贮备云梯柴草，要从那里攻城。

90. 曹操在心里说：“那小子是我的克星！”

谁知贾诩在城中看见，对张绣说道：“那曹操要使奸计。他见我城东墙砖坏损，有意从此处攻城。却又故意到西门虚张声势，骗我撤兵去守西门。到了黑夜，他必然佯攻西门，却暗地里派遣一支精兵来攀东城。”张绣问：“如何是好？”贾诩说：“只需将计就计，叫市民假扮军人，虚守西门；暗地里却将重兵埋伏在城东民房之内。等到他从东南角攀上城来，精疲力尽，我便一声炮响，伏兵突起，将他毙命于掌握之中。”

曹操听到探报，说张绣在西北角上重兵布防，东南却甚是空虚。曹操说：“那小子中了我的妙计！”夜来燃起大火，佯攻西门；暗地里却派遣于禁、许褚、乐进、吕虔，各率一队精兵，带着铁爪金钩，从东南角攀上城去。初时城中全无动静，忽然一声炮响，伏兵四起。曹军见势不妙，急忙撤退，败走出城。张绣哪里肯舍？亲率勇士追杀数十里地，直到天明才收军回城。曹操收拾残兵败将，折去了五万多人和无数辎重，吕虔、于禁也在夜战中受伤。

曹操好不沮丧，在心里说道：“那小子是我的克星。只因邹氏，叫我在此地两次大败！”恰于此时荀彧飞书来报，说是袁绍虎视眈眈，图谋许都。曹操心烦意乱，下令即日班师。张绣赶紧要追，贾诩说：“追赶不得，否则必败。”张绣不听，急行军十余里路，赶上曹操的后军。许褚与李典回马应战，一阵厮杀，大败张绣。张绣回来，遇着贾诩，说：“没有听你的话，果然失败。”贾诩说：“赶紧整兵再追，必获大胜。”张绣半信半疑，重整兵马，又追了上去。但见曹军一触即溃，车马辎重，弃了一路。

张绣得胜归来，向贾诩问道：“前者，我以精兵追击退兵，而你说必败。后者，我以败兵追击胜兵，而你说必胜。尤为神奇的是，胜败竟然都在你的预言之中。这其中究竟是何奥妙呢？希望你能够教我。”贾诩回答说：“曹操此番撤退，并非是没有力量招架我军，而是因为许都出了大事。看他依次撤退，必然防备我军追击，而有大将殿后，所以我知道必败。等到我军败回，他必然解除防备，全力赶路，所以我知道有可胜之机。”张绣听得有理，因此叹服贾诩的高见。

91. 十胜与十败

却说袁绍雄踞北方，被曹操任作太尉，封邺侯。众人都来道喜。袁绍愤然说道：“何喜之有？那曹阿瞒自小就是我的跟班，好几次都差点儿死翘翘了，都是我出手挽救了他。如今他一朝得势，反来以皇帝的名义对我发号施令，真是岂有此理！”于是写信给曹操，指责他挟持天子，大逆不道，要求皇帝迁居邺城。

曹操回到许都，拆开书信来看，乃问郭嘉：“我两番征讨张绣，皆是无功而返。现如今袁绍又写信来挑衅于我，出语无状，气势汹汹，甚是可恶。如此两面受敌，你说如何是好？”郭嘉回答说：“张绣虽然骁勇，却不足以危害许都。唯有袁绍兵多将广，一旦率领大军来攻，便是灭顶之灾。然则以我之见，袁绍虽强，却有十败；主公虽弱，却有十胜。想当年刘邦亦是不敌项羽，却最终以弱势取胜，主公又何必畏惧一个区区的袁绍呢？”

曹操听得眼睛一亮，问道：“袁绍有哪十败，而我有哪十胜？”郭嘉回答说：“袁绍出身贵族，讲究尊卑礼仪；而主公体任自然，豪放不羁，这就是道胜。袁绍攻击许都乃是逆动，主公讨伐袁绍却是顺率，这就是义胜。袁绍施政，失之于宽，而主公却能雷厉风行，这就是治胜。袁绍外宽内忌，任人唯亲；主公外简内明，唯才是举，这就是度胜。袁绍总是多谋寡断，而主公总是当机立断，这就是谋胜。袁绍贪图虚名，而主公却待人至诚，这就是德胜。袁绍眼里只有身边的近臣，却不懂得体恤远方奋战的将士，而主公虑无不周，这就是仁胜。袁绍喜欢听信谗言，容易被人迷惑，而主公善辨是非，这就是明胜。袁绍做事不讲规章，而主公却能法度严明，这就是文胜。袁绍喜欢虚张声势，不知用兵之要；而主公却总是能够以少克众、用兵如神，这就是武胜。主公有此十胜，只有假以时日，必败袁绍无疑。”曹操笑了起来，感叹说：“听你这样说，顿时便让我觉得自己英明神武，战无不胜，仿佛刚刚打败张绣，从宛城奏凯而归的样子。”郭嘉被他嘲笑，感到有些尴尬。荀彧从旁边打圆场，说：“奉孝这‘十胜十败’之说，与我亦是所见略同。只要打败袁绍，虽天下诸侯，又有何惧耶！”

曹操问道：“纵然有十胜，却不知如何用计，将那胜利得到实现？”郭嘉回答说：“欲败袁绍，先取吕布。那吕布桀骜不驯，若不先取，总是祸害。主公可加封袁绍为大将军，总督冀、青、并、幽四州军政。袁绍得到委任，必然与公孙瓒相攻。我则趁机去取吕布，扫除东南，然后再来放手与袁绍一搏。”曹操深以为然，立即奏请皇帝，派遣使者出使邺城。

袁绍得到委任，果然喜不自胜，对左右说道：“我就知道那曹阿瞒要礼让我三分。”于是率军攻打公孙瓒。曹操则趁机去取吕布，先派人送信到小沛，与刘备相约夹攻吕布。

92. 吕布在徐州宣战

且说陈珪、陈登父子在徐州，每逢宾客宴会，都会在众人面前盛赞吕布的道德武艺。陈宫听着别扭，找了个机会劝告吕布说：“陈珪父子当面一套，背后必然也有一套，请将军早作防范。”吕布听了，反而斥责他说：“你无端说人坏话，是何用意？”陈宫无语，出来感叹说：“忠言逆耳，后必有患！”因此终日闷闷不乐。

某一日，陈宫早起，看天高云淡，带领几位随从出城射猎。忽然跳出一只麋鹿，身姿矫健，步态奔放。陈宫提马就追，看看追到小沛地面，那麋鹿忽然又钻入丛林不见了。陈宫四处寻觅，却见官道上一匹驿马飞奔而过。陈宫莫名其妙地起了疑心，立即带领随从们抄小路追赶上去，截住那人问道：“你是何人的信使？”那人惊慌失措，不能对答。陈宫搜查他的身体，得到一封书信。于是连人与书信，一起带到吕布跟前。

吕布看着那人，怒眼一瞪。那人便害怕了，回答说：“我乃是曹丞相的信使，你不要逼迫我！”吕布审问道：“曹丞相差你何事？”那人不回答。吕布把案一拍，那人吓得跪倒在地，回答说：“曹丞相差我送信给刘备。刘备又给曹丞相回信。信中所言何事，我却不知。”吕布于是拆开书信来看，上面写道：“丞相来信说，想要兴兵征讨吕布，我以为甚好。吕布见利忘义，反复无常，终是朝廷祸患，除之可得一方治安。一旦丞相拟定行动计划，我甘愿为前驱。我在这里开始做准备，并随时听候丞相的命令。”

吕布看了，气得跺脚，大骂道：“好你个曹操，我好心好意地讨好你，你反用阴谋诡计来暗算我！”下令斩了送信的使者。陈宫慌忙拦住，劝道：“若是斩了信使，岂不是公然向曹操宣战？”吕布冷笑道：“你以为我真的怕了曹操那贼不成？他连年征战宛城，连张绣都打不过，难道我吕布还不如张绣吗？”不由分说，将信使推到广场上斩首。然后召开会议：先派高顺、张辽率领一支军队去小沛攻打刘备；又分兵给陈宫去守萧关；他自己则坐镇徐州，筹运三军粮草，准备迎战曹操。

第二十三章

下邳是一座愁城

当代学者有“宁做真小人，不做伪君子”之论，以曹操为真小人也。若是以陈宫的眼光来看，却又是以吕布为真小人，以曹操为伪君子。吕布死在白门楼，就是做真小人的报应。且看做伪君子的曹操，最终又是怎样的报应？

93. 突如其来的战争

话说刘备在小沛，时常缺少钱粮，但每次都能得到麋竺的解囊相助。谁也不知道他从哪里弄来那么多钱，让刘备一次一次渡过难关。刘备到麋竺的府上去谢恩，竟然又被他的妹妹麋荃看在心里。麋竺说："刘备家中已有甘夫人，你嫁给他算怎么回事呢？"麋荃回答说："虽然已有甘夫人，却不过是妾。我要他明媒正娶，便是正妻。"麋竺只好前来向刘备做媒。刘备感慨地说："我刘备何德何能，竟然得到你们兄妹如此抬爱！"于是三媒六聘，将麋荃娶回家中。麋荃性格清高，初嫁时与甘夫人不甚和睦，不久却情如同胞，以姐妹相称。从此刘备便有一妻一妾，可谓齐人之福。

战争突如其来的时候，刘备还在享受蜜月。麋竺外出访友，看到徐州城外有大军集结。他是竹仙，自有竹仙的本领，以一棵竹子的方式伫立在营帐外面，将吕布的行动计划探听得清清楚楚。然后又连夜乘着月光飞奔到小沛，一一相告于刘备。刘备不禁惊问道："却如何是好？"麋竺说："事不宜迟，赶紧派人向曹操告急！"刘备立即铺纸研墨，修书一封。又出门去叫醒简雍，要他连夜带着书信赶往许都求援。

天色刚刚黎明，刘备便把众人都喊了起来，派遣关羽、张飞、孙乾各自去守东门、西门和南门，他自己则守在面对徐州方向的北门。站在城楼上遥望了很久，忽然又想起一事，要舅兄麋竺赶去中军守住家小。麋竺微微笑道："我兄妹两个没有别的本事，守住你的家小却是没有问题的。"

到了中午，高顺与张辽果然兵临城下。刘备在城楼上问道："两位将军何故兴兵到此？"高顺抬头回答道："你勾结曹操，图谋徐州，阴谋已经败露，还不束手就擒？"刘备长声感叹，却无语相对。高顺就在城外挥军攻打，刘备只是闭门不出。次日，又要张辽分兵攻打东门。张辽暗自想道：“平日里，我与刘备兄弟相处得友爱，却如何下得了手？”远远看见城楼上的关羽，浑身的那点力气早就化作了浆糊。

刘备兄弟在这边坚守，简雍那边已经赶到许都。郭嘉说：“吕布杀我信使，围攻刘备，已然反叛，须得赶紧出兵荡击他。”曹操当即任命夏侯惇、夏侯渊兄弟为先锋，领兵五万出击。高顺在小沛城外得到探报，对张辽说：“你我既然不愿攻打刘备,不如暂且转头去迎战夏侯惇。”张辽拱手赞好。便一面派出飞马，向吕布传书，一面指挥大军迅速移动。

94. 夏侯惇拔矢啖睛

两军相遇，夏侯惇挺枪出马，双方大战五十回合。高顺抵敌不住，绕阵而走，夏侯惇紧追不舍。偏将曹性在阵上看见，暗地里拈弓搭箭，一箭射去，正中夏侯惇的左眼。

夏侯惇大叫一声，急忙用手去拔，不想连箭带眼珠一起拔出。只听得他大声呼叫道：“父精母血，岂能捐弃！”竟然把那眼珠一口吞下，然后回马挺枪来取曹性。曹性猝不及防，被他一枪捅在脸上，死得惨烈。两边军士看见，无不骇然。

既杀曹性，夏侯惇便负痛而走。高顺当机立断，挥军一路掩杀。夏侯渊赶来救护兄长，败往济北下寨。高顺大胜归来，恰好遇着吕布。于是兵分三路，高顺在左，张辽在右，吕布自引中军，又来攻打小沛。

却说刘备在小沛城中看见高顺退兵而去，知道曹操的援军到了，便留下糜竺、孙乾守城，自己带着关羽、张飞出城去接应曹军。没想到高顺去而复返，还带来了吕布。刘备措手不及，急忙收兵回奔，赶到城外，呼唤军士放下吊桥。

吕布跟着赶到，乘势杀入城内，大军蜂拥而入。刘备想要回家，被吕布一路追赶，只得穿城而过，匹马逃出西门去了。吕布却从西门返回，指挥众将接管小沛。

话说麋竺守在刘备家中。吕布来时，麋竺拱手说道：“我听说大丈夫不废人之妻子。更何况将军与刘备情如兄弟，请保全他的家眷！”吕布冷笑道：“他既然与我情如兄弟，却为何与曹操合谋害我？”麋竺回答说：“我在刘备身边，常常听他感念将军辕门射戟的恩情。问题不在刘备，在于曹操。那曹操权倾天下，百般拉拢，以刘备之软弱，他又怎么敢拒绝曹操呢？可怜他夹在曹操与将军之间，左右为难，有许多不得已的苦衷，请将军明察。”吕布点头说：“你说得有理。我与刘备纵然不是兄弟，却也是老友，怎么忍心加害他的妻小？”留下高顺、张辽守住小沛，自己带领麋竺和刘备家小，去徐州安置。

且说刘备匹马逃难，回头再看，小沛已落在吕布之手。不见了家小，也不知关羽、张飞的存亡，心中好不凄惶。正在踌躇，远远看到一人赶来，细看乃是孙乾。刘备感叹说：“一败涂地，如何是好？”孙乾回答说：“虽是大难，却总有转机，不如且投曹操。”两人便寻着小路，往许都方向行走。行走了一日一夜，忽见远处尘头大起，料定是曹操的大军，两人便舍了小路，往大路而来。就在中军旗下与曹操相见，具说战事与思亲之情。曹操听着，亦是感叹战争残酷，竟至于落泪。

大军来到济北，夏侯渊出寨迎接，问：“夏侯惇何在？”回答说：“他损坏了左眼，伤势严重，卧病在床。”曹操来到床边看望，称赞他说：“你在万军之中拔矢啖睛，非大英雄不能有此气魄。然则旅途艰辛，如何养得了伤？不如先回许都。”一面派人置备马车，护送夏侯惇返回许都疗养，一面派遣曹仁分兵去打小沛。他自己亲提大军，带着刘备，径往徐州来战吕布。

95. 三封箭书

先是小沛告急，而后是萧县。吕布便令陈珪守住徐州，自己带着陈登去救萧县。陈登临行，陈珪叮嘱他说：“从前曹丞相曾将东方之事托付与你，如今吕布厄运已到，你要趁机动手。”陈登说：“外面的事，我自有办法。若是吕布败回，父亲可请麋竺一同守城，不要放他进来。”陈珪问：“吕布妻小与心腹都在城中，如之奈何？”陈登说：“父亲放心，我也有解决方案。”

陈登于是来见吕布，说：“曹操此来，主要目标是徐州。倘若徐州失守，却要退往何处？我建议先把钱粮转移到下邳。”吕布说：“你提醒得对。我把钱粮和家小都送去，也好专心作战。”当即唤来宋宪、魏续，要二人率领一千人马专职护送，把他的家小和钱粮都送去下邳；一面自引大军，与陈登往救萧县。

走到半路，陈登忽然又说道：“请让我先到萧县去探听虚实。”吕布点头应许。陈登快马先到萧县城关，对陈宫说道：“大敌当前，吕布将军深恐诸位不肯尽心守关，要我赶来叮嘱。”陈宫回答说：“曹军虽然势众，但萧县也犹如铁打。此处有我在，请吕布将军盯住徐州与小沛。”陈登连声赞好。到了晚上，他佯装上关瞭望敌情，见关下曹营灯火闪亮，乃将三封书信拴在箭上，射下关去。曹操收到箭书，拆开来看。第一封说道：“我将设计让陈宫离开萧县去救徐州，又要吕布连夜来救萧县。我在关上举火为号，叫他二人在黑夜里互相残杀。丞相当于此时派兵杀到，坐收渔人之利。”第二封说道：“陈宫与吕布夜战之时，我即往小沛报说吕布被围，要高顺提兵来救。丞相可于此时轻取小沛。”第三封说道：“吕布相继丢失萧县、小沛，必然回奔徐州。我已安排妥当，叫他不得入城，只能败走下邳。丞相可于半路截杀，将他擒在手中。”曹操看得哈哈大笑，向左右说道：“且看那陈登在惊涛骇浪之中如何弄潮！”

次日，陈登辞别了陈宫，飞马来见吕布，说：“曹军势如潮水，孙观等诸将意欲献关，唯有陈宫意志坚决。将军可于黄昏时分杀到，与陈宫约为内应，杀了孙观，可解萧县之危急。”吕布说：“此计甚好。”吩咐陈登回马再去萧县，与陈宫相约，举火为号。陈登赶到萧县，陈宫问道：“你去而复返，所为何事？”陈登说：“曹操已抄小路进了关内，直扑徐州。吕布将军唯恐有失，请你赶紧回去。”陈宫便弃了萧县，带领诸将往奔徐州。陈登就关上放起火来，吕布在黑夜里看见，立即挥军掩杀，与陈宫打成一片。曹军也在黑夜里看见，从四面八方包抄过来。吕布混战到天明，望见陈宫，方知中计；四下里又找不见陈登，只得与陈宫合兵一处，急忙赶回徐州。

到得徐州城外叫门，不料城上射下一阵乱箭。麋竺屹立在城门楼上，大声喝道：“徐州本是我主刘备的城池，前番被你夺了去，而今自当还回来。从今往后，你再也不准进入城门一步。”吕布大怒道：“陈珪何在？”麋竺说：“已经被我杀了！”此时，陈珪正躲在垛口下面暗笑。吕布无可奈何，只得转头奔往小沛。

走至半路，迎面遇着高顺、张辽，吕布问道：“你们不好生把守小沛，到这里来做什么？”回答说：“陈登昨夜前来报说将军被围，叫我等赶来解救。”陈宫在旁边一声惊叫：“不好，小沛必然有失！”急忙赶去小沛，只见城上尽是曹军旗号，已落入大将曹仁手中。吕布在城下大骂陈登，陈登在城上哈哈大笑道：“我乃是汉朝的臣民，怎么可能效忠于你这样的反贼！”吕布气急败坏，就要下令攻城。

忽然背后喊声大起，张飞当先杀到。原来张飞在乱军中与刘备失散，收拾了一些散兵游勇，落草在芒砀山中。前日听到探报，立即提兵赶来。吕布正在气头，舞起方天画戟迎战。就在恶斗之间，阵外喊声又起，曹操率领大军亲自杀到。吕布顿时魂魄惊飞，只得转头向东奔逃。迎头遇着关羽，又是一场恶斗。高顺、陈宫赶来助阵，都无心恋战，甩开关羽，掩护着吕布逃往下邳去了。

曹操于是收得徐州，在城中设宴犒劳诸将，奖励陈珪、陈登父子的功劳。加封陈珪十个县的采邑，荣任陈登为伏波将军。刘备、关羽、张飞兄弟三人劫后相聚，则可谓是“一壶浊酒喜相逢”，满眼都是热泪。

96. 困守在愁城之中

且说吕布在下邳，自以为粮食足备，又有泗水之险，安心坐守，或许可保无虞。过不多日，曹操率领大军来到城下，向吕布喊话道："吕布将军勇冠天下，又有诛灭董卓之功，何苦自毁前程与朝廷作对？赶快出城投降，也不失荣华富贵。倘若城池一破，那可就悔之晚矣！"吕布患得患失，回答道："请丞相容我再三思虑。"陈宫在旁边大骂："似曹操这等奸贼，思虑什么？"一箭射中曹操头顶的伞盖。曹操遥指陈宫，恨声叫道："我发誓一定要杀了你！"

吕布问陈宫："你我既然决心与曹操作对，可有退敌之计？"陈宫回答说："曹操远征来此，必然坚持不了多久。将军可以出城扎营，我在城中与将军互为掎角。曹操若是攻打将军，我就引兵冲击他的后背。他若是来攻城，将军也可从后面大作袭扰。叫那曹操两头受气，只需十五六日，等到他军粮耗尽，自然离去。那时你我便可趁势掩杀，必然大胜。"吕布大赞好计。回来向妻小告辞，严氏问道："你把全城委托于他人，孤军远出，一旦有变，我还是你的妻子吗？"吕布听了，犹豫不决，一连数日，只与严氏、貂蝉在内室饮酒解闷。陈宫前来催问，吕布推脱说："计策虽好，未必胜算，不如坚守。"陈宫出门一声哀叹，说道："人中吕布，竟然如此英雄气短。败局已定，我辈早晚束手就擒。"

谋士许汜来见吕布，说："将军与袁术曾有婚约，何不再续前缘，请他出兵相救？如此内外夹攻，曹操并不难破。"吕布无计可施，只得修书一封，托付给许汜。又令张辽、郝萌各领五百精兵，护送着许汜杀出城去。出了隘口，郝萌带着五百精兵跟随许汜而去，张辽带着五百精兵又杀回城中。可怜许汜千辛万苦来到寿春，袁术却冷笑道："吕布反复无常，毫无信用。我可以不计前嫌，但须得他先送女儿来，然后我便发兵往救。"许汜只得拜辞，与郝萌回来复命。

黑夜经过刘备的军寨，许汜先过去了，郝萌断后。忽然遇着张飞，不过两个回合，那郝萌便被张飞生擒。刘备将郝萌押往大寨来见曹操。曹操审问，郝萌不敢隐瞒，将出使寿春的细节一一作答。曹操大怒，下令斩了郝萌，悬首于军门；同时传谕各寨小心防守，再也不得走脱一人，否则军法处治。

却说许汜来见吕布，转告袁术的答复。吕布无计可施，选在二更时分，将女儿用绵布缠在背上，提戟上马，带着高顺、张辽出了城门。眼看就要从刘备的军寨旁边穿过，忽然一声鼓响，关羽、张飞拦住去路。吕布素来勇猛，只因女儿缚在身上，唯恐有伤，却怎么也勇猛不起来。只见曹军从四面八方杀来，都在大叫："不要放走了吕布！"吕布左右奔走，无法突破，只得仍旧退回城中。

如此围城两月，曹操颇有些焦躁。召集众将商议说："许都事务繁忙，北方又有袁绍之忧，东面又有张绣之患，下邳却久围不克。我想暂且放过吕布，班师回去，可好？"荀彧说："不可。吕布困守愁城，已是等死。丞相这次若是放过了他，哪里还有良机？"郭嘉说："我有一计，胜于二十万大军，可立破下邳城。"荀彧问："奉孝说的，莫不是沂水与泗水？"郭嘉回答："正是。"曹操大喜，立即下令掘开两河，水淹下邳。只见洪水滔滔，将下邳一城都淹没了，只剩得东面的白门楼。军人们飞报吕布。吕布正在醉中，回答说："我有赤兔马，渡水如履平地，又有何惧哉！"

却说魏续听吕布如此答话，心中愤然难平，对宋宪、侯成说："吕布自恃有赤兔马，却不顾将士们死活。我今夜便盗了那赤兔马去见曹丞相，与他相约献城投降，如何？"宋宪、侯成和一众兄弟纷纷赞好。

97. 白门楼问答

是夜，侯成盗了那匹赤兔马，直奔东门。魏续早就开了门，等他飞马而过，却又假装追赶。那侯成被带到曹操大帐，禀报说："宋宪、魏续明日将会插白旗为号，但有机会便偷开城门。丞相可率大军直入。"

曹操便于次日加紧攻城。吕布在城上看见，沿着城墙一路督战，不敢放松。从平明一直打到日中，曹军这才退回用餐。吕布每日饮酒消愁，身体虚弱，早已难耐辛苦，靠在门楼上不知不觉睡着。宋宪先盗取了他的方天画戟，然后与魏续一齐动手，把他紧紧地绑在楼柱之上。吕布从睡梦中惊醒，急忙呼唤左右，都被宋宪、魏续杀散。就在楼上把白旗一招，曹军潮水一样涌到城下。此时城门大开，曹军一拥而入。高顺在西门，被洪水困住，走脱不得，被乱箭射死。陈宫在南门，落入徐晃手中。

曹操入城，到白门楼上来看吕布。吕布虽然身材伟岸，此时却被绳索绑作一团，望着曹操叫道："绑得太紧，请松一松！"曹操回答说："绑的是老虎，不能不紧。"吕布又望着刘备叫道："望玄德公救我！"刘备黯然无语。吕布只好又望着曹操叫道："丞相以我为忧患，而今我已拜服在丞相麾下，以后有我辅佐丞相，何愁天下不定！"曹操回顾刘备，问道："你觉得怎样？"刘备回答说："丞相难道忘了丁原和董卓的往事吗？"曹操大笑，下令将吕布缢死，然后枭了他的脑袋。吕布临死，大骂刘备落井下石。刘备回答说："你并非死在我的手里，而是死在你全无信用。"

过不多时，徐晃又押着陈宫到了。曹操问道："公台别来无恙乎？"陈宫回答说："原本无恙，见到你便有恙！"曹操又问："你何苦要跟随吕布？"陈宫回答说："吕布虽然目光短浅，不能深谋远虑，却也有天真可爱之处，不似你这般诡诈奸险。"曹操继续问道："你这样顶撞我，难道不怕死吗？"陈宫回答说："不幸生逢乱世，宁可死去。"曹操继续问道："你的老母妻子怎么办？"陈宫悲从中来，竟至于哽咽，回答说："我听说以孝治天下者，不害人之亲；施仁政于天下者，不绝人之祀。老母妻子之存亡，都在于你的一念。"曹操无奈，只得把手一挥。左右将陈宫推下去，要刽子手砍了他的脑袋。曹操随后命人将他的老母妻子送往许都养老，不得怠慢。

接着便轮到了张辽。曹操正为陈宫之死心烦意乱，把手一挥，也要左右推下去砍了。关羽不顾一切，冲上来跪在曹操面前，说道：“文远乃忠义之士也，愿丞相怜惜。”曹操被他跪得一愣，接着展颜笑道：“我也知道张将军的忠义，刚才是故意开玩笑的。”站起来亲自为张辽松绑，把自己的衣服披在张辽身上，请他上坐。张辽感念关羽的友爱，于是跪倒在地请降。曹操大喜，任张辽为中郎将，封关内侯，派他去招安驻守在山东的臧霸。

第二十四章

论英雄，谁是英雄？

曹操“借”来皇帝的宝雕弓和金鈚箭射杀大鹿，而后又将宝雕弓和大鹿据为己有，已经显露了他要篡夺大位的野心。看他如此野心勃勃，怎么可能与一个种菜的刘备并论英雄？煮酒论英雄，不过是一段试探刘备的闲话罢了。

98. 在许田打围

话说曹操平定山东，斩了天下第一勇士吕布。满朝文武和各路诸侯听说，无不震惊。曹操亦是以此自功，回到许都来见皇帝，洋洋得意地向众人讲述起征战吕布的精彩情节。没想到皇帝对那些情节不感兴趣，却注意到了沉默寡言的刘备。这是皇帝第一次见到刘备，虽然有曹操在场，但两个人都从心里感到亲切。听说刘备是皇族后裔，皇帝特意令人找来家谱翻看。

过来几日，皇帝派遣内史来见曹操，说："皇帝翻看家谱，原来刘备竟是皇帝的叔辈。"曹操奇怪，问道："他怎么是皇帝的叔辈呢？"内史说："从前孝景皇帝生有十四个儿子，第七个儿子就是中山靖王刘胜。刘胜子嗣众多，其一者陆城亭侯刘贞。刘贞又有子沛侯刘昂，刘昂又有子漳侯刘禄，刘禄又有子沂水侯刘恋，刘恋又有子钦阳侯刘英，刘英又有子安国侯刘建，刘建又有子广陵侯刘哀，刘哀又有子胶水侯刘宪，刘宪又有子祖邑侯刘舒，刘舒又有子祁阳侯刘谊，刘谊又有子原泽侯刘必，刘必又有子颍川侯刘达，刘达又有子丰灵侯刘不疑，刘不疑又有子济川侯刘惠，刘惠又有子刘雄。刘雄被举为东郡范县的县令，有两子，长子刘弘，次子刘珫。刘弘之子，即是刘备。"曹操大笑道："看他家谱，竟然是一代不如一代。"内史说："只因他是刘家的族戚，皇帝想要请他到宫中叙说情谊。"曹操沉吟片刻，回答说："刘备住在我家左边路端头那家宅院，你去请他便是。"于是将刘备请入宫中来见皇帝。皇帝听他叙说家事，心里越发觉着亲切，封为左将军、宜城亭侯。刘备谢恩出朝，从此人们都叫他"刘皇叔"。

荀彧、程昱来见曹操，说："刘备何德何能，被认作皇叔，恐怕无益于主公。"曹操说："他既然被认作皇叔，我以天子之诏号令他，他越发不敢不从。况且他在我的掌握之中，有什么好担忧的呢？我所担忧的，乃是太尉杨彪啊。”原来太尉杨彪德高望重，曹操深为畏惧，便叫人诬告杨彪勾结袁术图谋造反，将杨彪收捕在狱，命令担任许县县令的满宠拷打他。当时孔融在许都，任将作大匠，听到杨彪入狱，急忙来问曹操。曹操推脱说：“这是皇帝的意思。”孔融质问道：“当今皇帝有曹公与杨公，恰如从前周成王有周公与召公。假使周成王要杀召公，难道周公可以推脱说跟自己无关吗？”曹操无言以对。恰好满宠也来禀报说：“拷打杨彪没有问到罪证，我不敢随意处决他。”曹操不得已，只得放了杨彪。

又有一日，曹操来见皇帝，奏道：“古来帝王之家有五礼，祭祀天地神灵谓之吉礼，宴贺人情谓之嘉礼，接待外宾谓之宾礼，哀悼忧患谓之凶礼，操演师旅谓之军礼。秋猎，即军礼是也。而今四海扰攘，请陛下以秋猎宣扬军礼。”皇帝不敢不从，叫人取来一张宝雕弓，上马出了都城。曹操与皇帝并马而行，前后左右都是他的心腹将校；其余文武百官，只能远远跟随，近前不得。只见那围场纵横二百余里，早有军士们警卫于四处，草木之中时有野兽惊慌逃窜。刘备与关羽、张飞侍立在道旁，皇帝策马到来，说道：“朕今日想看看皇叔的箭法。”刘备领命，上马搜寻猎物，草丛中一兔跳起，被他一箭射中脑袋。皇帝喝彩道：“皇叔持弧射兔，好兆头！”

转过土坡，又见荆棘中赶出一只大鹿，皇帝连射三箭不中。曹操在旁边说道：“请陛下让我射来。”向皇帝要来宝雕弓和金鈚箭，扣满一射，那鹿应声而倒。群臣将校见了金鈚箭，都以为是皇帝射中的，争相欢呼“万岁”。曹操纵马直出，遮挡在皇帝面前接受人们的欢呼。刘备当时惊得脸色都变了；回头看见关羽亦是满脸愤怒，立即调转马头挡住他，唯恐他任性造次。过不一会儿，众军士将那鹿抬到跟前。好一只体型肥美的大鹿。曹操洋洋得意地问道：“玄德看我箭法如何？”刘备躬身称贺道：“丞相神射，世所罕及！”曹操回答说：“哪里，哪里，这都要归功于皇帝陛下的宝雕弓！”说完一阵大笑，也不把宝雕弓归还给皇帝，径自挂在自己腰间。

打围既罢，众人各自归歇。关羽向刘备说道：“我看那曹操，名为国相，实为国贼。他今日之霸道无礼，有甚于董卓当年。若不是大哥阻拦，我也许真的会拍马上去，一刀劈了他的脑袋。”刘备叹息说：“我也想不到曹操专横到了这种地步。此人心地险恶，你我兄弟要谨言慎行，免得惹祸上身。”

99. 衣带诏

却说皇帝回到宫中，向伏皇后哭诉道：“朕自即位以来，先后历尽董卓、李傕、郭汜之乱。后来得到曹操，以为他是精忠报国的大臣，没想到此人心怀凶险，甚于董卓、李傕、郭汜百倍。你我夫妇，名为帝后，却不知死在何所！”伏皇后问：“满朝公卿，难道没有一人能救国难吗？”国丈伏完，恰好也在宫中，建言道：“我推举一人，可为国除害。”皇帝问是何人，伏完看看左右无人，上前咬着皇帝的耳朵说道：“乃是你的另一位国丈，车骑将军董承。”

车骑将军董承，是董贵人的父亲。皇帝陷入沉思，洒泪说道：“董国丈与朕共过患难，可宣他入内商议大事。”伏完说：“陛下身边都是曹操的心腹，怎么能够商议大事？”皇帝问：“那怎么办？”伏完说：“陛下可书写诏书一封，缝制在衣带之内。然后赐予董承锦袍一件，那诏书便可随着衣带一起托付到他的手中。”皇帝大赞好计，于是咬破指尖，用鲜血书写诏书，要伏皇后缝制在衣带之内，然后派遣内史宣召董承入宫。

皇帝与董承一边说话，一边在宫中散步，说的都是董承当年护送皇帝从长安回归洛阳的往事。经过太庙，又转到功臣阁。皇帝向着高祖画像焚香敬礼，转身问道：“你可知高祖皇帝从何处起身？又是如何创的业？”董承感到惊讶，回答说：“陛下是在逗我吗？高祖皇帝起身于泗水亭长，在芒砀山斩蛇起义，三载亡秦，五年灭楚，如此盖世之功，普天皆知。”皇帝说：“祖宗如此英雄，子孙如此懦弱，岂不叫人感叹！”又指着高祖左右两人的画像问道：“此二人是谁耶？”董承回答说：“这不是留侯张良、酂侯萧何吗？”皇帝说：“高祖开基创业，全靠此二人相助。如今朕的身边，亦是需要如此二人。”一边感叹，一边脱下身上穿着的锦袍，连同衣带一起赐给董承，嘱咐说：“朕无以为赐。只望你穿着这身锦袍时，恰如朕在你的身边。”

早有人报知曹操。那董承出了功臣阁，才过宫门，迎面遇着曹操，惊得一身冷汗。曹操问道：“国丈何来？”董承说：“适蒙皇帝召见，叙说长安、洛阳往事，赐给锦袍一件。”曹操说：“皇帝的赏赐，必是宝贝，解来我看。”董承情知锦袍之中必有奥秘，恐被曹操看破，颇是迟疑。曹操不耐其烦，吩咐左右：“为国丈解衣！”董承心中畏惧，只得自己脱下锦袍，呈给曹操。曹操举着锦袍，就着日光细细详看，又把衣带从这端捏到那端，不曾发现什么奥秘，于是哈哈笑道：“皇帝的赏赐，并无特别，只有恩深意重。”又将锦袍递还给了董承。董承躬身告退，忽然发现自己刚才又出了一身冷汗。

回到家中，董承自己也将锦袍看了又看，并无一物。心中奇怪，暗想：“皇帝不会无故赐我锦袍，其中必有奥秘，却不知是何究竟？”夜深人静，董承思虑往事，绪念纷飞。忽然灵光乍现，找来缝衣针挑破衣带，露出里面的绢书。急忙拆开来看，竟然是皇帝的密诏。上面写道：“曹操弄权，败坏朝纲，陷朕于危难之中。望卿纠合忠义，殄灭奸党，勿负朕意！”血字斑斓，看得董承涕泪交流。

一连数日，董承不知如何是好。忽然在路途遇着侍郎李服[①]，相约到家中饮酒。酒至兴中，说起曹操弄权，李服义愤填膺。董承压低声音说：“我有皇帝血诏，请将军一看。”李服大惊，良久说道：“既是皇帝密诏，殄灭曹操便是天经地义。却不知兄长有多少心腹，可以谋图大事？”董承说：“满朝大臣，只有

---

① 李服，子子由，诸葛亮《后出师表》有“（曹操）任用李服而李服图之”的记述。《三国志·先主纪》写作“王子服”， 罗贯中版《三国演义》也因之写作“王子服”。据专家考证，《三国志·先主纪》原本写作“李服”，只因是竖版，被罗贯中误认为“王子服”。《后汉书》和《资治通鉴》又写作“王服”，省掉了其中的“子”，可能以为这个“子”是对“王服”的尊称。

长水校尉种辑、昭信将军吴硕[①]与我同心。”正在商议，家僮入报种辑、吴硕来访。董承说：“此天意也，叫我们在此聚义，大事必然可成！”请二人进来，与李服互相见礼。董承说：“都不是外人，可以坦诚相待。”又要二人观看皇帝血诏。种辑愤然说道：“曹操挟持天子，心怀险恶，若不除灭，必成烈祸。”吴硕提议说：“何不拟写一份讨贼义状，众人都来具名，同谋大事？”众人都叫好。

吴硕又要董承找来《鸳行鹭序簿》，即职官花名册是也，从中划出凉州刺史马腾、左将军刘备，说：“此二人亦可引为同谋。”董承问：“马腾素来忠义，名满西凉。但这个刘备却是曹操的人，如何能够引为同谋？”吴硕说：“此人虽然依附曹操，却自有城府。那日在许田打围，他的兄弟关羽提刀要杀曹操，被他慌忙制止。我因此测知，此人亦是忠义之士，绝非曹操同党。”

又过了数日，董承趁着黑夜来见刘备。刘备请入小阁，令人取酒相待。董承望着关羽问道：“此何人也？”刘备回答说：“是我二弟关羽。”又问：“莫非是那日在围场上要杀曹操的英雄？”兄弟三人大惊失色，刘备慌忙阻拦道：“国丈可不能开玩笑。”董承说：“曹操挟持皇帝，危害国家，要杀此奸贼的何止令弟一人！”于是取出衣带诏来，刘备看得心情凝重。又取出讨贼义状来，上有六人具名：一，车骑将军董承；二，工部侍郎李服；三，长水校尉种辑；四，昭信将军吴硕；五，西凉刺史马腾。刘备说：“国丈身负皇命，冒死前来，我怎能不效犬马之劳？”也毅然在讨贼义状上写下自己的名字。董承说：“如此便有六人。再有四人，便是十义。”只因谈得投机，直到五更，刘备招待董承吃了一些点心，这才相别而去。

---

① 《三国志·蜀书·先主传》写作“将军吴子兰”。裴松之注引《献帝起居注》写作“议郎吴硕”。罗贯中版《三国演义》采用史料，写作“议郎吴硕”、“昭信将军吴子兰”两人。但两人可能是一人：吴硕，字子兰，以议郎身份出任昭信将军，或者由昭信将军改任议郎。

100. 天空中划过一道闪电

刘备自知已经卷入风险之中，因此更加谨慎，就在后园种菜，亲自浇水施肥，以为韬晦之计。关羽、张飞问道："大哥不去关心国家大事，来做一个区区菜农，究竟是何缘故呢？"刘备说："我自有道理，你们日后便会知晓。"

一日，刘备正在担粪施肥，许褚带着随从进来说道："丞相有请。"刘备惊问："有什么事情？"许褚说："只叫我来相请，不知道有什么事情。"恰好关羽、张飞都不在，刘备只得一个人硬着头皮去见曹操。曹操笑道："你在家做得好大事情！"吓得刘备心头大震。好在曹操并未觉察，带着他走向后园，说："你连种菜都如此尽心，实在难得。"刘备听他如此说，把心放下了一半，回答道："不怕丞相笑话。种菜虽然粗鄙，我却乐在其中。"

走进园门，只见几树果梅，枝头都挂着果子。曹操问道："你可知望梅止渴的故事？"刘备回答说："听说丞相前年征讨张绣，路上缺水，将士皆渴。丞相心生一计，以鞭虚指，说前面有梅林。军士们听说，顿时口齿生津，因此解渴。"曹操说："如今又到梅子青时，我追思往事，特地邀请你来品尝青梅煮酒的滋味。"刘备这才把心全然放下。

两个人来到亭子里面坐定。侍从端上一盘青梅、一樽煮酒。所谓煮酒，就是用古法酿造的发酵酒，要温着喝，所以称之为"煮酒"。当年关羽在虎牢关温酒斩华雄，喝的就是这种酒。曹操出身官宦世家，与刘备一边煮一边饮，说起许多往事。两个人喝得酒酣耳热，忽然风云际会，一场大雨就要来临。侍从遥指天空，惊叫道："丞相快看！"只见云图变幻，仿佛一条巨龙。

曹操感叹说："龙为神物，恰如人世间的英雄。你久历四方，请说说看，当世谁为英雄？"刘备想了想，问道："淮南袁术，兵多粮足，算得上英雄吗？"

曹操笑道：“此人没有半点活气，堪称冢中枯骨，我早晚要平定了他！”刘备又问：“袁绍虎踞冀州，麾下有许多能人异士，算得上英雄吗？”曹操笑道：“袁绍表面上厉害，其实没有什么见识和魄力。干起大事来总是掂轻怕重，看见一点小利益却不计后果，算不得英雄。”刘备又问：“有一个人被赞为‘八俊’，名扬九州。荆州刘表可算得上英雄吗？”曹操说：“刘表有虚名而无其实，算不得英雄。”刘备又问：“江东孙策，血气方刚，人称‘小霸王’，可算得上英雄吗？”曹操说：“孙策依仗父亲成名，算不得英雄。”刘备又问：“刘璋割据益州，可算得上英雄吗？”曹操说：“刘璋虽然继任益州牧，却不过是一只守户之犬，哪里算得上英雄！”刘备有点儿发懵，又问：“依丞相之见，张鲁、张绣、马腾、韩遂等人又何如呢？”曹操说：“这些都是庸庸碌碌的小人物，何足挂齿！”刘备只好叹息说：“除了这些人，我还真不知道谁是英雄。”

曹操说：“真正的英雄，胸怀大志，腹有良谋，有包藏宇宙之机，吞吐天地之志。”刘备问：“谁才是这样的英雄呢？”曹操用手指向刘备，然后自指，说：“当今天下英雄，只有你和我两个！”刘备大吃一惊，将手中的筷子都掉落在地。说来也巧，恰在此时凌空划过一道闪电，而后雷声轰隆，刘备趁机拍着胸口说道：“好一声霹雳，可吓死我了！”曹操笑话他说：“一个大男人，难道也怕雷吗？”刘备说：“即使是圣人，也有敬畏之心，所谓‘迅雷风烈必变’，怎么能够不怕呢？”一边说，一边去捡筷子。曹操不由得哈哈大笑，从此不再猜疑刘备。

当晚刘备将煮酒论英雄的故事说与关羽、张飞，说道：“那曹操挟天子而令诸侯，手握千军万马；我不过是一个种菜的闲人，身边也只有你们兄弟两个，怎么能够与他并称英雄？我因此听得心惊肉跳，幸喜借着雷声掩饰过去了，不曾叫他看破心事。”关羽、张飞感叹说：“大哥随机应变，可谓有惊无险！”刘备回答说：“今日虽然无险，但也被惊吓得不行。不如设法脱身，到幽州投奔公孙瓒，去做我的平原县令。”关羽、张飞都赞好，又回忆起平原县的那些快乐时光。

101. 像鸟儿一样飞出了樊笼

然而从北方传来了消息，说公孙瓒已经被袁绍所灭。公孙瓒与袁绍争战多年，在易水河边挖掘十道环形壕沟，中间垒起高台，其上筑营驻兵；又在最高的那座高台上建楼，号称“易京楼”。公孙瓒对左右说：“我有易京楼，无惧袁绍久攻。待他粮草耗尽，必然撤兵。”那易京楼用精钢打造楼门，楼内储蓄谷物三百万斛，公孙瓒与姬妾自居其中，男性七岁以上皆不得入，来往书信都要用绳索吊上吊下，几乎与世隔绝。不料袁绍挖掘地道，一直挖到易京楼下，先用柱子顶着楼基，然后放火焚烧，易京楼随之崩塌。公孙瓒不愿出逃，亲手缢杀了自己的妻子和姐妹，然后引火自焚。袁绍因此兼并了公孙瓒的势力，兵力总数达到几十万人之众。

刘备听说，一者怀念公孙瓒的恩情，二者又惦念赵云的下落，长吁短叹到深夜不能入眠。次日又有消息传来，说是袁术处境艰难，情愿放弃帝号，离开淮南，带着传国玉玺去投奔袁绍。刘备心想：“我何不趁此时机寻个脱身之计，更待何时？”便来向曹操禀告说：“袁术投奔袁绍，必然经过徐州。我经营徐州多年，熟悉那里的山川地形，请给我一支军马，从半路上擒杀袁术。”曹操点头准允，分拨五万兵马，令刘备与朱灵、路昭同领大军出征徐州。

关羽在马上问道：“大哥此番出征，何故如此慌乱？”刘备回答说：“我在许都，犹如鸟在樊笼。如今终得逃脱，不免情慌意乱。”张飞却打趣说：“大哥的慌乱并不仅仅是因为飞出了鸟笼。你们想啊，他马上就要见到两位漂亮的嫂嫂了，哪有不慌乱的？”兄弟们听了，一场哄笑。回到徐州，徐州刺史车胄出城迎接，当晚设宴款待。宴罢，兄弟们各自探望家小，夫妻欢聚。

却说袁术走在路上，忽然被刘备拦住去路。一场大战，袁术往天柱山方向败走。不料部将雷薄、陈兰反叛，劫走钱粮马料无数。眼见无路可走，只得返回寿春。一路上都有军士逃跑，又多次被土匪袭击，到达江亭之时，只剩下一千多老弱残兵。时值建安四年六月，天气炎热，粮食告罄，只剩下最后的三十斛小麦。袁术嫌麦饭粗糙，不能下咽，要厨子倒一碗蜜水来喝。厨子说："哪里还有蜜水？只有血水，你喝不喝？"袁术从喉咙里发出一声咯响，猝然栽倒在地，口鼻间血液喷涌，抽搐了大半个时辰，睁着一双灰白的眼睛死去。他的侄子袁胤，护送着他的灵柩和妻子，打算投奔庐江太守刘勋，半路上又被高陵太守徐璆夺走大半行李，其中便有传国玉玺。不久，传国玉玺被送到许都，出现在皇帝面前。皇帝百感交集，任用徐璆为太常。

袁术既死，曹操便派遣使者到徐州劳军，敦促刘备班师。刘备不肯，便擅作主张，自留军马驻守徐州，却把朱灵、路昭赶回许都。曹操听到朱灵、路昭报告，失声叫道："刘备手握大军，不听调令，必有异志，如何是好？"又想起煮酒论英雄那一天刘备故作惊慌的表情来，越发觉得此人深不可测。想了又想，提起狼毫写了一封书信，叫人秘密送给徐州刺史车胄，要他设计除灭了刘备，以绝后患。

第二十五章

陈琳的讨贼檄文

刘备求救于袁绍，引出陈琳的一篇讨贼檄文。看看这篇檄文，有如江河行水，气势磅礴，历数曹氏三代一桩一桩的大罪，痛骂曹操的贪残和酷烈，骂得何其淋漓畅快！若是换作别人，必然羞愤而死。偏偏这个曹操，非但骂不死他，反而治愈了他的头风病，也是奇哉怪也！

又以祢衡与曹操做比对。祢衡便清，曹操便浊。与清中可见祢衡的天真，与浊中可见曹操的无耻。祢衡虽死，却有遗言："我活在永生里，既没有寿命，也没有死亡。"不知道几人能够听懂？

102. 一刀劈了车胄的脑袋

话说徐州刺史车胄接到密信，请来陈登商议，问道:“丞相令我暗杀刘备，如何是好?”陈登说:“这事儿好办。刘备在城外征收军粮，不日就要回来。将军可假装去迎接他，暗地里却伏兵于瓮城。只待刘备到来，将军即可在瓮城中截杀了他。那时候，我在城头上用乱箭射退他身后的大军，于是大功可成。”车胄大赞好计。没想到陈登回来告知父亲陈珪，陈珪说:“刘备，当世之英雄，怎么能够忍心害他的性命?你要赶紧向他通报，要他早作准备。”

陈登便飞马出城，迎面遇着关羽。关羽谢过陈登，回头告知张飞。张飞大怒，立时便要厮杀。关羽说:“我有一计。假扮曹军，趁着黑夜到徐州叫门，车胄必然出迎，那时便可趁机击杀了他。”当夜三更，兄弟两人领军来到城外。城上问是谁?关羽叫军士们回应说，是张辽将军的人马。车胄犹豫不决，心想:“那张辽颇得丞相宠爱，不迎接他吧，诚恐得罪了他。出城去迎接他吧，又恐怕有诈。”又听得城外一声声叫得急切，车胄只得披挂上马，带领一千精兵，出城问道:“文远何在?”火光之中，但见关羽挥刀跃马，大声叫道:“贼匹夫，你竟敢使诈，要杀我的大哥!”车胄惊恐万状，奋力抵挡了几个回合，拨马便走。关羽哪肯放过，飞马赶上来，一刀劈了他的脑袋。

陈登在城头上看得清楚，暗自叫苦，心想:“我要他兄弟早作准备，没想到他竟如此激烈。如今杀了车胄，却要如何向曹操交代?”事已至此，别无他法，只得开门迎接兄弟两个入城。待到次日中午，刘备也回城来，听说杀了车胄，也是大惊失色，说道:“你两人杀得痛快，但那曹操岂肯善罢甘休?”陈登说:“车胄已然被杀，无论怎样后悔，终是于事无补。于今之计，还得振作精神，准备迎战曹操。”刘备说:“曹操兵多将广，区区一个徐州，哪里抵挡得住?”

陈登想了想，说:“曹操所畏惧的，是袁绍。袁绍兼有冀、青、并、幽四州，文有谋臣，武有虎将，麾下精兵百万，还是赶紧派人向他求救为妙。”刘备说:“我与袁绍无有来往，不久前又致使他的弟弟袁术败亡，他怎肯相助于我?”陈登说:“此间有一人，与袁氏三代有通家之谊。若是他能够为将军写一封书信，袁绍必来相助。”刘备问是何人?陈登说:“难道将军忘了吗?他便是当代大儒郑玄啊!”

郑玄，字康成，北海国高密县人，天资聪颖，好读书。十七岁时，有一天忽然看到刮起大风，当即预测到某日某时某地将要发生火灾，于是赶紧到县府报告。到了某日某时，某地果然发生了火灾，人们因此把他看作异人。郑玄治学，以古文经学为主，兼采今文经说，曾经师从经学家马融。而后郑玄遍注群经，著有《天文七政论》《中侯》等书，共百万余言，世称“郑学”。中平二年，大将军何进征辟郑玄入朝为官，还没等到授予官职，郑玄就设法逃走了。两年后，后将军袁隗推荐郑玄为侍中，再次被郑玄婉言拒绝。初平二年，郑玄逃到徐州避乱，在栖迟岩注释《孝经》，有许多名士慕名投到门下求学。到了建安二年，袁绍敬仰郑玄的学问，又上表推荐郑玄为左中郎将，再次被郑玄婉拒。

陈登一提到郑玄，刘备便满眼放出光来。两人赶紧去拜见郑玄。郑玄听说事因，慨然应允，给袁绍写了一封书信。刘备赶紧派遣孙乾连夜送给袁绍。袁绍回答说:“刘备是我弟弟袁术的敌人，我原本不应该帮助他。但郑玄是一位大学问家，他既然愿意为刘备说情，其中必有道理。”于是召集文武百官，商议是否出兵，谋士田丰、审配、沮授、郭图议论纷纷，各有见解。又问许攸、荀谌，回答说:“曹操名为汉相，实为汉贼。主公以义讨贼、以强攻弱，理应出兵，兵则必胜。”袁绍大喜，当即点起马军十五万、步兵十五万，合计精兵三十万人，浩浩荡荡，往黎阳进发;同时吩咐孙乾赶回徐州，要刘备做好准备接应。

103. 陈琳的讨贼檄文

袁绍大军到达黎阳，郭图提议说："主公以义讨贼，理应有檄文历数曹操的罪恶，传驰天下，大张声势。"袁绍令记室参军陈琳草檄。陈琳煮了一壶好酒，构思半日，一挥而就。其檄文[①]曰：

"我听说伟大的君王都有图危制变的魄力，忠心的臣子都有虑难立权的担当。曹操的祖父曹腾，是一个罪大恶极的宦官。他的父亲曹嵩，依仗养父曹腾的势力，利用黑金窃取高官之位。曹操生于宦官阉人之家，人品丑恶，心机狡猾，从小就喜欢搞恶作剧，而今则已成为国家最大的祸乱。

"大将军袁绍，曾经拔剑击鼓，召集天下英雄讨伐董卓。那时候，他以为曹操也是一位英才，可以任作鹰犬。没想到曹操自作聪明，轻浮好战，几次大败，丧失了许多兵力。出于对曹操的爱惜，大将军袁绍又分给他兵马，上表让他担任东郡太守和兖州刺史，希望他能够像秦国将军孟明视那样将功赎罪。没想到曹操本性难改，继续为非作歹，残害良善。

"曾经担任过九江太守的边让，为人正直，是天下闻名的才俊，只因不懂得阿谄奉承，时任兖州刺史的曹操就残忍地杀害了他，把他的头颅悬挂在城门上示众，并且肆意凌辱他的妻子和两个女儿，致使民怨沸腾。曹操也因此不得人心，前线的军队被刘备打败，后方的领土被吕布夺取，只得向东方的故乡逃亡。此时又是大将军袁绍出兵打败吕布，拯救曹操于危

---

① 根据陈琳《为袁绍檄豫州文》原文改写。

难之中。由此可见，大将军袁绍虽然对兖州的百姓没有恩惠，但却有大恩于曹操。

“后来，年幼的皇帝从长安回到洛阳，处境艰难。大将军袁绍因为要抗击北方的边寇，所以派遣从事中郎徐勋给曹操下令，要他赶去保护皇帝并修缮皇宫宗庙。没想到他再一次恣意妄行，犯下欺凌皇室、败坏朝纲的滔天罪行。他一个人就担任了三个重要的官职，把朝政紧紧地捏在自己手中。他想要封赏谁就封赏谁,他想要判谁的罪就判谁的罪。善于讨好他的人，整个家族都会得到好处。被他讨厌的人，三族都会被他夷灭。若是有人在公众场合议论他，就会被当场杀害；哪怕是私下里发牢骚，那也会被秘密杀害。这样血腥恐怖的统治，使得人们只能用眼色打招呼，官员们也只能做尸位素餐的摆设。

“看哪，就是这个奸贼，他干了多少丧尽天良的坏事！前任太尉杨彪被他诬告，惨遭各种残酷刑罚的虐待。忠谏直言的议郎赵彦，被他秘密逮捕并杀害，至今连皇帝都不知道。在攻打徐州时，他不仅犯下屠城的大罪，更令人匪夷所思的是，他居然设立发丘中郎将、摸金校尉之类的官职，到处发掘坟墓、盗取财宝,连梁孝王的陵墓也不能幸免。他虽然只是一名朝官，却仿佛古代的桀王和纣王，祸国殃民，毒害人鬼；人们一动手就会碰到他的罗网，一动脚就会踩到他的陷阱。历数有史以来无道的大臣，曹操是最贪残、最酷烈的。

“大将军袁绍每次念及这些，都会责备自己没能很好地教导曹操，只是一味地宽容他，指望他自己有所收敛。没想到曹操狼子野心，竟然成为一位拿捏皇帝、残害忠良的枭雄。如今，大将军袁绍已经剿灭另一位奸贼公孙瓒，愿意身负皇帝的重托，率领雄兵百万，从并州横跨太行山，从青州横跨济河、漯河，从黄河挥军直下，讨伐曹操的罪行。何况还有荆州的刘表、张绣在宛城、叶县作为后援，一场大战就好像烈火焚烧蓬草、海浪浇灭炭火一样轻而易举。

“你们看哪，曹操这个奸贼还有什么前途呢？他最有战斗力的军士，都来自于北方的幽州、青州和冀州，日夜思乡，痛哭流涕。剩下的则是来自兖州、豫州，还有吕布、张扬的余党，这些人无一不是被迫屈从于曹操的。他们的身上有伤，他们的心中有恨，只要我们击鼓而进，他们就会立马放下武器投降，整个军队就会顿时土崩瓦解。你们再看看朝廷，没有一个贤人辅佐；在那些官员之中，虽然也有忠义，但在曹操的暴虐之下，如何能够施展才能？还有值守皇宫的七百精兵，名义上是保卫皇帝，其实是曹操用来拘禁皇帝的奴才。可怜曹操，做尽了大逆不道的坏事，老天爷对他的报应随时都会发作。

"现在，忠臣报国、烈士立功的时机已经到来，大家一定要把握好这个机会呀！大将军袁绍同时从幽、并、青、冀四州进兵，荆州牧刘表与张绣也在南方起兵响应，各郡各县也要起兵包围曹操的地界。若是有人能够获得曹操的人头，立即封为五千户侯，赏钱五千万。若是曹操部下有偏将官吏投降的，非但不追前罪，反而要论功行赏。谨在此奉大将军袁绍之令，布告天下，请大家一起来拯救国难、创建功勋！"

袁绍看了檄文，大赞写得好，立即命令将此檄文印刷张贴于各处城关、津渡、隘口。曹操患有头风病，发作得厉害，在床歇息。曹洪进来，将檄文读给曹操听。曹操听得毛骨悚然，出了一身冷汗，头风病竟因此自愈，从床上翻身而起，问道："此檄文是何人所作？"曹洪回答说："听说出自陈琳的手笔。"曹操冷笑道："陈琳善于舞文弄墨，妄图用道德的大棒打击我。然则大丈夫在世，就应当把道德看作路上的兰草，直可一踩而过，决不要因此耽搁自己的行程。"命令曹洪赶紧召集会议，商议如何对抗袁绍。

104. 大事业与小仇怨

荀彧也看了檄文，说道："袁绍指望刘表、张绣在南方响应。主公可先使人招安张绣、刘表，一者可免后背之敌，二者也叫袁绍断了念想。"曹操听从他的建议，立即派遣刘晔去说张绣。

刘晔到了宛城，先去拜见贾诩。次日，袁绍也有使臣到达，却来拜见张绣。张绣赶紧派人来请贾诩。贾诩看了袁绍的书信，向使者问道："大将军打算何时兴兵？"使者说："时值隆冬寒月，不宜用兵。用兵当在明春。"贾诩大笑道："你回去跟袁绍说，他与自家兄弟都不能相容，如何能容得下我等？"当面把书信撕毁，要使者滚回河北。张绣惊问道："如今袁绍势力强大，你这样撕毁他的书信、喝斥他的使者，要我如何向他交代？"贾诩说："我看袁绍书信，居高临下，言语傲慢。我们若去投靠他，是得不到尊重的。不如去投靠曹操。"

张绣又是一惊，问道："我与曹操前有仇怨，他怎么容得下我？"贾诩回答说："曹操是个做大事业的人，必然不会计较您的这点小仇怨。如今曹操与袁绍对敌，我们若去投奔，为他增强势力，他必然欣喜。跟随曹操，可奉皇命征讨袁绍，名正言顺，更有胜算。"又请来刘晔相见。刘晔说："丞相若是个记仇的人，怎么会派我来结交将军呢？"张绣半信半疑，被贾诩再三劝说，到许都向曹操投降。曹操拉着他的手说道："我与你的婶娘，虽然不合伦理，却也是两方相爱。况且你的婶娘早已不在人世，你又何必记我的仇呢？"当即带他去见皇帝，要求皇帝封赏。皇帝不敢不从，封张绣为扬武将军，封贾诩为执金吾。

又要张绣写信招降刘表。贾诩说："刘表喜欢结交名流，需要派遣一位名士去劝说他。"曹操环顾左右，问道："谁人可去？"荀攸建议说："孔融一代大儒，可当此任。"孔融听见，转身向皇帝说道："我有一位年轻的朋友，姓祢名衡字正平，才气十倍于我。请允许我把他推荐给您，让他以天使的身份出使荆州。”皇帝询问曹操：“丞相以为如何？”曹操说：“何不召来一见？”

105. 他脱下外衣，露出诗人的身体

使者将祢衡带到。祢衡上前行礼，却不见有人请他就座。曹操说：“皇帝和公卿在此，哪有你的座位？”祢衡听了，不禁仰天长叹。

曹操问：“你叹什么？”祢衡回答说：“我感叹偌大一座朝堂，何至于这样无人哪！”曹操冷笑道：“我手下人才济济，都是当世的英雄，何谓无人？”祢衡说：“你且说说，都有哪些人？”曹操说：“我有荀彧、荀攸、郭嘉、程昱，即使是萧何、陈平那样的智者也比不上他们。我有张辽、许褚、李典、乐进，即使是岑彭、马武那样的勇士也比不上他们。我有吕虔、满宠为从事。我有于禁、徐晃为先锋。我有曹仁、夏侯惇，都是勇冠天下的名将。你怎敢说我无人？”祢衡哈哈大笑道：“你这样说，是不对的。荀彧长着一张哭脸，也许可以派他吊丧问疾。他若真是人才，就应该活出一张笑脸来。还有荀攸，可以派他守墓。程昱，可以派他看门。郭嘉，可以派他朗读词赋。张辽，可以派他击鼓鸣金。许褚，可以派他放牛牧马。乐进，可以做个狱吏。李典，可以做个信使。吕虔，可以磨刀铸剑。满宠，可以饮酒食糟。于禁，可以负版筑墙。徐晃，可以杀狗屠猪。至于夏侯惇，或可称为‘完体将军’；曹仁，或可叫作‘要钱太守’。其余诸人，则无一不是酒囊饭袋。”曹操大怒，问道：“你又有何能？”祢衡回答说：“我上知天文地理，下知三教九流；上可以致君为尧、舜，下可以配德于孔、颜。可惜说了你也不懂。”曹操冷笑道：“你如此多能，可会击鼓？”祢衡回答说：“区区技艺，当然会击。”曹操说：“我来日宴请宾客，你来击给我看！”祢衡慨然应允。

过了数日，曹操果然在宫中大宴宾客，令祢衡击鼓。按照规矩，击鼓必换

新衣。没想到祢衡穿着一身旧衣进来，击打了一段《渔阳三挝》的鼓乐，音节殊妙，渊渊有金石声，让人听得慷慨流涕。可笑左右不懂音乐之美，上前喝斥道："你怎么还不更衣？"祢衡回答说："我是一位诗人，要从旧衣中活出自己的新生。"接着，他脱下外衣，露出诗人的身体。座中宾客惊慌失措，都捂住了自己的眼睛。只见祢衡又从从容容地脱下了裤子，浑身赤裸地站在那里。曹操跟着上前喝斥道："朝堂之上，岂可如此无礼？"祢衡回答说："欺君罔上才是无礼。我裸露清白的身体，却可见赤子的心灵。"曹操问："你骂谁呢？你清白，谁污浊呢？"祢衡回答说："骂的就是你。你不识贤愚，这叫眼浊。不读诗书，这叫口浊。不纳忠言，这叫耳浊。不通古今，这叫身浊。不容诸侯，这叫腹浊。常怀篡逆，这叫心浊。我乃堂堂名士，竟然被你用作鼓吏，不由得令人联想起阳货对孔子的轻慢、臧仓对孟子的诋毁。你若眼睛明亮，会这样轻慢我吗？"骂得曹操一张黑脸涨得通红。

孔融看在眼里，唯恐曹操动怒杀了祢衡，赶紧劝说道："丞相大人大量，请原谅祢衡的肆野！"曹操盯着祢衡，半晌说道："我今日派你往荆州为使。如果你能够说服刘表来降，我便信你真有才能，任你来做公卿。"祢衡说："我凭什么要答应你？难道我就稀罕你的公卿？"曹操不由分说，叫人备了三匹马，选派两个大汉将祢衡押送到襄阳。

刘表在襄阳，早就听说过祢衡的才气，因此对他毕恭毕敬。又拿出自己的诗文来请祢衡点评。祢衡一番谈论，粲若春花，直叫刘表自惭形秽。荆州名士蒯良对祢衡说："我听说美人命薄。似先生这样，活出人生之极美，想来必不长寿。"祢衡回答说："我活在永生里，既没有寿命，也没有死亡。"不久，刘表又把祢衡送给江夏郡太守黄祖。

黄祖最初亦是待祢衡如上宾，请他作《鹦鹉赋》。祢衡文不加点，一挥而就，极写鹦鹉之美。不料某一日两人醉酒，祢衡评论人才，说道："人才者，天赋也。真正的人才，必然率真而有灵气。"黄祖问："你在许都，那里有何人才？"祢衡说："人才倒有两个，都如儿童般率真可爱。大者孔融，小者杨修，除此别无他人。"黄祖问："你看我如何？"祢衡说："你好似庙里的神像，有其表，而无其实。”黄祖大怒，推倒酒案，叫人将祢衡拉出去，砍了他的脑袋。祢衡临死，哈哈大笑，把刽子手惊疑得几次把刀掉在地上。事后人们纷纷议论，原来世上真有不怕死的人。黄祖酒后醒来，懊悔无及，将祢衡厚葬。至今祢衡墓犹在。

曹操在许都听到消息，大笑不止，说道：“我欲借刘表之手杀人，没想到刘表又借黄祖之手杀人。可笑祢衡那个腐儒，终于死在了他自己的舌头上！”只是等了又等，却不见刘表前来归降。

第二十六章

衣带诏事件是怎样发作的

曹操诡谲，好似人群中的狐狸。吉本豪侠，却是狐狸中的义士。不料关键时刻总有小人告密，竟至于衣带诏事件发作。那吉本不曾弄死曹操，反让曹操将董承集团一网打尽。看看吧，此时此刻，身为臣子的曹操真是狠毒到了极致；可怜那当朝的皇帝，连身怀龙种的董贵妃也不能保全，也哀痛到了极致。若问刘备为什么要反曹操？我的回答是：但有良知，必然要反！

106. 在荒宅中遇到吉本[①]

话说董承自从得到衣带诏以后，忧思成疾，竟至于大病一场。时值腊月，日暖风和，董承感觉病体有些好转，便出了门，顺着颍水向北步行。也不知走了多久，忽然发现红日西斜，天色将暮，情知自己是回不去了，只得找到一处宅院投宿。

宅院背山面水，颇有些规模，却只有一个老头守门。老头说："客官想要投宿，房间有的是。只是宅院闹鬼，恐怕吓着客官。"董承问："这宅院建造得鳞次栉比，分明是大户人家，怎么会闹鬼呢？"老头解释说，这户人家姓许，是贤人许由的后裔，在这里已经居住了千百余年。后来家道衰败，人丁减少，偌大一片宅院，大半都空闲着。再后来那些空房子经常出现一些怪事，关得好好的门窗常常莫名其妙地自动打开，夜深人静的时候常常能够听到院子里有脚步声。许家的人因此害怕了，便搬到邻近的村庄居住，只留下老头看门。

到了晚上，董承忽然发现楼上亮起了灯火，心里不由得又是惊恐又是好奇，就大着胆子，从院子里丛生的杂草中穿过去，找到楼梯一步一步地上去。刚到亮着灯火的窗边，就听见有人问道："谁呀？"董承无法躲闪，只得应答道："是我。"房门"吱呀"一声就开了，又出来一个老头，看着他问道："你是谁？怎么擅自跑到我们家里来了？"董承回答说："我是许家接纳的客人。是你擅自占据许家的宅院，怎么反来责问于我？"老头被问得一愣，然后哈哈大笑道："你是一个率直的人，既然有缘相见，就一起来喝两杯吧！"

---

① 罗贯中版《三国演义》写为吉平，历史原名为吉本。

原来老头与他的老妻正在窗边赏月吃酒。老太婆见董承进来，连忙让座。董承也不客气，对着老头就坐了下来，相对着一边吃酒一边闲谈。问老头是何来历？自称姓吉名本，来自于箕山的狐狸家族。“箕山？”董承回应说，“那不是许由开荒种田的地方吗？”在遥远的古代，尧帝要把帝位让给许由，许由不肯，逃到箕山，自己开荒种田为生。尧帝派人找到他，对他说：“就算你不做帝王，至少要做一个九州之长。”许由讨厌听到这些浊言浊语，就跑到颍水边去清洗自己的耳朵。吉本听董承说起这些历史典故，高兴得连连点头，说：“是啊，是啊，从那时候算起，我们与许家已经是几千年的世交了！”

两人继续饮酒。董承被冷酒呛了喉咙，不禁连连咳嗽。吉本说：“我久居山林，颇懂医理，请让我为你把脉。”把完左手脉，再把右手脉，然后对董承说道：“你脉象空虚，惊悸多汗，想必是忧思惊恐致病。”董承问：“如何是好？”吉本说：“宽心便是良药。心地一宽百病消。我再给你开个方子，或许有些疗养的功效。”董承说：“偏是我这病宽心不得。”吉本问道：“却是何缘故？”董承说：“你是狐族，不妨跟你说说人类的故事。”就把衣带诏的前前后后说给吉本听。吉本听完，感叹说：“原来你竟然是一位国丈。明日你且带我回去，也许能够为你做些事情。”

董承知道狐狸善谋，顿时满心欢喜。次日天明起床，沿着原路步行回家。吉本已经等候在院子里的石桌旁边，说：“我今夜便去曹操的丞相府探看。”董承殷勤款待，叫下人收拾了一间客房，供吉本歇息。到了深夜，吉本去而复返，对董承说：“国丈不用操心。那曹操的性命，已经被我捏在手中。”董承惊问其故，吉本说：“曹操患有头风，每次发作，痛不欲生。如此，他必然到处寻医问药。国丈若能助我开一爿药店，等待他来召我医治。我只用一副毒药，必然叫他一命呜呼。”董承说：“若能如此，你就是挽救汉朝社稷的大功臣！”几经筹备，在西街开了一爿药店，名曰“得仁堂”，取“求仁而得仁”之意义。不出两月，病患们都说“得仁堂”的药方灵验，一时名满许都。董承自己的身体，亦是逐渐康复，脸色也变得红润起来。

人有旦夕祸福。董承有妾，芳名云英，与家奴庆童私通，被董承无意间撞见。董承顿时怒起，吩咐左右绑起来责问，将二人各自杖脊四十大棍。半夜，庆童扭断了柴房的铁锁，跳墙而出，径自逃窜到丞相府中，将衣带诏和董承、李服、种辑、吴硕、刘备、马腾等人密谋之事一一相告与曹操。曹操听得心惊肉跳，对庆童说道："你且住在我的府中，以后必有赏赐。"董承寻不见庆童，以为他已逃往他乡，回头又把云英臭骂了一通。

过不多日，曹操果然召见吉本，要他把脉用药。吉本心说："此贼命当该死！"将毒药暗藏在身。谁知在经过庭院时，却被庆童看见。曹操躺在床上，吉本为他把了脉，开了方子，然后到厨房去煎药。此时庆童便趁机来到曹操床边告密。曹操听得又是一惊。过不一会儿，吉本进来奉上煎药，说："此药可一服即愈。"曹操料知有毒，迟迟不肯服用。吉本催促说："乘热服用，少汗即愈。"曹操支起身体，说道："你先尝一口，再来给我服用。"吉本说："我又没病，为什么要先尝？"曹操冷笑道："偏是我疑心重，只怕药中有毒。"吉本知道事已泄密，立即纵步向前，扯住曹操的耳朵往他的嘴里灌药。曹操奋力推开，把药罐子推翻在地，摔得粉碎。

不等曹操发话，左右已将吉本拿下。曹操问道："我与你无冤无仇，你为什么害我？"吉本回答说："你身为国相，实为国贼，不思为苍生造福，反来荼毒生灵。要杀你的，岂只是我一人！"曹操大怒，命令左右拖在走廊里痛打，打得吉本皮开肉绽，血流满阶。曹操说："你不过是一个行医的，身后必有主谋，好好给我招认，我便饶了你的性命。"吉本满眼悲愤，咬紧牙关，缄默不语。曹操无可奈何，只得暂且将他关进黑屋子；又设计宴请董承、李服、种辑、吴硕等人，要将他们一网打尽。

107. 董承集团的倾覆

话说董承接到曹操的请柬，心中惊疑，告病不来赴宴。李服、种辑、吴硕等人，却不敢不来。酒过数巡，曹操忽然问道:“我为国相，政绩如何?”李服假意称颂道:“丞相勤劳为国，功高望重。”曹操听了，冷笑道:“既然如此，诸公为何密谋害我?”李服大惊，与吴硕面面相觑，说道:“哪有此事?丞相不要听信小人诬告!”曹操冷笑道:“我有一人，看诸公认不认得?”吩咐左右去拿吉本。谁知左右打开黑屋，里面却空无一人。曹操暗自惊疑，心说:“那黑屋铜墙铁壁，难道他有翅膀飞去不成?”却想不到吉本是一只成了精的狐狸。

又把庆童叫来，问道:“在董承府上密谋害我的，可是他们几位?”庆童低头应答道:“正是。”李服、种辑、吴硕三人吓得魂飞魄散，辩解道:“此人乃是董承的家奴，只因与主母私通，被董承责罚，因此起心陷害董承，连累我们三个。丞相眼睛明亮，岂可轻信这等恶奴?”曹操冷笑道:“此人虽是恶奴，所言却不一定是虚事。”喝令将三人拿下，投入监牢。

接着又带上庆童去往董承府上。董承只得出迎。曹操问道:“为什么不去赴宴?”董承回答说:“身体虚弱，不敢外出。”曹操冷笑道:“国丈忧国忧民，忧思成病，真是难得的忠臣啊!”董承不知曹操所言何意，满心惊疑;抬头看见庆童躲在曹操身后，心中顿时骇然。曹操问:“国丈认得此人否?”董承满脸羞愤，回答道:“此是我家恶奴，论罪当杀!”曹操冷笑道:“他告你谋反，今来对证，谁敢杀他?”董承说:“丞相千万不要听这恶奴瞎说!”曹操说:“李服、种辑、吴硕三人都已被我拿下，你还要抵赖吗?”吩咐左右满门搜查，从董承的卧房搜出衣带诏和讨贼义状，董承、李服、种辑、吴硕、马腾、刘备等六人具名都在其中。曹操看了，冷笑道:“鼠辈安敢如此?”下令将董承满门一百八十余口尽数拿下，不得走脱一个。

却说曹操攥着衣带诏，召集众谋士商议，说:“我费尽千辛万苦建造许都，供养他做皇帝，没想到他却叫人密谋害我。不如废了他，另立一个听话的人做皇帝。”董昭回应说:“主公之所以能够号令天下，都是因为手中捏着这个皇帝。倘若废了他，只怕会惹起许多事端。”程昱也跟着附议说:“当年董卓任着自己的性子废立皇帝，惹来群雄声讨。如今袁绍虎视眈眈，正愁找不到由头。主公若是废了皇帝，只怕会重蹈董卓的覆辙。”

曹操这才打消了废立皇帝的念头，却将董承、李服、种辑、吴硕四家老小共计五百余人处斩，只把年轻貌美的妇女充任官妓。城中官民，见者无不感叹。皇帝在宫中亦是大哭一场，对伏皇后说："他们为朕效忠而死，朕却只能眼睁睁地看着不能解救，今后还有谁敢为朕效忠？"谁知曹操杀了董承众人，余怒未消，竟然又带着甲兵入宫来杀董贵妃。董贵妃者，董承之女也，身怀龙种，已有五个月的身孕。皇帝哀告道："董贵妃有孕在身，望丞相见怜！"曹操面无表情，说道："董承满门，只有此女在世。我不杀她，她必然设计要陛下杀我！"伏皇后也跟着哀告说："纵然丞相不能容她，也请怜悯她肚子里的孩子。不如暂且将她贬在冷宫，待孩子分娩出世，再来杀她不迟。"曹操说："你要我留下一个逆种，为他的母亲报仇吗？"喝令左右将白练扔到董贵妃面前。皇帝上前抱住董贵妃大哭，说："朕不能保全贵妃母子性命，请你在九泉之下，不要怨恨朕的无能！"伏皇后在旁边，亦是大哭。曹操大怒，喝令武士们拉开皇帝和伏皇后，就在他们面前，将董贵妃活活勒死。皇帝扑倒在地，哭得晕了过去。曹操不管不顾，扬长而去；又令曹洪统领御林军，但有外戚宗族，未经准允，不得辄入宫门。

董贵妃既死，曹操又来与众谋士商议说："董承等四人虽已伏诛，但还有马腾、刘备，也在具名之列，不可不除。"程昱说："马腾远在西凉，一时够不着他。刘备现在徐州，已与袁绍结成联盟，也是轻易动他不得。"曹操说："袁绍做事犹豫迟疑。我只要速战速决，拿下徐州，一者可以消灭刘备，二者也可以剪除袁绍的羽翼。"郭嘉赞道："主公所见，妙在速战速决。"于是点起二十万大军，分兵三路，直取徐州。刘备得到细作探报，大惊失色，与孙乾商议说："我权且在这里抵挡，你赶紧带着我的书信向袁绍求救，或许有一丝救亡图存的希望。"

108. 刘备败走邺城

孙乾到了河北，先来拜见田丰。田丰又带着孙乾去见袁绍。却见袁绍衣冠不整，形容甚是憔悴。田丰问道:“主公何故如此？”袁绍哭丧着脸，回答说:“我生有五个儿子，只有最小的这个，最是聪明伶俐。没想到他竟然身患狼疮，性命垂危。我因此忧心忡忡，神思恍惚。”田丰说:“公子有恙，自有医生诊治。如今曹操东征刘备，许昌空虚，若以义兵乘虚而入，上可以保天子，下可以救万民。此天赐良机，请主公当机立断。”袁绍回答说:“我为幼子，要死的心都有。你们且等我缓过这段时日，再来商议。”孙乾大惊失色，说道:“只恐缓过这段时日，徐州早已落在曹操手中。”袁绍说:“不是我不愿意去救刘备。带兵打仗，要的是神气飞扬的斗志。你们看我这个样子，哪里有斗志去打仗呢？”田丰用手杖击打着地面说:“大势去矣，可痛惜哉！”连声叹息，扭头而出。

孙乾无可奈何，只得星夜赶回徐州来见刘备。刘备愁肠百结，哀叹道:“曹操大军压境，如之奈何？”张飞说:“大哥不必担忧。曹军远来，必然困乏。我趁机去劫他的营寨，一举可破。”刘备点头说:“与其坐以待毙，不如击其不备。此计以逸待劳，颇合兵法。”于是看图分兵，要劫曹操的营寨。

且说曹操事先早已探知，刘备将徐州托付给了麋竺、麋芳兄弟和陈登，他自己与张飞守在小沛，却叫关羽在下邳守卫众位兄弟的家小。曹操亦因此兵分三路，令许褚取徐州，令夏侯惇取下邳，自领大军取小沛。正在行军，狂风骤起，听得一声响亮，将一面牙旗吹折。曹操暗自心惊，便令军兵且住，叫来众谋士卜问吉凶。荀彧问:“风从何方来？吹折了什么旗帜？”曹操说:“风自东南方来，吹折了一面青红两色的牙旗。”荀彧掐指一算，说:“今夜刘备必来劫寨。”曹操于是下令安营扎寨，却只留一队军马守住空营，其余大军四面埋伏。

是夜月朗星稀。刘备与张飞各领一支军队赶来。那张飞自以为得计，身先士卒杀入营寨，却见寨中空空荡荡，情知不妙，慌忙掉头出寨。四边火光大起，喊声震天，张辽、于禁、徐晃、乐进如狼似虎般包抄过来。张飞率领的军队，原本就是曹操的旧部，看见形势危急，索性告饶投降。可怜张飞杀出一条血路，身边只有几十名亲兵跟随。小沛已经回不去了，徐州和下邳方向也都是曹军，张飞寻思无路可走，只得逃往芒砀山落草谋生。

刘备这一边，也被曹操大军冲杀得七零八落。急切间想要返回小沛，却望见小沛城中火光冲天，只得转头去投下邳。又见曹军漫山塞野，截住了前往下邳、徐州的去路。刘备心中哀叹："如今无路可归，只得去投袁绍。"带领几十名亲兵，向着北方落荒而逃。在一道山口遇着李典，刘备率领众亲兵奋力拼杀，最终只剩下他单人匹马杀出，慌不择路地纵马狂奔，日夜兼程三百余里，来到青州城下叫门。青州刺史乃是袁绍的长子袁谭，素来景仰刘备，立即赶来开门，将刘备迎到馆驿。又送来食物衣服，让刘备安歇了两日，然后差遣亲兵护送他去邺城。袁绍早已得到袁谭的报告，亲自率领众人出城三十里迎接刘备。

可怜刘备看见袁绍，百感交集，纳头便拜。袁绍慌忙答礼，说道："我也是久闻皇叔的贤名，满心都是敬慕。前番只因小儿抱病，有失救援，心中一直惴惴不安。今日得见，还望皇叔不要计较我的过失。"刘备满脸凄惶，说道："刘备被曹操所败，家小俱已陷落，只剩下我一人狼狈逃出。只因久慕大将军英名，也就不避羞惭，特地赶来相投。只要大将军愿意收录，便是我从死里得到的新生。"袁绍大喜，扶起刘备，携手同行，说道："皇叔不必伤感。我早晚要灭了那曹操，为皇叔报仇。"吩咐左右为刘备安排起居，相待甚是优厚。

第二十七章

美姬与赤兔马

胡氏却非作法，于吕布有效，于曹操无效。吕布是却非的妹婿，有姻亲之情，故而作法有效。曹操无情，故而作法无效。

却非与貂蝉姐妹两个，一嫁关羽，一嫁吕布。吕布与关羽虽为连襟，品行却判若云泥：一个有情无义，一个有情有义。有情无义，则被情所累。有情有义，则情在义中。

又有一匹赤兔马，先事吕布，再事关羽。赤兔，马中赤诚者也，换作今日来说，就是员工忠诚度的象征。吕布唯利是图，反复无常，哪有什么忠诚度可言呢？看看关羽的红脸长髯，再看看赤兔马飘扬的长鬃，这才是一对忠诚的绝配！

109. 下邳之战

话说曹操取了小沛，随即与许褚合兵一处，攻取徐州。麋竺、麋芳兄弟把守不住，弃城而走。曹操大军入城，与众人商议如何攻取下邳。程昱说："关羽有天神附体,可力敌万人,当用智谋取之。"曹操问:"有何智谋可用？"程昱说:"可令夏侯惇将军叫战，然后诈败佯输，将关羽引往别处；然后我以大军截断他的归路，叫他与下邳分作两处。如此，他必然心智大乱，而胜算尽在我的手中。"曹操大赞妙计，次日便派夏侯惇领军前来搦战。

最初，关羽并不出战，只站在城头冷眼相看。夏侯惇气急败坏，要军士几千人齐声辱骂道："关将军是个龟将军，贪生怕死枉为人！"关羽大怒，拍马出城，来杀夏侯惇。大战十几回合，夏侯惇转头就走。关羽追了一路，喝令军士们止步回城。谁知夏侯惇转头又来搦战，关羽只好接着又是一番厮杀。如此且战且走，已经远离下邳城二十余里。忽然听得一声炮响，左有徐晃，右有许褚，两队大军截住了去路。关羽夺路而走，两边伏兵尽出，箭如暴雨飞蝗，叫他无法冲破。回头又是一番恶战，奋力将许褚、徐晃杀退。站在旷野上才喘了两口气，夏侯惇又从树林里嘶喊着杀出。夏侯惇刚走，乐进又来。关羽奋战到天黑，无路可归，只得登上一座土山宿营。曹操大军如同潮水，将土山团团围住。

却说曹操围了关羽，便来攻取下邳。关羽之妻胡氏却非，眼见事态危急，赶紧登上城头观战，就坐在城楼上念念有词地作起法来。城外的杨树、柳树、樟树、桧树，顿时都手舞足蹈起来，仿佛三头六臂的神灵，把一众军士劈头盖脸地打得晕头转向。曹操骇然道："究竟是何神灵，能够以杨柳树为兵？"程昱说："管他是何神灵，杨柳树却怕火攻。只要一场猛火，便可叫那些杨兵柳将化为灰烬。"曹操便吩咐大军在下邳城下堆积柴草，用猛火将城外四周烧得一片黑灰。大军随后攻入，将城中军民尽数虏获。关羽在土山上遥见下邳城外火起，心中惊惶，三番几次冲杀下来，都被乱箭射回。

程昱来向曹操报说："小沛、徐州、下邳三城都已取得，只有关羽困守在土山之上。"曹操说："我素来爱慕关羽的武艺才能，想要把他收为己用，不知谁可上去劝降？"程昱说："关羽义气深重，必然不肯投降。若是派人去劝，恐怕会沦为他的刀下之鬼。"就在这时，从帐下闪出一人，说道："我与关公略有交情，愿意独自前去劝他。"众人闻声看过去，原来是大将张辽。

110. 土山上的约定

关羽被围在土山，已经两日两夜，将士们都是又累又饿。挨到第三个黎明，打算整顿人马再次冲击。看着天色渐渐大亮，忽然看见一个人打马上山而来。关羽仔细看了又看，却原来是张辽。

关羽迎上去问道："文远此来，有何贵干？"张辽翻身下马，将手中长戟插在地上，空手上来与关羽见礼，说："兄长被困两日两夜，小弟心中挂念，特来看望。"关羽又问："如此说来，你是来劝降的吗？"张辽说："与其说是劝降，不如说是来救兄长。"关羽哑声而笑，然后正色说道："我如今虽处绝地，却视死如归，无需你来相救。你是我的好友，我也不杀你，请赶快离去。我这就冲下山去决一死战。"张辽大笑道："兄长此言，岂不为天下人笑话？"关羽奇怪地问道："我为忠义而死，怎会为天下人笑话？"张辽回答说："兄长若是自求一死，便有三桩大罪。"关羽问是哪三桩？张辽说："当初刘皇叔与兄长结义，誓同生死，如今偶然遭遇挫折，你便要死要活，岂不是辜负了当年的誓约？这是第一桩大罪。刘皇叔把家眷托付给兄长，兄长一死，却叫两位夫人从何依赖，岂不是又辜负了你对刘皇叔的承诺？这是第二桩大罪。兄长不独武艺超群，亦是精通经史，应该懂得为国为家忍辱负重的道理，如今你竟然置国家利益不顾，却要成就一己之私名，真是可悲可笑，这就是你的第三桩大罪。”关羽听着，陷入了沉默。

过了一会儿，关羽又问：“你说我有三桩大罪，那我该怎么办呢？”张辽说：“现在四面都是曹丞相的大军，兄长若不投降，则必死，死了就是三桩大罪。若是投降了曹丞相呢？却又有三大便宜：一者可以继续保护两位夫人；二者不背桃园结义的誓约；三者可留有用之身。有这三大便宜，兄长便可从山穷水尽之中看到柳暗花明。一旦听说刘皇叔的音信，亦可前往投奔。”关羽又沉吟了良久，回答说：“文远既然说有此三大便宜，我也有三大约定。若是曹丞相能够准允，我便答应投降，否则我宁可身负三桩大罪而死。”张辽说：“兄长请说，是哪三大约定？”关羽说：“其一者，我们都是大汉朝的子民，我也曾经与刘皇叔盟誓要报效大汉朝，我因此只是归降于大汉朝的皇帝，却不是归降于曹操；其二者，刘皇叔原有的俸禄，请一如既往地发放给我的两位嫂嫂养家，并且不得骚扰她们的正常生活；其三者，只要我打听到皇叔的音信，不管千里万里，我也要前往投奔，不得阻拦。”

张辽听了，回来向曹操禀报。曹操也沉吟了良久，回答说：“我为大汉朝执政，我就是大汉朝，前面两条约定都可以准允。唯独第三条，却是让我为难。”张辽说：“关羽最可贵的地方，就在于他的忠诚。但他之所以忠诚于刘备，无非是因为刘备的恩深义重。只要丞相更施厚恩，那关羽也终将驯服在丞相您的麾下。”曹操于是满口答应，要张辽再往山上回报关羽。关羽说：“虽然如此，请容我先去拜见二位嫂嫂，然后才可投降。若有强迫，我便立即拔剑自刎。”

关羽便匹马单刀返回下邳城中。一路所至，曹军纷纷避让。当时见到两位夫人，关羽跪拜在台阶之下，止不住涕泪横流，说道：“兄弟无能，让两位嫂嫂受惊了！”甘夫人问道：“你大哥现在何处？”关羽回答说：“战乱之中，不知去向。”糜夫人又问：“二叔打算怎么办？”关羽回答说：“曹操已经承诺了我的三条约定，请允许我先护送两位嫂嫂到许都栖身，然后设法打听大哥的音信。”两位夫人说道：“二叔既有主张，俺们女流之辈，自然听从二叔的安排。”

当晚曹操设宴款待关羽。关羽又再三叮嘱，说道：“败兵之将，感谢丞相不杀之恩。但我与丞相的三条约定，也请不要食言。”曹操回答说：“我一言既出，必不失信。”关羽又说：“一旦听到皇叔的音信，我便要前往投奔，到时候恐有失礼之处，也要请丞相原谅。”曹操说：“难得你一片忠诚。只是刀兵无情，刘皇叔大约已经死在了乱军之中。你还得好好地活着，才能让我践行你的三大约定。”关羽听得无限伤感，端碗便喝，喝得酩酊大醉。曹操暗自窃喜，心想：“他若好酒，我便有机可趁。”

111. 美姬与赤兔马

次日，关羽便随曹操班师。一路上，曹操都有好酒特供，路上宿营又故意要关羽与二位嫂嫂共处一室，以为关羽酒后必然乱性，而后叔嫂则不免乱伦。谁知关羽却并不饮酒，每晚守候二位嫂嫂在室内安歇，自己却在室外秉烛读书。曹操听得军士密报，更加敬佩关羽的毅力。回到许都，曹操分配了一座宅院给关羽居住，关羽从中砌起一道高墙，分一宅为两院：二位嫂嫂住在里面，他自己住在外宅；又分派了十员老兵给二位嫂嫂看门。

曹操又带着关羽去朝见皇帝。皇帝见他仪表堂堂、长须飘飘，不由得满心欢喜，脱口赞道：“真美髯公也！”封为偏将军。从此，关羽便有“美髯公”的称誉。曹操又准备了若干绫罗绸缎、金银器皿和十名美姬相送。关羽都叫送入内宅，孝敬给了二位嫂嫂。可怜那些美姬，都做了勤劳家务的丫鬟。曹操听到军士们回报，越发敬佩不已，从此三日一小宴，五日一大宴，只想把关羽收为心腹。

又有一日，曹操见关羽所穿锦袍已旧，就叫裁缝为他量身定制了一件新袍相赠。关羽穿着新袍，却仍然把旧袍罩在外面。曹操笑道：“旧袍已经不堪穿着，为什么不丢弃它呢？”关羽回答说：“旧袍乃是刘皇叔所赐，我穿在身上，就好像他就在我的身边。却不敢以丞相的新赐，而忘却了刘皇叔的旧恩。”曹操满口赞叹说：“你真是一位义士啊！”心中却着实地不高兴。

又有一日，曹操送关羽出门，看见他的坐骑，问道：“你的坐骑为什么这样清瘦呢？”关羽回答说：“只因为我身躯沉重，坐骑不堪承载，因此清瘦。”曹操叫左右牵来一匹好马，浑身犹似火炭，神采奕奕，甚是雄壮。曹操问道：“你认得这匹马吗？”关羽惊讶地反问道：“这不是吕布的赤兔马吗？”曹操哈哈一笑，说道：“正是。”叫人连同鞍辔一起赠送给关羽。关羽大喜，连忙跪地拜谢。曹操问道：“我送了你那么多金帛美女，你都不曾谢我，今天为什么要以大礼相谢呢？难道你贱人而贵畜，众多美姬反而不如区区一匹马吗？”关羽回答说：“我知道这匹马有日行千里的能耐，今日有幸得到它，以后但知兄长下落，便可在最短的时间里见到他。”曹操听得愕然，心中顿时五味杂陈，半天不能说话。

112. 狐仙吉本穿墙而入

却说关羽在夜里读书，常常听见窗外有人感叹。开门出去看时，却又阒无一人。于是奇怪地想道：“这座宅院以前不知是何人居住，难道是一座鬼宅？”虽然疑惑，却也并不在意，依然夜读如故。

忽然有一位老人穿墙而入，向前拱手问道：“将军读的什么书？”关羽抬头看着他，回答说：“《左氏春秋传》。”又问：“书中所说的，都是一些什么故事？”关羽回答说：“乃是春秋时代的历史。”又问：“历史有什么用处？”回答说：“历史有因有果，叫人明了善恶报应。”老人感叹说：“原来将军懂得善恶因果，怪不得能够抱诚守正，不惧恶鬼。”关羽起身，请老人就座，为老人奉茶。

老人坐下，又问道：“你可知这座宅院以前是何人居住？”关羽回答说：“不知。”老人说：“这原本是国丈董承的宅院。可怜他家一百八十余口，都死在曹操的手中。宅院里因此冤魂不散，到处都是哀愤啊！”关羽大惊道：“老人家所说，莫不是举世震惊的衣带诏事件？”老人说：“正是。”关羽惊疑不已，又问：“敢问老人家是国丈的什么人？”老人回答说：“我乃是狐仙吉本，只因感动于国丈董承的报国之志，想要设计除灭曹操。不料被恶奴庆童告密，被曹操打得死去活来。董承、李服、种辑、吴硕四家老小，共计五百余人，连同董贵妃和她肚子里的孩子，都因此惨遭不幸。可恨曹操之心，何其鸷毒也哉！”关羽感叹说：“遥想那日许田打围，我也曾起心要杀了曹操那厮。”

两人相谈甚欢。到了鸡鸣时分，吉本便隐身而去。过了数日又来，问道：“我看曹操待你甚是优厚，又是金银宝器，又是美姬良马。将军正气堂堂，难道竟因此被他收买？”关羽大笑，回答道：“曹操之惠我，小恩也。刘皇叔携我为善，大恩也。我早已与那曹操约定，如今不过暂且在此栖身，只要打听到刘皇叔的音信，不管千里万里，便要前去投奔。”吉本闻言，感叹说：“乱世之中，最难得有将军这样的明白人。今后将军但有需要，老朽一定赶来相助。”

第二十八章

好似一道红色闪电

关羽诛杀颜良、文丑，声名大振，顿时成为一颗万众瞩目的将星。若是就此背弃刘备，在曹操军中效力，可以想见他的职业前景是多么辉煌。可他偏偏就不肯背弃刘备，宁可挂印封金，也要踏上寻找故主刘备的征程。什么是员工忠诚度？看看关羽就知。

113. 袁绍出征

春暖花开，袁绍的心情也渐渐明朗起来。他请来刘备，说道：“我想要兴兵征讨曹操，你以为如何？”刘备回答说：“我的妻小，都陷落在曹贼手中。大将军兴起义军，我当然满心欢喜。只是此事关系重大，应该召集众人商议。”

袁绍便召集众人议事。别驾田丰反对说：“去年曹操攻打刘皇叔，许都空虚，正好趁机用兵。如今刘皇叔已经丢失了徐州，曹操兵力强盛，却需要从长计议，待机而后动。”袁绍不以为然地说：“我从小看着曹操长大，不过是一个喜欢使坏的混小子罢了，用得着这样郑重其事吗？”田丰执意说道：“主公若是不听我的良言，只恐出师不利。”袁绍大怒道：“你好大胆子，竟敢动摇军心！”叫来左右，将田丰打入狱中。

沮授见势不妙，回家把他的财产全部分送给亲朋好友。众人问他为什么要这样做？沮授说：“大将军商议军事，却听不得异见，这样怎么可能有胜算呢？此番出兵，胜则威无不加，败则一身不保。”众人不能理解，都劝他不必悲观。

袁绍于是自领大军出征，令大将颜良为先锋。沮授说：“颜良虽然勇猛，却生性褊狭，不可独自领军。”袁绍不听，令颜良攻取东郡，与曹军对战于白马山。白马山一名，可见于古籍《开山图》，传说有白马群行山上，悲鸣则河决，驰走则山崩。曹操亲临山头，遥望颜良排兵布阵，气势森然，回头对宋宪说道：“我听说你是吕布麾下的猛将，可敢与颜良一战？”

宋宪领命，飞马直取颜良。颜良横刀立马在门旗之下，看着宋宪来到跟前，大喝一声，挥刀便砍，不过三个回合，一刀将宋宪斩在阵前。曹操大惊道：“真勇将也！”魏续在旁边请战道：“叵耐那厮，竟敢杀我好友，请丞相准许我去报仇！”曹操点头准许。魏续便挺起长矛，上前大骂颜良。颜良也不搭话，纵马上来，手起刀落，又将魏续劈倒在马下。曹操越发心惊，问道："还有谁敢出战？"大将徐晃应声而出，使一把大斧，与颜良噼里啪啦打二十几个回合，却也招架不住，败下阵来。曹操再问，众将无不栗然，只得暂且收兵。

捷报传回袁军大营，袁绍喜不自胜，环顾左右说道："首战告捷，曹操指日可破。且待我凯旋之日，看那田丰怎么辩说？"

114. 好似一道红色闪电

却说曹操连折二将，郁闷不已。众将都说："丞相偏爱关羽，何不要他来战颜良？"程昱告知于曹操。曹操脱口说道："我只怕他立了功劳，便要离我远去。"程昱说："刘备若在人世，必然投奔袁绍。若使关羽杀了颜良，袁绍岂能轻饶了刘备？等到刘备既死，关羽又有何处可去？"曹操听得欢喜，立马派去请关羽。

关羽便告辞了两位嫂嫂，骑着赤兔马来见曹操。曹操带着关羽上山观看，遥指山下颜良的阵营，赞道："你看河北军马，旌旗猎猎，鲜艳如火，何其雄壮！"关羽冷笑道："以我来看，却不过是一群土鸡瓦犬罢了！"曹操又说："你看那麾盖之下，身穿绣袍金甲、持刀立马的那人，就是颜良。"关羽看了又看，冷笑道："以我来看，那颜良也不过是一个插标卖首的货色！"曹操听他如此高傲，心中有些不悦。关羽起身说道："我虽不才，愿去万军中取了他的首级，献给丞相。"

只见他奋然上马，倒提青龙偃月刀，睁圆了凤目，直竖着蚕眉，直冲敌阵。敌军惊慌躲闪，有如波开浪裂。颜良在麾盖下正自诧异，只见关羽好似一道红色闪电到达面前，顿时措手不及，被他手起一刀，斩于马下。敌军大乱，关羽却从容下马，割下颜良的脑袋，飞身上马返回。一去一回，如入无人之境。曹军早已看见，乘势出击。敌军望风而逃，丢弃了无数马匹器械。曹操迎着关羽赞道："将军真神人也！"关羽却说："我这算不得什么？我的三弟张飞，即使是在百万军中取上将头颅,也有如探囊取物一样轻易。”曹操越发惊讶,回顾左右说:“今后如果遇着张飞,千万不可轻敌。”战场无有纸笔,便叫侍从记在衣袍襟底。

却说袁绍听到败军回报,大吃一惊,问是何人杀了颜良?回报说是一位红脸长髯的大汉。沮授熟知军情,说道:“想必是刘皇叔的义弟关羽。”袁绍又是一惊,看向刘备,问道:“真是你结义的兄弟斩了颜良吗?难道你竟然是曹操派到我这里卧底的线人?”吩咐左右绑了刘备,要沮授来审案问斩。却见刘备不慌不忙,从容应答道:“大将军怎么能够听信捕风捉影之说?我在徐州与两位兄弟失散,二弟关羽若在曹操那里,三弟张飞又在何处?况且天下相貌相似的不少,难道每一个红脸长髯的都是关羽吗?大将军切不可因为一些莫名其妙的猜疑,自乱了方寸!”袁绍原本是个没主见的人,听了刘备的辩解,也觉得有理。便叫左右放了刘备,仍旧请他上座。

此时帐下一人大声叫道:“颜良与我,亲如兄弟。如今竟然被一个无名大汉杀害,岂不叫我愤恨难平!”只见那人身长八尺,面如獬豸,却是河北名将文丑。袁绍点头应答道:“非你不能报颜良之仇。我分拨十万兵马给你,渡黄河去杀曹贼。”沮授慌忙制止说:“不可轻率。如今之计,应该屯兵延津,然后谋取官渡。倘若渡过黄河以后遭遇意外,众人如何能够回来?”袁绍大怒道:“都是你这种人怠慢了军心!难道你没有听说过兵贵神速吗?”沮授叹息说:“做主公的满心都是不切实际的野心,做将士的只顾着眼前的一点功劳。可是,事态就像这悠悠的黄河一样波路善变,我除了眼睁睁地看着,又能怎么办呢?”从此称病不再出席会议。

却说文丑就要起兵开拔。刘备向袁绍请战,说道:“我承蒙大将军的恩德,想要与文丑将军同往前线效命,一者有心在战场上立功,二者也可以探听关羽的实信。”袁绍便叫文丑与刘备同行。没想到文丑却瞧不起刘备,说:“刘皇叔屡战屡败,在军中大不吉利。主公既要他去,我就分给他三万兵马,叫他作为后部接应。”

文丑率先渡过黄河,上岸南行二十余里,却见曹军正在搬运粮草辎重。便挥军向前,击溃曹军,夺得无数物资。再向前行,又见一群军士在山丘上歇息,衣甲卸了一地，马匹都在坡下吃草。文丑不知是计，又来抢夺马匹。此时曹操一声命令，众将纷纷冲下山坡奋战。文丑措手不及，顿时军心大乱，只得回马就逃。

大将张辽飞马赶来。文丑回头一箭射中他盔上的簪缨，又一箭射中他战马的面颊。那马跪倒前蹄，将张辽摔落在地。文丑回马来杀张辽，徐晃急忙抡起大斧赶来营救。两人战了三个回合，徐晃自觉吃力，只得虚晃一斧，沿着黄河向东奔逃。文丑紧追不舍，迎面看见一队骑兵，旗帜翩翻；当头一员大将，正是红脸的关羽。

听得关羽一声大喝："贼将休走！"奋起神威，只需三个回合，杀得文丑暗自心怯。当时文丑掉头便往西奔逃，关羽胯下赤兔马跑得飞快，赶上来就是一刀，将他血淋淋地砍倒在马下。曹操在山丘上看见，趁势挥军掩杀。河北七万大军走投无路，纷纷跳入黄河逃命，到手的粮草马匹又被曹操夺了回去。

却说刘备率领三万人马正在渡河，忽然听到人喊马嘶，情知不妙，慌忙向南岸张望。有从南岸回返的败军报告说："又是那红脸长髯的大汉斩了文丑。"刘备继续张望，果然望见一簇人马往来如飞，旗上赫然写着一个"关"字。刘备这才长舒一口气，暗自说道："谢天谢地，原来二弟果然还在人世！"一面收拾文丑麾下的败军，就在北岸扎营，并派出飞马向袁绍报告军情。

115. 到丞相府辞行

袁绍自领大军，已经到了阳武。郭图、审配入帐来见袁绍，说："这次又是关羽杀了文丑。"袁绍大怒道："刘备这个大耳贼，竟然坏了我两员大将！"过不一会儿，刘备也到了帐中。袁绍一见，便要左右推出去斩首。

刘备早有准备，问道："我有何罪？"袁绍说："你弟弟一连坏了我两员大将，如何无罪？”刘备辩解说：“大将军可知，这便恰好是曹操的毒计。他知道我已投奔河北，因此故意派遣关羽诛杀颜良、文丑，想要以此来激怒大将军。大将军若是真的杀了我，岂不是恰好落入他的计谋？”袁绍想了又想，说道：“皇叔之言也对。”回头责骂郭图、审配：“都是你们两个，差点让我冤屈了皇叔。”刘备谢道：“多谢大将军宽大之恩。如今我已得知关羽尚在，想要委派一名信得过的人去见他。一旦他看到我的密信，必然执意赶到。这样一来，大将军虽然失去了颜良、文丑，却能够得到关羽。”袁绍大喜道：“我若是得到关羽，胜过颜良、文丑十倍。”一面令刘备给关羽写信，一面挥军迫近官渡，依着沙丘安营扎寨，东西宽约数十里。两军就在官渡对峙。

却说曹操吩咐夏侯惇守住官渡，自回许都处理政要。关羽也随后返回许都休养，因着诛颜良、斩文丑的功劳，被封为汉寿亭侯。某一日傍晚，关羽从郊外骑马归来，忽然有门童报说故人来访。请进来一看，却不认识。来人回答道：“我从刘皇叔那里来。”关羽大惊，急忙屏退左右，继续问道：“先生此来，可有消息？”来人从衣袍中摸出一封书信，递给关羽。关羽拆开来看，果然是刘备的信函，当时看得热泪涟涟。又问来人姓名，自道姓陈名震字孝起，南阳郡棘阳县人氏，与刘备同在袁绍帐前任事。

关羽眼望陈震，说道：“既然有了消息，我这就去辞别曹操，护送两位嫂嫂去见兄长。”陈震说：“将军功名显赫，只恐曹操不准。”关羽说：“我与曹操有约在先，一旦得到兄长的音信，不管千里万里，也要前往投奔。如今便是践行誓约的时候。”即时写了一封回信，请陈震回复给刘备。当晚，陈震留宿在府中，黎明时分混杂在市民之中潜出城去。

却说关羽一夜无眠，次日告知两位嫂嫂，都是欣喜若狂。随后又向曹操辞别。曹操听得一愣，回答说：“如今我与袁绍对阵，刘皇叔又在袁绍军中，此事关系重大，请容我思考两日。”关羽只得快快而回。夜来又有人来造访，开门看时，却是张辽。关羽已知他的来意，请入客厅奉茶。张辽问道：“兄长自归依丞相以来，待遇如何？”关羽回答说：“丞相厚恩，关某铭记在心。”又问：“既然如此，兄长为什么要辜负丞相，忍心离去？”回答说：“丞相恩情虽厚，终是小恩。

刘皇叔与我桃园结义，却是大恩。况且我与丞相有约在先，如今便是践行誓约的时候。”张辽自知劝说不动，只得回复曹操。曹操感叹说：“关云长信守诺言，是天下难得的义士。却叫我如此为难，舍不得让他离去。”

过了两日，关羽又到丞相府辞行。门吏推说丞相不在，不予接见。过了几日再去，亦复如是。回马又去张辽家中，张辽亦是闭门不见。关羽好不烦恼，坐在灯下想道：“那曹操是成心不理睬我，却如何是好，连个商量的人都没有。”忽然又想起狐仙吉本，却不知道到哪里寻找他的踪迹。有道是：“心有所动，必有所应。”关羽这边心念一动，吉本便从墙外飘然而入，说道：“将军此时去投奔兄长，却是凶多吉少。”关羽惊问道：“却是为何？”吉本回答说：“将军前头才杀了颜良、文丑，那袁绍岂能轻饶了你？”关羽听得一愣，然后毅然说道：“我纵然死，也要一往无前。”吉本赞叹道：“将军既有这样的诚意，老朽自当勉力相助。”

当时关羽心想：“我去意已决，岂可复留！”即时又写了一封书信给曹操，信中说道：“我从少年时代跟随皇叔，有结义之情。丞相新恩虽厚，却怎能背弃皇叔的旧义？况且我与丞相早有约定，如今便要践行誓约。因此留书向丞相告辞，若有余恩未报，但请俟之于来日。”次日便差人送往丞相府。又将曹操历次赠送的金银宝器，按照清单一一封置；十位美姬，愿回家的付给资费，无家可归的留在府中。临走，又将那颗汉寿亭侯的印信悬挂在堂上。先请两位夫人上了车。关羽之妻胡氏两月前刚从徐州迁来，和其她女眷上了另一辆车。关羽自已率领旧日亲随，护送着车仗，径自往北门而来。城门吏想要查问，被关羽怒目横刀一声大喝，吓得退了下去。出了北门，一路上车声辘辘，恨不得插翅飞了起来。

116. 用刀尖将锦袍轻轻挑起

却说曹操正在议事，左右呈上关羽书信。曹操大惊道：“云长当真去矣！”

荀彧说："此人不顾丞相厚恩，真是胆大妄为。若是让他归了袁绍，岂不是与虎添翼？不如追上去杀了他，以绝后患。"将军蔡阳挺身而出，叫道："我愿率兵前去生擒关羽，献与丞相！"曹操想了想，说道："我与他早有约定，岂可失信？就随他去吧，不必追赶。"又回头对张辽说："关云长封金挂印，财货不能动其心，爵禄不能移其志，忠心耿耿，始终如一，令我深为敬重。想他此去不远，我便索性做个人情，赶去送行，以路费、征袍相赠。"

话说关羽骑着赤兔马，可日行千里，却因为要护送车仗，只能缓行。忽听得背后有人大叫："兄长慢走！"回头一看，却是张辽拍马赶来。关羽叫从人推着车仗继续赶路，自己却勒马横刀，问道："文远莫非是来追杀我吗？"张辽说："非也。丞相听说兄长远行，特地赶来相送。"关羽在桥上立马远望，只见张辽身后尘土飞扬，当头曹操，带着数十名亲随，纷纷纵马奔来。那曹操气喘吁吁，问道："云长何故走得匆忙？"

关羽在马上躬身答道："我与丞相早有约定，要去投奔兄长。几次向丞相辞行，都不得参见，只得留书而去。请丞相不要忘记昔日的承诺。"曹操回答说："我身为丞相，自然要守住一个'信'字，怎会违背自己的承诺？此来只为送行，赠送路资、征袍。"叫人用托盘送上黄金数锭、锦袍一件。关羽说："关某素有俸禄，尚有余资。这些黄金，请赏赐给有功之臣。"曹操笑道："云长重情重义，令人敬佩。若是不收黄金，还请收下这件锦袍。"关羽不敢下马，把青龙偃月刀伸过去，用刀尖将锦袍轻轻挑起，摔过来披在身上，拱手称谢道："多谢丞相赠袍，关某这便去了！"调转马头，从桥上飞奔而去。

蔡阳问道："此人甚是无礼，丞相为何对他如此骄纵？"曹操说："他一人一骑，身孤力单，哪里顾得了许多礼数？况且他此去河北，凶多吉少，又何必太过计较！"张辽在旁边惊问道："请丞相明示，他此去河北有何吉凶？"曹操叹息道："他前头才杀了颜良、文丑，那袁绍岂能善罢甘休？就算袁绍不杀他，颜良、文丑的宗亲旧部早晚也要索取他的性命。"

第二十九章

一路过关斩将

关羽千里走单骑，真孤胆英雄也。其中的艰难险阻，绝不是说说那么简单。这是一条九死一生的长征路，除非有视死如归的勇气，否则又有谁人敢走？

117. 曹丞相的文凭

话说关羽护着车仗，一路奔走。只因曹操与袁绍交战，便要绕开战区，不往北，却改走东方的大道。也不知走了多久，天色已经昏黑。胡氏却非说：“请问二位嫂嫂，是否寻找村庄投宿？”前方隐约可见灯火，想来应是一座山村。关羽思虑说：“世道险恶，不知道此间是否安全？”狐仙吉本应声而出，说道：“关将军请在此停歇片刻，待我前去打探。”去而复返，禀报说：“此地名为崇安岭，山庄居民皆为胡姓，庄主是个良善的老人。”关羽便叫从人推着车仗入庄求宿。

山民看见来人，赶紧去请庄主。庄主精神矍铄，出来迎接，吩咐老妻儿媳将二位夫人和女眷们请入内室款待，自己在堂屋款待关羽。问老人姓名，老人回答说：“我姓胡，名华，字仲美，孝桓皇帝时期曾在洛阳做过郎官，至今九十三岁。”关羽赞道：“老人家高寿！”次日鸡鸣起床，老人安排早饭，又说：“我家小儿胡班，在荥阳太守王植部下做事。将军若从那里经过，请为我传递一封家书。”关羽应诺，告别而去。

前方到达东岭关。守关的将领孔秀，是个认死理的人，站在关口问道：“将军何往？”关羽回答说：“绕道洛阳，往河北寻亲。”孔秀说：“河北袁绍，是曹丞相的对头。将军此去，可有曹丞相的文凭？”关羽吃了一惊，说：“只因走得匆忙，忘了向曹丞相讨要。”孔秀说：“既然没有文凭，请将军暂且在此停歇，待我差人禀报丞相，才可放行。”关羽迟疑着说：“等你禀报了曹丞相，一去一来，岂不是误了我的行程？”孔秀回答说：“曹丞相要我守关，便有守关的职责。”关羽大怒，问道：“你是成心阻拦我过关吗？”孔秀回答说：“你要过去可以，但要留下家眷为质。”关羽便奋然举起大刀，恨不得杀了孔秀。孔秀慌忙退进关去，把门紧紧地关住。

关羽不由得焦躁，说:“这却如何是好?”吉本应声而出，说道:“有何难处?”把脚步一跕，随着清风飞上东岭关。孔秀正在关上张望，忽然被吉本附体，连声音都变了，吩咐军士们开关放行。待到关羽走远，孔秀又忽然醒来，拍马上来追赶。关羽无心恋战，噼里啪啦招架了几个回合，猛地一个转身，用刀杆将孔秀打落在地，冷笑道:“你不是我的对手，请不要自讨苦吃。”孔秀倒在地上，眼睁睁地看着关羽走远。

过了东岭关，前方便是洛阳。洛阳太守韩福得到孔秀的飞报，急忙召集众将商议。牙将孟昭、杜武说:“他既然没有丞相的文凭，若不阻拦，必是罪责。”韩福说:“关羽英勇无敌，连颜良、文丑都是他刀下的亡魂，如何阻拦得住?”孟昭说:“须得用计。我先跟他斗上几个回合，然后引他来追，此时太守便可趁机用箭射他。”等到关羽来时，韩福出关问道:“来者何人?”关羽仰头答道:“汉寿亭侯关羽，从此过路，请太守放行!”韩福问:“可有曹丞相的文凭?”关羽说:“只因走得匆忙，忘了讨要。”韩福冷笑着说:“我奉职镇守此地，专门盘查往来奸细。你没有文凭，却叫我怎么相信你?”关羽问道:“你想要怎样?”韩福便叫唤道:“来人哪，给我拿下!”孟昭应声出马，挥舞着双刀来取关羽。关羽举刀迎战。不过三个回合，孟昭回马便走。关羽驻马不前，孟昭回头又来挑战。关羽性起，纵马一路猛追，上去就是一刀，把孟昭劈成两段。就在此时，韩福奋力射出一箭，正中关羽的左臂。关羽大喝一声，身负疼痛，转身来取韩福。杜武赶来营救，被关羽劈头一刀斩落马下。韩福惊骇万状，飞马奔逃。关羽提马便追，追到关门，一刀砍在他的后背，只见血如喷泉，韩福倒地便死。

关羽便立马在那门前，喟然长叹道:“大汉朝的天下，果然已是曹操的领土。没有他的文凭，还真是寸步难行。情势所逼，叫我不得不斩关杀人。”

118. 帷幔之中，暗藏杀机

却说汜水关守将卞喜，听说关羽一路上斩将夺关，暗自惊骇，心想："我须得用计擒杀了他！"汜水关前有一座镇国寺，卞喜便在那里埋伏刀斧手二百余人，然后设计引诱关羽到寺院进香，要在那里动手。

卞喜设计妥当，出关来迎关羽。狐仙吉本说："这是一个坏人。"关羽问："你为什么这样说？"吉本说："好人头顶有红光，坏人头顶冒黑烟。"关羽心中就有了防备。

当时相见，卞喜赞道："将军的勇猛，早已震动天下。如今封金挂印去投皇叔，亦可见将军的忠义。似将军这般勇猛者少见，似将军这般忠义者绝无。"关羽回答说："生而为人，忠义便是本分。遭逢乱世，勇猛才能畅行。"卞喜又赞，说："将军活得明白！"又说起在洛阳斩杀韩福的事，卞喜说："将军斩杀韩福，自有道理。等我见到丞相，必然要为你做一些辩解。"关羽谢了卞喜，两人并马过了汜水关，来到镇国寺。

方丈普净率领众僧鸣钟出迎，请关羽入内待茶。关羽说："若有茶水，请先给二位夫人饮用。"普净便叫僧人端茶到车边敬奉给女客，然后与关羽一同入内。入门时，普净忽然向关羽使了一个眼色，又用手做刀斧状在脖子上一砍。关羽会意，命令左右持刀紧跟。

来到法堂，关羽立时警觉到内中杀机重重。忽然奋力把帷幔拉开，大声喝道："卞将军，看你做的好事！"卞喜情知计谋败露，大叫："还不动手！"帷幔中，刀斧手纷纷杀出，却被关羽一剑一个，倒下了七八具尸体。卞喜逃出，绕廊而走。关羽弃了宝剑，手执大刀追赶，一刀将卞喜劈倒在放生池边。回来再看车仗，早被军卒团团围住。关羽大声喝道："卞喜已经被我杀了，你们还想怎样？"

军卒们听说，一哄而散。

回头感谢普净说：“多谢大师相救，否则不堪设想。”普净说：“僧人有好生之德。况且贫僧与将军，原本就是乡亲。贫僧小时候，与将军老家只隔一条小河。”关羽大喜，说道：“关某离开家乡近二十年，不想在此遇到故人。”与普净叙说乡情，都是无限感慨。普净说：“此处已经难容贫僧。将军自去投奔兄长，贫僧也得收拾衣钵，往他处云游。”招待众人用了斋饭，然后洒泪而别。

119. 从荥阳到黄河

却说荥阳太守王植，是洛阳太守韩福的亲家，闻说关羽一路过关斩将，寻思要为亲家报仇。叫来从事胡班，密令道：“关羽背叛曹丞相，已经逃到关前。此人英勇难敌，是个极大的祸患。你今日安排一千人马，在馆驿四周暗藏干柴；到了晚间一人一个火把，不问是谁，全部烧死。我自领军接应，以防万一。”那胡班老成持重，善于执行，把准备工作做得妥妥当当。

当日王植出关，笑脸相迎，把关羽一行接入馆驿。狐仙吉本说：“此人头顶也冒黑烟，须得小心提防。”关羽问道：“却不知他要使用什么诡计？”吉本说：“吉人自有天相。将军只需不动声色，事情便有转机。”晚膳用毕，众人各自安歇。

此时胡班心想：“我听说关云长的大名，却不识他长得如何模样。”轻手轻脚来到门外，从门缝里偷窥。只见关羽左手捋着长髯，右手捧着书本，在灯下观看。胡班大吃一惊，心说：“此人头顶红光闪烁，真神人也。我若害他性命，只恐天理难容。”思虑再三，敲门进去，向关羽见礼。关羽问他姓名，胡班如实相告。又问：“莫非是许都城外胡员外的公子？”胡班回答：“正是。”关羽便起身从行李中取出书信，递给胡班。胡班拆看完毕，叹道：“险些误杀了忠良！”

于是将王植的密谋坦诚相告。

关羽说：“我已知他笑里藏刀，因此早有提防。”胡班说：“一旦大火烧起，提防又有何用？请将军赶紧离去，是为上善。”关羽便叫起众人，披挂上马，推着车仗出了馆驿，往城外进发。胡班早已开了城门，将众人送出，回头再去馆驿放火。关羽走不到几里地，回头看见城中火光冲天。又走了几里地，听得背后马声嘚嘚，王植当先赶到，大叫：“关羽休走！”关羽勒马迎战，大骂道：“匹夫老贼！我与你无怨无仇，为何要放火烧我？”两人在火光飘忽中一顿厮杀。王植不能抵挡，心慌意乱，被关羽一刀砍倒在地。

奔走到天明。只见蓝天丽日之下，山势逶迤。再往前走，却是汹涌澎湃的黄河。关羽查看山川地形，认得是东郡西部的地域；沿着黄河往东，便是他诛颜良、斩文丑的战场。只恨没有船只渡河，径来访问东郡太守刘延。刘延问道：“将军意欲何往？”关羽回答：“辞别了丞相，去寻找我家兄长。”刘延说：“刘皇叔在袁绍那里。两边打仗，你如何去得？”关羽说：“想要借用船只渡河，不知太守可否？”刘延说：“黄河渡口的船只，都被秦琪将军管控，哪有船只给你过渡？”关羽别无他法，只得硬闯黄河渡口。

到了黄河岸边，秦琪出来喝问：“来者何人？”关羽回答：“汉寿亭侯关羽，从此过河投奔兄长，特来借渡。”又问：“可有丞相的公文？”关羽回答：“只因走得匆忙，不曾向丞相讨要。”秦琪冷笑道：“你一路过关斩将，罪恶累累。前日被你杀害的荥阳太守王植，便是我家姑父。而今我奉夏侯惇将军的将令把守渡口，谅你插翅也飞不过去！”关羽大怒道：“不是我要杀那王植，是那王植要来害我。你这般跟我为难，难道想以他为榜样吗？”秦琪年轻气盛，提刀纵马，来取关羽。关羽大喝一声，手起刀起，把那秦琪的头颅一刀斩落在河岸之上。军士们都被吓得战战兢兢，不敢造次，只得把船只撑过来，将关羽一行人等尽数送过河去。

到达北岸，重新收拾了行李。正要上马启程，忽然看见高处站着一人。且待那人近来一看，却是孙乾。关羽问道：“你怎么在这里？”孙乾回答说：“我自徐州一战，几经流落，终于在阳武找见皇叔。”又问：“而今皇叔何在？”回答说：

“袁绍为抗击曹操，令刘皇叔前往汝南联络刘辟。只因将军诛杀了颜良、文丑，刘皇叔恐怕将军前来遭遇不测，特地要我在此等候。”引着孙乾来见两位夫人，糜夫人问道：“皇叔不在河北，却不知我们要往何处？”回答说：“皇叔自知河北情势险恶，不宜久留，要我们速往汝南相会。”关羽回望黄河，波浪汹涌，不禁感叹道：“想我们一路上过五关斩六将，历经千辛万苦渡河而来，而今却又要渡河而去，真可谓是造化弄人！”

120. 在卧牛山遇见周仓

关羽就在北岸歇息了两日，趁着夜色又渡过河去。路上遇着大雨，无处躲避，把众人淋得透湿。大雨过后，天光已是晡时，遥望山冈边有一座庄院，急忙赶去投宿。一位老者迎上前来，自称姓郭名常，问关羽何往？关羽回答说：“我从南到北，又从北到南，过五关，斩六将，历尽辛苦，只为寻找兄长。”老者赞叹道：“乱世之中，竟然还有将军这样痴心的人！”吩咐家人们宰羊置酒，接待来客。

众人满心感谢，一边烘焙衣物行李，一边喂养马匹。狐仙吉本却在暗中说道：“将军小心，庄院里有些不吉。”关羽问道：“难道那老者是个坏人？”回答说：“那老者倒是个好人，只是他家幼子却有些品行不端。”关羽感叹道：“慈父之下，常有逆子。他自名郭常，世事却是如此无常。”

到了半夜，关羽与孙乾刚刚就寝，忽然听见后院马匹惊叫。急忙起床来看，只见郭常的那位幼子倒在地上叫唤。关羽询问事故，众人回答说：“他来偷盗赤兔马，被马蹄踢倒在地，一时动弹不得。”关羽大笑道：“我早就知道你品行不端，没想到你竟有偷盗之心。”郭常披着衣裳赶来，连连赔礼说：“不肖之子，做出这等歹事，请将军多多宽恕！”关羽说：“就看在你家老父的情面，姑且饶恕了你。”

上前亲手系好缰绳，叫众人各自回房安歇。

次日早晨，郭常夫妇再次拜谢道：“犬子不肖，做下丢人的歹事，愧对将军。”关羽问道：“令郎何在？”郭常回答说：“他昨夜四更天又出去了，不知做的什么勾当。”关羽安慰道：“人各有命，老人家何必烦恼！”吃罢了早饭，关羽与众人告别山庄，继续往汝南方向前进。

走出二十余里，从卧牛山背后拥出一族人马。领头的两骑，其一人头裹黄巾，脸色黝黑，身体长大，其一人即是郭常的幼子。只见头裹黄巾的那人叫道：“我乃天公将军张角部将周仓是也！且留下赤兔马，放你们过去！”关羽大笑道：“张角死去多年，怎么还有你这样的部将？你既然打着张角的旗号为盗，可听说过桃园兄弟的名头？”周仓说道：“我听说其中一人，大名关羽，红脸长髯，神勇无敌；不久前在白马山斩了颜良、文丑。敢问你是何人？”关羽又是微微一笑，说道：“我便是关羽！”周仓慌忙滚鞍下马，拜倒在关羽跟前，说道：“我仰慕将军久矣，愿为将军马前一卒，早晚为将军执鞭随镫！”

关羽急忙下马将他扶起，问道：“你既然仰慕我的名头，却为什么在这里拦截我的赤兔马？”周仓便回头将那郭氏之子揪到关羽跟前，禀报说：“都是这厮，一大清早赶到卧牛山报说，他家有客人投宿，骑一匹赤兔马。特邀我来拦截这匹宝马。不想遇着将军。”关羽当即训斥道：“我昨夜已经饶恕过你一次，今天可怎么说？”郭氏之子磕头如捣蒜，连声叫饶。关羽说：“也罢，就看你老父的情面，再饶一次！”郭氏之子慌忙称谢，抱头鼠窜而去。

话说那周仓朴实勤劳，一路上为关羽牵马扛刀，任劳任怨。行走了几日，遥见一座城池。关羽问道：“那是什么所在？”周仓答道：“此名古城。数月前有一个姓张的好汉，到此赶走了县官，在此招兵买马，屯积钱粮。已经聚集了三五千人马，方圆数十里无人能敌。”又问：“那人长得什么模样？”周仓答道：“长得豹头环眼，满嘴北方口音。”关羽大喜道：“莫不是我弟张飞？自从徐州失散，谁想却在此处！”先派遣孙乾入城联络，叫张飞前来迎接二位嫂嫂。

第三十章

你能杀死神仙吗？

读《三国演义》最难之处，就是如何读懂神仙。若能读懂神仙，便意味着你已经看破了愚昧。从前秦始皇派遣徐福漂洋过海寻找神仙，如今神仙就在孙策眼前却不能被他容忍，唉，难道愚昧中人对于神仙的思慕，竟然只是一个“叶公好龙”似的笑话吗？

也许有人会说：“这世上哪来的真神仙呢？不过是一些装神弄鬼的方士罢了。”以我所知，世上有真神仙，也有假神仙，究竟是真是假，需要一双慧眼来看。

121. 在城楼上看到于吉

话说袁绍一路派遣刘备出使汝南，一路派遣陈震出使江东。“小霸王”孙策拆看袁绍书信，里面说的是两家结为联盟共同抗击曹操的战略设想。孙策看得哈哈大笑，说道：“如此，我即可远交袁绍，近攻曹操，大合兵法，甚妙！”就在城楼上设宴，与诸位将领一起款待陈震。

正在酣饮之间，诸将忽然互相耳语，纷纷下楼。孙策停杯问道：“是何缘故？”左右回答说：“有一位神仙从楼下经过，人们都去敬拜他。”孙策起身从栏杆外看下去，只见一位身披鹤氅、手携藜杖的道人从路上经过，黎民百姓在道路两边焚香而拜。孙策大怒道：“此是何人，敢在我的地面上神气活现？”左右回答说：“此人姓于名吉，琅琊人，寓居江东，善制符水，普救众生，受人敬仰，被誉为‘活神仙’。”孙策益发怒不可遏，喝令道：“他若是受人敬仰，我又如何做江东领袖？给我速速擒来问话！”

左右奉令，下去将于吉押到楼上。孙策喝斥道：“你是何方妖人，怎敢在此惑乱人心？”于吉辩解说：“贫道采药治病，救人无数，怎么是惑乱人心？”孙策问道：“你有何本事，能够治病救人？”于吉说：“我曾在曲阳县深山泉水之处，觅得神书一百余卷，题曰《太平清领道》，因此颇懂神仙之术。”孙策说：“从前张角造反，也是因为一部题为《太平要术》的神书，难道你也想在我的地面上造反吗？”于吉说：“《太平清领道》与《太平要术》，一书二名。张角用它造反，我只用它救人。请将军明鉴。”孙策冷笑道：“你包藏祸心，我岂能信你？”张昭在旁边劝说道：“此人在江东行医宣道，已有数十年，深得民心，不可杀害。”孙策余怒不息，吩咐将于吉打入监牢，以后再来审问。

次日陈震告别了孙策，返回冀州。袁绍问陈震有何见闻？陈震说：“孙策威震江东，兵多将广，真是一代霸主。却又心高气傲，竟然与神仙作对，恐怕是不祥之兆。”袁绍疑惑地说：“这世上真有神仙吗？”陈震回答说：“或许真有。”

122. 深林中的刺客

却说江东吴郡太守许贡，私通曹操。陈震前脚刚走，他后脚便派人往许都投送书信。信中写道：“孙策骁勇，一旦挥军北上，何异于项羽当年破釜沉舟？丞相应该奏请皇帝，给他莫大的荣华富贵，让他住在京都；却不能让他久居藩镇，以后贻成大患。”不料使者渡江之时，被江防将士捕获，押解到孙策面前。

孙策看了书信，勃然大怒，叫来许贡，喝斥道：“我以为你为人忠义，却想不到有这样险恶的用心！”许贡不能自辩。孙策吩咐左右将他拿下，用绳子勒死了他。许贡的家属门客听说，立即四散惊逃。其中却有三位门客，发誓要为许贡报仇。

某一日，孙策在吴郡丹徒县西山打猎。一只大鹿惊跳而起，逃往深林。孙策哪里肯放？急忙纵马追逐。只见山林深处，有三个人手持枪及弓箭守候在那里。孙策勒马问道：“你们是什么人？”回答说：“是韩当将军的部下，在这里射鹿。”孙策便放松了警惕，将要策马前行。就在这时，其中一人忽然挺枪向孙策刺来。孙策吃了一惊，拔出佩剑就砍；也是蹊跷，但见剑刃脱把而出，只剩下一个剑把在手。说时迟，那时快，早有另一人挽弓射来一支冷箭，正中孙策的脸颊。孙策大叫一声，取弓回射，把放射冷箭的那人一箭射倒。剩下的两人，举着长枪向孙策一阵乱捅。孙策别无器械，只得用铁弓奋力抵挡，身上被捅了几枪，马匹也受了伤。危急之时，程普带兵赶到，将两人团团围住，喝问道：“你们究竟是什么人，胆敢行刺孙策将军？”其中一人回答：“我乃是许氏门客，特来为主人报仇！”孙策负痛大叫：“给我杀了他们！”众人一拥而上，将两人砍成碎肉。

再看孙策，他自己拔了箭头，满脸鲜血，伤势沉重。程普急忙用刀割下一块战袍，帮他裹住伤口，救回府中养病。派人请来医生，医生说："箭头有药，毒已入骨，须要静养一百日。倘若性情急躁，疮伤不能结痂，便会惹来后患。"孙策便将政事委托给张昭，每日只听报告即可。又叹息说："我早已答应袁绍，恨不得箭疮明日愈合，便要领军出征。"

123. 你怎么能够杀死神仙呢?

眼见着箭疮就要愈合，孙策心情渐好。一日，张昭和吕范进来，奏说长江两岸大旱，军粮难以征集。孙策问："如何是好？"吕范说："众人都说道人于吉能够祈风祷雨。何不令他祈雨以赎罪？"孙策冷笑道："我倒要看看这个妖人有什么本事！"

吕范领命从狱中放出于吉，要他设坛祈雨。于吉说："我愿求来甘霖三尺，拯救万民，但恐我终不免一死。"吕范说："若是真的灵验，主公必然敬服。"于吉说："孙将军唯我独尊，哪里懂得敬服？气数已经到了，我的肉身必然不能存活。"于是沐浴更衣，在烈日下登坛祈雨。四方居民，都来观看。法坛之下，观者如云。孙策不顾箭疮，亲临现场，喝令道："若到午时还不下雨，你便是一个骗子。我就要用柴火烧死你，以告慰这些受骗的百姓。"

将近午时，狂风骤起，阴云聚合。孙策惊得站起。四方百姓亦是惊喜若狂。只听得于吉高举法器，一声大喝，顿时雷电齐发，大雨如注。顷刻间，街市成河，溪塘皆满。军民人等，不顾泥泞，纷纷拜谢于吉的大恩。孙策却又恼羞成怒，下令将于吉依然关在狱中。

吕范与众人赶来求情。孙策喝斥道："晴雨乃是天地间的定数，妖人却用来迷惑你们这些无知的人们。只要我在江东，岂能容得他这等妖人生事？”喝令左右就地处决于吉。一刀下去，于吉的头颅便滚落在地。孙策下令将尸体陈列于街市，以证实他的妖妄之罪。

当夜风雨交作。到了早晨，凭空不见了于吉的尸首。孙策听说，气急败坏，下令备好雨伞前去查看，忽然看见于吉冷笑着从暗处走出。孙策急忙拔剑砍杀，却在一阵天旋地转之间摔倒在地。左右急忙把他抬入卧室躺下，好半天才渐渐苏醒。吴老夫人闻讯赶来探望，埋怨说：“都是我儿惹恼了神仙，所以惹来灾祸。”孙策强笑道：“儿自幼随父出征，杀人如麻，何曾害怕过灾祸？如今杀了那妖人，正是为了消灾灭祸，怎么反说我惹祸呢？”吴老夫人说：“我儿虽然英雄，却怎么能够杀死神仙？都是因为你屈杀了先生，才会惹来报应。我已经派人在玉清观设下法事，你要亲自前去拜祷请罪，才能转危为安。”

孙策不敢违逆母亲，只得勉强自己，乘轿来到玉清观。道士引导着他，请他焚香跪拜。孙策点起三炷高香，却决不肯下跪。忽然看见炉中香烟不散，聚集成一座华盖，上面端坐着于吉。孙策心生厌恶，挥袖而去，却又见于吉站在大殿门口冷笑。孙策有些惊慌，问左右：“你们看到于吉了吗？”左右都说没看到。孙策便奋然拔剑刺向于吉。只听得一声惨叫，众人看时，却是一员亲兵死在了剑下，那日正是他奉令砍杀了于吉的脑袋。孙策更加惊慌，抬头又看见于吉飞檐之上，顿时大叫道：“这座道观是妖人的藏身之所，给我拆了它，拆了它！”武士们便奉令上屋揭瓦，却见云瓦片片飞起，犹如雨点般落下，吓得众人四散惊逃。孙策越发怒不可遏，传令将观中道士尽数逐出，然后四处放火，将玉清观烧为灰烬。

是日深夜，孙策从梦中惊醒，但见于吉披头散发站在床前，于是拔剑就砍。接着全家人都被惊醒，但见孙策一个人在房间里四处砍杀，叫骂不绝。吴老夫人赶紧叫人杀了一只猎狗，用盆子装着狗血，迎面泼在孙策头上，孙策顿时呆住，扔了宝剑，倒在地上人事不省。吴老夫人满心痛惜，一面叫人给他擦洗身体，一面叫人整理床铺，侍候着他重新躺下。众人一番折腾，天色已经大亮。

直到三日以后，孙策这才悠悠醒转。起来梳妆，看着镜中人，失声叫道：“我怎么憔悴成了这个样子！”猛回头，却见于吉站在身后，顿时大叫一声，箭疮迸裂，昏倒于地。又到深夜醒来，见吴老夫人坐在床头，叹息说：“我已经活不了多久。”吴老夫人哭道：“我儿不要瞎说！”孙策回答说：“人非神仙，终有一死，却也要死得从容。”

124. 江东已是孙权的时代

话说孙策自知将死，将张昭、吕范、程普、黄盖、韩当和二弟孙权等诸人唤到卧榻跟前，安排后事。先取来印绶，亲自授与孙权，说：“你我兄弟，各有才干。若说举江东之众，决机于两阵之间，与天下争衡，你不如我。若说举贤任能，使众人各自尽力保全江东，我不如你。你要顾惜父兄创业的艰难，好生经营！”孙权大哭，跪拜在地，双手接过印绶。吴老夫人也在旁边哭道：“只恐你弟弟年幼，不能担当大事，却又该怎么办？”孙策说：“弟弟的才能，胜我十倍。倘若内事不决，可问张昭；外事不决，可问周瑜。只恨周瑜不在跟前，不能当面嘱咐他！”又唤来三弟孙翊、四弟孙匡、五弟孙朗，嘱咐说：“我死之后，你们要合心合力帮助二哥。若是有人敢生异心，你们一定要群起而共诛之。但凡有忤逆不孝者，死后不得入祖坟安葬。”兄弟们都呜咽着答应。又唤来夫人乔氏，嘱咐她好好孝顺婆婆。后事一一安排妥当，这才瞑目而逝，年仅二十六岁。众人顿时哭成一团。

却说孙权倒在床前痛哭，张昭说：“您现在已经是我们的主公，不能只顾着哭，还有丧事和军政大事需要理会。”孙权问张昭该怎么办？张昭便拜托孙家叔父孙静料理丧事；又请孙权出堂，接受文臣武将的谒贺。只见那孙权生得方颐大口、碧眼紫髯，堪称形貌奇伟，非同平凡。据说吴老夫人怀孙策时，曾梦见月亮飞入怀中；怀孙权时，又梦见太阳入怀。如今月亮已经落山，太阳却将升起，江东已是孙权的时代。

过不多日，周瑜从巴丘赶回奔丧，到孙策灵柩之前哭拜。吴老夫人出来，转告孙策的遗嘱。周瑜跪拜在地上，说："我与伯符兄情同骨肉，既有相托，岂敢不尽心尽力，报效知己之恩？"孙权说："先兄遗言，内事不决问张昭，外事不决问周瑜。此后江东大事，都要依仗张先生和将军你啊！"周瑜说："子布兄为人贤达，堪当大任。但我却深恐辜负了伯符兄的重托，因此想推荐一个人来辅佐将军。"孙权问是何人。周瑜说："此人姓鲁名肃字子敬，临淮郡东川县人氏，为人慷慨而有胸襟。我在担任居巢长时，曾经向鲁肃借粮。鲁肃家中有两困米，各约三千斛，即以其中一困相赠。他又好击剑骑射，又是多智善谋，如今寓居曲阿。请主公赶紧派人去聘请他。"孙权大喜，说道："就请公瑾兄为使，亲自到曲阿去请他，如何？"

周瑜便奉命亲往曲阿，请来鲁肃。孙权问道："如今天下大乱，汉室倾危，先生有什么见教于我吗？"鲁肃回答说："从前楚汉相争，项羽弑杀了义帝，却终被高祖皇帝打败。当今皇帝可比当年的义帝，曹操可比当年的项羽。如今汉室已经难以复兴，曹操也不可卒除，主公应该先剿灭了江夏的黄祖和荆州的刘表，据守长江，静观天下之事变。一旦曹操谋害了当今皇帝，主公即可趁机起事，建立自己的帝王之业。"孙权大喜，起身拜谢。因此敬爱鲁肃，与之谈论机密，从不厌倦。

第三十一章

官渡之战

心怀狡诈的人必然善疑，袁绍如是，曹操亦如是。然而袁绍之疑，虽问之于智士而仍疑，所以败也；曹操之疑，问之于智士而后终有决断，所以胜也。疑而不用，纵有智士在侧也是犹豫不决。疑而有用，便能及时付诸于行动。

许攸离开袁绍而投降曹操，是真降呢，还是诈降？曹操疑而有用，于是成为整个战局翻盘的关键。袁绍与曹操的差别，不在于疑与不疑，也不在于智与不智，而在于曹操多了那么一点决断力啊！

125. 霹雳车与地道战

七月，袁绍召集众将开会，说：“夏粮丰收，正好用兵。”从冀、青、并、幽四州征调兵马，合计七十万，要在官渡决战。沮授劝告说：“我军虽众，却不如敌军勇猛；敌军虽精，却不如我军有粮。敌军无粮，必求速战；我军有粮，便要坚守。只要有耐心与他消耗，他必然自乱，那时便可决胜。”袁绍勃然大怒道：“谁说我军不如敌军勇猛？大战在即，岂容你来长敌军的志气、灭我军的威风！”喝令左右将沮授拿下，说：“待我大破曹军以后，再来治你和田丰的罪！”

却说曹操在许都接到前线告急，赶紧增兵七万迎战。荀攸说：“袁军虽众，却不如我军精锐。然则必求速战速决，一旦拖延时日，粮草不继，局势堪忧。”曹操说：“你说得对！”传令大军主动出击。袁绍率军迎战，金盔金甲，锦袍玉带，立马阵前；左边是张郃、高览，右边是韩猛、淳于琼，旌旗节钺，甚是严整。曹操用马鞭指向袁绍，责问道：“我在皇帝面前保奏你为大将军，你为什么要谋反？”袁绍冷笑道：“你名为汉相，实为汉贼，罪恶累累，甚于王莽、董卓，怎么反来诬陷我造反呢？”曹操说：“我今日便是奉了皇帝的诏令来征讨你！”袁绍说：“我今日便是奉了衣带诏，来征讨你这国贼！”

曹操大怒，命令张辽出战。袁绍那边，张郃跃马来迎。两员大将恶斗四五十回合，不分胜负。曹操赶紧令许褚出马助战。袁绍那边，高览挺枪接住。四员大将捉对厮杀在一起。曹操急着取胜，下令夏侯惇与曹洪各自率领三千精兵，呐喊着冲击敌阵。袁绍那边，早在两翼与门旗内埋伏了弓弩手一万人；眼见曹军冲来，审配一声号炮，顿时万箭齐发。曹军措手不及，阵势大乱。袁绍趁机驱兵掩杀，大败曹军。

随后，袁绍挥军逼近官渡下寨。审配说：“我军优势，在于工兵。可在曹军大寨前方筑起土山，居高临下往寨中放箭。只要曹操弃寨而去，我军便可控制这个隘口，许昌便指日可破。”袁绍大赞好计，从各寨之中挑选精壮劳力，到前线来挖土，筑成土山五十余座，然后分拨弓弩手站在高台上射箭。只听得梆子一响，土山上箭如雨下，曹军一个个吓得顶着盾牌趴在地上。袁军在高台上看见，放声大笑。

曹操赶紧向众谋士问计，刘晔说：“可制作发石车应对。”连夜设计图纸，制造发石车数百乘，分布在营墙内。这种发石车利用杠杆原理，一端装有巨石，另一端用人力拉动。猛然一拉，巨石飞空，砸死弓弩手无数，土山上的高台都被砸坏。袁军把这种发石车叫作“霹雳车”，从此不敢登高射箭。

一计不成，审配又献一计，令工兵挖掘地道，直通曹营，号为“掘子军”。从前大败公孙瓒，用的就是这种地道战。曹操探知情报，又问计于刘晔。刘晔说：“可围绕我军营寨挖掘深沟，沟中蓄水。他若挖通地道，反被水淹。”曹操连夜指挥军人挖沟。袁军挖通地道，果然遭遇水灾，地道战只能半途而废。

相战至九月，曹操自觉兵力疲乏，粮草也难以为继，想要放弃官渡退守许昌。只因迟疑，就写信给荀彧，派人送往许昌。荀彧回信说：“当年楚汉相争于荥阳、成皋之间，双方都不肯先退，谁先退谁就被动挨打。而今的战局也是这样，主公在官渡画地而守，以十分之一的兵力抵挡强敌，已经几个月了。可见袁绍虽然人多势众，却并不善于兵法。也可见主公的神武明哲，足以攻艰克难。敌人的底牌已经用完，锐气已经枯竭，战局必然发生变化。这正是使用奇谋致胜的良机，怎么能够轻易放弃呢？”曹操看到回信，下令将士们效力死守。

126. 策不从，则智士叛

话说谋士许攸，字子远，原本是天坛山的狐狸，与逢纪一起变化成人，投在袁绍军中，已有十二个春秋。曹操军粮告罄，紧急写信给荀彧催办粮草。使者刚出大营，就被袁军捕获，正好遇见许攸。许攸看了曹操的书信，眉头一皱，径自来见袁绍，说："曹操屯军官渡，与我军相持已久，许都必然空虚。若是分派一军去袭许都，则许都可拔。许都既拔，曹操内无粮草，外无救援，束手可擒。"袁绍说："哪里有这么轻巧的事？曹操诡计多端，这封书信不过是诱敌之计罢了。"

正在说话，有使者从邺城来，呈上审配的书信。原来审配督办钱粮，在信中先说粮草运输一事；后面又说到许攸在邺城利用职权收受贿络，同时纵容家人作奸犯科，已经将他的夫人和门客缉捕在狱中。袁绍看得怒容满面，说道："你看看，你看看，你还好意思在我面前出谋划策！你这种人出的计策，叫我如何能够相信？你且给我退下，没事儿别来烦我！"许攸尴尬不已，退出大营，仰天长叹道："智士不为暗主谋，我待在这里还有什么前途？不如去投奔曹操！"

原来许攸初出天坛山时，曹操与袁绍原来往来亲密，许攸也因此认得曹操。现在，许攸既然已经打定主意，便设法溜出军营，投往曹军大寨。半路上被军人拿住，许攸叫道："我是曹丞相的故友，快与我通报，就说许攸来见。"曹操刚刚就寝，听说许攸私奔到来，连鞋子都来不及穿，光着脚就迎出去了，拉着许攸的手，欢喜得不行。许攸感叹说："我以智谋为业，栖身在袁绍帐下，言不听，策不从，好不憋屈。而今前来改投故人，希望能够得到你的收录。"曹操说："兵法有云，将拒谏则英雄散，策不从则智士叛。子远兄所为，正是智士的本色！"

当时即以茶水瓜果相待，彻夜长谈。曹操说道："子远兄足智多谋，请教我如何大破袁绍。"许攸问："你军中粮草还有多少？"曹操说："可以对付一年。"许攸笑道："未必吧？"曹操改口说："只能对付半年。"许攸拂袖而起，往外就走，说："我以诚心相投，你却毫无诚意，真是叫人失望！"曹操上前拉住他说："请不要生气。我军中粮草，其实只能对付三个月。"许攸笑道："世人都说你是个大奸雄，而今看来，果然如此。"曹操也跟着笑道："古来兵不厌诈啊！"上前附着许攸的耳朵低声说道："其实只有这个月的军粮。"许攸大声说道："你军中粮草已经告罄，何必骗我！"曹操惊愕万分，问道："你怎么知道？"许攸这才从怀中取出曹操写给荀彧的书信，说：“我因此劝说袁绍，要他以轻骑乘虚袭许都，然后首尾相攻。”曹操大惊失色，说：“幸亏袁绍没有采纳你的计谋，否则我死无葬身之地。”目瞪口呆了许久，这才回头向许攸问道：“子远兄连夜而来，必然有妙计教我！”

许攸说：“丞相以孤军对抗大敌，却不求急胜，这不是等死吗？我有一计，不出三日，可使袁绍数十万大军不战自破，你可肯听？”曹操赶紧回答说：“当然要听。”许攸于是说道：“袁绍军粮辎重，都囤积在乌巢。把守乌巢的淳于琼，喜欢仗气使酒。丞相可打着袁军的旗号赶往那里，烧了他的粮草辎重，不出三日，袁绍大军必然自乱。”曹操一听，果然好计。天色已经大亮，曹操千恩万谢，要左右好生招待许攸就寝；他自己却兴奋不已，挑选了骑兵、步兵各五千人，要在夜间前往乌巢劫粮。

127. 火烧乌巢

曹操便吩咐荀攸、贾诩、曹洪与许攸守住大寨；又安排夏侯惇、夏侯渊率领一军埋伏于左侧，曹仁、李典率领一军埋伏于右侧，以防备袁绍发动袭击。他自己却率领张辽、许褚、徐晃、于禁和五千人马，每人背负一捆柴草，趁着黄昏，往乌巢进发。

黑夜之中，星光满天。沮授仰观天象，忽然大惊道：“祸事将至！”于是请求监视他的军士说：“请你赶紧让我去见大将军！”袁绍刚刚醉卧在床，问沮授何事？沮授禀报说：“我看见太白金星逆行在牵牛星与北斗星之间，这是不祥之兆，须得警觉。请主公赶紧增派精兵四处巡逻，防备曹操设计暗算。”袁绍听得皱眉，说道：“什么不祥之兆？我今夜心情甚好，你少在这里惹我不痛快！”吩咐军士将他带回去，小心监守。沮授一路掩泪叹息，说：“大军亡在旦夕，不知又有多少将士丧命于沙场！”

此时，曹操打着袁军旗号，人衔枚、马勒口，一路疾行。途中遇到袁军关卡查问，便假冒是将军蒋奇奉袁绍将令督办粮草前往乌巢。到达乌巢，已近五更。曹操叫军士们将柴草堆放在粮库四周，然后同时点火。守粮官淳于琼与众将醉卧在营中，被曹军的喊杀声惊醒，听得四处火声哔啵，慌忙跳起，出营查看，却早被挠钩拖翻。副将眭元进、赵睿屯在附近，见粮库起火，慌忙赶来救应。有军士报告曹操说："后面有敌军杀来，请分兵抵抗。"曹操大喝道："众人只需奋力放火，待敌军来到背后时，才可转身应战！"刹那间，火焰四起，烟迷太空。等到眭元进、赵睿杀到，曹操这才从容转身。众将奋勇而上，将眭元进、赵睿击杀在乱军之中。天色已经大亮，败将淳于琼来见曹操，曹操仰头大笑，叫人割了他的耳鼻手指，然后绑在马上，放回袁绍大营，以示嘲弄。

大火刚刚烧起来的时候，袁绍已经得到报告，赶紧召集谋臣武将议事。张郃说："请让我和高览将军一同赶去营救。"郭图说："不可。曹军劫粮，寨中必然空虚。可趁机攻占他的大寨，叫他无所归依。"张郃说："你说得不对。曹操心思缜密，大寨必有访备。如果拿不下他的大寨，又丢了乌巢的粮草，我军还能如何自顾？"郭图说："你说得不对。曹操意在劫粮，大寨必有漏洞，趁机袭取，必然大破！"双方争论不休，袁绍便令张郃、高览率五千精兵攻击官渡，令蒋奇率一万骑兵去救乌巢。那蒋奇走到半路，遇着一群败军，以为是淳于琼将军的手下，没想到张辽突然一声断喝，将他一戟刺在马下。

这边张郃、高览攻打曹军大营，左边夏侯惇，右边曹仁，中路曹洪，三路军马，一齐冲出。张郃、高览应接不暇，忽然又从背后杀来了曹操，顿时惊慌失措，只得夺路而逃。走在旷野上，张郃与高览商议说："大将军不听我的话，致使大败。等到我们回去见他，他必然恼羞成怒。"高览说："袁绍大势已去，回去见他做什么？不如去投曹操。"两人便率领本部兵马，前往曹营投降。曹操大喜，封张郃为偏将军、都亭侯，封高览为偏将军、东莱侯。

却说淳于琼被马匹背回袁绍大营，袁绍见他耳鼻手指全无，心中好不羞怒，索性叫人结果了他的性命。此时乌巢粮库已经被焚，张郃、高览也已叛变，军心惶惶犹如大浪即将涌起。次日夜晚，曹操又来劫寨。张郃与高览冲在前面，作为向导。双方混战到天明，袁绍损兵折将，精锐尽失。

许攸又献计说："丞相可扬言调拨人马，一路取酸枣、邺城，一路取黎阳。袁绍听说，必然担心被我军断了归路，要分兵去救。那时我再集中兵力击打他，即可一击而破。"曹操便要三军将士到处传言，传来传去就传到了袁绍大营。袁绍惊疑不定，想来想去，决定分派长子袁谭分兵五万去守邺城，分派将军辛明分兵五万去守黎阳。曹操待机而动，八路人马奋勇冲杀。袁军斗志全无，四散奔走。袁绍带着三子袁尚和随行八百余骑，逃到黄河北岸。所有图书、车仗、金帛，全部被曹操缴获。

128. 田丰之死

话说曹操大获全胜，从缴获的图书中查找出一捆书信，都是许都官员和军中将领与袁绍私通的证据。左右说："可逐一核对姓名，收捕问罪。"曹操此时颇是通情达理，说道："那时袁绍多么强大，即使是我也不能自保，更何况他们呢？"下令把那些信件尽数焚毁，不再追问。

谋士沮授，也被曹军俘虏。曹操当年在袁绍那里，亦是认得沮授，于是满脸堆笑，说道："沮先生是当今智士，何不降我，共图大业？"沮授大声回答说："我可不向你投降！"曹操说："袁本初无谋，不用你的大才。你何故执迷不悟呢？我要有你，早已一统天下。"命令左右厚待他。没想到沮授痴心不改，竟然偷偷溜到马厩去盗马，想要逃回河北。曹操终于止不住大怒，命令刽子手砍了他的脑袋。沮授至死，大义凛然。曹操感叹说："此忠义之人也！"下令厚礼殡殓，安葬在黄河南岸。两个月后有人盗墓，但见墓穴空空，其中并无沮授的尸身。

却说谋士田丰被囚在邺城大狱。一日，狱吏进来，说道：“祝贺别驾！”田丰问：“何喜可贺？”狱吏说：“大将军讨伐曹操，果然被别驾言中，如今大败而回。大将军必然愧对别驾，让别驾重见天日。”田丰苦笑道：“如此说来，我便死定了。”狱吏问是为何？田丰说：“袁大将军外宽而内忌，不念忠诚。若是胜利，反而会洋洋自得地饶恕我。而今战败，必然羞怒，我哪里还有生机？”果不其然，袁绍在归途夜宿荒山，听见军士们私下里埋怨说：“都是大将军不听田丰的劝告，莫名其妙地遭遇一场惨败，让我们丧失了那么多兄弟骨肉。”袁绍羞愧不已，心想：“我有何面目回邺城去见田丰？”想了一夜，派人捧着宝剑先往狱中来见田丰，令他自裁。狱吏因此惊叹田丰有先见之明。

却说曹操乘胜追击，与袁绍再战于仓亭。袁绍集合残军，列阵迎战。曹操用马鞭指向袁绍，笑道：“本初兄日暮途穷，战则必败，何不投降？”袁绍又羞又怒，回顾众将，问道：“谁敢出马？”袁尚要在父亲面前逞能，便飞舞起双刀，纵马出阵，来往奔驰。曹操身边，中军校尉史涣拍马而出。不过三个回合，袁尚拨马斜走。史涣赶来，却被袁尚翻身一箭射中左目，坠马而死。袁绍趁势挥军掩杀，双方混战一场，各自鸣金收兵。

曹操于是与众将商议说：“袁绍虽败，犹有余勇，如之奈何？”程昱说：“我有十面埋伏之计，可胜袁绍。”曹操依计分兵十队，左边第一队夏侯惇，第二队张辽，第三队李典，第四队乐进，第五队夏侯渊；右边第一队曹洪，第二队张郃，第三队徐晃，第四队于禁，第五队高览。次日黄昏，十队人马悄悄到达既定地点埋伏。到了半夜，再令许褚大张声势前去劫营。袁绍五寨大军，全被惊起，赶出营来追杀。

许褚且战且走。天明时分，来到河边，曹操大声叫道：“前无去路，只有死战！”众人只得转身奋勇拼杀，袁军不能抵挡，只好退回。忽然一声鼓响，左边冲出夏侯渊，右边冲出高览，杀得袁军丢盔弃甲。跑不到十里，又是一声鼓响，左边冲出乐进，右边冲出于禁，杀得袁绍父子胆颤心惊。再往前走，左边冲出李典，右边冲出徐晃，袁绍父子不敢恋战，急忙奔回寨中。时近正午，袁绍又累又饿，赶紧令火头军造饭，还没来得及动筷子，又见张辽与张郃一左一右冲杀而来。袁绍慌忙上马，回奔黎阳。一路人马困乏，正要歇息，后面曹操大军赶来，袁绍舍命而走。正行之间，曹洪与夏侯惇一左一右挡住去路。袁绍只得奋力死战冲出重围，一路伏尸遍野，次子袁熙、外甥高干都被箭伤。到达黎阳，袁绍脱下血染的盔甲，不禁悲愤交集，哭得昏倒。当晚醒来，口吐鲜血不止，感叹说：“我自东征董卓以来，历战数十余场，想不到而今狼狈到了这种地步！”

第三十二章

的卢马与赤兔马

关羽骑着一匹赤兔马。张飞呢？骑着的其实也是一匹赤兔马。什么是赤兔马？前面说过，赤兔马是忠勇的象征。刘备一生，屡战屡败，却仍然有那么多忠勇之士追随他，是什么缘故？原来是刘备驭马有道啊！

只因驭马有道，即使是的卢马那样的凶马，也一样能够被驯服得忠勇善战。刘备之所以有资格与曹操并论英雄，并不在于他的韬晦，也不在于他的功业，而在于他的驭马有道。

129. 一路南逃

话说曹操正待用兵围困邺城，忽然接到荀彧从许都飞马送到的告急信。曹操大惊，与众将商议说："袁绍虽败，犹作困兽斗，急切间不能灭他，须得赶回去保全许都要紧。"

原来刘备出使汝南，在路上遇着赵云，而后联络汝南刘辟部、龚都部共有数万之众。又与关羽、张飞在古城聚义，顿时有了重整旗鼓、焕然一新的气象。便趁着曹操出征河北，乘虚来攻许都。老将蔡阳出兵相迎，几番争斗，却在穰山一场大战，被关羽劈倒在马下。曹操赶得及时，与刘备对阵，高举着马鞭骂道："我待你为上宾，你为什么要背义忘恩？"刘备回答道："你待我为上宾，却暗藏心机，岂敢信你？我而今奉皇帝密诏，讨伐你这国贼！"曹操大怒，命令许褚出战。刘备身后，赵云挺枪出马。两员大将大战三十回合，不分胜负。忽然东南角上一阵喊杀，关羽当先冲来；西南角上一阵喊杀，又冲来了张飞。曹军远来疲乏，不能抵挡，大败而走。

次日，又派赵云搦战。一连八九日，曹操并不理睬。又派张飞搦战，曹操还是不理。刘备惊疑说："此中必有蹊跷！"果然有探马来报，说夏侯惇、夏侯渊两个率军取汝南去了。刘备大惊，急忙派关羽赶去营救；又想起龚都在运粮路上，恐有不测，又令张飞赶去接应。关羽、张飞先后去了，大寨外面忽然响起许褚的叫阵。刘备不敢应战，挨到天黑，叫军士们一顿饱餐，静悄悄起兵退往汝南。

转过一片丛林，只见林间草地上火把齐明，曹军大叫道："刘备休逃，丞相在此等候多时了！"刘备掣出双股剑，左冲右杀，寻不见出路。赵云说："主公勿忧，且跟我来。"跃马挺枪，与刘备一前一后，杀开一条血路。背后高览赶到，赵云回头大叫:“主公先走，且容我来断后。”与敌将厮杀在一起。刘备一路纵马狂奔到天明，遥见一堆人群正沿着山坡向上逃难。上前一看，却是关羽、麋竺、孙乾指挥千余军士护送着两位夫人和众多家眷。问他们因何到此?孙乾回答说:“夏侯惇锐不可挡，只得弃了古城。刘辟已经战死，龚都下落不明。”刘备问:“不知三弟翼德今在何处?”回答说:“张将军在后面抵挡追兵。”因有妇孺，行动迟缓，刚刚翻过山谷，一彪人马拦住去路。当先大将，乃是张郃，高声叫道:“刘备赶快下马投降!”刘备叫苦不迭，仰天长叹道:“难道老天爷要在这里灭亡我吗?”

正在慌乱，忽然山侧一阵响动。原来赵云杀了高览，正好赶来截住张郃。大战三十回合，张郃败走。赵云乘势追杀，却被张郃手下精兵守住狭路，急切间不得进入。关羽、周仓随后赶到，一连斩杀数十余众，逐退张郃。刘备便叫麋竺、孙乾带领老弱妇孺先行，自与赵云断后;又叫关羽去寻张飞。当夜宿营在大山之中，关羽、张飞赶来，全部人马仅剩七百余人。众人长吁短叹，都有劫后余生的悲喜。

再往前走，便是一条大江。问问土著，原来是汉水。刘备感叹说:“诸君文有王佐之才，武有万夫不当之勇，却跟着我落到山穷水尽的地步。都怪我时乖命蹇，诸君何不另投明主，自取功名?”关羽说:“兄长此言差矣。胜败乃兵家常事，何必被一时的挫折迷住了双眼?”麋竺也说:“昔日高祖皇帝与项羽争战，每战必败，直到九里山一战成功，这才建立了四百年的基业。凡事坚忍不拔，则终有一胜。”孙乾建议说:“此处是荆州的地面，何不前去投奔刘表?他与皇叔都是汉室宗亲，想必会收留我等。”刘备便请孙乾为使者，先去襄阳探看刘表的态度。

130. 什么叫作始终?

且说孙乾来到襄阳。只见江汉滔滔，水秀山明，好一派南国景色。入府拜见刘表，刘表问道：“如果我记得不错，你应该是北海郡郑康成先生的高足。我年少时曾经问学于郑康成先生，应该在他那里见过你。说来相隔经年，你而今何故至此？”孙乾回答说：“跟随左将军刘备，被曹操一路追杀至此。”刘表又问：“刘备此人如何？”孙乾回答说：“刘备虽然出身寒微，却是了不起的英雄，即使是曹操、袁绍，对他也是礼遇有加。最难能可贵的，就是他不谋一己之富贵，而有志于匡扶汉家社稷。皇帝因此以衣带诏相托，而曹操也因此不能相容。而今刘备落败于曹操，正在犹豫，是往江东投奔孙权呢，还是到荆州投奔将军您呢？是我向他荐言说，荆州刘将军以贤名闻于天下，又是同宗的兄弟，恰如流水都要投向东海，我们也要投向荆州。”刘表大喜道：“世上有刘备这样的英雄，的确是我们整个宗族的荣耀。如今能够相见，诚然是一桩美事。”

蔡瑁，是襄阳的豪强，也是刘表的妻弟，被用作军师，当时在旁边阻拦说：“不可。刘备先后跟从吕布、曹操、袁绍，可见他为人有始无终。如今若是接纳了他，只恐曹操兴兵问罪，给荆州惹来麻烦。我劝主公，不如斩了孙乾，把他的脑袋献给曹操，以示友好。曹操也必然因此厚待主公。”孙乾一听，立即正言厉色地应答道：“请问蔡将军，什么叫作始终？刘备为国家效忠，始终不渝，凭什么说他有始无终？吕布、曹操、袁绍，却不过是自私自利的奸雄，难道蔡将军要刘备为奸雄效忠吗？蔡将军想把我的脑袋献给曹操，一颗脑袋事小，忠奸却是事大，请刘将军三思！”刘表听了，转头斥责蔡瑁说：“我知道自己该怎么做，请你不要多话。”蔡瑁满脸羞恨，退了出去。刘表于是请孙乾先回去报告刘备，又吩咐左右布置了一处清净的庭院，然后亲自出城三十里迎接刘备一行。刘表与刘备相见，说不尽的兄弟情义，讲不完的家族故事。又设宴款待，多少感慨，都在酒中。当夜住进庭院，在南国的清风中入睡。

南国庭院虽美，怎奈人多拥挤。最先忍耐不住的是狐仙吉本，每当人们卧床入睡，他却只能寄宿于草莽之中，又受不得南方冬季的潮湿和寒冷。反复思想，便来向关羽告别。关羽说：“我自过五关斩六将以来，都是你一路相助，至今尚未能向你报恩，你怎么能够说走就走呢？”吉本回答说：“能助将军于危难之中，这是我的荣幸。而今你们兄弟相逢，每个人都是那么忠义，日后自然有逢凶化吉的前程。我的使命已经到了尽头，况且聚散有时，就此相别吧！”关羽骑马送出二十余里，洒泪而归。

131. 相马有术

话说刘表对刘备一见如故，几乎每日都要聚会。那日正在饮酒，忽然接到江夏郡太守黄祖的书信，说是部将张武、陈孙在大雾山聚众造反，请求援助。刘备听说，立即自告奋勇，说道：“兄长勿忧，请让我去征讨。”

刘表大喜，授令刘备领军前往。来到江夏，见过黄祖，挥军直指大雾山。两军对阵，刘备出马，左边关羽、张飞，右边麋竺、赵云，远远望见张武骑的那匹白马，极其雄骏。刘备用马鞭遥指，说道：“那必定是一匹千里马。”赵云听了，挺枪而出。张武纵马飞来，仿佛一团白色的火焰。赵云吃了一惊，回马再战，不过三个回合，一枪把张武刺落马下；又上前扯住那马的辔头，牵回阵来。随后一连数日，大败叛军，陈孙也死在张飞的丈八长矛之下；余众四散溃逃，退往深山躲藏。江夏诸县得到平复，刘备班师返回襄阳。一路上，刘备骑着一匹大白马，关羽骑着一匹赤兔马，嘚嘚嘚嘚地行走着，满脸都是志得意满。那张飞呢？张飞骑着的，其实也是一匹赤兔马。

刘表设宴庆功，趁着酒意说道：“荆州北有曹操，南有百越，东有孙权，西有张鲁，这些都是让我夜不能寐的边患。今后有兄弟这样雄才，也许可以让我睡个安稳觉吧？”刘备说：“兄弟无德无能，却有三员大将可用。可使关羽抗拒张鲁，可使赵云抵挡孙权，可使张飞镇守南越边境。兄弟我也可自领一军，为兄长防范北方的曹操。”刘表听了，连声称“好”。宴后，蔡瑁来见他的姐姐蔡夫人，说：“刘备妄图控制荆州边防，久必为患。”蔡夫人于是对刘表说：“我听说刘备刚到荆州，便颇得人缘。他究竟要做什么？你一定要好好提防他。”刘表说：“我这兄弟，确实是个好人。”蔡夫人说：“就怕知人知面不知心。”刘表沉吟不语。

次日刘表出城，看见刘备骑着的那匹大白马，何其雄骏，赞叹不已。刘备说：“既然喜欢，就送与兄长！”刘表满心欢喜，立即换马骑乘。下午回城，蒯越看见，问道：“此马何来？”刘表回答说：“是刘备送的。”蒯越说：“我的哥哥蒯良，最善相马，我也略懂一二。主公请看，这匹马眼睛下面有泪槽，额边生着白点，在伯乐《相马经》里面，它的名字叫作的卢。这种马虽然雄骏，却堪称凶马，常常会妨害到它的主人。张武为它而亡，便是明证。”刘表听得害怕，次日又把马还给刘备，说道：“多谢你昨日惠赠良马。但贤弟不时就要征战，更需要用到它，所以我要送还给你。”刘备也不多想，躬身相谢。

过了数日，刘表又叫来刘备说道：“我向日与贤弟说过，荆州之危，莫过于边患。贤弟也有心为我做一些分担。荆州北方，便是曹操。想请贤弟屯兵新野，以为镇守，可好？”刘备慨然允诺，说道：“兄弟之间，义不容辞！”当时便要率领本部兵马，前往新野赴任。

刚出城门，只见一人拦在马前，说道：“将军怎么还在骑乘这匹马呢？”刘备一看，原来是刘表的同乡兼幕宾伊籍。刘备连忙下马相问。伊籍说：“蒯越说过，这匹马名叫的卢，乘则妨主。刘荆州因此把它送还给你。你怎么还敢骑乘它呢？”刘备谢了伊籍，然后回答说：“马是否妨主，取决于主人如何驭马。况且人生自有命运，怎么能够把责任推给马匹呢？”伊籍佩服刘备的高见，说道：“将军自去新野，过些时日我便去看你。”自此，两人常有往来。

第三十三章

左手与右手的战争

刘备、关羽、张飞，虽然异姓，却情同手足。袁谭、袁尚，虽是手足，却互为仇敌。唉，人与人的差别，其实是懂得爱与不懂爱的差别啊！

王修说得好："兄弟之情，犹似左手与右手。左手与右手打架，就算打赢了，也不过是自残。"可是，袁谭、袁尚兄弟两个不懂啊，无论王修怎么苦劝，又怎么能够听得进去呢？

人生的智慧，不在于如何占有，而在于懂得。只有在懂得以后，才能从物质利益中解脱出来，才有真正意义上的爱。从爱自己开始，乃至于爱家人、爱朋友，以及爱这世上的万物生灵。试问，若能让普天下的老百姓都懂得自爱与相爱，还会有仇恨与战争吗？

古代的圣人懂得用自己的仁爱来治理国家。可是，你看看袁绍是怎么教育他的孩子的？人们都说，袁绍最大的失败是他输给了曹操。我说，袁绍最大的失败是他没有开启自己的智慧，也没有帮助他的孩子们开启智慧，最终上演出这一幕幕骨肉相残的惨剧。

132. 袁绍的后事

且说袁绍自从出现吐血症候，被送回邺城养病，经冬入春，眼见日渐衰弱。忽然又在一个阴冷的傍晚，大口吐血，呻吟不止。夫人刘氏赶紧去请审配、逢纪，就在袁绍床前商议后事。此时，袁绍已经不能言语，只有手指动弹。夫人刘氏赶紧问道："可否立显甫为继承人？"三子袁尚，自小为袁绍宠爱，显甫即是袁尚的字。袁绍听见询问，微微点头。审配就在袁绍床前写下遗嘱。

挨到子夜，袁绍从喉咙里咕噜了许久，却再也吐不出血来，终于一命呜呼。审配主持后事，立袁尚为大将军，统领冀、青、并、幽四州，然后派遣使者四处报丧。袁绍除了夫人刘氏，还有宠妾五人。袁绍既死，刘氏便将这些宠妾尽数杀害。又害怕她们到阴间向袁绍告状，竟然拔光了她们的头发，毁坏了她们的面容，甚至于销毁她们的尸体。又害怕她们的亲属报仇，叫袁尚派兵全部捕杀。

袁谭，字显思，是袁绍的长子，素有战功。闻听父亲的凶信，急忙率领部下赶去奔丧。郭图说："审配既然已经拥立袁尚为大将军，主公今往，须得谨防暗算。"辛评说："可屯兵城外，另派使者入城。主公自在城外等候消息。"于是派郭图入邺城来见袁尚。袁尚问："我大哥为什么不来？"郭图回答说："他抱病在军中，形容憔悴，不能相见。"袁尚说："我受父亲遗命，继承了大将军的职位。而今事务繁多，最让我担心的是曹操，他虎视眈眈，必然趁机来犯。所以，我决定任大哥为车骑将军，令他镇守黎阳。"郭图想了想，问道："这是军国大事，需要有智谋之士辅佐，是否可以派遣审配或者逢纪一同前往？"审配和逢纪都是袁尚的心腹，不得已，要二人拈阄，被逢纪拈着。袁尚就命逢纪捧着车骑将军的印绶，与郭图一起前往袁谭军中。

话说曹操闻听袁绍已死，便与荀彧商议说："此时不征冀州，更待何时？却又怕刘备从南方勾结刘表卷土重来，如何是好？”荀彧说：“刘备想要取信于刘表，还要一些时日。丞相自去，不必担忧。”于是起兵，与袁谭对阵于黎阳。袁谭立马在门旗下面，向曹操躬身问好，说道：“父亲尸骨未寒，你是我的叔父，为什么要苦苦相逼？”曹操说：“我奉皇帝的圣旨平定天下，怎么能够在这里谈论私情？况且你父亲生前兴起大军造反，荼毒无数生灵，如今虽死，也要到他的坟墓前去问罪。”将马鞭一挥，令大将徐晃出战。袁谭身边，汪昭拍马来迎。噼里啪啦打了十几回合，汪昭心慌，被徐晃一斧头劈在马下。曹操乘势挥军掩杀，将袁谭撵入黎阳城中。此后一连多日，都在城外叫战。

袁谭唤来逢纪，说：“战况紧急，请赶快写信给我三弟，叫他及时增兵援助。”逢纪奉令写信，派人送到邺城。袁尚仅仅派出五千余人，在半路上被乐进和李典截杀。逢纪只得再次写信求援，袁尚与审配商议说：“父亲传位于我，大哥早有怨恨。索性不发救兵，让曹操除灭了他。”便借故回避信使。信使无奈，回来报告袁谭。袁谭大怒，令逢纪写第三封信，在信中质问袁尚：“难道你要我投降曹操，然后联合起来攻打你吗？”袁尚无奈，只得起兵三万，自为主将，令吕旷、吕翔为先锋，来救黎阳。过不多久，袁熙、高干也各自率领援军赶到。兄弟几个，各自扎营，互为犄角，彼此呼应。曹操左冲右突，竟然取胜不得。

郭嘉建议说：“袁绍废长立幼，必然引起争端。而他兄弟之间，权力相并，各自树党。如今我为外敌，攻之则彼此相救，退去则彼此相争。不如退守官渡，静观变化。但凡有变，即可一战而定。”曹操认为他说得对，令众将率领各自的军队退去。

133. 左手与右手的战争

袁谭眼见曹操大军退去，心中欢喜，宴请兄弟们一起庆贺。袁尚接到邀请，冷笑道："我为大将军，怎么反到他那里吃酒？不去！不去！"借口有紧急事务，连夜拔营，回邺城去了。袁谭不见袁尚前来，喝得大醉，对二弟袁熙、表弟高干说道："我为长子，竟不能承父业。显甫不过继母所生，反而继承爵位。你们说说，叫人怎么甘心？"袁熙、高干好言相劝，次日也各自拔营，一个自回幽州，一个自回并州。

袁尚听到传言，对审配说："大哥心中不平，早晚必反，如何是好？"审配设计说："可请他来赴宴，用毒酒鸩杀了他，以绝后患。"袁尚便派人来请袁谭，说："数日之后，便是父亲断七的祭日。请兄长来，有大事相商。"袁谭领军前来，将大军驻扎在城外，自带亲兵前来赴宴。宴会上，袁尚举杯相敬。袁谭请歌姬代饮，孰料那歌姬忽然腹中疼痛，倒地而死。袁谭立即拔出佩剑，与亲兵们一路冲杀出城，回营披挂上马，领军前来攻打袁尚。

兄弟两个就在城外交战。袁谭大骂道："都是你药死了父亲，篡夺了爵位，如今还想药死我！"袁尚回骂道："歌姬死因不明，都是你借题发挥，成心造反！"各自痛下杀手，恶战五十多个回合。袁谭大败，逃奔平原县。袁尚追杀一百余里，这才止步收兵。

袁谭召集众人商议如何用兵。别驾王修劝说道："兄弟之情，犹似左手与右手。左手与右手打架，就算打赢了，也不过是自残。请主公忍辱负重，顾全骨肉亲情。那些挑拨离间的话，一定要塞耳不听。"袁谭大怒道："他用毒酒害我时，哪有什么骨肉亲情？"再领大军，以岑璧为先锋，攻打邺城。袁尚与岑璧大战二十回合，回来令吕旷再战。吕旷奋起大刀，又是二十回合，一刀将岑璧斩在马下。袁尚挥军一路掩杀到平原县，将县城团团围住。

围城一月有余。袁谭与众人商议说："城中粮食日见短缺，如何是好？"郭图心生一计，把袁谭拉到暗处说道："我有一计，可派人向曹操投降，请曹操去攻冀州。等到袁尚回军去救，主公即可趁机追击，将袁尚擒在手中。那时我便收编了袁尚的大军，再来抗击曹操。曹军远来，粮食不继，只能退去。主公便可占据冀州。"袁谭说："此计甚好，却不知可使何人去给曹操递书？"郭图说："平原县令辛毗，乃是能言之士，可用为使。"于是召见辛毗，派遣三千精兵杀出重围，护送辛毗去见曹操。

辛毗先到官渡，曹操不在，然后再到许都。曹操看完书信，与众人商议。程昱说："袁谭被袁尚逼急了，不得已来降，却未必有诚意。"吕虔和满宠说："且让他兄弟自相残杀，我们只需坐观，何必劳神费力去援助袁谭？"荀攸却自有建议，说道："袁绍虽死，但袁氏家族依然据有四个州的领地和甲兵数十万人。若是兄弟和睦，共守成业，天下大事还不可预知。如今他们兄弟正在残杀，正是我军趁虚而入的好机会。否则，一旦他们握手言和，我们就只能后悔不迭。"曹操听了荀攸的话，又去宴请辛毗，问道："袁谭究竟是真降呢，还是诈降？"辛毗回答说："我的回答当然是真降。但丞相不应该问这个问题，而是要分析应不应该出兵。袁氏兄弟相残，丞相便有机可趁。一旦丞相出兵攻击邺城，袁尚若不回救，就会失去他的巢穴；若是回救，袁谭就会尾随追击。到了那时候，以丞相的军威，联合袁谭横扫袁尚的疲惫之师，不就有如秋风之扫枯叶吗？况且四方之患，莫大于河北。只要平定了河北，丞相的霸业就成了。请问丞相究竟在犹豫什么呢？"曹操听得大喜，当即起兵来攻冀州。

袁尚探知曹军渡过了黄河，赶紧领军回守邺城，令吕旷、吕翔兄弟断后。袁谭哪里肯舍？急忙起兵追赶。忽然一声炮响，吕旷、吕翔各率一军从左右冲出，截住袁谭。袁谭勒住奔马，说道："先父在世的时候，我从未慢待过两位将军，你们为什么要跟着袁尚一起逼我呢？况且曹丞相大军压境，袁尚岌岌可危，难道你们还要跟着袁尚一起殉葬吗？"吕旷、吕翔兄弟听了，立即下马归降。

不久，曹操大军到来，会见袁谭，将自己的一个女儿许配给袁谭为妻，请吕旷、吕翔兄弟做媒人；又封赏吕旷、吕翔兄弟为侯爵，随军听候调用。袁谭问道："请问丞相如何用兵？"曹操说："大军在外，需要粮草。我打算引黄河、淇水入白沟，作为运输粮草的通道，然后才可用兵。"令袁谭且居平原，他自己则屯驻黎阳。

郭图对袁谭说："曹操许婚，不过是一种政治手腕。他又封赏吕旷、吕翔，带到军中使用，显然也是为了把控河北的人心。问题的关键，就在吕氏兄弟两个，他们若为曹操所用就是大祸，若为我所用就是大利。"袁谭问："如何是好？"

郭图说：“主公可刻制两颗将军印信，暗地里派人送给吕氏兄弟，并且承诺给他们若干赏赐，要他们在曹操那里作为内应。只待曹操破了袁尚，便可趁机起事。”袁谭听从了郭图的计策，派人带着两颗印信去见吕氏兄弟，说：“你们原本就是先父的旧臣，此后也愿是我的将军。”

谁知吕氏兄弟互相商议说：“与其效忠于袁谭，怎如效忠于曹丞相？”径自将此事向曹操禀报。曹操大笑道：“袁谭暗中捣鬼，笼络你们兄弟两个，无非是待我击破袁尚以后，要你们从中取事而已。你们权且接受，我自有主张。”自此，曹操便起心要杀袁谭。

134. 站在城楼上的审配

袁尚与审配商议说：“曹操用白沟运粮，一定会来攻打邺城，如之奈何？”审配说：“且令尹楷屯兵毛城，守住通往上党的运粮道；令沮鹄守在邯郸，互为声援。主公赶紧进兵平原，先斩袁谭，然后专心破曹。”袁尚依计而行，请审配与陈琳留守邺城；自领大军去攻平原。此时许攸恰好从许都来，听说袁氏兄弟相争，到大营来见曹操，笑问道：“丞相在此地坐守，难道要等待天雷击杀二袁吗？”曹操也笑答道：“而今我便是天雷！”

于是，先令曹洪率领一军攻打邺城，自领一军来攻尹楷。那尹楷是武安县的县长，此前不曾见识过大战，眼见曹操亲自前来，慌忙派人向沮鹄求援。这位沮鹄，是沮授的义子，颇有乃父的气质，也能使计用谋。但不等沮鹄赶到，尹楷已经被许褚击溃，易阳县的县令韩范和涉县的县长梁岐也相继献城投降。张辽在半路上迎击沮鹄，相战三个回合，沮鹄败走。张辽取弓射击，将沮鹄一箭射落。徐晃对曹操说：“袁氏兄弟还未被打败，应该好好奖赏易阳县和涉县的官员，用他们做榜样，瓦解其他郡县的斗志。”曹操于是将韩范、梁岐封为关内侯。

接着会合各路人马指向邺城，又与先期到达的曹洪合兵一处，把邺城围得水泄不通。

袁尚慌忙领军回救邺城。徐晃说："这是一支思归之军，人人都将拼死作战，我们要避开他们的锋芒。"曹操说："袁尚如果从大路回来，说明他们有锋芒，应当避开。但如果他们沿着西山回来，说明他们缺少勇气，将被我们击败。"袁尚果然从西山而来，在距离邺城十七里的阳平亭扎营，当晚与审配互相举火为号，审配率军杀出城来，袁尚率军杀向城去。曹操分兵抗击，审配抵挡不住，只得退回城里；袁尚也被曹军击败，退守祁山。

接着，曹操包围了袁尚的营寨。袁尚心中畏惧，派使者向曹操投降。曹操假意答应，使得袁尚松懈斗志，却又连夜派遣张辽、徐晃去劫寨。袁尚来不及收拾印绶、节钺和财物，惊慌而逃。曹操便要辛毗用长枪挑起袁尚的印绶衣服，要城内的人们放弃抵抗，出城投降。审配大怒，将辛毗家中老小八十余口在城上斩首。辛毗跪在地上嚎啕大哭，审配站在城上仰天大笑，曹操因此赞叹审配的毅力。

却说审配也有一位义子，原名辛荣，更名审荣，是辛毗的远房侄子，此时心想："我给审配做义子，无非为了富贵。如今大势已去，不如献城投降，也好向曹丞相邀功请赏。"便给辛毗写了一封密信，拴在箭上，射下城来。次日天明，审荣大开西门，辛毗跃马当先，后面曹军如洪水般涌入。审配在东南城楼上被擒，辛毗用马鞭抽打他的脑袋，骂道："该死的东西，你也有今日！"审配被打得头破血流，回骂道："辛毗，你这个恶棍，引狼入室的恶棍！就是做鬼我也要杀了你！"辛毗还要再打，被徐晃叫人拉住。押解着审配来见曹操，曹操说："看你如此忠于袁氏，很好！只要你同样忠于我，我便准你投降。"审配大声回答道："不降！不降！"于是引颈就刑。

审配既死，刀斧手又推上来一个人。曹操一看，却原来是写《讨贼檄文》的陈琳。曹操冷笑着问道："你此前为袁绍创作檄文，骂我也就罢了，却为什么连我的祖父也不放过？"陈琳回答说："我不过是袁大将军使用的一支利箭。箭既然搭在弦上，哪里由得它发与不发呢？"曹操又问："你既然能为袁绍所用，如今可愿为我所用否？”陈琳回答说：“生为利箭，就只能任由弓弦所用。”曹操听他说得可怜，便饶了他，把他留在身边，任作从事。

到了傍晚，徐晃来报：“我奉令收殓审配，不料他却幻化成一只火红的狐狸。”曹操赶去查看，果然是一只狐狸，虽然已经死去，却荣美异常。曹操叹息说：“这不是他的幻相，而是他的原形。”下令以大夫之礼厚葬于城北，在墓碑上刻写“烈士审配之墓”。

第三十四章

郭嘉的神算

曹军杀入邺城，曹氏父子各有所得：曹丕得一美女子甄宓，曹操得一美男子崔琰。有美女子则可宜室宜家，有美男子则可安邦定国，这是上天对曹家的恩赐啊，却不知道曹氏父子是否懂得珍惜？

许攸有大功于曹操，却被许褚所杀。杀许攸的真是许褚吗？若是没有曹操的授意，许褚纵有天大的胆子，却怎么敢杀许攸呢？事情的缘起，应是许攸恃功自傲，却不见曹操有任何封赏，多有激愤之语，因此惹来祸患。曹操呢？眼见袁氏败局已定，许攸已不堪大用，便索性假手于许褚杀之。崔琰之美，许攸之丑，曹操之诡谲，都可以昭然见于其中矣。

许攸是曹操的谋士，郭嘉也是曹操的谋士。许攸该死，便死得窝囊。郭嘉不该死，便死得风光。为什么该死？又为什么不该死？不在于他们的人品，而在于他们对曹操有无用处。

135. 美女子与美男子

话说曹操的次子曹丕，年十七岁，也随军杀入邺城。来到袁绍府前，下马闯入。门前一员将领阻挡他说：“丞相有令，诸人不许入内。”曹丕喝斥道：“我不在诸人之列。”一路好奇，直入后堂，只见两位妇人相抱而哭。曹丕只觉眼前一亮，问道：“你是何人？”其中一位妇人回答：“妾身乃袁大将军之妻刘氏。”曹丕说：“我没有问你。我问的是她。”刘氏回答：“这是我的儿媳妇甄氏。”再问，原来是袁绍次子袁熙之妻甄宓，袁熙为幽州刺史，甄宓不肯远行，因此留在父母家中。曹丕正值青春年少，见那甄氏如花似玉，顿时怦然心动，于是对刘氏说：“我是曹丞相的儿子。有我在这里，绝对没人敢伤害你们。”令人找来厨子做饭，与刘氏婆媳共餐。当晚又手持宝剑坐在堂上守候，一夜无眠。

次日，曹操统领众将入城。许攸用马鞭指着城门，呼喊着曹操的小名说：“阿瞒，如果不是我，你怎么进得了这个门呢？”曹操听得哈哈大笑。众将闻言，俱怀不平。来到袁绍府前，守将禀报说：“世子在里面。”曹操说：“把他叫出来！”曹丕低头而出，后面却跟着刘氏。但见刘氏跪拜在曹操面前，哀告说：“妾身乃袁绍之妻刘氏。请丞相看在世子的情分上，饶恕全家老小。”曹操听得诧异，相问于曹丕。曹丕回答说：“我爱他们家的儿媳妇甄氏，请父亲成全。”曹操越发诧异，又把甄氏叫出来，看了又看，赞道：“我儿真有眼力！此女天香国色，嗯，就改做我家的儿媳妇吧！”

那甄氏是上蔡县令甄逸之女。甄氏生于腊月，生来满室芬芳。做小孩的时候，每遇天气寒冷，便有仙人来把玉衣盖在她的身上。及稍长，好读书，哥哥问她：“你不学女工，难道想做女博士吗？”甄氏回答说：“我听说古代的贤惠女子，都会学习前人的德行。不读书，怎么学习呢？”相士刘良为甄氏看相，说：“此女贵不可言。”若论年岁，甄氏比曹丕长七岁，却正值花信之年，被曹丕纳为妻室，生有一子一女，史称文昭皇后。

曹操麾下诸将，也各自在邺城之中掠人妻女，尽享受艳福。唯独许褚，谨言慎行，方寸不乱。一日，许攸走马入东门，正遇着许褚，上前说道：“你们如果没有我，怎么进得了这个门呢？”许褚冷笑道：“我们这些做将士的，在血海中争战，历经千生万死，才夺得这座城池，哪里轮得上你来夸口？”许攸嗤笑说：“你们那都不过是一些匹夫之勇，有什么值得说的！”许褚怒从心起，拔出剑来，把许攸一剑捅死。许攸猝不及防，死在当街。现出狐狸的原形，把许褚和路人吓得一阵惊叫。良久，提着狐狸来见曹操，说：“许攸无礼，被我杀了。变成了这般模样。”曹操立即联想起审配，心中想道：“审配是一只狐狸，许攸也是一只狐狸，难道沮授、田丰和辛毗也是？”却不知天台山四狐，乃是逢纪、审配、沮授、许攸。如今沮授、审配、许攸都已死去，唯独逢纪下落不明。

乱世需要治理，曹操于是令人在冀州遍访贤士。有人推荐崔琰。曹操问：“崔琰是何人也？”回答说：“冀州有双美。甄氏，美女子也。崔琰，美男子也。”又问：“才美如何？”回答说：“此人诚朴寡言，好击剑，二十三岁时发奋研读《论语》《韩诗》，乃是大儒郑玄门下弟子。被袁绍征召为骑都尉。曾经多次向袁绍荐言献计，得不到采纳，现在托疾在家。”曹操亦令人前往征召。崔琰不敢不来，被任作冀州别驾从事，奉令整理户籍田亩。一日，曹操说道：“我昨日认真看了看你做的账目，按本州户籍，共计三十万众，依然算得上一个大州。”崔琰明白他的意思，忍不住回答说：“如今天下纷争，战火四起，袁氏兄弟同室操戈，冀州民不聊生。丞相率领王师驾到，没见你去看望灾民，却只知道以扩充实力为当务之急。请你想想看，冀州的男女老少，对丞相该有多么失望！”曹操听得肃然动容，立即向他道歉。

136. 袁谭之死

话说曹操自领冀州牧，派人打探袁氏兄弟的消息。此时袁谭已经占领甘陵、安平、勃海、河间，向屯驻在中山的袁尚发起进攻。袁尚战败，逃往幽州去投奔袁熙，他的军队全部被袁谭收编。曹操写信给袁谭，要他到邺城来相见。袁谭断然拒绝说："冀州原本是我们袁家的，虽然被袁尚丢失了，如今我却要光复它！"曹操大怒，回信说："我不把女儿嫁给你，我也不要你这个女婿，我只要你项上的人头！"当即率领大军来攻平原。

袁谭出城迎战。曹操用马鞭指向袁谭，大骂道："我自问待你不薄，你为什么要横生异心？"袁谭回答说："从前，先父待你亦是厚重。如今，你侵犯我们袁家的境界，占有我们袁家的城池，答应嫁给我一个女儿却又反悔。你这样忘恩负义、出尔反尔，怎么好意思说我有异心呢？"曹操气急败坏，派徐晃出马挑战。袁谭身边，彭安拍马迎战。徐晃使一把大斧，沉重难敌，不过几个回合，就把彭安斩落马下。袁谭慌忙退入城中据守，曹操就在城外扎下大营。

袁谭对郭图说："曹操兵多将广，又善于兵法，平原必然难保。不如弃了平原，退守南皮。"曹操又追到南皮，将县城团团围住。天气寒冷，袁谭的心情也很低落，于是派辛评去见曹操，商量投降的事。曹操对辛评说："袁谭这小子，反复无常，我可不敢信他。你又何必跟着他这样一个穷途末路的人呢？你看看你弟弟辛毗，在我这里颇得重用。你也索性留下来吧。"辛评回答说："丞相听说过'主贵臣荣'、'主忧臣辱'的道理吗？我一直都是袁氏的臣子，怎么可以背叛他呢？背叛袁氏，其实就是背叛我自己啊。"曹操因此知道辛评的德操，只好派人送他回去。

袁谭对郭图说："曹操不准投降，如何是好？"郭图说："不如全民皆兵，与曹操决一死战。”于是连夜召集百姓，宣讲曹操屠城坑人的故事，要每人手执刀枪听令。次日平明，打开四门，百姓在前，大军在后，蜂拥而出，拼命喊杀。两军混战到午后，尸横遍地，胜负难分。曹操咬牙切齿，弃马登山，亲自擂起大鼓，将士们群情振奋，无不努力奋力向前。曹洪遇着袁谭，举刀乱砍，竟然将袁谭砍死在乱军之中。袁军顿时溃败，郭图制止不住，急忙飞马入城，想要退守；乐进远远望见，一箭将他射落在护城河中，曹操因此占领了南皮。

当时触目所及，几乎每家都有死人，到处都是尸体，城内城外，一片哀楚。曹操又将袁谭的头颅悬挂在北门，下令有胆敢来哭的，立斩不饶。偏偏就有一人，布冠衰衣，跪拜在袁谭的头颅下面痛哭。曹操听到报告，说："此人必是辛评，且赐他一死！"辛评便默默站起，一头撞死在城门口。王修在外面督办粮草，听说袁谭已死，放声大哭道："主公不在，我要回到哪里去啊？"于是不顾一切去见曹操，请求收殓袁谭的尸体。曹操沉默不语。王修又说："我身为袁氏之臣，如果让我收殓了他的尸体，就是让我死，我也不会后悔的。"曹操无限感叹，说："河北义士，何其如此之多啊！可惜袁氏不能用，否则我哪里敢用正眼窥视这块土地呢？"于是下令从城门上取下袁谭的头颅，厚葬在城外。

137. 最后的两朵小火苗

曹操又召见王修，问道："袁谭已死，他的两个弟弟还在，用什么办法能够拿获他们？"王修沉默不语，一副等死的模样。曹操越发感叹于他的忠诚，事后礼聘他为司空掾。又问郭嘉，郭嘉说："袁氏多有降将在此，他们熟知袁氏兄弟的底细，可命令他们相攻。"曹操于是点起吕旷、吕翔、马延、张凯，要他们各引本部兵马，分左右两路进攻幽州；同时派遣乐进、李典攻打并州的高干。

话说吕旷、吕翔领军，先遣细作来见焦触。焦触召集文武官员，说道："袁氏大势已去，何不归降于曹丞相？有不遵令者斩。”众人依次歃血为盟。轮到别驾韩珩时，他把剑掷在地上，说道：“我受袁氏父子厚恩，眼睁睁地看着他们败亡，智不能救，勇不能死，已经是有失做臣子的忠义了，怎么好意思去投降曹操呢？我不干！”众人听着，都变了脸色。焦触说：“我等谋图大事，不差你一人，但请自便。”于是自任幽州刺史，率众反叛，起兵攻打袁氏兄弟。袁熙、袁尚猝不及防，只得惊慌上马，连夜往辽西投奔乌桓去了。

又说乐进、李典攻打并州，被高干守住壶关，久攻不克。高干，字元才，是袁绍的外甥，通晓文事武略，任并州刺史七年，颇有政绩。曹操亲临前线观战，与郭嘉商议说：“还得使用降将。”叫人唤来吕旷、吕翔，吩咐如此如此。吕氏兄弟依计率领亲兵数十人来到关下叫门。高干问道：“你们原本是袁氏旧将，如今为什么在这里？”吕氏兄弟回答说：“只因曹操欺人太甚，让我们悔恨无及，因此赶来投奔将军。请快快开门放我们进去。”高干不敢相信，只准兄弟二人入关。兄弟二人便下了马，扔了兵器，空着手进了关门。高干再三询问，并没有问出任何破绽。次日，吕氏兄弟献计说：“曹操亲领大军在此，久则必败，当出奇兵制胜。可于今夜前去劫寨，我俩愿作向导，为将军立功。”高干反复思考，就令吕氏兄弟为向导，趁夜潜往曹操大寨。深夜里一片静谧，忽然喊声大震，伏兵四起。高干转头不见吕氏兄弟，知道中计，只得奋力杀出一条血路，往北逃往大漠，前去投奔匈奴单于呼厨泉。呼厨泉说：“我若是接纳了你，岂不是要结怨于曹氏吗？”高干走投无路，心想：“我何不去投奔刘表？”走到半路，被上洛都尉王琰率军围捕，死在山中。

曹操召集众人说：“如今冀、青、幽、并等四州都已平定，剩有袁氏兄弟逃在乌桓，如何是好？”大将曹洪说：“袁氏兄弟已是日暮途穷，不足以为后患。况且我军连年征战，将士们多有疲惫，不如暂且归去。”军师祭酒郭嘉急忙制止说：“不可。袁绍与乌桓颇有交情，每年都要挑选美女冒充皇家公主送给乌桓和亲。如今袁绍虽死，乌桓却必然相助他们兄弟两个。他们俩恰如两朵小火苗，一旦遇到有利于他们的风头，就会在冀、青、幽、并四州重新点燃叛乱的大火。因此，在除灭袁氏兄弟以前，决不可轻言撤军。”曹洪问道：“我军远征辽西，倘若刘备勾结刘表乘虚来取许都，却怎么来得及回防？”郭嘉回答说：“刘表虽有八骏之名，却不过是夸夸其谈而已。他自知才能不足，重任刘备吧，又害怕失控；轻任吧，刘备又没有足够兵力可用。所以，即使我们虚国远征，也是不用担心的。”曹操点头赞道：“你说得对！”

于是点起大军，往乌桓进发。但见道路崎岖，车马难行，众人无不嗟怨。王修忽然说道：“郭嘉恐怕命不长久吧？”荀攸问：“你为什么这样说呢？”王修回答说：“郭嘉操劳军务，思虑太甚，必然茶饭不香、夜不能寐，因此败坏脾胃。此去乌桓，路途艰辛，难有合口的饮食，他必然大病。”行军来到易县，郭嘉果然不服水土，上吐下泻，浑身虚脱，卧病在车。曹操怜惜地说：“路上艰辛，让你病成这样。不如暂且停驻，可好？”郭嘉回答说：“兵贵神速，怎么能够因为我而驻足呢？请你扔掉我这个包袱，轻装上路，快速挺进，出其不意地消灭蹋顿。”蹋顿，便是盘踞在辽西的乌桓王。

138. 郭嘉的遗书

时逢盛夏，大雨滂沱，道路泥泞，不能通行。从事邢颙向曹操推荐说：“此间住着一位名叫田畴的义士，是我的老友，可以任作向导。”原来田畴率领族人住在徐无山中，常以乌桓为患，听说曹操大军前来征讨，欣然来见，说道：“这条路地势低洼，每逢夏季，必然积水。说它浅吧，不能通行车马；说它深吧，又不能使用船只。不如假装撤军，悄悄地改走另一条老路。”曹操又惊又喜，问道：“难道蹋顿不知道那条路吗？”田畴回答说：“那条路年久失修，早已无人行走，只剩下残迹可以辨认。正好可以出其不意，生擒蹋顿。”

曹操连声赞“好”。于是带领军队返回，向沿路居民声称：“雨水淹没了道路，等到秋季以后再来进军。”乌桓部落得到飞报，无不信以为真。此时郭嘉已是病势沉疴，只得送回易县修养。大军跟着田畴攀登徐无山，过了卢龙口，经过平岗，登上白狼城，进入乌桓部落空虚的后方。曹操登高眺望，对张辽说："敌军懒散，不成阵容，可出兵痛击。"将帅旗授与张辽，令他率领许褚、于禁、徐晃诸将发起进攻。蹋顿猝不及防，被张辽一戟刺杀于马下。袁氏兄弟见势不妙，急忙飞奔投往辽东。张辽挥军掩杀，降服乌桓部落二十多万人。曹操大获全胜，进入柳城驻军。

有书信从易县来。曹操拆开来看，看得频频点头。荀攸进来禀报说："辽东郡太守公孙康，桀骜不驯，如今又有袁熙、袁尚兄弟前往投奔，两家联手，后必为大患。天气即将大寒，须得速战速决，一战平定辽东。"曹操不听，下令班师，至于次年二月，大军返回易县。此时郭嘉已死去多时，棺椁就停放在县衙后院。曹操亲往祭奠，大哭说："老天爷啊，你为什么要夺走我的奉孝？"对众人说："在场的各位，与我都是同辈人。只有奉孝，最是年少，我还想向他托付后事哩，没想到他竟然先我们而去，怎不让我肝肠寸断！"又对荀攸说："你一定想问我为什么班师？因为奉孝有遗书给我，要在此等候袁氏兄弟的头颅。"

话说袁氏兄弟逃到辽东，袁尚对他的二哥袁熙说："只要公孙康来见我，我会亲手杀了他，占领辽东，在这里蓄养精力。然后收复河北，与曹操再战。"那边公孙康也在权衡："曹操若是来攻我，袁氏兄弟可以用作前驱。若是不来攻我，袁氏兄弟便不可久留，否则有鸠占鹊巢的危险。"于是让袁氏兄弟客居在新昌，推说自己有病，不愿相见。等到细作来报："曹操已从柳城班师，并没有攻打辽东的意思。"公孙康大喜，便请袁氏兄弟到襄平见面，事先埋伏刀斧手在帷幔之中。一进门，袁熙就发现了端倪，脸色变得煞白。此时袁尚问道："寒冬腊月，这地上怎么坐得？请帮我们铺一块席褥吧！"袁熙叹息道："我们兄弟两个的头颅，马上就要送给千里之外的曹操，还要什么席褥呢？"公孙康大笑，令刀斧手冲出，砍了兄弟二人的头颅。袁氏家族最后的两朵小火苗，就这样被北方的冷风扑灭了。

当公孙康把袁氏兄弟的头颅送到易县时，所有人都吃了一惊，无不赞叹郭嘉的神算。荀攸对王修说："你说得对，也许正是因为他算无遗策，所以才会如此早死吧！"

第三十五章

当的卢马跃过檀溪

马跃檀溪一事，其实大有寓意。刘备驭马有道，于是有马跃檀溪。马跃檀溪以后，又引出一匹高卧在隆中的龙马。的卢马能够助他飞跃檀溪，却不知那匹龙马能够助他飞跃怎样的困境？

139. 袁氏以后，复有刘氏

话说刘备听说曹操远征辽西，急忙赶往襄阳，劝刘表说：“曹操远征，许都空虚。请兄长赶紧征集荆襄之众，趁机袭取，大事可成。”不料刘表却回答说：“我坐拥荆襄九郡，为一方诸侯足矣，别无所图。”刘备听了，顿时憾恨不已。只听刘表亦是长吁短叹，又说道：“家事烦忧，哪里有闲心理会天下之事？”刘备也不好多问，等到散了饭局，自归新野而去。是年夏夜，甘夫人梦见北斗星飞入怀中，因此有了身孕，至于次年春天的一个清晨，生下一男，乳名阿斗。临分娩时，异香满室；又有一只鸦鹊，飞在县衙屋顶，高鸣四十余声，往西飞去。众人都说鸦鹊兆喜，所以又把鸦鹊叫作喜鹊。

此时，曹操已从易县返回邺城，下令建造铜雀台。所谓铜雀，乃是用赤铜打造的凤凰。长安故城建章宫有双圆阙，又名双凤阙，《歌》曰：“长安城西双圆阙，上有一双铜雀。一鸣五谷生，再鸣五谷熟。”曹操在邺城建造的铜雀台，其实是三座高台，各相距六十余步，中间用廊桥相连，尽显中国古代台式建筑之极美。曹操之子曹植，是曹丕同父同母的亲弟弟，自小早慧，出口成章；当时创作《铜雀台赋》，文辞华美，溢彩流光，被人们交口称赞和广为传颂。消息传到襄阳，刘表暗自心惊，说道：“曹氏父子登高台而抒文采，分明已有君临天下的气势。如今北方已然被他平定，下一步他必然来犯荆州。”后悔没有听从刘备的建议，白白错过了袭取许都的良机。

又派人把刘备请来，请入后堂饮宴，诉说道：“想我生逢乱世，身负皇命单人匹马入主荆州，是多么意气风发。转眼十八年过去，而今我已是六十有四，再也没有了当年的壮志豪情。我也不再为天下担忧，只希望两个不成器的儿子，不要像袁绍的儿子们那样，死在曹操的刀兵之下。”刘备安慰说：“兄长不要过于担忧。袁绍当年何其强盛，却一朝被曹操所灭。而今曹操亦是强盛，谁又知道他被何人所灭呢？还是经营好自家的事业要紧。”刘表回答说：“我正为此事担忧。”说着，不禁潸然泪下。刘备问道：“兄长有什么苦衷？倘若有用到兄弟的地方，请直说无妨。”刘表回答说：“我这两个儿子，长子刘琦，是我前妻陈氏所生，人品贤德，却生性柔懦不足以立事；少子刘琮，后妻蔡氏所生，颇是伶俐可爱。我想要废长立幼，又害怕他们重蹈袁氏兄弟的覆辙，因此犹豫难决。”刘备想了又想，劝说道：“自古废长立幼，都会惹来祸乱。兄长一定要有决断，要设法为长子刘琦建立权威。”刘表听了，默然不语。

席间，刘备起身如厕，看到大腿上又长出了许多髀肉，想起自己在新野虚度的时光，不由得悲从中来，潸然流泪。回来被刘表看见，相问道：“贤弟何故如此？”刘备回答说：“想我从前身不离鞍，因此不长髀肉。而今很少骑马，但见髀肉复生。可叹岁月磋跎，我已垂垂老矣，怎不令人悲切！”刘表安慰他说：“我听说曹操在许都与贤弟煮酒论英雄，以为天下英雄，只有你与他两个。贤弟今生有此盛名，还要悲切什么呢？”刘备乘着酒兴，说道：“我若是有自己的根基，必然大展抱负，何止是一个盛大的虚名呢？”刘表听得一脸尴尬，直叫：“喝酒！喝酒！”刘备也自知失口，只好跟着喝酒，直到大醉而归。

唉，想刘备出生入死，是一个多么谨慎的人哪，而今却祸从口出。刘表的后妻蔡氏躲在那屏风后面，把他们的谈话窃听得一清二楚，转头相告于弟弟蔡瑁，说：“刘备那厮，甚是可恶。你姐夫想要立琮儿为嗣，竟然遭到他的反对。你说，他是什么人，又凭什么反对？”蔡瑁说：“古来立长不立幼，也是礼法。”蔡氏说：“我听他那自负的口气，目空一切，似乎要谋图荆州。”蔡瑁说：“如果是这样，那我就有理由杀他了。”便连夜点兵，前来抓捕刘备。

话说刘备回到馆舍，正要就寝，伊籍忽然叩门而入，催促道：“将军快走！”刘备惊问道：“是何缘故？”伊籍说：“蔡瑁说你谋反，要来抓你回去讯问。”刘备吃了两惊，酒意渐渐地醒了，赶紧谢过伊籍，带着随从，连夜奔回新野。蔡瑁赶来，面对一间空房，想了又想，要手下找来笔墨，在墙上题诗一首，然后径自来向刘表告状说：“刘备谋反，写有反诗，被人发现，已不辞而去。”刘表不信，亲自到馆舍来看，果然看到一首诗[1]。诗曰：

龙是一种无限的意志
而我，就是那样一条龙
可是为什么，那么多阴郁的事物
围困着我，恰如一口狭小的池塘
围困得我喘不过气来

上帝啊，我的意志只需要做一件事
让我乘着那闪电跃上天空吧
让我能够使用我的雨水
浇灌这一片古老的土地

刘表反复读了两遍，渐渐地怒从心起，骂道："他想要什么无限的意志？分明是心怀不足！"来回又走了两遍，猛然觉醒道："我与他相处这多时日，不曾见他作诗。再说，他又何故作一首反诗在此，叫人看见？想必是有人故意使坏。"于是拔出佩剑，用尖头将诗文逐字削去。蔡瑁进来报告说："人马已经备好，请主公下令，往新野捉拿刘备。"刘表摇摇头说："事情来得蹊跷，就此罢了，不要再提。"

① 罗贯中版《三国演义》原诗为："数年徒守困，空对旧山川。龙岂池中物，乘雷欲上天！"

140. 马跃檀溪

蔡瑁回来见他的姐姐，问道："刘备已逃，姐夫又不让追，如何是好？"蔡夫人回答说："明日便是立秋，立秋后第五个戊日便是秋社，可在那时再来动手。"

秋社日说到就到。刘表按照惯例设坛祭祀社稷，派人到新野来请刘备。刘备召集众人说："上次去襄阳，蔡瑁要来捉我，亏得伊籍相告，及时逃脱。此次又要我去，只恐遭遇不测。"关羽说："伊籍之语，并未证实。倘若不去，反而惹人猜疑。"孙乾说："可令赵云与主公同往，可保无事。"

于是与赵云同往襄阳。刘表长子刘琦出城相迎，送到馆舍歇息。赵云率领三百精兵四周警戒。次日，九郡四十二县官员，都已到齐。蔡瑁事先跟蒯越密谋说："刘备乃世之枭雄，久留于此，后必为害。我已跟主公商议好了，就在今日除灭了他。"安排蔡和守住东门外的岘山大路；蔡中守住南门；蔡勋守住北门；只因西门外有檀溪阻隔，便不必把守。蒯越说："我见赵云如影随形，不离刘备半步，恐怕碍手。"蔡瑁说："我另在外厅设席款待赵云，请你与文聘将军设法托住他，便可趁机行事。"蒯越连声赞好。

当日祭礼完毕，大张筵席，款待来宾。刘备来到州衙，令随从将的卢马牵入后园拴系。刘表抱病不能赴宴，便叫刘备坐了主席，众人依次而坐。赵云佩剑站在刘备身边，不肯就座。蒯越、文聘过来相请，百般相劝。刘备抹不开情面，只得令赵云听从。与此同时，蔡瑁把外面收拾得跟铁桶似的，把赵云手下的三百军士都遣回了馆舍，只待酒至半酣，就要摔杯动手。

当时觥筹交错，伊籍到刘备跟前敬酒，先是使眼色，而后低声说道："请将军更衣！"刘备会意，当即起身如厕。伊籍也放下了杯盏，赶到后园向刘备密报道："蔡瑁设计害你，东门、南门、北门三处，都有他的兄弟把守。请你赶紧从西门逃走，或许能有一条生路！”刘备大惊，急忙过去解开的卢马缰绳，飞身跃上，不顾一切，往西门奔逃。门吏拦住要问，刘备也不答话，快马加鞭冲出。蔡瑁听到禀报，立即点起五百军士上来追赶。

可怜那刘备慌慌张张，撞出西门，只见大溪拦住去路。那檀溪宽约数丈，波澜壮阔。刘备在溪边惊慌失措，的卢马亦是驻足徘徊。回头看见西门外尘头大起，知道追兵即将赶到。刘备说：“看来我今日就要死在这里了！”牙关一咬，打马跃入檀溪。才走几步，的卢马前蹄深陷，人马都没入水中。刘备惊慌至极，拼命打马，叫道：“的卢啊的卢，难道你今天真的要害死我吗？”只听得那马一声长啸，纵身跃起三丈，踏上西岸。刘备仿佛腾云驾雾，心中好不惊喜。

蔡瑁已经赶到东岸，大声叫道：“皇叔何故逃席而去？”刘备反问道：“我与你有何冤仇，两次加害于我？”蔡瑁辩解说：“没有的事。皇叔不要听人瞎说。”暗地里却叫人拈弓搭箭。刘备早已看见，急忙拍马往西南方向奔逃。蔡瑁懊恼不已，感叹说：“难道他有神助，竟然飞过了檀溪！”正要收兵回城，又见赵云率领三百亲兵赶来。

原来赵云正在饮酒，忽然听到外面人马动静，赶紧来找刘备。宴席上不见人影，又到馆舍寻找。听得人说：“蔡瑁往西门追赶去了。”赵云心慌火急，赶紧叫起三百亲兵，也奔西门而来。正迎着蔡瑁，问道：“皇叔何在？”蔡瑁回答说：“皇叔逃席而去，不知道去了哪里。”赵云遥望大溪，别无去路，回马喝问蔡瑁道：“你请皇叔赴宴，为什么带着兵马追他？”蔡瑁回答说：“九郡四十二县的官僚都在宴会之中，我为上将，当然要负责安全。”赵云问：“那么，你把他追到什么地方去了？”蔡瑁回答说：“我听说他匹马出了西门，到此却不见了踪影。”赵云惊疑不定，叫人找来小船过溪去看，只见草丛中有踩踏的痕迹，暗自想道：“难道他真的跃马过溪，去了远处？”四下里张望了许久，依然不见踪影。又不敢回城，恐怕遭遇暗算，只得带着亲兵们先回新野。

141. 夜宿在水镜先生的庄院

话说刘备跃马过溪，似醉如痴，心想："这的卢马真是神奇，我此生不能辜负它的大恩！"一路行走，遥见一位牧童跨在牛背上吹奏笛乐，又感叹说："看他如此逍遥自在，我自愧不如啊！"一曲既罢，牧童看着刘备问道："来者可是刘皇叔？"刘备惊问道："你怎么知道是我？"牧童说："我本来不知道。今天早上，师父说刘皇叔将要从此路过，要我在此等候，想必是您。"刘备又问："你师父是谁？"牧童回答说："我师父复姓司马，名徽，字德操，道号水镜先生。前面山林之中，便是他的庄院。"

牧童带着刘备，前行二里多路，到达庄前，但闻琴声优美。刘备下了马，要童子且勿通报，站在那里侧耳倾听。琴声忽然停住，一个人从里面大笑而出，说道："琴韵忽起高亢音，必有英雄在窃听。"童子指着那人说："这就是我的师父水镜先生。"刘备看那人松形鹤骨，知道不是凡人，慌忙上前施礼。水镜先生请刘备入草堂就座，又令童子奉茶，说道："我今早听得东北方向一声惊雷。出来看时，却是万里晴空。于是掐指来算，知道皇叔要遭遇一场大难，逃到这里。"刘备听得惊讶，感叹说："先生神算！"

饮过三盅老茶，又叫童子奉上沙果。水镜先生说道："我听说'鞍上无人，鞍下无马'，意思是说，先有良人，而后有良马。皇叔驭马有道，能够化凶马为良马，可谓天下之良人矣！"又说道："我有一问，皇叔既为良人，为何自桃园结义以来，落魄至今呢？"刘备叹息说："命运多蹇，无可奈何。"水镜先生说："命运之中，却有奥秘。"刘备说："请先生指教！"水镜先生说："不是别的缘故，是因为将军左右不得其人啊。"刘备说："我虽不才，但文有孙乾、麋竺、简雍，武有关羽、张飞、赵云，怎能说左右不得其人呢？"水镜先生说："皇叔既为良人，关羽、张飞、赵云则皆为良马。良马纵横沙场，可见战术上的勇猛。至于孙乾、麋竺、简雍，或善于行政，或善于公关，都不过是料理一些日常的事务。而皇叔所欠缺的，是战略上的智慧啊！”刘备感叹不已，然后说道：“先生说得对。奈何我十多年来，无缘遇见这样的智士。”水镜先生说：“今天下之智士，都在本地，就看皇叔是否有心，有心便有缘。”

刘备急忙追问道：“智士何在？”水镜先生说：“有一人称卧龙，有一人称凤雏，皇叔若是有缘得其一，即可安定天下。”刘备继续追问道：“卧龙、凤雏何人也？何姓？何名？住在何地？”水镜先生看他着急的模样，抚掌大笑道：“好！好！”等到刘备再问时，水镜先生说道：“天色已晚，皇叔可在寒舍暂住一宿。纵有万事，留待明日再说。”命童子相待餐饮与盥洗，将的卢马牵入后院喂养。

142. 卧龙是一条什么龙?

话说刘备听了水镜先生一番言语，辗转反侧了半夜，却在恍惚之中梦见一位长翅膀的老者飞到床前。那老者鹤发童颜，似笑非笑，将刘备反复打量。见刘备将醒来，那老者惊飞而起，消失在半空之中。刘备惊奇不已，心想：“我刚才梦见的那人是谁呢？难道竟是卧龙？”

时光约是三更，就听得有人叩门而入。水镜先生问道：“元直从何而来？”来人回答说：“慕名投奔刘荆州。没想到他徒有虚名，令我失望而归。此来顺路，恰好可以探望先生。”水镜先生说：“你听说过一首歌谣吗？歌曰‘八九年间始欲衰，至十三年无孑遗。到头天命有所归，泥中蟠龙向天飞’，说得就是刘荆州。建安八年，刘表前妻陈氏病逝，从此横生家乱，这就是‘始欲衰’啊！又何谓‘无孑遗’呢？乃言刘表不久亦将病逝，文官武将都将零落而无孑遗。然则天命有归，自有真龙从泥淖中飞起，元直当择贤主而从啊！”来人回答说：“先生说得对呀！”

刘备听得大喜，暗想此人莫非就是卧龙？想要出来相见，又恐造次。等到次日天明，来问水镜先生：“昨夜来者是谁？”水镜先生说：“我的一位好友。”又问：“可否一见？”水镜先生说：“此人要投奔明主，清早便走了。”又问：“可是卧龙或者凤雏？”水镜先生又是抚掌大笑道：“好！好！”刘备想了又想，便撩起衣袍，跪拜在地，请求说：“我为报效国家，寻求同志之士。暂且不问卧龙或者凤雏，但请先生出山相助！”水镜先生连忙扶起，说道：“老夫老矣，况且久居山野，不堪世用。皇叔若真有心，自有十倍于我的智者前来相助。”

正在说话，忽然听得庄外人喊马嘶。众人出来查看，原来是赵云。当时赵云见到刘备，大喜，说道：“我在檀溪不见主公，一路找回新野。新野亦不见主公，被兄弟们责怪，然后又连夜找到这里。请主公赶紧回去，只怕有人趁机滋事。”刘备便辞别了水镜先生，与赵云同回新野。回到新野，与关羽、张飞、孙乾说起马跃檀溪的故事，无不惊叹。孙乾说：“此事非同小可，须得向刘荆州写信说明。”刘备便写了一封信，派孙乾送到襄阳。刘表大怒，唤来蔡瑁，责骂道：“你好大胆，竟敢背着我设计害人！”令人推出去责打五十大棍。蔡夫人出来哀求，刘表无可奈何，只得令蔡瑁滚出去，回头对孙乾说：“我这就委派长子刘琦，与先生同往新野请罪。我弟玄德，是个通情达理的人，还请他不要挂怀。”

刘琦来到新野，住了两夜。第二日晚间，忽然落泪，说道：“侄儿无能，常被继母蔡氏责骂，唯恐遭遇不测，请叔父指教！”刘备劝说道：“继母责骂，无非是怕你争夺了弟弟刘琮的利益。你若是不争，或许可以免祸。”第三日招待了早饭，刘备送到长亭，叔侄俩洒泪而别。回城路上，忽然看见一人，葛巾布袍，皂绦乌履，长歌[①]而来。歌曰：

① 罗贯中版《三国演义》原诗为：“天地反覆兮，火欲殂；大厦将崩兮，一木难扶。山谷有贤兮，欲投明主；明主求贤兮，却不知吾。”

天地之间是一团火，烈火熊熊地烧着。

要让黑暗成灰烬，灰烬之中有新我。

刘备听得壮怀激烈，心想："此歌所唱，好像是凤凰涅槃的故事。歌者必然卓尔不凡。"于是下马相见。那人说道："我姓单名福，久闻皇叔求贤纳士，特来投奔，不料竟然在路上遇着。"刘备问道："刚才那首《烈火歌》，可是先生所作？"单福回答说："乃是我的好友卧龙先生所作。"又问："难道你不是卧龙吗？"回答说："卧龙先生，天地之大才也。我虽然也有抱负，却不及他十分之一。"刘备展颜笑道："先生过谦了！"当即请入县衙，待为上宾。

两人就在院中饮茶叙话。刘备问道："他既是卧龙，为何要唱凤凰涅槃的歌谣？"单福回答说："皇叔但知凤凰涅槃，可知火龙涅槃？凡是众生，皆可涅槃重生。"刘备赞叹说："这是人生的妙义啊。难道卧龙先生是一条火龙？"单福回答说："是龙，却也是马。"刘备问道："却是为何？"单福回答说："《周礼》有云，马八尺以上为龙。因此有龙马一说。又有《尚书》说，龙马自黄河负图而出，伏羲氏因之而演八卦。皇叔所问的卧龙先生，乃是一匹高卧山中的龙马。"刘备因此暗自惊讶，心想："原来在的卢马、赤兔马之外，另有一匹负图的龙马。"又向单福问道："先生既然是卧龙的好友，可否将他推荐给我？"单福听了，笑而不语。

第三十六章

一封伪造的家书

先有的卢马飞跃檀溪，而后有卧龙出于隆中，这是用的卢马为卧龙做引子啊。先有水镜庄，而后有诸葛庐，这是用水镜庄为诸葛庐做引子啊。先有徐庶，而后有诸葛亮，这是用徐庶为诸葛亮做引子啊。没有马跃檀溪，焉知刘备驭马有道？不写水镜庄，焉知有诸葛庐？没有徐庶做比对，焉知诸葛亮有经天纬地的大才？这便是文学的妙处，将一桩事一桩事娓娓道来，其中的次序与因果，便可令人恍然而知。

人生有失有得。刘备得徐庶一喜，失徐庶一悲，然则在一喜一悲之间，刘备的道德操守却可尽见。失一徐庶之后，又得一诸葛亮，在这婉转起伏的命运之中，恰好隐藏着上帝对刘备的深爱。

143. 单福的用兵之道

刘备于是拜单福为军师，请他讲授用兵之道。单福说："做将帅的第一个条件就是仁爱，要懂得关爱每一个人，并且与他们同甘苦、共死生。从前良将用兵，有人送给他一坛美酒，他让人倒在河中，与士卒同流而饮。一坛酒不能使一河之水都有酒味，而三军将士却因为感念他的情怀以死相报。帐篷没有搭好，他不说疲劳。水井没有打好，他不说口渴。饭菜没有烧好，他不说饥饿。即使是天寒地冻，也不独自穿皮裘。即使是六月酷暑，也不独自用扇子。即使是下着雨，也不独自打雨伞。只有这样与士卒同甘苦、共患难，整个军队才会有万众一心的凝聚力。这种凝聚力，其实就是仁爱的力量。"张飞插话说："我大哥就是这样的仁将。"

单福接着说道："第二个条件就是勇敢。两个人打架，勇敢的那一个好像总是有神的帮助。两军相逢，即使是一个人的勇敢，也足以战胜一支充满恐惧的军队。尤其是做将帅的，如果没有勇敢，整支军队都会陷入恐惧和分裂。只有勇敢的将帅，才能让军队充满必胜的信心。"张飞插话说："我二哥就是这样的勇将。"

单福接着说道："第三个条件就是智慧和思虑。做将帅的如果没有周全的思虑，做出的决定就会很轻率，整支军队就会妄动，不知道什么是对也不知道什么是错，不知道为什么赢也不知道为什么输，让战争处在一种不确定的状态。所以，优秀的将帅一定要有周全和巧妙的思虑，使得他能够很好地排兵布阵，带领众人制胜破敌。"张飞不再插话，人们都陷入了沉默。

话说曹操从邺城返回许都，荀彧说道："从袁绍那边投诚而来的将领，不可以让他们停驻在北方，否则就会像死灰里面的火星一样生出事端。"曹操于是叫来吕旷、吕翔，说道：“刘备在新野招兵买马，早晚必成祸患。曹仁将军屯驻在穰城[1]，与新野形成相拒之势。两位将军若能前去相助曹仁将军，踏平了新野，剿灭了刘备，又是大功一件。”吕氏兄弟便领命到穰城向曹仁报到。曹仁大喜，拨给吕氏兄弟五千兵马，前往新野厮杀。

早有探马飞报新野。单福说：“既有敌军来犯，不要等它临近城下，可于半路设兵狙击。”分派关羽、张飞各自进入指定地点设伏；刘备带着赵云，率众与曹军正面相敌。当时两军相遇，刘备喝问道：“来者何人，胆敢侵犯我的境界？”吕旷拍马而出，回答说：“我乃大将吕旷，奉曹丞相之命，特来擒你！”赵云从刘备身边出马迎战，不过五个回合，越战越勇，一枪挑飞了吕旷的头盔。吕旷吓得魂飞魄散，调转马头便跑。吕翔飞马上来，救下吕旷，又是一番厮杀。恰在此时，关羽从后面冲来，曹军顿时大乱。刘备趁势挥动军队，一路掩杀。吕氏兄弟纵马逃奔，半路上又被张飞拦住去路。兄弟俩合力并战，张飞毫无惧色。说时迟，那时快，只听得张飞一声大喝，丈八蛇矛闪电般刺出，正中吕翔的左胸，穿透甲胄，直入内脏。吕翔应声翻倒，落马而死。吕旷悲伤欲绝，上来就要拼命，后面关羽赶到，一刀劈了他的脑袋。

经此一战，刘备大获全胜，俘获许多降卒。回来犒赏三军，赞道：“我向来知道吕氏兄弟是能征惯战的大将，如今能够轻易地战胜他们，不仅仅是因为诸位将军的勇猛，亦可略见单先生排兵布阵的妙处。”众将亦是钦服单福，都来向他敬酒。

---

① 罗贯中版《三国演义》写为樊城，地理方位不对。经沈伯俊先生校理为穰城。

144. 大破八门金锁阵

话说曹仁听到败军回报，大吃一惊。副将李典说:“吕氏兄弟能征惯战，却在新野一战而亡,足见刘备不容小觑。今宜报告丞相,兴起大兵征剿,方为上策。”曹仁说:“新野弹丸之地，何劳丞相大军?况且丞相日理万机，你我怎好去给他添加烦恼?”于是点起兵马，合计二万余人，气势汹汹，渡河来攻新野。就在城外列兵布阵，高声叫战。

刘备站在城楼上观望敌情，关羽在一旁请战。单福说:“关将军且慢，你可知他布的一个什么阵法?”关羽说:“不知也。”单福说:“这叫八门金锁阵。所谓八门，其一曰休，其二曰生，其三曰伤，其四曰杜，其五曰景，其六曰死，其七曰惊，其八曰开。若是从生门、景门、开门而入，则吉;从伤门、惊门、休门而入，则伤;从杜门、死门而入，则亡。我看他八门列兵布阵，也算布得整齐，只是在阵中缺少一个随机应变的主持。我军只需从东南角上生门击入，往正西景门而出，阵容必乱。”关羽有些不以为然。单福说:“关将军且在楼上观战。”却叫赵云率领五百精兵冲出城来。

只见赵云挺枪跃马，率军直奔东南角上的生门，呐喊着杀入中军。曹军按照既定阵法，往北移动。赵云并不追赶，却往西面突击;杀到西面的景门，又转头杀回东南角上，曹军顿时大乱。张飞早已率军在城门之中等待，只听一声令下，便如洪水般冲出，将曹军冲洗成了一滩稀泥。

话说曹仁输了一阵，对李典说道:“刘备军中必有能人，竟然能看懂我的阵法。”李典说:“既然如此，不如回去防守穰城。”曹仁说:“刘备胜了一场，今晚必不设防。新野城墙不高，架梯可上。只需杀上城去，便可破门而入，四处放火,便可大胜。”李典说:“不可。刘备久经沙场,怎会没有准备?”曹仁说:“今晚且放胆一战，如若不胜，再退守穰城不迟。”于是，自率前军，令使李典为后应，当夜二更前来偷城。刚到城外，忽然四周火起。火光中，张飞纵马而出，大笑道：“我家军师神机妙算，令我在此等候多时啦！”

曹仁见势不妙，急忙下令退军，往北河奔逃。刚到河边，正要寻找船只渡河，岸上又有一彪军马杀到，为首大将，正是白日里破了八门金锁阵的赵云。李典死战，保护曹仁下船渡河。河水幽暗，淹死了许多军士。上岸奔到穰城，令人叫门。此时天色微明，只听城上一声鼓响，一员大将开门而出，大喝道：“我乃关羽，已取得穰城多时了！”曹仁大惊，拨马就走。关羽一路追赶，杀出二十余里，收兵返回穰城。

145. 一封伪造的家书

话说曹仁逃回许都，来向曹操请罪。曹操问道：“胜负乃兵家常事，但不知谁为刘备出谋？”曹仁回答说：“我在路上打听，说是一个名叫单福的人。”又问：“此人是何模样？”回答说：“葛巾布袍，皂绦乌履，满嘴的颍川口音。”程昱在旁边说道：“此人姓徐，名庶，字元直，自幼好剑术，行侠仗义。中平六年，他为人报仇，犯下命案，披发涂面逃走。从此化名单福，不再舞剑弄枪，也不再任性使气，专心读书向学。”曹操问道：“徐庶之才，比君何如？”程昱回答说：“胜我十倍。”曹操叹息说：“只可惜他投奔了刘备！”程昱说：“丞相想要得到徐庶，倒也不难。”曹操问道：“他已是刘备的党羽，却怎么能够叫他幡然来归？”程昱说：“徐庶是个孝子，老家尚有老母在堂。如今他的弟徐康刚刚病故，老母无人赡养。丞相可派人将他的老母接到许都，只要他的老母写信召唤，他必然不顾一切来归。”

曹操大喜，立即派人去乡下接来徐母，向她说道：“你的儿子是一位奇才，可惜跟错了主人。他如今在新野，做逆臣刘备的党羽，恰如一块美玉落在淤泥之中。我怜惜他的才能，烦老人家写信，召唤他回来。我会在皇帝面前保奏他，给他高官厚禄。”徐母问：“你说的刘备，是个什么人哪？”曹操回答说：“是一个外表挚诚、装模作样、不讲信义的伪君子。”徐母呵呵笑道：“我听诸人说过刘备的忠厚，只有你说他是伪君子。只怕伪君子不是刘备，倒是你。”曹操吃了一惊，问道：“我好心好意待你，你怎么如此无礼？”徐母脸色一沉，骂道：“你一个名为汉相实为汉贼的伪君子，究竟是何心机要好心好意待我？我们徐家做人，讲究的是清白。你要骗我儿子回来，岂不是要败坏我母子二人的名节？”曹操恼羞成怒，叫人把徐母拉出去。徐母情急，把笔、墨、纸、砚都掷打在曹操身上。

程昱急忙赶进来，劝住曹操说：“徐母故意激怒丞相，无非求得一死。徐母既死，徐庶必然成为刘备的死忠和丞相的死敌。不如将她留作人质，叫徐庶身心不定。况且只要留得徐母在，我便可以好好想一条妙计，将徐庶赚到许都。”曹操这才按下怒火，叫人把徐母押到一个僻静之处供养。程昱便常去问候，自言与徐庶是结义的兄弟，待徐母犹如亲母。徐母孤苦伶仃，也喜欢有一个人在跟前说话。原来徐庶的祖上，也是大户人家；徐母王氏，写得一手娟秀的好字，也是大家闺秀的出身。程昱便花言巧语，赚得徐母的笔迹，模仿她的字体伪造了一封家书，差人送往新野。

徐庶拆开看时，上面写道：“你弟弟徐康最近病故，致我于举目无亲的悲凄之中。恰于此时，曹丞相又派人把我赚到许都，说你反叛朝廷，要把我打入监牢。曹丞相又说，若是你愿意归降，就能免除我的死罪。如今我亦是命若悬丝，希望你能够赶快回来救我，也算是成全你自己的孝道。”可怜徐庶，看得泪如泉涌，持着书信来见刘备，说：“我本名徐庶，字元直；只因避难，化名单福，逃在江湖。那一夜在水镜先生的庄院，说起皇叔求贤纳士，要我前来投奔。多谢皇叔不弃，承蒙重用。怎奈老母被曹操赚到许都囚禁，须得回去救援。敬请皇叔准允，就此相别。”刘备听说，大吃一惊，半晌哭道：“母慈子孝，乃是天性之亲。先生以孝为念，我怎敢阻扰？但愿老夫人平安；但愿来日能与先生相逢，再得教诲。”徐庶再三感谢，回去收拾行李。

146. 徐庶回马荐诸葛

孙乾私下里对刘备说:“徐庶久在新野，尽知我军虚实。如今让他归往许都，必为曹操重用,我军何其危险。请主公一定要苦苦地留住他,千万不要让他离去。曹操久候徐庶不至，必然杀害他的母亲。徐母既死，徐庶必然为母报仇，成为曹操的死敌。”刘备说：“我可不能这样做。故意用计让人杀害徐母，这叫不仁。故意阻扰徐庶，使他不能尽孝，这叫不义。我宁可死，也不能做这种不仁不义的事。”孙乾听了，又转述给众人听，皆是感叹。

次日出城，相送到长亭。刘备举杯向徐庶饯别，说道：“都怪我与先生缘分浅薄，不能继续承教于先生。诚望先生保重，一路平安。”徐庶回答说：“多谢皇叔恩深义重，虽然相别，终身不忘。此去许都，纵然曹操逼迫，我发誓终身也不会为他设一谋。”刘备感叹说：“先生去后，纵然不为曹操设一谋，我也终将被他打败。到了那时，我就只能带领兄弟们远遁山林，去做野人。”徐庶问道:“皇叔何故灰心如此？”刘备说:“天下高贤，无有出先生之右者。先生既去，我哪里还有能力与曹操抗衡！”徐庶回答说:“我是个不成器的庸才,愧对皇叔。”又回顾诸将说道：“请诸位善自珍重，不要学我，有始无终。”众人不忍相离，送了一程，又送一程。徐庶说：“纵然相送千里，也终有一别。诸位请回吧！”

刘备就立马于林畔，看着徐庶打马而去，忽然痛声哭道：“元直走了，我该怎么办哪？”含着眼泪再看，忽然用马鞭指着树林说道：“我恨不得把它们一棵棵斩尽灭绝！”左右问他为什么？刘备回答说：“就因为它们阻断了我远望徐庶的视线。”

正痴痴地望着哩，忽然望见徐庶拍马而回。刘备欣然拍马向前问道：“先生回来，莫非改变了主意？”徐庶说：“非也，乃有一事叮嘱。我与皇叔此前说到卧龙先生，就是那首《烈火歌》的作者，复姓诸葛，名亮，字孔明，住在襄阳城外二十里的隆中。皇叔若有诚意，何不去请他出山？”刘备问道：“此人比先生何如？”徐庶回答说：“徐庶驽钝，不及此人万一。”刘备又问：“可否请先生慢走几日，为我请来相见？”徐庶回答说：“此人有经天纬地之才，不可屈致。皇叔须得亲自到山中去请他。若是得到此人，则无异于周文王得到吕望、汉高祖得到张良。”刘备听得眼前一亮，说道：“水镜先生也曾说过，卧龙、凤雏，得其一可安天下。没想到他就住在近处！”

第三十七章

在三顾草庐的路上

先有三顾草庐，而后有三分天下。三顾草庐，可知刘备心意之实诚也。未出草庐而三分天下，可知诸葛亮见识之高远也。

作者将罗贯中版《三国演义》中的几首古体诗，改写为成君忆版《三国演义》中的现代诗，堪称是佳思忽来的得意之作。此前徐庶初遇刘备时唱的那首《烈火歌》，便是成君忆版《三国演义》的主题歌。

147. 黄承彦嫁女

诸葛亮，籍贯徐州琅琊郡阳都县。八岁时，父亲诸葛珪在兖州泰山郡担任郡丞期间病逝，从此依靠叔父诸葛玄接济全家人的生活。到了十三岁那年，曹操攻打徐州，诸葛亮在战乱中与哥哥诸葛瑾离散，带着弟弟诸葛均和两个姐姐投奔远在荆州的叔父诸葛玄。由叔父诸葛玄做主，把两个姐姐分别嫁给了中卢县蒯氏家族的蒯祺和襄阳城东门庞氏家族的庞仙，又把诸葛亮送到襄阳城南的学业堂就读。

建安二年，诸葛玄病逝，诸葛亮和弟弟诸葛均两个孤苦无依。姐夫庞仙的父亲庞德公问他："你已年满十七，让我到官府去为你谋个差事吧？"诸葛亮回答说："我自有志向，愿意找一块土地，晴耕雨读。"庞德公因此很赏识他，说："襄阳城西有一座空山，行走其上隆隆然有声，因名隆中。山坳间有良田泉水，可堪耕种。你如果喜欢，我可以帮助你把它买下来，作为你的栖身之地。"诸葛亮从此在隆中山躬耕十年，与山光雨露为伴；躬耕之余，也常常坐在山头抱膝长吟，以管仲、乐毅自比。水镜先生司马徽也很欣赏他，说："马，身长八尺为龙。此子亦是身长八尺，俊逸超群，可谓龙马之才！"称赞他是一匹高卧在山中的龙马，于是有"卧龙"之名，隆中山也因此又名"卧龙冈"。

家住汉水南岸的黄承彦也慕名来看望他，问道："你已经到了娶老婆的年龄了。我有一个女儿，有才有德，就是头发有些枯黄，肤色有些黧黑，长相有些丑陋，你可愿意娶她？"诸葛亮回答说："我听说贤人娶妻以德，她若真有才德，我当然是一百个愿意。"黄承彦大笑，送给他一幅《黄莺栖柳图》，说道："等到春暖花开之时，黄莺鸟就会飞出图画，落在你的堂屋里。只要你好好待它，我便送女儿前来与你成亲。"诸葛亮谢过了黄承彦，把《黄莺栖柳图》挂在堂屋。

一日早起，忽然听到鸟声鸣啭，诸葛亮吃了一惊，心说：“时节已是寒露，怎么还有莺歌？”四处寻找，却原来是那只黄莺在图画之中忘情地鸣唱。从此无论秋霜冬雪，只要黄莺开口，草庐里便充盈了媚逸的春光。到了次年阳春三月，诸葛亮耕田回来，只见千百只黄莺聚集在他的草庐周围，鸣叫着，合唱着，仿佛歌唱着一桩妙不可言的喜事。他便放下犁杖，縻好耕牛，在小鸟们的簇拥下开门走进了草庐。又见堂屋里焕然一新，迎着窗户的竹榻之上端坐着一位盛装的美女。诸葛亮问道：“你是谁家的仙媛？怎么到了我家？”美女回答说：“我乃是汉南黄承彦之女阿丑，已经在你家居住了数月。”诸葛亮又问：“你说在我家居住了数月，怎么才见你的身影？”美女便指向《黄莺栖柳图》，说道：“我一连数月栖身在那柳树之中，看你如何独善一身。遵照家父与你的约定，今日特地出来与你成婚。”诸葛亮听得感叹，说道：“我诸葛亮何德何能，得此贤妻美眷！”当即点起烛火，备好酒水，带领美女祭拜天地，而后互拜，两人结为夫妻。

阿丑既为诸葛之妻，便开始持帚治家。那时候，崔钧、石韬、孟建、徐庶四人常常造访卧龙冈，都是阿丑下厨做饭。酒到酣兴，诸葛亮说：“以诸位的大才，将来必是君临一方的刺史或者郡守！”四人反问道：“以你的志向，将来又会怎样呢？”诸葛亮笑而不答。阿丑端着菜碗过来，回答说：“他呀，既有山林之志，又有忧国之心，生就一个纠结的命。”四人拍案而赞，都感叹阿丑的才识和贤惠。

148. 遇见一个为国伤心的人

话说刘备带着关羽、张飞到隆中山来访诸葛亮。他们经过山冲的时候，有几位农人在田间一边锄耕劳作，一边悠然作歌[①]，歌曰：

谁说天地就是一盘棋局？
谁说人生就是黑子与白子？
你看他赢得多么虚荣，
你看你输得多么悲伤，
为什么不像我这样置身于争斗之外，
享受这春华秋实的时光！

刘备驻马倾听，回头对关羽、张飞说："几个农人，居然懂得春华秋实之美，真是有智慧啊！"又提马来到田边问道："你们刚才唱的什么歌？又是何人所作？"农人回答说："乃是卧龙先生所作的《春华秋实歌》。"又问："卧龙先生住在何处？"农人遥指山中，说道："从此向南，可见一道岗岭，岭上丛林之中有草庐，即是那诸葛先生的高卧之地。"刘备谢过农人，兄弟三个策马前行，果然见到一道岗岭，山不高而秀雅，水不深而澄清，地不广而平坦，林不大而茂盛。林中松竹交翠，有猿啼鹤舞于其间。

刘备来到庄前下马，在院门前叫问："有人吗？"一位童子出来问道："请问

---

① 罗贯中版《三国演义》原诗为："苍天如圆盖，陆地似棋局；世人黑白分，往来争荣辱：荣者自安安，辱者定碌碌。南阳有隐居，高眠卧不足！"

是哪里的客人？”刘备回答说：“左将军宜城亭侯兼领豫州牧刘备，特来拜见卧龙先生。”童子说：“我哪里记得你这多名字！”刘备一愣，回答说：“你只说刘备来访。”童子说：“先生今早外出去了。”刘备问：“去了何处？”童子说：“先生与夫人同行，无牵无挂，风影云踪，不知去了何处。”又问：“几时归来？”回答说：“归期也说不定，可能三五日，可能十数日。”刘备顿时惆怅不已。关羽说：“且回新野，过些时日再派人来探听他的准信。”刘备只得嘱咐童子说：“等先生回来，就说有一个叫刘备的人，从新野来拜访过他。”上马走了好几里地，忍不住频频回头，好像诸葛亮会忽然从云层里走出来向他招手似的。

过不多久，果然看见一人，头戴逍遥巾，身穿皂布袍，拄着一根藜杖从山间小路走来。刘备急忙向前下马，拱手问道：“请问是卧龙先生吗？”那人回答说：“我不是诸葛孔明。将军是何人也？有何事要见诸葛孔明？”刘备说：“在下刘备，为国家大事请教于卧龙先生。”那人就请刘备在路边的石头上就座，说道：“天下大势，分久必合，合久必分。东周列国争霸，此合久必分之势也。秦王横扫六合，而后陈胜吴广揭竿起义，至于高祖皇帝定都长安，此分久必合之势也。至今四百年，忽然黄巾军四起、军阀纷争，此亦是合久必分之势也。有道是，顺势者逸，逆势者劳。将军虽然为国而忧，却是逆势而为，恐怕会白白地耗费许多心力。”刘备回答说：“先生高见。但我身为大汉子民，宁可为国而死，别无选择。”那人说：“将军所言，感人肺腑。先父崔烈，曾经任职司徒、太尉。董卓专政，将先父打入监牢。董卓既死，先父出为城门校尉，与李傕、郭汜奋力拼战，终于为国而死，死得何其壮烈。我身为人子，也爱国家，无奈大势已去，又何苦要置身于必死之地呢？”刘备问道：“请问先生姓名？”那人回答：“我是崔烈的次子崔钧，字州平。曾任虎贲中郎将、西河郡太守，而后追随袁绍起兵讨伐董卓。先父之所以被董卓打入监牢，就是因为我的缘故。”

刘备听得肃然起敬，说道：“那时我也在讨伐董卓的队列之中，可惜不曾认得先生。今日相逢，就请先生同往新野，如何？”崔钧淡然一笑，说道：“我远离争斗，闲游于山野，已经很久了。若是真有缘分，请容他日再见。”说罢，长揖而去。刘备看着他的背影，感叹说：“这是一个为国伤心的人哪！”

149. 雪花是飞鸟的羽毛

话说刘备回到新野，过了月余，又派人前往探听，回报说："卧龙先生已经回来了。"刘备便叫人备马，带着关羽、张飞再访卧龙冈。时值隆冬，天气严寒，彤云密布。走了十多里路，忽然飘飞起大朵大朵的雪花。张飞说："天寒地冻，又不用兵，何必要劳神费力去见一个村夫！不如返回新野，躲在屋里饮酒。"刘备说："我正要用大雪映衬我对卧龙先生的满腔殷勤。三弟若是怕冷，可先回去。"张飞说："我死都不怕，怎会怕冷？只怕兄长空劳神思。"刘备说："既然不怕冷，就不要胡说八道，跟在后面就是。"

到了庄前下马，扣门问童子："先生今日在否？"童子说："你问哪个先生？堂上倒是有一个，正在读书。"刘备大喜，跟随童子进去，到达草堂。从门缝中可见一位少年郎，拥在火炉边看书。刘备暗自诧异，心说："卧龙先生怎么这样年少？"侧耳又听见他念念有词，曰："绝嗜禁欲，所以除累。抑非损恶，所以禳过。贬酒阙色，所以无污。避嫌远疑，所以不误。博学切问，所以广知。高行微言，所以修身。"刘备又暗自赞道："说的都是哲学之言，想来必是卧龙先生无疑。"

于是推门进去施礼说："先生高论，发人深省！"那少年郎慌忙起身答礼，说道："我刚才读的是家兄的藏书，却不是我的高论。敢问将军何人？"刘备回答说："在下刘备。一月之前曾经来过，只为拜访先生。"少年郎慌得脸红耳赤，问道："将军要拜访的，是家兄吧？"刘备惊讶地反问："先生难道不是卧龙吗？"少年郎回答说："我是卧龙先生的弟弟诸葛均。我兄弟三人，长兄诸葛瑾现为孙权幕宾，卧龙先生乃是二兄诸葛亮。"刘备又问："卧龙先生今日在家否？"少年郎回答说："将军来得不巧。昨日崔州平前来相邀，一人一驴，外出闲游去了。"

刘备问:“闲游去了哪里?”少年郎回答说:“此二人放纵不羁,谁知道会去哪里!”刘备只好叹息说:“都怪我没有缘分，两次都不能遇见卧龙!”张飞在旁边说道:“风雪交加，他到哪里去闲游?分明是不愿相见，借故躲避。”少年郎听见，对刘备说道:“那位将军好没道理,自以为是,错怪好人。”刘备不敢造次,赶紧赔礼,说:“请勿与他一般见识。但我却是有诚意的，两次不遇，下次再来。请先生相告于令兄。”

刘备转身出了山庄，正要认镫上马，忽然听见童子叫道:“老先生来也。”刘备问道:“在哪里?”童子用手指向，说:“那可不是?”只见小桥西面，有一人身穿狐裘暖帽，骑着毛驴，踏歌[1]而来，歌曰:

雪花是飞鸟的羽毛，北风是命运的歌声。
覆盖了冬天的原野，生长成春天的树叶。

刘备听了，赞叹道:“飞鸟的羽毛，以雪花的形式降落，融化在原野之中，生长成春天的树叶。由此可知事物变化之奇妙，而歌者必是卧龙无疑!”上前施礼，说道:“老先生歌声激扬，不惧严寒，令人敬佩!”那人下驴答礼，问道:“你们是哪里来的贵客?”刘备回答:“在下刘备,从新野两番前来,只为造访老先生。”那人听得不知所措，诸葛均在后面叫道:“将军认错人了。此非家兄卧龙，乃是家兄的岳父黄老先生。”刘备慌忙赔笑道:“老先生适才所唱的诗歌，极其美妙。”黄老先生也是满脸笑容，解释说:“都是小婿的作品。看见满天雪花，不禁忘情吟诵，叫将军见笑。”刘备问:“不知令婿何在?”黄老先生说:“老夫此来，也是看他。”

刘备听说，只得与黄老先生道别，上马而归。路上忍不住频频回头，仿佛可见满天飘扬的羽毛之中，一只巨鸟正在飞行。

---

① 罗贯中版《三国演义》原诗为:“一夜北风寒，万里彤云厚。长空雪乱飘，改尽江山旧。仰面观火虚，疑是玉龙斗。纷纷鳞甲飞，顷刻遍宇宙。骑驴过小桥，独叹梅花瘦!”

150. 诸葛亮从睡梦中醒来

冬去春来，树叶新绿。刘备忽然又想起诸葛亮的那首诗来，心说：“这些可爱的树叶，难道真是飞鸟的羽毛变化而来吗？”于是，又请麋竺占卜，选择吉日，再往卧龙冈造访诸葛亮。

张飞说：“兄长何苦如此费劲？这次不劳您去，我去。他若是不来，我用一条麻绳把他捆来！”关羽也说：“兄长已经去过两次。想来是那诸葛亮虚有其名，故意避而不见。兄长何故如此执着？”刘备说：“从前齐桓公听说东郭野人是一位贤士，来来回回去了五次，直到第五次才见到东郭野人并向他求教。以我今日的诚意，难道还不如齐桓公吗？”关羽、张飞无奈，只得相随而去。

距离草庐二里之遥，刘备便下马步行，正遇着诸葛均。刘备上前施礼问道：“令兄可在？”诸葛均回答说：“昨日夜间才回。将军今日刚好可以遇着。”说罢，飘然自去。张飞怒道：“此人颇是无礼，竟然把我们撂在这里，自顾自地去了，全然不是待客之道！”刘备说：“他自有他的事情要忙，何必强求？只要今日得见卧龙先生就好！”三人来到庄前叩门。童子出来相迎，说道：“先生虽然在家，但昨夜回来得晚，至今昼寝未醒。”刘备说：“既然如此，且等他睡醒再说。”吩咐关羽、张飞在院门外等候，他自己跟着童子来到草堂。只见传说中的那位卧龙先生还在竹榻上酣睡，便停驻脚步，侍立在台阶之下。

关羽、张飞等候了一个时辰，不见动静。忍不住闯入院门，看见刘备毕恭毕敬的样子。张飞大怒道：“这先生如何这样傲慢！等我去屋后放一把火，看他起不起！”刘备赶紧使脸色，跺脚，命令关羽将张飞带出院门外继续等候。回望草堂，见先生翻了个身，又转向里面睡着。又等候了约莫半个时辰，诸葛亮这才初醒，伸着懒腰，又吟出一首诗[1]来：

世界原来是一场大梦，只有我独自醒来。
醒来后看见那太阳，照亮了被梦想包裹的黑暗。

刘备在门外听着，并不是很懂，却情不自禁地赞道："好诗！"诸葛亮向童子问道："门外是何人也？"童子说："刘皇叔到此等候多时了。"诸葛亮感叹了一声，吩咐童子："赶紧收拾堂屋，请皇叔进来喝茶。我自去里屋更衣。"

童子手脚伶俐，只需片刻，开门请刘备和关羽、张飞入内品茗。又过了一刻钟的工夫，诸葛亮从里屋出来，但见他身姿挺拔，面如冠玉，头上扎着纶巾，身上披着鹤氅，飘然而有神采，果然有名如其人的气度。刘备上前敬礼，说道："在下刘备，久闻先生大名，先后三次前来拜见。如有打扰之处，还请见谅。"诸葛亮说："想我不过是一个野人，无德无能，竟然屡蒙将军枉顾，不胜惭愧。"

151. 不出草庐，算定天下三分

刘备想了想，却又请关羽、张飞出去，然后向诸葛亮说道："自孝桓皇帝和孝灵皇帝以来，朝廷总是被奸臣把持，前有董卓、李傕、郭汜，后有曹操。国家被撕裂，生灵被涂炭，甚至连皇帝也在饱受欺凌。可怜我不自量力，一心想要伸张大义，怎奈智术浅短，至今无所成就。此来只为请教先生，能否为我指点一条出路？"

---

① 罗贯中版《三国演义》原诗为："大梦谁先觉？平生我自知，草堂春睡足，窗外日迟迟。"

诸葛亮也想了想，然后很认真地回答说：“一自董卓乱政以来，天下便沦为群雄争霸的战场。曹操的名头不如袁绍，兵马也不如袁绍，但曹操之所以能够成为弱势大赢家，靠的不仅仅是天时，更重要的是人谋。现在，曹操已经拥有百万之众，而且能够挟天子而令诸侯，以将军的实力当然不能与他争锋。江东的孙权，已是从孙坚、孙策以来的第三代领导人，不仅拥有险要的地利和老百姓的扈从，而且很善于任贤使能，将军最好不要去触犯他，反而要跟他结为互相帮助的伙伴。那么，将军你的机会在哪里呢？”

他吩咐童子去找来地图，挂在堂上，继续说道：“请你看看荆州，沿着汉水这条大河，从北往东南方向走，可以一直通达南海。在它的东边，可以到达吴郡和会稽郡。在它的西边，可以到达巴郡和蜀郡。这样一个四通八达的战略要地，却缺少一个文治武功的主人，这大概就是老天爷特意留给将军的吧，请问将军你对它有感觉吗？”

然后，他又指向西部，说道：“请你再看看包括巴郡、蜀郡在内的整个益州，地势多么险要。特别是沃野千里的成都平原，有着极其丰富的物产。这就是人们传说的天府之国啊，高祖皇帝当年就是因为它成就了自己的帝业。但它现在的主人刘璋，却是暗弱无能，被它北边的张鲁欺负得不敢吱声。虽然它是那样民殷国富，可刘璋并不懂得爱惜，当地有学问有见识的智能之士，都在盼望着出现一个真正贤明的领导人。”

说到这里，诸葛亮转向刘备，向他说道：“将军既然是皇室的后裔，不仅拥有闻名四海的信义和声誉，而且还有总揽英雄和思贤若渴的胸怀，如果你同时兼有荆州和益州，一方面据险而守，一方面结好西方的诸戎、南方的夷越、江东的孙权，一方面精心治理内政，那么你的格局将会变得颇有规模。一旦天下有变，你就可以任用一员上将，率领荆州大军出宛城，直指许都和洛阳，将军你自己则亲率益州大军指向长安。到了那时候，天下的老百姓谁敢不箪食壶浆来迎接你的王者之师呢？如果这一切都能实现，则将军可成大业，汉朝可得复兴。”

刘备听完，茅塞顿开，赞道：“先生说得真好，有如拨云见日。只是荆州的刘表和益州的刘璋，都是我刘姓的宗亲，却不知如何是好。”诸葛亮说：“将军胸怀国家，不必拘于私情。况且事物变化多端，将军只需伺机而动，即可成绝世之功。”刘备便长跪而起，向诸葛亮拱手致意，说道：“先生不出草庐，已算定天下三分，真是万古之奇人也！然则事务繁杂，又要随机应变，愿先生不要嫌弃我的鄙陋，与我同往新野，共创大业。”诸葛亮回答说：“我已惯于耕读，却懒于应世，请恕我不能从命。”刘备恳求道：“若是没有先生随军指导，先生三分天下的策略，岂不是空成画饼？”诸葛亮回答说：“此去新野，并不遥远。将军但有召见，我随时便来。”

当晚，夫人阿丑洗手烹制饭菜，款待刘备一行。刘备心诚，夜宿草庐，与诸葛亮又是一番长谈。次日天明，诸葛亮送出山冲。刘备恋恋不舍，带领关羽、张飞踟蹰而去。

第三十八章

烈火奔腾的博望坡

先有《烈火歌》，而后便有诸葛亮烈火奔腾的一生。火烧博望坡，不过是诸葛亮初出茅庐的第一把大火而已。

152. 徐母虽死，却有星火之光

话说徐庶回到许都，先来拜见曹操。曹操责问道：“你是一个聪明人，为什么要跟着刘备厮混，能有什么前途呢？”徐庶回答说：“丞相也曾与刘备煮酒论英雄。如今刘备虽然龙困浅滩，却依然有他的魅力。”曹操听得有些不悦，说道：“天下精英都在许都，区区一个刘备，何足道哉？你既然已经回来，且去侍奉令慈，不要牵扯什么刘备王备。”徐庶告退，再去拜见慈母。

徐母大惊，问道：“你何故到了这里？”徐庶也吃了一惊，反问道：“不是您老人家写信要我回来的吗？”徐母勃然大怒，拍案骂道：“你也不想想，那曹操是何人也？一个欺君罔上的国贼！亏得你求学多年，竟然被他一纸伪书哄骗！你既然已经投奔了刘皇叔，就应该忠心耿耿地跟随他，为什么要弃明投暗，败坏我徐家的名声？都是你这个劣子，要我愧对列祖列宗啊！”骂得徐庶浑身冒汗，匍匐在地，不敢动弹。

良久抬头而起，徐母已经转入后院去了。不多时，丫鬟慌忙出来报说：“大事不好，老夫人在屋梁上寻死！”徐庶也慌忙赶紧去抢救，只见老人家吊在屋梁上，已然魂归九天。徐庶哭倒在地，几度昏厥，而后独自把母亲葬在许都南郊，居丧守墓。一年以后，有故人来访，徐庶说道：“我母虽死，却有星火之光。我虽苟活，却是心如灰冷。”

曹操听说徐母亡故，感叹说：“此烈女也！”派人前去慰问，并赠送了许多礼物，都被徐庶悉数退回。曹操体谅他心中的悲痛，也不计较。忽然有一日，曹仁报告说：“自徐庶以后，听闻刘备又找来一个诸葛亮，每日在新野操练军队，后必为大患。”曹操冷笑道：“谅他新野一个小县，能有多大后患？”荀彧在旁说道：“那新野是荆州的北藩，丞相想要得到荆州，必先破了这道藩篱。”曹操乃命夏侯惇为都督，于禁、李典、夏侯兰、韩浩为副将，点起五万兵马，进剿新野。

153. 烈火奔腾的博望坡

刘备在新野，虽然失去了一个徐庶，却得到一个诸葛亮，满心都是欢喜，把那诸葛亮当军师相待，有事没事就往卧龙冈跑。关羽、张飞颇不以为然，说道："看他年纪轻轻，能有什么才学？兄长被他的花言巧语迷惑了！"刘备回答说："我得到诸葛孔明，犹如鱼之得水。两位贤弟不懂，请不要多言。"忽然听到探报，夏侯惇率领大军杀奔新野而来。关羽说："兄长既然有水，何不要那水去迎敌？"刘备喝斥道："战前用计，当然需要军师。临场杀敌，还需两位贤弟。打仗需要众人合力，千万不可负气。"赶紧派人到卧龙冈去请诸葛亮。

诸葛亮连夜赶到新野，说道："主公若是要我行兵布阵，只恐关羽、张飞不听号令。请把你的佩剑和大印借给我使用。"刘备满口答应。又从穰城叫回赵云，召集众将听令。只见那诸葛亮把佩剑和大印放在案头，说道："曹军自博望县而来。那博望县左有豫山，右有安林，可以埋伏兵丁。请关将军率领一千兵丁埋伏在豫山，请张将军率领一千兵丁埋伏在安林；待到敌军来时，先放过它，继续等待后面的辎重粮草，只等南面火起，即可起兵焚烧他的粮草车辆。关平、周仓各率五百兵丁，准备好引火的物料，在博望坡小路两边等候，只等敌军到时，便可纵情放火。赵云将军为前部，不要赢，只要输，为的是诱敌深入。主公自率一支军队为后援。各人依计行事，不得有误。"关羽问道："我们都出去打仗，军师你自己做什么呢？"诸葛亮说："我只坐守县城。"张飞指着诸葛亮笑道："我们都去厮杀，就你一个人自在！"诸葛亮沉声喝道："剑印在此，不得戏言，违令者斩！"张飞不服，关羽劝道："且看他的计策灵也不灵，到时再来向他问话。"

却说夏侯惇率军来到博望，时近黄昏，秋月当空。忽然望见前面尘头扬起，赵云跃马赶到。夏侯惇大笑。左右问道："将军笑什么？"夏侯惇说道："诸葛亮用兵，有如儿戏；竟敢用区区几百人，迎战我五万大军！"催马向前，与赵云噼里啪啦打了七八个回合。赵云向南败走，夏侯惇穷追不舍。走了十余里地，赵云回马又战，战了六七个回合又走。韩浩拍马上来劝说夏侯惇："赵云诱敌，恐有埋伏。"夏侯惇说："小股敌军，有何恐惧？我军此来，务求首战必胜。"一路穷追不舍，越过了豫山、安林，一直赶到博望坡。

只听一声炮响，刘备亲率一支军队冲杀过来，与赵云合兵一处抗战。夏侯惇笑对韩浩说道："这就是他埋伏的兵马吗？传令众将，今晚杀到新野！"此时夜风吹起，云朵飘荡，月色朦胧。刘备、赵云一路损失了许多兵丁，且战且退。夏侯惇杀得好不尽兴。

李典跟在后面。来到狭窄之处，两边都是芦苇。李典心中害怕，对于禁说："道路狭窄，树木丛杂，倘若遭遇火攻，那可不妙！"于禁也吃了一惊，说："你说得对。我这就追上去，要都督止步。"纵马追上夏侯惇，叫道："都督且住！道路狭窄，树木丛杂，要防火攻！"夏侯惇猛然省悟，赶紧驻马，下令全军止步，四下警惕。就在那时，火光大起，两边芦苇都被烧着。刹那间，四面八方，全都是火。又值风大，火势愈发猛烈。

曹军顿时陷入惊慌，往来冲突，自相践踏，死者不计其数。李典见势不妙，急忙回奔，火光中被一员大将拦住。仔细看时，却原来是关羽，双方顿时打成一处。后面于禁赶来助战，趁着两马交错而过的机会，往小路奔逃而去。夏侯惇也在冒着烟火，往回奔突，沿途但见粮草车辆，都在熊熊燃烧。等到杀出重围清点残兵，五万人马已经折了七成。

此时，刘备立马在高岗之上，遥望那一簇簇奔腾的烈火，忽然又记起诸葛亮创作、徐庶演唱的那首《烈火歌》来：

天地之间是一团火，烈火熊熊地烧着。

要让黑暗成灰烬，灰烬之中有新我。

刘备心想:“这首《烈火歌》描写的,仿佛就是今夜,却不知那个新我何在?”

却说众将一夜奋战,忙碌到天明,各自收兵,每个人脸上都是笑容。回到新野县城,诸葛亮早已准备好庆功宴,与孙乾、麋竺、简雍迎出北门。张飞与关羽相视一笑,互相赞道:“诸葛亮神机妙算,真是英杰!”

154. 刘琦上楼抽梯

博望坡一战大胜,刘备便亲到襄阳告捷,谁料恰好遇着江夏郡前来报丧。原来江夏郡太守黄祖有一员部将,姓甘名宁字兴霸,巴郡临江县人氏,屡有战功,却不得重用。甘宁忿忿不平,渡江来见孙权,被孙权任作都尉。甘宁于是引兵攻打夏口,一举攻下鲁山之上的却月城,而后在石阳城射杀了黄祖。孙权悲欣交集,立即用黄祖的头颅来祭奠先父孙坚的亡灵。前文说过,孙坚当年在岘山,死在黄祖的乱箭之下。

话说刘表听到黄祖的噩耗,仿佛被惊雷劈倒,顿时卧病不起。刘备就在病榻前,向刘表叙说火烧博望坡的细节。刘表叹道:“自古治国安家,在于得人;亡国破家,在于失人。黄祖失一人,而败兵丧身。贤弟得一人,而料敌制胜。这是用人的妙处,也是贤弟的长处。”又问:“黄祖既然已经亡故,要任用一员大将,前往江夏镇守,不知道贤弟有何高见?”刘备回答说:“江夏地势险要,又与孙权隔江对峙,非大将不能镇守。我倒是有心前往,为兄长分忧。奈何北有曹操,早晚要来袭扰,因此不敢分身。”刘表又是一声长叹,说道:“天下多事,而我又年老多病,不能理事。我死之后,请贤弟自为荆州之主。”刘备大吃一惊,回答说:“兄长何出此言?襄阳城内,卓有精英,况且还有两位公子;我何德何能,能当此重任?”

刚刚回到馆驿,与诸葛亮相见,说起刘表卧病一事,都是忧虑重重。忽有门人来报，说是公子刘琦求见。刘备出来迎接，只见刘琦进得院门，倒头就拜。刘备惊问道："贤侄何故如此？"刘琦哭诉道："父亲病重，继母日益相逼，小侄性命堪忧，望叔父出谋救我！"刘备说："这是贤侄的家事，我怎么能够胡乱说话？"刘琦说："事态危急，看在我叫您叔父的份上，你可不能不管不顾！"刘备看看诸葛亮——诸葛亮一脸微笑——想了想，上前扶起刘琦，携手走到门边，向刘琦附耳低语道："我这个军师，足智多谋。来日我派他去贤侄府上，你可如此如此，他便有妙计相告。"

次日，刘琦派人来请刘备、诸葛亮。刘备推说肚子疼痛，只请诸葛亮一人前去。刘琦在门口迎着，接入后堂，亲自为诸葛亮泡茶，然后说道："父亲病重，继母逼迫日甚，望先生出谋救我！"诸葛亮说："自古做人处事，疏不间亲。都是你们家人骨肉之间的事，我怎么能够胡乱言语？"刘琦无奈，只得聊些文学、诗歌、养生之类的话题；忽然灵机一动，说道："我有一部古书，请先生一观。"带着诸葛亮穿过庭院，登上湖畔小楼。诸葛亮问："你的书呢？"刘琦当即跪拜在地，哀告道："并无古书，只求先生救我！"诸葛亮作色而起，转身就要下楼，却见楼梯已被撤去。刘琦哀告道："此处上不接天，下不接地，先生但有言语，决然不会泄漏。请先生怜悯，救我于危难之中！"诸葛亮不语。刘琦便奋然拔出佩剑，横在脖子上，说道："先生若是见死不救，索性让我死在您的面前！"

诸葛亮慌忙拦住，说道："我有一策，也许能救公子。"刘琦收起宝剑，再次拜倒在诸葛亮跟前，说道："请先生赐教！"诸葛亮说："公子可曾听说申生、重耳的故事？从前，骊姬要晋献公立自己的儿子奚齐为继承人。太子申生在国内，因而遭到陷害，被迫自尽身亡。公子重耳逃在国外，因而留得一条生路。如今黄祖新亡，江夏郡正好缺人镇守。公子可趁机自荐去守江夏，蔡夫人也乐得公子远走，于是可以避祸。"刘琦有些犹豫，说："先生言之有理。然则黄祖都守不住江夏，我又怎么守得住？"诸葛亮说："襄阳城内的险恶，胜过江夏郡十倍。"刘琦点头称是，这才俯在窗口，叫人取来梯子，送诸葛亮下楼。

次日，刘琦便依计上言，自荐去守江夏。刘表相问于蔡瑁。蔡瑁巴不得他走，自然连声说好。又问刘备。刘备说："江夏乃是用兵之要地，若得公子亲自镇守，当然最好。”刘表听了众人之言，便令刘琦去守江夏。刘备也告别了刘表，与诸葛亮同归新野。

155. 襄阳城内，那些兽眼似的绿光

谁知才回来数日，刘表又派人来请刘备。刘备情知不妙，快马赶到襄阳。刘表的病情已经恶化，到了奄奄一息的状态，拉着刘备的手说道:“我已命在旦夕，只有长子刘琦放心不下。他与贤弟感情深厚，非贤弟不能保全。请贤弟一定要看顾好他。”刘备连连点头，忽然警觉周围都是蔡氏家族的心腹，每个人的眼睛里都闪烁着野兽似的绿光。

此时人人皆知刘表将死，襄阳城内已是暗潮汹涌，险恶丛生。刘备不敢留宿，连夜赶回新野。次日，公子刘琦也赶来襄阳探望，被蔡瑁、张允二人拦在门外。蔡瑁说道:“公子奉命镇守江夏，责任重大，岂可擅离职守？若是让你去见主公，必然会让主公生怒，因而加重他的病情。你若真是孝子，就请你赶快返回江夏。”刘琦只好站在门外大哭一场，上马自回江夏去了。可怜刘表病势危笃，一望刘琦不来，二望刘琦不来，终于气绝身亡，终年六十七岁。

刘表既死，蔡夫人遂与蔡瑁、张允密谋，改写遗嘱，立次子刘琮为继承人。然后举哀报丧，将刘表葬在襄阳城东南二十五里的鹿门山中。荆州九郡四十二县，只有刘琦、刘备不曾得到讣告。据《魏书》和《英雄记》记载，刘表临终前的遗命，乃是将荆州让给刘备。

第三十九章

一座装满火药的空城

曹操乘着北风而来，襄阳城便望风而降。气候正在转冷，北风将会更加凛冽，难道自刘备而至于江南的孙权，都要望风而降吗？

刘备不肯投降，赶紧派人去卧龙冈请诸葛亮。这便是诸葛亮出山的三把火：第一把火烧了博望坡；第二把火，又要火烧新野县；却不知第三把火烧到何处？

火烧新野县不比火烧博望坡，火烧博望坡是外出作战，火烧新野县却是自毁家园。恰如二十一年以后，诸葛亮在《出师表》中所写："后值倾覆，受任于败军之际，奉命于危难之间。"在这一把大火中熊熊燃烧的，是怎样的悲愤与决心？

156. 在许都北郊祭风

话说夏侯惇收拾残军，败回许都。曹操大怒道：“刘备如此猖狂，真是心腹大患，我一定要设法剿灭了他！”立即召开军事会议，曹仁、曹洪为第一队，张辽、张郃为第二队，夏侯惇、夏侯渊为第三队，于禁、李典为第四队，曹操自领诸将为第五队，每队分兵十万，合计五十万大军；又令许褚为折冲将军，率领三千精兵为先锋。荀彧说：“此去新野，都是陆路，粮草运输艰难，如何是好？”荀攸说：“我有一计，为每一辆粮车张挂帆布，可名之为帆车，或者叫作陆地风帆。此时正值秋冬之际，以北风助力于帆车，运输难题，顺风可解。”荀彧问道：“北风时有时无，又如何是好？”荀攸说：“可请丞相设坛祭风，要它有时便有，要它无时便无，岂不是好！”

于是令人从河北运来泥土，在许都北郊设坛，名曰“祈风坛”。坛高九尺，遍插旗幡。曹操披发仗剑，面向北方，念念有词。他身高不过七尺，姿貌短小，头发一经披散，仿佛一只猿猴。众人都不敢笑，都在坛下仰望。时近正午，北风忽然而起。曹操正在张口叫唤，那北风从口而入，立即充满了他的五脏六腑。只见那曹操就在坛上活蹦乱跳起来，挥舞着宝剑叫道：“我，就是北风！我，就是北风！这就是属于我的时节，顺我者昌、逆我者亡的时节！”哈哈大笑着，将宝剑倏然指向南方，所有的旗幡也都跟着向南方飘扬。众人在坛下努力睁开眼睛，都看得呆了。

孔融时任太中大夫，向曹操劝说道：“刘表为国家治理荆州近二十年，并无过错。刘备屯驻新野，也不过是一县之镇守。丞相此番出征，虽有北风相助，却无正义之名，只恐遭遇不祥。”曹操大怒道：“刘备、刘表都是逆命之臣，而我就是正义。我以正义之师征讨逆臣，却有什么不祥？”吩咐武士们将孔融赶出，同时下令:“凡有异议者，必斩不饶！”相隔数日，又颁布禁酒令，令曰:“禁止买卖酒曲，禁止私人酿酒，禁止三人以上群体饮酒。”孔融不服，非议说:“我家从来都是‘座上客常满，杯中酒不空’，岂能让你说禁就禁？”又嘲笑说，“从前夏桀和商纣因为女色而亡国，曹丞相为什么不索性禁了女色？”

御史大夫郗虑素来与孔融不睦，听到传言，密告于曹操。曹操大怒道:“我终于找到了一个杀他的由头！”立即下令廷尉率兵捉拿孔融。孔融有两个儿子，年龄都很小，在家对坐弈棋。邻人赶来报说:“令尊已被廷尉捉拿，两位公子怎么还不快跑？”两个儿子淡然一笑，回答说:“破巢之下，哪里还有完卵？”依然弈棋如故。不一会儿，廷尉带兵赶到，将两个儿子和孔家男女尽数收监。建安十三年八月二十九日，曹操以“图谋不轨”“谤讪朝廷”“不遵超仪”治罪，将孔融及其全家斩于菜市。孔融被砍头之时，血气冲起，弥漫天空，历经七日不散。

曹操既杀孔融，便以毛玠为东曹掾、崔琰为西曹掾、司马懿为文学掾，将朝中大员全部更换成自己的心腹。又将安阳公主许配给荀彧的长子荀恽为妻，并赏赐给荀彧一千户奴客，使得荀家的奴客达到两千户之多。恰于此时，南方传来刘表病逝的消息，曹操大喜道:“此天赐良机，若不用兵，更待何时？”嘱咐荀彧守好许都，传令五路大军次第起行。大军所到，都是猎猎作响的旌旗与帆车，沿路蔚成景观。

157. 襄阳城闻风而降

刘琮在襄阳听到消息，大惊失色，赶紧召集众人商议。东曹掾傅巽，字公悌，以见识博达闻名于荆州，当时说道:“曹军势大，乘着北风席卷而来，不可抵挡。我有一计，可以保全荆襄。”众人问是何计？傅巽说:“荆襄九郡，原本就是汉朝的荆襄九郡。曹操，原本就是汉朝的丞相。他既来征讨，我们只需归顺就是。如此一来，一场大祸，看似惊天动地，实则风雨不惊。”刘琮不过是个十三四岁的少年，脱口骂道：“你这说的什么话？我继承先父的基业，屁股还没有坐稳，被你一番花言巧语，就要拱手送给他人？”

傅巽被骂得一愣。蒯越上来附和说：“傅公悌言之有理。天下之事，无论顺逆或者强弱，都要看大势。曹操以朝廷的名义南征北战，主公如果抵抗他，这就叫逆。况且主公刚刚继位，还没能得到老百姓的拥护，这就叫弱。况且大公子在江夏，刘备在新野，都是主公需要面对的内患。因此，与其以逆敌顺、以弱敌强，不如降敌为上。”刘琮回答说：“各位老先生说得都很好。只是曹军还没有到，我却先自胆寒，恐怕会贻笑于天下啊！”

王粲客居在襄阳。此人擅长算术，写作文不加点，被一代大儒蔡邕惊为奇才。十七岁时，司徒王允将他召为黄门侍郎，还没来得及赴任，就爆发了李傕、郭汜之乱。随后到荆州投靠刘表，被敬为上宾。袁氏兄弟内斗之时，王粲为刘表捉刀，起草《为刘荆州谏袁谭书》和《为刘荆州与袁尚书》，劝解袁氏兄弟相爱，既晓之以理，又动之以情，词章纵横，文彩焕然。医圣张机，字仲景，在襄阳遇见王粲，对他说：“你身怀疾患，需要治疗。”为王粲制作五石汤。过了数日，张机问他：“用药没有？”王粲回答说：“已经用过。”张机认真看看他的脸色，摇着头说道：“你讳疾忌医，并没有用药。长此以往，到了四十岁，眉毛就会脱落。再过半年，就会死去。”王粲满心自负，始终不肯相信张机的话。

当时王粲便问刘琮：“主公自料比曹公何如？”刘琮回答说：“不如也。”王粲说道：“曹丞相既有强兵勇将，又善用智设谋。吕布勇冠天下，被他擒于下邳。袁绍何其强大，被他败于官渡。乌桓何其骁悍，被他大破于白狼。打仗这种事情，不是儿戏。主公万万不可迟疑，否则后悔不及。”刘琮被他当场吓住，回答说：“先生见教得对，请容我禀告母亲。”只听蔡夫人在屏后说道：“既是众人所见相同，何必再议！”

刘琮到底是个孩子，只得由着大人们，写了降书，令从事官宋忠快马送到宛城。曹操大喜道：“我不费一兵一卒，便叫刘琮投书来降。偏是这个刘备，却是个不识时务的对头。”乃令宋忠回复刘琮，只要献出荆州，即可保全身名。

158. 一座装满火药的空城

话说宋忠辞别了曹操，取路返回襄阳，却在白河被关羽拿住。这位宋忠，一名衷，字仲子，乃是襄阳学业堂的学官，曾与人合撰《五经章句》。关羽问他何事匆忙？宋忠被盘问不过，只得将事情前后一一实告。关羽大惊，赶紧将宋忠捉到新野。刘备亦是大惊。

张飞在旁边叫道："先斩了宋忠，随后夺取襄阳，杀了蔡氏、刘琮，再来与曹操交战。"刘备转头喝斥他说："哪有像你这样顾头不顾腚的！且给我住嘴，我自有斟酌！"又斥责宋忠说，"你们这些做学者的，满口都是仁义和经典，事到临头却全无廉耻可言。我也不杀你，请你回去向刘琮说，我许他对我不仁，却不许我对他不义。"宋忠连忙拜谢，抱头鼠窜而去。

刘备又赶紧派人另走捷径，去卧龙冈请诸葛亮。诸葛亮问阿丑："大战在即，家园不能保全，如何是好？"阿丑说："我从《黄莺栖柳图》中来，可回《黄莺栖柳图》中去。你只需将《黄莺栖柳图》卷轴带在身边，我便可与你朝夕相伴。"诸葛亮依言，将《黄莺栖柳图》卷轴随身携带。又问三弟诸葛均。诸葛均说："兄嫂自去。我却留在家中，等待兄嫂平安归来。"当时兄弟洒泪而别，诸葛亮连夜赶到新野。

那刘备见到军师，仿佛见到救星。诸葛亮说："北面是曹操的大军，南面是已经投降曹操的刘琮，新野小县必然不能保全。不如将全县军民撤往樊城，另寻生机。"正说着，前方探马来报，说曹军又到了博望。诸葛亮便立即书写榜文，差人四门张贴，告谕居民："无问老幼男女，愿从者，请于今日随军往樊城暂避，不可自误。"吩咐孙乾在白河边上调拨船只；又令糜竺、糜芳兄弟护送众人家眷和百姓，顺着白河航运至于樊城。

一面又召集诸将听令。要关羽率领一千精壮士兵在白河上游等候，按照约定时间起土筑坝，拦截白河之水；待到来日三更，只看新野县城起火，便开掘堤坝，放水直冲县城。又要张飞率领一千精兵在博陵渡口埋伏，此处水势最慢，曹军被淹，必然从此逃难，可乘势掩杀。又唤赵云率兵两千，分为四队，从东、南、西、北四门作业，将硫黄焰硝引火之物藏在民屋顶上，然后退出城门，只待曹军入城。

话说许褚率领三千铁甲军开路。前方探马报说，刘备已经弃了新野，留下一座空城。许褚又令人飞报曹仁。曹仁说："今日且在新野歇脚。明朝即可兵临襄阳城下。"是日申时，大军入城，曹仁、曹洪就在县衙安歇；其余人等，各自安歇于民房，起锅造饭。

到了戌时，风声渐起。有军士从西门来报起火，曹仁说："此必是军士们造饭不小心惹起火灾，不可自惊。"过不多时，风声愈大，南门、西门、北门都来报告火灾。曹仁出来看时，只见火箭从四面飞来，落在城内，点燃满县大火。曹仁见势不妙，大叫："中计啦！中计啦！"赶紧上马，率领众将在烟火中寻路奔走。军士自相践踏，死者无数。好不容易冲出东门，背后一声呐喊，赵云飞马赶来。败军不敢恋战，各逃性命，被赵云杀得痛快淋漓。正奔走间，关平又率兵赶到，一阵冲杀。往前一阵奔走，又遇着周仓一阵截杀。

且看那曹仁与一众亲兵，一个个焦头烂额。杀到三更时分，逃到白河边，人困马乏。幸喜河水不深，人马都在河里，洗脸的洗脸，喝水的喝水。关羽在上游一声断喝，率领军士掘开堤坝。水势滔天，直冲而下，将曹军人马和两岸全部淹没。可怜曹军将士，在黑灯瞎火之中多被溺毙。至于天明，水面上漂浮的都是尸体。

曹仁满眼都是憔悴与悲伤，率领众将往水势慢处逃生。刚到博陵渡口，又是一阵喊杀，当先一员大将，正是张飞。曹仁不顾一切，直奔博陵渡口逃命。张飞要追，却又被许褚拦住。关羽随后赶来，兄弟两个杀得许褚九死一生。正在危急时刻，曹洪率领大军赶到。关羽只得拉住张飞，且战且退，渡河去见刘备、诸葛亮，然后一同乘船撤往樊城。

159. 曹操与刘备之间的民意

却说曹仁等待洪水退去，重新召集残军入驻新野。又派曹洪去见曹操，禀报兵败之事。曹操大怒道："诸葛村夫，安敢如此！"传令大军一面搜山，一面修筑白河之堤。又令打造船只，想要水陆并进，去取樊城。

刘晔说："丞相初来荆州，须得收买民心。刘备率领新野全县百姓到樊城，我若轻举妄动，则百姓皆为齑粉，其罪大矣。不如先派人招降刘备，他若来降，则荆州之地可不战而获；他若不降，则百姓之死都要归罪于他。"曹操点头，问道："谁可为使者？"刘晔说："徐庶是刘备的好友，何不派他前往？"曹操说："只恐他一去不回。"刘晔说："就算他一去不回，也都在我们的算计之中，请丞相不要多虑。"曹操便派人到许都去请来徐庶，对他说："我本想夷平樊城，却又顾惜众多百姓的性命。因此请你去劝降刘备。他若是来降，我免他的罪，加他的官，赐他的爵位。他若是执迷，则百姓之死都要归罪于他。我知道你是个忠义的人，请你不要相负于我。"

徐庶领命来到樊城，与刘备、诸葛亮相见，叙说旧情。又把曹操劝降的一番话语，原原本本地叙说了一遍。刘备回答说："悠悠万事，百姓事大。百姓若是愿降，请他们随意归于曹操。百姓若是不降，我便与他们生死相依。"于是深入百姓之中查问民意。岂知百姓之中，多是徐州移民。前文说过，曹操当年攻打陶谦，一路屠城，致使鸡犬尽灭，墟邑无复行人。移民们因此议论纷纷，都说："这个曹操，是个杀人的魔头，哪里会顾惜我们的性命？"徐庶感叹不已，只得告辞而去。刘备想要留住徐庶，徐庶回答说："我已然归于曹操，若是不回，岂不贻笑于人？却又担心樊城难以坚守，请皇叔速速撤离。"

刘备送走徐庶，令关羽赶紧安排渡船。又要孙乾、简雍通告百姓说：“曹军将至，孤城不可久守。百姓若有意愿，可相随过江。”当时新野、樊城两县百姓，急忙扶老携幼，将男带女，拥挤上船。更有多人被踩踏落水，挣扎于波浪之中。汉水岸边，一时哭声不绝。刘备在船上看得恸哭流涕，说道：“百姓遭此大难，都是因为我的无能。我有何脸面，苟活于人世！”遂解开身上的包袱，就要投江而死，被左右死死抱住。船到南岸，回顾樊城，还有许多百姓在北岸望南哭喊。刘备命令关羽赶紧回船去接应他们。

上马来到襄阳东门，只见城上刀枪剑戟林立，如临大敌。刘备勒马在城墙下叫道：“刘琮贤侄，快开城门！就算你不救我，也要顾念无辜的百姓啊！”刘琮躲在垛口后面，紧张得两腿发抖，就是不敢面见刘备。城中忽有一将，姓魏名延，字文长，率领数百亲兵，冲开城门，大声叫道：“蔡瑁、张允出卖荆州，请刘皇叔赶紧奔入城来，杀了这群卖身求荣的小人！”张飞提马就要奔入，刘备慌忙阻拦他说：“不知道是什么变故，不可以草率入城！”就在这时，城内又有一员大将飞马而出，大喝：“魏延安敢造反？认得我大将文聘吗！”魏延回马挺枪迎战，两边厮杀成一团，喊声大震。

刘备回顾诸葛亮说：“襄阳城中，混乱如此，还是别寻生路去吧！”诸葛亮说：“一路向南，可到江陵。那江陵原是楚国古都，而今亦是荆州要地。不如攻取江陵，然后据城而守。”刘备说：“如此甚好！”于是改往江陵方向奔走，同行军民十余万人，大小车辆数千，挑担背包者不计其数。路过刘表之墓，刘备率领众将祭拜，哭诉道：“都怪我无德无能，辜负了兄长的重托。诚望兄长英灵，垂救百姓于危难！”哭声悲切，闻者无不落泪。

又有探马来报，说是曹军先锋许褚已经入驻樊城。众将议论说：“曹军说到就到。而我有百姓随军，拖家带口，速度缓慢，几时到得江陵？不如舍弃了百姓，轻装急行为上。”刘备说：“百姓何其可哀，叫我怎能忍心？”诸葛亮说：“追兵不久将至。可分派关将军顺汉水而下，往江夏求救，请公子刘琦起兵，乘船走长江到江陵相会。”刘备赶紧写信，令关羽、孙乾率领五百亲兵，高挂云帆，飞往江夏求救；自率军民走走歇歇，每日不过十余里的路程。

第四十章

在乱军中寻找阿斗

刘备遭遇曹军追杀，几乎到了全军覆灭的地步。战场何其血腥，人心何其惊恐，在这样的凶灾苦难里面，刘备却不疑赵云，而赵云亦是坚贞不渝。民间俗语有云：“夫妻本是同林鸟，大难来时各自飞。”以此来看刘备的知人之明与赵云的耿耿忠心，则无疑是人间传奇的佳话。

麋夫人本是竹仙，死后又化身为小琴丝竹。竹子坚贞有节，正是麋夫人的象征。

160. 刘琮做了一件错事

话说徐庶回来，向曹操叙说所见所闻。曹操大怒，下令全军前进，临于汉水，遥望襄阳。又派使者渡江来见刘琮，要他到樊城服降。刘琮心中惧怕，不敢前往。

部将王威私下里对刘琮说："曹操以为主公已经投降，而刘备又已远走，此时他必然懈弛无备。若是你能给我数千奇兵，让我从险要之处发动突袭，一定可以擒获曹操。只要把曹操拿下，就能够一举威震天下。无论是许都或者全国各地，整个政治格局都会因此改观。这是一个难得的机会，请主公千万不要错过！"刘琮是个六神无主的人，又把王威的原话转告给舅父蔡瑁。蔡瑁说："此计甚是疯狂。主公的身家性命都在襄阳，岂能如此弄险？"于是不听王威之言，自与张允过汉水到樊城拜见曹操。

蔡瑁见到曹操，辞色甚是谄媚。曹操问道："荆州军马钱粮，今有多少？"蔡瑁回答说："步兵十五万，骑兵五万，水兵八万，合计二十八万。钱粮大半在江陵；其余各处，也足够供应一年。"又问："战船多少？是何人管领？"回答说："大小战船，合计七千余艘，都是我和张允掌管。"曹操听了，脸色阴晴不定，封蔡瑁为镇南侯、水军大都督，张允为助顺侯、水军副都督。二人大喜，赶紧拜谢。曹操又说："刘表既死，他的儿子理当成为合法继承人。我将表奏于皇帝，让他继续做荆州的主人。"二人再次拜谢，返回襄阳去向刘琮复命。

荀攸问道："我看蔡瑁、张允，无非是谄媚弄权之徒，未必有什么真才实干。丞相为什么要如此大加封赏？"曹操面无表情地说道："荆州的军马钱粮，足够与我隔江对峙数年之久。倘若此二人真有才干，胜负是不可预知的。我暂且稳住他们，免得惹动变故。"荀攸大赞道："丞相深谋远虑，令人叹服！"

话说刘琮听信了舅父蔡瑁的话，次日捧着印绶兵符，亲自渡江来拜见曹操。

曹操不露声色，只用好言抚慰刘琮。蔡瑁、张允用尽热情，引导曹军渡过汉水，进驻襄阳城内。入城之时，早已安排百姓人等焚香拜接。曹操进入州府坐定，召见蒯越，慰勉他说：“我不喜得荆州，喜得蒯异度也。”乃以蒯越劝降有功，封为江陵郡太守、樊城侯。傅巽与王粲，都被封为关内侯。至于刘琮，却被改任为青州刺史，令他即日起程往青州赴任。

刘琮吃了一惊，推辞说：“我可不愿做官，愿在荆州守候父母乡土。”曹操冷笑道：“我为你着想，要你远离荆州这块是非之地。自今日以后，将会有许多怨怒你的人，早晚要害你的性命。”刘琮情知做了一件错事，只得带着母亲蔡氏上路。相随的，只有王威一人而已。曹操又暗自唤来于禁，要他轻骑追上刘琮母子，以绝后患。两日后，刘琮在馆驿遭遇袭击，母子二人和王威将军都死于非命。

襄阳既定，荀攸说道：“荆州的钱粮，都在江陵。若被刘备夺取，急切间动摇他不得。”曹操点头说：“我当然记得这件事。”下令召见襄阳诸将，清点名册，独不见文聘。派人去找，方才来见。曹操责问道：“你为什么姗姗来迟啊？”文聘哭丧着脸说：“我身为人臣，不能为主公保全领土，心中悲惭，哪有脸面来见丞相？”曹操听了，赞道：“你真是一个难得的忠臣！”当即封他为江夏郡太守、关内侯，要他在前面引路。

前方探马来报，说：“刘备带领百姓，日行十几里。走了二十几日，也只有三百余里。”曹操大笑，令许褚、徐晃、张辽、张郃、高览各选五千轻骑兵，以文聘为向导，一日一夜赶上刘备；他自领大军，随后陆续赶到。

161. 景山之夜

却说刘备带着三千兵马和十几万百姓，一脚一脚地往江陵进发。是夜露宿于荆山，诸葛亮与刘备坐在山头，感叹说：“你看这荆山楚地的天空多美，美到每一个夜晚和早晨都有日月星辰的守卫！”刘备说：“我亦愿做守卫它的日月星辰，只怕是有心无力。”诸葛亮说：“只要主公有心，那便是黑夜中的星辰。”刘备苦笑，又说：“云长前往江夏，已去了二十多天，杳无音信，不知道是什么情况。看来还得军师亲自前去，千万要请到大公子刘琦前来相助。”诸葛亮领命，次日率领五百骑兵先往江夏求救去了。

刘备身边，仅剩张飞、赵云二将和两千五百兵丁。便自与简雍、麋竺、麋芳带领百姓同行，嘱咐赵云保护各家妻小，令张飞断后。正走在路上，忽然从马前刮起一阵狂风，把尘土卷起，遮天蔽日。刘备惊问道：“这是什么征兆？”简雍颇懂阴阳，算了一卦，失声叫道：“这是大凶之兆啊，应验就在今夜。主公不可留恋百姓，当快走逃生。”刘备说：“百姓从新野相随到此，岂可轻易抛舍？纵然是大凶之兆，也是义之所当。”简雍叹息说：“前面便是当阳县。主公的大凶之兆，便应验在这个‘当’字上面。”刘备不听。是夜，就在当阳县景山露营。

夜来北风骤起，冰凉透骨。满山遍野，都是咳嗽与哀哭。到了四更时分，只听得马蹄声、喊杀声从北而来。刘备急忙披挂上马，集合兵丁迎战。只见晨光之中，文聘当先纵马而来。刘备骂道：“我向来以为文将军为忠义之士，没想到你竟然背主求荣，还有什么脸面来见这些父老百姓！”文聘听得满脸羞惭，只得向刘备拱手致意，引兵往东北方向而去。过不一会儿，许褚挥舞大刀杀到。刘备拼死而战，惊险万分。幸得张飞赶来，打退许褚，杀开一条血路，保护着刘备，且战且走。奔走到僻静之处，方才歇马。清点人数，只剩一百余骑；简雍、麋竺、麋芳、赵云、各家妻小和众多百姓，都已经失散。刘备不禁悲从中来，泪流满面，向天问道：“十多万生灵，只因为依恋于我，遭遇如此大劫。老天哪，究竟是什么样的因果，要让这么多人来承受这么大的凶灾苦难！”

正在凄惶，忽然看见麋芳身负数箭，踉跄而来，叫道：“赵子龙反投曹操去了！”刘备听说，当即止住哭泣，喝斥道：“子龙从我于患难之时，一向赤胆精忠，怎么会反叛我呢？”麋芳说：“我亲眼看见他奔向了西北方向的曹军。”张飞说：“如此说来，便是他眼见兄长势穷力尽，反投曹操，要保全他的一条贱命！”刘备说："我猜想子龙此去，必然有什么事故。贤弟千万不要错怪了他。"张飞说："我这就去找他。他若真的反叛，别怪我不念旧情，一枪刺死他了事！"当即率领仅剩的二十几名骑兵，来到长坂桥上，横矛立马，向西北张望。

162. 在乱军中寻找阿斗

话说赵云自黎明时分与曹军厮杀，杀到天光大亮，找不见刘备，也找不见刘备的妻小。当时暗自想道："主公将两位夫人和小主人阿斗，都托付在我身上。今日失散，有何面目去见主公？也顾不得生死，好歹要找到两位夫人与小主人的下落！"带着身边三十几名骑兵，在乱军之中寻觅。但见众多百姓在寒风中哀嚎，断手断脚、中箭受伤的不计其数。

忽然看见简雍倒卧在草丛之中。赵云急忙上前救起，问道："可曾看到两位夫人？"简雍说："我看见糜夫人从车仗上下来，抱着阿斗奔逃，正要赶上去，大腿被刺了一枪，跌下马来，倒在这里，动弹不得。"赵云便叫随从亲兵把马匹让给简雍乘坐，又要那亲兵牵马，先去寻找刘备。简雍问道："将军何往？"赵云说道："我就是上天入地，好歹也要找到两位夫人和小主人！"

说罢，拍马往长坂坡而去。忽然听得一人大叫："赵将军哪里去？"赵云勒马看时，却是一名老兵。便问两位夫人的消息，老兵说："刚才看见甘夫人披头跣足，跟着一群民妇往南边去了。"赵云便纵马往南边赶去，果然看见一群妇女在山野之间奔逃。赵云上去大声问道："里面有甘夫人吗？"却听见甘夫人在身后哭叫着："赵将军，我在这里！"赵云返身下马，说道："都是我的罪过，让夫人受了惊吓！却不知糜夫人和小主人何在？"甘夫人说："敌军来时，护送车仗的军士各自逃散，我与糜夫人只得混杂在人群中步行。忽然一阵乱军，走失了糜夫人与阿斗，不知道他们的下落。"

话说简雍忍着疼痛来到长坂桥，张飞问："宪和兄伤势如何？"简雍回答说："多亏赵云将军相救，活着就是万幸！"张飞吃了一惊，又问："赵云将军何在？"回答说："还在战场上寻找两位夫人和阿斗。"张飞感叹说："那赵云果然赤胆精忠，是我错怪他了。"过不多时，赵云牵着马匹而来，马上坐着的，赫然就是花容失色的甘夫人。只见赵云毅然说道："请翼德兄接应好甘夫人，我还得回头去找麋夫人和阿斗。"说着，翻身上马，重返长坂坡而去。

迎面遇见一员将校，原来是专门负责为曹操背剑的侍从官夏侯恩，身背着一口宝剑，手提一杆铁枪，带着几个人正在抢掠百姓财物。赵云上前大喝，将他一枪刺死。夺过了那口宝剑，只见剑把上有"青釭"二字。原来曹操有两口宝剑，一名"倚天"，一名"青釭"，都是用百炼钢打造的珍品，削铁如泥，锋利无比。赵云将宝剑插在腰间，提起长枪，再次杀入重围。杀到晡时，身边已无一人相从。赵云只顾往来寻觅，逢人便问麋夫人的消息。

忽然有一人指着东北方向说道："夫人抱着小孩儿，腿上受伤，行走不得，坐在前面一堵破墙后面。"赵云追寻过去，只见一堵被火烧坏的土墙，麋夫人抱着阿斗靠墙而坐，赵云连忙下马拜见。麋夫人说："天幸得见将军，阿斗有救了！可怜他父亲飘荡半世，只有这点骨血。望将军将这孩子送到他父母手中，我虽死无恨！"赵云说："都是我的罪过，让夫人受此大难！请夫人赶紧上马，有我保护夫人和小主人杀出重围。"麋夫人说："将军岂能无马？我已重伤，难以动弹，请将军不要被我拖累。只有这个孩子，全赖将军保护！"赵云说："喊声越来越近，敌军已到跟前，请夫人速速上马！"麋夫人将阿斗递给赵云，说："且待我站起来！"便扶着土墙旁边的井台努力站起，忽然翻身投入水井之中。

赵云吃了一惊，一只手抱住阿斗，一只手来抓麋夫人，却哪里来得及，眼睁睁看她沉入水中不见。赵云悲恸万分，含着热泪，奋力推倒那堵土墙，掩埋了那口深井。然后解开衣甲，将阿斗绑在怀中，翻身上马。恰好曹洪麾下副将晏明搜索战场来到跟前，看到一阵灰土腾起，紧接着听到小孩的哭叫，提着一把三尖两刃刀上前查看。赵云忽然跃马而出，一枪刺倒晏明，奋力冲了出去。

163. 长坂桥上，张飞三声怒喝

迎面遇着张郃。赵云不敢恋战，夺路而走，不想一声轰隆，连人带马，跌入土坑。张郃大喜，挺枪来刺。忽然一团红光，带着那马从土坑中跃起，跳出坑外。张郃看得惊呆，不敢追赶。

赵云一路奔走，背后忽然有人大叫："赵云休走！"赵云回头看时，认得是马延、张凯，都是袁绍手下的降将。继续奔走，前面又有焦触、张南截住去路，也是袁绍手下降将。赵云只得驻马，力战四将。此时曹军汹涌而至，赵云的枪头，早已被杀得钝涩，只得扔了长枪，拔出青釭剑来砍杀。手起之处，划破敌将衣甲，血水如同泉水飞泄。众人无不惊骇，眼睁睁看着他夺路而去。

曹操在景山之顶，看见一员战将，左右奔突，威不可挡，急忙向左右问道："此人是谁？"夏侯惇说："此人乃是赵云，曾与我在博望坡交手。"曹操赞道："真是一员虎将，一定要给我生擒了他！"于是飞马传令："不许放冷箭，只要捉活的。"赵云因此少了许多凶险，一路上斩杀敌将五十余员，砍倒大旗两面，直到杀出重围。

眼看长坂桥在望，忽然又从山坡上飞出两员战将，钟缙、钟绅兄弟二人是也，大喝："赵云往哪里逃！"钟缙挥舞一把大斧，当先赶到。相战三个回合，赵云侧身躲过他的大斧，一剑砍断他的右手，叫他连人带斧翻倒在地。钟绅手持画戟从背后刺来，赵云拨转马头，左手来抓戟杆，右手挥起青釭剑就砍，连头带盔被砍去一半。赵云就在那血光之中，跃马奔向长坂桥，大声呼叫道："翼德兄快来救我！"张飞赶紧让过，说道："子龙且去，我来阻挡追兵。"

只见北风凛凛之中，张飞独自立马于桥东。忽然又心生一计，叫手下二十几名骑兵，把树枝拴在马后，在树林后面的空地上往来拖动，弄得尘土飞扬，以为疑兵。文聘率先赶到，只见张飞一人横矛立马在桥上，桥东树林后面大起灰尘，不知道是什么状况，便勒住马。过不一会儿，许褚、曹仁、李典、夏侯惇、夏侯渊、乐进、张辽、张郃陆续赶到，只见张飞横矛立马，都怕中了诸葛亮的计，均不敢近前。只得一字排在桥西，派人飞报曹操。

曹操听到禀报，也急忙赶来查看究竟。那曹操不认得张飞，张飞却认得曹操。张飞料定他心疑，便大声喝道："我乃燕人张翼德也！谁敢与我决一死战？"声如巨雷，惊得诸将战栗。曹操对左右说："我曾经听关羽说过，此人在百万军中取上将首级，如探囊取物。今日相逢，不可轻敌。"只听得张飞怒眼圆睁，又是一声断喝："燕人张翼德在此！谁敢上来决一死战？"曹操见他如此气概，颇有退心。

此时张飞望见曹军阵脚移动，便作势要冲，却又驻马喝道："战又不战，退又不退，却是什么缘故？"喊声未绝，就在曹操身边，夏侯杰忽然脸孔扭曲，口吐胆汁，一头栽倒在马下。曹操受了惊吓，调马就走。众将也跟着调马就走。只见那黑压压的一大片曹军，如同潮水般退去。张飞在桥上看得哈哈大笑；然后令骑兵们解去马后的树枝，拆断了桥梁，回马来见刘备。

164. 在汉水边制作竹排

话说赵云纵马过桥，奔走二十余里，看见刘备与众人都在树下歇息。上前解开衣甲，原来阿斗一路啼哭，此时却睡着未醒。赵云高兴地说："幸得公子无恙！"双手递给刘备。刘备接过去，热泪盈盈，忽然甩手扔在地上，骂道："为了你这小屁孩子，几乎折杀了我一员大将！"赵云慌忙从地上抱起哇哇哭叫的阿斗，跪拜在刘备面前，说道："主公这是做什么？保护公子，乃是赵云的使命，主公何故要迁怒于他？"又说到糜夫人舍身成仁的事迹，众人无不哀泣。糜竺、糜芳兄弟也已经回来，听到妹妹的凶信，都是嚎啕大哭。

大约一个时辰，张飞也率队归来。刘备说："贤弟虽然勇猛，却不够细心。"张飞问为什么？刘备说："只因你拆断桥梁，曹操必然返身追赶。"张飞说："他被我一喝，倒退了几里，怎么还敢追赶？"刘备说："曹操多疑。你若是不拆桥梁，他便害怕埋伏，不敢追赶。你若是拆断桥梁，他便料定我军胆怯，必来追赶。此处不可久留，须得急忙离去！"于是即刻起身，沿小路匆忙向前。

走着，走着，忽然一条大江拦住去路。刘备失声叫道："苦也，不听简雍之言，叫兄弟们与我都死在这里！"简雍站在坡上看了又看，说道："这是汉水，从襄阳蜿蜒流淌到了这里，却不知如何才能渡过？"麋竺说："我有一计，可乘坐竹排，顺流而下，直达江夏。"众人问："哪里有竹排？"麋竺便坐在那石头上作法，只听见四下里都是拔节的声音，长出满山的楠竹。众人好不诧异，想不到寒冬里也有竹子拔节，这才知道他们兄妹三人都是竹仙，赶紧砍伐竹子，制作竹排，放入水中。众人都上了竹排，把战马系在后面泅泳，顺着汉水漂流而去。

两年以后，刘备、赵云、麋竺带着阿斗重返长坂坡，寻找那口废井。只见井台还在，却从井口和四周生长出丛林的竹子来。那竹子又与楠竹不同：叶片青翠，仿佛麋夫人满头的秀发；竹干纤细而又鲜红，仿佛麋夫人流血的身躯。刘备向阿斗叮咛道："阿母虽然不是你的亲母，却于你有大恩情在，你要铭记在心。"于是，把那竹子叫作情思竹，又名情丝竹，今名小琴丝竹。

第四十一章

君子儒与小人儒

曹操乘着北风而来，襄阳城望风而降，如今江南群儒也要望风而降。这是一个北风肆虐的寒冬，受任于败军之际的诸葛亮要怎样才能扭转风向呢？出使柴桑，舌战群儒，其实就是诸葛亮向天筹借东南风的一个计划。

165. 刘备究竟去了哪里?

话说曹操被张飞三声断喝，吓得回马逃出十里地。张辽说:“丞相不必惊异。料他张飞一人，有何可惧? 且稳住脚步，派人去打探一下，看他弄的什么玄虚?”过不一会儿,探马回来报说:“张飞已拆断桥梁去了。”曹操疑惑不定,说道:“他断桥而去，想必是心怯。”传令搭建三座浮桥，今夜便要竣工。李典说:“也许又是诸葛亮的诡计，只等我军过桥，便有伏击。”曹操沉吟说:“你说的也颇是有理。今夜暂且在此岸歇息，明日再过桥不迟。”

翌日过桥来看，刘备早已消失得无影无踪。张辽说:“刘备要去的是江陵。不如我们直接去取江陵，在那里等他。”曹操点头称是，急忙提兵赶往江陵来。江陵乃是南郡的治所，蔡瑁乃是南郡的太守，那蔡瑁便奉了曹操的命令到城下叫门。治中邓义和别驾刘先只得开门来迎，将曹操和蔡瑁接入城中。曹操一面令众将接收城中储藏的钱粮，一面暗自纳闷，心说:“那刘备究竟去了哪里?”

话说刘备乘着竹排，漂流在汉水之上。次日于黎明之中，看见水上船队络绎而来。船上又高挂几面旗帜，其一曰“刘”，其一曰“关”。张飞说:“此必是公子刘琦与二哥无疑。”带着众人都欢呼起来。诸葛亮率先出来应答，刘琦与关羽也相继站出船头。原来诸葛亮赶到江夏，正好遇见刘琦与关羽在长江里起航。于是改变航线，从汉水逆流而上，又正好在中流遇见刘备。

刘备便弃了竹排，带着众人上船。诸葛亮说:“主公大难不死，必有后福!”刘备说:“若是没有翼德、子龙和子仲，怎么可能逃出生天? 可惜我那糜夫人死得英烈!”众人都是感叹。当时调转船头，沿汉水往下游而来。到达江夏，刘琦自住石阳城，请刘备住在却月城。

那石阳城位于汉口，却月城筑在鲁山之上，都濒临长江。诸葛亮说："长江对岸的鄂县，颇有钱粮。主公可令关将军留守却月城，自去鄂县驻守。一旦曹操来攻，我军即可在长江两岸互为照应。"刘备便留下关羽守却月城，自与诸葛亮率领众将过江来取鄂县。

曹操在江陵探知消息，与众将商议说："我说刘备去了哪里？原来他去了江夏。只恐他结连东吴孙权，滋蔓出祸患来。诸位以为，当如何用计破他？"荀攸说："我军威风大振，可趁势派使者前往江东，请孙权与我军会猎于江夏，共擒刘备，瓜分荆州之地，永结盟好。孙权必然惊恐来降，则刘备可擒，大事可济。"曹操点头称赞，立即派遣使者赶赴东吴。一面清点兵员，骑兵、步兵、水兵共计八十三万，号称一百万，水陆并进，沿着长江而来。

166. 在鲁山之上，看江山形胜

话说曹操率领百万之众虎踞江汉，孙权在柴桑听说，大受惊吓，急忙召集众人议事。鲁肃说："荆州与我相邻，既有汉水、长江之地利，又有江汉平原之富饶。我若据而有之，可为帝王之资。如今刘表已死，我愿奉命往江夏去见刘琦、刘备，劝说他们与我结盟，共破曹操。他二人若是喜而从命，则大事可定。"孙权有些犹豫，想了又想，且令鲁肃带着礼物往江夏而来。

鲁肃在柴桑说刘备，诸葛亮也在江夏说孙权。诸葛亮说："曹操势大，一时间难以抵挡。不如往说江东孙权，使他与曹操南北对峙。如此，我即可静观其变，从中取势。"刘备说："看我一败涂地，哪里还有力量取势？况且江东人才济济，七嘴八舌，也没有让我说话的机会。"诸葛亮笑道："上帝要兴一人，必然会赐给他巧妙的力量。主公此时需要的，就是对上帝的信心。至于江东那边，若是我算得不错，孙权近日必然派人来找我探听虚实，到那时候我即可随他去往柴桑，劝说孙曹两家南北相争。若是孙家胜，我即可与他共诛曹操，复取荆州之地。若是曹操胜，我即可乘势占据江南，再来与曹操相争。”刘备说：“军师计策甚好，但不知孙权何时派人来到？”

正说着哩，关羽派人过江来禀报说，鲁肃已经到了江夏，船只停靠在鲁山脚下的江岸。诸葛亮大笑道：“主公且看，上苍果然早有安排！”刘备说：“鲁肃此来，必为探听军情，却叫我如何作答？”诸葛亮说：“主公只推不知，要他问我。”于是过江来见鲁肃。鲁肃说：“久闻皇叔大名，今日得见，实为有幸。请问皇叔，自新野以来，与曹操几番交手，他那里虚实如何？”刘备说：“可怜我兵微将寡，只能带着百姓逃命，竟不知他的虚实。”鲁肃又问：“皇叔虽然落败，却用两场大火，烧得曹军焦头烂额，怎会不知道他的虚实呢？”刘备说：“你可问我的军师，胜败都在他的计算之中。”

鲁肃便约着诸葛亮到山头看江山形胜。诸葛亮笑道：“此名鲁山，莫非鲁肃之山乎？”鲁肃说：“此山颇有神龟之象，若干年后，愿葬于此山之麓。”诸葛亮说：“曹操虎踞汉水之上，不知若干年后，此山竟是谁的领土？”鲁肃于是问道：“敢问先生，难道曹操就真的天下无敌吗？”诸葛亮说：“并非是曹操天下无敌，而是人们心中惊恐。刘表死后，若不是刘琮满心惊恐，以荆州的实力决一死战，胜算倒有七成。”鲁肃又问：“刘皇叔接下来将要怎么打算？”诸葛亮说：“皇叔与苍梧郡太守吴巨颇有交情，打算前往投奔。”鲁肃说：“苍梧地处偏远，焉能活人？”诸葛亮回答说：“偏远之远，别有天地，也许又是另一种活法。”鲁肃说：“我家主公据有江东六郡，兵精粮足，威名远震。你与其逃往天外，不如随我去往东吴，共图大事。”

诸葛亮便来向刘备禀报。刘备说：“你是我的军师，须臾不可相离，怎么去得？”诸葛亮说：“曹操即将到来，情势紧急。就让我去吧，也许能够制造出一些转机。”于是与刘备、刘琦、关羽等众人告别，跟着鲁肃乘船往柴桑来。刘备亦自过江回返鄂县，在磨儿山设坛祭天，祈求上苍保佑诸葛亮，化灾厄为吉祥。

至今武昌东湖磨山有刘备郊天坛[①]遗址。

167. 君子儒与小人儒

船到柴桑，鲁肃请诸葛亮先到馆驿歇息，自己去见孙权。此时孙权已接到曹操的来信，正召集文臣武将在堂上议事。听说鲁肃回来，急忙召入问道："子敬此去江夏，有何情报？"鲁肃说："请容我稍后单独向主公禀报。"

孙权便把曹操的来信递给鲁肃看，信中说道："我奉皇帝的诏令，讨伐忤逆不道的罪臣。大军所向，刘琮望风而降；荆襄军民，纷纷归顺。而今我统帅雄兵百万、上将千员，想要与孙将军共同围剿流窜在江夏的刘备。将军应当趁此为朝廷建立功勋，而我也将奏请皇帝给你优厚的封赏。请不要犹豫和观望，并尽快回信给我。"鲁肃看完，问道："主公打算怎么做？"孙权回答说："我还在思考。"张昭在旁边劝说道："曹操率领百万大军，以朝廷的名义南征，这个仗怎么打？从前江东还有长江天险，如今曹操已经得到襄阳、江陵，与我共有长江，哪里还有天险可言？他只需要顺流而下，便势不可当。以我之见，不如投降，以为万安之策。"众人听着，都纷纷附和，一片喧嚣。只有孙权沉吟不语。

过不一会儿，孙权起身出了大堂。鲁肃领会他的意思，跟着出来。孙权问道："你的意见如何？"鲁肃回答说："众人都可以投降曹操，唯独主公不可以投降。"孙权问："你为什么这样说？"鲁肃回答说："众人劝降，是有功于曹操，依然有高官可做。主公若是投降曹操，哪里还有主公可做？况且看看此前袁氏兄弟和刘琮的下场，便知道主公投降曹操的后果。"孙权叹息说："他们貌似是

---

① 刘备郊天坛位于武汉东湖风景区。郊天，在郊野祭祀天地。又有"祭天称郊，祭地称社"一说。《史记·封禅书》有云："郊社所从来尚矣。"

我的智囊，实则无人为我着想。还是子敬一片忠心，殊为难得。只是曹操军势浩大，不知道该如何应战？”

鲁肃便问：“主公可记得诸葛瑾吗？”诸葛瑾，字子瑜，诸葛亮之兄也。只因曹操屠杀徐州，兄弟离散，诸葛瑾逃到江东，在曲阿遇见孙权的姐夫弘咨。弘咨惊讶于他的才华，把他推荐给孙权，被任作海盐县长，后迁为长史。孙权问：“子瑜与我朝夕相处，当然记得。难道他有奇谋？”鲁肃说：“并非是诸葛瑾有奇谋，而是他的弟弟诸葛亮。我此去江夏，把他带来。主公可来问他，便知虚实。”孙权大喜道：“早听说子瑜有一个叫卧龙的弟弟，今日幸得一见！”转头一想，又说：“今日天色已晚。明日可请他先与我的智囊们碰撞，然后再请来与我相见。”

次日，鲁肃便到馆驿去请诸葛亮。张昭早已召集了文武二十余人，一个个峨冠博带，端坐在那里等候。诸葛亮进来，上前一一施礼，坐在客位。张昭神色甚是倨傲，问道：“我听说先生曾经高卧于隆中，自比管仲、乐毅。此话可真？”诸葛亮回答说：“没错儿。以管仲、乐毅自比，曾经是我的志向，现在也依然是我的志向。”众人听见，当时一片哗然。

张昭冷笑道：“刘皇叔未遇先生以前，荆州还在。自从三顾先生于草庐以后，荆州已属曹操。不知道是什么原因？”众人听了，又是一片大笑。诸葛亮心想，这个张昭乃是孙权手下第一谋士，若不先驳倒他，后面困难重重；于是哈哈大笑，然后回答说：“但凡争战，先得讲究一个仁义。皇叔刘备，便是一个仁义的主公。刘表临终前多次要将荆州托付给他，但他却躬行仁义，顾念刘表膝下有子，不忍心夺取同宗之基业，所以极力推辞。至于幼子刘琮，听信了小人的佞言，暗自投降曹操，致使刘皇叔陷入极其凶恶的险地。即便是这样，刘皇叔依然不忘仁义之初衷，与新野县和沿途百姓数十万人携手相依，不离不弃，于是有当阳之败。如此，因为仁义而败，却败得义无反顾，虽败而犹荣。难道诸位做人行事，都是只讲胜败而不讲仁义吗？况且胜负乃兵家常事，从前高祖皇帝屡败于项羽，却在垓下一战成功，这就是先有仁义而后有奇谋的光辉战例啊。久闻张先生是江东的长者，若是只讲胜败而不讲仁义，我以为是您的耻辱。”张昭听得张口结舌，不能对答。

忽然又听见虞翻大声问道："而今曹操统帅百万雄兵，虎视江夏；刘备死在旦夕，还谈什么仁义？"诸葛亮笑道："各位都是儒者，熟读孔孟，难道不懂仁义的意义吗？只要有仁义在，虽败而犹荣，虽死而犹荣。我主刘备而今退守江夏，却未必会死，也未必会败；一旦天时到来，却也可能像高祖皇帝那样一战成功。况且曹操虽然号称百万，却不过是聚集了吕布、袁绍、刘表旧部的乌合之众，其实并没有什么好怕的。江东自古富庶，兵精粮足，又有长江之险，诸位却要不顾仁义去屈膝投降曹贼，岂不是令天下人耻笑吗？"虞翻理屈，也不能对答。

忽然又听见薛综问道："敢问先生如何评价曹操？"诸葛亮回答说："我刚才已用曹贼相论，何必再问？"薛综说："先生所言差矣。汉朝传承至今，天数已到尽头。而今天下三分，曹操已占其二，这就是天时和大势。刘备只讲仁义，不顾天时和大势，强要与他争斗，岂不是以卵击石，哪有不败的道理？"诸葛亮回答说："从来天意难测，你只知今日的天时，却怎知明日的天时？况且人生天地间，就应该以忠孝为立身之本。你既然是汉朝的臣民，就应该有爱国之心。只要见到曹操这种心怀篡逆的贼人，就应该奋起而鞭挞。可是你刚才在说什么？像你这样无父无君的人，竟然还好意思妄谈什么天时和天数！"骂得薛综满面羞惭，哑口无言。

忽然又听见有人说道："追根溯源，曹操乃是相国曹参之后。刘备呢？虽说是中山靖王的苗裔，却无可稽考，说到底不过是一个织席贩履之徒，有什么资格与曹操相争呢？"诸葛亮看过去，笑道："我认得你是陆绩。你六岁时，随父亲到袁术家中做客，往怀里藏了两个橘子。袁术嘲笑说，陆郎来我家做客，临走还要偷拿主人的橘子吗？你回答说，家母爱吃橘子，我想拿回去送给她尝尝。可见你从小就懂得仁爱和忠孝，怎么活到这把年纪，却反而糊涂了呢？那曹操既然是曹相国之后，就应该懂得爱护这个国家，否则他就是欺君蔑祖的乱臣贼子。刘备堂堂帝胄，当今皇帝按家谱赐爵，怎说无可稽考？虽然出身于织席贩履，又有什么可羞的呢？高祖皇帝当年，不也是一个亭长的出身吗？"陆绩听了，顿时语塞。

忽然又听见有人问道："在座的诸位都是博通五经的儒者，你在这里卖弄口舌，就不怕笑话吗？”诸葛亮看过去，原来是程秉。程秉字德枢，汝南郡南顿县人氏，曾经跟从郑玄研究经学，被孙权任为太子太傅。诸葛亮哈哈笑道：“先生既为儒者，就应该知道儒者有君子儒与小人儒之分。君子之儒，守正恶邪，誓死不改忠君爱国之道。然则小人之儒，虽然皓首穷经，却只知道工于翰墨。例如扬雄，以文章名世，却屈身于王莽，就是小人之儒的典型。我若被君子之儒笑话，当然无地自容。与之相反，难道我要害怕小人之儒笑话吗？”程德枢不能回答。众人见孔明对答如流，也都黯然失色。

忽然有一人从外面进来，大声叫道：“曹操大军压境，你们还有闲心在这里斗嘴！”众人一看，原来是名将黄盖。黄盖字公覆，零陵郡泉陵县人氏，先后追随孙坚、孙策转战南北，多有战绩。只见黄盖径自走向诸葛亮，说道：“先生舌战群儒，令我折服。我家主公有请，他也想倾听你的高论。”

168. 决战之前，必先决心

诸葛亮于是跟着黄盖来见孙权。只见那孙权碧眼紫髯，一表堂堂。诸葛亮暗想：“此人相貌奇伟，是个英雄，只可智激，不可劝说。”

双方施礼，各自就座。孙权说道：“久闻先生有卧龙之才，在新野县两番火烧曹营，想来深知曹军虚实。请问曹操究竟有多少兵马？”诸葛亮说：“骑兵、步兵、水兵，合计约有一百余万。”孙权和鲁肃闻言，都吃了一惊。孙权问：“莫非有诈？”诸葛亮说：“并非诈言。曹操在兖州时就有青州军二十万人。平了袁绍，又得五六十万人。在中原征募新兵三四十万人。而今又得荆州降军二三十万人。以此合计，竟然不下一百五十万人，远远超过百万这个概数。”鲁肃不明白诸葛亮是何用意，唯恐他惊吓了孙权，急得暗自跺脚。

孙权又问：“曹操已经取了荆州，还有别的计划吗？”诸葛亮回答说：“他在汉水、长江沿岸下寨，打造战船，若不是为了江东，还为什么？”孙权说：“我也知道他有吞并江东的意思。但我是战呢，还是不战呢？请先生为我做个决断。”诸葛亮反问道：“将军有的是智囊，哪里需要问我？”孙权说：“我的智囊们都劝我投降，不知道先生有何建议？”诸葛亮回答说：“将军的智囊们都劝你投降，那你还有什么指望？那就干脆让你的智囊们把你捆绑起来去见曹操，让你去做第二个刘琮呗！”孙权苦笑道：“刘备为什么不投降曹操？”诸葛亮回答说：“你怎么能够跟我家主公相比呢？我家主公是当代的田横，宁可守义而死，也不愿辱没了自己的英名。况且以他的壮志豪情，虽然一时失利，来日必然高居曹操之上！”孙权听得勃然变色，拂衣而起，退入后堂去了。

鲁肃责怪诸葛亮说：“先生何故说出这种话来？你家主公有自己的英名，难道我家主公就没有？你怎么能够这样藐视人呢？”诸葛亮仰天长笑道：“他并没有说出自己的决心，要我如何高看他？”鲁肃问：“有决心将如何，没有决心又将如何？”诸葛亮说：“他若有决心，我便有妙计助他大破曹操。他若没有，我便转头返回江夏，只当没来。”鲁肃闻言大喜，便到后堂来见孙权。孙权怒气未息，骂道：“诸葛亮欺人太甚！”鲁肃说：“刚才我也这样责怪他，他却反笑主公没有抗曹的决心。若有，他自有妙计助主公大破曹操。”

孙权顿时转怒为喜，说：“原来诸葛亮早有良谋，故意拿话来激我。我一时浅见，差点儿误了大事。”便随同鲁肃再次出来，向诸葛亮道歉：“刚才有些失态，请不要见怪！”诸葛亮也跟着道歉说：“是我言语冒犯，请将军恕罪。”三人相看，各自大笑。然后令仆人们准备酒宴，要与诸葛亮把酒论战。

第四十二章

周瑜有九分胜算

英国诗人雪莱说过:“寒冬已经来临，春天还会远吗?”活在信心里面的人哪，总是比常人们更早一些到达春天。

当周瑜有九分胜算的时候，春天的东南风已经化开了他心中的冻土。

169. 外事不决问周瑜

酒过数巡，孙权说道：“对于曹操来说，此生能够与之匹敌的，就是吕布、刘表、袁绍、袁术、刘备和我。如今其他人都死了，只有刘备和我还活着。我可不愿把东吴的土地白白地送给贼人，重蹈刘琮的覆辙。我已经想清楚了，决心一战。”诸葛亮连声赞好，举杯相敬。

却见孙权想了想，又说：“普天之下，除了刘备以外，没有人能够和我一起抵抗曹操。但我又担心，刘备刚刚遭遇一场大败，他还能有多大的力量呢？”诸葛亮回答说：“刘皇叔虽然落败，但他身边的精兵和关羽率领的水军合计还有一万多人，刘琦麾下的江夏战士也不下万人。况且曹操远来疲惫，恰如一支被强弩发出的箭矢，已经飞行到了最后的末程，甚至连轻薄的鲁缟都无力穿透。至于他的兵丁，大多是北方人，不习惯于水战，懂得水战的荆州人则只是迫于形势依附于他，看上去人多势众，其实并没有多少实力。只要将军愿意与刘皇叔精诚合作，打败曹操是可以料见的事情。到了那时候，曹操就只能逃回北方去，而将军和刘皇叔也能趁机扩大自己的势力。这是一个决定成败的机会，完全取决于将军的信心。”孙权听了，高兴地回答说：“先生之言，如拨云见日。我已经想清楚了，决心一战，即日便商议起兵。”

张昭听到消息，急忙带着顾雍来见孙权，说道：“请主公好好想一想，以东吴的势力，能够跟袁绍比吗？曹操用兵，堪称战神，以兵微将寡尚且能够覆灭强大的袁绍，而今以百万之众南征，主公岂可轻敌？都是诸葛亮巧舌如簧，千万不要听信了他的蛊惑！”孙权低头不语。顾雍又说：“诸葛亮此来，并不是为了主公，而是为了借用江东的兵力抗拒曹操。主公自有立场，为什么要做他的工具呢？请您一定要冷静地想一想。”孙权便又犹豫了起来，说道：“你们暂且退下，容我三思。”

一连数日，孙权寝食不安。吴国太问道：“你有何心事，整日长吁短叹？”孙权说：“曹操举兵要下江南。我投降他吧，又怕他日后害我。不投降吧，又怕打不过他。此事关系重大，因此焦虑。”吴国太想了想，提醒他说：“你还记得伯符临终的遗言吗？”孙权顿时便想起兄长孙策的遗言来：“内事不决问张昭，外事不决问周瑜。”赶紧派人去请周瑜回来议事。

此时周瑜在鄱阳湖训练水军，早已听到曹军即将南下的消息。孙权的使者还没有出发，周瑜已经连夜回到了柴桑。鲁肃与周瑜的交情最是厚重，及时赶来探望，将此前发生的事情一一细述。周瑜回答说：“子敬不要忧虑，我自有主张。你只需请诸葛亮来，我要看看他的虚实。”

170. 传闻桥蕤有两个女儿

当晚，鲁肃带着诸葛亮来见。周瑜出门迎入堂中，分宾主而坐。只见周瑜与诸葛亮各自客套，都不说正题。鲁肃是个老实人，忍不住问周瑜：“曹操南侵，我军是决战呢，还是投降呢？想听听将军的意见。”

周瑜颇有心机，故意说道：“曹操以朝廷的名义征我，军势又如此浩大，一旦交战，我则必败，倒不如投降了他省事。”鲁肃惊愕地望着他，问道：“公瑾何出此言？孙策将军临终将外事托付于公瑾，为的就是依仗公瑾保全江东，你怎么说出这种没骨气的话来？”周瑜说：“江东六郡，生灵无限，一旦遭遇兵灾，必然归怨于我，不如投降了曹操省事。”鲁肃说：“投降了曹操之后，就一定太平无事吗？看看徐州、冀州、荆州的老百姓，色美者被征作妓女，力壮者被征作兵丁，余者都被任作奴客，备受凌辱。古来有志者宁死不辱，况且我有江东六郡，为什么不壮烈一战？”周瑜说：“子敬虽有豪情，却缺少深思。”鲁肃问：“公瑾要我深思什么？”

诸葛亮看着两人争辩，只是微笑。鲁肃问：“先生笑什么？”诸葛亮说：“我不笑别人，但笑子敬不识时务。”鲁肃问：“我怎么不识时务？”诸葛亮说：“曹操善于用兵，周将军自愧不如，决计降曹，这就叫识时务！恰如荆州的蔡瑁、张允，降曹以后，拜将封侯，这就叫识时务！至于孙权将军是不是第二个刘琮，江东百姓是不是沦为妓女奴客，那都不是周将军考虑的重点。”周瑜听得勃然大怒，却又隐忍不发。鲁肃从中解说道：“公瑾只是一时糊涂，先生不必如此嘲弄他。”诸葛亮哈哈笑道：“周将军若是不敢打仗，又不忍心江东百姓受苦，我倒有一计，只需使用两个人，便叫曹操退兵而去。”

鲁肃好奇，问道：“是哪两个人？”诸葛亮说：“曹操素爱女色，每到一处，必取妓女为乐。他在邺城新造了一座铜雀台，广选天下美女于其中。传闻庐江郡皖县桥蕤有两个女儿，大的叫大桥[1]，小的叫小桥，都有沉鱼落雁的容貌。曹操曾经发誓，一愿荡平四海，成就帝王之业；二愿掳得江东二桥，置于铜雀台，以乐晚年。周将军只需将这两个美人训练成妓女，送给曹操，必然叫他称心满意，返回北方。”周瑜强压怒火，问道：“曹操贪图二桥，有何证据？”诸葛亮说：“曹操有幼子曹植，字子建，创作《铜雀台赋》，说的就是他家誓必君临天下、赢取二桥的意思。”周瑜问：“先生可记得这篇《铜雀台赋》吗？”

诸葛亮说：“《铜雀台赋》文辞华美，早已被人们广为传颂。我记忆力不是很好，却也记得其中几句。”于是即时朗诵道：“临漳水之长流兮，望园果之滋荣。揽二桥于东南兮，乐朝夕之与共。愿斯台之永固兮，乐终古而未央！”然后解说道：“赋中所言，是说曹氏父子站在漳水之滨的铜雀台上，看着欣欣向荣的田园瓜果，立誓要把东南的二桥掳来，朝夕与共。同时祈愿铜雀台永远屹立，他们与二桥的欢乐永远没有尽头。”周瑜回头问鲁肃：“赋中所言，可是如此？”鲁肃回答说：“我也不是很清楚，但赋中确有‘揽二桥于东南兮，乐朝夕之与共’的句子。”

---

① 罗贯中版《三国演义》误写为大乔、小乔。今根据相关史料应为大桥、小桥。

周瑜再也忍不住愤怒，站起来指向北方骂道："曹操老贼，欺人太甚！"诸葛亮故意问道："从前吴越争战，范蠡也曾以西施进献吴王夫差。匈奴屡屡犯边，汉朝也曾以昭君公主和亲。周将军又何必顾惜叫二桥的这两个美女呢？"鲁肃解说道："先生有所不知，那大桥是孙策将军的夫人，小桥乃是公瑾的娇妻。"诸葛亮立即装出诚惶诚恐的样子，赔罪说："都怪我失口乱说，请周将军恕罪！"周瑜再次恨恨地骂道："我与曹贼誓不两立！"

诸葛亮说："兵家大事，请周将军不要动气，三思为上。"周瑜说："我受孙策将军重托，哪有屈身投降曹操的道理？不瞒先生，我在鄱阳湖训练水军，便有北伐曹操的念想。而今，哪怕把刀斧架在我的脖子上，也不会改变我的决心！望先生助我一臂之力，同破曹贼。"诸葛亮回答说："只要将军有此决心，我当然愿意效犬马之劳。"

171. 周瑜有九分胜算

次日清晨，孙权升堂议事，将曹操的书信递给周瑜观看。周瑜看完，大笑道："老贼分明是欺负我江东无人，言语甚是傲慢无礼！"孙权问道："公瑾兄意下如何？"周瑜反问道："众文武又是怎么说？"孙权说："多是劝我投降。我因此犹豫不决，请公瑾兄给我一个主意。"周瑜继续问道："是谁劝主公投降？"张昭回答说："曹操以朝廷的名义南征，而今又在汉水、长江沿岸打造艨艟舰队，水陆并进。请问公瑾，若不投降，如何抵挡？"周瑜冷笑道："先请诸位收起你们的投降论。我家主公继承父兄的遗志，自有神武雄才，怎么会降伏于曹操这个贼人？况且江东兵精粮足，有足够的实力纵横天下，为国家除暴安良。你们这些没志气的腐儒，怎么会说出投降论来？"张昭、顾雍、虞翻、薛综、程秉等人，一个个听得脸红。

孙权问道:“公瑾兄既然主战,可有几分胜算?”周瑜回答说:“曹军不习水战,他舍了鞍马,在水上与我争衡,我便至少有五分胜算。他驱使士卒从北方而来,远涉江湖,不服水土,多生疾病,如此我便有六分胜算。他以骑兵部队为优势,然则时值隆冬,哪里有那么多的马料可用?如此我便有七分胜算。他的军人多是来自吕布、袁绍、刘表的乌合之众,一旦危机来临,必然一哄而散,如此我便有八分胜算。在他的西北方向,还有马腾、韩遂是他的后患,他必然不敢久于南征,如此我便有九分胜算。十分之中,我已占有九分,大败曹操,指日可待。”孙权听得矍然而起,说道:“公瑾兄所言,甚合我意!”当即拔出佩剑,奋力砍掉案几的一角,发誓说:“诸位之中,若是有谁再有投降论者,我就这样砍了他!”说罢将宝剑赐给周瑜,封周瑜为大都督、程普为副都督、鲁肃为赞军校尉;若是文臣武将胆敢有不听号令者,即以此剑诛之。

周瑜双手接过宝剑,转头对众人说道:“我奉主公使命,率众抗曹。请诸位来日都到江边行营听令,如有迟误,军法惩处。”说完告辞,先自回家料理军务去了。又派人来请诸葛亮和鲁肃议事,说道:“今日主公已经定下抗曹大计,有诸多细节需要先生指教!”诸葛亮说:“当前还用不着讨论这些细节。”周瑜问道:“却是为何?”诸葛亮说:“大都督虽有九分胜算,但在孙权将军那里,却只有五分。只要孙权将军还有顾虑,便不可贸然行事。”周瑜问道:“奇怪,我家主公还在顾虑什么?”诸葛亮说:“无非担心曹操人多势众。大都督需要再去一趟,把曹军的实数告诉他,要他不必顾虑,然后才可全心治军。”周瑜点头说:“先生说得有理。”

于是又来面见孙权。孙权问道:“公瑾兄深夜到来,有什么事故?”周瑜说:“来日就要调拨兵马,特来相问主公,心中可有疑虑?”孙权说:“只是顾虑两军兵力悬殊,唯恐寡不敌众。”周瑜笑道:“请让我为主公做一个解释。曹操诈称水陆大军百万,其实并没有那么多。他从中原带来的兵丁,原有二十万,经新野一战,还有十六七万。所得荆州降军,也只有七八万而已。合计起来,也不过是二十四五万人的乌合之众。我只需五万精兵,便可将他一击而溃。”孙权听得眉头舒展,大喜道:“公瑾兄此言,令我顿时释怀。众人无谋,只有你和子敬是我的心腹。我先给你三万精兵，钱粮备足。剩下的两万兵丁，随后即到。即便你在前方失利，我也将前赴后继，亲自与曹贼决战。请你全心治军，不要后顾。”

172. 兄弟俩的情与义

周瑜出来，走在黑夜中，暗自想道：“那诸葛亮果然神机妙算，日后必然是江东的祸患。”此时已有杀害诸葛亮的念头。

次日请来鲁肃商议，鲁肃说：“如今大战在即，还需此人相助。”周瑜说：“大战以后，此人必然协助刘备兴风作浪，到那时却如何是好？”鲁肃想了想，说道：“诸葛瑾乃是他的亲兄，何不令诸葛瑾去招降他，要他效力于东吴？”周瑜说：“若能要他效力于东吴，自然是一件妙事。”

便去请来诸葛瑾，说道：“令弟既有王佐之才，为什么要跟随那个落魄的刘备呢？如今他已到柴桑，请先生去劝说他，要他跳槽到东吴任职。这样一来，东吴可以得到一个人才，而你们兄弟俩也可以朝夕相见，岂不是两美？”诸葛瑾领命，即往馆驿来见二弟。诸葛亮上前迎接兄长，哭拜在地，两人各自诉说离情。

只见诸葛瑾含泪说道：“二弟记得伯夷、叔齐的故事吗？”诸葛亮说：“伯夷、叔齐乃是古代的圣贤，自然记得。”诸葛瑾说：“此二人兄弟情深，即使饿死在首阳山下，也不曾分离。我与你也是同胞的兄弟，却各有各的主公，分在两处。那么，我们为什么不能像伯夷、叔齐那样聚在一起，过相亲相爱的日子呢？”诸葛亮暗想：“他一定是周瑜派来做说客的。”于是回答说：“兄长所说的，是一个情字。我所守的，是一个‘义’字。兄长何不随我去往江夏，与我一起辅佐刘皇叔，如此情义两全，岂不是好？”诸葛瑾顿时哑了嘴，心想：“我来说他，反被他说了我。”又扯了一阵家常，起身辞去。

回来答复周瑜，把兄弟俩的对话如实转述。周瑜问：“子瑜兄是怎么想的呢？”诸葛瑾回答说：“兄弟虽然情深，奈何我还有家眷，况且主公待我又有厚恩。他既然要效忠于他的主公，我又何尝不是？”周瑜转头看着窗外，说道：“子瑜兄的忠诚，朝中的同僚们都是知道的。您等着瞧吧，我早晚有降伏诸葛亮的妙计。”

第四十三章

燃烧的人生需要酒

酒是一种富有魔力的饮料，有人便借酒行乐，有人便借酒消愁，有人便借酒壮胆，有人便借酒装疯，更有人酒后吐真情。饮酒之妙，就妙在醉与不醉、似真非真、朦朦胧胧、真假难辨之间。

周瑜装醉，为的是使诈。蒋干装睡，也是使诈。周瑜装醉而实醒，因此一切都在意料之中。蒋干装睡而实梦，因此便是一种自作聪明的荒唐。唉，人生就是这样一场游戏，谁聪明，谁糊涂，谁醒着，谁梦着，谁又能说得清楚呢?

173. 周瑜点兵，动止有法

这一天早晨，周瑜在江边行营聚集文官武将听令。程普在家中说道："我乃是江东第一员大将，主公却要我做那周郎的副手，真是羞煞了我这张老脸。"便借口身体不适，令长子程咨代替自己往军营报到。

只见周瑜头戴金盔，顶上一颗红艳艳的缨子，身披一副亮闪闪的鱼鳞铠甲，腰系一条兽脸金腰带，内衬着一件荼白色的团花袍，满脸都是熠熠的神采，号令道："军法无情，令出必行。请诸位务必恪尽职守，不得违犯。"差遣韩当、黄盖为前部先锋，率领本部战船，即日起行，直指隽口[①]。令蒋钦、周泰为第二队，凌统、潘璋为第三队，太史慈、吕蒙为第四队，陆逊、董袭为第五队。又令吕范、朱治为四方巡警使，催督六郡官军，水陆并进，限期到达隽口会合。诸将得令，各自回去收拾船只军备起行。

程咨回来，一一告知于父亲。程普大惊道："我自以为周郎年少，不堪担任大将。没想到他调兵遣将，竟然动止有法，叫我如何不服！"于是亲自到军营谢罪。周瑜亦是满脸谦卑，好言劝慰。次日又是一个大晴天，周瑜辞别了孙权，领兵起船，沿着长江迤逦前行，往江夏而来。一路上与程普、鲁肃谈论军事和历史见闻，甚是欢洽。日暮经过三江口，在长江中央沙洲之上泊船。

话说刘备自诸葛亮去后，日日在江边张望，忽然看见江上旗幡如云，料定是东吴的水军。立即召集众人议事，说道："一自军师去东吴，杳无音信，也不知详情如何？现在东吴的船只已到三江口，谁人愿去探听虚实？"糜竺说："我

---

① 隽口，隽水河汇入长江的河口，近旁有赤壁山。后隽水河改称陆水河，隽口改称陆口。

去吧！”刘备便备好牛羊肉和米酒，请糜竺去往三江口，一则劳军，二则探听虚实。

糜竺带着四五个从人，带着礼物，驾小舟来到周瑜大寨前。周瑜召见。糜竺登上大船，向周瑜表达刘备的敬意，又说：“我家军师是否也在船上？希望跟他一起回去。”周瑜心想：“那诸葛亮在我军中日久，岂能让他轻易离去，泄漏了情报？”于是佯笑道：“诸葛亮而今不是你家军师，而是我的军师。等到打败了曹军，再归还你家不迟。同时请你回去告知刘皇叔，就说我有军任在身，不可暂离。若是他愿意屈尊枉驾到船上见面议事，便是最好。”

糜竺回来报告刘备。关羽、张飞问道：“周瑜扣留军师不还，而今又要兄长上船，不知道是什么用意？”刘备说：“东吴既然情愿与我结盟，我若是不去，恐怕惹出一些猜忌来，那便不好。”令简雍守住鄂县；令张飞守好却月城；自己带着关羽、糜竺，又乘着小舟去见周瑜。周瑜说：“曹军此来，无非汉水、长江两路。请皇叔守住汉口；我自逆长江而上，去迎战曹操。”刘备问道：“大都督这次带来多少兵丁？”周瑜回答说：“水陆两个兵种，合计三万人。”刘备吃了一惊，脱口说道：“太少了！”周瑜笑道：“我这边倒是够用。你且看我如何大破曹操。”刘备将信将疑，又问：“子敬和我家军师可在？”周瑜回答说：“大军行动，不可随意来见皇叔。况且他二人也不在这里，须得两日后才到。”刘备听他如此说，只得拜辞而回。

程普问道：“大都督如此相待于刘备，是否有些寡情？”周瑜屹立在船头，面无表情地回答说：“带兵打仗，只问生死与胜负，不问人情。”程普听了，做声不得。

174. 赤壁江面的遭遇战

曹操此时也自江陵起兵，以蔡瑁、张允为前部，自领后军，顺着长江迤逦而下。忽然看见东吴船只从南岸冲出，为首一员大将站在船头大叫："吾乃先锋甘宁也！谁敢与我决战？"

蔡瑁派出弟弟蔡埙。两船将近，只见甘宁拈弓搭箭射来，蔡埙应声而倒。蔡瑁吃了一惊，慌忙派人来救。甘宁把手一挥，顿时万弩齐发。左边又有韩当，右边又有蒋钦，奋勇冲入曹军船队。曹军不习水战，长江水面，战船荡漾，早就立脚不住，跌落入水者不计其数。杀到黄昏，双方收兵，各自在对岸扎营。《三国志·周瑜传》记载："瑜及程普等，与备并力逆曹公，遇于赤壁。时曹公军众已有疾病，初一交战，公军败退，引次江北。"说的就是这场遭遇战。

曹军败回，曹操大怒，唤来蔡瑁、张允，责骂道："东吴兵以少胜多，责任都在你们两个身上。"蔡瑁说："荆州水军，并不输于东吴。奈何其中组合了不习水战的北方军人，所以致败。"曹操问道："你既然是水军大都督，此事该如何是好？"蔡瑁说："可令荆州水军守住长江。其余北方军人，都在洪湖之中练习水战。"那时候长江、洪湖连成一片，水面极其浩大；虽是冬季，却也有港汊相通。于是，沿江搭起二十四座水寨，把大船停靠在外面仿佛城郭，把小船划进洪湖训练水军。到了晚上，水上、岸上都是灯火，连绵三百余里。

话说赤壁山在东南岸临江而立，从天岳山①奔涌而来的隽水河，就在这里汇入长江。周瑜夜来登上赤壁山远眺，只见西北边火光接天，不禁暗自心惊。

---

① 天岳山，今名幕阜山。相传东吴名将太史慈行军于此，在山上搭建帐幕宿营，遂改称天岳山为幕阜山。

次日黎明，周瑜便选任数员健将随行，乘着楼船到北岸偷窥，不由得又是一场大惊，说道："这些营寨布局讲究，深得水军之妙！"向左右问道："水军都督是谁？"回答说："蔡瑁、张允。"周瑜暗自想道："此二人久居江湖，谙习水战，我一定要设法除掉了他们，然后才可以破敌取胜。"此时已是天光大亮，早有军士飞报曹操。曹操刚刚起床，急忙吩咐道："既是东吴的楼船，还不快快给我拿下？"众军士急忙披挂，各自乘船前来围攻。只见周瑜迅速调转船头，像飞一样地远去了。

曹操懊恼不已，向荀攸说道："上次被甘宁赢了一阵，挫动了我军的锐气。今日又被周瑜偷窥了我军的营寨。你得给我好好地想一条妙计。"荀攸想了想，说："军中现有一人，姓蒋，名干，字子翼，九江郡合肥县人氏。与周瑜乃是同窗好友，又有辩才。可令他去劝降周瑜。只要周瑜肯来，便可不战而胜。"曹操大喜，立即派人将蒋干唤来，问道："我有意要去说服周瑜来降，以你的才情，能够完成这项使命吗？"蒋干回答说："丞相既然用我，我自是万死不辞。此去江南，纵然不能说动他来投降，也必然能够探听到一些消息。"曹操又问："需要为你准备一些什么吗？"蒋干回答说："只需一个书童，两个驾船的，另加若干礼物。"曹操满心欢喜，把酒为蒋干送行。

175. 燃烧的人生需要酒

蒋干葛巾布袍，乘着一只轻舟，径自来访周瑜。周瑜正在帐中议事，听说是蒋干到来，笑道："这是曹操派来的说客！"吩咐众人如此如此。

然后整理衣冠，锦衣花帽，被左右簇拥而出，迎着蒋干问道："子翼远来辛苦，莫不是为曹氏来做说客？"蒋干惊问道："你我自小情深，而今相别已久，叙叙离情也好，怎么一见面就疑心我是说客呢？"周瑜哈哈笑道："小时候天真无邪，友情也是天真。此时两军相战，不由得我不疑心。”蒋干说：“公瑾兄既然不念旧情，请容我告退。”周瑜赶紧挽住他的臂膀，说道：“只要子翼兄不做说客，便依然是我的好友，须得设宴相待。”拉着他，貌似亲密状，一同进入大帐。

于是大张筵席，令乐队高奏恺乐，文官武将都来陪酒。周瑜右手举杯，左手挽住蒋干，说道：“这是我同窗的好友，极有学问。虽然从江北而来，却不是曹家的说客。请你们不要猜疑。”又解下佩剑，付与太史慈，说道：“今日宴饮，只说情谊，不说军事。请将军监酒，只要有人提起曹操与东吴之间的军旅之事，当场处斩！”太史慈应诺，按剑坐在席上。蒋干满心震动，不敢多言。

只见席上觥筹交错，周瑜亦是大笑畅饮，向蒋干说道：“我自领军以来，滴酒不沾。今日见到老友，却要痛饮一醉。”酒至半酣，周瑜拉着蒋干的手，一同来到帐外。左右军士，都是全副武装，持戈执戟，肃然而立。周瑜问道：“你看看我的士兵，是否威武？”蒋干赞道：“真是虎贲之士！”周瑜又把他带到山后仓库，问道：“你看看我的钱粮，是否丰足？”蒋干赞道：“兵精粮足，战则必胜！”周瑜醉态毕现，大笑道：“遥想你我同学之时，子翼兄可曾料到我有今日？”蒋干说：“公瑾兄惊才风逸，令人感叹！”周瑜一把握住了蒋干的手，说道：“人生在世，最难得的是有一个懂你的主公，在外有君臣之义，在内有骨肉之恩，如此便能言听计从、祸福与共。子翼兄啊子翼兄，你可曾遇到这样的主公？”说着说着，放声大笑，笑得蒋干浑身发抖。

又拉着蒋干的手返回帐中，与诸将再饮。周瑜环顾诸将，向蒋干笑道：“这些都是江东的英雄豪杰。今日这个宴会，可以叫作群英会。子翼兄啊子翼兄，群英都来向你敬酒，你好有面子啊！”蒋干诚惶诚恐，连连推脱说：“子翼不敢，子翼不敢！”饮至天晚，点上灯火再饮。周瑜趁兴舞剑，唱出一首歌①来，歌曰：

---

① 罗贯中版《三国演义》原诗为：“丈夫处世兮立功名，立功名兮慰平生。慰平生兮吾将醉，吾将醉兮发狂吟！”

燃烧的灯火需要油

燃烧的人生需要酒

纵然是天寒地冻的夜晚

燃烧的人生没有忧愁

一曲歌罢，满座欢笑。此时夜色深沉，周瑜向蒋干问道："子翼兄，可尽兴否？"蒋干回答说："已不胜酒力矣！"于是令人撤席，众人各自回帐歇息。周瑜说："好久都没有与子翼兄同榻了，今夜正好抵足而眠，却也暖和。"只见他醉眼朦胧，脚步踉跄，拉着蒋干入帐，和衣卧倒便睡。却又爬起来一阵阵呕吐，呕吐过了再睡。

176. 且看蒋干盗书

话说那蒋干如何睡得着？脑袋搁在枕头上，耳朵却夜空中。就听见帐外鼓打三更，起身看时残灯尚明。再看看周瑜，鼻息如雷。接着东瞅瞅西看看，忽然看见案几上堆着一卷文书。蹑手蹑脚走过去，原来都是一些往来书信。其中几封，上写"荆州蔡瑁缄"。

蒋干赶紧拆开来看。信中写道："我与张允诸将，都是刘表的亲族。虽然投降曹操，实为形势所逼。曹军虽然势大，却多是北方兵丁，如今困在江湖之中，早晚必败。诚望与大都督约见一晤，共商大计。"蒋干看得一惊，暗自想道："原来蔡瑁、张允结连东吴！"遂将书信暗藏在衣内。再要翻看其他书信时，却听见周瑜在床榻上来了一个响亮的翻身，只得急忙灭灯就寝。又听见周瑜口里含糊地说着梦话："子翼兄莫看那曹操势大，只需数日，只需数日……"蒋干想要追问："只需数日，将会如何？"却又不敢作声。再过一会儿，周瑜又是鼾声如雷。蒋干却为着他那半句梦话，浮想联翩。

将近四更，听得有人进帐轻声呼唤：“大都督，大都督醒醒！”周瑜忽然醒来，问来人说：“床上睡着何人？”来人回答：“大都督请蒋先生同寝，怎么忘了？”周瑜把脑袋拍得一响，感叹说：“我平日很少饮酒，昨夜怎么醉成这样？”来人说：“江北有人到此。”周瑜说：“嘘！”回头唤道：“子翼兄！”蒋干装作睡着，耳朵却在窃听。只听得周瑜潜出，在帐外与来人私语。只听得来人咳嗽两声，说道：“蔡瑁将军说，过几日……”后面声音低哑，怎么也听不真切。过了一会儿，周瑜又进帐来唤道：“子翼兄！”蒋干继续蒙头假睡。周瑜亦自解衣就寝，过不一会儿，又是鼾声如雷。

蒋干暗自想道：“周瑜是个精细人，天明寻书不见，必然害我。”悄悄起身，也来轻声唤道：“公瑾兄！”周瑜鼾声如故。蒋干就在黑处穿好衣袍，蹑手蹑脚地出了营帐，叫起书童，径自往辕门外来。此时天色微明，值夜的军士打着哈欠问道：“先生往哪里去？”蒋干说：“我在此多有打扰，唯恐耽误了都督的大事，就此告别。”军士也不阻拦。蒋干急忙赶到水边，叫起两个舟子，解开船缆，飞桨划回江北。虽然是冬天的早晨，江面上寒烟飘渺，蒋干却是一身湿透的冷汗。

曹操问道：“子翼此去，事情办得如何？”蒋干说：“周瑜军法严峻，非人情所能动其心志。”曹操不悦，继续问道：“如此说来，又是劳而无功？”蒋干说：“虽然没能说动周瑜，却也给丞相窃取到一则情报。”看看左右无人，取出书信递上。曹操问道：“此书信从何而得？”蒋干便将前后经过一一说来。曹操于是大怒道：“怪不得这两个人贼眉鼠眼，却原来心怀鬼胎！”立即派人去唤蔡瑁、张允。

二人来到帐下。曹操问道：“水上练兵，成效如何？”蔡瑁说：“北方人怕水，成效甚微。”曹操冷笑道：“难道你二人要我困守于此，等着周瑜来砍我的脑袋吗！”蔡瑁、张允惊慌失措，不能回答。曹操却因此认定二人心虚，喝令武士们推出去斩了，然后将两颗头颅悬挂在寨门口示众。众将看见，纷纷来问缘故。曹操思前想后，恍然觉悟道：“莫非我中了周瑜的奸计？”却又不肯认错，回答众将说：“此二人胆敢怠慢军法，我因此处斩了他们，以儆效尤。”又从众将之中挑选出毛玠、于禁，继任水军都督。

177. 同智者，必相谋

早有细作报过江东。周瑜大喜道:“我所患者，并非夏侯惇，亦非张辽、许褚、乐进，只有蔡瑁、张允。如今此二人既已剿除，我无忧矣。”鲁肃赞道:“大都督用计巧妙，大破曹贼，指日可待。”周瑜说:“说到用计巧妙，却还有一个诸葛亮。你且去试探，看他能否看破我的妙计?”鲁肃也是颇有兴趣，便来探问诸葛亮。

两人相约着登上赤壁山，看大江奔流。诸葛亮忽然遥指高树上的一只鸦鹊，说道:“鸦鹊兆喜，想必是子敬兄有喜事相告。”鲁肃诧异地反问道:“不知先生所说的，究竟是何喜事?”诸葛亮说:“大都督使计，叫曹操斩了蔡瑁、张允。此二人既死，江东已无忧患，岂不是一桩天大的喜事?”鲁肃大惊失色，问道:“先生如何知道?”诸葛亮说:“这条计策，刚好可以唬弄那个自作聪明的蒋干。那曹操虽然被一时瞒过，迟早便会醒悟。只是以曹操的性格，即使醒悟，也必然不肯认错。我听说曹操已经改换毛玠、于禁为水军都督，就在他二人手里，好歹送了曹操的性命。”

鲁肃听得目瞪口呆，作声不得。诸葛亮看他神色不定，情知有异，赶紧叮嘱说:“诚望子敬兄在大都督面前，不要说我看破了他的计策。”鲁肃问道:“又是为何?”诸葛亮说:“从来同美者，必相妒;同智者，必相谋。大都督乃是盖世的英雄，我怎么能够与他同智?倘若被他得知，则必然被他寻机谋害。此事非同小可，请子敬兄千万为我保守秘密。”鲁肃支支吾吾，告辞而去。回来禀报周瑜，周瑜亦是惊得目瞪口呆，半晌说道:“此人算尽先机，决不可留。我早晚要寻个机会，灭了他这个后患!”

第四十四章

草船与连环计

周瑜嫉恨诸葛亮，便惹出“草船借箭”的奇计来。成语故事《自相矛盾》有“以子之矛，陷子之盾”的妙语。而今诸葛亮用草船从曹营“借”来十万支箭，便是“以子之箭，陷子之师”的妙事。

曹操嫉恨诸葛亮，却又惹出“铁锁连环”的奇计来。只因庞统这一条奇计，日后将八十万曹军困在火海不得脱身。卧龙、凤雏各有智算，于此时却又有联袂之妙。

178. 三日要造十万支箭

话说周瑜嫉恨诸葛亮，想要寻机谋害。鲁肃说:“那诸葛亮乃是友军的军师。大战在即,你若害他性命,一来被曹操笑话,二来刘备必然也不肯轻饶。”周瑜说:“我来设计，叫他死得无话可说。”

次日请来诸葛亮，与众将在帐下议事。周瑜问道:“我知道卧龙先生颇懂兵法，却不知道可懂弓箭?”诸葛亮回答说:“倒也略懂一些。”周瑜便说:“大江之上用兵，以弓箭为要。我昨日盘点军械，箭矢颇是短缺，因此有劳先生监造十万支箭，以为应敌之用。请先生不要推却。”诸葛亮说:“既然是大都督吩咐，我自然义不容辞。敢问十万支箭，何时要用?”周瑜问:“十日之内，能够完成吗?”诸葛亮说:“大战随时可能爆发，若是等候十日，恐怕误了大事。”又问:“如此，需要几日?”诸葛亮想了想，回答说:“只需三日，便可交付十万支箭。”周瑜说:“军中不可戏言。”回答说:“我岂敢戏弄大都督? 愿立军令状，若是三日之内无法交付，甘受军法惩处。”周瑜大喜，当时便要左右取来纸笔，要诸葛亮立字为凭，然后说道:“先生为我办好这件大事，必有酬劳!”诸葛亮说:“今天不算，明天算是第一日。到第三日，大都督可分派五百兵丁到江边来搬运这十万支箭。”周瑜连声叫“好”。又说了一些闲话，诸葛亮告辞而去。

鲁肃说:“我知道此人颇有智慧。但他不问工匠，不问物料，张嘴便说三日造成十万支箭，却仿佛在说假话。”周瑜说:“你都看着吧，不是我逼他，是他自己送死。他今日既然立了文书，便是肋下生出翅膀来，也飞不到哪儿去。我只要吩咐工匠故意拖延，物料也不给他备齐，看他到时候如何向我交代? 你且去看看，他究竟想要弄出什么样的玄虚!”鲁肃领命，便到山下来见诸葛亮。

诸葛亮一见到鲁肃便埋怨说:“我曾经告诉过你，不要对大都督说我看破了他的妙计，否则他必然要害我。你看看，你看看，今日果然生出事端来了。”鲁肃说:“此事确实是我有愧于你,但你三日内如何造得出十万支箭?”诸葛亮说:“你若真的有愧，就得答应救我。”鲁肃问:“你要我如何救你?”诸葛亮说:“请你借我二十只船，每只船上要有三十个精壮的兵丁，另有青布若干匹、稻草若干捆,都从船上运来。”鲁肃大惑不解,问道:“你要青布、稻草,怎么造得出箭矢?”诸葛亮说:“我自有妙用，却不能告诉你，而且也不许你告诉大都督。否则，一旦失败，我的性命就死在了你二人手里。”

鲁肃回见周瑜，果然不提起借船的事，只是说:“诸葛亮造箭，却不用竹子、翎毛、铁镞，也不要胶漆之类的物料，不知道弄的什么玄虚。”周瑜听了，满脑子都是疑云。

179. 草船在大雾中航行

话说鲁肃的水寨，就在长江南岸的湖泊之中，次日便拨了二十只快船，每只船上三十个精壮的兵丁，以及如数的青布、稻草。第一日，诸葛亮叫兵丁们沿着两边的船舷扎满了稻草人。第二日，又叫兵丁们扯起青布，把船只四周笼罩起一层帷幔。鲁肃看得稀奇，问诸葛亮在做什么?诸葛亮只是微笑，并不作答，却要他第三日寅时到船上来。

鲁肃丑时三刻便到，问道:“今日便是期限，你究竟要做什么?”诸葛亮说:“特地请你一起去取箭。”鲁肃惊奇地问:“到何处去取?”诸葛亮说:“你不要多问，去了便知。”下令二十只船起航，径自往北岸而来。鲁肃大惊失色，问道:“难道你要叛变投敌?”诸葛亮哈哈大笑道:“子敬兄难道真不懂我?我若要投敌，怎么会等到今日!”

那一夜大雾弥漫，能见度不过五步之遥。船只在雾里航行，却好像被困在一座帐篷里，船头就顶上了篷布。就好像许多人的一生，总以为前面没有路，但道路却一直都在延伸。那大雾湿润而又冰冷，在那些兵丁们的脸上凝结成水滴，却仿佛是泪滴。彼此都觉得有趣，却又不敢喧哗。

时值黎明，东方已经破开一丝亮光，仿佛是创世纪的第一缕亮光。船队静悄悄地靠近了曹军水寨。诸葛亮命令将船头向西船尾向东一字摆开，然后猛劲地擂起大鼓，高声呐喊起来。鲁肃惊叫道："倘若曹军闻声而出，如之奈何？"诸葛亮笑道："我料定曹操在大雾中必然不敢出来。你我只管饮酒，一会儿便回。"鲁肃满心惊慌，哪里有饮酒的兴致！

曹操正陷落在噩梦之中。他梦见蔡瑁、张允，就站在他的床榻前面，脖子之上喷涌着黑血，黑血之上托着青面獠牙的头颅。曹操惊恐万状，把脑袋深深地裹进被窝里。但他还是可以透过被子，看到那些喷涌的黑血和两颗青面獠牙的头颅；长着獠牙的嘴巴也在一张一合，叫道："丞相，你冤杀好人啦！"声音凄凉，犹如冷风。被子似乎变得越来越短，把他的左脚和小腿都露在了外面。他可以很真切地感觉到，那些冰冷的血沫子飞溅到了他裸露的小腿上。他在拼命地蜷缩着，蜷缩着……就在此时，他被第一通鼓声惊醒。

曹操愣了片刻，然后跳起来穿衣。紧接着就有人进来报告莫名其妙的军情。他急忙出帐来看，传令道："大雾迷江，敌情不明，不可轻举妄动。紧急从各营调拨弓弩手来，用乱箭射击，不要让他们靠近。"毛玠、于禁早已叫起弓弩手四五千人，向着鼓声纷纷射击。张辽、徐晃驻扎在岸上，也各自率领弓弩手两三千人赶来助战。顿时箭矢纷飞，好像暴风雨一样。

诸葛亮和鲁肃坐在船舱里饮酒，听见那些箭矢"砰砰砰砰、砰砰砰砰"地打在船舷边的稻草人们身上，同时也可以感觉到船身在一点一点地向右边倾斜。诸葛亮于是又下令把船头掉过来，船头朝东，船尾朝西，仍旧擂鼓呐喊，进一步逼近曹军水寨，去接收那些飞来的箭矢。

太阳出来了，大雾还没有散去。能见度稍微高了一些，可见两边船舷的稻草人身上都插满了箭。诸葛亮便吩咐兵丁们齐声高喊："谢谢曹丞相的箭！"一路高喊，飞船驶回南岸。曹操这才知道上了当，却已经来不及追赶。船到赤壁岸边，已是辰时。周瑜派来的五百个军士，正好按时来到江边清点搬运。每只船大约有五六千支箭；二十只船合计起来，就是十多万支。

鲁肃不禁赞叹道："先生真是神人，竟然设得如此好计！"诸葛亮回答说："为将者若是不通天文、不识地利、不知奇门、不晓阴阳、不看阵图、不明兵势，如何能有胜算？我在三日前已经算定今日大雾，因此敢以三日为限。若是没有这场大雾，即便是十日、二十日，也不可能造出这么多箭。大都督是起心要害我呀，可惜我命系于上天，不是大都督想害就能害的！"鲁肃感叹不已；见到周瑜，又把诸葛亮草船借箭的经过一一说来。周瑜亦是长声感叹："诸葛亮神机妙算，我只能自愧不如！"

180. 庞统的连环计

话说曹操平白折了十五六万支箭，气闷了整整一日。次日对荀攸说："我连日被蔡瑁、张允的鬼魂吵闹，昨日又被诸葛亮算计了一场，好不烦恼！"转头又问韩嵩："你是荆州的名士，可知何人是诸葛亮的对头？"韩嵩回答说："我在襄阳时，人们多以卧龙、凤雏并论。卧龙乃是诸葛亮，凤雏乃是庞统。"曹操便说："你去襄阳，为我寻来庞统。快马赶去，快马赶回。"

韩嵩赶到襄阳，人说庞统住在鹿门山。又赶到鹿门山，不由分说，催促着庞统连夜赶回。那庞统一路想道："曹操未来之时，荆州何其繁盛；等到他来，却是兵荒马乱，满目荒残。这个害人精，且让我好好设置一条妙计，叫他死在异乡。"曹操听说凤雏先生来到，亲自出帐来迎。远远地看见庞统，浓眉掀鼻，黑面短髯，心中亦是暗想："他既名凤雏，怎么不见他的凤表龙姿，反倒是这么一副古怪的形容？"当时接着，引入大帐，令左右奉茶。

曹操说道："久闻先生大名，今得惠顾，请不吝教诲！"庞统回答说："我亦是久闻丞相善于用兵，哪里敢说教诲？希望能够一睹军容。”曹操便叫荀攸陪同庞统走马观寨。下午回来，曹操问道：“先生看得如何？”庞统说：“先看的陆寨。”问：“陆寨如何？”庞统说：“傍山依林，前后顾盼，出入有门，进退曲折，布局巧妙。”曹操心想，都是讨喜的话，颇是不屑，又问：“水寨又如何？”庞统说：“水寨以艨艟战舰为城郭，中藏小船，往来有巷，也可称妙。”曹操已经有些不耐烦，说道：“我又不是神人，纵然有些妙处，也必然有所纰漏。此番请先生来，可有益于我的教诲吗？”庞统回答说：“纰漏吗？当然是有。我看军中将士，多有疾病，这便是要命的纰漏！”

曹操吃了一惊，问道：“依先生所见，是何疾病？”庞统回答说：“是肚子里的疾病。”曹操说：“北方人不服水土，因此肠胃不适。”回答说：“不服水土，无非晕船、呕吐、腹泻、痒痛，只需一位良医即可。但我所说的疾病，并非仅仅如此。”曹操就问：“还有什么？”庞统回答说：“军中将士各有来历，或是兖州，或是青州，或是徐州，或是冀州，或是荆州。如今杂处在异乡，又害怕江湖动荡，因此就生出许多杂念来。即便是荆州本地的兵丁，也有各自的盘算。这些肚子里的疾病，必然使得军无战心，却是一个极大的祸患。”曹操听得发懵，说道：“先生说得有理，我正为此焦虑，却不知先生有何妙计？”

庞统故作沉吟，然后说道：“我有一计，可二用。第一用于船队编组，以大船小船各自配搭，或三十为一排，或五十为一排，互相用铁链连锁，中间铺上木板，有如平地。如此我自岿然不动，风浪便无奈我何，又哪里来的晕船、呕吐、腹泻之类的疾病呢？”曹操听得大赞：“如此甚好！好极！妙极！还有第二用呢？”庞统回答说：“人心之险恶，甚于风浪。此计第二用于军队编组，可以百人为制，每百人设佰长一人，掌旗官一人。那掌旗官明里是佰长的副官，实则是丞相的心腹，便有如铁链，将全军连锁起来。如此便能控制军中的事故，也方便丞相及时知晓和及时处置。”曹操拍案大赞：“这第二用尤其妙绝！有此二用，我无忧矣！”

于是吩咐军中铁匠，连夜打造铁链，锁住大小船只。军士们没有了颠簸之苦，亦是心生平安与喜悦。又委任兖州老兵为各队的掌旗官，负责掌旗、书记、通风报信之事务；大军亦如同大船一般，稳稳当当。

181. 三个“火”字

话说庞统自从献了连环计以后，再难见到曹操，便向韩嵩说道：“曹丞相事务繁忙，我在军中多有不便。不如回去，也少些打扰。”韩嵩说：“倘若曹丞相问起，如何是好？”庞统说：“倘若曹丞相问起，你再来找我，及时便到。”于是辞行，返程往襄阳方向而来。却又在半路上想道：“听说诸葛亮就在江东，我何不去与他相会一晤？”便又偷偷折转，雇得一艘轻舟，于黄昏中飞过江来。

那诸葛亮正在水边的寒烟中抚琴，忽然看见庞统，惊问道：“你怎么在这里？”庞统说：“我有一条计策，想要说与孔明兄。”诸葛亮说：“你不要说出是何妙计，你只说从何而来。”庞统便将前事细细说来。诸葛亮大喜，说道：“我已知道你的计策，大妙。且随我去见周瑜。”于是来到中军帐，向周瑜说道：“我为大都督推荐一人，大破曹操的妙计，便在他的灵机之中。”

周瑜问：“此何人也？”诸葛亮回答说：“襄阳庞统，字士元。”周瑜惊讶道：“原来是凤雏先生，失敬，失敬！既是妙计，请你不要说出，只说从何而来。”庞统便将前事，又细说了一遍。周瑜亦是大喜，说道：“我已知道你的计策，果然大妙！你、我、他三人，各自将此妙计写在手心，看我猜得对也不对？”叫人取来毛笔、砚台，各自写了，捏在手心。然后靠在一起打开，互相观看，都大笑起来。原来三个人手心所写，都是一个“火”字。

却见周瑜笑过，又叮嘱说：“既是妙计，便不可泄漏。一旦泄漏，便没有妙处可言。”诸葛亮说：“此计关系成败，谁敢泄漏？”周瑜便要三人一一立下誓言。又设宴款待庞统，安排庞统住在赤壁山后面的白果山上，对外诈称是新任的功曹。因此，众人都不知道他们三个人的机密。

第四十五章

长江上的忧歌

诸葛亮想到了火，庞统想到了火，周瑜也想到了火，这就叫“英雄所见略同”。接下来的事情，就是要找到一个放火的人。

老将黄盖出现得正是时候。“一个愿打，一个愿挨”的苦肉计，打烂的是肉体，擦亮的是忠心。参谋阚泽出现得也是时候，身负使命，深入虎穴龙潭，又是一颗怎样的英雄孤胆！

曹操并不怀疑黄盖，也并不怀疑阚泽，恰如他并不怀疑自己终将取得战争的胜利。他在月光下横槊赋诗，思考的并不是战争胜负的问题，而是来自心灵的莫名其妙的忧伤。人生真的是一场你胜我败的游戏吗？他的心灵在黑夜里飞行，恰如南飞的乌鹊，找不到自己的归依。

182. 一个愿打，一个愿挨

就在庞统到来的当天夜晚，黄盖也梦见了火。他梦见四周都是火焰，随着大风猎猎地燃烧着、飘摇着。他梦见火苗点着了他的战袍和胡须，使得他惊慌失措地跳入了水中。他听见自己入水时砰然地一响，然后就醒了。然后他就坐在黑夜里，心想："此梦不知是何意义？明日需要找一个人来为我解梦。"他为此寻思了半个多时辰，直到一个灵感突如其来地出现在他的大脑中。

早晨起来巡营，遥见周瑜站在赤壁山头凝望。便下了马，走捷径上山，问道："大都督俯瞰曹营久矣，可有妙计？"周瑜守口如瓶，笑道："只有一些念头，尚未能形成计策。"黄盖说："我有一计，何不使用火攻？"周瑜大吃一惊，问道："是谁跟你说的要使用火攻？是诸葛亮，还是庞统？"黄盖说："没有谁跟我说。是我自己梦见了火，然后就有了这个主意。"

周瑜想了想，说："这是一个好梦。你梦见了火，梦见自己被烈火焚烧，那就意味着你要为大家做出牺牲，并将因此成就自己的功勋。"黄盖说："大都督要我如何牺牲？"周瑜说："你看，江面开阔，一览无余。我军船只动向，都在曹操眼中。须得有一人诈降，要曹操毫无防备，才好趁机火攻。"黄盖说："大都督，是要我去诈降吗？请问要我怎么做呢？"周瑜说："你需要做两件事。第一，写一封降书给曹操。第二，为了让曹操相信你，你要故意跟我翻脸成仇，并且挨我一顿打。"黄盖哈哈笑道："大都督要先打我，然后用我打曹操。好，好，请大都督尽管打！"

于是，周瑜通知众将都到大帐聚会，说道："曹军与我相持，已是一月有余，诸位可有妙计破敌？"黄盖接口说道："两军交战，拼的是实力。想用一些花花点子打败曹操，岂不是痴心妄想？"

周瑜勃然变色，大怒道：“你好放肆！”黄盖冷笑道：“我放肆一回又怎么啦？想我跟随孙坚将军南征北战，经历大小战争不计其数，就没见过你这么不识时务的。”周瑜问：“我怎么不识时务啦？”黄盖说：“你若是识时务，就应该听从张昭先生的主意，也不至于弄到今天这么被动。”周瑜听得越发怒不可遏，拍案而起，叫道：“战场之上，你竟敢胡言乱语，成心败坏我的士气！”喝令左右将黄盖绑了，推出辕门斩首。

甘宁上前求告说：“黄盖将军乃是东吴老臣，请大都督宽恕。”周瑜喝斥道：“军法面前，不容人情！”吩咐左右将甘宁乱棒打出。鲁肃见势不妙，赶紧带领众人都来求告，说道：“黄盖固然有罪，但于战场之上自损大将，终究不是一件好事，请大都督深思。”周瑜余怒不息，恨声骂道：“今日且看众人情面，免了你的死罪！”喝令左右剥了黄盖的衣服，按倒在地，责打一百脊杖。众人只得继续苦苦求告，周瑜咬紧牙关，不为所动。打到五十脊杖，打得黄盖皮开肉绽、鲜血迸流，几乎昏绝。

只见程普上前护住黄盖，求告道：“再打，便打死他了。请让我来替他挨打。”韩当、蒋钦、周泰、太史慈纷纷上前，都要替他挨打。周瑜只好作罢，却回手指着黄盖骂道：“这就是你藐视我的下场！还有五十脊杖，权且给你记着；再有怠慢，决不轻饶！”众人闻言，赶紧将黄盖扶起。可怜他疼痛难忍，竟然到了不能自立的程度。

此后一连数日，众人都在感叹。鲁肃来见诸葛亮，问道：“那日大都督责打黄盖，我们都在苦劝，只有先生袖手旁观，却不知道是什么道理？”诸葛亮笑道：“子敬兄这是在欺负我呀！”鲁肃一愣，问道：“我怎么欺负你啦？”诸葛亮说：“子敬兄难道没看出来吗？周瑜打黄盖，一个愿打，一个愿挨，你要我去劝他做什么？”鲁肃这才恍然大悟。诸葛亮说：“两军之间，互有奸细，不用苦肉计，怎能瞒过曹操？子敬兄且等，那黄盖挨打以后，便有好戏可看。”

183. 阚泽是个好渔翁

话说黄盖伤痕累累，卧在帐中。众人都来看望，都骂周瑜心狠手辣。黄盖也不言语，只是长吁短叹而已。到了晚间，忽然又来了阚泽。

阚泽，字德润，会稽郡山阴县人氏。年少时家贫，只得向别人抄书，因此博学多闻，著有《乾象历注》《九章算术》。为人谦和而又正直，被孙权征作西曹掾，此时随行在军，负责众位将佐的考绩。黄盖听说阚泽到来，大喜。叫左右送走众人，却将阚泽请入卧室说话。

阚泽问道："将军莫非与大都督有仇？"黄盖说："没有啊！"又问："既然无仇，为什么被打得这么狠？要不，就是苦肉计？"黄盖惊问道："你怎么知道？"阚泽说："我看你们两个言来语去，已料到七八分。"黄盖沉默良久，接着说道："既然被德润兄看破，请容我以心腹事相告。我之所以甘愿受苦，只为取信于曹操。而今却要一个人与我同谋，把我的书信送到江北。"阚泽问道："什么书信？莫非是一封降书？"两人心领神会，各自哑然失笑。阚泽便应诺道："公覆兄既然向我袒露心腹，那就让我来做你的使者吧！"黄盖说："此去曹营，犹如虎穴狼窝，只恐凶多吉少。"阚泽笑道："公覆兄甘愿受苦，我又何惜生命？"

次日下午，阚泽准备停当，扮作一个渔翁，怀揣着黄盖的降书，于擦黑时分驾起小舟往曹营而来。将近北岸，被于禁拿获。于禁问道："我看你气度不凡，绝非凡人，莫非是个奸细？"阚泽说："实不相瞒，我乃是东吴的参谋阚泽，有机密事来见曹丞相。"于禁反复盘查，竟无破绽，便带着阚泽来见曹操。曹操问道："你既然是东吴的参谋，到我这里来做什么？"阚泽从怀中摸出黄盖的书信，左右接过来，呈给曹操。

曹操满心狐疑，就在灯下观看，只见信中写道："我原本是孙坚将军的老臣，曾经在虎牢关见过丞相。多少年来，我对孙氏父子亦是忠心耿耿。此前丞相写信给孙权将军，我为江东六郡苍生着想，与张昭、顾雍、薛综、陆绩等人力主归降丞相。没想到周瑜这个小子骄傲自负，竟然趁机谋取了大都督的高位，只顾自己作威作福，却全然不计螳臂当车的后果。而今我又再次劝他归降，竟然被他一顿毒打。我因此反复思量，决定带领我自己的部属率先归降丞相，希望能够得到丞相的接纳。请丞相理解我的这番泣血告白，千万不要见疑。”曹操就在那里把书信反复看了十几次，时不时拿眼来窥看阚泽，忽然拍案大怒曰：“你与黄盖，妄想用这一封书信诈降，引我上当，是吗？”吩咐左右上来绑了阚泽，推出去斩首。

阚泽故作惊讶，而后仰天大笑。曹操喝斥道：“我已经识破了你们的奸计，你有什么好笑的？”阚泽说：“我不笑你。我笑那黄盖自作多情。”曹操问：“那黄盖怎么自作多情啦？”阚泽说：“可笑那黄盖，自称是丞相的故人，屡次劝说孙权、周瑜归降，以至于被周瑜毒打。又跟我说，丞相爱慕贤人，要我化装前来送信。而今亲眼看到丞相，便可知是他黄盖一厢情愿的痴情。”曹操问：“我怎知他黄盖满腔痴情？你这些花言巧语，蒙骗得了别人，却蒙骗不了我。”阚泽哈哈大笑道：“江东想要归降丞相的，何止一个黄盖？你若是屈死了我，我倒是不足怜惜；只怕江东英雄豪杰，从此都要以我为鉴，与丞相翻脸成仇。”

曹操顿时犹豫了起来，问道：“你与黄盖若是真心投降，为什么不曾约定日期？”阚泽笑道：“都说丞相善于用兵，难道这也不懂？”曹操说：“你来做个说明。若是说得明白，我自然敬服。”阚泽说：“这样的机密大事，只能临时应变，怎么能够约定日期？倘若机密泄漏，岂不铸成大错？丞相是个有学问的人，难道是要成心屈死我吗？”曹操听他说得有理，立即令人为他松绑，并且向他道歉说：“军情复杂，忠奸难辨，请先生恕我鲁莽！”阚泽慌忙回礼说：“黄盖与我确实真心倾慕丞相。但愿丞相从此相信不疑，直到成就大事！”此时轮到曹操哈哈大笑。又叫左右设酒，为阚泽压惊。当晚将阚泽留宿在营中。

次日早晨，有情报自江东而来。曹操暗想：“阚泽所言，果然属实。”便又设宴款待阚泽，说道：“先生此来，信而有证，这是老天爷特意安排你和黄盖来帮助我啊！但要烦请先生再回江东，与黄盖将军约定起事的时间，我这里也好起兵接应。”阚泽回答说：“我既然已经离开江东，怎好再次回去？请丞相另派别人去吧！”曹操说：“若派别人去，却又如何取信于黄盖？”阚泽装出一脸的无奈，点头答应。曹操又赏赐了许多金帛，阚泽说：“且留在丞相这里，来日我再来索取不迟。”又送给阚泽一只信鸽，说道：“江南若有消息，可令它飞回相告于我！”阚泽看那信鸽，灰头白翅，甚是可爱，脱口赞道：“有此一鸽，赛过千金。”

等到晚间，阚泽便又化装成渔翁，告别曹操，驾起小船回到江东。此时天空中风走云飞，江面上寒月隐而复现，阚泽却是热血沸腾，把小船划得飞快。黄盖在帐外盼望了一天，刚刚回到卧室就寝，阚泽便到了跟前。黄盖兴奋地问道：“事情定下来了吗？”阚泽也兴奋地回答说：“幸好，没有辜负你的期望。”

184. 长江上的忧歌

话说曹操自阚泽去后，依然隐隐地有些莫名其妙的不安。水军都督毛玠、于禁前来报告说：“大小船只，都已经按照设计方案连锁，请丞相验看。”曹操便来到中央大船上坐定，果然平稳如同陆地，却又不由得满心欢喜起来。

于是召集众将，都来听令。水军方面，令毛玠、于禁执掌中军，授黄旗；令张郃执掌前军，授红旗；令张辽执掌后军，授黑旗；令文聘执掌左军，授青旗；令吕虔执掌右军，授白旗。陆军方面，令徐晃执掌前军，授红旗；令李典执掌后军，授黑旗；令乐进执掌左军，授青旗；令李通执掌右军，授白旗。又令一批心腹为掌旗官，进驻各军、各队，负责掌旗、书记和通风报信。又令夏侯渊、曹洪、许褚三人机动，负责监战与接应。授旗完毕，只听得水军寨中三通鼓响，各队战船分门而出。是日西北风大起，江上波浪滔滔，船上却稳如平地。各军、各队就在船上操练起来，前后左右，旗帜鲜明。

曹操站在高台之上，看得欢喜，自以为必胜。程昱在旁边说道:“船只连锁，固然平稳,但若是遭遇火攻,却难以应变,不可不防。”曹操听得大笑。荀攸问:“丞相何故发笑?”曹操回答说:“凡用火攻，必需风力。此时正值隆冬，只有西北风，哪有东风和南风呢?敌军都在东南岸，若是用火，却只能烧着他们自己。”众人听了，都赞:“丞相高见!”曹操亦是感叹道:“多亏凤雏先生设此妙计，因此化险为夷!”

是夜就在大船之上宴会诸将。曹操坐在中央，文官武将依次而坐。时值建安十三年冬十一月十五日，一轮浑圆的月亮从长江对岸升起，把大船上下照得亮亮堂堂。曹操环顾四周，笑对众人说道:“我自起兵讨伐董卓以来，誓愿扫清四海，荡平天下。此次若能收服江南，天下大势，便从此定矣!”众人都来敬酒，说道:“承蒙丞相福荫，但愿天下从此太平，日日都有美酒笙歌。”曹操兴致勃勃，叫众人都坐，回答说:“岂止是美酒笙歌?难道不要美女艳姬吗?江南那边有两个美女一为大桥，一为小桥，姐妹两个都是天香国色，却不料被孙策、周瑜娶作了妻室。我虽年过半百，却也雄心不老，但愿娶得二桥，以娱暮年!”众人听得一阵大笑。此后唐人杜牧有诗纪事，云:“折戟沉沙铁未消,自将磨洗认前朝。东风不与周郎便,铜雀春深锁二乔。”却又将大桥小桥，写作了“二乔”。

正笑谈间，忽然听到有几只乌鹊，从北面的树林惊起，往南方飞鸣而去。所谓乌鹊，就是前文说过的鸦鹊，即后人所谓喜鹊是也。那片树林便恰好因此叫作乌林。当时曹操便问:“此乌鹊何故夜鸣?”左右回答说:“可能是乌鹊见到月光明亮，疑是天晓，故而离树而鸣吧。”曹操已是醉意沉酣，令人取来一支长槊，握在手中，说道:“乌鹊见月光有鸣，我见月光却要有歌。”于是环顾众人说，“自我持有这支长槊，南征北战，纵横天下，即使是吕布、袁绍和乌桓这样的劲敌，也不是我的对手。只为今晚情绪荡漾，我要作歌，请诸君为我应和。”只见他横槊在手，作歌唱道:

对酒当歌，人生几何？譬如朝露，去日苦多。
慨当以慷，忧思难忘。何以解忧？唯有杜康。
青青子衿，悠悠我心。但为君故，沉吟至今。
呦呦鹿鸣，食野之苹。我有嘉宾，鼓瑟吹笙。
皎皎如月，何时可掇？忧从中来，不可断绝。
越陌度阡，枉用相存。契阔谈宴，心念旧恩。
月明星稀，乌鹊南飞，绕树三匝，何枝可依？
山不厌高，海不厌深。周公吐哺，天下归心。

唱罢众人都赞“好”，偏是刘馥有独到的见解。刘馥，字元颖，于战乱中受命为扬州刺史，单人匹马来到合肥，安抚百姓，创建学校，垦荒屯田，多有政绩；此时也率军会合在曹操麾下。只听刘馥说道：“三军将士只可激励，不可泄气。却不知丞相为何要说出这样不吉利的话来？”曹操一愣，横槊问道：“我说了什么不吉利的话？”刘馥说：“刚才丞相歌唱，什么‘譬如朝露，去日苦多’，什么‘何以解忧？唯有杜康’，什么‘乌鹊南飞，何枝可依’，都是不吉利的话。”曹操大怒道：“你好大胆子，竟敢败坏我的兴致！”奋起长槊，将刘馥刺死在当场。众人无不惊骇，四散逃开。

次日曹操酒醒，懊恨不已，令人将刘馥的灵柩送回原籍厚葬。又向荀攸诉苦道：“我这些日子也不知为什么，忽悲忽喜，神情恍惚。蔡瑁、张允又常常来我梦中叫冤，让我不得安生，却不知如何是好。”荀攸安慰说：“丞相事务繁重，多有劳累，只需休养一些时日便好。”曹操说：“只等大战结束，我便要尽情安睡。”于是一面令毛玠、于禁加紧操练水军，一面等待黄盖投降的消息。

第四十六章

在大风中奔腾的火龙

东南风只能到天神那里去借。你若是去过天神那里，便知道诸葛亮所言非虚。可怜曹操与天神隔绝，纵然有八十三万大军，又怎么敌得过有天神相助的孙刘联军？

185. 通往天神的道路

话说周瑜与黄盖站在赤壁山头，眺望西北。黄盖说：“曹操在等待我投降的消息。请问大都督，我要如何跟他约定时间？”周瑜听了，不禁陷入沉思。此时一阵风吹动旗角，从周瑜脸上拂过，叫他蓦然想起一个被忽略的细节，不由得大叫一声，颓然倒地，口吐鲜血。黄盖慌忙扶起，叫来亲兵，一起将他救回帐中。众人听说，无不愕然相顾，议论纷纷，说道：“江北就是百万大军，虎视眈眈。大都督这么一病，岂不是有塌天的危险？”

鲁肃来见周瑜，问候道：“大都督，病情好些了吗？”周瑜满脸倦容，回答说：“心腹绞痛，时而昏迷。”又问：“可服用过什么药吗？”回答说：“心中呕逆，喝不下药。”鲁肃说：“刚才遇到诸葛亮，他说能医好大都督的病。”周瑜忽然从眼睛里放出光来，惊叫道：“当真如此？赶快请入！”诸葛亮进来，也问候道：“多日不见大都督，怎么忽然病成这样？”周瑜苦笑道：“人生无常，祸福只在旦夕。”鲁肃在旁边问道：“先生说能够医好大都督的病，可有妙方？”诸葛亮便要来纸笔，写下十六个字，递给周瑜。

周瑜看得大惊，那上面赫然写着：“欲破曹公，宜用火攻；万事俱备，只欠东风。”便立即屏退左右，只留鲁肃在场。诸葛亮笑道：“大都督那日在孙权将军面前誓言，说有九分胜算，还差一分，就在这个‘风’字上面。”周瑜苦笑道：“事实上，可能就是这一分，决定了输赢。”鲁肃在旁边又问：“先生既有药方，却要到哪里去找药物？”周瑜说：“是啊，隆冬季节，哪有东风、南风呢？难道你要我死守到明年春天？”诸葛亮说：“曹操在江北虎视眈眈，怎能容得你我死守到明年春天？事不宜迟，近日便要东南风起。”周瑜与鲁肃面面相觑，都问：“难道先生能够异想天开，要东南风从空无中来？”

诸葛亮说："我曾领受奇门遁甲天书。大都督若要东南风时，我可向天神去借。"周瑜、鲁肃问道："怎么个借法？"诸葛亮说："请大都督在南屏山筑造一座七星坛，我在坛上入静，与天神对话，看能否借来三天三夜的东南大风？"周瑜与鲁肃再次惊呆，又问："先生亦是肉体凡胎，怎么能够与天神对话？"诸葛亮笑道："在我这肉体凡胎之中，便有一条通往天神的道路。"

186. 七星坛与东南风

周瑜将信将疑，病情却顿时有了好转。便传令分拨五百壮丁为诸葛亮筑造七星坛；又分拨一百二十人执旗守坛，听候诸葛亮使令。诸葛亮便带着鲁肃，到南屏山来选址，令人从东南方取来红土筑坛。

那七星坛方圆二十四丈，共三层，每一层高三尺。第一层插二十八宿旗，东方七面青旗，按角、亢、氐、房、心、尾、箕，布苍龙之形；北方七面皂旗，按斗、牛、女、虚、危、室、壁，作玄武之势；西方七面白旗，按奎、娄、胃、昴、毕、觜、参，踞白虎之威；南方七面红旗，按井、鬼、柳、星、张、翼、轸，成朱雀之状。第二层周围黄旗六十四面，按六十四卦，分八位而立。最上面一层用四人，各人戴束发冠，穿皂罗袍，凤衣博带，朱履方裾，其中前左方一人手执长竿，竿尖上用鸡羽为葆，以招风信；前右方一人手执长竿，竿上系七星号带，以表风色；后左方一人捧宝剑；后右方一人捧香炉。又在坛下布置二十四人，各持旌旗、宝盖、大戟、长戈、黄钺、白旄、朱幡、皂纛，环绕四面。

鲁肃始终迷惑不解，问道："看先生如此煞有其事，当真能借来东南风吗？"诸葛亮笑道："事实上，当我从江夏跟着你去柴桑面见孙权的时候，就已经开始了向天神筹借东南风的计划。"鲁肃惊讶地问道："此话怎讲？"诸葛亮说："请子敬兄想想看，那曹操自西北而来，席卷荆襄，气焰何其汹汹！他便是西北风啊，风吹一边倒的西北风！那时候的东吴，都跟荆州的刘琮一样，人人都要望风而降，如果没有东南风，怎么可能挽救危局？”鲁肃于是恍然大悟，说道：“原来先生的东南风，已经在我心中吹拂了很久。”诸葛亮笑道：“明日我便登坛，请天神在冬至那日刮起五百里东南大风，把整条长江都吹得翻转起来！”所谓五百里大风，相当于今日九级风力。

十一月二十一日便是冬至。诸葛亮于前一日沐浴斋戒，身披道袍，跣足散发，来到七星坛前。回头吩咐鲁肃说：“请子敬兄前去相助大都督调兵。只等东南风起，便可乘风破浪，放船冲出。”鲁肃满心欢喜地去了。诸葛亮又吩咐守坛的将士：“不许擅离方位！不许交头接耳！不许失口乱言！不许失惊打怪！”然后缓步登坛，观瞻方位已定，焚香于炉，注水于盂，仰天祈祷。整整一个时辰，这才下坛歇息，要军士们更替吃饭。如此一日上坛三次，下坛三次，却并不见有东南风起。

话说周瑜与程普、甘宁、鲁肃等一班军官，都在江边等候。黄盖已准备好火船二十只，船内满载芦苇干柴，里面浇灌油脂，上面铺满硫黄、焰硝等引火之物，然后用青布油单遮盖；又在船头上插着青龙牙旗，船尾系着走舸。只等周瑜号令，便要放船冲出。等了一天，不见东南风起。等到黄昏，依然微风不动。周瑜说：“诸葛亮哪有神力借来东南风？不过是装神弄鬼罢了。”鲁肃说：“我却料定诸葛亮必不虚言。”众将等得不耐烦，都到帐中饮酒聊天。

将近三更时分，忽然风声响起。周瑜急忙出帐来看，只见旗幡纷纷飘起，飞向西北，果然是一阵好大的东南风！

187. 在东南风中调兵遣将

当时周瑜便骇然想道：“那诸葛亮居然有通神之能，绝不可让他趁机逃脱，否则贻为大患。”急忙叫来帐前护军校尉丁奉、徐盛，吩咐道：“你二人各带一百亲兵，分路前去拿住诸葛亮，待我战后再做发落。”

丁奉先到，见坛上执旗将士，当风而立，却不见诸葛亮。丁奉慌忙问道：“卧龙先生何在？”回答说：“刚刚下坛往江边去了。”丁奉急忙下坛找往江边，半路遇着徐盛，两人就在江边的微光里东张西望。一位军士报告说：“昨晚有一只快船停在岸边，刚才只见一人披头散发，乘船往下水去了。”丁奉、徐盛互望了一眼，说：“此人必是诸葛亮无疑。”便也纷纷乘船离岸，一路追来。

此时风力渐大，长江流向东北，风却吹向西北，吹得船只摇摇晃晃，掌不稳舵。追了一程，果然看见一只快船。徐盛在船头上高声大叫：“卧龙先生停住！大都督有请！”只见一条黑影站在船尾大笑道：“请转告大都督，诸葛亮使命已达，暂回夏口去了。”徐盛叫道：“卧龙先生不辞而别，叫我如何向大都督交代？”一面说，一面令众人奋力划桨。眼看越来越近，又一条黑影从舱中站出，大声喝问道：“我乃常山赵子龙也，奉令来接军师。你是何人，竟然穷追不舍？”说罢，挽起铁弓，一箭射来。那箭贴着徐盛头顶飞过，却将桅杆上的灯笼应声射落，那船顿时便陷入黑暗。赵云的那只快船，却趁机顺水而去。

徐盛无可奈何，对丁奉说道：“诸葛亮神机妙算，凡人不可理喻。那赵云又有万夫不当之勇，又是黑咕隆咚的夜晚，你我怎敢冒险追赶？就这样回报大都督去吧。”返回已是黎明，前来向周瑜复命，周瑜感叹说：“这个诸葛亮心机缜密多谋，实在让我不安。无奈军情紧急，且待我破了曹操以后，再来好好地理会他。”

当时召集众将听令。第一支令箭授给甘宁，要他打着曹军旗号，率先潜往乌林地面，只等江上火起，便放火烧了曹操的粮库。第二支令箭授给太史慈，要他过江去守汉水，切断从合淝来的援军。甘宁和太史慈得令，率先过江去了。第三支令箭授给吕蒙，要他去乌林接应甘宁。第四支令箭授给凌统，要他从下游港汉绕入洪湖，在乌林北面待命，只看江上火起，便来夹攻曹操大营。第五支令箭授给董袭，要他直取江陵，从江陵往后杀回。第六支令箭授给潘璋，要他渡江接应董袭。六支船队布置停当，便令黄盖放飞信鸽，与曹操约定今夜来降。

又分拨四支船队，跟在黄盖后面接应，第一队韩当，第二队周泰，第三队蒋钦，第四队陈武。周瑜与程普在艨艟大船上督战，以丁奉、徐盛为左右护卫。留下鲁肃和阚泽在赤壁山下守寨。只见那东南风起一阵，歇一阵，仿佛是众人忐忑不安的心情。

188. 诸葛亮的第四支令箭

话说刘备在汉口等候诸葛亮。诸葛亮上岸便问："此前要主公准备的兵马战船，是否已经妥当？"刘备说："早已准备妥当，只等军师调用。"诸葛亮立即升帐，要众将听令。

第一支令箭授给赵云，说："你可带两千精兵，火速赶往乌林西北方向的驿路，在路边茂密的芦苇丛中埋伏。今夜四更以后，曹操必然要从那里奔走。你只要等他来时，放火烧他，叫他一路惊逃，却不必追赶，收兵到油江口与主公会合，便是大功一件。"赵云说："乌林西北有两条路，一条通往竟陵，一条通往江陵。不知是哪条路？"诸葛亮说："那江陵乃是南郡的重镇。曹操所往，必是江陵。"赵云得令，急忙领军去了。

第二支令箭授给张飞，说："乌林到江陵路上，又有一处山林，叫作葫芦嘴。张将军也带两千精兵去，在那里埋伏。曹操那日将要淋得一场大雨，必然在此烘烤衣服、烧水、造饭。张将军只看炊烟升起，便四处纵火，叫那曹操惊吓而走，也不必追赶，收兵到油江口与主公会合，也是大功一件。"张飞得令，也急忙领军去了。

第三支令箭授给糜竺、糜芳兄弟。糜竺笑道："我兄弟两个都是属竹子的命，最是怕火。"诸葛亮说："不要你们放火，只要你们打着刘皇叔的大旗，驾着船只沿江接收被打散的败兵和军备器械，直到油江口与众人会合，便也是大功一件。”兄弟两个得令，也急忙领军去了。

此时关羽也在，诸葛亮却不理不睬，起身向公子刘琦说：“众人既去，请公子留守却月城。曹操一败，必有逃军到此。公子身体有恙，能战便战，能守便守。不能守，便退往江南的鄂县。只要你在，便是我们的后方，请千万珍重。”又回头对刘备说：“主公与我，可先去油江口等待兄弟们得胜的消息。”

关羽终于忍耐不住，高声叫道：“我自桃园追随兄长征战，许多年来不曾落于人后。今日大战，军师却不委用，究竟是什么意思？”诸葛亮笑道：“关将军莫怪！本来有一个最重要的地点，想要委托给将军，怎奈我心中犹豫，不敢做出决定。”关羽便问：“军师有什么犹豫的？请明明白白地告诉我。”诸葛亮说：“从前在许都，曹操与将军之间颇有私恩。今日他必然败走华容道，若是派你去守，就怕你为报私恩，要放他过去，我因此不敢把华容道托付给你。”关羽笑道：“军师真是多心。当日曹操确实待我恩重，但我斩颜良、诛文丑，早已报答过他了。今日撞见，怎会因私废公！”诸葛亮问：“倘若你真的放了他，却该如何？”关羽说：“愿立军令状，受军法处置！”

诸葛亮便把第四支令箭授给关羽，说：“关将军可在华容道附近山高之处，堆积柴草，燃放烟火，引诱曹操前来。”关羽问道：“曹操望见烟火，便知道有埋伏，如何肯来？”孔明笑道：“兵法之妙，便在于虚虚实实。曹操疑心深重，看见烟火，便会怀疑此处不过是虚张声势，必然要奔这条路来。”关羽不信，又问：“倘若曹操不来，却该如何？”诸葛亮说：“倘若曹操不来，请将军来问我的罪。倘若曹操来时，也请将军不容私情。”关羽便领了将令，带着关平、周仓和五百校刀手，也急忙去了。

189. 如同火龙似的扑向曹营

话说曹操在江北接到黄盖的飞鸽来信，大喜。展开来看，上面写道："周瑜差我运粮，正好趁机来投奔丞相。只在今晚二更，船上插有青龙牙旗的，便是我的船队。"曹操将来信递与荀攸、程昱观看，喜滋滋地说："只等黄盖到来，东吴的虚实便可尽知。"

眼看将近二更，曹操不顾寒冷，出帐来看。只见下弦月照着江面，一片微光。于禁站在船头，指向远处说道："江南隐隐有一簇帆幔，顺风而来。"曹操笑道："黄盖来降，此天助我也！"只见船队越来越近，船上旗幡飘飞，也看不清旗幡的颜色和形状，但曹操却认定那是黄盖的青龙牙旗无疑。

程昱观望良久，忽然叫道："大事不好，风向有变，是东南风！"曹操不以为然地说："冬至一阳生，东南风已经刮了一天，何足为怪？"程昱说："这只船队早不来，晚不来，偏偏要乘着东南风而来，倘若有诈，如何是好？"曹操顿时醒悟，便问："谁去制止他？"荆州降将文聘应声说道："丞相请让我去。"说完从大船上跳下，带着几只小船前往拦截，站在船头大叫："奉曹丞相钧旨，请你们就此抛锚停住，只要黄盖将军过来说话。"话音未落，只听一声弦响，文聘的左臂被一箭射中，倒入船舱之中。众人大乱，急忙调转头拼命往回划船。

此时黄盖距离曹军水寨不过二里水面。一声喊叫，前面几只船率先蹿起大火，只见风助火势，火趁风威，烈火熊熊，如同火龙似的扑向曹营。曹操大叫："不好！"此时二十只火船，便是二十条火龙，不顾一切地撞了进来。曹军水寨顿时着火，大小船只都被铁环锁住，无法逃避。只见长江水面，火逐风飞，一派通红，漫天彻地。曹操惊慌失措，想要从大船上奔跑上岸。又听得乌林粮仓方向几声炮响，腾空升起几簇大火。曹操大叫："苦啊！"忽然看见张辽驾驶一只小船赶到，急忙从大船上跳下。

此时黄盖也驾着小船，在烟火中寻找曹操，正好看见张辽扶着曹操上岸。黄盖望见那人穿着打扮，料定是曹操无疑，一面催促军士快速划船，一面高声大叫：“曹贼哪里走？大将黄盖来也！”曹操叫苦不迭。张辽急忙挽弓，回身一箭射去。此时四面都是火声，黄盖的注意力又在曹操身上，哪里听得到弦响？那箭正中他的肩窝，把他射落在水中。

满江都是火焰，四面都是喊杀。韩当、蒋钦从西边杀到，周泰、陈武从东边杀到，中间是周瑜、程普、丁奉、徐盛的大队。曹军大乱，没有一支队伍能够稳住阵脚。原来自有掌旗官，佰长事事都要与掌旗官商议，紧急之中，队伍哪里有人做主？只能各自逃命。曹军着枪的着枪，中箭的中箭，被火焚水溺而死的亦是不计其数。此后唐人李白有诗云：“二龙争战决雌雄，赤壁楼船扫地空。烈火张天照云海，周郎于此破曹公。”

话说韩当一路杀得痛快，忽然听得士卒报告说：“将军请看那边，有人高叫你的名字。”韩当侧过耳朵，听出是黄盖的声音，急忙赶去营救。只见黄盖负箭着伤，赶紧用嘴咬出箭杆，不想箭头已陷在肉中。又为他脱去湿衣，用刀剜出箭头，撕下旗帜包扎。又脱下自己的战袍给他穿好，派遣亲兵驾船送回大寨医治。临别时握着他的手赞道：“公覆兄经此一战，已成千古名将！”

成君忆/著

成君忆版《三国演义》

烈火三国

【下卷】

人民东方出版传媒
東方出版社

第四十七章

曹操的笑与哭

赤壁之战，将诸葛亮的《烈火歌》演绎到了极致。那烈火究竟在焚烧什么？什么是黑暗？什么是新我？读者若是有心，便可从中意会。

曹操从乌林一路逃到江陵，每遇险要之地便笑。为什么要笑？不过是为了在将士们面前显示自己的才能，用来掩饰兵败赤壁的尴尬而已。等到了江陵，脱离了险境，他却终于忍不住要放声痛哭了。你看他吧，借着哭郭嘉的由头，竟然把兵败赤壁的责任全都推卸给了众人。

190. 从烈火中奔逃

当长江西北岸战火冲天而起的时候，刘备其实不在现场，而在赶往油江的路上，但他会永远记得这个日子。冬至一阳生，整个世界开始进入极寒，也开始从极寒中回暖。那一簇簇烈火，从此便一直在他的记忆里燃烧着、跳跃着、奔腾着。每当此时，他也会记起诸葛亮的那首《烈火歌》来：

> 天地之间是一团火，烈火熊熊地烧着。
> 要让黑暗成灰烬，灰烬之中有新我。

每当此时，他就会想："那个新我究竟在哪儿呢？"

曹操还在烈火中奔逃。这场大火从半夜三更烧起，烧到天明依然是烟火燎原。无论水寨陆寨，都是一片狼藉。水陂上、湖港里，到处都是血水和尸体。目光所触，宛如地狱一样令人惊心。多亏张辽一次次拼命相救，曹操才能从惊险中一次次逃生。路上遇着毛玠和受伤的文聘，每个人都是焦头烂额。抬头看天，已是巳时，众人都是又累又饿。曹操说："大势已去，赶紧从陆路奔回江陵。"便各自催马，往乌林西北方向飞奔。

奔走到申时，看见一处村庄。曹操说："我实在是跑不动了！"众人会意，立即上去驱赶村民，起锅做饭。众人饥不择食，好一阵哄抢。看看到了酉时，天色又要擦黑。曹操问众将说："我实在是跑不动了，就在此处住宿如何？"毛玠说："此处不可久留，请丞相上马就走，以策安全。"正在磨蹭，村外一支军队赶到，大叫："曹贼休走！"火光中现出吕蒙的旗号。曹操急忙上马，留下张辽断后。却见前面火光又起，从树林中涌出一支军队，乃是小将凌统。曹操肝胆皆裂，大呼道："末路到了！可怜我一生戎马，竟然死在此处！"就在这时，从刺斜里赶来一彪军马，大叫："丞相不要惊慌，徐晃在此！"一场混战，带着曹操夺路而走。

奔走到天明，张郃也从后面赶来。曹操看着张辽、徐晃、张郃等众将都在，心里这才稍安。就近找到一座小山，叫军士们四处去抢夺粮米锅碗，在山上埋锅造饭，杀马割肉吃，都顾不得斯文。正在吃着，忽然又有大批军卒赶到，曹操心里又惊慌起来。等到人群走近，却原来是荀攸、程昱、许褚、李典和一众残兵，曹操顿时又转惊为喜，

又走了一程，只见树木丛杂、山川险峻，曹操忽然大笑起来。众人问："丞相何故大笑？"曹操说："此处地形，颇是险恶。可惜啊，周瑜和诸葛亮到底智谋短缺，若是预先在这里设下埋伏，试问我们哪里还有生路？"说完又是大笑。众人也跟着笑。笑声未了，只听得两边鼓声震响，火光冲天而起，惊得曹操几乎坠下马来。一彪军马从刺斜里杀出，大叫道："我常山赵子龙也，奉军师将令，在此等候多时了！"

191. 雨后的华容道

话说曹操慌忙叫张郃、徐晃敌住赵云，自己如同一匹惊马飞遁。赵云也不追赶，只顾打扫战场，收兵往油江口去了。正值午时，东南风还在吹拂，黑云却在聚集，犹如黑夜。荀攸说："要下雨了！"说着说着雨点就落了下来。将士们无处可躲，被一场大雨淋得透湿。

冒雨行走了一个多时辰，雨水才渐渐停歇。将士们一个个饥寒交迫，多有人倒毙于路边。曹操不管不顾，只顾着赶路。看看两边都是湖泊和芦苇，中间的陆地越来越窄，形如葫芦的嘴。葫芦嘴那边，又是一座土山。荀攸说："众人

饥寒难忍，何不就在此歇息？一则可以生火取暖，二则也好烘烤衣服。”曹操点头，坐到火堆旁边烘烤，心里面又渐渐暖和起来。四下看看，忽然又是一阵大笑。众人问：“丞相何故又笑？”曹操说：“周瑜和诸葛亮到底是智谋不足啊，若是预先在这里设下埋伏，试问我们还能往哪里逃？”仰头又是一阵大笑。

就听得轰地一响，四面火光冲天而起，惊得曹操几乎滚下山来。虽然刚刚下过雨，枯槁的芦苇却点火就着，看着看着就从四面蔓延过来。众将急忙上马，不顾一切，冲了出去，却将一大批伤员、病员留在了火场。又从刺斜里杀出张飞，横矛立马，大叫：“曹贼往哪里逃！”众人见了，无不胆寒。许褚把马鞍失落在火场，只得骑着光背马来战张飞。徐晃、张辽、李典二人，也上来夹攻。张飞精神抖擞，力战四将。曹操赶紧于此时拨马走脱。张飞大战半个多时辰，曹军将士死的死，逃的逃。张飞也不穷追，也收兵往油江口去了。

跑着，跑着，前面出现岔路。军士们问：“前面有两条路，请问丞相走哪条路？”曹操问：“哪条路近？”文聘回答说：“大路稍平，要远五十多里。小路要近五十多里，但要走华容道，地窄路险，坎坷难行。”曹操令人登高远望，回报说：“小路方向有数处烟火，大路却没有动静。”曹操说：“既然是这样，就要走小路。”众人就问：“烽烟起处，必有人马，为什么要走这条小路？”曹操回答说：“兵法有云，虚则实之，实则虚之。这是诸葛亮使计，故意派人燃放烟火，要我不敢走这条小路，他却在大路设伏等我。我偏偏就不中他的计！”

雨后的华容道，路面湿润。经过人马行走，立即变得泥泞。众人先是焦头烂额，而后拖泥带水，一个个蓬头垢面，加上缺胳膊的缺胳膊、断腿的断腿，简直就是一群丐帮。走了一程，队伍停滞不前。曹操令人查问，回报说：“人马深陷泥中，拔不出腿来。”曹操大怒道：“军旅之行，逢山开路，遇水架桥，岂有泥泞不前的理由？”传令老弱病残者靠边让行，强壮者搬运石头柴草填塞道路，但有行动迟缓者斩。此时众人都是又累又饿，一经拥挤，便有多人倒地不起。曹操不顾一切，喝令踩踏而过。惨叫声、号哭声一路不绝。荀攸骑在马上，于心难忍，忍不住悲哭。曹操冷笑道：“生死有命，何哭之有？”可怜三停人马，一停落后，一停填了沟壑，只剩一停勉强跟在曹操的马后。

经过了险段，路面逐渐平坦。曹操回顾身后，只有三百余骑。众人都说："又冷又饿，再不饮食，只恐饿死在路上。"曹操大怒道："难道我就不冷？难道我就不饿？我能忍受，难道你们就忍受不得？继续赶路，直到看见村庄，不准再说半个'饿'字！"

又走了数里，就听见曹操又扬声大笑起来。众将问："丞相第一次笑出了赵云，第二次笑出了张飞，现在何故又笑？"曹操说："都说诸葛亮足智多谋，其实不过如此。若在此处埋伏一支兵马，你我便插翅难飞。"话音未落，一声炮响，两边摆开五百校刀手，截住了去路；为首一员大将，手提青龙偃月刀，胯下一匹赤兔马，正是红脸的关羽。

曹操一行看见，无不魂飞魄散，面面相觑。当时曹操就问："谁敢出马，与他决一死战！"众将都哀告说："饿得连兵器都提不住，哪里还能再战？"曹操便呆住了，问程昱："我已无计可施，却如何是好？"程昱说："事已至此，只有求饶。"曹操问："怎么个求法？"程昱说："关羽虽然神勇，却有一个弱点，便是看重情义。丞相旧日于他有恩，只要亲自相求，也许能够令他心肠一软，饶免了这场劫难。"

曹操别无他法，只得纵马向前，躬身向关羽问候道："将军别来无恙！"关羽也躬身回答道："我奉军师将令，在此等候丞相多时。"曹操哀告说："可怜我日暮途穷，望将军以旧情为重，放我一条生路。"关羽说："我确实蒙受过丞相的厚恩。但我大战白马，斩颜良，诛文丑，已经报答过丞相了。今日战场相逢，怎能以私废公？"曹操哀告说："想我昔日，也可以公事为名杀了将军，只因不忍心，反而力排众议，赶到桥头为将军送行，叫将军挑袍而去。难道将军今日就忍得下心吗？"

关羽便想起曹操的许多好处，又见曹军将士个个惊惶不安的样子，心中果然不忍。于是把马头勒回，吩咐众军士让开。曹操看见，连连拱手，带领众将急忙冲了过去。关羽却于此时又记起了诸葛亮的叮嘱，跟着一声大喝，叫道："往哪里走？"曹操和众人都是一惊，都慌忙滚下马来，都在路上哭拜，令关羽看得越发不忍。正犹豫着，张辽也从后面赶到。关羽只得长叹一声，挥手放行。

曹操千恩万谢，赶紧上马，带领众将逃命而去。可怜曹操一生自傲，今日竟然落魄到了这般田地！

192. 江陵城上的鬼魅

天色又渐渐地黑了。雨后的夜空，寒星闪闪。曹操身后只剩下二十七骑。转过一处丛林，忽然见到一簇人马，手持火把，拦住去路。曹操大惊道："天可怜见，我可就真要死在这里！"仔细一看，却原来是曹仁。曹操强忍悲痛，说道："子孝啊，子孝，你差点儿就见不到我啦！"曹仁说："知道丞相兵败，却不敢远离江陵，只能在此等候。"

众人于是前往江陵城中安歇。邻近东门，曹操忽然又大叫道："那城墙上站着的是谁？"曹仁回答说："就是几个守城的兵丁。"曹操叫道："分明是蔡瑁、张允！他二人就是做鬼我也认得！"曹仁只得派人去查看，果然就是几个守城的兵丁。曹操就问："为什么我看得到蔡瑁、张允的鬼魂，你们却看不到？"程昱说："丞相南征荆州以前，蔡瑁便是南郡的太守，在江陵城中居住多年，此番魂归江陵，也是情理之中。"曹操感叹说："我兵败如此，就是拜这两个恶鬼所赐。我今夜就不进城去了，在城外找一个住处。"当夜便住宿在城外章台寺。

曹操只知道江陵城上有鬼，却不知章台寺周围也有鬼。那章台寺原本是战国时期楚灵王的章华宫，又称"细腰宫"。你想啊，"楚王好细腰，宫人多饿死"，怎么少得了饿死鬼？只因刘表的夫人蔡氏好佛，蔡瑁便将章华宫遗址改作了佛寺。佛寺四周，竹林苍莽，却又不知从何时起，穴居了许多狐狸鬼怪。曹操累极，胡乱吃了些食物，便陷入沉睡，在浑浑噩噩之中，被那些狐鸣鬼嗥弄得整夜不得安生。

次日曹仁从城中送来酒菜，给曹操压惊。三杯酒水下肚，曹操忽然捶案痛哭。

众人问道："丞相一路逃来，都能輾然而笑。如今到了江陵，已解脱了苦难，怎么反而痛哭呢？"曹操说："我哭的是郭嘉啊！倘若有郭嘉在，决不会让我遭受这样的大难啊！"众人听了，只能默然自惭。

酒宴完毕，曹操又叫曹仁过来，说："我便不入江陵城。此番赤壁兵败，许都必有反应，我须得赶紧回去压住局势。南郡便托付给你，务必保全。"曹仁问："北有襄阳，东有合淝，丞相让谁人值守？"曹操说："自有夏侯惇守住襄阳。合淝方面，可令张辽为主将，乐进、李典为副将，立即赶去值守。"又派遣曹洪据守彝陵，与曹仁互相呼应。

调任完毕，曹操上马北还许都。荆州的降臣，全部带回许都听用。路过襄阳，夏侯惇亦是设宴接待，只觉得曹操和一众文武性情大变，一个个心事重重，少了许多豪气，多了许多鬼气。

第四十八章

诸葛亮巧取江陵城

若无赤壁之战，刘备焉能从绝处求得生路？若不巧取江陵城，哪里又是刘备再起的东山？至此，诸葛亮便以一介书生的意气，创建了力挽狂澜于既倒的奇功。历史从此改写，开始了三国鼎立的新篇。

193. 油江口的约定

话说赵云、张飞、麋竺兄弟先后到达油江口，各自接收了许多降兵和物资。众人都在高兴，忽然有人报说关羽到了。诸葛亮急忙赶出来迎接，赞道："众人都有功劳，但都不如关将军。只要擒获了曹操，为天下苍生铲除大害，关将军便是居功至伟。"关羽听了，却是默然无语。

诸葛亮问："难道关将军因为我们不曾远迎，心里闷闷不乐？"没想到关羽忽然跪拜在地，说道："关某特来请死。"诸葛亮惊问道："关将军这是什么意思，难道你在华容道上不曾遇到曹操？"关羽说："也曾遇到。只是关某无能，又被他逃脱了。"诸葛亮又问："被他逃脱也罢。但是缴获了多少战利？"关羽说："却也不曾缴获什么战利。"诸葛亮顿时把脸一沉，问道："想必是关将军为了报答曹操的私恩，故意放了他，是也不是？"关羽默然无语。

诸葛亮大怒道："曹操此番南征，死伤军民何止百万？你竟然以一人之私，败坏了自己的职责和天下大义！我本来不想派你，奈何无人可派，而你又立下了军令状。如今由不得我，必须军法处置。"于是喝令武士推出去斩首。刘备就在旁边，慌忙拦住说："云长、翼德与我，三人在桃园结义，誓同生死。今日云长犯法，我本不当说情，奈何情深义重，不得不说。请军师记他一笔大过，待他将功赎罪。"孙乾也在旁边说道："我军自新野南下以来，一路溃逃，而今好容易从败中取胜，已是天大的喜事。军师若于此时斩了关将军，岂不扫兴？"诸葛亮只好叹息道："也罢，且待他将功赎罪就是。"

又对刘备说道："若不是周瑜在赤壁用兵，我军哪有今日的转机？以情理而论，须得准备一份礼物，到赤壁去为他祝捷。"刘备便要孙乾准备了一份厚礼，顺着长江来到赤壁。周瑜接着，说道："多谢你家主公，他如今人在何处？"孙乾回答说："屯兵在油江口。"周瑜一惊，又问："诸葛亮也在油江吗？"回答说："也在。"周瑜的脸色更加阴郁，说道："请先生先自回去。改日我亲自到油江口去答谢你家主公。"

鲁肃到江边送走孙乾，回头来问周瑜："大都督刚才为何失惊？"周瑜说："刘备屯兵油江，必有用意。江陵乃是南郡的郡治、荆州的重镇，我军花费了许多兵力和钱粮物资，正好乘胜将江陵[①]城取在手中，岂能被他刘备抢占了先机？"鲁肃说："大都督可有计策？"周瑜说："先礼后兵。我先去跟他说话，说得好便好；说得不好时，我便找个由头动手，一刀结果了他的性命！"

于是周瑜亲率三千精兵，与鲁肃往油江口而来。诸葛亮早有准备，叮嘱刘备如此如此；又在油江口摆开战船，在岸上陈列大军。周瑜看见，更加惊讶，问鲁肃说："刘备的势力，怎么变得如此雄壮？"鲁肃也是惊叫，说："一时不见，鸦鹊竟然变成了凤凰！"来至营门外，刘备、诸葛亮迎入帐中，设宴相待。刘备举杯，感谢周瑜在赤壁鏖兵，为国家建立盖世功勋。周瑜笑道："你家军师善借东风，也有功劳。"

酒过数巡，周瑜问道："皇叔屯兵在此，莫非要取江陵？"刘备说："江陵原本是刘表的基业，理当由公子刘琦继承。我与刘表乃是兄弟，与刘琦乃是叔侄，哪有不取江陵的道理？"周瑜说："我军花费了许多钱粮物资，终于打败曹操，也想乘胜攻取江陵，皇叔以为如何？"刘备说："大都督英雄盖世，若是想取江陵，我自然让大都督优先。只是胜负不可预定，江陵守将曹仁亦是智勇双全，但恐大都督不能遂愿。"周瑜冷笑道："我连曹操都不怕，却怎么会怕一个区区的曹仁？"刘备问："倘若大都督取不得江陵又如何？"周瑜说："我若是取不得，那时便任从皇叔去取。"诸葛亮就在旁边说道："此事就这么说定。我和子敬兄作证，大都督可不要反悔。"

周瑜与鲁肃便起身告辞，上船而去。刘备心中忐忑，问诸葛亮说："刚才一

---

① 江陵是南郡的郡治，赤壁之战后刘备又以江陵为荆州的州治。江陵、南郡、荆州，三个地名其实是同一个地方，罗贯中版《三国演义》以为是三个地方，因此会产生误解。

番言语，都是军师教的。回头一想，倘若周瑜真的取了江陵，却叫我漂泊一身，到哪里立足？”诸葛亮大笑道：“主公不必忧虑。先尽着周瑜去厮杀，我只需随机应变，早晚让主公安坐在江陵城中。”

194. 从江陵到夷陵

话说周瑜、鲁肃返回赤壁，召集众将问道：“谁敢担当先锋，去取江陵？”蒋钦应声而出。周瑜大喜，说：“你为主将，丁奉、徐盛为副将，率领五千精兵先行，我自领大军在后接应。”

消息传到江陵，勇将牛金奋然请战，说：“自赤壁之战以来，我军士气萎靡，急需振作。我愿出城，一决雌雄。”曹仁大赞，令牛金率五百精兵出战。丁奉纵马来迎，相战五个回合，诈败，将牛金引入阵中。曹仁站在城楼观战，望见牛金左冲右突，挣脱不得，五百精兵已经丧失大半。

长史陈矫惊呼道：“如何是好？”曹仁勃然奋起，吩咐左右：“牵马来！”气呼呼地下得城来，率领数百骑亲兵出门，越过壕沟，挥刀杀向敌阵。丁奉、徐盛不能抵挡，竟让曹仁杀开一道血口，将牛金解救了出去。回到城门，扭头一看，身后少了数十骑亲兵，又翻身杀回重围。正遇着蒋钦拦住去路，曹仁与牛金奋力冲杀，竟然迫使蒋钦败走。陈矫在城上看得惊心动魄，直到曹仁得胜而归，不由得感叹说：“将军真神人也！”

话说蒋钦兵败，周瑜大怒道：“你素来英勇善战，人称‘江东虎臣’，今日却怎么败给区区一个曹仁？”当即点兵，要亲自披挂上阵，与曹仁决战。甘宁说：“大都督不可动怒。江陵难攻，不如让我去攻夷陵。夷陵与江陵互为犄角，夷陵一旦得手，江陵亦顺势可得。”周瑜说：“你说得对！”于是令甘宁率领三千勇士，厉兵秣马，直奔夷陵。

曹仁听到探报，大惊道："夷陵一旦有失，江陵便势同孤岛。须得设法营救。"陈矫说："我有一计，叫周瑜两头失误。"曹仁派出曹纯和牛金，嘱咐二人如此如此。曹纯兵马未动，先飞鸽传书，令曹洪出城诱敌。曹洪于是出城与甘宁交锋，大战二十几个回合，败往深山。甘宁趁势夺了夷陵。到黄昏时，曹纯、牛金赶到，与曹洪合兵一处，把夷陵城团团围住。周瑜听到消息，亦是大惊失色。

吕蒙说："甘宁乃江东名将，必须得救。"周瑜说："我打算亲自去救，又担心曹仁趁机来袭，如何是好？"吕蒙说："可留下凌统将军防备曹仁。我为前驱，与大都督往救夷陵，不须十日，必然凯旋。"周瑜问凌统："公绩兄可有信心否？"凌统回答说："十日之内，信心十足。十日之外，就不敢说了。"周瑜便给凌统留下一万步兵，自领大军赶往夷陵。

走在路上，吕蒙又说："夷陵之南，有一条僻静小路，是通往江陵的捷径。曹军若败，必然会走这条小路。可差五百健儿去砍倒树木，阻断路途，使得马匹不能通行。曹军慌着逃窜，只得弃马而走。如此，马匹便尽归我得。"周瑜称赞，分派五百健儿去小路砍树；自领大军继续前行，遥见夷陵城外，军营林立。周瑜便问："谁愿率先杀入重围，去见甘宁？"周泰自告奋勇，纵马杀入曹军，一直跑到城下。甘宁开门来迎，得知周瑜大军已到，传令众军士严装饱食，准备内应。

话说曹洪、曹纯、牛金看见周瑜大军来到，一面派人飞报曹仁，一面分兵拒敌。甘宁、周泰从城中分两路杀出，周瑜挥军四下掩杀。曹洪、曹纯、牛金顿时溃败，投往小路而来。孰知道路早被乱柴阻塞，马匹不能通行。曹军惊慌失措，只得弃马而走。江东素来马匹珍贵，此番共得良马五百余匹。

夷陵城既已解围，周瑜便连忙赶回江陵。此时曹仁也已听到消息，走在赶往夷陵的路上。两军半路相逢，一场混战。曹仁见势不妙，只得退回江陵。

195. 一支弩箭正中周瑜的左肋

曹仁回到江陵，埋怨陈矫说："都是你的妙计，说是叫周瑜两头失误，却是叫我两头失误。"陈矫说："兵势无常，一计不成，何不又生一计？"曹仁问："如何又生一计？"陈矫说："夷陵已失，江陵势同孤岛。何不假装撤军，叫周瑜上一个大当？"曹仁大喜，传令五更造饭，天明弃城而走；又在城上遍插旌旗，虚张声势。

周瑜站在高处，看见曹兵分三门而出；城上虽然虚设旌旗，却又无人守护。因此对众将说道："夷陵已失，江陵独木难支。曹仁想要弃城而逃，可趁机歼灭了他。"令程普稳住后军，自领前军来夺城门。鼓声响处，曹洪出马迎战，与韩当大战三十多个回合，败走西北。曹仁与周泰战斗十多个回合，也往西北去了。

周瑜眼见城门大开，遂下令众军士抢入。陈矫隐藏在城楼上，只待周瑜入了瓮城，一声梆子响，两边弓弩齐发，势如骤雨。周瑜急忙勒马回头，被一支弩箭，正中左肋，翻身落马。丁奉、徐盛两人舍命扑来，将周瑜救起。此时曹仁、曹洪分兵两路杀回，牛金率军从门洞里奔突而出。东吴兵大乱，自相践踏，纷纷落入壕沟，幸亏凌统率领一军从斜刺里杀来，这才稳住阵脚。曹仁因此得胜，回城驻守。

话说丁奉、徐盛将周瑜救回大寨医治。军医用铁钳子拔出箭头，敷上金疮药。周瑜难以忍受，几乎疼死。军医收拾器具，叮嘱说："箭头有毒，疮口急切不能痊愈，需要静养。若是怒气冲激，必然崩裂。"两日后，牛金来到寨门外叫骂，口口要捉周瑜。程普下令三军紧守各寨，不许轻出，也不许报知周瑜。次日牛金又来骂战，骂到天黑。第三日又来，又骂了一天。程普与众将商议，想要退兵去守赤壁。

到了第四日，曹仁自领大军，到寨前擂鼓呐喊。程普拒不出兵。周瑜虽然病卧在床，心中却自有主张，问左右道："这是哪里鼓噪呐喊？"左右回答说："是程普将军在场上操练。"周瑜继续问道："为什么要骗我？一连多日，曹军都在寨前骂战。程普将军怎么能够坐视不管？"令人去请来程普相问。程普说："只因大都督需要静养，所以不敢惊扰。"周瑜问："既然不战，打算怎么办？"程普说："我与众将商议，想要退守赤壁，等待大都督箭疮痊愈以后，再作计划。"

周瑜听罢，从床上奋然站起，叫道："怎么能够为了我一人，耽误了国家大事？我就算是死在战场，马革裹尸，也是死得其所！"不由分说，自己披甲上马。曹仁正在寨门外扬鞭大骂："周瑜小子，是不是已经死了？就是死了，也要给个准信儿嘛！我们也好放鞭放炮，为你祝贺嘛！"骂声未绝，周瑜忽然领军而出，大骂道："曹仁匹夫，周郎在此！"众人看见，无不惊骇。

曹仁查看周瑜神色，情知有异，便回顾众人说："骂，骂，给我继续骂！"众人便污言秽语，骂声不绝。周瑜大怒，令潘璋出战。潘璋前脚跃马而出，就听见身后周瑜大叫一声。回头看时，只见周瑜口中喷血，翻身倒在马下。程普见势不妙，赶紧率领众将上前，救起周瑜，退回寨中。

程普回来问道："大都督贵体若何？"周瑜屏退左右，密告程普说："这是我的计策。"程普一愣："什么计策？"周瑜说："我故意倒在阵前，让曹军知道我病危。你可四处放风，就说我已病死。等到曹仁前来劫寨，即可伏兵将他擒拿。"程普赞道："此计甚妙！"就在帐外大放哀声。众人纷纷传言大都督病死，都在惊惶。

话说曹仁回到城中，与众将议论说："周瑜口中喷血，坠落马下，命已不久。"正说着，有十几个军人从东吴那边叛变，偷跑过来投降；其中两人，原本就是被东吴俘虏的曹兵。曹仁急忙叫来询问，叛军回答说："周瑜回到寨中，到戌时便死了。今早各寨都在挂孝举哀。我等料知前景不妙，因此被他两个拉来归降。"曹仁大喜，商议今晚便去劫寨。

当晚，曹仁留下陈娇和少许兵丁守城，以牛金为先锋，率领众将，几乎是倾巢而出，直奔东吴大寨。来到寨门，不见一人，只有一些虚设的旌旗。当时大吃一惊，情知中计，急忙下令退军。却哪里来得及？只听得四下炮声齐发，韩当、蒋钦从东边杀来，周泰、潘璋从西边杀来，徐盛、丁奉从南边杀来，陈武、吕蒙从北边杀来。曹仁大军都被冲散，首尾不能相应，只得率领数十骑亲兵杀出重围。杀到五更，天色渐渐亮起，眼看离江陵不远，一阵鼓响，凌统飞马拦住去路。曹仁往斜刺里奔逃，又遇着甘宁一阵恶战。曹仁情知大势已去，也不敢回头，只得往襄阳方向溃败。

196. 诸葛亮巧取江陵城

话说周瑜撵走了曹仁，自率大军来取江陵。只见城上旌旗猎猎，守城军士衣甲鲜明。周瑜惊讶地说："江陵城中，怎么还有这样厉害的守军？"只听得城门楼上一员大将叫道："大都督何故迟来？我乃常山赵子龙也，奉了军师的将令，已经入城多时了。"周瑜大怒，下令攻城。城上乱箭如雨，众将都前进不得。周瑜看得着急，不禁气从中来，顿时晕厥，再次翻身倒在马下。

众人将周瑜救回寨中。至黄昏时分，他才逐渐苏醒，说道："请程普将军一定要攻下江陵，杀了诸葛村夫，平息我心中的怨气！"此后一连数日，气息奄奄，病势垂危。恰逢鲁肃押运军粮到寨，周瑜又拉着他说："我要起兵与诸葛亮一决雌雄，夺回江陵。请子敬兄一定要助我。"鲁肃说："不可。诸葛亮虽然取巧，却是从曹军手中夺得的江陵城。我军若是宣战，岂不是翻脸成仇？况且主公在合淝与张辽相持已久，难分胜败，江陵实在不宜再燃战火。"周瑜说："我在这里耗费兵马钱粮，却被他诸葛亮从中巧取豪夺，岂不可恨！"鲁肃说："大都督且宽心养病要紧。容我去见刘备和诸葛亮，先跟他们论理。若是说不通，再动刀兵不迟。"

鲁肃于是带领从人到江陵城下叫门。刘备和诸葛亮听说，亲自出来迎接，奉好茶相待。鲁肃说："前者刘皇叔兵败，逃到江夏。曹操要与我家主公合攻皇叔，平分荆州。是我从中引荐诸葛先生，要我家主公发兵大破曹操，救刘皇叔于危难之中。东吴为此耗费了许多兵马钱粮，没想到却让刘皇叔从中取巧，夺占了江陵。况且刘皇叔在油江口与我家大都督又有约定，让我家大都督优先占有江陵，试问刘皇叔如此言而无信、巧取豪夺，岂不是令天下人齿冷？"刘备听得无语。

诸葛亮却从旁说道："子敬兄有子敬兄的道理，我家主公也有我家主公的道理。"鲁肃就问："刘皇叔有何道理？"诸葛亮回答说："我家主公在油江口早已说过，江陵原本是刘表的基业，理当由公子刘琦继承。他与刘表乃是兄弟，与刘琦乃是叔侄，于情于理，他都要索回江陵。岂止是江陵，就是荆州九郡四十二县，也理当索回。虽然与你家大都督有约定，怎奈你家大都督与曹仁相持日久，我等得着急，这才毅然出兵，拿下了江陵城。我若不拿，江陵城或许还在曹仁手中。子敬兄此来，难道是要我家主公平白将江陵城送给你家大都督吗？"

鲁肃说："诸葛先生巧舌如簧，我说不过你。就依从你的道理，公子刘琦倒是可以占有江陵城，却不是刘皇叔！"诸葛亮问："子敬兄是要见公子吗？"令人从屏风后扶出刘琦。只见刘琦脸色暗沉，气息虚弱，向鲁肃拱手施礼。鲁肃吃了一惊，沉默良久，说道："公子贵体有恙，倘若不在，便又如何？"诸葛亮说："子敬兄不可如此说话。我自当四处寻访良医，以求得公子康复。"鲁肃说："若得公子康复，我自然无语。倘若公子不在，须得将江陵城归还东吴。"诸葛亮不高兴地回答道："且待那时候再说！"

鲁肃回来面见周瑜。周瑜说："论年齿，刘琦正值壮年，要等到他何时才能死？这江陵城何日才能得还？"鲁肃说："我看刘琦的面相，脸色暗沉，遍布红疹，又气喘呕血。想必是酒色太过，已经病入膏肓。一年之内，必死无疑。那时候再来讨取江陵，看他诸葛亮还怎么推脱？"周瑜犹自气愤难平，恰逢孙权派遣使者到来，说："主公围攻合淝，累战不捷。特令大都督收回大军，赶赴合淝助战。"周瑜只得班师，自回柴桑养病；令程普率领战船士卒，赶往合淝到孙权麾下听用。刘备和诸葛亮听到消息，相告于关羽、张飞、赵云等众将，顿时一片欢腾。

第四十九章

平复荆南四郡

马良以白墙问计于屈原，而后有龙舟竞渡和南征零陵、桂阳、武陵、长沙四郡。其中佳话有二：其一，赵云征战桂阳，拒婚于美妇樊氏；其二，关羽战于长沙，收服了老将黄忠。

在经历了曹操的劫掠和赤壁之战的兵灾以后，荆州已经丧失了刘表时代的繁荣和富裕。但刘备的王者事业却从满眼的荒残里开始了疯长，而平复荆南四郡的捷报，也恰似春笋拔节一样令人听得欢喜。

197. 白墙问计

刘备自得江陵，即拥立公子刘琦为荆州牧，以江陵为荆州的治所。荆州刺史部最初的治所，在武陵郡汉寿县，那时的荆州城指的就是汉寿。初平元年，刘表单身赴荆州，在南郡襄阳县就任荆州牧，那时的荆州城便又指向了襄阳。自公子刘琦以后，荆州城又指向了江陵，江陵便从此改用了荆州这个地名。

又征召马良为从事。马良，字季常，南郡宜城县人氏。只因眉间有白毛，人称“白眉马良”。马良兄弟五人，并有才名，民间又有“马氏五常，白眉最良”之说。刘备向马良请教，说道：“荆州城乃是四面来战之地，恐难久守。请问先生，如何才是长治久安之计？”马良回答说：“皇叔所问，是一个好问题。但回答这个问题却需要大智慧，应该找一位贤良来回答。”刘备问：“先生难道不是贤良吗？”马良回答说：“有史以来，此地最贤良者莫过于三闾大夫屈原。”刘备不禁诧异，说道：“屈原乃是前辈的圣贤，我如何能够得见？”马良回答说：“屈原虽死，英魂却在。皇叔若是有心，我可以相约你们二人晤谈。”

马良便令人粉刷一面白墙，请众人在白墙跟前品茗、聊天、等待。等到日暮，果然有江河、屋舍、树影浮现于墙上。中有一人，坐在水边吟唱，曰：“跪敷衽以陈辞兮，耿吾既得此中正[1]。”意思是说：“当我跪坐在铺开的衣服上诉说衷肠，忽然间我看到了那条光明的大道。”刘备说：“此人必是屈子无疑。”于是问道：“我自桃园结义以来，立志振兴国家。怎奈屡受挫折，起落无常。如今幸得天助，

① 中正之道，正大光明的道路。

寄身在荆州。请问屈子，如何才是久安之计？”

只听屈原说道：“从前楚国崛起于穷山僻壤，不过方圆五十里的领地。而后大启群蛮，奄有江汉，称霸于南天。荆州城原本就是楚国郢都故址，将军以为是四面来战之地，我却以为是可向四面出战之地。将军只需以此为基业，南征武陵、长沙、桂阳、零陵四郡，积收钱粮，然后西通巴蜀、东临吴会，便可重演楚国故事。”刘备大喜，又问：“四郡之中，当先取哪个郡？”屈原说：“湘江之西，零陵最近，可先取之；接着攻取桂阳、武陵，最后攻取长沙。”诸葛亮听得频频点头，说道：“我与屈子，不谋而合。只是担忧南方多水，不知道可有练兵的妙法？”屈原说：“何不分队操练龙舟，竞渡比武？一则可锻炼体魄，二则也可增长水上争战的功夫，岂不是两全其美？”众人听得惊喜，都赞：“大妙！”又见屈原起身上船，招手远去，白墙上孤帆远影渐次消失不见。

时近端午，刘备便令各军操练龙舟竞渡。而后令关羽守住荆州；自领一万五千精兵，以张飞为先锋，以诸葛亮为军师，以赵云为副将，来攻零陵。

198. 都是邢茂的坏主意

话说零陵郡太守刘度，急忙派遣长子刘贤率军迎敌。刘贤麾下有一员大将，姓邢，名茂，字道荣，号称有万夫不当之勇。两军对阵，邢茂手提一把开山大斧，跃马高叫：“何处蟊贼，敢犯我的境界？”只见对面一簇黄旗拥出，诸葛亮羽扇纶巾，羽扇指向邢茂，说道：“我乃南阳诸葛孔明是也，今奉荆州牧刘琦使命，前来招降你等。”邢茂大笑道：“你那不过是自封的荆州牧，我怎么要听你的招降？”手舞大斧，直奔诸葛亮而来。

诸葛亮拨马返回阵中。邢茂冲杀过来，阵势忽然分作两下而走。邢茂遥望阵中一簇黄旗，认定是诸葛亮，一路追赶。转过山脚，黄旗停住，不见了诸葛亮，却见张飞跃马而出，大喝一声，舞动长矛直取邢茂。相战不过几个回合，邢茂气力不支，回马便逃。逃到半路，喊声大震，两边伏兵尽出，当前一员大将，威风凛凛，却是赵云。邢茂进退无路，只得下马请降，被赵云绑到寨中来见刘备、诸葛亮。

刘备喝道："此人虚有其名，留他有何用处？推出辕门斩了！"邢茂磕头如捣蒜，连叫："饶命啊，饶命！"诸葛亮说："你若愿意与我合谋，捉了刘贤，便饶你性命。"邢茂连声承诺："愿意！愿意！"诸葛亮问："你用什么计策捉他？"邢茂说："军师可放我回去做内应。今晚军师调兵去劫他的大寨，我在里面趁机应变，可一举活捉刘贤。只要捉了刘贤，刘度便不战自降。"诸葛亮问："你被我俘虏，而后放归，刘贤怎么能够信你？"邢茂说："军师放心，我熟知刘氏父子的性情，自有巧说应对。"

邢茂回到大寨，将被俘一事原原本本告诉刘贤，说道："我要他来劫寨，你可将计就计，在寨中虚设旗幡，却将兵马埋伏于寨外，待到诸葛亮来时，即可一鼓而擒。"当夜二更，诸葛亮果然派遣一彪军来到寨口放火。刘贤、邢茂从两边奋起喊杀，那彪军闻声便退。刘贤、邢茂赶出十余里，忽然连人影都不见一个。刘贤情知不妙，急忙拨马赶回。只见寨门口火光尚未熄灭，却从寨中钻出一员大将，正是黑脸的张飞。刘贤不敢进寨，带着邢茂往郡城回奔。奔走不到十里，赵云从斜刺里杀出，一枪将邢茂刺倒在马下。背后张飞赶来，刘贤无力招架，正想奔逃，被张飞一把活捉了过去。

诸葛亮责问刘贤说："零陵原本就是荆州的领地，我奉州牧之令招降你等，你怎么敢使计害我？"刘贤哀告说："都是邢茂的坏主意，请军师明察。"诸葛亮就问："我想让你去劝说令尊归降，不知你可愿意？"刘贤连连点头承诺。诸葛亮当即放了他，给他赐酒压惊，派人把他送回城中。刘度就在城上竖起降旗，手捧印绶出城投降。刘备设宴，与刘度叙说家谱，竟然也是同宗。便仍以刘度为太守，却将刘贤收在军中听用。

199. 赵范有一位貌美如花的嫂嫂

诸葛亮于是犒赏三军，又升帐问道：“零陵一郡，已经收复。接下来，何人敢去攻取桂阳？”赵云应答道：“我敢去！”张飞也奋然应答道：“我也敢去！”赵云说：“是我先说的！”张飞说：“你的声音没我大！”诸葛亮便要二人抓阄，抓着阄的去。又是赵云抓着。张飞说：“你能跟我争吗？我只要三千精兵，即可拿下桂阳城。”赵云说：“我也只要三千精兵，准保拿下桂阳城。”

话说桂阳郡太守赵范，听说是威震长坂坡的赵云驾到，心想：“此人能在百万军中进出自如，我怎么是他的对手？”便不由众人劝说，手捧着印绶，出城投降。赵云就在大寨中置酒共饮。酒过数巡，赵范说道：“将军姓赵，我也姓赵。将军是真定人，我也是真定人。虽然没有族谱可寻，但既然同姓、同乡，想来终归是一祖之血脉。如蒙将军不弃，愿结为兄弟。”赵云欣然应允。各叙年庚，二人又是同年，赵云年长四个月为兄，赵范为弟。

次日，赵范又请赵云入城。赵云只带五十骑随从，毅然入得城来。赵范也在郡府中置酒共饮。酒至半酣，赵范忽然请出一位美貌的妇人，给赵云斟酒。赵云惊问道：“此何人也？”赵范说：“乃是家嫂樊氏。”赵云肃然起敬，举杯相敬。就在那眉目相接的一瞬间，赵云也曾有过莫名其妙的慌乱。赵范看在眼里，暗自心喜，且叫樊氏辞归后堂。赵云问道：“贤弟请出令嫂斟酒，不知是何用意？”赵范说：“其中有个缘故。先兄离世已有三年，家嫂也寡居了三年，不肯改嫁。我问她是何缘故。她说，若要再嫁，须得三个条件：第一要文武双全，第二要相貌堂堂，第三要与先夫同姓。你说天下哪有这么凑巧的？刚好遇到兄长。若是兄长不嫌家嫂丑陋，愿许给将军为妻，结为至亲，可好？”

赵云听了，顿时惊疑不定，心想：“民间素有收继婚的传统，兄死则弟收其嫂，弟死则兄收其媳。这樊氏貌美如花，又有百般风情，寡居三年，叔嫂之间怎会没有瓜葛？我初来乍到，却怎好娶一个不清不白的妻子？”便推脱说：“我与你既然结为兄弟，你的嫂子就是我的嫂子，只愿敬她十分，却不敢有半点苟且。”赵范听得一愣，顿时满脸羞愤，说道：“我好意待你，你怎么反来骂我苟且？我跟谁苟且？”顿时拍案而起。赵云只恐他叫人加害，立即拔剑相向，然后大踏步逃出府门，上马出城去了。

话说赵范麾下有两员校尉，一名陈应，一名鲍隆。两人都是猎户出身，陈应善使飞叉，鲍隆臂力惊人。眼见得赵云发怒而去，陈应说：“太守轻易归降赵云，被他小瞧了。”鲍隆说：“既然被他撕破了脸皮，索性与他厮杀一场。”赵范感叹说：“只怕赢他不得。”鲍隆说：“我两个先去诈降，等到太守与他对阵时，我便在阵上突然拿住他。”当夜两人带了数百人来到赵云寨前叫门，相告于赵云说：“赵范使用美人计，只等把将军灌醉，便谋杀于那樊氏的温柔乡中。我二人见他计谋不成，唯恐受到连累，因此赶来投降。”赵云何等精细，佯装欢喜，置酒款待，叫他二人大醉，叉也飞不起，臂也使不动；一面拿下兵丁拷问，果然是诈降。

当即斩了陈应、鲍隆，对众兵丁说：“要害我的，是这两个混蛋，却不关你们的事。你们只要按我的计划行事，都有重赏。”便叫众兵丁引路，连夜到桂阳城下叫门，说是陈、鲍二将杀了赵云回城。赵范在城上看见是自家人马，急忙出城来迎。不想赵云自领一千精兵在后尾随，见到城门一开，便呐喊着杀入城来，将赵范围困在墙角，活活地捉住。

次日，刘备与诸葛亮也到了桂阳。赵云吩咐左右，将赵范推到台阶下。诸葛亮询问前情，赵范将以嫂许嫁之事叙说了一遍。诸葛亮说：“昔日屈子唱作《九歌》，极赞山鬼之美。我看那樊氏，窈窕善柔，明眸善睐，美艳不让山鬼。赵将军却因何拒绝？”赵云说：“樊氏虽美，但我初到桂阳，不敢为她耽误了主公的大事。”刘备说：“今日大事已定，我给你做主，就娶她为妻，如何？”赵云心有芥蒂，仍然不肯。刘备只得向赵范苦笑道：“你家嫂子虽然美艳，奈何与赵将军无缘。”于是亲自为赵范松绑，仍令他为桂阳郡太守。

200. 在长沙城外大战黄忠

话说张飞见赵云取了桂阳，也跟诸葛亮要了三千精兵来取武陵。武陵郡太守金旋出战，与张飞交战三个回合，大败回城，却被叛将巩志在城上一箭射中他的面门，翻身倒在马下。张飞因此取了武陵。

消息传回荆州，关羽便坐不住了，叫道："子龙取了桂阳，翼德取了武陵，剩下一个长沙，也该轮着我来。"于是写信给刘备，要赵云回去值守荆州，自告奋勇来取长沙。诸葛亮接着关羽，说道："关将军武艺高强，但这长沙城中有一员老将，姓黄，名忠，字汉升，虽然年近六旬，却有万夫不当之勇，不可轻敌。"关羽冷笑道："军师何故长别人的锐气，灭自己的威风？量他一个老卒，能有几斤勇气？子龙取桂阳用的三千精兵，翼德取武陵用的三千精兵，我只需本部五百名校刀手，定然斩了那黄忠的脑袋，来献给军师。"刘备大惊道："以五百名校刀手挑战长沙郡城，岂不是杯水车薪？云长不可儿戏！"关羽不听劝说，仍旧只带五百校刀手而去。

话说关羽来到长沙城外，校尉杨龄出战。关羽冷眼相看，心想："此人年纪轻轻，必然不是黄忠。"也不问话，只等杨龄来时，忽然纵马来迎。不过三个回合，手起刀落，将杨龄砍于马下。败军退回城中，过不一会儿，又出来一员老将。关羽便横刀立马问道："来将莫非是传说中的黄忠？"黄忠回答："竟然知道我的名字，却怎么好意思兵戎相见？"关羽说："我来取你的脑袋！"黄忠回答："你这么说，是不是太不客气啦？"两马交锋，你来我往。关羽使一把青龙偃月刀，黄忠使一把凤嘴刀，两人俱是刀法娴熟，大战一百多个回合，不分胜负。眼看到了黄昏，长沙城上鸣金收兵。关羽也只得收拾好兵马，返回寨中。

当晚，关羽夜不能寐，心想："老将黄忠，果然名不虚传。相斗一百多个回合，竟然全无破绽。明日我得要用计赢他。”当时想出一计，叫作拖刀计。次日又到长沙城外挑战，黄忠从吊桥那边飞马而来，两人又是五六十回合。战到惊心动魄之处，两军齐声喝彩。关羽忽然一个闪失，拨马便逃。黄忠在后，紧追不舍。关羽暗自得意，正要回头一刀砍去，只听得身后一声响。回头看时，原来黄忠那马前了失蹄，顿时将他掀翻在地。关羽回马，俯看黄忠，喝道：“我且饶你性命！快去换一匹马来战！”黄忠满脸羞惭，急忙拉起那马，走了几步，这才重新翻身上去，回城而去。

话说长沙郡太守韩玄在城楼上观战，见关羽不杀黄忠，心中狐疑。等到黄忠回来，问道：“老将军久经战场，怎么出了这么大的闪失？”黄忠感叹说：“人生就是如此，时常发生意外。”韩玄便将自己乘坐一匹青马赠送给黄忠，说道：“你的箭法精到。明日再战时，也可设法一箭射杀了他。”黄忠谢了韩玄，一路寻思道：“难得关羽如此义气！他既然不忍心杀我，我又怎么忍心射他？”回到家中，喝了一顿闷酒，踌躇不定。

第三日再战，又是三十多个回合。这回轮到黄忠诈败，关羽在后追赶。只因顾念昨日不杀之恩，黄忠不忍心使箭，便带住刀，把弓拉满，却是一声虚响。关羽急忙躲闪，却不见羽箭飞来。关羽又追，又是一声虚响。关羽急忙又躲，又不见羽箭飞来。追赶到吊桥，只见黄忠立马在桥上，搭箭开弓，弦响箭到，正好射中关羽的盔缨。关羽吃了一惊，方知黄忠有百步穿杨之能；今日只射盔缨，乃是为了报答昨日的不杀之恩。

那黄忠刚刚回城，韩玄便喝令左右拿下。黄忠叫道：“太守这是何意？”韩玄冷笑道：“我看了三日，你骗不了我！第一日，你并不用心力战。第二日，他不杀你。今日你两次虚拉弓弦，第三箭却只射他的盔缨。两军交战，生死搏命，你们两个呢？究竟在做什么？分明是外通内连，却做戏给旁人看。我若是不杀了你这种人，后必为患！”喝令刀斧手推下城去斩首。众将都来求情，韩玄说：“但有求情者，同罪！”

刀斧手刚刚把黄忠推搡到城下，举刀就要砍杀。一位大汉忽然赶到，一脚踢开刀斧手，救起黄忠，叫道：“黄老将军乃是长沙的人瑞，怎能被你杀害？韩玄刻薄不仁，何不除之而后快？都随我来！”此人面如重枣，目若朗星，乃是猛将魏延。刘备那日经过襄阳，便是他反出城门，与文聘大战一场。只因回头找不见刘备，便来投奔韩玄。韩玄又厌恶他的傲慢自负，不肯重用，因而埋没于此。

当时魏延救下黄忠，振臂一呼，相从者一百多人。黄忠急忙阻拦，却哪里拦得住？魏延便直杀上城头，一刀砍了韩玄，提头上马，出城来见关羽。关羽大喜，于是入城安民。又请黄忠相见，黄忠托病不出。过不几日，刘备和诸葛亮也到了长沙，又跟着关羽亲往黄忠家来相请。黄忠这才答应归降，并请求将韩玄厚葬。诸葛亮赞道：“黄忠名实相符，真是一个忠厚的人哪！”

关羽又引荐魏延，诸葛亮却喝令刀斧手推出去斩首。刘备惊问道：“魏延有功，军师为什么要杀他？”诸葛亮说：“此人存心不仁，只知道怨恨，却不懂得做臣子的职责。似这种不忠不义之徒，虽然献城有功，久后却必成大患。”刘备说：“军师说得对。但若是杀了此人，只怕降者人人自危，请军师三思。”诸葛亮反复拿捏，只得作罢。于是改任刘磐为长沙郡太守，带领黄忠、魏延返回荆州。

四郡原本是鱼米之乡，既得平复，刘备便有钱粮物资供应，从此气象一新。又制文改油江口为公安，每年端午节祭祀屈原。

第五十章

入赘东吴做女婿

婚姻是一种爱的契约。准确地说，是你需要爱，我给你爱，但你需要为此付出承诺和代价。这样的契约关系其实就是一种政治，小到一男一女，大到两个家族或者国家。而缔结和维系契约关系的过程，则是另一种形式的战争。

在招赘刘备和刘备入赘东吴做女婿这件事情上面，孙权和周瑜有自己的盘算，刘备和诸葛亮也有自己的盘算。尽管整个过程颇具喜剧色彩，说内心话，我并不喜欢这样的斗智斗勇，因为真正的爱情应该是单纯和单向度的，是其中一个人或者两个人彼此之间，愿意像太阳那样单向度和无条件地付出自己的爱。但我非常愿意祝福刘备和他的孙夫人，能够在此后两情相悦或者相恶的婚姻关系中，最终学会彼此相爱。

201. 荆州城的权属问题

话说人间福祸无常，眼看要到赤壁大战一周年，公子刘琦却终于因病薨逝。刘备满心忧愁，说：“公子虽死，后事却难以料理。尤其麻烦的是，东吴若来讨要荆州，不知如何对答？”诸葛亮说：“主公不必担忧。东吴若是来人，我自有随机应变的妙计。”刘备这才稍安。岂料祸不单行，相隔没几日，甘夫人又忽然撒手人寰。刘备不胜悲伤，一连多日无法理政。

甘夫人芳名甘梅，出身贫寒。村里的老人看了她的面相后说：“这个女孩长大后必定身份尊贵，命中注定她会到皇宫去居住。”等到她长到十八岁时，她的肤白貌美，让刘备惊艳了无数个日夜。后来有人仿照甘夫人的模样，制作了一尊三尺高的玉美人，赠送给刘备。白天，刘备忙碌于军政，晚上便在帐子里与甘夫人和那尊玉美人亲昵。甘夫人批评刘备玩物丧志，说：“当初子罕不以美玉为宝，因此被人们赞为君子。如今你玩弄这种妖物，只会心生荒淫惑乱。我希望你以后不要这样。”刘备听得惭愧，便叫人把玉美人搬走。人们听说此事，都赞叹甘夫人是一位“神智妇人”。

甘夫人以后，又有糜夫人。糜夫人芳名糜苳，不似甘夫人那么柔顺，却有着如火的热情，与甘夫人情同姐妹。刘备从徐州到荆州，一路颠沛流离，却有两位贤惠夫人相伴，堪称是苦难中的极乐。如今事业才有转机，两位夫人却先后香消玉殒，岂不是叫刘备伤痛欲绝？

又过了半月，东吴探知公子刘琦薨逝的消息，特派鲁肃前来吊丧。刘备、诸葛亮接着鲁肃，陪同他到刘琦墓前行祭拜礼，又回来置酒相待。鲁肃说：“前时跟皇叔和卧龙先生说过，公子若是不在，就要把荆州城归还东吴。如今公子已然薨逝，不知皇叔几时可以交割？”刘备支吾说：“先生且先饮酒，再容商议。”

鲁肃勉强饮了几杯，忍不住又开口相问。刘备不好回答，诸葛亮却变了脸色，说："子敬兄好不通情理。公子刘琦刚刚薨逝，荆州军民无不悲伤，你趁机上门来讨债。你，你，你，你说你于心何忍？又哪里是仁人君子的做派？"鲁肃顿时脸红，回答说："并不是我趁人之危。只因这是关系东吴的大事，我也不敢擅自做主。孙权将军既然派我前来，我若是拿不回荆州，总得拿个说法回去。"诸葛亮叹了一口气，说："子敬兄是个厚道人，我们也不愿为难你。请你回去告知孙权将军，说刘皇叔因为公子刘琦薨逝，悲伤难以释怀。近日又薨逝了甘夫人，心中越发是雪上加霜。荆州城的权属问题，且容日后再议。"鲁肃抗议说："荆州城的权属问题，不容讨论。我此来就算拿不回荆州，总得拿一张借条回去复命。"

刘备就问："你要什么借条？"鲁肃说："你在借条中说明，暂借荆州居住，日后必定归还。"刘备是个仁义的人，也不弄奸要滑，当即满口答应。诸葛亮阻拦不及，只得由着他亲笔书写一纸借条，又郑重其事地签了字、画了押。鲁肃又问："皇叔估算何时能够归还？"诸葛亮唯恐刘备失言，抢先说道："在归还荆州之前，须得另寻一块地做基业。"鲁肃便问："可有计划？"诸葛亮回答说："或是中原，或是巴蜀。一旦得取，即可送还荆州。"

鲁肃便收好借条，从长江中泛舟而回，顺路到柴桑去见周瑜。周瑜问："荆州之行如何？"鲁肃说："讨得借条在此。"周瑜看得叹气，说："子敬兄又中了诸葛亮的诡计！他名为借地，其实是要赖。他说取了中原、巴蜀便还，中原、巴蜀是那么好取的？假如他十年取不得，便十年不还？二十年取不得，便二十年不还？这样的借条，要着又有何用？"鲁肃呆了半晌，说："依大都督之见，如何是好？"周瑜说："还是要务实，把荆州及时要回，捏到我们自己手中。"

202. 吕范上门来提亲

话说周瑜设宴款待鲁肃，听鲁肃叙说荆州故事，忽然惊觉道："你刚才说刘备没了甘夫人,可是真的?"鲁肃说:"刘备悲痛得不行,还能有假?"周瑜大笑道："我有一计，要他刘备束手就擒，荆州唾手可得！"鲁肃问："你打算怎么做?"周瑜说："刘备死了老婆，必然要续弦。孙权将军有一个妹妹，长得那叫一个英俊，和吴国太一起住在丹徒。你可拿着我的书信去见孙权将军，叫人去荆州为媒，要刘备来丹徒接亲。只要刘备敢来，便可拿在狱中。曹操挟天子以令诸侯，我却是挟刘备以令荆州。到了那时,诸葛亮纵然浑身是计,也得乖乖地答应我们，用荆州城来换刘备的性命。"

周瑜写了书信，派人用快船送往丹徒。先说借荆州一事，孙权大怒道："哪有这种借法？子敬兄，你好糊涂！"鲁肃说："大都督有书信在此，说可用一计取回荆州。"孙权看得点头，寻思可派谁去提亲。鲁肃说："吕范有长者之风，又懂得排场，何不派他去?"于是召来吕范，以使命相托。吕范便收拾好船只，带着从人，往荆州而来。刘备那边，听说吕范到来，颇有些诧异。诸葛亮说:"前头才走一个鲁肃，后头又来一个吕范。不用说，一定是为借荆州一事而来。主公只需支吾支吾，我却在屏风后面听着，先看他是何动向，再做决策。"

刘备便亲自到岸边来迎，接入城中。吕范说："我虽是初来荆州，却给皇叔带来一件天大的好事。"刘备莫名其妙，笑问道:"却不知是什么好事?"吕范说："听说皇叔失偶，有一门好亲，想说与皇叔。"刘备说："中年丧妻，人生之大不幸也。奈何旧爱骨肉未寒，怎么忍心去结新欢?"吕范说："孔子有言，妻也者，亲之主也。男人若无妻子，便恰如房屋四处透风，凄冷而无主。我家主公有一个妹妹，长得俊美贤惠，说与皇叔为妻，可好?"刘备大感意外，谦退说："我年近半百。你看，鬓发都有些斑白了。孙权将军的妹妹，却正当妙龄。恐怕不是匹配。”吕范说：“从前叔梁纥娶征在，叔梁纥六十六岁，征在十六岁，生下一个圣人，便是孔子。皇叔比起叔梁纥，是年轻有为的英雄。我家主公的这个妹妹比起征在，是江东贵族的美女。英雄与美女，哪有不匹配的道理？况且孙刘两家联姻，叫曹操不敢正视东南，也是合则双赢的好事，请皇叔不要犹豫。”刘备便有些心动，问道：“此事孙权将军知道吗？”吕范说：“我家主公若不知道，我怎么敢瞎说？”刘备说：“先生且到馆驿歇息，请容我深思。”令左右将吕范送往馆驿。

回头又来问诸葛亮：“东吴忽然以美女相许，是什么用意？”诸葛亮说：“无非是想把主公赚到东吴，然后劫为人质。”刘备惊问：“却如何拒绝？”诸葛亮说：“这样的美事，拒绝他做什么？若是真能把他妹妹娶回荆州，看他怎好意思再来讨要？”刘备说：“既是东吴设的圈套，怎么能够轻易娶回？”诸葛亮说：“我刚才为主公占卜，抽得一支上上签。主公只管答应，准保逢凶化吉。”又说：“吕范此来，算是女方的媒人。主公这边，也得去一个媒人。两边说合了亲事，选好了吉日，主公才可以去迎亲。”于是派孙乾为媒，随同吕范去见孙权。

孙乾去而复返，回报刘备说：“孙权的这个小妹，芳名仁，取字尚香，长相俊美而有英姿。据说吴国太怜爱幼女，不肯让她远嫁。孙权因此要求主公到丹徒就婚。”刘备有些发呆，说：“我若到东吴入赘，岂不是要我抛弃荆州的事业？”诸葛亮说：“这有何难？主公且先到东吴做了女婿，然后设法回来就是。”又说：“此事须得请子龙将军陪伴主公前去。”便叫来赵云，吩咐说：“我给你三个锦囊，每个囊中有三条妙计，你只要依计而行，便可保护主公与美女平平安安地携手归来。”即将三个锦囊，交付给赵云贴身收藏。

203. 诸葛亮的第一个锦囊

建安十四年冬十一月，刘备将荆州托付给诸葛亮，带着赵云、孙乾和五百名亲随，乘着十艘快船，往丹徒进发。到达丹徒岸边，赵云心想："军师给我三个锦囊，先打开第一个来看。"看得莞尔一笑，然后吩咐随行五百亲兵，一个个披红挂彩，入城置办物品，逢人便说刘备到东吴做女婿的事。不需半日，便成了丹徒城中街谈巷议的大新闻；刘备也有任务，第一个要去拜见的，就是桥国老。

那桥国老原名桥蕤，本是袁术麾下大将，一生戎马倥偬，却也阅人无数。生有两女，一曰大桥，一曰小桥。当年只因赏识孙策、周瑜两员小将，便将两女嫁给孙策、周瑜为妇。后追随孙策征战江东，在丹徒县樵山遇见隐士焦光，说得三言两语，便舍弃了鞍马争斗，定居在丹徒。却想不到若干年后，女婿孙策一家成为了东吴的主人，丹徒又成为了东吴的京都。

话说刘备牵羊担酒，前来拜见桥国老，叙说吕范为媒、入赘东吴之事。桥国老开怀而笑，说道："婚姻，人生之大喜事也，愿意为皇叔主婚、赞礼。"刘备再三敬谢。谢过之后，刘备自回馆驿，桥国老却是兴致勃勃，赶来向吴国太贺喜。吴国太问："何喜之有？"桥国老说："令爱不是许配给了刘备吗？而今刘备已到丹徒，你又何必再瞒着呢？"吴国太吃了一惊，说："老身确实不知此事！"一面派人去寻找孙权，一面派人到城中探听风情。

到城中探听风情的人回报说："果然有此事。女家的媒人是吕范，男家的媒人是孙乾。女婿已经到了馆驿，五百亲兵都在城中购买准备成亲的物品，把一条街的屠门都买光了。"吴国太惊得瞠目结舌，半天做声不得。过不一会儿，孙权来到后堂，吴国太捶胸大哭。孙权问："母亲这是为何？"吴国太劈头便责问道："你眼里还有我这个母亲？"孙权一愣，反问道："母亲为什么这样说？"吴国太说："男大当婚，女大当嫁，你为妹妹招亲，也是合情合理。但你为什么要瞒着我这个做母亲的？"孙权大惊，脱口说道："哪有此事？"吴国太说："你把刘备招来做女婿，满城百姓，无人不知，无人不晓，偏偏就瞒着我！"桥国老说："老夫也是听到消息，特来贺喜。"

孙权只得坦白说："这其实是周瑜的计谋。只为要取回荆州，因此用婚姻为诱饵，把刘备赚到东吴拘禁，要诸葛亮用荆州来换；如若不从，便斩了刘备。却不是真的把妹妹嫁给他。"吴国太大怒，骂道："好一个龌龊的周瑜，竟然用我的女儿使美人计！杀了刘备，我女儿便是望门寡，明日再怎么说亲？岂不是耽误了我女儿的一生？你这个做哥哥的，也这么把妹妹不当人看？"桥国老也说："是啊。纵然用此计取得了荆州，也会被天下人耻笑，怎么行得！"孙权听得默然无语。

吴国太就问桥国老："事已如此，如何是好？"桥国老说："不如真个招他为婿，免得出丑。刘皇叔乃是皇室宗亲，却也门当户对。"孙权说："他的岁数，比我还大，怎么能做我的妹婿？"桥国老说："我昨日见到刘皇叔，相貌堂堂，一表人才，倒也不会委屈了令妹。"吴国太说："那我也要见见他。就约着明日在甘露寺相见。若是中了我的意，由我做主，把女儿嫁给了他，成就一桩良缘。若是我不中意，你们想怎么办就怎么办。"

孙权是个孝子，母亲又说得有理，只得应承。出来便吩咐吕范前往甘露寺方丈设宴。吕范说："何不就在方丈外面埋伏三百名刀斧手？国太中意也就罢了；若是不中意，一声号令，就地将他拿下，免得再生风波。"孙权点头称是。

204. 吴国太看女婿，越看越欢喜

次日早晨，吴国太、桥国老到了甘露寺，坐在方丈里饮茶说话。孙权先派吕范到馆驿去请刘备，自己随后也到甘露寺来陪伴母亲。过了半个时辰，听得外面有人叫喊："来了！来了！"孙权出来看时，只见一人，生得阔脸大耳，相貌堂堂，身穿棉袍，带着一队随从上山而来。孙权料知是刘备，心中顿起畏惧之意。

两人相见，互相叙礼，然后到方丈来见吴国太。吴国太反复端详，回头对桥国老说："还真是我的女婿！"桥国老笑道："国太这真是'丈母娘看女婿，越看越欢喜'！"吴国太听得满脸欢颜，吩咐刘备就座，就在方丈之中共宴。过不一会儿，赵云带剑而入，侍立在刘备身后耳语。吴国太问："此是何人？"刘备回答："常山赵子龙是也。"桥国老问："莫非是血战长坂坡的赵云？"刘备回答："正是。"吴国太赞道："真名将也！"赐酒与赵云，所有人等，一起共饮。

饮尽杯中酒，赵云便在刘备耳边说道："我刚才在四周巡视，发现有刀斧手埋伏。可告知于国太。"刘备大惊，当即跪在吴国太跟前，诉求说："是有人要杀我吗？请就在这里动手吧！"吴国太问："你这是什么意思？"刘备说："四周埋伏刀斧手，难道不是为了杀我吗？"吴国太大怒，责骂孙权："刘备已经是我家的女婿，既是我的儿女，也是你的亲人，你埋伏刀斧手在四周干嘛？"孙权推说不知，吩咐左右去叫吕范。吕范也推说不知，喝斥刀斧手尽数退去。

酒过数巡，孙乾唯恐刘备醉倒，用目光劝阻。刘备便推辞说："我已不胜酒力，请各位饶恕！"吴国太说："喝酒为了豪情，不喝酒为了健康。健康要紧，不喝也罢。"刘备谢过，退出方丈，到外面醒酒。孙权也出来陪伴，二人并立，观看风景。只见刘备指点江山赞道："此真乃天下第一江山也！"孙权笑道："都是

妹婿有情,因此看作是天下第一江山。”至今甘露寺仍有“天下第一江山”石刻。

刘备又走向山头，孙权跟随在后。只见江风浩荡，波浪翻涌，一叶小舟出没于风波之中。刘备叹道：“北人乘马，南人驾船，这也是造化啊！”孙权笑道：“你这么说，是小瞧我不会乘马吗？”令左右牵过马来，翻身上鞍，飞下山去，然后又快马加鞭飞上岭来，说道：“你且看看，我们南人能不能乘马？”刘备也是兴起，也要过一匹马来，撩起衣袍，翻身上鞍，飞走下山，飞奔上岭。二人立马在山坡之上，扬鞭大笑。至今山后两面云崖夹峙之处，犹名“驻马坡”。

205. 洞房里的娘子军

话说孙权从甘露寺回来，心神不宁，便写了一封信，差人送给周瑜，说:“我母亲做主，不由分说，要将小妹嫁给刘备。公瑾兄的计谋，只能弄假成真。请问如之奈何？”

周瑜大惊，一夜坐卧不安，折腾到黎明，写了一封回信给孙权，说道:“既已弄假成真，只能将计就计。我的意思是说，与其让刘备在外做一个枭雄，不如让令妹把他困在温柔乡里。主公应该趁此机会,为他布置宫室,多送珍宝玩好，让他两口子沉湎于欢乐，不思兵戎。如此天长日久，他与东吴便情深，与荆州便疏远。如此便可趁机将荆州收入版图，将关羽、张飞、诸葛亮收入麾下。这是一条化干戈为心腹的妙计，请主公深思。”孙权看了回信，又给张昭看。张昭说:“公瑾的计谋，我以为确实妙极。刘备虽然是皇叔，却出身贫寒，又大半生奔走天下，而今让他尽情享受美女和富贵，他哪里还会再顾兵戎之苦？待到明年此时，令妹再给他生个一男半女，他便越发受到羁绊，自然与关羽、张飞、诸葛亮疏远，然后荆州即可被我所图。”孙权大喜，即日清理出一座宅院，又广栽花木，陈列珍奇，布置一新，送给妹妹，作为他们新婚的府第。吴国太只道是孙权做哥哥的好意，欢喜得不行。

准备停当，便大设筵席，安排两位新人结亲。桥国老主婚、赞礼，刘备与孙夫人拜天拜地拜岳母。众人都来贺喜，到晚上才散。两行宫灯，接引刘备进入洞房。忽见两边刀枪排列,在灯火中隐隐发出寒光。仔细一看,却哪里是侍女?分明是两队娘子军！当时便吓得刘备胆颤心惊。管家婆看着好笑，解释说："姑爷不要害怕。只因夫人自幼好习武艺，常令侍女们以骑马击剑为乐事，所以才有这样的风格。"刘备说："兵者，凶事也。今天是大喜之日，我看着害怕，可暂且撤去。"

管家婆便来禀报孙夫人。孙夫人怡然一笑，说道："我听说他的事迹，已经厮杀了半生，怎么还会害怕兵器呢？"下令侍女们解除兵器，改换燕居的女服。刘备入得洞房，见红烛下孙夫人一张俏脸，分外娇媚。当夜便共度巫山云雨，男欢女爱，两情相融。

次日起床，刘备即将金帛礼物分赐给一众侍女。又跟着孙夫人来拜见吴国太，极尽礼数。吴国太满心都是欢喜，三天两头，都要请两口子过去赴宴。丹徒城中，人人夸赞，真是一桩美满姻缘。

第五十一章

荆州牧与南郡太守之间的政治玄机

婚姻最奇妙的作用，就是把一男一女捆绑成一个命运共同体。诸葛亮深谙人性，早在吕范提亲之时，就已经算定了孙夫人将会萌发的心愿。因此，无论孙权和曹操怎样玩弄权谋，最终都没能改变孙夫人要不顾一切地跟着刘备返回荆州的事实。

---

206. 一件锦袍的激励作用

话说曹操自赤壁大战一败，惟恐朝中反曹派煽动皇帝政变，急忙赶回许都弹压局势。又亏得张辽守住合淝、夏侯惇守住襄阳，孙权、刘备始终不能北进，中原于是得以保全。与此同时，他也深为人才的问题所困扰：有道德操守的人，似乎总是不愿意听他的话，甚至会非议他、反对他。他认为道德是一个莫名其妙和说不清楚的问题。很显然，他厌恶那些空谈道德的人。

他于是发布了那篇著名的《求贤令》，说道："像孟公绰这样洁身自好的人，也许可以做一个让人放心的家臣，但连滕国、薛国这种小国家的行政长官都做不来。假如一定要任用道德廉洁的人，齐桓公怎么可能称霸于天下呢！假如世界上真有像姜子牙那样有才能的人，哪怕他曾经偷过女人、收受过贿赂，也请你们推荐给我，让我能够得到并任用他们。"事实证明，那些不讲道德的人才，更容易受到他的诱惑和激励，也更愿意讨好他和听他的话。毫无疑问，《求贤令》在朝野内外造成了极大的震动，并很快改变了整个朝廷的政治空气。人们迅速转向务实和听话，但这正是他所需要的。

建安十五年春，已经被人们传说多年的铜雀台终得竣工。它濒临漳河，看上去何其巍峨宏伟。是日，曹操在铜雀台大会文武。朝中百官，或趋之若鹜，或不敢不从。只见曹操头戴镶嵌宝石的金冠，身穿绿锦罗袍，腰系玉带，脚踏珠履，浑身珠光宝气，凭高而坐；众文武穿红着绿，如彩云聚集，都在台下侍立。

宴会之前，先比试弓箭。将红锦战袍一件，挂在柳树枝上。柳树下设置一座箭垛，以百步为界。分武官为两队，曹氏与夏侯氏都穿红，其余将士都穿绿，各自手挽雕弓、背负长箭、坐在鞍马之上，听候指令。曹操传令说："但有人能射中箭垛红心的，即能获得锦袍；如果射不中，罚水一杯。”

红袍队中，一匹黑马骤然跃出，乃是少年将军曹休。只见曹休在场上往来奔驰了三次，扣上箭，拉满弓，一箭射去，正中红心。顿时金鼓齐鸣，众人喝彩。曹操在台上望见，赞道：“这是我们家的千里驹啊！”就要派人去取下锦袍，赏赐给曹休。却又见绿袍队中飞出大将文聘，叫道：“丞相是大家的丞相，暂且留下他的锦袍，先看看我们这些外姓人的弓箭！”只见文聘拈弓纵马，一箭正中红心。在一阵金鼓齐鸣和喝彩声中，文聘大声叫道：“锦袍有主，快快拿来！”

只见红袍队中，又飞出了曹洪，厉声叫道：“你凭什么夸口？让我射给你看！”拉满弓，一箭射去，也中红心。喝彩声中，绿袍队里又飞出了张郃，叫道：“你们三个人的射法，不足为奇，来看我的！”只见他左手挽住雕弓，却把右手反在背部拉弦，一箭也中红心。众人齐声大赞：“好射法！”张郃洋洋得意，叫道：“锦袍就应该是我的！”

话音未落，红袍队中又飞出了夏侯渊，大叫道：“那有什么好奇怪的？都来看我怎么射中红心！”提马冲向箭垛，忽然又转头折回界口，再转头一箭射去，正好射在前面四支箭当中。在金鼓齐鸣声中，夏侯渊勒马大叫道：“这一箭可否夺得锦袍？”绿袍队里，一员大将应声而出，大叫道：“徐晃在此，且留下锦袍！”夏侯渊问：“奇怪，难道你有更巧妙的射法吗？”徐晃说：“你们能够射中红心，不足为奇，且看我直取锦袍！”一箭射去，正好射断柳树的枝条，那锦袍恰如一团红云坠下地来。徐晃飞马迎上去接着，披在身上，转向台前大声叫道：“多谢丞相的锦袍！”曹操与众人无不赞叹。

不料徐晃正要勒马而回，却从台边蓦然跃出许褚，大叫道：“你强夺锦袍往哪里去？快快留下给我！”徐晃问：“谁要强夺？锦袍已经披在我身上，谁要强夺？”许褚不再说话，只管飞马赶来。徐晃眼看许褚靠近，就用铁弓打他。许褚一手抓住铁弓那端，把徐晃拖离鞍鞒。徐晃情急之间只得放弃了铁弓，翻身落在马下。许褚下了马，揪住徐晃厮打。众人慌忙上来解劝，那件锦袍已经被扯得粉碎。

曹操在台上看得哈哈大笑，对身边钟繇说道：“众人为我一件锦袍争斗，真是可堪激励啊！”钟繇回答说：“礼者，士之所归。赏者，士之所死。丞相有礼有赏，众人连死都会争，又岂止是一件锦袍呢？”曹操听得越发得意，令许褚和徐晃都上台来。只见许褚睁眉怒目，徐晃咬牙切齿，犹有相斗之意。曹操笑道：“我赞赏的是你们的忠勇，怎么会怜惜一件锦袍呢？”便叫众将都上台来，各赐一匹上好的蜀锦。众将纷纷称谢。

弓箭完毕，便是宴会。文官武将轮番敬酒，觥筹交错。酒过数巡，曹操说道：“武有骑射，文有诗赋。诸位都是饱学之士，为什么不用诗赋吟颂今天的胜事呢？”于是，王朗、钟繇、王粲、陈琳等一班文官，都来吟诗作赋，都是一些称颂曹操丰功懿德之类拍马屁的话。更有人奉承说，以曹丞相的德勋，理应承受天命，自为皇帝。曹操听得心花怒放，笑得眼泪盈眶。

笑过了，却又正颜说道：“诸位过誉了。我原本是一个顽劣的男孩，却没想到被举为孝廉。我那时候的愿望，只想做一个郡太守，却又没想到被征为典军校尉。我那时候又想，此生也许可以在我的墓碑上篆刻‘汉故征西将军曹侯之墓’十个大字。从那时候起至今，我先后征讨董卓、清剿黄巾、扫除袁术、俘获吕布、歼灭袁绍、收复刘表；天下三分，我已平定其二。假设国家没有了我，真不知道会有多少人像袁术那样称帝称王。有些人见我权大势大，总是怀疑我做皇帝的野心。不，我绝没有这样的野心。我现在的想法，是做一个像周文王那样有大德于天下的人。”众人一起举杯称颂道：“丞相钜人长德，即使是周文王也比不上啊！”

207. 荆州牧与南郡太守之间的政治玄机

话说曹操正在欢宴，兴致勃勃，想要写一首《铜雀台诗》。忽然接到荀彧寄来的书信，便要程昱诵读。信中说道：“荆州江南诸郡，大半归属刘备。孙权以亲妹许嫁刘备，让刘备做了东吴的女婿。今东吴使者华歆已到达许都，奏请刘备为荆州牧。”曹操听得手脚慌乱，连毛笔都掉到了地上。程昱问道：“丞相何故如此失惊？”曹操说：“刘备，人中之龙也，生平未尝得水。如今让他得到荆州，犹如困龙得到大海，我怎能不惊心动魄呢？”顿时兴致索然，便罢了宴会，各自散去。

一连数日，曹操都是闷闷不乐。程昱也是连日思虑，忽然灵光一闪，想得一条计策，赶来问曹操说：“丞相可知道华歆来意吗？”曹操摇了摇头。程昱说：“一山不容二虎，孙刘联姻，不过是一场斗智斗勇的把戏。如果我猜得不错，孙权不久就会攻取荆州。但孙权之所以派华歆来表荐刘备为荆州牧，其一是为了表示他的友好，以迷惑刘备；其二也是做给丞相看，仿佛孙刘已经结成牢不可摧的联盟，以免丞相乘虚去攻击他的后方。”曹操连连点头说：“你说得对！”程昱说：“我有一计，可使孙、刘两家自相残杀，丞相即可坐收渔翁之利。”曹操问是何计？程昱说：“孙权所依仗的，无非是程普和周瑜。丞相可令周瑜为南郡太守、程普为江夏太守，让周瑜、程普与刘备争利，彼此互为仇敌，我则相机而动，岂不是妙计？又把那华歆留在朝中重用，东吴的虚实，则尽在丞相的掌握之中。”曹操大喜，赞道：“果然是一石二鸟的妙计！”

话说曹操返回许都，召见东吴使者华歆。华歆，字子鱼，平原国高唐县人氏。早年与管宁同窗，与管宁共称一龙，华歆为龙头，管宁为龙尾。某一日，两人在园中锄草，管宁看到一块金子，随手扔在地边，依然挥锄如故。华歆却跑过去捡起来，很是惊喜；回头看看管宁，心中不免惭愧，只好又把金块扔回原地。又过了一些时日，两人坐在一起读书，屋外有大官的车驾经过，引起人们的围观和喧闹。管宁依然专注于功课；华歆却丢下书，趴在窗口张望。等到华歆回来，管宁用刀子把席子割开，与华歆分席而坐，并且对华歆说：“你其实不是我的朋友。”中平六年，大将军何进主政，华歆被征召为尚书郎，而后就任豫章郡太守。兴平二年，“小霸王”孙策征讨江东，华歆望风归降，于是被奉为上宾。此次见到曹操，有问有答，果然是名不虚传的饱学之士。曹操甚是欢心，当即将华歆留在许都任用，封为大理少卿。

曹操又制文委任周瑜为南郡太守、程普为江夏郡太守，派人送往东吴。许都与荆州之间不通谍报，却有谍报从东吴辗转送到荆州。诸葛亮闻讯，勃然大怒道：“好个曹贼，竟敢自比为周文王！当今皇帝何其善良，竟然被他拿来与商纣王并论！”掐指算来，曹氏父子十年之后必然要篡位做皇帝，不由得心中满是忧愁。伊籍说：“曹操用心险恶，委任周瑜做南郡太守。荆州城原本是南郡的治所，主公又给东吴写了借条，周瑜必然要来索取，不知如何是好？”诸葛亮说：“这事倒是好办。只要主公返回荆州，便可逢凶化吉。”伊籍说：“他陷在温柔乡里，怎么脱得了身？”诸葛亮说：“我早有锦囊妙计托付给赵云将军。赵将军做事精细，必然不会辜负于我。”

208. 诸葛亮的第二个锦囊

话说赵云带着五百亲兵住在丹徒，每日无事，只以操练为乐。眼看冬去春来，赵云忽然记起：“军师给我三个锦囊，叫我登陆丹徒时开第一个，待到春暖花开时开第二个，临到危困之时开第三个。说是用这三条计策，可保主公平安回家。我来拆开第二个锦囊，看看是什么言语？”拆开一看，心中顿时明白，径自来见刘备。

刘备听到侍女通报，立即请进。赵云问道：“主公自新婚以来，已经度过了三个蜜月，难道不想荆州吗？”刘备问：“有什么事大惊小怪的？”赵云说：“今早军师寄来书信，说是夏侯惇从襄阳举兵南下，周瑜在江东亦是蠢蠢欲动，荆州情势危急，请主公赶紧返回。”刘备说：“我也听说，曹操委任周瑜做了南郡太守。孙曹两家这样勾结起来，荆州情势确实不妙。”赵云大吃一惊，心想：“原来军师三月前已算出今日的大事。”问道：“主公既然已知大事不妙，须得赶紧起程，以免迟误。”刘备说：“你且暂去，我自有主张。”

送别了赵云，刘备回头对孙夫人说："春暖花开，明日我们到甘露寺一游，可好？"孙夫人说："甘露寺是我母亲相看女婿的地方，既然要去，何不约上她？"刘备点头说："也好！"孙夫人便来与母亲相约。吴国太说："既然要去，何不约上你家兄长？"次日，孙权准备好车驾，带着母亲、妹妹和妹婿，一起春游甘露寺。但见春和景明、山花吐艳、江天寥廓，众人都是心旷神怡。

只有刘备心事重重。来到西坡凤凰池边，看见一块巨石。当即拔出佩剑，心中祷告说："荆州危急，请神灵佑我。若是我能平安返回荆州，一剑将此石砍为两段。若是不遂我愿，此石纹丝不动。"说罢，手起剑落，火光飞迸，石头分为两段。孙权在后面看见，问道："妹婿这是为何？难道心中有恨，要嫁祸给这块石头？"刘备回答说："我已年近五旬，常恨自己不能为国家剿除贼党，营救皇帝于苦难之中。刚才问天买卦，若能破曹兴汉，砍断此石。没想到竟真的把它砍为两段。"孙权惊问道："竟有如此灵验？我也来问天买卦。若是真能大破曹贼，请再次砍断此石。"心中却暗暗祷告说："我暂且不问曹操，只问眼前。若是能够取得荆州，振兴东吴，一剑将此石砍为两段。"挥手起落，巨石又被一剑砍开。至今甘露寺犹有十字纹"恨石"留存。

自甘露寺回来，刘备心中已有自信，晚饭时故意在孙夫人跟前长吁短叹。孙夫人问："夫君何故烦恼？"刘备说："明日便是三月初三。在我们北方，乃是拜祭祖宗的节日。想我刘备飘荡在异乡，上不能祭祀祖宗，下不能苟全一身，真是一个大逆不孝的人哪！"孙夫人说："你何必瞒我？昨日赵将军报说荆州危急，你此时心心念念，想的都是荆州，是也不是？"刘备一听，立即跪起，相告说："夫人既然已经知道，我哪里还敢相瞒？荆州一旦有失，无论是失于曹操或者周瑜，于我总是一桩耻辱事。有心潜逃去救荆州吧，又舍不得夫人，因此烦恼不已。"孙夫人说："荆州既然是夫君的，难道就不是我的？夫君要回荆州，我也理当相随。"

刘备大喜，却又犹豫说："夫人有心与我携手回去，当然最好。怎奈还有令慈与令兄，决然不肯放行。"孙夫人沉吟良久，说道："我与夫君明日便到江边祭祖，然后不辞而别，如何？"刘备长跪而拜谢说："夫人若能如此，便是生死之恩！”当夜，刘备秘密吩咐赵云说：“明日三月初三，你清早便带领亲兵到官道上等候。我与夫人到江边祭祖，然后同返荆州。”赵云领命，回去令亲兵们五更起床，打好行李。

次日，孙夫人带着刘备来拜见吴国太，说：“今日三月初三，夫君想念父母祖宗，欲往江边，遥望北方祭拜，特来告知丁母亲。”吴国太说：“这是做人应有的孝道，我哪有不答应的道理？你身为人妇，也应与你的夫君同去祭拜。”夫妇俩拜谢而出，乘上早已备好的车马，先到江边祭祖，然后趁机往官道方向奔驰而来。赵云与五百亲兵接着，一路急行军，离了丹徒，往西潜逃。

当日，众人都浑然不知。等到天色擦黑，这才有人发觉刘备与孙夫人潜逃无踪。张昭得到消息，赶紧来报告孙权。孙权正在饮酒，又惊又怒，大骂道：“刘备这厮，甚是可恶！我要妹妹把他勾在东吴，他却把我妹妹勾去了荆州！”激愤之中，一掌将酒案拍得粉碎。张昭说：“主公心急也无用，还得赶紧派兵去追。”孙权便令陈武、潘璋率领五百精兵连夜追赶，务必将二人拿回问罪。

第五十二章

周瑜的肉身与鬼魂

一场斗智斗勇，刘备终于娶得美人归来，而周瑜却被怒气迸裂了箭疮，死得好不凄惨。“既生瑜，何生亮”一语，从此成为遗恨千古的喟叹。

209. 诸葛亮的第三个锦囊

话说程普从前线夜归，正好遇着陈武、潘璋率领五百精兵出城。匆忙间问得三言两语，已知事情概况，便不回家门，径自来见孙权，说："我料陈武、潘璋此去，必然擒不住刘备。"孙权说："难道他们胆敢违抗我的命令？"程普说："令妹性格刚毅，自幼好武，众位将军都要让她几分。如今她既然愿意跟随刘备，必然同心而去。陈武、潘璋见到令妹必然惧怕，岂敢动手？"孙权稍作沉吟，派人唤来蒋钦、周泰，将佩剑递给二人，说："你二人跟着去追赶我妹妹和刘备；若有违抗，就用这口剑砍了他们的人头！"蒋钦、周泰领命，立即回营点起一千精兵。丹徒城中百姓，但闻户外脚步如潮水般汹涌，不知道发生了什么战事。

话说陈武、潘璋从半夜追赶到天明，又从天明追赶到申时，众人都是饥肠辘辘。原来孙夫人虽是女流，马术却好，跑得飞快，令陈武、潘璋在后面望尘莫及。于是陈武立马说道："主公与他的这个妹妹，毕竟是一母同胞，就算追上也不能用强。既然如此，何必要追？"潘璋回答："你说得对。此女性格刚毅，一旦争执起来，确实拿她没有半点办法。不如就在此扎营做饭，明日回去复命，就说不见人影。"

次日用过早饭，不去追赶刘备和孙夫人，却返程往丹徒而来，迎面正好遇见蒋钦、周泰。蒋钦问："要你二人追赶刘备，怎么空手而回？"陈武、潘璋回答说："追赶了两夜一日，不见人影，只得返回。"蒋钦说："主公料到你二人有所顾虑，必然回去敷衍塞责，因此授给我一口宝剑，要我们务必追赶上去。若有争执，先杀他的妹妹，而后再斩刘备。"四将于是合兵一处，继续向前追赶。

话说刘备一路奔走，眼看来到柴桑地界。转过山脚，一彪军马拦住去路。

原来丁奉、徐盛奉命在此驻扎，那日从高处看到刘备一行人的踪影，立即带兵截住了去路。刘备见势不妙，勒马回问赵云："前有拦截，后有追兵，进退无路，如何是好？"赵云说："主公不要惊慌。军师有三个锦囊，已拆看了两个，还有第三个在此。"当时拆开第三个锦囊，献给刘备。

刘备看罢，急忙调转马头来见孙夫人。孙夫人问："夫君有何言语？"只见刘备翻身跪倒在马前，哭诉道："我有心里话，埋藏至今，不得不说。"孙夫人吃了一惊，也跟着翻身下马，扶住刘备问道："夫君有何难言之隐？请实话实说！"刘备说："当初令兄以夫人许嫁给我，并不是为了夫人的终身大事，而是为了一场不可告人的阴谋。"孙夫人大吃一惊，问道："阴谋？什么阴谋？"刘备回答说："这场阴谋的步骤是，先用夫人为香饵，诱惑我来上钩，然后用我来换取荆州。而我之所以不惧万死而来，实在是因为爱慕夫人风度俊美。幸得夫人垂爱，与我相随到此。如今前有拦截，后有追兵，进退无路，只有夫人能够化解这场大祸。"

孙夫人这才恍然大悟，勃然大怒道："我说这件事怎么来得这样蹊跷？原来是他在捣鬼。想来真是令人心寒，我把他当哥哥，他却不把我当妹妹。叫我如何相信，人世间还有什么骨肉亲情？"刘备问道："事已至此，却如何是好？"孙夫人恨声说道："请夫君放心，我自有办法应对。"于是纵马上前，喝斥丁奉、徐盛说："你们两个想造反吗？"

210. "你们只怕周瑜，难道不怕我吗？"

话说丁奉、徐盛见孙夫人发怒，慌忙下马敬礼，解释说："末将岂敢造反？只为奉了大都督的将令，在此驻防，不敢让刘备过境。"孙夫人大怒道："刘备是我丈夫，为什么要防着他？你们给我去找周瑜，要他来解释清楚，他心里究竟暗藏着多少龌龊阴谋？还有你们两个，在这里披甲执兵，难道是要抢劫我们夫妇的财物吗？”丁奉、徐盛连声喏喏，回答说：“其实不关我们的事。只为大都督的将令，我们不得不从。”孙夫人喝斥道：“你们只怕周瑜，难道不怕我吗？周瑜杀得了你们，我就杀不得你们？把我惹毛了，连同周瑜一起杀，你们信不信？”不由分说，提马就要前行。

丁奉、徐盛慌忙拦住，弱弱地问道：“夫人出行，主公可曾知道？”孙夫人一愣，然后哈哈大笑道：“我奉了母亲的慈旨，跟着丈夫回荆州省亲，我哥哥怎会不知？”一边说，一边提马前行，要丁奉、徐盛让路。丁奉、徐盛互相商议说：“你我都是给孙家当差，就连大都督也是给孙家当差，怎好与夫人闹出别扭来？”只得让出一条大路。一面又令人飞报周瑜，只说孙夫人英勇，众人拦截不住，询问大都督如何对策？

刘备和孙夫人刚刚过去，后面又赶来了蒋钦、周泰、陈武、潘璋。蒋钦问：“你们在此驻防，可曾见到刘备？”丁奉说：“他们昨日未时已经从此过去了，你们怎么才来？”蒋钦说：“我们一路马不停蹄，没想到他们跑得更快。”徐盛说：“他们已经领先了一日一夜，你们如何追赶得上？”蒋钦说：“追赶不上也得追。也要派人飞报大都督，要他在水上拦截。”丁奉说：“早已报告大都督，想来他自有主意。”

话说刘备立马在江边，回望远处尘土弥天，原来是丁奉、徐盛带着众人抄近路赶来，不由得感叹说：“奔走多日，人困马乏。而今前有大江，后有追兵，只能束手就擒！”也是意外，忽然从岸边芦苇丛中荡漾出三十多只乌篷船来。只见船头一人纶巾长袖，挥手大笑道：“主公别来可好？诸葛亮在此等候多时啦！”刘备大喜，赶紧下马，扶着孙夫人奔上船去。赵云带着五百亲兵，也都纷纷上船。船只离开了岸边，往江心划去。蒋钦、周泰、陈武、潘璋、丁奉、徐盛六员大将赶到，船只已经远去，只好一个个站在那里发呆。

船只在江上航行，但见浪花次第绽放。诸葛亮遥指前方说道：“往前二十里便是华容县的地界。主公深入险地，抱得美人归来，真可谓英雄也！”正说着，忽然身后鼓噪大震。回头一看，只见无数战船，高挂风帆，追赶而来。昂然立在船头的，正是那个俊脸含羞的周瑜。眼看越来越近，诸葛亮便叫船队停靠北岸，众人都弃了船，上岸而走。

周瑜赶到江边，也跟着上岸追赶。只有军官骑马，其余兵丁，尽是步行。上岸走不多远，便可见华容县的界碑。周瑜问道："赤壁大战之后，关羽捉放曹操的故事，可是发生在此地？"左右回答说："正是此地。"周瑜听着就有些发怵。又追赶了一程，忽然一阵鼓响，从山坳里杀出一彪人马，为首一员大将，正是红脸的关羽。周瑜惊恐万状，拨马往回便走。正在奔走之间，忽然又从左边杀出黄忠，从右边杀出魏延。周瑜不能抵挡，只得退往岸边上船。

诸葛亮站在高岸上，要军士们起哄，齐声叫道："周郎妙计安天下，陪了夫人又折兵！"可怜周瑜在船上听着，怒气勃发。他左肋上的箭疮，久治不愈，此时被怒气冲激，顿时迸裂。就听见他一声大叫，倒在船上，不省人事。众将急忙救起，开船逃去。诸葛亮也不追赶，自与刘备回归荆州，设宴接待孙夫人和她的娘子军。

211. 周瑜的肉身与鬼魂

话说周瑜左肋上箭疮迸裂，脓血沾染得到处都是。当夜船队停泊在洞庭湖畔的巴丘。到了次日上昼[①]，虽然止住了血，却肿得像茶碗一样大。周瑜疼痛难忍，身体憔悴得厉害，竟至于茶饭不思。

此时孙权在丹徒，为着妹妹的出走烦恼不已。看门人忽然通报说周瑜来了。孙权好不诧异，急忙出来迎接。周瑜脸色灰暗，见着孙权不住地道歉说："都怪

① 上昼，即上午。下昼，即下午。

我才薄智短，害得主公白白地赔上了自己的妹妹。”孙权安慰他说：“要怪只能怪我这个妹妹不懂事，嫁了男人，忘了娘家。”周瑜说：“无论刘备和诸葛亮怎么诡计多端，他到底是给东吴写过借条的。一月前皇帝又委任我做南郡太守，那荆州城原本就是南郡的治所。我此来是请主公下令，要鲁肃去把荆州城讨回来。”孙权于是叫来鲁肃，说道：“你是借荆州给刘备的经手人。此事演变到如今，赔了我一个如花似玉的妹妹不说，也让我东吴蒙受了许多羞耻。你要跟我设计，去把荆州城讨回来。”鲁肃无奈，只得跟着周瑜乘船来往荆州。

刘备听说鲁肃到来，问诸葛亮：“子敬此来为何？”诸葛亮说：“还能为何？无非是来讨要荆州。”又问：“可怎么回答他呢？”回答说：“只要他提起荆州，主公便大放悲声，那时我自有话说。”计策既定，便出城来迎接鲁肃。鲁肃说：“我奉了孙权将军的钧命，前来讨要荆州城。算起来，皇叔借住这座城市已经多时，如今又做了东吴的姑爷。就请皇叔看在亲戚的面子上，尽快把荆州城归还给我。”刘备听了，神色顿时变得悲切。鲁肃再要催促，却见刘备眼泪汪汪，掩面痛哭起来。

诸葛亮从屏风后出来问道：“子敬兄可知我家主公为什么痛哭吗？”鲁肃说：“我还真是不知。”诸葛亮说：“我家主公自从新婚，与孙夫人相亲相爱，却又常常在私下里跟我感叹，说他实在配不上孙夫人的厚爱。”鲁肃好奇地问：“皇叔为什么这样说？”诸葛亮回答说：“我家主公时常记得，这荆州城是跟子敬兄借的，早晚要还。只是还给子敬兄以后，却又到何处安身？那孙夫人是东吴的金枝玉叶，难道也要带着她四处漂泊？”一番话又触动了刘备的衷肠，惹得他越发悲痛，竟然止不住抽搐起来。鲁肃是个厚道人，被他哭得惊慌失措，只得劝说道：“皇叔不要烦恼。荆州城虽然要还，却也可以拟定一个周全的计划。”诸葛亮说：“请子敬兄回复孙权将军，他自有六郡八十三县，到处可以居住，就把荆州城再借给妹妹、妹婿居住一些时日。”鲁肃也不好意思拒绝，只得辞别了刘备、诸葛亮，到江边上船。

周瑜在船舱里等着，听鲁肃叙说讨要荆州城的经过，叹息说：“子敬兄又中了诸葛亮的诡计。他哪里是借住？分明是要赖！请子敬兄带路，我再去讨要一回。”刘备和诸葛亮刚刚离开码头不远，就听见鲁肃在后面叫道：“皇叔慢走！我家大都督在此，有话要跟你说。”

刘备回头看见周瑜，惊吓得脸色都变了。反复察看，发现周边并无伏兵，这才上前寒暄道：“大都督怎么到了这里？”周瑜说：“皇帝委任我做南郡太守，这荆州城当然就是我的治所，我怎么就到来不得？”刘备说：“这是曹操的诡计，故意要大都督与我争利。好在孙刘两家已经结亲，是亲人，而非敌人。请大都督与子敬兄入城饮酒，好好说话。”周瑜哈哈大笑，昂首挺胸，带着鲁肃入城而去。

诸葛亮却看出了破绽，心说：“此人行走在太阳底下，连个影子都没有。可见不是周瑜的肉身，而是他的鬼魂，却不知他究竟死在了何处。”立即派人快马加鞭去请孙夫人来驱鬼。孙夫人风风火火，说来就来，进门就叫道：“周瑜，你个死鬼，不去天国，跑到这里来做什么南郡太守？”周瑜也吃了一惊，辩解说：“我不能瞑目，死也要讨回荆州。”孙夫人质问道：“你凭什么要讨回荆州？我家夫君是我哥表奏的荆州牧，怎么就住不得荆州？就算你讨回了荆州，我也是东吴的主人，怎么就住不得荆州？”周瑜顿时被质问得像打蔫儿的花枝。只见孙夫人不依不饶，继续教训周瑜，骂道：“你是一个死了的人，你此时的使命就是去往天国，不要纠缠这种公说公有理、婆说婆有理的俗事！”

周瑜不再说话，坐在那里闷声不响。鲁肃既已知道他是鬼魂，也是惊得目瞪口呆。诸葛亮说：“当今要务，是帮助他找到自己的肉身。一个人只有经由自己的肉身才能去往天国。”鲁肃就问周瑜：“你可知道自己的肉身停放在何处？”周瑜点了点头，便往外走，带着鲁肃和诸葛亮乘船往洞庭湖而来。

来到巴丘，老将黄盖说道：“大都督已经去世数日，葬在高坡之上。”周瑜听得满脸落寞，转身就往高坡上走，看到自己的坟茔堆放在那里，回头对诸葛亮说：“既生瑜，何生亮？”戚然一笑，便一下扑到地上没了踪影。众人从后面看到他的盔甲衣袍鞋袜落了一地，无不惊悚而又伤悲。

第五十三章

且看庞统慧眼断案

什么是“人才不可貌相，海水不可斗量”？看看庞统就是。庞统有才就是任性，想醉就醉，想睡就睡。即使是莽张飞，也看得目瞪口呆、心服口服。

212. 庞统大才桀桀，谁人能懂？

话说周瑜既死，鲁肃痛哭流涕，用棺柩盛装着他的盔甲衣袍鞋袜，送回他的原籍庐江郡舒县。也有人说，鲁肃用棺柩盛装着的，其实就是周瑜的冥骨。从此周瑜墓有二：一在巴丘，一在庐江。孙权已先自赶到，大办祭礼，亲笔题写墓碑曰“名将周公瑾之墓”。周瑜有两男一女：长男周循，被招为驸马，封骑都尉；次男周胤，封兴业都尉；一女尚在幼年，后被纳为太子妃。

办完祭礼，孙权对鲁肃说：“公瑾兄早有预言，瓦罐不离井口破，将军难免阵上亡，若有变故，当以子敬兄继任。”鲁肃诚惶诚恐，回答说：“只怕我庸庸碌碌，比不得公瑾的大才。愿推荐一人赞助主公。”孙权大喜，问道：“此何人也？”鲁肃说：“此人姓庞，名统，字士元，道号凤雏先生。若论才智，不在诸葛亮之下。于赤壁之战，颇有功绩，并因此得到周公瑾的盛赞。”孙权说：“我也是久闻其名，既在东吴，何不请来相见？”

等到庞统来时，孙权见他浓眉掀鼻、黑面短髯、形容古怪，心中并不喜欢。就故意试问他：“先生是个有智慧的人，却不知以何种学问为主？”庞统回答说：“我不做分门别类的学问，只为看到整体。只要看到了整体，智慧便无处不在。”孙权没有听懂，又问：“先生的才学，比周公瑾如何？”庞统笑了笑，回答说：“我做学问的方式，与周公瑾大不相同。”孙权见庞统如此回答，以为他自命清高，藐视了周瑜，心中越发不高兴，就婉言谢绝庞统说：“先生先请回去。待到有用之时，我再来相请。”庞统只得长叹一声，告辞而去。

鲁肃奇怪地问：“主公为什么不用庞士元？”孙权说：“此人狂妄，用之何益？”鲁肃说：“此人有智慧却是真的。主公想必知道，赤壁大战之时，若不是此人的连环计，周公瑾未必能够一战成功。”孙权说：“那时候军情复杂。如今想来，却未必是他的功劳。说真心话，我看着他就烦，哪里还会用他？”鲁肃无奈，出来找着庞统，说：“先生是个好先生，主公是个好主公，不料先生与主公无缘，得不到任用，如之奈何？”庞统长叹不语。

鲁肃又问：“先生大才檠檠，不知将欲何往？”庞统说：“与清风明月相伴，老死山林也罢。”鲁肃说：“我写一封书信，推荐你去荆州投奔刘皇叔，如何？”庞统说：“也好。”鲁肃说：“我推荐你去荆州，但你也要答应我一件事。”庞统问：“何事？”鲁肃说：“你要致力于孙、刘两家和好，不要互相戕害，让曹操找到破绽。”庞统长声一笑，回答道：“子敬兄之所说，亦是我之所想。”鲁肃于是写了书信，又付给他一些盘缠，送他上路去了。

213. 在耒阳县醉酒贪睡

刘备听说庞统来投，最初也是一喜；等到见面，却是大感失望，心想：“他既名凤雏，怎么这样一副古怪的形容，看不到一丁点儿麟子凤雏的俊秀？”

庞统察言观色，已知刘备的心思，也不拿出鲁肃的书信，只是拱手说道：“久闻皇叔有知人之德，特来相投。若是无有可用之处，请容我告辞。”刘备说：“先生大才，我也是久有耳闻。只是荆州初定，无有闲职。此去南方，有一个耒阳县，请先生屈尊降贵去任县长如何？以后但有官缺，必定升迁。”庞统听着，嗤啦一笑，也不愿计较。到了耒阳县，也不管钱粮词讼，终日以饮酒和睡懒觉为乐。

有人投诉到荆州，说庞统荒废政事。刘备怒起，吩咐张飞去巡视荆南诸县，叮嘱说：“但有贪赃的、渎职的、枉法的，一定要好好地责问个清楚。”又恐怕张飞鲁莽，就叫孙乾相伴同去。两人来到耒阳，军民官吏都来迎接，偏偏不见县长。张飞问：“县长何在？”县吏回复说：“庞县长自到任至今，已有一百多日，很少过问政事。每日只是喝了睡，睡了喝。昨日又是喝到深夜，此时还未醒来。”张飞大怒道：“只怕他一觉醒来，天都黑了！”便要左右准备好绳索棍棒，前去拿办庞统。

孙乾急忙拦住，说：“这个庞统，并非凡人。既非凡人，凡人便不可理喻。将军且得耐心观察、询问，如果真是罪不可恕，再来拿办不迟。”张飞便入了县衙，到正厅上坐定，叫人去唤县长。只见庞统衣冠不整，醉困而出。张飞喝斥道：“我哥哥令你做一县之长，你看看你长的什么？”庞统揉着眼睛问道：“你看看我长的什么？”张飞厉声喝道：“我看你长的荒草，把一县的政事都荒废了！”庞统笑道：“张将军看我荒废了什么政事？”张飞说：“你到任一百多日，只是喝了睡，睡了喝，哪有不废政事的？”庞统说：“耒阳不过是个小县，有什么大不了的政事？请张将军稍坐，待我发落就是。”

庞统便叫衙役升堂。张飞和孙乾坐在旁边监看。只见县吏吭哧吭哧地抱来一摞卷宗，堆放在法案之上。张飞与孙乾互看了一眼，说道：“都说他是奇才，看他如何理案？”

214. 且看庞统慧眼断案

第一桩便是命案。县西街民妇朱刘氏诉说，前日夜晚，有歹徒入室强暴小姑；小姑不从，被歹徒用剪刀刺杀而死。

庞统问：“小姑被杀之时，可有人见证？”朱刘氏说：“公婆去世得早，丈夫又常年在外经商，家中只有我和小姑相伴。除了一只黄毛狗，哪里有人见证？”又问：“命案发生之时，你和小姑各在何处？”回答说：“我到邻居家串门，小姑在家缝补。等我刚刚回来，听着小姑在屋里与人厮打，接着就是一声惨叫。”又问：“你可看见那人模样？”回答说：“天色昏黑，不曾看见他的模样。只知道个头很高，光着上身，被我抓了几把。”又问：“你家黄毛狗为什么不来帮你撕咬？”朱刘氏一愣，回答说：“狗子又不通人性，那日连叫都没叫一声，哪里能够指望它来撕咬？”庞统便吩咐说：“你带我几个衙役去，把狗子牵来。”又对衙役说：“告知左邻右舍的街坊们，就说我要审狗问案。”

耒阳县城顿时就轰动了。县长要审狗问案，这可真是个稀奇事咧。好奇的人们蜂拥而来，把县衙挤了个水泄不通。庞统便叫关上大门，然后令衙役将老人、妇女、小孩都轰出去，只剩下几十个年轻力壮的男人。又令他们脱掉上衣，面对着墙壁站好。这时，只见庞统不紧不慢地说道：“那个胳膊上有抓痕的，就是行奸杀人的歹徒。”衙役一拥而上，拿住那个歹徒，原来是住在同一条街的黄某。

第二桩是半年前的旧案。周生与赵季相约某日一起外出行商，在船上等候许久，不见赵季前来，便要船夫张潮到赵季家中去催促。张潮来到赵季家门前，一边敲门一边叫喊：“四嫂子，四嫂子，你家赵季怎么还不出门呢？”赵季家的娘子惊讶地说：“他已经出门很久了，难道还没有上船吗？”张潮回来告诉周生。周生觉得奇怪，就和赵季家的娘子分头去找，找了很久也没有找到，只好报告县衙。前任县长怀疑是赵季家的娘子婚外有奸情害死了赵季，将她羁押了一个多月，也没有审出眉目来，只好把她释放，该案因此成为悬案。庞统看了卷宗，吩咐众衙役说：“此案线索甚是清楚，把船夫张潮拿来一问便知。”

众衙役初时不能相信。把张潮拿来，一顿乱棍，那张潮便伏首认罪。原来案发那日早晨，赵季先上船，看看时间还早，就在船上小睡。张潮贪图他的钱财，偷偷把船划到偏僻的地方，将赵季摁在水中溺死；然后回到原地，假装若无其事。

第三桩是妯娌两个争夺儿子。有一家姓谷的富户，妯娌两个一起怀孕。不知何故，十月怀胎，只生了一个男婴。妯娌两个都说是自己所生，各执一词，争执了三年都没能争出结果。庞统说：“这有何难？”派人抱着孩儿站在大堂中央，命令妯娌两个上去抢夺，谁有能力抢到就把孩儿判给谁。只见孩儿哇哇大哭，做弟媳的也哭，只有做嫂子的是一副志在必得的模样。庞统把惊堂木一拍，说：“孩儿究竟是谁的，事实已经非常清楚。”将孩儿宣判给弟媳。做嫂子的惊慌失措，只得当场伏首认罪。原来她生的是个死胎，却又嫉妒弟媳，硬是把那孩儿强夺过来，声称是自己所生。

一日下来，庞统所积陈年公务，一一发落，曲直分明，并无分毫差错。张飞坐在旁边，亦是看得惊奇。理案完毕，庞统回头问道：“张将军请看，我是否荒废了政事？”张飞赞道：“先生大才，失敬，失敬。”

215.“难道我要用举荐信来证明自己吗？”

当晚就在县衙设酒共饮。庞统好酒，张飞酒量也好，两人喝得尽兴。

张飞于是趁兴问道：“你如何认定那黄某就是行奸杀人的歹徒？”庞统说：“此事很好认定。歹徒行奸杀人之时，黄毛狗一声不叫，我便认定它与他互相熟识。因此只需在众多街坊邻居之中，找出那个身材高、上半身被抓伤的人即可。这个人恰好就是与黄毛狗同姓的黄某。”张飞又问：“你又如何认定船夫张潮是杀害赵季的凶手呢？”庞统说：“此事也好认定。周生要张潮是去叫赵季，张潮去叫的却是赵季家的娘子，也就是他喊的四嫂子，可见他早就知道赵季不在家里，由此可以认定他的嫌疑。”张飞又问：“你又如何认定做弟媳的是那孩儿的亲娘？”庞统说：“她有母爱，必是亲娘无疑。”

张飞听了，赞不绝口，说道：“先生好一双慧眼，洞若观火，明察分毫。我回去一定要向大哥举荐先生的大才。”庞统笑道：“我早有一封举荐信在此。”拿出鲁肃的举荐信来给张飞和孙乾看。张飞问：“你先前为什么不给我大哥看？”庞统反问道：“难道我还要用举荐信来证明自己吗？”张飞回头看着孙乾说：“我大哥差点儿错失了一大贤才。”

次日，张飞、孙乾辞别了耒阳回到荆州，把庞统神奇断案的故事讲给刘备听，又拿出鲁肃的举荐信来。刘备大惊道：“都是我的过错，怠慢了凤雏！”又来找诸葛亮相问。诸葛亮问：“主公怎么今日才跟我说起此事？”刘备说：“凤雏先生来的那日，你恰好不在城中。是我自作主张打发他去了耒阳，直到今日。”诸葛亮说：“庞士元的大才，胜过我十倍，须得赶紧请回荆州重用。”

刘备知错就改，立即派张飞、孙乾重返耒阳去请庞统。诸葛亮与庞统也是多年不见，那日出城来迎，分外高兴。刘备说：“从前水镜先生说过，卧龙、凤雏得一可安天下。而今我二人兼得，龙兴凤举，就在眼前啊！”于是将庞统用作智囊，与诸葛亮同拜为军师中郎将，共赞军政方略。

第五十四章

在乱军中追杀曹操

锦马超勇猛难敌，竟然追得曹操割须弃袍。曹操虽命运多舛，竟然先后有曹洪救之、许褚救之、丁斐救之。唉，难道这就是人们常说的“天数”吗？

216. 征南将军的名头，只是一块诱饵

话说刘备在荆州以诸葛亮、庞统为谋士，招兵买马，逐渐养成气候。曹操闻听，忧心忡忡，对荀彧说："我此生最可畏者，就是这个刘备。此人百折不挠，终成大器。"荀彧回答说："我军的弱势，在于不善水战。丞相再要南征，须得从长计议。不如先除灭了西凉的马腾和韩遂，然后专心对付刘备。"曹操深以为然，又问："你有何妙计，可灭马腾？"回答说："马腾不比刘备，想要的不过是一生富贵。可加封他为征南将军，准许他在新野建造将军府，统领荆、扬两州军政。只要他来，必然有机可趁。"

马腾，字寿成，大汉朝伏波将军马援之后，天水郡兰干县尉马平之子。马腾生于陇西，身长八尺，体貌雄异，禀性温良，甚得羌人敬爱。当时驻军在槐里，接到诏书，与长子马超商议说："我自从接受了当今皇帝的衣带诏，就发誓要与曹贼为敌。不料曹贼不死，反而日见势大。如今前嫌犹在，他却心怀叵测，要皇帝加封我为征南将军，你说我是去呢，还是不去呢？"马超说："曹操以皇帝的名义召见父亲，若是不去呢？他便有兴师问罪的把柄。若是去呢？有我和叔父韩遂在西凉，谅他也不敢轻举妄动。况且征南将军地位崇高，仅次于三公，又有权统领荆、扬两州军政，如此便可将西凉、长安、江南连成一片，乃是大展宏图的好机会，岂能轻易错过？"马腾想了想，说道："我儿说得对。只要有我儿和韩遂将军在西凉，谅他曹贼也不敢轻举妄动。"便嘱咐马超用心留守，带着次子马休、三子马铁、侄子马岱前往许都面见皇帝和曹操。

谁知征南将军的名头，只是一块诱饵。马腾才到鄢陵，便被曹洪、徐晃、许褚围困在馆驿。马腾急忙跳起，抓住银枪往外冲杀。刚到门口，三子马铁即被乱箭射死。马腾带着次子马休，左右冲突，身负重伤，只得束手就擒，而后

被拘到许都。

曹操大喜道："此人曾与董承、刘备等人合谋，想要用衣带诏害我。如今沦为我的阶下囚，正好一雪前恨。"程昱劝阻说："从前商纣王深恨西伯姬昌，却宁可把他拘在羑里，也要留着他的性命。为什么呢？因为只要姬昌还活着，就可以用来牵制歧地的周人。而今马超尚在西凉，何不让马腾暂且苟活？如此也可用来牵制马超，叫他不敢轻举妄动。"曹操沉吟说："此计甚好，容我三思。"

只有马岱在混乱中走脱，化装成贩卖大枣的商人，到处打探马腾的消息。鄢陵距离许都不远，买一头毛驴为坐骑，半日可到。一位老兵在市集上遇到马岱，问道："听你的口音，是凉州人吧？"马岱一惊，反问道："你怎么知道？"老兵说："数日前，我们在临颍县抓了一个大鼻头，就是你们凉州的。"马岱又问："此人姓甚名谁？现在何处？"老兵说："此人姓马名腾，是你们西凉的大官，被抓到许都，下在大牢。据说已经被我们家曹丞相一刀剁了。"马岱听得心如刀绞，便设法离了许都，往凉州而来。半道上又被土匪劫去了毛驴，只得步行。历经千辛万苦，走了半个多月，这才远远看到槐里城。

话说马超自父亲走后，一连多日心神不宁。夜来梦见身卧雪地，遭到群虎撕咬，被惊吓出一身冷汗。次日问麾下将佐，谁会占梦？校尉庞德应声说道："此梦乃不祥之兆。"马超问："令明兄为什么这样说？"庞德回答说："将军日夜担忧父亲,因此有梦。身卧雪地的那人,其实就是将军的父亲。雪地被群虎撕咬，可见老将军处境险恶。难道老将军在许都遭遇不测？"马超听了,越发神思恍惚，不知所措。到了晚间，一个人踉跄而入，哭倒在地，诉说道："可怜叔父和两个兄弟，死得好惨！"马超慌忙扶起那人，一看竟是堂弟马岱。

马超闻此凶信，仿佛天塌了一样悲痛。于是举军挂孝，又派人前往西凉联络韩遂。韩遂，字文约，与马腾有兄弟之谊，当时便点起麾下兵马，来与马超会合。又有侯选、程银、李堪、张横、梁兴、成宜、马玩、杨秋等八路军头响应。马超心头大振，与庞德、马岱率领大军杀奔长安而来，要为马腾报仇。

217. 长安城与潼关的易手

侍中钟繇在长安镇守。钟繇，字元常，平生所学，不善武艺，却尤得书法之妙。马岱率军杀到城下，不过两个回合，钟繇大败而走。马岱提刀就追，与马超、韩遂合兵一处，围住了长安。长安城高堑深，兼之钟繇守城有法，一连围了十日，竟然毫无破绽。

庞德献计说："长安城中饮水，碱性过重。城中又没有烧饭的柴草。如今已围了十日，军民饮食困难。不如暂且收兵，只须如此如此，长安城便唾手可得。"马超说："此计大妙！"传令各部，尽数撤退。钟繇登城来看，城外并无一兵一马。又派人到远处哨探，确认马超撤军无疑。这才放心，大开城门，放任军民出城打柴取水。不料庞德却于此时混进城来，潜伏在市民家中。

到了第五日，马超又挥军复返。钟繇仍旧闭城坚守。到了三更，西门边一栋民房燃起熊熊烈火，蔓延到左邻右舍。守门将慌忙赶来相救。庞德却从城墙边转出，纵马举刀，一声大喝，将守门将一刀斩落马下。当时便杀散了守军，斩断铜锁，打开城门，迎接马超、韩遂大军入城。

钟繇只得弃了长安，一面退守潼关，一面飞报曹操。曹操大惊道："马腾尚在人世，马超怎么不顾一切便反？"赶紧吩咐曹洪、徐晃说："你二人先带一万兵丁增援钟繇，守住潼关。只要守住十日，我随后统领大军便到。若是十日内丢失了潼关，军法不饶。"又派人去狱中，令马腾写信，招降马超、韩遂。

曹洪、徐晃到了潼关，先派人将招降信送往马超大营。马超骂道："曹贼诡计多端，只有傻瓜才会相信他！"当时便撕了书信，割了使者的鼻子和耳朵，然后把使者绑在马背上赶回。曹洪大怒，就要提兵出关厮杀。徐晃阻止说："这是马超在故意激怒将军。将军千万不可冲动，待到丞相大军来时，必有对策。"

到了次日，马超领军到来，就在关下骂战，把曹操祖孙三代骂得狗血淋漓。徐晃苦苦挡住曹洪，只当充耳不闻。到了第七日，曹洪在关上看见西凉军都下了马在草地上哈欠连天地坐卧，便按捺不住，点起三千精兵杀出关来。徐晃正在清点粮库，听到动静，急忙拍马上来追赶曹洪。只见草地上西凉军纷纷扔了马匹奔逃，背后却忽然喊声大震，杀出一支伏兵。曹洪、徐晃回头看时，却是少将马岱。正在厮杀，忽然又是一阵鼓响，左边冲出马超，右边冲出庞德。曹洪、徐晃抵挡不住，只得弃关而逃。马超趁势便占了潼关。

话说曹洪、徐晃一路奔逃，正好遇着曹操。曹操骂道："你怎么这样不中用？给你十日期限，怎么七日就失了潼关？"喝令要斩曹洪。众人都来求情。曹操便说："先记在簿子上，来日将功赎罪！"下令在潼关前面下寨，左寨曹仁，右寨夏侯渊，曹操自居中寨。又派人回许都去取马腾，回报说马腾与次子马休已死在狱中。

原来马腾自上次被迫写了招降信以后，悔恨万分，对马休说："曹操心狠手辣，孟起若真是投降，只恐马氏满门灭绝。不如你我两个一死，让孟起无牵无挂，反而可以奋勇冲杀，为你我报仇雪恨。"那日使者去取马腾，叫他准备出发。只听见父子俩在狱中谈笑风生，忽然一前一后，撞墙而死。曹操听使者说如此，不由得赞叹道："马腾如此勇烈，只可惜是我的仇敌。"

218. 在乱军中追杀曹操

曹操在门旗下第一次看到马超，只见他生得肤色白皙、勇武雄毅，身穿白袍银铠，手执一杆长枪，立马阵前，威风凛凛。论气质，吕布不如他帅。论容颜，孙策不如他美。曹操看得频频点头，对左右赞道："真可谓锦马超也！"接着纵马上前，问道："如果我记得不错，你的父亲和你都应该是大汉朝名将马援的子孙，理应忠诚于朝廷，却为什么要造反？”

马超咬牙切齿，大骂道：“你名为汉相，实为汉贼，也好意思谈到忠诚？于公，你欺君罔上。于私，你谋害了我的父亲和兄弟。你这山猪一样的贼人，我一定要活捉你，把你剁肉吃！”骂得曹操心惊肉跳。说时迟，那时快，只见马超挺起长枪，快如闪电，冲杀过来。

于禁从曹操背后跃马而出，战斗八九个回合，败下阵来。张郃接着再战二十多个回合，也败下阵来。汝南郡太守李通不自量力，也跃马来战。说起来那李通并非无名之辈，早年以游侠闻名于江湖，后来被曹操任作振威中郎将，在赤壁大战中执掌右军白旗。孰料不过六七个回合，便被马超一枪刺倒在马下。曹军顿时惊乱。马超奋臂一招，西凉军犹如波涛一样翻涌过来。曹军崩溃，不可收拾。

马超就在乱军中追杀曹操。只听得西凉军大叫：“穿红袍的是曹操！”曹操就急忙脱下红袍。又听得西凉军大叫：“长胡子的是曹操！”曹操就慌忙掣出佩刀割断胡子。又听得有人喊：“短胡子的是曹操！”曹操只好把旗帜撕成布条，包裹住自己的嘴巴，落荒而逃。真是好笑啊，有谁会在嘴巴上包裹一块布条呢？马超在后紧追不舍，眼看就要赶上，大声喝道：“曹贼往哪里走！”奋力将长枪掷出。曹操于万分惊险之中，躲往大树后面。只听见“铮”地一响，那枪被刺在树上。马超急忙赶来拔枪，却被曹操趁机逃远。再要纵马追赶，山边转过一员大将，叫道：“马超休得猖狂，曹洪在此！”挥动长刀，拼死力战，曹操因此逃得性命。

话说曹洪与马超战到五十回合，刀法渐渐散乱，气力不支。幸得夏侯渊率领数十骑亲兵及时赶到。马超独自一人，唯恐势孤力单，只得舍了曹洪，拨马而回。曹洪、夏侯渊也不敢造次，一起收拾残兵回营。曹操感叹说：“前日幸亏没有处斩曹洪，否则今日谁来救我？”于是重赏曹洪；又令大军坚守营寨，无论马超如何挑衅，不许出战。

一连多日，马超都会带兵到寨前骂战。曹操严令坚守，如有妄动者斩。众人说：“西凉军之所以善战，无非依仗骏马长枪。若是以弓弩迎战，战况必有转机。”曹操说：“战与不战，在于我，不在马超。那马超纵然有骏马长枪，只要我军壁垒森严，他又岂奈我何？”

众人陷入沉默，却私下里议论说：“丞相虽然能够欺负皇帝，却害怕四个人。第一个是打不死的刘备，第二个是喝断长板桥的张飞，第三个是华容道上神威卓著的关羽，第四个就是马超。一场大战，撵得他又是脱袍子，又是割胡子，到现在看着马超不敢出战。”

219. 典韦之后有许褚

过了几日，细作来报：“马超那边，又增添了两万生力军。只见他们头戴青色帕子，身穿羊皮褂子，乃是羌人。”曹操听说，喜形于色。众人问：“马超新得援军，丞相为什么并不忧虑，反而露出喜色？”曹操回答说：“先不告诉你们。待以后打了胜仗，你们自会明白。”

又过了三日，细作又来报说，马超在继续增添援军。曹操越发高兴，竟然设宴庆祝，举杯问道：“诸位都笑我惧怕马超，此时有何良策？”徐晃说：“马超麾下各部，此时都在关上，黄河以西必然空虚。若是派遣一支军队暗渡黄河，先截断他的归路，然后丞相再从河北发起攻击，叫马超两面受敌，局势必然改观。”曹操赞道：“正合我意！”便要徐晃与朱灵挑选五千精兵，从潼关北四十五里的蒲阪津连夜渡往河西，埋伏在山谷之中，等候时机。然后令曹仁留守大寨；又令曹洪在风陵渡安排船筏，做出要从风陵渡过河的架势。

马超得到探报，说：“曹操不来攻打潼关，却想从风陵渡过河来袭击我的后方。我只需带领一支军队巡河，叫他阴谋不能得逞。”韩遂说：“兵法有云，兵半渡可击。可待曹操大军渡到一半之时，然后出兵攻击，叫他死在黄河之中。”马超说：“叔父说得对。”是日黎明，日光初起，曹军先头部队已渡过北岸扎营。

曹操率领亲兵数百人坐在南岸，看着大军渡河。马超忽然赶到，众人都认得他的白袍银铠，都叫：“不好了，不好了，锦马超到了！”纷纷争相上船，场面一片混乱。

锦马超说到就到，距离曹操不过一百来步。许褚本来已经上船，又急忙返身跃上岸来，拉着曹操就跑。此时船只已经离岸一丈有余，许褚背负曹操奋力一跃，竟然又跃上船来。随行亲兵也争相下水，扳住船舷。船小人多，许褚拔出配刀就剁，将扳住船舷的那些手指头剁得血肉横飞。众亲兵一片惨叫，都倒落在水中。

此时马超已经赶到河边，喝令左右射箭，一时飞箭如雨。许褚立在船梢，左手举起马鞍遮挡箭矢，右手用竹篙撑住船。曹操宛若一只小狗，匍匐在他的脚边。只见马超箭不虚发，第一箭射中船上掌舵的军士，接着一箭一个，射倒了数十个人。船儿顿时失控，就在水中旋转起来。

许褚只得用两条腿夹住舵杆，继续用左手举鞍遮护曹操，用右手使篙撑船。正在危急存亡之际，典军校尉丁斐果断下令，把等待渡河的战马和拉运物资的黄牛全部放逐在河滩。西凉兵见了这些马牛，就好像猎狗见了兔子，都跑去争抢，以至于马超无法制止，只能眼睁睁地看着曹操趁机逃脱。

当日收兵回营，马超见到韩遂，懊恼地说道：“差一点儿就捉住了曹操！就在那时，被一人背负着跳上船去了，却不知他是何人。”韩遂说：“我听说曹操帐前，有亲兵曰‘虎卫军’，以忠勇之将典韦、许褚统领。典韦早已死在宛城；今日救得曹操的，必是许褚。此人颇有勇力，人称‘虎痴’。”马超说：“原来是虎痴许褚。下次撞见，必定不可放过。”韩遂说：“曹操既已渡河，必然从我军后方发动袭击。要快速出击，不能让他站稳脚跟。”马超说：“叔父所言甚是。今夜我便去劫他的野寨。”于是与韩遂、庞德、马岱分兵四路，亥时三刻用饭，子时出兵。

220. 许褚裸身战马超

话说曹操在河中逃得性命，当晚住宿在北岸的野寨中。所谓野寨，就是没有围墙，也没有栅栏，四面通透的营地。众人都来向曹操问安。曹操大笑道："我今日几乎被那姓马的小鬼头所害！"又问："放逐马牛在河滩上扰乱敌军的是谁？"有知情者回答："典军校尉丁斐是也。"曹操叫人请丁斐入见，感谢说："若不是你随机应变，我恐怕已死在河中，以后必有重赏。"从此将丁斐看作救命恩人。丁斐为人，贪图小利，常有贪赃枉法的罪行，但曹操每一次都宽恕了他。有一次，曹操对毛玠说："我养丁斐，就好像养一条狗。狗有时候会偷吃主人家的东西，却能够为主人守住粮仓。"

当晚用餐，忽然一阵冷风吹到帐篷。曹操惊觉，唤来诸将，说道："马超今夜必来劫我的野营。用完晚餐，赶紧四散埋伏。等到马超来时，一声号炮，伏兵尽起，叫他有来无回。"等到亥时，并无消息。又等到子时，也没有动静。众人伏在草丛中，又冷又困。到了丑时，连远处村庄的雄鸡都打鸣了，就听见马蹄声声，由远及近。不久便见一队骑兵撞入营地。号炮顿时响起，曹军伏兵尽出，却只围住了五十名骑兵。领头的将官，乃是成宜。夏侯渊大怒，奋起一刀，将成宜砍杀在马下。接着就听见四面喊杀，马超、韩遂、庞德、马岱各自领军杀来，好一场混战。到了天明，西凉军大胜。

此后一连数日，西凉骑兵都来袭扰。曹操无法建立城寨，心中甚是烦恼。军中有一员将领，姓娄，名圭，名子伯，献上一计，说："何不取河沙筑造土城？"曹操说："沙土疏松，筑起便倒，怎么能够筑城？"娄圭说："丞相用兵如神，怎么不知天时呢？时令已至冬季，连日阴云布合，今夜必起大风，气温大冻。可用沙土筑城，然后用水浇灌，水结成冰，坚硬得像铁石一样。一夜间便可筑起一座钢铁之城。”刚到擦黑，果然大风骤起。曹操又惊又喜，令大军连夜用沙土筑城。一边筑造，一边浇水，一边冻住。等到天明，沙水冻紧，土城已经筑成。

次日，马超率领大军到来，看那土城壁立，惊奇不已。曹操就在门旗下扬鞭笑道：“我有天助，一夜筑就一座大城。你何不顺应天意，早早降我？”马超大怒，忽然看见曹操背后有一人，手提钢刀，威风凛凛，疑心是许褚，便扬起长枪问道：“我听说你军中有一人名叫虎痴，他在哪里？”许褚拍马舞刀而出，大叫道：“许褚在此！”马超骂道：“都是你这痴儿，坏了我的大计。我立誓要杀了你。”挺枪跃马来战，许褚接着，大战一百多个回合，不分胜负。只因马匹困乏，各回军中，换了马匹，又出阵再战一百余合，依然不分胜负。

许褚战得兴起，飞回阵中，脱了盔甲，光着膀子，又翻身上马杀来。北风寒冷，许褚身上却冒着热气，又噼里啪啦斗三十多个回合。只见许褚奋起神威，举刀砍来；马超闪身躲过，一枪直刺许褚的心窝。说时迟，那时快，许褚急忙弃了大刀，把马超的长枪抓在手中。两个人你争我夺，听见一声响，拗断了枪杆，各人拿着半节在马上乱打。曹操唯恐许褚有失，赶紧令夏侯渊、曹洪一起冲出夹攻。这边庞德、马岱看见，也率领两队铁骑冲杀过来。乱军之中，许褚肩头臂上各中一箭。曹操见势不妙，慌忙退入土城。马超赶到城外，对韩遂说：“我见阵上恶战者莫如许褚，真是一个虎痴！”

话说马超与曹操相持，忽然有探马来报，说有一支曹军在河西活动。不由得大惊，下令再探，原来正是从蒲阪津渡河的徐晃、朱灵。马超惊慌失措，与众人商议说：“我军前后受敌，如何是好？”李堪说：“不如请和，两家各自罢兵，等挨过了冬天再做打算。”韩遂说：“李堪说得有理，可以采纳。”马超犹豫不决，又问杨秋、侯选，都劝求和。于是就派杨秋为使，往土城来下书谈判。

第五十五章

一封被涂改的书信

信，从人从言，言从人出，诚实无欺之意也。然则曹操写信，为的就是一个“欺”字。

前者周瑜欺蒋干，而后又用蒋干欺曹操；今者曹操欺韩遂，而后又用韩遂欺马超。周瑜欺曹操，用曹操杀了蔡瑁、张允；曹操欺马超，用马超逼反了韩遂。周瑜以一个“欺”字大胜曹操，曹操以一个“欺”字大胜马超。唉，这大约就是治世与乱世的区别吧？治世人心便善，乱世人心便恶；治世人性便诚，乱世人性便欺。

---

221. 两阵之间，与韩遂大谈人生哲学

话说曹操收到马超、韩遂的书信，对杨秋说："你先回去。我与众人商议之后，再使人回报。"送走杨秋，再来召见贾诩，问道："文和兄所见若何？"贾诩说："马超既要求和，却是用计的绝好时机。一旦得逞，必然令他措手不及。"曹操问："可有什么好计？"贾诩说："马超强势难敌，莫如使之内乱。可用反间计，令他与韩遂相疑，则一鼓可破。"曹操抚掌大笑道："文和兄所言，与我心正合。"

于是回信欺骗马超说："且待我徐徐退兵，把河西之地退还给你。"一面叫人搭起浮桥，做出退兵的架势。马超对韩遂说："曹操一生奸诈，虽然许和，却得防备。我与叔父轮值，每日监督他退兵的进程，同时提防他有任何异动。"韩遂点头称是。过不三四日，曹操便知道了他们轮值的次序，对贾诩说："我的时机来了。"贾诩问："丞相将要怎么做呢？"曹操说："我以冷脸对马超，以热心对韩遂，叫他二人之间自然决裂。"

到了第六日，曹操率领众将出营，派人过阵来对韩遂说："曹丞相想要跟韩将军说话。"韩遂见曹操单人匹马站在两阵之间，也轻服匹马而出。两马相拒，几乎亲密无间。曹操说道："二十八年前，大将军何进主政，韩将军似乎到过洛阳。我因此时常怀念那段往事，把将军当作自己的故人。"韩遂回答说："丞相记性好，那一年我的确到过洛阳，与大将军何进有一面之约。丞相当时可是大名鼎鼎的'西园八校尉'之一。"曹操又问："敢问韩将军年寿几何？"回答说："六十有五。"曹操说："韩将军比我大八岁，应该是孝桓皇帝建和元年的生人。"韩遂听不懂他是什么用意，只得沉默。又听见曹操感叹说："你说人生一场，做朋友多好，何苦要兵戎相见！"于是大谈人生哲学，相谈将近一个时辰，这才各自告别而归。

曹操回来，问贾诩说：“文和兄可知我阵前与韩遂对话的意思？”贾诩说：“丞相用意虽妙，但还不足以离间他们二人。我有一计，可令马超与韩遂自相仇杀。”曹操问是何计策？贾诩说：“丞相可亲笔写一封书信给韩遂，向他叙说友情、给予厚赏，却故意在紧要之处做一些涂改，然后贴封送给韩遂。马超知道以后必然要看，只要他看见上面的涂改，又必然疑而生乱。我于此时，又暗使韩遂部将出言离间，必然叫他二人反目成仇。”曹操听得频频点头，说道：“此计大妙！”

222. 一封被涂改的书信

韩遂这边也回到了城寨。马超问道：“叔父今日与曹操在阵前都说了一些什么事？”韩遂说：“只说了一些洛阳的旧事和做人的道理。”又问：“两军相对，他怎么如此温情脉脉？”回答说：“是啊，人说曹操狡诈残忍，没想到他竟然说了许多让我感动的话。”马超听了，不禁满心狐疑。

过了数日，又有人告知马超，说曹操有密信送给韩遂。恰如贾诩所料，马超果然来找韩遂索要书信。马超见上面多有涂改，问道：“怎么涂改得一塌糊涂？”韩遂说：“原信如此，不知是何缘故。”马超奇怪地说：“曹操不可能把草稿送来啊？难道是叔父怕我看见细节，故意涂改的？”韩遂说：“贤侄这是说的什么话？我与贤侄同与曹操为敌，怎么会故意涂改他的书信？”马超说：“曹操既与叔父叙说旧情，叔父未必不生异心。”韩遂听着生气，回答说：“你若不信我，来日我请曹操到阵前说话，你从阵内突击而出，一枪刺杀了他，岂不是一了百了？”马超说：“若是如此，当然最好。”

次日，韩遂率领众将出阵，派人到城下前高叫：“韩将军有请丞相说话。”过不一会儿，城门打开，曹洪出阵前来与韩遂相见，距离数步之遥，欠身说道：“丞相已与韩将军说好了的，有事但请韩将军做主，切莫有误。”说完回马便走。

马超藏在旁边，听得大怒，挺枪驱马来问韩遂：“曹操究竟与叔父说好了什么？又要叔父做的什么主？”韩遂辩解说：“我哪里知道他要我做的什么主？”马超不信，愤怒而去。

韩遂满脸无辜，对张横、马玩、杨秋诸将说道：“这事叫我如何解释？”杨秋说：“马超自恃勇猛，常有欺凌韩将军之心。即使胜得了曹操，也很难善待韩将军。以我的愚见，不如干脆投降了曹操，也不失封侯之位。”韩遂说：“我与马腾有结义之亲，怎么忍心与他的儿子反目？”杨秋说：“事物变化，恰如黄河之有转折。除了鉴机识变，哪里还有别的办法？”韩遂听了杨秋的话，就写信给曹操，派杨秋送往土城。曹操大喜，当即许愿封韩遂为西凉侯、杨秋为冠军将军，其余人等皆有官爵；又与杨秋约定放火为号，共谋马超。

杨秋回见韩遂，说：“已与曹丞相约定，今夜放火，里应外合。”韩遂大喜，叫来众将密谋如何设宴，如何醉倒和捆绑马超，如何围攻庞德、马岱。不想马超早有警觉，在帐外听见众人窃窃私议，勃然大怒，挥剑直入，大喝道：“你们好大的胆子，竟敢设计害我！”众人惊起，四散而逃。马超飞起一剑，直往韩遂头上剁去。韩遂来不及拔剑，本能地用手来迎。只听见一声惨叫，韩遂的左手早被砍落。众人见势不妙，挥刀齐出，围绕马超杀成一团。马超奋起勇猛，一剑砍翻了张横，一剑剁倒了马玩，余者各自四散逃生。韩遂却于此时，被左右趁机救走。

马超连忙上马，领军杀出。早有人飞报曹操，曹操便令众将提前行动，前有于禁，后有徐晃，左有夏侯渊，右有曹洪，四面杀来。马超从未时杀到酉时，身边不见了庞德、马岱，就率领一百多骑亲随，在渭桥之上等候。曹军像潮水一样从两面合围，用乱箭射杀马超。马超舞起长枪，将箭矢纷纷打落在地；又纵马冲下桥来，想要杀出一条血路。怎奈曹军重围坚厚，冲突不出。就在往来冲突之际，一支暗箭射倒他的坐骑。马超倒在地上，危急万分。就在此时，庞德、马岱杀到，救起马超，给马超换了一匹战马，翻身杀出一条血路，往西北方向去了。

曹操听说走脱了马超，立即传令：“一定要夜以继日，追到马儿。若有擒获，封大将军。或者能得其首级者，赏千金，封万户侯。”众将得令，一个个争先恐后，都来追袭。马超不顾人困马乏，逃得飞快；从人落在后面，多被曹军擒获。

二十多天后，马超逃到临洮县，身边只剩得庞德、马岱等三十余骑。在此后很长一段时间里，他一直都在纳闷：他是那样英勇无敌，可究竟输在哪里呢？直到在一个深夜的噩梦中，他才蓦然发现，那天在韩遂的大帐里，被他一怒之下砍落的，其实是他自己的左手。

223. 大胜马超的关联作用

话说曹操追击马超，直到安定县才收兵。回到长安，犒赏众将，问道：“你们可知我当初为什么要在潼关坚守不战吗？”众将说：“不知道啊！”曹操说：“我之所以坚守潼关，只为吸引马超和关中、西凉各部军头的主意，把他们引到一处。如此，河西地区必然空虚不备，徐晃、朱灵则可趁机而渡也。”众将说：“原来丞相每闻马超增添援军，都要设酒庆贺，竟是为了这个。”曹操说：“并不止于这个。西部边远，若是众多军头各自据险而守，没有三五年是平复不了的。如今让他们聚在一处，正好一举歼灭。此一石二鸟之妙也，我因此欢喜。”众将都赞：“丞相神谋，我们哪里想得到啊！”曹操说：“我唯一不曾料到的，就是马超的骁勇。一场恶斗，并不亚于赤壁之战。”众将跟着纷纷感叹，都说胜利来得不易。

于是论功行赏，众大欢喜。安定县长史杨阜对曹操说：“马超有吕布之勇，又深得羌人之心。丞相若不乘势把他灭绝，等他恢复气力，岂不又是大患？”曹操说：“我也有心斩草除根，奈何西凉偏远，朝中又有许多事务，只能让他暂且苟活。请你守在西部，为我保全。”当即改任杨阜为凉州参军，与凉州刺史韦康同住冀城，防备马超。又任用张既为京兆尹，与夏侯渊一起留守长安，作为凉州的后援。韩遂的左手已经残废，而且年事老迈，只能带回许都颐养残年。

建安十六年冬十一月，曹操班师返回许都，荀彧率领朝中文武盛典相迎。曹操在城门口驻马而叹，说道：“我自赤壁之战以来，何其萎靡。今日大胜马超，终得扬眉吐气。”

曹操大胜马超的消息，早已惊动了汉宁郡太守张鲁。张鲁的祖父张陵，人称张道陵，七岁能通《道德经》和《河洛图讳》之书，长成为博学之士，后弃官学道，创立正一道。道教尊其为“祖天师”，故又称“正一道”为“天师道”。凡入道者，须以五斗米为资费，又被称为“五斗米道”。张鲁的父亲张衡，与天文学家张衡同名，从小精修至道，而后居阳平山以秘箓教授弟子。张衡之妻卢氏，也在阳平山成道，善于养生，颇得益州牧刘焉一家敬爱。初平二年，刘焉任命张鲁为督义司马，击杀汉中郡太守苏固，而后改汉中郡为汉宁郡。张鲁治理汉中，不称太守，自号为“师君”，以五斗米道教化民众，从此雄踞汉中至今。闻听曹操大败马超，慌忙召集众人商议说：“曹操不可一世，日后必然侵略汉中。请问诸君，如何是好？”阎圃说：“益州牧刘焉已经去世了十八年，其子刘璋继位。刘璋为人，懦弱多疑，根本没有能力守护父亲的基业。以我的建议，师君应该先取西川，以益州和汉中五十四县为本，哪里还用惧怕曹操？”张鲁点头称是，于是授命弟弟张卫起兵攻打西川。

益州牧刘璋听到边关告急，也慌忙召集众人商议。别驾张松昂然而出，说道：“主公不用惊慌。别看那张鲁骄纵自负，我只需凭三寸不烂之舌，便可叫他气焰顿消。”刘璋就问：“别驾有何妙计？”张松说：“我听说曹操纵横天下，先灭了吕布，而后又灭了袁术和袁绍，最近又大破马超。主公可以准备一些礼物，我带着去一趟许都，一来去看看皇帝，二来劝说曹操攻打张鲁。到那时张鲁忙于应战曹操，哪里还有闲心贪图益州呢？”刘璋认为他说得对，准备好益州特产的蜀绣和许多宝贝，以张松为使，送往许都。张松行前，又暗藏了益州的地理图本在身边，以备曹操问答。

第五十六章

在梦中领受舜帝的使命

刘备两次梦见一位长翅膀的长者。第一次在水镜庄，而后有三顾草庐；第二次在荆州城，而后有张松来访。第一次不知长者何人，也不知所梦是何寓意；第二次便知长者是舜帝的使者伯奋，也明明白白听到伯奋传达的使命。三顾草庐之时，诸葛亮就有谋取益州的意图；张松来访，又送来了益州的地图。这些都是刘备的领受，从模糊到清晰，从大略到细致。

张松到许都求见曹操，分明是要将益州献给曹操。曹操何其傲慢，竟然平白地将益州让给了刘备。曹操因为傲慢失去了益州，刘备因为谦卑得到了益州。古代的圣贤们说，谦卑的人往往能够领受到神灵的祝福。看一看刘备，就是一个经典的案例啊！

224. 在许都求见曹操

话说张松到了许都，住在馆驿，每日去丞相府求见曹操。谁知曹操自从大破了马超，甚是傲睨得志，每日或游猎、或狎妓、或宴乐，哪有时间接见张松？张松只得贿赂他的左右近侍，又等候了三日，才有机会通报姓名。

曹操居高而坐，见那张松长得丑陋，心中颇是不屑。便也不客气，开口问道："益州，天府之国也，物产丰富。你家主公刘璋既为益州牧，竟敢对朝廷不理不睬，连年不来进贡，是为什么呢？"张松回答说："只为道路曲折，匪患艰难，不得通进。"曹操喝斥道："我已扫清天下，有什么匪患？"回答说："益州南有刘备，北有马超，东有张鲁，更有不计其数的大贼小贼占山为王，怎么不是匪患？"曹操听他如此冲撞，气得站起，拂袖退往后堂。左右便责备张松说："你看你是怎么说话的，连丞相也敢冲撞？幸亏丞相看你远来不易，没有问你的罪责。事情就到这里，你赶紧回去吧！"连劝带赶，把张松赶出门去。

张松好不气恼，就在门前感叹道："人说蜀道险阻，岂知这许都的人心，更要险阻十倍、百倍！"恰遇一人正要进门，问道："先生且说，许都的人心如何险阻？"张松见那人长得单眉细眼、貌白神清，知道是一个极其聪慧和有辩才的人。相问姓名，原来是敬侯杨敞[①]之后，太尉杨彪之子，在许都有"囊底智"之称的杨修。张松致意说："失敬，失敬，原来是德祖兄。犹记得令尊杨太尉乃

---

① 杨敞（？—前74年），字子明，号君平，司隶部弘农郡华阴县人氏。是赤泉侯杨喜的曾孙，太史令司马迁的女婿，弘农杨氏的一世祖。因为大将军霍光的赏识，被委任为军司马。又先后担任长史、搜粟都尉、大司农、御史大夫、丞相，封安平侯。汉宣帝本始元年去世，谥曰"敬"。

是海内的名望，而今可好？”杨修一笑，回答说：“这里不是说话的地方，有请先生到书院小坐。”

到了书院，请张松就座，令仆人奉茶。杨修问道：“先生刚才说蜀道险阻，未知蜀中风土人情如何？”张松说：“蜀道虽然险阻，风土人情却是极美。不比许都，虽然大路朝天，人心却是极险。”又问：“先生说蜀中风土人情之极美，却不知美在何处？”回答说：“蜀中之美，美在峨眉山仙姿绰约，剑门关崔嵬峥嵘，都江堰神工鬼斧，锦官城膏粱文绣。至于成都平原，沃野千里，水旱从人，物产丰富，人称‘天府之国’。此益生、益寿、益美之州也，故称益州。”又问：“蜀中人物如何？”回答说：“蜀中既称‘天府之国’，人则可称‘天人’，物则可称‘天物’。远古有蚕丛，战国有李冰，至于有汉以来，男有司马相如，女有卓文君。一个个肝肠锦绣，风度俊美，真可谓是天之骄子也！”杨修颇是惊疑，却又不禁神往，又问：“如今益州城内，像先生这样的智能之士，还有几人？”回答说：“益州人文荟萃，乃文乃武、含仁怀义之士不可胜数；像我这样的碌碌之辈，何足挂齿！”

杨修听他如此说，顿时想起晏子使楚的故事，赞道：“先生有晏子一样的急智，我一定要向丞相鼎力推荐。”张松就问：“敢问德祖兄担任的什么官职，能在曹操面前说话？”杨修回答说：“杨修不才，受任丞相府主簿。”

225. 张松的辩才

话说杨修来见曹操，问道：“丞相为什么不喜欢张松？”操曰：“此人出语不逊，甚是可恶。”杨修说：“以丞相之见，张松与祢衡谁更可恶？”曹操说：“祢衡虽然清高，却有惊人的才华。张松岂能跟祢衡相比？”杨修说：“或许张松另有一种才华，虽然不同于祢衡，却也值得称赞。”曹操问：“依德祖之见，张松有什么才华？”杨修回答说：“此人仿佛晏子当年，有急智，有辩才。”曹操有些惊异，说：“德祖既如此说，请容我三思。”

杨修便又来回复张松说：“请先生耐心等待，丞相得空便可接见。”张松满脸苦笑，忽然问道：“令祖自敬侯杨敞以来，可谓世代簪缨。德祖兄既然表字德祖，为什么不立在庙堂辅佐皇帝，却要屈尊做一个区区丞相府的门吏？”杨修听得满面羞惭，强颜回答说：“我虽然职位卑微，但早晚承蒙丞相教诲，却也受用良多。”张松笑道：“我听说曹丞相既不懂道家的智慧，也不讲儒家的仁义，只知道一味地弄权设谋，却怎么能够教诲他人？”杨修说：“先生住在边隅，怎么知道丞相大才呢？我给你看一样东西。”从高阁上取出一卷书来，题曰《孟德新书》。张松从头至尾看了一遍，共一十三篇，却并非道德仁义之语，而是用兵设谋之法。

张松看完，问道：“德祖兄觉得这书写得怎样？”杨修说：“这是丞相的用兵心得。先生刚才嘲笑丞相无才，看看此书可堪传世否？”张松大笑道：“此书在我蜀中，虽三尺小童亦能暗诵，何为‘新书’？这乃是战国无名氏的作品，曹丞相也好意思窃以为己有？”杨修说：“这是丞相的著作，尚未传世。先生说蜀中虽小童亦能暗诵，是胡说的吧？”张松说：“德祖兄若是不信，我便演诵给你来听。”竟把《孟德新书》从头至尾朗诵一遍，并无一字差错。杨修大惊道：“先生虽一目十行，却能过目不忘，真是天下奇才！”

过了两日，杨修又来催问曹操，问道：“张松已在许都等候多日，丞相何时有空接见？”曹操说：“德祖言说此人有急智辩才，我要一个辩才何用？跟我斗嘴吗？”杨修说：“张松之大才，并不止于口齿伶俐。前日我把丞相所撰《孟德新书》给他看，只见他一目十行，过目不忘。如此博闻强记，令人惊叹。”曹操问：“他既然看了我的《孟德新书》，是否还敢狂妄？”杨修回答：“他说此书乃是战国无名氏所作，虽蜀中小儿皆能熟记。”曹操一惊，暗想道：“莫非古人与我暗合？”吩咐杨修把书拿来，一页页撕碎了扔进火盆中焚烧；回头又对杨修说：“来日我到西教场阅兵，你带他来看看我军阵容，要他回去传话。就说等我平定了江南，就要来收复西川。”

到了那日，杨修陪同张松来到西教场。曹操立在高台，并不理睬二人。只听见金鼓敲响，五千虎卫军分作五队，列出红黑青白黄五个方阵。每一个方阵都是一个鲜明的色块，随着鼓声变换阵型，一会儿杀气凛凛，一会儿龙腾虎跃，一会儿势如奔潮。曹操这才转过脸来，问张松说："你在蜀中可曾见过这样的阵容？"张松回答说："蜀中并不需要兵阵，需要的只是仁义。"曹操听得脸色大变，冷笑道："我手提雄兵，所到之处，战无不胜，攻无不取，顺我者生，逆我者死，你可曾听说啊？"张松情知曹操发怒，却全无惧意，冷笑道："丞相所到之处，每战必胜，我也是知道的。例如在濮阳遇到吕布，在宛城遇到张绣，在赤壁遇到周瑜，在华容道遇到关羽，在潼关遇到马超，都是无敌于天下的经典战例！"曹操终于忍耐不住，勃然大怒道："你好大胆子，竟敢传揭我的短处！"喝令左右推出去斩了。杨修慌忙拦住说："请丞相息怒。张松虽然无礼，怎奈是从益州远道而来的客人。"曹操怒不可遏，下令众人用乱棒打出。

张松被打得鼻青脸肿，回到馆驿，收拾了行李，准备返程。坐在那里想："我来时在刘璋和众人面前是开了大口的，就这样空手而归，岂不被人笑话？不如绕道走长江那条水路回去，也好去荆州看看刘备是何等人物，也许另有主见。"于是带着仆从上路，沿着南阳的官道，往荆州而来。

226. 在梦中领受舜帝的使命

话说刘备在荆州，夜来梦见一位鹤发童颜的老者，长着翅膀，从天翩翩而降，落在窗台之上。刘备看那老者眼熟，不知在哪里见过，就问："敢问老人家从何而来？"老者呵呵笑道："我乃是舜帝的臣工伯奋，前来有一事相告。只因人事轮回，舜帝要将益州的土地托付给你。"刘备问："益州山遥路远，我怎么去得？"伯奋说："两日后将会有一个人，姓张名松，从许都而来，送一幅地图给你。"

刘备疑惑不解，正要再问，那伯奋振起翅膀，消失在空中。刘备立时惊醒，惊奇了一夜。

便早起来向诸葛亮诉说，问道："此张松何人？怎么从许都而来，要送益州的地图给我？"诸葛亮大喜，笑道："舜帝既然有使命托付给主公，来日必然有大造化。这个张松，想必来自益州，将有大益于主公。"便吩咐赵云率领五百轻骑赶上前去迎接；又吩咐孙乾布置好馆驿，自与刘备出城十里，到长亭等候张松到来。

临近未时，赵云去而复返，簇拥着一个人到来。刘备见那人长得额镢头尖、鼻僵齿露，心想："此人的相貌，怎么如此寝陋，有甚于我家庞统军师？难道我的使命，竟然应在他的身上？"一面迎上去，满面热情地问候道："先生远来辛苦！"张松也慌忙滚鞍下马，回礼说："久闻皇叔英名，如雷灌耳。今日得见，实为荣幸！"宾主相欢，谈笑风生，相携着入得城来。

酒席之间，众人问起益州美景，无不向往。张松说道："荆州山光水色，亦可谓别有美态。皇叔能以此美地安身，又如何不是神仙？"诸葛亮回答说："我家主公的安身之地，原本是陶谦三次相让的徐州。后来被当今皇帝认作叔叔，又封为豫州牧。但这两个州，都被曹操强占。如今这个荆州，乃是向东吴借来暂住的。"张松说："以我之见，无论皇帝或者州牧，都应该让有德行的人来做。然则自从天下一乱，各州各郡各县，都被蟊贼霸占。这就叫鹊巢鸠占，我深为皇叔不平。"刘备说："天命难测，要我如此颠沛流离，却不知其中是何深意？"

留着张松住了三日。张松也不说明他的来意，刘备也不问他的地图。到了第四日，张松辞去。刘备热诚如故，送到十里长亭。张松暗想："刘备宽仁有度，是一个做主公的好人。我何不劝说他去取蜀中？"于是说道："我看荆州城，乃是四战之地，难以久守，不知皇叔有何打算？"刘备含笑不语。张松便又问道："那日众人说起益州美景，皇叔既然有心向往，难道就没有什么打算？"刘备说："益州山遥路远，哪能轻易去得？况且当今的益州牧刘璋，也是汉室的宗亲，我只能以一个'敬'字相待，可不敢有什么非分之想。"张松说："皇叔此言差矣。

益州虽然山遥路远，我既然能来，你必然能去。至于益州的主权，乃是全体益州人的主权，而不是刘璋一个人的益州。是全体益州人需要一个有德行的州牧，而不是让刘璋占有一个富饶的益州。所谓‘智能之士，思得明君’，就是这个意思。”

刘备便问道：“难道刘璋不是明君？”张松说：“以德行而论，刘璋虽是州牧，却是性格暗弱，因此不能任贤用能。我为益州百姓着想，原本想建言于朝廷，没想到曹操傲睨得志，缺少的也恰好是做主公的德行。皇叔与此二人不同，德尊而望重，若是有意图谋益州，我愿效犬马之劳。”刘备说：“先生立论高远，令人敬佩。怎奈刘璋与我同宗，若是相攻，恐惹天下人唾骂。”张松说：“世间自有人说长，也自有人说短。皇叔若是为了公义，又何必理会这些长长短短的闲话？”

刘备沉吟不语。诸葛亮却颇懂张松的用心，跟着问道：“闻说蜀道崎岖，车不能方轨，马不能联辔。若要取之，不知用何良策？”张松就从袖中取出一卷图纸，递给刘备说：“皇叔但看此图，便可知蜀中道路详情。”刘备与诸葛亮展开来看，只见上面勾勒山川道路形势，又有里程和各处关隘的注明，不由得相视而喜。就听刘备赞道：“相马术有言，按图可得龙骥。如今有了先生的地图，蜀中便亦如龙骥，可先识而后得。”

227. 张松既去，法正又来

话说张松回到益州，刘璋问道：“事情办得怎样？”张松说：“我到许都，被那曹操一手遮天，不曾见到皇帝。”又问：“曹操可愿出兵攻打张鲁？”回答说：“曹操责怪主公，说主公多年不曾朝贡，几乎把我打死。”刘璋大惊道：“这如何是好？”张松说：“我另有一计，找来一个比曹操更厉害的。”刘璋问：“曹操傲视天下，哪有比他更厉害的？”回答说：“曹操傲视天下，却唯独敬畏刘备。只要请来刘备，莫说是张鲁，就是曹操也得望而却步。”

刘璋说：“我也听说过刘备的故事。那曹操有如天雷，时常弄得一惊一乍。那刘备却有如地土，仁慈，宽厚，而有沉毅。但不知如何请得动他？”张松说：“刘备与主公有同宗之谊。可派遣法正前去相请。法正多有机智，必然有所成就。”主簿黄权在旁倾听多时，忽然说道：“刘备与曹操并论英雄，等他来到益州，请问主公如何待他？若是以部下之礼相待，则不能满足他的虚荣；若是以贵宾之礼相待，益州的天空又怎么容得下两个太阳？我以为此计不妥，必然引来许多是非。”张松回答说：“主公身边每日人事纷纭，何曾少过是非？与之相反，刘备到来，不过是一支雇佣军，又能有什么是非？从前刘表令张绣驻守宛城，使得曹操五年之内不能靠近荆州，难道刘备还不如一个区区的张绣吗？”刘璋于是不听黄权的劝告，派遣法正出使荆州。

话说法正来到荆州，呈上刘璋的书信、礼物，刘备拆开书信来看，其中写道：“我听说朋友之间尚且吉凶相救、患难相扶，何况你是我的族兄？而今张鲁在我东北，犯我边界，气势汹汹，令我不安。诚望族兄顾念同宗之情、手足之义，助我剿灭边寇。当你看到这封书信时，我也在期盼着你的车骑，并且已经准备好给你的重酬。”刘备不知法正的底细，故意推脱说：“多谢你家主公的诚意。可惜我在荆州分身乏术，又哪里能够去往益州？”法正说：“张别驾此前跟将军说过，益州之士思得明君，难道将军这么快就忘记了吗？”

刘备一听，便知道法正是张松的心腹。于是吩咐设宴款待，然后亲自送往馆驿安歇。回来又召集诸葛亮、庞统议事。庞统说：“一自曹操南征以来，又有赤壁大战，荆州因之荒残，人物殚尽。而今虽有复兴，然则东有孙权，北有曹操，难以得志。益州沃野千里，广有财富，这可是上天赐给主公复兴汉室的资本啊！而今又幸得张松、法正为内助，你究竟在疑惑什么呢？”刘备说：“我与曹操之所以能够水火相敌，是因为有着不同的做人方式。曹操每每急于事功，而我却要放宽眼量。曹操为人暴厉恣睢，而我却要以仁义为念。曹操喜欢用诡计取巧，而我却要以忠信为本。从前我总是这样跟曹操反着来，因此成就了许多事情。我可不愿意为了一些小利益而放弃我在人世间的信义。”庞统大笑，回答说：“主公所言，的确合乎人间的道德。然则用兵之法，却不可拘执于常理，应该有所权变，否则寸步难行。看看历史上的商汤王和周武王，哪一个不是逆取顺守，成为人间圣君的？况且事成以后，主公不仅可以一如既往地抱持自己的仁义，而且能够得到更好的施行和光大。主公若是犹豫，错过了张松和法正送来的绝好机会，也许就永远地错过了益州。”刘备转头问诸葛亮：“请问你怎么看？”诸葛亮笑道：“难道你忘了舜帝的使命吗？”

刘备这才拿定主意，请法正先回益州答复刘璋；又拜托诸葛亮统领荆州，分派关羽、张飞、赵云守住四处边境；然后点起五万兵马，以庞统为军师，以黄忠为前锋，以魏延殿后，自领中军，一路逶迤，向西而来。

第五十七章

在蜀中做客人的日子

刘备早有谋取益州的意图，在富乐山却宁可错失良机。为什么会这样？只因刘璋热情相待，刘备本性仁慈，实在是于心不忍啊！等到刘备客居日久，刘璋也热情不再，两人之间又生出了彼此不满的仇隙，情势所逼，这才引出刘备反客为主的战事来。

刘璋若有智慧，怎么会邀请刘备入蜀呢？等到刘备既已入蜀，就应该善始善终，又怎么会让他遭遇到客久身贱的困境呢？等到张肃告发张松，又何至于浮躁到要反目成仇的地步呢？多少年前，年轻的诸葛亮远在千山万水之外，就曾经有过“刘璋暗弱”的评语：暗，就是愚昧；弱，就是虚弱而经不起折腾。唉，这个刘璋，暗弱得实在可以！

228. 酒宴上的灿灿剑花

话说刘备大军已到蜀中。刘璋早有吩咐，令沿路郡县供给军需。两人相会于涪城，叙说家族往事，情好甚密。又在东山设宴，饮酒乐甚。刘备感叹说:“富哉，今日之乐！”东山故又名“富乐山”，沿用至今。

庞统和法正叫出刘备，密谋说:“何不趁此良机杀了刘璋，益州便唾手可得。”刘备说:“刘璋与我有情有谊。况且我初来蜀中，还没有建立任何恩信，怎么能够这样鲁莽行事？”两人再三劝说，刘备坚决不从。庞统与法正商议说:“事已至此，就由不得主公了。”便叫魏延上来舞剑，要乘势杀了刘璋。

话说益州从事张任，看见剑花灿灿，情知魏延用心险恶，也拔出剑来，说道:“舞剑必须有对，我愿与魏将军同舞。”那魏延剑术精妙，张任哪是对手？急切之间张任频频用眼光示意刘璝。刘璝说:“对舞不如群舞。”吩咐泠苞、邓贤一齐拔出剑来，四个人把魏延围在中间，风车似的舞动起来。庞统大惊，急忙令亲兵执戈相向，一旦魏延有失，便要一拥而上，大开杀戒。

刘备见势不妙，赶紧站起来，令众人收了兵器，喝斥道:“我们兄弟两个相逢痛饮，你们这是干什么？又不是鸿门宴，要你们舞什么剑？还不给我快快退下！”刘璋也令众侍卫出去解除佩剑。众人纷纷出去，然后纷纷返回。刘备叫魏延上前，赐酒相饮，说道:“我们兄弟两个，乃是同宗的骨血。请将军不要惊扰了我们的情谊。”刘璋在旁边听见，拉着刘备的手，感动地说:“众人各有私念，唯有兄长的这份恩情，我会永远记在心中！”

当夜刘璋返回涪城，刘备也回江边水寨安歇。张任问刘璋说:“主公看到宴席上的险恶了吗？”刘璋回答说:“都是你们各自猜疑。刘备是我的兄长，能有什么险恶？”张任说:“刘备可能并无恶念，但他手下的人却妄想吞并西川，谋图富贵。”刘璋沉吟说：“且让他去驻守边关。只要他远离成都，理应相安无事。”

次日，刘璋就请刘备驻守葭萌关，谨防张鲁犯边。刘备慨然领诺，当即率领本部兵马往葭萌关去了。众人都劝刘璋分派大将守住葭萌关至成都之间各处隘口，以防刘备兵变。刘璋说：“如此疑心重重，岂是用人之道？”众人都来苦劝，说：“害人之心不可有，防人之心不可无。”刘璋无奈，只好吩咐杨怀、高沛二将把守白水关。

229. 孙夫人的任性和荆州的变故

刘备入川的消息，早有探马飞报孙权。顾雍献计说：“刘备远在西川，何不趁机拿下荆州？”孙权点头称是。正在推敲计划，没想到吴国太恰好来到，在屏风后听得清清楚楚，便进来喝斥道：“你们一个个只想着称王称霸，也不管我女儿女婿的性命？”众人吃了一惊，都作声不得。吴国太又指着孙权骂道：“荆州原本也不是你的。就是你的，你把它送给妹妹做陪嫁，那也是一点也不过分。你怎么变成这样，眼里只有利益，全然不念骨肉亲情？”孙权连声喏喏，不敢违逆母训，只得将众人遣散。吴国太这才恨恨而去。

过不两日，孙权又遇着张昭，叙说心事，说：“大好机会一失，荆州何日可得？”张昭说：“此事容易。主公只需差遣一员亲信，带上一两百个手脚利索的人，潜入荆州，送一封书信给令妹。就说国太病危，要她赶紧返回东吴。顺便也要她把阿斗带来，见见吴国太和你这个做舅父的。等到那时，主公就可以要刘备用荆州来换他的夫人和儿子。”孙权问：“我妹妹与刘备的婚姻怎么办？”张昭说：“只要刘备臣服于东吴，主公即可赏赐给他各种富贵，叫他夫妇尽情享受就是。”孙权说：“此计大妙！”

于是秘密派遣周善，带领两百人，都扮作商人，乘船往荆州而来。船只停靠江边，周善入城来见孙夫人，呈上孙权的书信。信中诉说母亲病危，要她赶紧带着阿斗去见一面。孙夫人惊慌失措，问道："皇叔远出，兄长又要我回娘家，这如何是好？"周善说："此去丹徒，一月两月就回，有什么好担心的呢？"孙夫人说："也好，请让我告知军师，即刻便可动身。"周善说："你是荆州的主母，为什么要听军师的？若是军师不许你去，你又能如何？况且国太病势垂危，耽误一刻，都有可能见不到最后一面。还是赶紧动身，顾不了许多。"孙夫人便慌慌张张，将阿斗带在身边，叫起随行三十多人，上马离了荆州城，来到江边上船。

正要开船，忽然听得岸上有人大叫："夫人慢走，赵云有话要说！"原来赵云巡哨刚回，听到消息，吃了一惊，只带着四五个亲兵，旋风一般赶来。周善手执长矛，立在船头，喝道："你是何人，竟敢挡住主母的去路？"不由分说，下令开船。风也顺，水也急，船只立即离岸而去。赵云沿江一路奔跑，一路呼叫："夫人，停船！夫人，停船！"周善不理不睬，只顾加速行船。奔跑了十几里路，看见江滩停泊着一只渔船。赵云便弃了马，带着一名随从跳上渔船，拦住周善的去路。周善先是吩咐军士射箭，被赵云舞起青釭宝剑，将乱箭纷纷拨入水中；临得近了，又吩咐用船头来撞。赵云站在小船上，纵身跳上大船。

青釭宝剑寒光凛凛，东吴兵无不惊倒。赵云找入舱中，见孙夫人抱着阿斗坐在舷窗边，问道："夫人将欲何往？为什么不告知于军师？"孙夫人说："我既然是主母，为什么要告知于军师？况且我母亲病情紧急，哪里顾得了许多！"赵云说："夫人探亲，为什么要带小主人去？"孙夫人说："阿斗是我儿子，我要带他去见外祖母和舅父。"赵云说："就是他的这个舅父，居心叵测。万一有变，吉凶难卜。皇叔一生，只有这点骨血，是我从长坂坡百万曹军中救出，今日被夫人抱去，并不妥当。"孙夫人杏眼怒瞪，骂道："看你平日唯唯诺诺，怎么敢管我的家事？"赵云说："情势紧急，不得不管！"孙夫人喝令身边女兵动手，要把赵云赶下船去。赵云一掌推倒几个，就从孙夫人怀中夺过了阿斗。只见赵云站在船头，一手抱住阿斗，一手仗着宝剑；众女兵团团围住，却不敢靠近。那阿斗爱戴赵云，却也和孙夫人相亲，被吓得不知所措，哇哇乱哭。

周善欺负赵云势孤力单，只顾加速行船。忽然又见下游湖港之内一字儿冒出十几只快船来，船头一员大将，手执丈八蛇矛，却是黑脸的张飞。赵云大喜，叫道:“张将军来得正好！”东吴兵顿时惊呆，眼睁睁看着张飞靠近，跳上船来。周善从船尾赶来，被张飞一矛头刺穿胸脯，倒在孙夫人跟前。孙夫人大惊道:“叔叔为什么无礼？”张飞大眼一瞪，回答说:“嫂嫂不以俺哥哥为重，私自回家，才是无礼！”孙夫人说:“我母亲病情紧急，若是等你哥哥回复去与不去，岂不误了大事？你今日若不放我回去，我就投江死给你看！”

赵云拉着张飞一旁商议说:“真要逼死了夫人，岂不是你我的罪过？只要留下阿斗就好。”张飞就对孙夫人说:“嫂嫂既然要去，俺也不好阻拦。但愿嫂嫂看望了国太，早日回来与哥哥团聚。”说罢，抱起阿斗，与赵云跳回自己的船上，给孙夫人放行，让她去了。可怜孙夫人心乱如麻，回到丹徒，见到母亲身康体健，这才知道受了哥哥的欺骗。

当时孙夫人便要返程。孙权不许，说道:“刘备若是真的爱你，就应该亲自来接你回去。”孙夫人说:“他又不是没有来过，就怕你使计害他！”孙权说:“他若是再来，你就要他在这里陪你，过恩爱逍遥的日子，岂不是好？”孙夫人只好独自寡居，常去甘露寺礼佛祈愿；每次去时，都忍不住登上高山眺望。问从人，益州在什么方位？从人遥指西北。此山因名北顾山，后又写作北固山，沿用至今。

同年，张纮病故，留有遗书，言说秣陵一带江山形胜，有帝王之气。孙权便计划在秣陵建都，筑石头城，改名建业。却把母亲和妹妹留在丹徒，免得母子、兄妹见面争吵。后来，我们再也无从得知，孙夫人究竟过得怎样？也不知道她是否改嫁他人？她究竟是郁郁而终了呢，还是忽然意外地有了自己的新生？

230. 刘备在蜀中的贱客之困

话说刘备驻守葭萌关，直叫张鲁知难而退，一连数月，平安无事。忽然接到诸葛亮的来信，说孙夫人已回东吴去了。刘备无可奈何，对庞统说："我此生有三个夫人，甘夫人与糜夫人都属于温柔体贴的类型；只有这个孙夫人，任性而来，又任性而去。我如今远隔千山万水，怎么管得了她？"庞统说："人生各有性格，主公岂能强求？"刘备说："她有性格，自是天然。只恐她这一去，东吴必然肆无忌惮，大动刀兵。却不知怎么能够保全荆州？"庞统安慰说："主公不必担忧。有诸葛亮在，料想东吴不能轻易得逞。"

又过不多日，听说曹操与孙权在濡须口[1]相战，大胜孙权。又过不多日，说是孙权大胜曹操。传言纷纭，却弄得刘备心神不宁，对庞统说："曹操若是胜了孙权，下一步必然要取荆州。孙权若是胜了曹操，腾出手来，下一步也要来取荆州。我想要调兵回去，心中却犹豫不决。"庞统说："主公先前答应了刘璋驻守葭萌关，而今重任在身，不好说走就走。不如写信给刘璋，只说荆州危急，看他如何决定？"

刘璋看了书信，也是犹豫不决。刘巴说："刘备枭雄，原本不宜留在蜀中。他既然要走，就让他赶紧走吧，免得夜长梦多。"黄权和众人在旁，纷纷附议。刘璋便回复说："荆州有事，请兄长先回。以后益州若有军情，我会另写书信，请兄长再来。"派遣从事王累为信使，送给刘备。

刘备也看了书信，心中却怅然若失，对庞统说："我为他驻守葭萌关，竟然

---

① 濡须口，即濡须河汇入长江的河口。筑有濡须坞，又名东关。

没有一句感谢的话。如今说要走吧，他也不做挽留。难道我被他驱使一场，竟然这样空手而回？”庞统问：“主公是荆州的主人，却是益州的客人，可知客人有暂客、久客与贱客之分？”刘备说：“不知道啊，请先生赐教！”庞统说：“为人驱使者为奴，为人尊处者为客。不能立足者为暂客，能立足者为久客，客久而不能主事者为贱客。主公此来益州，已经沦为贱客了，这种栖栖遑遑，反而不如他刘璋跟前的一个家奴啊！”刘备问：“既为贱客，如何是好？”庞统说：“还能如何？首先，已经不能待在葭萌关了，否则会陷入极大的困境；接下来，要么灰溜溜地返回荆州，要么设法掌握机要，反客为主。”刘备问：“如何掌握机要？”庞统说：“主公可假装要走，却伺机取了白水关，杀了杨怀、高沛，然后直指成都。”刘备有些不忍，却又想起舜帝在梦中托付的使命，便依从庞统的计策，写信回复刘璋，说是计划于某月某日起身返回荆州。

刘璋大喜，拿给众人观看。张松信以为真，急得不行，赶紧回家给刘备写信，准备派一个心腹的人送出。恰在此时，他的哥哥张肃到访，张松急忙把书信藏在袖中，出来陪哥哥说话。说来也是奇怪，他们兄弟两个，张松长得矮小寝陋，张肃却长得伟岸英儒。兄弟两个说话之间，张松无意将书信失落在地上，被张肃的随从捡到。张肃看那信封上写着“玄德公刘备敬启”，心中一惊，立即收藏在贴身的衣裳里面，带回自己家中拆看。只见信中写道：“我从前早有忠言，劝你逆取顺守。而今既然已到益州，就应该积极设谋推进，怎么会突然改变计划，又要返回荆州？请你一定要三思，不要耽误了大事。”

张肃暗想：“我这个弟弟，犯下的可是灭门的大罪！”便拿着书信连夜来向刘璋告发。刘璋大怒道：“好一个张松，我自问待他不薄，他竟然勾结外人谋反！”下令捉拿张松全家，尽数斩首于街市；又紧急派人飞报各处关隘，不许放走一个荆州人。

231. 一举夺取了白水关

此时刘备已经到了白水关前，请杨怀、高沛开门让路。杨怀对高沛说："主公已有命令，这关门怎么开得？"高沛说："不如我俩假装出关去迎接他，却暗藏利刃在身，趁机一刀杀了他，也好了绝后患。"杨怀赞道："此计大妙。"只挑选了两百精兵，出关来迎刘备。双方见面，刘备说："我有秘密事与两位将军商议，请闲人退避。"杨怀与高沛相望了一眼，各自心想："刘备该死，正好一刀杀了他！"

谁知众人刚刚退出，刘备却又把脸变了，一声大喝："给我拿下！"黄忠、魏延从帐后应声而出。杨怀、高沛叫苦不迭，回顾自己带来的两百精兵，都在帐外，哪里来得及使唤？被黄忠、魏延一人捉了一个。刘备骂道："我与你们家的主公乃是同宗兄弟，都是你们这些做小人的各怀私念，故意离间我们的亲情！"庞统进来，下令搜身，果然从他们各自身上搜出一把利刃。

庞统便喝令斩了二人。刘备还在犹豫，庞统说："他二人心怀恶意，要杀主公，罪不可恕。"便喝令刀斧手就在帐前斩了杨怀、高沛。两百蜀兵也都被尽数缴械，不曾走漏了一个。是夜，就要两百蜀兵走在前面，到白水关前叫门。关上听得是自家人马，毫无戒备，当时就把关门开了。刘备大军在后，汹涌而入，一举夺取了白水关。

消息传到成都，刘璋大惊，赶紧召集文官武将问计，说："没想到刘备果然心如豺狼，被他杀害了我两员大将，又被他夺了白水关。你们说，却怎么是好？"黄权说："雒城是成都的屏障。只要扼守住雒城这条咽喉之路，刘备虽有精兵猛将，也无力进击成都。如此坚守一个来月，便可叫刘备困死在蜀中。"刘璋焦虑不已，便授令刘璝、冷苞、张任、邓贤，点起五万大军，星夜赶往雒城驻守。

第五十八章

骑白马的庞统

“落凤坡”这个地名,难道真是来自上天的设计吗?设若庞统不死,诸葛亮便可不离荆州;诸葛亮不离荆州,便没有关羽大意失荆州;没有荆州之失,便可从荆州和益州两路进军中原,复兴汉室,实现诸葛亮当年在隆中的对策。然则庞统毕竟是死了,庞统一死,历史便不可避免地走向了关羽败走麦城和诸葛亮秋风五丈原的凄凉结局。由此观之,诸葛亮哭庞统,哭的是关羽、荆州和他自己的命运啊!

232. 老将黄忠的神箭

话说刘璝赶到雒城，自与张任守住城关，又吩咐冷苞、邓贤到城外依山傍险扎下两个大寨。城关与两个山寨，形成互相呼应的掎角之势。刘备在白水关听到探报，第一支令箭吩咐黄忠去攻冷苞，第二支令箭吩咐魏延去攻邓贤，自己率领大军随后接应。

黄忠回到本部，传令四更造饭，五更出兵。魏延要与黄忠争功，传令二更造饭，三更出兵。三更前后，魏延走在路上，寻思说："我何不先去攻打冷苞，得胜之后再趁势拿下邓贤，两处功劳岂不都是我的？"临时变更方向，直奔冷苞的山寨。天色微明，山谷里一片寂静，魏延自以为得计。谁知冷苞早有防备，忽然一声炮响，伏兵尽起，冲杀而出。荆州兵走了半夜，人困马乏，哪里抵挡得住？只得往后撤退。后撤不到五里，山背后又是一阵鼓声，邓贤又率领一彪军截杀出来。魏延进退维谷，只得纵马上来拼杀。那马忽然踏空了前蹄，跪倒在地，把魏延掀翻了下来。邓贤趁机奔到，挺起长枪来刺魏延。说时迟，那时快，邓贤的枪头刚刚伸出，一支利箭却已经命中了他的脑袋。晨光中只见老将黄忠立马引弓，恍若天神。

冷苞远远看见邓贤翻身落马，急忙赶来营救，却被黄忠一把大刀截住去路。交战四五个回合，冷苞抵挡不住，只得回马奔逃。刚刚回到山寨，黄忠也跟着到了。冷苞情急，带着几名亲兵，往山谷里逃命而去。这条小路乃是通往雒城的捷径。奔走了十多里路，忽然横空拉起一道绊马索，把冷苞连人带马绊倒在地。两边伏兵跃起，刀枪钩镰齐出，把冷苞活捉。原来却是魏延自知违犯了军令，想要将功赎罪，便令邓贤的降卒引路，埋伏在这里，等了个正着。

刘备随后赶到，取了邓贤的山寨。黄忠那边取了冷苞的山寨。时近申时，黄忠收拾妥当，来见刘备，说魏延违犯了军令，按律当斩。过了半个时辰，魏延押解冷苞到寨。刘备说：“魏将军虽然有罪，仍有战功可赎。”吩咐魏延感谢黄忠的救命之恩。又叫人押解冷苞入帐，亲自给他解除捆绑，又赐酒压惊，问道：“你可愿意投降？”冷苞说：“既蒙皇叔免死，如何能够不降？刘璝、张任与我都是生死之交，若能放我回去，也劝他二人来降，雒城岂不唾手可得？”刘备大喜，便赐给衣服鞍马，放他离去。魏延说：“我好不容易捉住此人，只恐他一去不返。”刘备说：“我以仁义待他，料想他也不会负我。”

谁想刘备料想得不准。冷苞回到雒城，见到刘璝、张任，不说被刘备放回，只说：“被我杀了看守，夺得马匹逃回。”刘璝感叹说：“刘备惯于用兵，麾下又有黄忠、魏延这样的猛将，我哪里是他的对手？”思虑再三，决定派人往成都求援。

233. 冷苞在挖掘江堤

刘璋听到战报，大吃一惊。刘璋之子刘循，正值血气方刚，自愿领兵去守雒城。刘璋赞道：“我儿真有英雄气质，却还得一位长者为辅。”就见一人挺身而出，说：“我愿与世子为辅！”众人看时，却是中郎将吴懿。

吴懿，字子远，兖州陈留郡人氏，与刘璋一家可谓世交。吴懿的父亲吴匡，与刘璋的父亲刘焉乃是多年好友。吴懿的妹妹吴苋，又是刘璋三弟刘瑁的遗孀。吴懿为人，果敢而有主见，因此深得刘璋的倚重。当时刘璋便说：“若有舅兄为辅，雒城可保无虞。”吴懿又举荐吴兰、雷铜二人为副将，点起两万兵马，火速增援雒城。

话说吴懿登上雒城，说道：“雒城虽然坚固，却不能被动挨打。好比一棵大树遭到砍伐，后果可想而知。必须有攻有守，才能确保无虞。”冷苞说：“我有一计。刘备所住的寨子，就在山脚，地形最低。只要决开雒水，就可把他们尽数淹死。”

吴懿便拨给冷苞五千精兵，各带锄头、铁锹和箢箕，前去挖掘雒水大堤；又令吴兰、雷铜引兵接应。

那冷苞自以为要立大功，却不料冒出来一个彭羕。彭羕，字永言，广汉郡人氏，一向怀才不遇，只做了一个书佐类的小官。后来又因直言顶撞了上司，被刘璋处以髡钳（剃光头发和胡须）之刑，并且被贬为奴隶。听说刘备大军攻打雒城，先来白水关访问庞统，彻夜长谈。庞统因此激赏彭羕，又把他引荐给刘备。刘备问:“先生此来,有什么见教吗？”彭羕说:“我来救你军中几万人性命。”刘备大惊，又问：“此话怎讲？”彭羕说：“为将之道，怎能不懂地理？大寨紧靠雒水，若是被人决开江堤，岂不是灭顶之灾？”刘备因此警觉，派人通知黄忠、魏延，每日三班用心巡查，若有情况，立即反应。

那一夜，冷苞带着五千精兵，正在挖掘江堤。忽然听得下游水陂上叫喊声四起，知道敌军早有准备，只得急忙撤军。正奔走间，魏延迎面赶来，不过几个回合，一刀砍落了冷苞的长枪，伸手把他活捉了过来。吴兰、雷铜赶来接应，又被黄忠杀退。刘备在大帐里面等候着，看到冷苞，愣了又愣，问道：“怎么是你？”冷苞沉默不语。刘备就骂:“我以仁义待你,放你回去,你怎么敢言而无信，又来害我？这次被我抓住，决不轻饶。”喝令将冷苞推出去斩首。

次日天明，刘备设宴款待彭羕，与庞统商议进军事宜，忽然接到诸葛亮从荆州寄来的书信。信中写道：“我夜来算卦，今年岁次癸巳，罡星在西方。又观乾象，太白金星临于雒城的天空。此卦乃言将帅身上多凶少吉，请主公千万谨慎，并嘱咐士元兄与黄将军、魏将军当心。”刘备看了信，又给庞统看。庞统心想：“诸葛亮怕我取了成都，成了绝世大功，故意来阻拦我的吧？”于是对刘备解释说：“诸葛亮远在荆州，怎么能够看见天空下的雒城？他哪里知道，我也会算太乙神数。罡星在西，说的是主公必得成都。太白金星临于雒城的天空，又刚好应了冷苞被斩首的下场。主公不必惊疑，只管进军。”

234. 骑白马的庞统

刘备取出张松送来的地图，与庞统一同查看。庞统说："我以魏延将军为先锋，从南边的小路进军。主公以黄忠将军为先锋，从山北的大路进军。如此夹攻雒城，各自入城会师。"刘备说："我自来熟于弓马，惯行山路。请军师从大路去攻东门，我走山路去攻西门。"庞统说："大路必有重兵拦截。我走小路，只为取巧。"

次日五更出兵，庞统上马，向刘备道别。忽然坐下马匹仰头一声长嘶，把庞统掀翻下来。刘备急忙跳下马，拉住那马的辔头，问道："此马临阵慌乱，只恐误人性命。我骑的这匹白马，性情驯熟，就换给军师乘用。"庞统感谢说："多谢主公厚恩，请容我以战功回报。"于是又各自上马，互道珍重，分头去了。

却说小路之上，早有蜀中大将张任把守。巡哨的小校远远地看见，叫道："来了！来了！"张任说："且放前军过去，看后面的将领。"看着魏延在前面带着一队人马逶迤而过，后面就是骑白马的庞统。小校说："那人必是刘备无疑。"张任大喜，传令准备弓箭。庞统走在山下的峡谷里，只见道路逼仄，树木丛杂；虽是夏末秋初，四周却阴凉浸骨。一块石头从山上滚落，把众人都吓了一跳。庞统勒住马问："此是何地？"亲兵遥指着一块地名碑，回答说："军师请看，此地名为落凤坡。"庞统吃了一惊，暗想："我别号'凤雏'，此地名为落凤坡，颇不吉利。"传令后军快快退出。张任在山上看得清清楚楚，一声炮响，箭如飞蝗，对着骑白马的庞统射来。可怜庞统浑身插满箭镞，竟如同刺猬一般。

荆州兵当时便惊慌失措，互相拥挤、踩踏，惨叫声震动山谷。魏延在前面听到消息，只因山路逼仄，进退两难。身边有降卒说道："不如向前，杀出山谷，从大路进军。"魏延便身先士卒，向前杀奔雒城。迎面一阵喊杀，左边杀出吴兰，右边杀出雷铜，后面又追来了张任，三路兵马把魏延围在中心。魏延力战三将，不得解脱。

忽见雷铜后军自乱，老将黄忠拍马舞刀杀来。魏延大喜，两下夹攻，杀退吴兰、雷铜，一直冲杀到雒城之下。吴懿大开城门，令刘璝率军杀出。吴兰、雷铜立即调转马头，与刘璝合兵迎战。厮杀到日暮，刘备无法取胜，只得下令退兵。回来不见了庞统，到处追问。问到深夜，忽然听到一位掌旗的兵丁叫道："主公，我死得好惨！"刘备听着是庞统的声音，仔细看却是另一个人的模样，心里大为惊骇，问道："你究竟是何人？"那人回答说："我就是庞士元啊，主公。可恨我不听诸葛亮的劝告，被乱箭射死在落凤坡前。今夜借着掌旗兵的身体，回来向主公报丧。"刘备将信将疑，就请那说话的掌旗兵带路，果然在落凤坡前看到浑身插满箭镞的庞统。"军师啊！"刘备顿时悲从中来，跪拜在地，痛哭流涕。

时近黎明，庞统的魂魄便离开了掌旗兵，化作一只鸾鸟，在山谷里大叫了三声，展翅往东南方向飞去。他飞到了他曾经慧眼断案的耒阳，也飞到了他在赤壁大战时夜读兵书的白果山，最后飞回了家乡襄阳的鹿门山。当他飞过白果山的时候，太阳光照耀着他的翅膀，闪烁出金色的光芒。白果山因此又名金鸾山，今赤壁古战场金鸾山即是。

235. 把荆州托付给关羽

话说七夕佳节，诸葛亮在荆州与众人夜宴，说牛郎织女，说各郡各县的守成，满场都是欢笑。忽然看见西北方一颗星斗，从天而坠，流光四散。诸葛亮惊得连酒盅都掉在地上，叫道："坏了！坏了！"

众人问是什么坏了，诸葛亮说："我此前仰观乾象，太白金星即将临于雒城的天空。因此特意传书给主公，要他一定要小心提防。谁知刚才西方一颗大星坠地，想必是庞士元已经归天了！”众人无不吃惊，都说：“军师不可瞎说！”诸葛亮说：“十天半月之内，必有消息传来。”不过十二三日，果然有使者从蜀中飞马而来，呈上刘备的书信。信中果然说到，七月初七日庞统在落凤坡前被乱箭射死。诸葛亮哭道：“士元兄生于光和二年正月二十七日，今年正值三十六岁的英年。大好年华，不幸早逝，岂不令人痛惜！”众人无不感叹。

诸葛亮说：“士元兄已去，主公要我入蜀相助，我不得不去。”众人问：“军师既然要去，谁来保全荆州？”诸葛亮说：“主公在信中并没有指定谁来保卫荆州，但以我与主公相知，此人必是关将军无疑。”关羽就问：“为何是我？”诸葛亮说：“关将军与主公有桃园结义之情，一定会尽忠竭力保全荆州。”关羽便不推辞，慨然领命。诸葛亮令人取来印绶，递给关羽，说道：“我这就把荆州托付给将军了。”关羽双手来接，回答说：“大丈夫既领重任，除死方休。”

诸葛亮听见他说出一个“死”字，心中不禁打了个寒颤。于是问道：“倘若曹操带兵来攻，你如何抵挡？”关羽回答：“以力拒之。”又问：“倘曹操和孙权同时来攻，又该如何？”关羽回答：“分兵拒之。”诸葛亮心中又是一惊，说道：“若是如此，荆州就危险了。我有八个字，请将军务必牢记。唯有如此，才能保全荆州。”关羽就问：“哪八个字？”诸葛亮便说出八个字来：“东和孙权，北拒曹操。”关羽回答说：“军师如此嘱咐，我一定铭记在心。”

诸葛亮还是不放心，又叫来糜竺、糜芳、马良、伊籍、向朗、关平、周仓、廖化，千叮咛万嘱咐，要众人用心辅佐关羽，不得有失。然后与张飞各领一支军队入川，相约到雒城会师，先到者为头功。他自己率领的这一支军队，以赵云为先锋，又随身带着简雍、蒋琬。蒋琬，字公琰，零陵湘乡人氏，聪明而有气度，被诸葛亮赞为社稷之才。出发那天早上天空晴丽，午间却下了一场阵雨；到了申时，人们看见一只鸾鸟，从他们头顶飞过，飞向了西天的彩虹。太阳光啊，太阳光，那么地耀眼。

第五十九章

到雒城会师

张飞平生有五大快事：怒鞭督邮一也，喝断长坂桥二也，智擒严颜三也，葭萌关夜战马超四也，瓦口关大破张郃五也。其中“智擒严颜”一事,又可分作“智擒严颜”和“义释严颜”两节;“义释严颜”一节，尤其令人称叹。

由此可知，张飞不仅勇猛，却也有智慧和情怀。与诸葛亮各领一支军队入蜀，竟然抢了诸葛亮的头功，真可谓是脍炙人口的佳话。

236. 严颜猛回头，看到第二个张飞

话说诸葛亮与张飞各领一支军队入蜀。张飞临行，诸葛亮嘱咐说：“巴蜀山川险峻，豪杰出乎其中。将军路上一定要谨慎，第一不得掳掠百姓，第二不得鞭挞士卒，第三不得醉酒，以免惹出事端。”张飞欣然领命，回复说：“军师放心，老张虽是一个粗人，却也能识大体。”上马告别，先行而去。

张飞走的是陆路，从荆州到荆山，经仙台山直指垫江。汉朝巴郡的治所，原在江州，至刘璋时代将巴郡一分为三：垫江以北为巴郡，治垫江；江州至临江为永宁郡，治江州；朐忍至鱼复为固陵郡，治鱼复。张飞所向垫江，即是巴郡的治所。前方探马回报：“巴郡太守严颜，宝刀不老，有万夫不当之勇。又善开硬弓，能百步穿杨。”张飞不服，亲自到城外喊话，叫道：“严颜老儿，早早归顺，饶你满城百姓的性命。如若不然，要你好看！”

严颜在城上听说，问道：“此何人也？如此粗暴无礼！”左右回答：“此人是刘备结义的兄弟张飞，当年在长坂桥一声怒喝，吓退过百万曹军。”严颜说：“上次刘备入蜀，我也曾好生接待他过境。如今他的兄弟又来，怎么如此粗暴无礼？”左右回答：“将军不必理会他有礼无礼，只需深沟高垒，坚守不出。他性如烈火，又缺少军粮，求战不得，必然又急又怒。到那时将军再趁机击杀，便可一战而胜。”严颜便任由张飞叫骂，置之不理。

张飞叫骂了一整天，骂疼了自己的嗓子，城上却全无回音。急切间杀到护城河边，又被一阵乱箭射退。次日再来叫骂，那严颜在城门楼上，一箭射中他的头盔。张飞遥指着城楼骂道：“等我拿住你这老匹夫，非把你煮着吃了不可！”骂了一整天，又是一无所获。一连骂了七日，张飞眉头一皱，计上心来，传令众军士四处寻觅路径。严颜守候在城上，忽然不见了张飞的动静，不由得疑惑，

也派了十几个小校，潜出城来，混杂在张飞的军中，探听虚实。

当晚众军士回寨，只见张飞坐在帐中大骂："严颜老匹夫，气杀我也！"便有人上前禀报："将军不须心焦。此处其实有一条小路，可以绕过巴郡，直奔雒城。"张飞问道："既有这条小路，何不早说？"那人回答说："是这几日刚刚探听到的。"张飞沉吟说："嗯，事不宜迟，今夜四更造饭，五更起兵，趁着黎明悄悄离去。你领着我在前面开路，众人都跟在后面。"将命令传达到每一个佰长。

严颜听到消息，大喜道："我就知道这匹夫忍耐不得！"传令三更造饭，四更出城，埋伏在小路两边。天色微明，遥见张飞提马走在前面，放他过去了。严颜等的是后面的粮车，一声鼓响，伏兵尽起，都来抢夺。没想到背后一阵喊杀，一员大将杀到，大喝："严颜老儿来得正好！"严颜猛回头看时，那人长得豹头环眼、燕颔虎须，竟然是第二个张飞。严颜情知中计，惊慌失措，交战不过十个回合，被张飞扑上来扯住了腰带。严颜只觉得身体腾空，被重重地摔于地上。一众军士向前，把他结结实实地捆住。前面的假张飞转头回来，两个张飞哈哈大笑，接着便趁势占据了垫江，入城出榜安民。

张飞坐在郡堂之上，喝令把严颜推上来。严颜昂然而立。张飞怒目圆睁，喝道："败军之将，还不跪下！"严颜冷笑道："你当我是什么人？姓严的只有断头的将军，没有下跪的将军！"张飞气得哇哇乱叫，喝令刀斧手推出去砍头。严颜哈哈大笑道："贼匹夫！不就是砍个头吗？怎么叫得这么吓人，好似要砍你的头一样？"张飞见他如此豪气，便回嗔作喜，走下台阶来，把他推到堂上就座，又亲手为他解除捆绑，低头便拜，说："我老张爱的就是老将军这样的豪杰！"那严颜是个吃软不吃硬的主，便投降了张飞。于是以严颜为前部，直指雒城。所到之处都是严颜的部属，无不闻风归降。

237. 在重围之中力战四将

话说刘备驻扎在雒城外的山寨之中，军中用度渐至于匮乏。法正说："蜀中自来富庶，哪里还缺钱花？"叫人准备一张大白纸，挥动毛笔，画出一道门来。法正说："门内就是益州的府库，需要多少钱，只管进去取用就是。"用手一推，那门吱呀一声就开了，里面黑洞洞的。法正伸手进去，一抓一把铜钱，一抓一把铜钱。只用半个时辰，胳膊也酸了，却抓出来一座小小的钱山。刘备就用这些铜钱四处采购军需。

刘备有了钱粮军需，底气充足，又带兵来攻雒城东门。城中任由外面叫骂，只是不应。那雒城是一座山城，北门都是山路，南门面临雒水，因而无法列阵。看看到了下昼，荆州军队人困马乏，张任悄悄地出了北门，吴兰、雷铜悄悄地出了南门，都往东门包抄过来。刘备正要撤军，忽然东门大开，刘璝从中冲杀而出，张任和吴兰、雷铜又从两侧杀到。荆州军顿时大乱，那张任就在乱军之中纵马过来捉拿刘备。

相战六七个回合，刘备不敌张任，调转马头往山谷中奔走。边走边回头看，可恨张任在背后穷追不舍。纵马加鞭，抬头又见山路上杀出一彪军来。刘备叫苦不迭："后有追兵，前有拦截，难道要我死在此地？"只见迎面一员大将，却是黑脸的张飞。原来张飞与严颜从巴郡一路赶来，正好遇着。张任却也以为那张飞是事先埋伏的奇兵，不敢追赶，便返身回雒城去了。

刘备见着张飞就问："怎么军师还没到来，反而被你抢了头功？"张飞说："一路关隘重重，只因有老将军严颜，并未受到多少阻拦。"刘备便翻身下马，向严颜致礼，说："这都是老将军的功劳。战场之上，无从言谢，请让我以这身甲胄相赠。"当时便脱了身上的黄金锁子甲，双手托送给严颜。严颜推脱不过，只得拜谢。刘备说:“黄忠和魏延还在重围之中,须得赶去救援。”于是领着张飞、严颜,又杀奔雒城而来。忽然遭遇一场阵雨,就在雨水中混战,救出黄忠和魏延。雨水浸淫,地面泥泞,双方各自收兵。

话说吴懿在城中忧心忡忡,对刘瑱、张任说:“相持日久,不见刘备颓败,反而越战越强,不知是什么情况?”张任说:“将军可在城外设伏。我明日前去搦战,把刘备引入埋伏圈,四面攻击,叫他插翅难飞。”吴懿便请公子刘循守城,次日四更造饭,五更出城,静悄悄地埋伏在丛林之中。张任自率数千人马,到刘备寨前搦战。张飞出马与张任交锋,噼里啪啦地战了十几回合。张任抵挡不住,往山谷里败走。

张飞初来,不懂地形,只顾奋力追赶。刘备站在寨门口叫他不应,连忙吩咐魏延赶去接应。张飞在前头追得起劲,忽然一声炮响,左边杀出吴兰,右边杀出雷铜;正待后退,又被吴懿截住归路;再回头时,张任又迎面杀来。就这样,益州军四面围住,张飞力战四将,杀得天昏地暗。

刘备在寨中等待张飞的消息,忽然小校来报,说诸葛亮已经到了江边。刘备迎着诸葛亮问候道:“军师怎么才来?”诸葛亮说:“我日夜兼程,路上并未滞留,怎么还怪我才来?”刘备说:“翼德已经到达多日。”诸葛亮惊问道:“他怎么先到了?”刘备便将张飞义释严颜的故事略述了一遍,诸葛亮赞道:“张将军有勇有谋,可喜可贺啊!”

又问张飞何在?刘备回答说:“他早上出寨迎战,被张任引到山谷里去了。”诸葛亮大惊道:“山谷里面必有埋伏。况且张任乃是蜀中名将,极有胆略。翼德将军此去,凶多吉少。”急忙叫来黄忠、赵云,吩咐说:“我料得翼德将军已经陷入重围。魏延虽然勇猛,毕竟力量单薄。请两位赶紧前去搭救。”黄忠、赵云同声应诺,领命去了。

238. 张任身后的雒城

话说张飞在重围之中力战四将，渐渐手忙脚乱。就在此时，他的马腿上又中了一箭，痛得一个趔趄，把他掀翻在地。只见他跳跃而起，站在岩石上挥舞长矛，众人莫敢近前。

忽然东北方一阵骚动，大将魏延杀入阵来，高声叫道："翼德兄不必惊慌，魏延来也！"吴懿便叫众军士让路，等他进来，却又重新合围。魏延左右冲突，忽然飞马而出，劈头一刀，砍杀了一员校官，夺得马匹，回到张飞身边。张飞便又上了马，一面环顾四周，一面寻思如何突围。这时东北方忽然又是一阵骚动，又杀来了黄忠、赵云。

吴懿见势不妙，急忙下令撤军，却哪里来得及？众人都被冲散。吴兰慌忙间落入水坑，被活捉了。雷铜被黄忠撵到江边，走投无路，只得下马投降。张飞认准了张任，一路穷追不舍。追到金雁桥边，张任忽然回过头来，又与张飞杀成一团。赵云远远看见，便弃了枪，拉满了弓，只一箭便射中了张任那马的脖子。那马噗的一声便倒，把张任压在身体下面。张飞立即伸出长矛，抵住他的面门，活捉了他。

张飞押解着张任，到大帐来见诸葛亮，说道："我比军师早到，须得记我的头功。"诸葛亮赞道："张将军有勇有谋，堪称当世名将！"刘备亦是微笑，转头又问张任："蜀中将领，降我者甚多，你还站在那里做什么？"张任冷笑道："为人臣者忠贞不二，我怎么会降你？"刘备说："与其忠贞于人，何如忠贞于天神？须知人间世事变幻，都是天神的旨意。"张任大骂道："你从荆州而来，心如豺狼，哪里懂得忠贞的意义！"刘备忍住尴尬，再三劝说。张任不依，只求速死。刘备感叹不已，只得令刽子手将他推出，成全了他的意愿。又令人将他葬在金雁桥头，立碑为志。

法正说：“张任身后，已经无人能守雒城。我来向吴懿陈说利害，要他开门献城。”于是写了一封信，说道：“做主公的都希望臣子能够坚守忠贞，做臣子的都希望主公懂得慈爱。从这个意义上讲，刘璋既不懂得，也不慈爱。我们现在要做的，不应该是愚忠，而应该为了全体益州人的未来，重新选择一个更好的候选人。希望子远兄看到这封信以后，能够放弃战争，和我好好地谈论这件事。”写完书信，派二弟法澍送往城中。

吴懿收看来信，又递给书佐张翼观看。张翼说：“法正所言，不无道理。何不请他秘密入城，讨论相关事宜？”吴懿便写了回信，交给法澍，吩咐张翼送出城去。谁知到了城门，正好遇着刘璝巡查。法澍惊慌失措，撒腿就逃。刘璝拈弓搭箭，一箭射中他的大腿。法澍应声倒地，从身上搜出吴懿的书信。张翼见势不妙，奔回向吴懿报信。吴懿正在惊慌，门外已经集结了大批军人。就听见刘璝在外面叫道：“吴懿暗通刘备，图谋不轨。给我四下包围，务必拿住！”吴懿吩咐张翼说：“事出紧急，你赶紧出城通知刘备和法正，要他们带兵前来。”叫家人打开后院的门，让张翼骑马去了。

刘备带兵来时，吴懿已经杀到东门。便要打开城门，迎接刘备大军入城。刘璝赶来阻拦，城门开处，赵云跃马而入，迎面一枪把他刺死。公子刘循听到消息，情知大势已去，慌忙带着十几名亲信从西门逃走。刘备于是入驻雒城，犒赏三军。

第六十章

张鲁眼中的老虎

刘璋派遣黄权到汉中借兵，又引出张飞挑灯夜战马超的故事来。

只因有蔡瑁，刘备在荆州便不得安生；只因有杨松，马超在汉中便不得安生。可怜马超陷在进退两难的困境之中，往前赢不了张飞，往后有杀身之祸，除了投降刘备，哪里还有更好的选择？这就是时势啊，既然连勇猛的马超都投降了刘备，暗弱的刘璋又焉能不降？

239. 到汉中借兵

话说公子刘循逃回成都，诉说雒城已陷落在刘备手中。刘璋大吃一惊，慌忙任命李严为护军都尉，提兵前去把守绵竹。刘璋有一女婿，姓费名观，才兼文武，也被派往军中，做李严的副将。黄权说："李严只能守绵竹于一时。刘备不灭，终是大祸。不如让我去往汉中，向张鲁借兵。"

刘璋说："张鲁与我多有仇隙，怎肯救我？"黄权说："虽然有仇，但此时刘备祸乱蜀中，却也危及张鲁。我去说以利害，他必然肯从。"刘璋说："就算张鲁肯从，他又怎么是刘备的对手？"黄权说："张鲁新近得了一员大将，人称'锦马超'。就是曹操听到他的名字，也是胆战心惊。若得此人相助，刘备必然可破。"

原来马超自从败归西凉，犹如旋风一般攻打陇西各郡各县。又强攻冀城，杀了凉州刺史韦康，留用杨阜、梁宽、赵衢为参军。杨阜暗地里联络抚夷将军姜叙、统兵校尉尹奉、参军赵昂起兵，反叛马超。马超出兵征讨，却被夏侯渊、杨阜、姜叙、赵昂四路大军掩杀。马超的母亲李氏、妻子杨氏和三个年幼的孩子都死在梁宽、赵衢手中。马超家破人亡，走投无路，只得带着庞德、马岱逃往汉中投奔张鲁。张鲁大喜，说道："我有马超，西可以攻益州，东可以拒曹操。"张鲁有女，芳名琪瑛，有心招马超为女婿。大祭酒杨柏惟恐马超得势，私下里劝告张鲁说："马超虽然英雄，却刑克父母妻子。师君岂能不为女儿着想，坏了她的终身大事？"张鲁听了，惊疑不定，只好放下招马超为女婿的念头，另选了两位绝色民女送给马超。

黄权到了南郑，向张鲁说道："蜀中与汉中实为唇齿。蜀中一旦沦陷，汉中必然难保。师君若是相救，愿意割让二十个县城作为酬谢。"张鲁正在犹豫，马超挺身而出，说道：“二十个县城，可谓重酬。请师君派我出征，生擒了刘备，把那二十个县城收入囊中。”张鲁大喜，先请黄权从小路回去报信，随即授权马超为大将，以杨柏为监军，点起两万兵马出征。庞德卧病在床，只能留在汉中修养。马超身边，只带着一个马岱。

240. 在葭萌关夜战马超

话说刘备正在雒城与诸葛亮商议军事，忽然从葭萌关飞来告急文书，说是马超来势凶猛，城关几乎难保。张飞听到消息，冲进来大叫道：“请军师派我去，让我去会会这个马超！”

诸葛亮要用激将之法，故意不理他，却对刘备说：“马超凶猛，只有到荆州去请关将军，才是他的对手。”张飞说：“军师是瞧不起我吗？当年我在长坂桥一声怒喝，连曹操都被吓退，难道马超比曹操还厉害？”诸葛亮说：“张将军当年喝退曹操，只因曹操不知虚实。但马超在潼关杀得曹操割须弃袍，打的却是硬仗。即使是关将军来，也未必有多少胜算。”张飞说：“我给你立下军令状，你就派我去，看我是否胜得了马超！”诸葛亮要的就是他的军令状。于是令张飞为先锋；刘备带着法正和魏延，随后也往葭萌关而来。诸葛亮与赵云、黄忠留守雒城。

张飞初到葭萌关，听得关外有人叫战，下令大开关门，出马喝道：“你是何人？敢在这里撒野？”来人说：“我乃是西凉的马岱。”张飞说：“原来你不是马超。快回去吧，你不是我的对手。你去叫马超那厮来，就说张飞在这里等着他。”马岱大怒道：“你竟敢小觑我！”跃马挺枪，来取张飞。张飞舞起丈八蛇矛迎战，不到十个回合，马岱败走。张飞哈哈大笑，也不追赶。临近傍晚，刘备、法正、魏延也进了城关。歇了一宿，次日天明，忽然鼓声大震，原来是马超到了关外。

刘备就在关楼上，看见那马超头戴一顶狮盔，身穿白袍银铠，英姿飒爽，一表人才。于是感叹说:“人言‘锦马超’,果然名不虚传！”张飞当时就要出战。刘备劝阻他说:“且勿急躁，先避避他的锐气。”马超就在关外大骂张飞，骂他是个缩头的乌龟。张飞就在关上暴跳如雷，三番五次都被刘备拦住了。看看到了午后，刘备望见马超麾下人倦马乏，便叫张飞吃了一些食物，准备出战。张飞狼吞虎咽，吃得干干净净，然后带着五百名骑兵冲出关来，大声呼叫道:“好一匹马儿，可认得我张飞吗？”马超反复打量他的一张黑脸，回答说:“我家世代簪缨，怎么认得你这村野匹夫！”

张飞大怒，挺起长矛，跃马来战马超。大战一百多个回合，不分胜负。刘备在关上赞道:“真是将遇良才！”唯恐张飞有失，下令鸣金收军。张飞回来，只休息了片刻，连头盔也来不及摘，又飞马来到阵前搦战。又是一百多个回合，两个人越战越勇，可谓酣斗。看看到了黄昏，刘备又令鸣金收军。

看着张飞回来，刘备说道:“天色已晚，且待来日再战。”张飞杀得兴起，哪肯罢休？叫道:“我非杀了那马儿不可。多点火把，安排夜战。”此时马超也换了马，在关前高声叫道:“张飞，你敢夜战吗？”张飞便跃马抢出关来，叫道:“我杀不得你，誓不回关！”马超说:“我胜不得你，誓不归营！”两军呐喊，点起千百支火把，照耀得如同白昼。两人厮杀到二十回合，马超心生一计，回马便走。张飞穷追不舍，大叫道:“你往哪里去！”马超暗地里把流星锤掣在手中，猛回头往张飞劈头打来。张飞侧身一闪，那流星锤从耳朵边擦了过去。张飞勒住马，骂道:“你使诈，不是个好汉！”调转马头回来。马超也跟着回来。刘备就在阵前叫道:“马超，我看你是个人才，不愿在黑夜里害你。你且收兵回去歇息，来日再战。”马超听说，便带着军队退去。

241. 张鲁眼中的老虎

话说刘备收兵回来，对法正说：“我爱惜马超一表人才，又恐怕他与翼德死战，两者或有一伤。不知道可有妙计，令马超归降于我？”法正说：“张鲁以马超为大将，却以杨柏为监军，显然是对马超不够信任。杨柏的哥哥杨松是张鲁跟前的红人，极是贪财。主公可差人潜往汉中，用金银财宝结好杨松，要他在张鲁面前谗害马超。等到马超进退失据，主公便可趁机招降了他。”刘备点头，说：“果然是妙计。”便派遣孙乾为使来说杨松。

孙乾说：“你家师君看错了人，今日养虎，来日必成大患。”杨松问是为何，孙乾说：“马超野心勃勃，怎么能够任作大将？一旦他破了葭萌关，占了蜀中，必然自立为蜀中之主。到了那时，他就会反攻汉中，进图中原。”杨松听了，深以为然。孙乾又奉上金银财宝。杨松大喜。孙乾说：“只要说动师君，要马超退兵，到时另有重谢。”杨松便来见张鲁，把孙乾的话转述了一遍。

张鲁问：“你说马超野心勃勃，有何证据？”杨松说：“一试便知。师君可令马超退兵，他若听话，就是忠诚；他若不听，就是野心。”张鲁便派使者通知马超说：“蜀道艰难，粮草运输不便，请将军暂且退兵。”马超回复说：“出师未捷，岂能退兵？”张鲁又派人三番五次催促，马超只是不肯。杨松趁机谗谤说：“此人素来恣意妄行，早晚必反。”张鲁问：“那马超果然是一只野性难驯的老虎，却不知如何才能降伏得了他？”杨松说：“师君可对马超说，你既然如此执意，就以一月为期，攻下葭萌关，拿刘备的人头来见。且看他如何对答？同时也要派军守住各处关隘，以防他发起兵变。”

马超收看了张鲁的书信，大惊道：“刘备麾下，文有法正，武有张飞、魏延，一月之内，怎么攻得下葭萌关？罢，罢，罢，不如班师回去。”谁知张鲁早已命令他的兄弟张卫守住各处关隘，要马超交出兵权，方可准入。马岱说："想必是张鲁听信了谁的谗言，才有这样的变故。若是交出兵权，一无所持，只恐死于冤狱。"马超问："却怎么是好？"

正当兄弟两个惊慌失措之时，帐外忽然有人来访。马超出来看时，来人自称是他的表兄李恢。李恢，字德昂，原本是益州郡的督邮，听说刘备入蜀，赶到雒城投奔，几番交谈，深得刘备的赏识。当时见到马超，便问："姑父、姑母可好？"马超黯然神伤，回答说："家父已死于曹操之手，家母也丧生在兵荒马乱之中。"李恢叹息说："宁做太平之犬，不做乱世之人。战乱之苦，何其悲惨也哉！"马超问道："表兄与我素无来往，今日所为何来？"

李恢说："我已投奔在刘备麾下任职，特来为表弟解困。"马超问："我有什么困？"李恢说："表弟与曹操有杀父之仇，与陇西诸郡有杀母之恨。往前，赢不了张飞；往后，见不到张鲁。天地虽大，哪里才是表弟的容身之地？我因此焦虑难安，不顾风险赶来，希望能够对表弟有所帮助。"马超慨叹说："表兄所言极是，可怜我一世英雄，竟然走投无路。"李恢说："我看刘备此人，不比刘璋，也不比张鲁，是一个有胸怀的主公，早晚必成大业。当年皇帝密授衣带诏之时，姑父也曾与他联手写过《讨贼义状》。而今表弟何不弃暗投明，与刘备同心对抗曹操？"马超反复思考，便设计斩了监军杨柏，与李恢一同前来归降刘备。刘备大喜，亲自来迎，敬为上宾。

242. 马超在城外叫门

话说诸葛亮与赵云、黄忠驻守雒城，李严率军来攻。诸葛亮对赵云说："我看李严武艺不俗。来日再战，你可诈败，把他引入山谷，以奇兵制胜。"等李严引兵再来时，赵云便佯装败退。李严一路追赶，果然落入埋伏圈中。待要回头，后面已被黄忠截住了谷口。

李严来回冲突，犹如困兽。诸葛亮就在山头上喊道："李将军已无路可走，难道还不投降吗？"李严还在犹豫，又听得诸葛亮喊道："我家庞统军师，在落凤坡被乱箭穿身，难道你也想体验一下乱箭穿身的痛苦吗？"李严惊恐万状，只得下马投降。诸葛亮厚待李严，每日都是和颜悦色，交谈甚殷。李严说："费观驻守在绵竹。他虽是刘璋的女婿，却与我是忘年交的兄弟。军师若是信我，我这就去招降费观。"诸葛亮说："我看将军的面相，是个忠义的人。"便放李严去了。过不两日，费观果然开门投降，诸葛亮于是进驻绵竹。又过不多日，刘备带着马超赶到，就在绵竹会师，商议如何攻取成都。

消息传到成都，刘璋惊恐万状。忽然有人来报，说是马超在城外叫门。刘璋只当他是救兵，急忙登上城楼张望。但见城外旌旗招展，果然是马超的劲旅。刘璋又惊又喜，就在城上叫道："马超将军何在？"只见马超骑着一匹骏马，挥鞭指向城楼，回答说："马超在此，还不赶快出城投降？"刘璋听得又是一惊，问道："将军何出此言啊？"马超回答说："我已归降在刘皇叔麾下，请你赶快开门投降，以免市民受苦。如若固执，我这就破城而入，来取你的性命！"刘璋眼前，顿时天旋地转，竟然晕厥在城上。

众人救醒刘璋。刘璋问："事已至此，如之奈何？"黄权说："城里尚有精兵三万多人，钱粮足可支度一年，何不死战到底？"刘璋说："死战到底又能如何？不如开门投降，保全满城百姓的性命。"众人正在议论，忽然有人来报："蜀郡太守许靖，想要翻出城墙降敌，被从事刘巴当场拿获。"刘璋心烦意乱，吩咐说："且将他关在狱中，改日再来论罪。"忽然又有人来报："刘备派遣简雍为使，在城外叫门。"刘璋说："且让他进来，看他是什么道理？"

简雍入城来见刘璋，说："我家主公宽洪大度，并没有相害你的意思。只要你愿意投降，即可保全你的性命和财富。"刘璋说："人生在世，不过是为了快乐逍遥，何必苦苦争斗？"便亲自捧着印绶文籍，与简雍一同出城投降。刘备收下印绶文籍，交付诸葛亮保管，上前握住刘璋的手，感叹说："人世纷乱，犹如洪流。纵然你我兄弟情深，相处也不容易！"就在寨中与刘璋对饮，恰如那日在富乐山的宴会。两人醉酒而泣，哭成一团。

243. 值百钱与《蜀科》

刘备于是自领益州牧，择日入城，满城百姓都来出迎。到了益州府堂，召见文武官员，只有黄权、刘巴称病不来。张飞大怒，要带人前去捉拿。刘备急忙传令："无论是谁，若是危害了这二人的性命，以灭族论罪！"亲自登门，造访二人。二人感动于刘备的气度，这才答应臣服。刘备大喜，任用黄权为偏将军、刘巴为西曹掾。

又与法正商议如何设官任职。说到许靖，刘备说："此人在危急关头背主求生，不可任用。"法正说："世界上有的是浪得虚名而又无德无才的人，许靖就是一个例子。可是人们并不知道他的事实啊。主公若是不对他以礼相待，人们就会责备你傲贤慢士。与之相反，善待一个许靖所产生的效应，却能够招纳到许多贤士。"刘备于是任用诸葛亮为军师将军、董和为掌军中郎将，同署左将军府事；任用法正为蜀郡太守、许靖为左将军长史、庞羲为左将军司马、吴懿为护军将军、严颜为讨逆将军、刘循为奉车中郎将；至于孙乾、简雍、麋竺、麋芳、蒋琬、伊籍、费观、孟达、霍峻、李恢、彭羕、卓膺、李严、吴兰、雷铜、张翼、秦宓、邓芝等人，都有重用；又封关羽为荡寇将军、张飞为征虏将军、赵云为翊军将军、马超为平西将军、黄忠为讨虏将军、魏延为镇北将军，都是名震天下的虎将。

又下令打开益州府库，拿出黄金、白银、铜钱、锦绣、珠宝赏赐众人。三军将士，都有酒肉犒赏。百姓贫民都得到了米粮赈济。一场庆贺，皆大欢喜。赵云心细，前来相问道："主公仁慈，把府库都赏赐了众人，却拿什么来公用？"刘备吃了一惊，又转头来问刘巴。刘巴说："此事很容易就能解决。你既然已经是益州的主公，就可以自己铸造铜钱。可铸造一种新铜钱，要市民们用一百个旧铜钱来兑换；同时下令统一物价，公平买卖。不用一年，财富便会回流到府库之中。”刘备大喜，下令铸造和发行“值百钱”，并对市场经济实行规范化管理。

又令诸葛亮与法正、刘巴、伊籍、李严共同拟定管理制度，以法治蜀，史称《蜀科》。《蜀科》有关条例颇是缜密。法正讨论说：“从前高祖皇帝约法三章，老百姓都感念他的仁爱。现在军师却反其道而行之，严刑峻法，却不知是否得当？”诸葛亮说：“从前秦朝施法暴虐，民怨沸腾，所以高祖皇帝用宽适赢得了他们的认同。而今刘璋暗弱，好人好事得不到奖励，坏人坏事得不到惩处，使得法律废弛，人心纷乱，怎么还能继续宽适？我以严刑峻法，就是为了让大家知道，善恶都有评价标准，人人都要改恶从善。这就是管理之道，只要心有仁爱，那么无论宽严，便都是仁爱。”法正听了，深为叹服。

第六十一章

神迹是怎么发生的？

关羽单刀赴会与踏水不沉的神迹，很快从军队传遍了东吴。那么，世界上真有天神的存在吗？且听神仙焦光如何解答。

---

244. 诸葛亮的回信

话说刘备自领益州牧，诸葛亮劝告说："一屋难容二主，刘璋已不宜留在成都。"刘备便来对刘璋说："贤弟原籍荆州。几年前，我在那里建有一座新城，名曰'公安'，城防齐备，屋舍俨然。贤弟可搬回那里居住，一则便于祭祖，二则也好颐养天年。"刘璋不得不从，即日收拾了几十车财物，带领妻子奴仆启程。刘备又写了一封书信给关羽，要他殷勤照顾。

关羽接着刘璋，设宴相待，说起刘焉在幽州的故事。关羽赞道："令尊一念之见，从幽州到益州，割据巴蜀二十多年，真可谓高明之士也。"刘璋感叹说："先父虽然高明，怎奈有我这样的不肖之子！"又说起蜀中的人物，刘璋说："从西凉来的那个'锦马超'，武艺绝伦。听说他与张飞在葭萌关夜战，可谓当世之双雄。"关羽听在心里，先护送刘璋到公安落户，然后又给刘备写了一封回信，派关平送往成都。

关平快马进入蜀中，只见九天开出一成都，万户千门入画图，真是一座锦绣的城市。便一路观看，一路打听，来到州府拜见伯父，呈上书信，说："父亲听说三叔与马超在葭萌关一场夜战，也要入蜀来与马超比试高低。"刘备大惊道："他身负荆州重任，怎么能够擅离职守？"诸葛亮说："且留贤侄小住两日，我来写信劝说关将军。"关平便住了两日，四处看看景物，品尝一些美食，然后返回荆州。关羽问道："我与马超比试武艺的事，你说过了吗？"关平回答说："军师有回信给你。"

关羽拆开来看，信中写道："听说关将军要与马超比试高低。我以为马超虽然雄烈过人，恰如高祖皇帝当年的黥布、彭越，可与张飞战地争雄，却怎么比得上关将军的俊逸超群？关将军身负荆州重任，倘若一入蜀中，荆州有变，岂不是损害了你美髯公的大名？我想，以你的智慧，应该懂我的意思。”关羽看罢，捋着他的美髯大笑道：“我当然懂诸葛亮的意思，恰如诸葛亮懂我。”把那封书信拿给每一个人看，每一次都开怀大笑，于是放下了入蜀比武的念头。

245. “请你先把夫人归还给我！”

话说孙权住在建业，得知刘备占领了蜀中，对张昭、顾雍说：“当初刘备说是借荆州暂住；说只要取了巴蜀，就要归还荆州。如今他已得了巴蜀四十五县，是不是该要他归还荆州啦？”便派遣顾雍为使，来向关羽讨要。关羽笑道：“我奉兄长之命驻守荆州，不管外交事宜。”

顾雍回来禀报孙权，孙权叹道：“却怎么是好？”张昭说：“刘备所倚仗的，是诸葛亮。诸葛亮的长兄诸葛瑾，就在东吴。何不将诸葛瑾一家老小拘作人质，要他入蜀去求告弟弟，劝刘备归还荆州。诸葛亮念及同胞之情，必然应允。”孙权说：“诸葛瑾是一个诚实君子，我怎么忍心拘禁他的家小？”张昭说：“主公可用软禁，让他们依然生活在家中，只是不得自由。”孙权便派出五十名亲兵，软禁了诸葛瑾一家老小，要他出使益州。

诸葛瑾到了成都，见到二弟诸葛亮，放声大哭。诸葛亮问：“兄长有什么事，如此哀伤？”诸葛瑾说：“孙权要我来讨要荆州。若是要不回来，一家老小都要被他撕票。”诸葛亮大吃一惊，说道：“孙权一代雄主，怎么这样无赖！”想了又想，又来安慰说：“兄长不要担忧，且看我家主公怎么说？”要家人好生接待诸葛瑾，却独自去见刘备。刘备问：“我先前确实写过借条，难道要我现在给他？”诸葛亮说：“荆州原本不是他的，写借条也是事出有因，怎能轻易给他？”刘备问：“若是不给，令兄一家老小如何是好？”诸葛亮说：“我自有主意，要他孙权哑口无言。”

便请刘备写了一封书信，回来递给诸葛瑾说："我家主公说了，荆州自然会归还给东吴，但要东吴先归还孙夫人。"

诸葛瑾只得拿着书信回见孙权。孙权拆开看时，上面写道："仲谋兄既以亲妹嫁我，与我便有郎舅之情，怎么会趁我不在荆州，又将我的夫人偷偷接走？难道在你心中，兄妹与郎舅之情，竟然还不如一座区区的荆州城吗？请你先把夫人归还给我，然后我再给你荆州。"孙权就问张昭："刘备要我归还他家夫人，你说如何回答？"张昭说："这是诸葛亮的诡计。令妹若是不回荆州，他便有理由不还荆州。令妹若是回到荆州，令妹便是荆州的主人，他还是有理由不还荆州。无论主公怎么做，他都占理。"

孙权听得郁闷，便乘船在长江里巡游。又上岸登临赤壁山，缅怀周瑜，写出一首四言诗来，曰："蒲草千里，圻上故垒。莼蒲五月，川谷对鸣。"乃取"蒲""圻"二字置蒲圻县，别称"莼川"。鲁肃驻军在蒲圻隽水河畔，赶来面见孙权。孙权责备他说："赤壁一场大战，耗费东吴多少兵马、钱粮、船舶，却让荆州落在刘备的手中。如今刘备已占领益州四十五县，难道你还不想办法兑现你的借条吗？"

246. 单刀赴会与踏水不沉

鲁肃送走孙权，回来对吕蒙说："主公催我讨要荆州。刘备与诸葛亮远在成都，却不知要向谁讨要。"吕蒙说："关羽是荆州的守将，除了他，还能是谁？"鲁肃想了三日，想出一条计策来，说："赤壁之战已有七年，我来设宴庆贺，请关羽赴会。他若是肯来，我跟他好好说说借荆州的由来。他若是不从，我就用伏兵击杀了他。"便写了一封请柬，派人送往荆州。接着在赤壁山脚的水寨里设宴，等候关羽到来。

关羽收看了请柬，说："既然是大都督相请，我自然要去赴宴。"请使者先自回去。关平说："鲁肃与父亲对峙多年，忽然相约，必无好意。"关羽笑道："我哪有不知道的呢？第一次是顾雍来讨要荆州；第二次是诸葛瑾去成都讨要荆州；这是第三次，鲁肃请我赴宴，用意不是很清楚吗？"关平问："那么，父亲为什么要答应他？"关羽说："我若是不去，他岂不是要笑话我胆小？且看我明日驾一叶小舟，只带几个亲随，单刀赴会，看他能奈我何！"马良劝告说："鲁肃虽有长者之风，但他既任军职，便难免心生诡计，将军不可轻往。"关羽说："从前有个蔺相如，手无缚鸡之力，却在渑池会上傲视秦王。难道我还不如蔺相如，竟然要害怕鲁肃吗？况且我已经答应要去，不去岂不是失信？"马良说："将军一定要去，也要有所准备。"关羽便嘱咐关平挑选五百名善水的健勇，驾驶十只快船，在长江北岸乌林的芦苇丛中等候着，随时接应；又准备了两只渔船，在江面上假装打鱼，实则探望消息。

次日清晨，鲁肃就在山头遥望。辰时才过，只见江面上驶来一只小船；船上一面红旗，在风中招展。船只靠近，便可看见红旗上面绣着一个大大的"关"字。关羽青巾绿袍，就坐在红旗下面。周仓握着他的青龙偃月刀，站在旁边。其余艄公、水手，不过六七个人。鲁肃好不惊疑，上前接着。关羽带着周仓登上趸船，深入东吴军寨，却并不胆怯。鲁肃请关羽就座，周仓就在旁边站着。鲁肃举杯劝酒，又说起黄盖火攻乌林的故事。关羽谈笑自若，也说起华容道的故事。鲁肃说："都是关将军一念之仁，放了曹操，才到今天的局面。"关羽说："我也常常后悔。奈何天意如此，后悔不得。"

酒至半酣，鲁肃说道："赤壁之战以后，刘皇叔借住荆州多年。刘皇叔曾与我相约，一旦取得中原或者巴蜀，便要归还荆州。而今刘皇叔已经占有巴蜀，到了归还荆州的时候了。"关羽说："我的职责是驻守荆州，却不管外交事宜。"鲁肃说："将军总镇荆州，岂能不管荆州的外交事宜？"关羽说："荆州城原本也不是你的，是赤壁之战以后我家赵云将军从曹仁手中夺来的。"鲁肃说："当年刘皇叔从长坂坡败走江夏，日暮途穷。如果不是东吴奋力抗曹，在赤壁大败曹操，赵云将军哪有机会抢占荆州城？荆州城本应是东吴的战利品，是被赵云将军抢占去的。”关羽反问说：“如果不是我家军师游说东吴，东吴早已匍匐在曹操的脚下，又哪里来的赤壁之战？”鲁肃气急败坏，说：“我顾念诸葛亮的情谊，所以把荆州借给刘皇叔暂住，你怎么能够赖着不还？”

关羽正在沉吟，周仓却忍不住高声叫道：“神州有土，上天所赐，凡人皆可居住，又不是你东吴的私产，怎么这样咄咄逼人？”关羽勃然大怒，站起来夺过周仓手中的大刀，责骂道：“我与子敬兄谈论大事，哪里轮得上你多嘴？你给我出去！”周仓会意，大步走出，就在岸边把红旗一招。探望消息的渔船看见，立即禀报关平。只见芦苇丛中，十只快船，有如箭发，奔过江来。

此时关羽右手提着大刀，左手挽住鲁肃的手，故作醉态，说：“子敬兄既然请我赴宴，就应该喝酒，不要谈公事。我已经喝醉了，唯恐自己说错话，伤了老朋友的感情。改天我再请你到我那儿去喝酒，约好了，一定要来，一定要来！”鲁肃惊恐不已，被关羽拉到江边。吕蒙、甘宁伏兵在外，看见关羽控制着鲁肃，都不敢动。只见关羽到了岸边，却叫周仓把船推出，这才放开鲁肃的手，向他道别；转头跳下趸船，在水面上疾行了三四十步，跃上船尾，乘风去了。鲁肃站在那里，看得如痴似呆。

甘宁过来问道：“大都督见到关羽，为什么这样惊惧？”鲁肃回答说：“我等从军，无非有些武艺。而他却自有神威，焉能不惧？”又问：“却不知他有何神威？”鲁肃回答说：“就说你刚才亲眼所见，他竟然可以在水面上行走。我听说只有与天神同在的人，才有这样的信心和这样的英勇无畏，才能创造出这样不可思议的神迹。而他就是这样的人。”

247. 神迹是怎么发生的？

关羽单刀赴会和踏水不沉的故事，很快从军队传遍东吴。孙权将信将疑，问张昭："世界上真有天神的存在吗？"张昭说："我记得当年孙策将军曾经得罪过神仙于吉，因此遭到他的报应。但我不知道于吉与天神之间是什么关系。"孙权说："于吉不是已经死了吗？"张昭说："听说他还活着。据说，神仙是不死的。关于这些奥秘，可以问问焦光。"

焦光，字孝然，冀州河东郡人氏，隐居荒野河边草庐中，见到人也不说话，一年四季只穿一件葛衣，却每日清洁如新。孝灵皇帝三次下诏请他做官，却都被他拒绝。他后来就逃跑，来到长江入海口的焦山上居住，是跟于吉不同类型的另一位神仙。孙权和张昭乘船登上焦山，来向焦光请教天神和神仙的奥秘。当时，焦光在瓜田里很认真地种他的瓜，并不理会孙权的到来。孙权和张昭在田埂上等到正午，焦光才从田里上来。

"什么是神仙？"焦光回答说："神仙就是内心被天神照耀，因而无欲无求、快乐生活的人。神仙也分等级，最快乐的神仙能够与天地同寿，最差的神仙也能够长命百岁。"孙权就把关羽单刀赴会和踏水不沉的故事讲给他听，问："关羽是一位神仙吗？"焦光回答说："我并不知道关羽是谁。听你这样说，他似乎得到过天神的恩赐，但还没有到达自由自在和快乐逍遥的程度。"孙权又问："怎样才能得到天神的恩赐呢？"焦光回答说："只要你能够看到祂，祂就会赐给你信心、勇气和能够创造出神迹的特异功能。你刚才说到的关羽，虽然还没有修炼成神仙，却已经是一个有特异功能的人。"

孙权因此叹服，盛情邀请他出来做官。焦光笑了笑，却忽然化作一道青烟消失在瓜田里。孙权站在那里怅恨了很久，只好带着张昭无奈地离去。过了一些时日，鲁肃从前线回来，孙权跟他谈起焦光的瓜田答问。鲁肃就问："关羽既然能够得到天神的恩赐，那我们这些人呢？"孙权回答说："我不能回答你。也许你也应该去问问焦光。"

鲁肃便也乘船去往焦山，看见焦光还在瓜田里劳作。鲁肃不敢打扰他，只好在田边耐心等候。焦光抬起头来问他："你找我有什么事吗？"鲁肃赶紧回答说："有一事相问，像我们这些肉眼凡胎的人，也能够看见天神吗？"焦光想了想，回答说："天神其实是无处不在的，但你必须通过一些具体的事物才能看到祂。当你全然了解一件事物，你就会从那件事物中看到祂的存在。”鲁肃又问：“我是一个军人。如果我想要打败我的敌人，是否也能得到天神的帮助呢？”焦光回答说：“当然能够，但你必须对那个人有全然的了解。当你了解得越多，你就越有信心和智慧，那便是天神给你的帮助。”

第六十二章

空饭盒的魔力

唉，难道曹操真的成了能够掌握生杀予夺的人吗？竟然用一只空饭盒，要了荀彧、荀攸叔侄两人的性命！

可怜伏皇后，看得懂其中的玄机，却同样逃脱不了惨死的命运！

---

248. 杀人的空饭盒

当鲁肃在寻找天神的时候，曹操却自以为得到了天命。长史董昭对曹操说："还记得许多年前流传至今的那句谶言吗？代汉者，当涂高。现在看来，当涂高者，其实是一个'魏'字。丞相经营邺城已经很久了，邺城乃是魏郡的治所，由此看来，丞相应该就是代汉朝而有天下的当涂高者啊！"曹操笑道："我虽不才，却也愿意为上天效命，希望公仁兄继续帮我！"

董昭于是安排文臣武将向皇帝启奏，说："曹丞相劳苦功高，即使是周公和姜太公也比不上他。请封为魏国公，并让他享受九锡的特殊待遇。"要求把魏郡划做曹操的封国，并让他享受九种特殊的待遇，包括车马（金车大辂和兵车戎辂各一，并匹配有玄牡二驷、黄马八匹）、衣冠（衮冕、朱履）、礼乐（称之为乐悬，演奏编钟、编磬的礼乐制度）、豪宅（俗称朱门）、特殊通道（称之为纳陛）、警卫（虎贲三百人）、斧钺（诛杀罪臣的法权）、弓箭（包括一张彤弓和一百支彤箭、十张玄弓和一千支玄箭，征讨逆贼的兵权）、祭器（包括一种用黑黍酿造的香酒和圭瓒等祭祀祖先的礼器），合称"九锡"。在整个汉朝，只有王莽曾经享受过这种高规格的待遇。

侍中荀彧觉得不合适，说："丞相的初衷是召集义兵匡救国家。既然已经喊出了这样的口号，就要坚守自己的忠贞，并且懂得谦退。作为一个爱人以德的君子，丞相实在不应该做这样的事。"曹操听了，顿时勃然变色。董昭立即起来帮腔说："这是众人的愿望，不能因为你一个人坏了大事。"不顾荀彧反对，率领众人一起向皇帝上表。皇帝无可奈何，只得依言照办。曹操因此受封为魏国公，并成为自王莽以来第二个享受九锡待遇的人。

过不几日，曹操请荀彧到府中赴宴，问道："众人都劝我为魏公、加九锡，你为什么要反对呢？”荀彧回答说：“荣华富贵，不过是转眼烟云，只有道德是立身之本。我为丞相着想，可是一片好心哪！”曹操面无表情地说：“你那么好，叫别人还怎么活呢？”站起身来，拂袖而去。又过不几日，曹操派人送给荀彧一只饭盒。荀彧打开饭盒，里面空无一物，当时便明白了曹操的用意，于是长吁短叹了一整夜，在黎明前服毒身亡。

时隔一年，又有侍中王粲、杜袭、卫凯、和洽四人商议尊曹操为魏王。中书令荀攸说：“丞相一年前刚刚受封为魏公，并且享受到九锡的特殊待遇，可谓位极人臣。而今又要加封魏王，于法于理都是说不通的。”曹操听到王粲的报告，冷笑道：“难道此人也想效仿荀彧吗？”王粲领会曹操的意思，就把他的话转述给荀攸听。荀攸因此忧愤成疾，卧病半月有余，然后莫名其妙地死去。

一只空饭盒，竟然杀了荀彧、荀攸叔侄两人，这就是历史上让很多人不明究竟的“空饭盒事件”。

249. 躲藏在夹墙中的伏皇后

一日，皇后伏寿从宫外回来，把空饭盒的故事讲给皇帝听。皇帝问：“空饭盒究竟有什么魔力，竟然能够连杀两人？”伏皇后说：“皇上有所不知，曹操向来以救世主自命，是他在乱世中拯救了汉朝，是他养活了皇上、满朝文武和天底下的黎民百姓。换一句话讲，我们每个人的饭盒，都是曹操的恩赐。当他把一只空饭盒送给荀彧，意思是说，你不听我的话，就没有饭吃。”

皇帝惊奇地说：“若说天底下的黎民百姓养活了朕和满朝文武，这倒是事实。若说曹操养活了天底下的黎民百姓，却不过是一句荒谬之语。荀彧、荀攸都是有学问的人，难道也相信这种荒谬的话？”伏皇后苦笑道：“岂止是荀彧、荀攸叔侄两人，满朝文武谁不相信？每个人都认为是曹操养活了他，因此感激涕零，甘愿被曹操驱使。甚至有很多人极尽奴才之能，把讨好曹操看作是获得赏赐的路径。”皇帝问：“他们为什么要这样？难道他们不知道曹操是一个坏人吗？”伏皇后说：“他们何尝不知道呢？他们就像监狱里服役的囚犯，手里端着曹操的饭盒，身上承受着曹操的虐待，心里面又是感恩又是怨怼。例如荀彧、荀攸叔侄两人，他们对曹操忠心耿耿，满心希望曹操能够成为像周公那样光照千秋的圣人；可是，只要曹操一生气，他们就只能诚惶诚恐地死去。曹操以救世主自命固然是一件荒谬的事，但人们确确实实把曹操看成了生杀予夺的上帝啊！”皇帝听了，感叹不已。

正说着哩，曹操忽然到来，问道：“皇上和皇后在说什么呢？”皇帝回答：“在说上帝。”曹操笑了起来，又问：“不知上帝与我，哪个对皇上恩大？”皇帝回答：“上帝乃是我的生身之父。丞相纵然功劳卓著，却怎能与祂相比？”曹操脸色一沉，又问：“孙权在建业建造城市，分明是要自立为皇帝，并没有把你这个皇帝放在眼里。我为你着想，打算出兵剿灭了他。你又打算怎么酬谢我呢？”皇帝回答：“丞相若是愿意忠心辅佐我，则天下幸甚，朝廷幸甚，我亦幸甚。若不是这样，那就请你放过我。”曹操听了，惊出一身冷汗，却又无言相对，只能恶狠狠地看了皇帝几眼，拂袖而去。

只待曹操走远，伏皇后说：“我看曹操的眼神，颇是凶狠。如此以下犯上，早晚要篡夺你的皇位。”皇帝哀叹说：“人人都说我是上帝之子，却不知道我为什么得不到上帝的祝福，反而遭到曹操这种逆贼的折磨。”伏皇后说：“你我不能困守，一定要除灭曹操。我来写一封信，要我的父亲来想办法。”皇帝说：“从前朕以衣带诏托付国丈董承，结果给他惹来灭族的大祸，连带董贵人和她腹中的孩子都遭遇不幸。而今若有不慎，只恐国丈伏完和你重蹈国丈董承和董贵人的覆辙。”伏皇后说：“我宁可为自由而死，也不愿过这种囚徒的日子。”于是写下一封书信，令宦官穆顺藏在头发之中，送出宫去。

那皇宫四处，早晚有武士监控。穆顺出门，武士王雷问道：“哪里去？”穆顺说：“皇后有病，令我求医去。”王雷搜他的身上，并无夹带，放他出门。忽然一阵风，吹落了他的帽子。王雷又捡起帽子查看，也没有异常，就把帽子还给穆顺。只见穆顺眼光躲闪，又把帽子戴反了。王雷心疑，再次搜查，从他的头发中搜出了伏皇后的书信。王雷便扣住穆顺，将书信呈献给曹操。曹操展开看时，上面写道："我小时候听父亲教导，人生在世，要像农夫种地一样兴善除恶。曹操奸臣当道已经有很多年了，几乎每一日都令我寝食难安。父亲身为国戚，请一定要为国操劳。若有计策，也请父亲临机自处，但愿能够除灭曹操这个恶人。"曹操大怒，一面重赏王雷，一面下令捉拿国丈伏完，一面又令御史大夫郗虑入宫收缴伏皇后的玺绶。

郗虑率领三百名全副武装的羽林军闯入宫中。皇帝问道："有什么事，这样大动干戈？"郗虑说："奉曹丞相的命令，特来收缴伏皇后的玺绶。"皇帝心胆俱碎，哀叫道："郗公，你饱读史书，可曾听说臣子收缴皇后玺绶的故事？"郗虑说："曹丞相怒气冲天，只恐皇后性命难保。你且把玺绶给我，要皇后赶紧躲藏。"皇帝只好亲自到后宫去取玺绶，要伏皇后躲藏在椒房的夹墙中。

皇帝刚刚把玺绶递给郗虑，尚书令华歆又带着五百名羽林军闯了进来，喝问道："伏皇后何在？"皇帝沉默不语，众人也都说不知。华歆便喝令羽林军四处搜查，在椒房夹墙中发现了瑟瑟发抖的伏皇后。华歆上前，一把揪住伏皇后的头发，把她拖了出来。伏皇后跌倒在地，爬起来问道："我贵为皇后，你为什么要这样虐待我？"华歆冷笑道："你有什么话，都跟曹丞相说去！"不由分说，令人将她从椒房中推搡而出。皇帝看见她披发跣足，又是心疼，又是悲愤，上去抱着她就哭。华歆令人上前，强行将皇帝和伏皇后分开。伏皇后哭着问："我还能活着见到你吗？"皇帝回答说："我也不知能活到几时！"眼睁睁地看着伏皇后被推搡而去。皇帝跌坐在地，泪流满面，问郗虑说："郗公，你看看，你看看，天底下竟然有这样虐待皇后的臣子吗？"郗虑面无表情，令左右将皇帝扶起。

那华歆如狼似虎，押解着伏皇后和她的两个儿子来见曹操。曹操见着伏皇后就骂："我诚心诚意地养活了你们，你怎么不思回报，反来害我？"喝令左右，将她乱棒打死。又转向她的两个儿子，令人灌以毒酒，当场鸩杀。当晚又将国丈伏完全家和宗族两百余口收监，数日后尽斩于街市。时值建安十九年冬十一月，只见冰天雪地之中，纷飞血雨腥风，朝中文武大臣和满城市民，见者无不骇然。

250. “我要的是许褚这样的忠臣！”

话说曹操杀害了伏皇后一家满门，入宫来见皇帝说：“我杀了你一个无德的伏皇后，还你一个有德的曹皇后。我此前嫁了三个女儿给你，你可从中挑一个贤惠有德的，扶作正宫。”皇帝不敢不从，于次年元旦册立曹操之女曹节为正宫皇后。

曹操嫁给皇帝的三个女儿，一名曹宪，一名曹节，一名曹华。这三个女儿，原本是曹操用来控制内宫的工具，孰料天长日久，三个女儿却对皇帝心生了许多同情和怜悯。姐妹三人元宵节回娘家探亲，曹操问道：“皇帝近况如何？”曹节说：“他还能怎样？除了忧伤，还是忧伤。”曹操疑惑不解，又问：“我待他那么好，给他建造宫殿，又送给他那么多美女，他还有什么可忧伤的？”曹节说：“你把他当作宠物豢养，却冒犯了他做皇帝的天威。”曹操大笑，回答说：“他能够活着就颇不容易，还妄想要什么天威？”洋洋自得，把酒自酌，大醉。

醉后拥被而卧，令许褚站在门外守护。曹仁、夏侯惇先后从边城回来拜望曹操，都被许褚挡住。曹仁大怒道：“我俩乃是曹丞相的至亲，你凭什么阻挡？”许褚说：“两位将军虽是至亲，毕竟是外藩。我虽是外姓，如今却是内侍。职责所在，不敢放入。”两个人无可奈何，只得在门外徘徊。曹操醒来听说，赞叹说：“我要的就是许褚这样的忠臣啊！”

于是接见曹仁、夏侯惇，询问边城军情。夏侯惇说：“东吴鲁肃向关羽讨要荆州未果，已于一月前发起战事。关羽抵挡不住，向刘备紧急求援。而今吴、蜀激战甚酣，而我正好隔岸观火。”曹操笑问：“何不趁火打劫？”夏侯惇说：“依我之见，不如先取汉中，然后乘胜再取蜀中。刘备远在荆州，急切间不得返回，蜀中必可一鼓而下。”曹操大赞道：“好主意！”派人去请谋士贾诩，商议军事，要起兵征讨汉中的张鲁。

第六十三章

战事转向合淝

“东和孙权，北拒曹操”是诸葛亮根据荆州地缘制定的战略。一系列的事实证明，只要执行这个战略就会受益，背离这个战略就会受损。

例如这一次，刘备以割让江夏、长沙、桂阳三郡的代价，成功地把战事转向了合淝。“张辽威震逍遥津”、“甘宁百骑袭曹营”都是这次战事中的经典段落。而战事之惨烈,尤以“周泰解衣说创伤”最是令人动容。孙权泪流不止，说一处伤痕就要喝一觥酒，与周泰两个喝得酩酊大醉。

只因这一场大战，曹操在得陇之后，便不能望蜀。刘备集团在蜀中的新政权，也因此得以保全。

251. 吴蜀之间的相争与相和

鲁肃终于向关羽发起了进攻。诚如焦光所言，当他对关羽和荆州了解得越多，他就越有信心和智慧。于是点起四路大军：令甘宁、凌统、孙皎各领一路大军，分头攻打桂阳、长沙、江夏；他自己则与吕蒙率领主力，向荆州城发起冲击。以关羽一个人的神勇，哪里抵挡得住东吴群英的人多势众？只得令关平飞报成都，向刘备求援。

诸葛亮说："益州刚刚平定，实在不宜用兵。不如以湘水为界，把江夏、长沙、桂阳三郡割让给孙权，以此偿还此前'借荆州'的旧债。双方就此言和，并力抵抗曹操。"刘备不听，令诸葛亮主持益州军政；自领大军，以魏延为先锋，沿长江而下，驰援荆州。此时鲁肃已经占领鄂县，在临江的黄鹄山上筑造夏口城；又请孙权亲临蒲圻，在赤壁山上驻军督战。双方在长江两岸对峙两月有余，令刘备陷入焦躁之中。

伊籍忽然从成都送来诸葛亮的书信。信中报说，曹操兴兵征讨汉中，而后必然乘胜来取蜀中。刘备大惊道："却怎么是好？"伊籍说："临行前，军师嘱咐了一条计策。"刘备就问："是何妙计？"伊籍说："军师此前便打算割让江夏、长沙、桂阳三郡给东吴。如今要我以此为代价，去向孙权陈说利害，令他起兵去攻合淝。曹操南面受敌，只能退兵自守，必然顾不得蜀中。"刘备无奈，只得应允。

孙权见到伊籍，问道："先生此来，有何见教？"伊籍说："奉我家主公刘备之命，前来议和。"孙权大感意外，又问："你家主公向来蛮不讲理，怎么想到议和？"伊籍说："我家主公与孙将军，原本就是郎舅。双方失和，受伤的是至亲，受益的却是仇敌。孙将军若是愿意和解，送还我家的孙夫人，我家主公情愿以湘水为界，割让江夏、长沙、桂阳三郡给东吴，以此偿还此前'借荆州'的旧债。"

孙权听说刘备索要夫人，心里便着了慌，回答说："舍妹已于去年染病去世，我哪里还有夫人送还你家主公？"伊籍感叹不已，说道："孙夫人虽已仙逝，两家郎舅之亲犹在。只要孙将军愿意和解，依然将江夏、长沙、桂阳三郡划给东吴。但请孙将军转头去攻合淝，我家主公也好撤军去攻汉中。"孙权说："多谢你家主公盛情，请容我三思。"

于是将伊籍送往馆驿安歇，然后问计于鲁肃。鲁肃说："吴蜀两家，争则两败，和则双赢。不如应允了他，一则可坐收长沙、江夏、桂阳三郡；二则曹操远在汉中，合淝可乘虚而取。"孙权大喜，当即答复伊籍，要刘备向鲁肃交割江夏、桂阳、长沙三郡；自率吕蒙、甘宁、凌统诸将，前来攻打合淝。

252. 得陇之后，不能望蜀

话说曹操西征汉中，攻打阳平关。张鲁派遣大将杨昂、杨任据险而守，对峙五十余日。曹操说："敌军防备森严，以至我无懈可击。不如暂且撤退，使他松懈无备，然后我再以轻骑抄袭他的后路，必有可胜之机。"一面率领大军拔寨而起；暗地里却令夏侯渊、张郃各引三千轻骑兵，分两路去抄袭阳平关后路。

杨昂闻听曹军退去，打算乘势追击。杨任说："曹操诡计多端，不可冒险。"杨昂说："你若害怕，就让我去。"回到寨中，分派少许军士留守，尽提精锐之兵出击。那一日大雾迷漫，能见度越来越低，杨昂不能行军，只能就地扎营。与此同时，夏侯渊也在大雾中误打误撞来到杨昂的寨前。守寨军士听得马蹄声响，以为是杨昂回来了，急忙开门来迎。曹军一涌而入，就在寨中放起火来，趁势攻占了杨昂的五座大寨。等到浓雾消散，杨昂已经陷入重围。张郃赶来，不过四五个回合，一枪将他刺死。曹操大军趁机往回攻打，于是占领了阳平关。

只有杨任杀出一条血路，逃回南郑。张鲁大怒道：“败军之将，有何脸面回来见我？”杨任回答说：“我曾苦劝杨昂，要他不要追击曹军。只因他不肯听劝，故而有此大败。请师君再给我一支军队，让我有机会再战曹操。如若不胜，甘当军令。”张鲁于是分派给杨任两万兵马，令他在路上伏击曹操。夏侯渊先到，杨任伏兵尽起，与夏侯渊大战三十余合。这时，夏侯渊佯败而走，杨任从后追来，被夏侯渊回马一刀斩于马下。夏侯渊便乘胜直指南郑，在城下叫战。

次日，曹操下令飞炮攻打南郑。张鲁斗志全无，只想磕头投降。他的弟弟张卫说：“像你这个样子投降，只会遭到曹操的鄙视。不如一把火烧了府库，去守巴中。”张鲁说：“你我逃走便好，何必烧毁府库？府库中的宝货，理应归国家所有。若能得到保全，他日投降曹操，也算是一件功劳。”令人将宝物妥善封藏，然后于半夜三更，保护着全家老小，从南门杀出。

曹操入驻南郑，见府库封藏完好，心甚欢喜。又派人往巴中劝降，封张鲁为镇南将军、阆中侯，食邑一万户；张鲁有五子，都被封为列侯。张鲁于是带着全家下山来见曹操。曹操以客礼相待，甚是尊重。名将庞德，原本是马超的部属，也被封为“立义将军”、关门亭侯，食邑三百户。汉中九县，因此都被平定。

主簿司马懿进谏说：“刘备刚刚平定益州，蜀人尚未归心。何不乘胜去取蜀中？必然势如破竹，直指成都。此天赐良机也，不可错失。”正在商议，忽然接到流星马飞报，说是孙权破了皖城，眼看要来攻打合淝。曹操苦笑道：“总是天不遂人愿，要我得陇之后，不能望蜀。”便令夏侯渊留守定军山、张郃留守蒙头岩；然后起兵南下，驰援张辽。

刘晔问道：“丞相何故如此慌急？张辽、李典、乐进，总共三员大将，难道守不住一个合淝？”曹操说：“虽然是三员大将，却又互相牵制，不能临阵决断。”便写了一张字条，用木匣装着，派薛悌火速送往合淝。大军随后起动，一路逶迤而来。

253. 张辽威震逍遥津

话说张辽收到木匣，只见上有封条，写着“贼来乃发”四字。过不两日，孙权率领十万大军，来攻合淝。张辽便当众打开木匣观看，里面写道：“若孙权至，张、李二将军出战，乐将军守城。”乐进疑惑不解，张辽回答说：“丞相远在汉中，特此授命我与李典将军出兵迎敌。先挫败了敌军的锋锐，然后才可坚守。”

李典素来与张辽不睦，当时默然不答。乐进察言观色，从中说道：“敌众我寡，难以迎战，不如坚守。”张辽回答说：“你们各怀私心，不顾公事。且让我独自出城迎敌，决一死战。”便叫左右备马。但见李典慨然而起，叫道：“张将军既能如此，难道我就那么差吗？愿听从张将军差遣。”张辽大喜，吩咐李典埋伏在逍遥津，等待东吴兵杀过来时，先拆断了小师桥，然后从三路发起攻击。

此时，孙权的大军已经逼近合淝。前锋甘宁遇着乐进，交战六七个回合，乐进败走。甘宁带着吕蒙，在后紧紧追赶。孙权自领大军在后，从逍遥津踏过小师桥来。忽然听到连珠炮响，张辽从左边杀来，李典从右边杀来。孙权大吃一惊，只听得凌统大声呼叫道：“请主公赶紧回去！”说时迟，那时快，张辽已率领两千轻骑兵当先杀到。凌统拼死力战，掩护着孙权回马跃上小师桥。此时桥南已被拆断一丈有余，其间一片木板也无，惊得孙权手足无措。又听得牙将谷利大声呼叫道：“主公可先往后退，然后放马向前，跳过桥去。”孙权便往后退走三丈，然后快马加鞭，纵马飞过了桥南。

甘宁、吕蒙听见孙权呼救，急忙回军厮杀。只见前有张辽、李典，后面又被乐进追来，东吴兵都陷在逍遥津的北面，被折杀了大半。凌统身中数枪，杀到断桥边上，只得绕河而逃。孙权在对岸看见，急忙命令董袭划船接应，将凌统救回。甘宁、吕蒙亦是浴血奋战，而后跳水泅渡，才能逃得一条性命。可怜这一仗杀得好不惨烈，众将都是死里逃生。此后江南但有小儿夜哭，做父母的就会吓唬他说："张辽来了！张辽来了！"小儿们听说，没有不骇然止啼的。

254. 甘宁百骑袭曹营

话说孙权在濡须口集结大军。不过十数日，曹操入驻合淝，计划攻打濡须口。孙权闻知曹操远来，便问帐下："谁敢当先破敌，去挫败他的锐气？"凌统挺身而出，叫道："我愿往！"孙权问："带多少兵马去？"凌统说："只需三千人足矣。"甘宁说："只需一百轻骑兵即可，何必要三千？"凌统怒问道："你这是什么意思？"两个就在孙权面前争吵起来。

孙权说："曹军势大，不可轻敌。"乃命凌统率领三千精兵出城哨探。凌统出城，正好遇着曹军先锋张辽，恶斗五十回合，不分胜败。孙权唯恐凌统有失，急令吕蒙接应回营。甘宁也来请战，说："我今夜只带一百轻骑兵去劫曹营。哪怕折了一人一骑，也不算是我的功劳。"孙权大赞，赏赐羊肉五十斤、美酒五十坛。

甘宁回到营中，叫那一百个死士排排坐好，每人面前斟满美酒。甘宁自己先吃了两碗，说道："今夜我奉命与诸君前去劫营，请尽情痛饮一番，然后奋勇向前。"众人听得面面相觑。甘宁于是拔剑在手，怒喝道："我为上将，尚且奋不顾身，你们迟疑什么？"众人一向感念甘宁的厚恩，顿时都长跪而起，奋然应诺道："愿为将军效命！"

一顿大餐，吃到二更时光，将羊肉美酒吃光饮尽。甘宁又取来一百根白鹅翎，叫每人插在盔上为记，然后飞马奔向曹军大营。甘宁在前面拔开鹿角，大喊一声，带领众人杀入寨中。曹军从睡梦中惊醒，不知道来了多少敌人，都不敢妄动，任由甘宁那一百轻骑兵在大寨之内纵横冲突。甘宁一路遇魔杀魔，从南门杀进，从南门杀出，无人敢挡。及至天明，甘宁率领一百轻骑兵归来，果然不曾折损一人一骑。孙权亲自前来迎接，拉着甘宁的手，赞道:“曹操有张辽，我有甘宁，谁又惧怕谁呢！”

次日，张辽领兵前来叫战。凌统要与甘宁争功，奋然出阵迎战。只见张辽骑着一匹高头大马，左有李典，右有乐进。凌统纵马挥刀，奔到阵前。乐进接着，两人大战五十回合，不分胜负，惹得曹操也策马前来观看。曹休掩藏在张辽背后，放出一支冷箭，正中凌统的坐骑。那马便跳跃起来，把凌统掀翻在地。乐进见状，急忙挺枪来刺。谁想乐进的枪头才要伸出，只听得弓弦响处，又一支冷箭射中了他的面门。乐进当即翻身落马，摔倒在凌统跟前。两边都来救人，一场厮杀，各自把乐进和凌统救起。

凌统被救回濡须坞，前来拜谢孙权。孙权说:“放箭营救你的，是甘宁啊！”凌统吃了一惊，向前拜谢甘宁说:“多谢甘将军相救！”原来甘宁当年在黄祖麾下，曾经一箭射杀了凌统的父亲凌操，如今又一箭救下了凌统，这样的旧恨新恩，直叫凌统感慨不已。从此两人结为生死之交，不再相互置气。

255. 周泰解衣说创伤

次日，曹操分兵五路来袭濡须:左边两路是张辽、李典，右边两路是徐晃、庞德，曹操自领一军为中路。东吴兵见曹军来势凶猛，无不惧怕。徐盛在楼船上大叫道:“勇者不惧，都跟我来！”率领猛士数百人跳上小船，渡江杀入曹军。董袭站在船头，亲自擂鼓呐喊助威。忽然狂风大作，江上白浪滔天，楼船左右摇晃，众人争相跳水逃命。不一会儿，楼船倾覆，董袭亦葬身于江水之中。

孙权带着周泰也来参战，却被张辽、徐晃两路大军困在垓心。曹操站在高坡上，眼见孙权被围，急忙命令许褚杀入军中，把孙权和他的亲兵冲杀成两段。周泰杀出一条血路，来到江边，回头不见了孙权，又回马杀入阵中，见人就问:

“主公何在？”东吴兵指向兵马重围之处，回答说：“主公被围在那里，挣脱不得！”周泰毅然挺身杀入，对孙权说：“请主公随我一同杀出！”周泰在前，孙权在后，奋力往外冲突。杀到江边，周泰回头一看，又不见孙权，只好又回马杀入阵中。孙权叫道：“枪林箭雨，突破不得，如何是好？”周泰说：“这次请主公在前，我来殿后，必然突围。”孙权便纵马向前，周泰左右掩护。只见曹军围攻猛烈，周泰身上被刺中数枪，鲜血透出重铠。杀到江边，吕蒙率领一支水军赶来，把孙权救上船去。

孙权说：“多亏周泰三进三出，舍命相救。可怜徐盛也被围住，怎么脱得了身？”周泰说：“我再救去他！”又翻身上马杀入重围，救出徐盛。曹军势如潮水奔涌，吕蒙下令放出乱箭，把周泰和徐盛救上船去。孙权帐前爱将陈武，逃入峪口丛林之中，待要回身再战，却被树枝挂住袍袖，被庞德趁机一枪刺透了胸膛。

曹操在高坡上眼见走脱了孙权，便亲自策马赶到江边，与吕蒙对射。江面上箭雨密布，把吕蒙的船队困在芦苇丛中，不能进退。正在惊慌，忽然江面上又赶来一支船队。为首的大将，乃是孙策的女婿陆逊。一阵激射，曹军攻势稍减，陆逊便乘势杀上岸去。曹军大败，被陆逊俘获数万降兵和数千匹战马。

战后清理战场，只见死者尸横遍野，生者头破肢残。孙权感慨不已，下令厚葬陈武与董袭。又感念周泰舍命相救之功，设宴相酬。孙权亲自把盏，抚着他的肩头，泪流满面，说道：“幼平兄忠不顾死，于我有骨肉之恩，我怎能不与你共荣辱、同休戚、委以兵马重任呢？”令周泰解衣袒身，只见他浑身几十处创伤，犹如雕刻一般，令人触目惊心。孙权手指着那些伤痕一一相问，周泰便把每次受伤的经历一一说来。孙权泪流不止，说一处伤痕就要喝一觥酒，与周泰两个喝得酩酊大醉。

次日，孙权酒醒，召集众将议事，说道：“如此恶战，实在太过残忍。我以安民为上，打算向曹操求和，诸位以为如何？”众将议论纷纷，无不感叹战事艰难。孙权于是派人往曹营求和，并且许愿缴纳岁贡。曹操满口答应，双方罢兵休战。孙权便拜周泰为平虏将军，令他留守濡须口，自领众将返回建业。

第六十四章

做魏王的曹操与做“神仙”的左慈

做魏王的曹操，拥有外在的威权。做神仙的左慈，拥有内在的神通。左慈满心都是善意，要用柑子点化曹操。曹操满心都是恶意，却要恩将仇报，四处捉拿左慈。曹操因此得不到救赎，只能陷落在这个充满苦难的世界里，继续着他的争斗。

256. 终于当上了魏王

话说曹操班师返回许都，又有官员称赞他匡救国家的功勋，要尊他为魏王。尚书崔琰不愿苟同，有人劝他说：“识时务者为俊杰，你又何必重蹈荀彧、荀攸的覆辙呢？”崔琰感叹说：“时务啊，时务，总是那样变化不定！”曹操听到告密，大怒道：“他这不是在嘲笑我吗？”下令拿下崔琰，罚他去做苦役。过了一些时日，又派人去看他，只见他虎目虬髯、神采奕奕，一点儿也没有屈服的意思。曹操因此不肯饶恕，再次下令赐死崔琰。

崔琰长相俊朗，体态雄伟，须长四尺，声音洪亮，仪表堂堂。曹操平定北方以后，声威大振，匈奴使者前来朝贡，请求面见曹操。曹操自觉姿貌矮小，不足以显示大国威仪，便令崔琰穿上丞相的制服，作为他的替身接见使者。曹操自己却装作一个捉刀的书吏，站立在崔琰的旁边。等到朝见完毕，曹操派人询问匈奴使者对他的印象。使者回答说：“丞相儒雅非凡，但是站在他座椅旁边那个捉刀的，却怎么也不像是个书吏，而是真正的英雄。”曹操听到这些话，情知被使者看出了破绽，就派人在半路上截杀了他。

崔琰既死，至次年夏五月，群臣联名向皇帝表奏，称颂曹操功高德劭，应该进爵为魏王。皇帝被情势所逼，只得令钟繇草诏，册立曹操为魏王。曹操假装谦卑，三次上书推辞。但在每一次推辞之后，群臣就表奏得更加激烈。这样推辞了三次，曹操才装作无可奈何的样子，接受了魏王的爵位，在邺城建造魏王宫，并且跟众人商议选立谁为世子。

曹操的大老婆丁氏没有生育。二老婆刘氏生下长子曹昂，却在建安二年征讨张绣时被射死在宛城。三老婆卞氏虽出身娼妓，却性格谦顺，生有曹丕、曹彰、曹植、曹熊四子，于是被选立为魏王后。曹操偏爱第三子曹植，早有心选立他为后嗣。曹丕担心自己地位不保，就问计于贾诩。此后但凡曹操出征，几个儿子都来送行，曹植总是能够出口成章地称颂父亲的功德，而曹丕却只是泪眼相望。与此同时，曹操身边的近侍也被曹丕买通，一有机会就说曹丕的好话。曹操于是感叹曹植文采有余，却不及曹丕诚心。等到要册立世子，曹操犹豫不决，问贾诩说："我要选立后嗣，谁更有资格啊？"贾诩沉吟说："我想起许多往事，所以不能回答。"曹操就问："你想起了哪些往事啊？"贾诩回答说："我想起了袁绍、刘表父子。"曹操大笑，于是下定决心立曹丕为世子。

257. 学道有什么好处?

同年冬十月，魏王宫即将竣工，派人到各地采集奇花异果。东吴孙权从温州采摘当地特产大柑子四十余担，水陆兼程送往邺城。挑夫们在山脚下歇息，看见一个先生，头戴白藤冠，身穿青懒衣，瞎着一只眼，跛着一条腿，上来说道："看你们挑得这么辛苦，让我替你们换个肩如何？"挑夫们都欢喜不已，说："好啊！好啊！"那先生挑起担子就走，帮每个人都挑了五里路程。凡是先生挑过的担子，都莫名其妙地变得轻便了。眼看就要到达邺城，先生告别而去，对挑夫们说："你们要记得，我姓左名慈字元放，道号乌角先生，是魏王的同乡。若是有人对你们说三道四，就往我身上推。"

挑夫们到了邺城，献上柑子。曹操亲自品尝，只见金玉其外，剖开却是败絮其中。一连剖开二十几颗，都是如此。把挑夫们拿来责问，便说起路遇左慈的怪事。曹操不信。恰好此时门吏来报："有一人自称左慈，求见大王。"曹操便召见左慈，责问道："你用的什么妖术，坏了我的好果子？"左慈笑道："哪有此事？"就讨要了一颗柑子，剖开一看，里面都是鲜美的果肉。曹操惊疑，也剖开一颗，却还是败絮。曹操越发惊疑，问左慈是何缘故。左慈回答说："这要问你自己的心。心如鲜果，剖开便是果肉；心如败絮，剖开便是败絮。”曹操感叹说：“我每日心力憔悴，确实有如败絮。”左慈大笑起来，说道：“既然如此，何不随我到峨嵋山去学道？”

曹操问：“学道有什么好处？”左慈说：“我在峨嵋山面壁学道三十年，忽见天雷震碎石壁，从中得到《遁甲天书》三卷，上卷名为《天遁》，中卷名为《地遁》，下卷名为《人遁》。天遁之法可飞升太虚，地遁之法能穿山透石，人遁之法能云游四海。有此三遁之法，便可做逍遥自在的神仙。大王若是能够放弃富贵，我愿以三卷天书相授。”曹操说：“我也想激流勇退，过几天安生的日子。怎奈找不到合适的接班人。”左慈说：“是你多虑，怎么没有合适的接班人？当今皇帝虽然文弱，却是一个善良的好皇帝。你若退位，让刘备来辅佐皇帝，准保做得比你还好。”曹操听了，惊叫道：“你从峨嵋山来，峨嵋山就在蜀中，莫非你是刘备的细作？”喝令亲兵拿下左慈，着力拷打。几个亲兵打得手痛，再看左慈，却已熟睡，全无痛楚。曹操无奈，只得将他监禁在狱中。

两日后便是魏王宫落成庆典，官员们都来把酒祝贺。却不知左慈怎么出了监狱，穿着一双木屐，站在庭前。曹操惊问：“你来做什么？”左慈说：“大王今日大宴群臣，不知可有美食相待？”曹操说：“山珍海味都有，就差松江的鲈鱼。”左慈说：“这有何难？”叫人端上一只铜盆，盛满清水；又叫人拿来一支钓竿，就在庭前垂钓。一钓就钓出一尾大鲈鱼，再一钓又钓出一尾大鲈鱼，不一会儿就有十几尾大鲈鱼在地上蹦跳。曹操说：“这些鲈鱼原本就是我家池塘中的，要不你从哪里钓来？”左慈说：“大王不要欺负人。天下的鲈鱼只有两腮，唯独松江鲈鱼有四腮。不信你自己看。”众人都来看，果然是四腮。

左慈又说：“烹制松江鲈鱼，需要紫芽姜。”曹操问：“你也能取来吗？”左慈说：“也很容易。”把铜盆里的水倒掉，用衣袍覆盖其上，再掀开衣袍，便是满盆的紫芽姜。叫人将大鲈鱼和紫芽姜送往厨下烹制，不大一会儿，一道鲜美的松江鲈鱼便送上桌来。左慈取了一只玉杯，斟满佳酿，来向曹操敬酒，说道：“请大王喝了杯中酒，然后跟我学道去吧！”曹操不知道他弄的什么古怪，推脱说：“你先喝！”左慈拔出头上的玉簪，将杯中酒划为两半，自饮一半，把另一半敬奉给曹操。曹操不肯，就大声地喝斥他。左慈便把玉杯抛向空中，化成一只白鸠，绕殿而飞。众人都看着那白鸠，飞出大殿之外。

再看左慈，也不知所踪。四处探听，有人来报说：“左慈大笑着出了宫门，到街市上去了。”曹操骂道：“如此妖人，不可不除。”命令许褚带领亲兵赶去捉拿。许褚赶到街市，只见满街市民都穿着木履，都是左慈的模样，不知道哪个才是真左慈。回来报告曹操，曹操只好恨恨作罢。

过了几日，有人在大山里面看见了左慈。曹操吩咐说：“你给我多带些人去，一定要把那妖人拿获。”许褚带了三百名全副武装的亲兵追赶过去，看见左慈在前面漫步而行。许褚大喜，策马追赶，却怎么也追赶不上。追赶到深山，遇见一群羊。左慈走入羊群，顿时不见。许褚又急又气，便杀尽群羊而回。牧羊的儿童就坐在地上哭，忽然看见一只羊头张嘴说道：“你把羊头接在羊脖子上，可让它死而复活。”儿童吃了一惊，拔腿就走。才走两步，却听见后面有人喊：“莫走，莫走，你看看你的羊子都活了！”儿童回头来看，地上的死羊果然都活着站了起来；再四处寻找，竟不知说话的人去了何处。

258. 元宵节有人叛乱

话说左慈走后不久，曹操便发作了疾病。太史丞许芝从许都来，看见曹操精神恍惚、容颜憔悴，惊问道：“几月不见丞相，怎么变成这样？”曹操说：“自从我进位为魏王，不知何故，总觉得心神悸动，不得安宁。近来又发作了头风病，服用了许多药物，都不见效。”许芝说：“这种病不是药物能够治好的，需要修道养心。”曹操说：“前些时来了一个妖人，名叫左慈，也要我抛弃荣华富贵去学道，不知是什么用意？”许芝大惊道：“那可不是妖人，是当世的神仙。丞相若能得到此人，便没有他治不了的病。”曹操不信，回答说：“此人变化成羊，被许褚将军杀了。他连自己都救治不了，哪能救治得了我？”

转眼又是新年。正月十五日，许都城内六街三市竞放花灯。有人趁机纵火焚烧羽林军的大营，发起叛乱。丞相府长史王必被一箭射中肩膀，负痛赶到曹休家中报信。曹休急忙披挂上马，点起亲兵一千余人赶到宫中看住皇帝。只见城中四处火起，烧着了五凤楼，有人在火光中奔突叫喊：“杀尽曹贼，振兴大汉！”夏侯惇驻扎在许都城外，望见城中火势奔腾，急忙率领大军入城接应曹休。混杀到天明，捉住叛乱者，却原来是少府侍中耿纪和丞相府司直韦晃。

夏侯惇审问二人：“丞相待你们不薄，为什么要做逆贼？”耿纪反问道：“什么丞相？曹操窃据丞相大位，不思尽忠报国，只管欺凌皇帝和损公肥私，天底下有这样的丞相吗？大汉朝的资产，都被他鲸吞到了魏国。到底谁是逆贼？不是他，不是我，是曹操和你们这些做爪牙的贼人！”夏侯惇冷笑道：“我看是你的嘴利，还是我的刀利！”令刽子手用刀割掉耿纪的嘴巴，使得他鲜血淋漓地惨死。再问韦晃，韦晃以头撞地，连声大骂：“可恨！可恨！”最后竟一头撞死在地。夏侯惇不能罢休，又四处搜查余党及其宗族，拿获五千余人，都下在狱中。

曹操在邺城听到报告，惊骇得不行，叫道：“天底下哪来这么多恶人，恨不得要喝我的血、吃我的肉？我若不是丞相，我若不做魏王，真不知道会遭遇怎样的局面！”便守在邺城，不愿轻易外出。此时王必伤势沉重，已死在家中。曹操便令曹休接任王必之职，总领许都的羽林军。又在魏国设置一班官吏，以钟繇为相国，以华歆为御史大夫。从此军令与政令，都改从邺城发出。

第六十五章

败军之将张郃

张郃，魏之名将也，却不幸遇到了张飞和黄忠。

259. 城上一个张郃，城外一个张飞

话说刘备与孙权议和，割让江夏、桂阳、长沙三郡，嘱托关羽好生保有剩余领土；然后急忙返回成都，令马超驻守下辨、张飞驻守巴西。曹操在邺城接到战报，说:“此二人都是劲敌，不可小觑！”乃令曹洪率领五万兵马，增援汉中。

曹洪到达南郑，召集众将议事，令夏侯渊在北面防守马超，令张郃在南面防守张飞。又特意叮嘱张郃说:“巴西守将张飞，勇猛难敌，请儁乂兄好生把守。”张郃说:“人人都怕张飞，我却不怕。愿领本部兵马，把他生擒过来，献与将军。”曹洪训斥道：“军法大事，不可戏言！”张郃仰头回答道：“愿以军令状为凭。”

早有探马报到巴西。张飞与众将议事，雷铜说:“阆中山势险恶，适合伏兵。请将军引兵出战，我出奇兵相助，张郃必败。”张飞于是领兵出了阆中，正遇着张郃，两人大战二十多个回合。此时张郃后军忽然看见山背后丛林之中旗幡飘动，不知道埋伏了多少兵马，顿时大乱。张郃惊慌失措，调转马头就走。张飞趁势掩杀，雷铜又从前面山坳里杀出，把曹军杀得一败涂地。当夜，张郃退守宕渠县，又分兵守住蒙头寨和荡石寨，多置擂木炮石坚守，再也不敢轻言出战。

张飞带兵前来挑战。那张郃却只在城楼上奏乐饮酒，并不应战。张飞带领蜀军百般辱骂，张郃充耳不闻。张飞性急，带领蜀军冲击上来。张郃一声令下，擂木炮石纷飞，打死打伤蜀军无数。张飞无奈，只得含恨退下。以后一连月余，张飞无计可施，每日只在城外饮酒，饮到醉时便攀上土山，对着城楼大骂张郃。

刘备听说张飞终日酗酒，大惊失色，急问诸葛亮如何是好？诸葛亮笑道:“张将军好酒，且送五十瓮好酒到军前，让他痛饮。”刘备说：“我这个兄弟，常常因为酗酒误事，你怎么还要送酒给他？”诸葛亮笑道：“主公与张将军做了这多

年的兄弟，难道还不知道他的为人吗？自从义释严颜，可见他并非鲁莽，而是有勇有谋。如今与张郃相拒一月有余，每日里喝酒骂人，可不是在贪杯，而是在用计。”刘备说：“虽然如此，但也不能掉以轻心。要派魏延去做一些必要的防备。”诸葛亮就派魏延押运了五十瓮好酒送到军前。张飞大喜，吩咐将酒瓮排在城外，令众军士鼓乐而饮；暗地里却吩咐魏延、雷铜各带一支人马，埋伏在暗处。

张郃从城楼上观望，只见张飞坐在帐前饮酒，令两个小卒在场地上相扑为戏。张郃冷笑道：“此人忘乎所以，今夜便要他好看！”当夜张郃乘着月色微明，打开城门，直奔张飞的大寨。远远看见帐中灯火通明，隐隐绰绰有人坐在那里饮酒。张郃暗自得意，大喝一声，纵马杀入，从侧面一枪刺倒张飞；再一看，却是一个草人，顿时惊得急忙回马。就听得帐后连珠炮响，一员大将拦住去路，正是灶王爷似的张飞。张郃暗自叫苦，一面硬着头皮迎战张飞，一面指望着蒙头寨与荡石寨的救兵。

谁知魏延、雷铜早有准备，分头出击，杀退蒙头寨、荡石寨的救兵，就势夺了两寨。张郃无奈，就与张飞在火光之中恶战，噼里啪啦地打到五十多个回合。此时又见城楼上变换旗幡，被张飞后军夺了宕渠县城。眼见大势已去，张郃只得弃寨而走。张飞大获全胜，派遣使者向成都告捷。

260. 通往瓦口关的山路

话说张郃的本部兵马，三万已折了两万，一面退守瓦口关，一面向曹洪求救。曹洪大怒道：“你不听我的话，非要逞能，一败再败，还有脸来求救？”张郃无奈，对左右说：“蜀军在后追赶，曹子廉不肯支援。我们只能设计，于败中求胜。”于是先在山坳里埋下伏兵，自己率领一军迎战蜀将雷铜。交战不过几个回合，张郃败走。雷铜也不警觉，紧追不舍，两边伏兵齐出，截断他的后路。雷铜大惊，正要整顿兵马杀敌，却见张郃从前面杀了回来。只需三四个回合，张郃骤然一枪，将雷铜刺倒在马下。

张飞在后面听说，便与魏延商议："张郃用埋伏计杀了雷铜，我何不将计就计，趁机击杀张郃，为雷铜报仇？"吩咐众军士砍伐了十几车柴草备用。次日，张飞带兵前来，遇着张郃，两边交锋八九个回合。张郃又诈败而走，引诱着张飞过了山峪口，然后调转马头再战；指望山后再起伏兵，要困杀张飞。不料伏兵刚起，却被魏延将十几车柴草放火烧着，连着山谷里草木一起燃烧，烟火顿时截住了山路。张飞后顾无忧，只管纵马冲杀。张郃抵挡不住，慌忙退入瓦口关。

张飞和魏延追到关下，一连攻打多日，张郃坚守不出。张飞便后退二十里扎营，与魏延带领数十骑亲随四处哨探。忽然看见男女数人，各自背着包袱，从山间小路攀附着藤蔓下来。张飞眼前一亮，用手遥指，向魏延说道："巧夺瓦口关，就在这几个老百姓身上。"吩咐军士："跟我好言好语，去把那几个老百姓唤来。"便把老百姓带到马前，张飞问道："大哥大嫂，从哪里来呀？"回答说："我们从苍溪县来，要从此回家去。只因你们两边打仗，阻塞了阆中的官道，只得绕道从梓潼山桧釿川[①]而来。"又问："从这条路能通瓦口关否？"回答说："从梓潼山小路，可到瓦口关背后。"张飞大喜，将老百姓带入寨中，以酒食相待。次日，吩咐魏延到瓦口关前叫战；暗地里却要老百姓做向导，张飞亲自带领八百壮士，从山路攀援而上，去抄瓦口关的后路。

话说张郃那日守在关楼之上，看魏延在下面叫骂。八百壮士从瓦口关后山现身，一齐射出火箭，把关上的屋舍柴草尽数点着，烧起一道烈焰奔腾的火龙。张郃大惊，回头赶来救火，却被魏延趁机攀登上墙，攻上关来。张郃只得翻身上马，在关后的山路上奔逃。张飞紧追不舍。山路树枝纵横，张郃便弃了马，上山钻入丛林，才得逃脱。

---

① 桧釿川，今名七里峡，可直通南郑。

261. 转战葭萌关

话说张郃步行逃走到南郑，曹洪大怒道：“你自己逞能，败到全军覆没，还有脸回来？”喝令左右推出去斩首。行军司马郭淮劝阻说：“张郃虽然有罪，却是魏王的爱将。不如要他戴罪立功，去攻打葭萌关。”曹洪说：“他既然不敌张飞，却怎么敌得过马超？”郭淮说：“将军给他一个机会，他必然苦战。如不成功，再来两罪并罚。”曹洪便分拨五千新兵给张郃，要他来攻打葭萌关。

葭萌关的两员守将，一名霍峻，一名孟达，与张郃两次交锋，两次大败。霍峻对孟达说：“张郃骁勇难敌，须得紧急求救。”令人飞马向成都告急。刘备急忙召集众人议事。诸葛亮说：“张郃最怕张飞。可往阆中去请张飞，即可令张郃望而生畏。”法正说：“张飞将军镇守阆中，也是紧要之地，不可轻动。可另选一将去破张郃。”诸葛亮笑道：“张郃乃河北名将，除非张飞，无人可挡。”老将黄忠听得着急，忍不住高声叫道：“军师说话太不中听。请让我去，看我砍了张郃那厮的脑袋。”诸葛亮说：“黄老将军虽勇，到底是年老了，恐怕不是张郃的对手。”黄忠气得白发倒竖，说道：“我虽年老，浑身还有千斤之力，怎么不是张郃的对手？”诸葛亮说：“将军年近七十，如何不老？”黄忠便大踏步下堂，抡起大刀，或扫，或劈，或拨，或削，或掠，或捺，或斩，或突，招式沉猛，大开大阖，一路演完，并不喘气，转脸问诸葛亮说：“你看我老吗？”诸葛亮大喜，竖起大拇指赞道：“将军这就叫宝刀不老。不知谁做副将？”黄忠说：“就让严颜与我同去，看我们两个老将如何破敌。”

话说黄忠、严颜到了葭萌关，惊得孟达、霍峻目瞪口呆，互相嘀咕说：“如此紧要的关口，怎么派了两个老的来？”黄忠对严颜说：“你可看见了，众人都笑我们两个年老？就让我们露一手给他们瞧瞧！”两个老的开门出关，与张郃对阵。张郃见了黄忠也笑，叫道："你这么大年纪，昏了头吧，也不怕死？"黄忠冷笑道："你欺我年老，且放马过来试试我手中的宝刀！"张郃便放马过来，两人大战二十多个回合。忽然背后喊声大起，原来严颜从小路抄了张郃的后路，与黄忠前后夹攻。张郃抵挡不住，败退九十余里。

曹洪听说张郃又输了一阵，对郭淮说："你看看，你看看，都是听你的话，又平白让他折损了许多兵马。若不治罪，如何振作军法？"郭淮说："倘若治罪，必然迫使张郃投靠西蜀。以我的建议，何不再派两员良将给他？如此也可督促张郃死战，免得他生出外心。"曹洪便调遣夏侯尚、韩浩率领五千兵马前去助战。

夏侯尚，字伯仁，征西将军夏侯渊的侄子。韩浩，字元嗣，伏波将军夏侯惇麾下爱将。二人来到张郃寨中，谈论军情，问道："将军乃当世英雄，输给张飞也就罢了，怎么又输给两个老儿？"张郃感叹说："黄忠、严颜虽老，老当益壮，不可轻视。"夏侯尚与韩浩听了，你看看我，我看看你，满肚子都是嗤笑。

262. 老将黄忠的妙计

话说黄忠与严颜连日哨探，得知此去不远，有一座米仓山，乃是曹军屯粮之地。严颜说："若能拿下米仓山，钳制米仓道，截断曹军粮草，汉中便尽在掌中。"黄忠赞道："将军高见！"便设下计策，要严颜如此如此。严颜率领一军，先自去了。

次日，夏侯尚、韩浩来到寨前叫战。黄忠力战二将，不到二十回合，累得气喘吁吁，只得弃寨而走。夏侯尚便趁势夺了黄忠的大寨，捷报传到南郑，曹洪大喜。夏侯尚再接再厉，进军三十余里，又夺了黄忠的新寨，再派使者向南郑告捷。张郃劝告说："黄忠勇猛善战，怎么会连失两寨？其中必有诡计！"夏侯尚喝斥道："你自己不敌黄忠，反要嫉妒我们打胜仗，究竟是何道理？"张郃满脸羞愧，不敢多言。次日，夏侯尚继续进军三十余里，夺取黄忠第三座大寨。黄忠望风而走，退守葭萌关。夏侯尚便在关前下寨，日夜在门外叫骂。霍峻与孟达心中惊慌，问黄忠说："老将军连战连败，是否要向主公告急？"黄忠笑道："告什么急？今夜请霍将军守关，孟将军随我出关，看我如何破敌！"

当夜三更，黄忠悄悄打开关门，率领五千军马冲杀而出。原来夏侯尚骄傲自大，并不戒备，与部属都在营中酣睡，被黄忠骤然杀入，顿时惊乱。但见火光之中，众军士衣甲不整，四处逃窜，人马互相踩踏，惨叫声响彻夜空。夏侯尚、韩浩从梦中惊起，急忙抓起兵器，也顾不得亲随，各自上马逃命。黄忠与孟达从天黑杀到天明，又从天明杀到正午，夺回丢失的三座大寨。曹军留在寨中的军器鞍马，全部成为蜀军的战利品。黄忠留下孟达清理战场，他自己则催动兵马，一直将曹军驱赶到汉水之滨。

张郃对夏侯尚、韩浩说："前面这座米仓山，是我军屯粮之所，必须力保。"于是连夜赶赴米仓山，与守将夏侯德会合。黄忠在后追赶，也跟着到了山前。夏侯德大笑道："黄忠老贼孤军深入，正好叫他有来无回。"张郃说："黄忠有勇有谋，不可轻敌！"夏侯德不听，令张郃守住粮仓，自与夏侯尚、韩浩率领大军杀下山来。

两军对阵，夏侯德出战。黄忠挥刀沉猛，杀得夏侯德惊险万分。此时山后面忽然奔腾起冲天的火光，映红了半边天空。原来老将严颜已经在山坳里埋伏了多时，只等黄忠到山前叫战，便趁机来放火烧粮。曹军顿时惊慌。就在一刹那，黄忠手起刀落，将夏侯德击杀在马下。夏侯尚与韩浩大惊失色，转头便跑，迎面遇着严颜，只得奋力死战。黄忠又从后面赶来，把曹军冲杀得七零八落。夏侯尚、韩浩眼见大势已去，只得拼死杀出一条生路。路上遇着张郃，各自垂头丧气。商议良久，看准定军山方向，投奔夏侯渊去了。

第六十六章

从定军山到斜峪关

夏侯渊以“妙才”为字，其实并无什么“妙才”，竟然在定军山被老将黄忠一刀砍为两段。由此可见黄忠老当益壮，直叫青年人为之汗颜。

上一章先写张飞，再写黄忠。这一章先写黄忠，再写赵云。张飞、黄忠虽然忠勇有谋，却又不如赵云忠勇有谋。从前赵云于重围之中救了一个小的（阿斗），而今赵云又于重围之中救了一个老的（黄忠）。从前张飞在长坂桥三声怒喝，吓得曹操转身就走；而今赵云在暮光中把枪一招，杀得曹军落荒而逃。

曹操善疑，诸葛亮便能以疑兵胜之。刘备率军追到斜谷界口，与曹操有“假儿子与真儿子”的舌战，估计也得让曹操惊疑到终死。

263. 黄忠要打头阵

话说黄忠、严颜占据米仓山，向成都告捷。刘备大喜。法正说："既得米仓道，主公当趁机率领大军亲征，一举夺取汉中。此天赐良机也，不可错失。"刘备与诸葛亮深以为然。于是以赵云为先锋，从各处征调十万兵丁，到葭萌关集合。黄忠前来觐见。刘备嘉奖道："老将军建立奇功，大振军威。而今要取汉中，必先取定军山。不知是否还有余勇，去打头阵？"黄忠慨然应诺。

不料诸葛亮却急忙阻止说："老将军虽然英勇，赢得了张郃，却未必赢得了夏侯渊。"黄忠奋然答道："从前廉颇年近八十，还有一斗米、十斤肉的食量。各诸侯国都敬畏他的勇猛，不敢侵犯赵国边界。如今我还不满七十，难道还不如廉颇吗？"诸葛亮再三不许，黄忠执意要去。诸葛亮说："定军山关系重大。你既然要去，我请法正与你同行。"黄忠与法正领命去了。诸葛亮回头对刘备说："老将军虽有余勇，到底寿高年迈，还得派一支军队随时接应，以免闪失。"

便吩咐赵云说："你率领人马从小路去接应黄忠。"又吩咐孟达、刘封说："你二人率领三千兵丁，到山中险要之处遍插旌旗、燃放炊烟，故作悬疑。"三人各自领兵去了。刘封，原名寇封，长沙郡人氏，幼年寄居在舅父刘泌家中。刘备驻军新野之时，刘泌为樊城令，两家多有交往。只因寇封诚实可爱，刘备将他收为义子，改名刘封，带在身边，悉心栽培。十二年来，刘封已长成一员英武的将校。

消息传到邺城，曹操大惊失色，叫来贾诩问道："张郃连战连败，接连丢失了宕渠县和瓦口关。如今米仓山也被沦落，刘备亲领大军来取汉中，可怎么是好？"贾诩说："汉中若有闪失，必然震动中原。刘备既然胆敢亲来，大王又何不率军亲往，灭了他的威风？"时值建安二十三年秋七月，曹操点起四十万大军亲征，穿的是锦衣玉带，骑的是白马金鞍，护驾的是龙虎官军，高扬着日月龙凤旗，场面极其威风显赫。

264. 在定军山斩杀夏侯渊

曹操来到南郑。曹洪赶到三十里外接驾。曹操询问军情，曹洪说："刘备派遣黄忠攻打定军山。夏侯渊据险固守，尚未曾出战。"曹操说："两军相向，哪有不战的道理？"便令书吏写道："你既为大将，就应该临阵决胜。取胜之道，不仅在于勇敢，也在于机智。你既然有'妙才'[1]之名，应该懂得'妙才'就是智慧的意思。"写完，差人送往定军山。

夏侯渊看到书信，与张郃商议说："魏王亲临南郑督战。你我怎能在这里困守？建功立业的时候到了，明日我便杀下山去，务要生擒黄忠。"张郃说："黄忠有勇有谋，不可轻敌。况且此处山势险峻，只要坚守，便叫蜀军无可奈何。"夏侯渊说："倘若被别人抢了功劳，你我还有何面目去见魏王？"便令张郃守寨，自与夏侯尚杀向对山。

话说黄忠占据了对山，曹军但有动静，都在观望之中。法正说："夏侯渊带兵来攻，老将军可守在半山，以逸待劳。我在山顶瞭望，若是举白旗，你且按兵不动；若是举红旗，便是有机可趁，你便冲杀下山，必当取胜。"黄忠依计而行，就在半山坐卧等候。夏侯渊自辰时冲到山下骂战，黄忠充耳不闻。夏侯渊想要上山，便以乱箭射击。午时以后，日头热辣，曹军疲惫不堪，都躲到树荫下歇息。法正在山顶上看见，便撤了白旗，举起红旗招展。黄忠一马当先，

---

① 夏侯渊，字妙才。

奔突下山，犹如天崩地塌一般凶猛。夏侯渊措手不及，被黄忠一刀砍为两段。

黄忠恰似赶鸭子似的追杀曹军。张郃听到消息，急忙领兵来救。忽然从峡谷中闪出一彪人马，为首一员大将，正是英姿飒爽的赵云。张郃惊得一身冷汗，急忙撤回定军山。半路上遇着杜袭，杜袭报告说："将军前脚才走，刘封、孟达后脚就夺占了定军山。"张郃又是一身冷汗，只得带着杜袭败退到汉水东岸扎营，然后派人飞报曹操。曹操听说夏侯渊的噩耗，失声大哭，于是亲自披挂上马，要来给夏侯渊报仇。

265. 暮光中的赵云

话说黄忠斩了夏侯渊，便是一件大功。刘备满心欢喜，就在葭萌关设宴庆贺。诸葛亮说："夏侯渊是曹操的爱将，如今既死，曹操必来报仇，须得妥善应对。"便准备了两个锦囊，一个派人到下辨送给马超；又派严颜到巴西调换张飞，把另一个锦囊交给张飞。

老将黄忠说道："曹操又有什么可怕，让军师如此发愁？就让我去会一会他；先烧了他的粮草，挫一挫他的锐气。"诸葛亮说："曹操生性狡诈，不比夏侯渊有勇少谋。你可与赵云同去，凡事反复商议，不可闪失。"到了前线，赵云说道："曹操二十万大军，分作十座大营。老将军要去烧他的粮草，谈何容易？不如让我先去。"黄忠说："我是主将，你跟我争什么？"赵云说："不如我们来拈阄，拈着的先去。"当时被黄忠拈着一个"先"字。赵云说："老将军既要先去，也要约定时间返回。若是到时不见回返，我便率军赶去接应。"两人便约定以午时为期。

当夜黄忠带着副将张著，一前一后，偷过汉水，直奔曹军粮库。黎明时光，黄忠杀退守军，取来柴草，堆在粮库四周。刚刚点着一个火苗，张郃赶到，与黄忠一场混战。徐晃随后赶到，将黄忠围困在垓心。副将张著死战走脱，却又在半路上遇着文聘，再次陷入重围。刚刚点着的那个火苗，早被几桶冷水浇灭。

赵云在营中等到午时，不见动静，便叮嘱张翼说："你来坚守营寨。敌军来时，只准用弓弩射击，不得出战。"他自己赶紧披挂上马，挺枪杀上前去。第一个遇着慕容烈，被赵云手起一枪刺死。赵云杀入重围，赶到北山。那一杆涯角枪金光闪闪，令人胆颤，所到之处，无人敢敌。曹操听到消息，登高来看，问道："这是昔日大战当阳的赵子龙吗？"左右回答："正是。"曹操不由得感叹说："春秋十载，此人英勇不减当年！"

只见赵云救了黄忠，杀出重围，策马越过汉水。有人报告说："东南方向被围的，乃是张著。"赵云便请黄忠自己回去，他却调转马头，往东南方向杀来。曹操见他所向披靡，顿时大怒，传令道："今日不要放过了赵云！"赵云已经救出了张著，杀回本寨。张翼赶来接应，对赵云说："曹军追来了，赶紧进寨关门防守。"赵云喝道："进什么寨？关什么门？当年我在长坂坡上，单枪匹马，曹操尚且奈我不何，今日有你们相助，我凭什么怕他？"令弓弩手埋伏在寨外的壕沟中，他依然做单枪匹马状，立在寨门之外。

张郃、徐晃领兵追到。天色已是戌时，只见暮光之中，寨门大开，门外立着一个单枪匹马的赵云。众人惊疑不定，不敢上前。曹操亲自赶到，催促道："给我活捉了赵云！"众人听令，齐声喊杀向前。只见赵云岿然不动，忽然把枪一招，壕沟之中万箭齐发。此时夜色昏黄，山野苍茫，不知道暗藏了多少蜀军。曹军顿时惊乱，便不听命令，四散奔走。赵云、黄忠、张著各领一军在后追赶，一直赶到汉水边上。曹军自相践踏，落水而死者不知其数。连夜杀到次日清晨，又从米仓山杀来了刘封、孟达。曹操站不住脚跟，只得退守南郑。

捷报传到葭萌关，刘备大喜。于是与诸葛亮亲临汉水，查看战场。只见山势险峻，草木疯长，可以想象赵云取胜的妙处。刘备欣然对诸葛亮说："子龙一身是胆，恰如草莽间的猛虎！"夸赞赵云为虎威将军，并设宴犒劳将士，一夜狂欢。

266. 多疑者，必心虚

话说曹将徐晃麾下有一员校尉，姓王名平字子均，巴西郡宕渠县人氏，深谙本地形势。曹军大败之时，唯有他四面布兵，守住营寨。徐晃带伤归来，责备王平说："我被贼兵追杀，你怎么不来营救？"王平反问道："我若出战，谁来保全营寨？"徐晃大怒，令王平跪下，用马鞭责打。整整一日，王平越想越气，当夜便一把火烧了营寨，趁乱中带领本部兵马渡过汉水来投赵云。赵云又将他引荐给刘备和诸葛亮。问及汉中地理，王平无不知晓、了然于胸。刘备大喜道："我有王平，汉中可手到拿来。"

于是任命王平为牙门将军兼向导使，向南郑进军。两军就在汉水北岸对阵。曹操出马，在门旗下扬鞭许愿："无论何人，捉得刘备，封为蜀王。"众将齐声怒吼，呐喊着杀过阵来。蜀军往汉水方向奔逃，把盔甲兵器马匹丢了一路。曹军便不追赶，都来哄抢战利。曹操见势不妙，急令鸣金收军。众将问道："我们正要纵马活捉刘备，大王何故收军？"曹操说："我见刘备背向汉水安营，其可疑者一也。如今又一路丢弃马匹兵器，其可疑者二也。传令各军，赶紧撤退，不可上当。"曹军刚刚回头，刘备返身杀回，又从左边杀来黄忠，又从右边杀来赵云。曹操顿时崩溃，向着南郑大败而逃。远远看见城头火光通明，火光中屹立着两员大将，正是张飞与魏延。曹操懊恼不已，只得弃了南郑，退守阳平关。

刘备大军入驻南郑，设宴庆功。酒至半酣，刘备问道："曹操极善用兵，怎么南郑一战，败得这么快速？"诸葛亮回答说："曹操生性多疑，疑则心虚。我便故意叫他生疑，然后趁虚痛击。恰好张飞、魏延赶来，从他背后取了南郑。这是上天要败曹操啊，因此让我的计谋实现得这么巧妙。"刘备连声赞叹，又问："曹操退守阳平关，大势已去。不知军师又有什么妙计取胜？"诸葛亮回答说："曹军多次惨败，都是因为粮草。可派黄忠、赵云每日放火烧山，再派张飞、魏延拦截曹军粮道，曹军必然惊惶不可终日，如此便有取胜之机。”

话说曹操退守阳平关，众将回报说：“蜀军神出鬼没，到处放火烧山。等到我军赶到，却又不见一个人影。粮道艰难，全靠挑夫担负，却又常常被蜀军打劫，也不知道他们从哪里冒出来的。如此困境，须得一个解决之道。”曹操沉吟说：“与其困守，不如出关一决胜负。”于是亲自提兵出关，来战刘备。两军对阵，刘备令刘封出马。曹操骂道：“刘大耳朵，你怎么派出一个假儿子出战？我回头叫我的真儿子来，把你这个假儿子砍为肉泥！”

刘封大怒，挺着一杆长枪来杀曹操。徐晃使一把大斧，出马迎战。刘封不敌，往后败走。曹操纵兵追赶，忽然听见四面炮声响起，令人惊惧。曹操只得急忙撤退，奔回阳平关。是夜，西门失火，把关楼烧得倒塌。到了四更，南门又是鼓声大作，派人赶去查看，却又寂静无人。曹操一夜无眠，叹息道：“这座城关有鬼，哪里坚守得住！”

267. 假儿子与真儿子

次日，刘备率军赶到阳平关下。曹操惊惧，便弃了城关，夺路而走，逃到斜谷界口。忽见前面尘头大起，一彪军马赶到。曹操说：“若是刘备的伏兵，我哪里还有活命？”等到军马近前，却又大喜道：“原来是我的真儿子到了！”

来者曹彰，是曹操与卞后所生第二子，曹丕的弟弟，曹植的二哥。与众兄弟不同，曹彰膂力过人，从小喜爱骑射。曹操曾经责备他说：“你不好好读书，纵然弓马娴熟，也不过是匹夫之勇。”曹彰回答：“纵然是匹夫之勇，也可以像卫青、霍去病那样纵横天下，为国家立功。”曾经跟随曹操东征乌桓，被封为北中郎将。这次听说父亲在汉中败阵，特地赶来助战。

刘备来攻，曹操就在阵前叫道：“刘大耳朵，且看我的真儿子，怎么教训你的假儿子！”刘备看看曹彰，再看看曹操，反问道：“你怎么知道他是你的真儿子？你长得如此寝陋，他长得如此英武。你长的黑发黑须，他长得黄发黄须。哪里像是你的真儿子？”曹操大怒，下令曹彰出战。刘封上来接着，不过四五个回合，刘封大败而回。

曹操正要挥军掩杀，忽然从左边杀来了马超，从右边杀来了吴兰。那马超养精蓄锐已久，谁人抵挡得住？曹操惊恐万状，急忙退守斜峪关。只见马超衣甲鲜明，在关前几番叫战。曹操紧闭关门，只是不理。

第六十七章

何苦要做弄儿？

都说杨修的才华绝世，终其一生，却不过是曹操跟前的一个弄儿。可叹杨修卖弄乖巧，竟莫名其妙地卖掉了自己的性命！消息传到许都，又惹动了皇帝的许多思想。

---

268. 口令：鸡肋

话说曹操困守斜峪关，进退两难。进吧，又不是马超的对手；退吧，又恐被天下人耻笑。勤务兵送来鸡汤，曹操见碗中有鸡肋，有感于怀。刚好夏侯惇入帐请问夜间口令。曹操正在沉吟，随口说道："鸡肋！鸡肋！"夏侯惇传达各处，都以"鸡肋"为令。

杨修时任行军主簿，听说"鸡肋"一语，便叫随从收拾行装，准备归程。夏侯惇赶来问道："你这是在干什么？"杨修回答说："鸡肋者，食之无肉，弃之有味。魏王困守斜峪关，进不能胜，退恐人笑，在此无益，早晚必归。所以我便先行收拾，免得临时慌乱。"夏侯惇深以为然，也去收拾行装。于是寨中诸将，都来收拾行装。

此时曹操心中焦虑，不能安睡，出来巡视，看见众人都在收拾，惊问夏侯惇。夏侯惇说："主簿杨德祖料定大王将要班师，故而早做准备。"又质问杨修。杨修回答说："大王治军多年，几曾听说有用'鸡肋'做口令的？也是大王心有所想，我这里心有所应，因此知道大王将要班师。"曹操大怒道："好小子，竟敢自作聪明，造谣生事，祸乱我的军心！"喝令刀斧手绑了杨修，推出去斩首，然后将首级悬挂在辕门上示众。

269. 杨修为什么死?

原来杨修为人好学，有俊才，被曹操任作主簿。曹操府中事务繁杂，全赖杨修察言观色，因此能够迎合曹操的心意。却不料在卖弄乖巧之间，屡屡犯忌。

曹操曾经令华歆监造花园，竣工之后，请曹操前往观看。曹操不置褒贬，却令书吏取来笔墨，在门上写下一个“活”字。华歆不懂其意；问众人，无人能懂；问杨修，杨修说:“门内添活字，是一个阔字。魏王嫌园门太阔。”于是再筑墙围，改造停当，再请曹操来看。曹操大喜，问道:“是谁懂得我的心意?”华歆说:“是主簿杨修。”曹操口中赞美，心里却很是惊疑。

又一日，从塞北送来一些贡品，其中有酥一盒。曹操兴致盎然，在盒上书写“一合酥”三字,置于案头。杨修见了,竟然与众人分食一空。曹操回来相问，杨修回答说:“盒上写着一人一口酥，我们怎么敢违背大王的指令呢?”曹操装作满脸喜笑，心里却很是厌烦。

曹操性格多疑，总是担心被人谋害，经常对左右说:“我被噩梦驱使，容易惊起杀人。只要我睡着，你们就不要靠近。”说来也巧，这一日曹操在帐中昼寝，翻身把被子落在地上。他宠爱的一位侍妾见状，急忙上来帮他扯起被子盖好。只见曹操跳跃而起，一剑砍倒侍妾，然后倒在床上酣睡如故。约莫过了半个时辰，曹操睁开眼睛，故作惊讶状，问道:“是谁杀了我的爱妾?”众人叙说详情，曹操听得满脸悔恨，下令厚葬。那侍妾的父母兄弟，都因此得到抚恤。从此人们都以为曹操有梦中杀人的毛病，只要看到他就寝，必然远离，不敢惊扰。只有杨修知道他的用意，对着那位侍妾的棺木感叹说:“魏王不在梦中，在梦中的是你啊!”曹操听到告密，心里越发憎恶他。

杨修才华飞溢，颇得曹植的赏识，两人经常在一起谈天论地，彻夜不眠。

有一次，曹操想要比试曹丕、曹植的才干，命令他们各自出城办事，暗地里却吩咐守门吏不得放出。曹丕先到，遭到阻拦，只得退回。曹植听说，问杨修怎么办？杨修说：“你既然奉魏王令出城，谁敢阻拦，可直接斩了他。”等到曹植出门，遭遇阻拦，便大声喝斥道：“我奉魏王令出城，谁敢阻拦？”拔剑而起，斩杀了守门吏。曹操因此赏识曹植的干练。而后有人向曹操告密说：“这都是杨修教的。”曹操大怒，因此还是不喜欢曹植。

杨修又为曹植制作《答父王问》十余条，曹操但有询问，曹植即可对答如流。曹丕暗自稀奇，便买通曹植左右，把《答父王问》偷来向曹操告密。曹操大怒道：“贼匹夫，这不是欺负我吗？”那时便起了要杀杨修的念头。可怜杨修，最终死得莫名其妙，年仅四十四岁，可谓英年而卒。

270. 弄儿的命运

话说曹操杀了杨修，次日率军出关征战，迎面遇着吴兰。曹操就在阵前招降，说道：“你原本是刘璋的部将，为什么要投降刘备？刘备悖逆朝廷，我早晚要诛灭了他。将军何不幡然悔悟，归顺于我？我必然论功行赏，封你为列侯！”吴兰大骂道：“人人都知道你是一个奸贼，有什么资格用朝廷的名义说话？我家主公仁义诚恳，早晚要复兴汉室，诛灭了你这奸贼！”曹操听得气急，令曹彰出战。曹彰舞起长戟，上前交锋，只要十几回合，便将吴兰刺倒在马下。

曹操大喜，就要挥军挺进。忽然探马来报，马超在后方攻打斜峪关。曹操便又大惊失色，暗想：“斜峪关一失，我便困死在汉中，怎么能够返回中原？”于是拔剑在手，叫道：“即时杀回斜峪关！”众人便纷纷转头，向着斜峪关飞奔。曹洪守在关上，看见曹操返回，立即开门出击，与曹操两面夹攻马超。马超前后不能兼顾，只得往山林深处败走。就在乱军之中，马岱一眼望见曹操，新仇旧恨涌上心头，便拉满了弓，一箭射去，曹操翻身就倒。马岱放下弓箭，提着大刀就要来取曹操的性命，却见夏侯惇、徐晃、张郃、郭淮一起拥上前来救驾，只得调转马头，含恨而去。

当时众人救起曹操，七手八脚将他抬回斜峪关，唤来军医诊治。原来马岱那一箭射中了他的人中，折损了他的两颗门牙。曹操疼痛难忍，十几日饮食艰难。这才想起杨修的预言，果然所料不差。于是后悔不已，下令厚葬杨修。杨修一族，乃是弘农郡华阴县人氏。杨修既死，曹操即令归葬于华阴。而今杨修墓犹在，历代都有人往来凭吊。

杨修的父亲杨彪，海内之大儒也。前文说过，曹操曾经构陷杨彪，将他下在狱中，后因查无实据释放在家。从此，杨彪便对外诈称腿疾，在家校理《东观汉记》。杨修任职丞相府主簿期间，每次回家絮说曹操的故事，杨彪从不理睬。那一天听说杨修的凶信，杨彪陷入沉默，却在黑夜里抽搐哭泣，一连数日，不能自抑。

曹操班师返回许都，令杨彪到军营领取杨修的遗物。杨彪杵着拐杖，颤颤巍巍地前来，曹操问道："多年不见老先生，怎么变得这样消瘦？"杨彪回答说："我自愧不如金日磾，没有金日磾那样的先见之明。等到儿子死了，还像老牛舐犊一般动情。"成语"老牛舐犊"便从此出，用来形容父母对子女的怜爱。曹操也不禁为之动容，向他道歉说："都是我的过错，是我伤害了你们父子两个。"于是赏赐了许多礼物，派人送往杨彪的家中。

杨彪所说的金日磾，乃是孝武皇帝的驸马都尉。金日磾的儿子，生得聪明伶俐，因此成为孝武皇帝宠爱的弄儿。有一次，弄儿从后面抱住孝武皇帝的脖子，与他亲昵。金日磾从前面看着弄儿，生气地瞪着眼睛。弄儿受了惊吓，一边跑一边哭着喊："爹爹发火了！"孝武皇帝责备金日磾说："你为什么对我的弄儿生气？"金日磾说："犬子不懂君臣之礼，我因此要好好地教训他。"后来弄儿长大，行为依旧不检点，在殿下与宫女戏闹。金日磾说："你如此淫乱无礼，早晚惹来大祸，不如现在就灭了你这个祸根。"于是叫人把弄儿装进口袋，扔进池中淹死。孝武皇帝得知后大怒，向金日磾问罪。金日磾从容不迫，把自己的所思所想一一说出。孝武皇帝听了，虽然为弄儿哀伤，却也从内心深处尊敬金日磾做父亲的威严。而今杨彪引用金日磾的典故，其实也是在哀叹杨修的命运啊！都说杨修的才华绝世，终其一生，却不过是曹操跟前的一个弄儿。

271. 魂飞千里，相托使命

话说曹操在邺城有魏王府，在许都有丞相府。既然到了许都，便设下宴会，请三个女儿回来团聚。皇帝就在宫中，一边读《孟子》，一边等候曹皇后。曹皇后深夜才回，皇帝问道："令尊征讨汉中，胜负如何？"原来皇帝自从被囚禁，便很难知晓宫外的消息。曹皇后回答说："家父并非战神，哪能百战百胜？汉中一郡，都落在刘备手中。"皇帝因此知道，曹操吃了败仗，这让他心中颇是高兴。过了一会儿，曹皇后又絮絮叨叨地说起杨修。皇帝感叹说："杨修既是令尊跟前的一个弄儿，朕何尝不是令尊跟前的一个弄儿？"曹皇后听了，沉默不语。

那一夜，皇帝就躺在黑暗中想："那刘备是朕的皇叔，已是二十年不见。可怜他创业艰难，竟然从荆州崛起，兼有荆、益两州之地。从前高祖皇帝兴起汉中，如今汉中又被刘备据有，想来汉家江山竟要因此得到复兴。"此时他的身体已经睡着，他的心灵却一直醒着。接着，他感觉自己飞了起来，飞出宫殿，飞在许都的上空。他看到繁华的城市，看到他未曾见过的房屋和街区。他还想飞得更高，飞向遥远的西方，他想去看看高祖皇帝的龙兴之地和那个多年不见的皇叔。夜色是那么黑，可星星却是那么亮。他就在星空下悠然地飞翔着，并且感觉到一阵一阵的清凉。

话说刘备此时驻在沔县，夜深人静，忽然看到一人，浑身和光，从墙壁间穿越而入，前来问道："皇叔别来无恙？"刘备惊起，拜伏在那人跟前，回问道："许都一别，二十年不见，陛下怎么到了这里？"那人苦笑道："曹操弄权，把朕囚禁在深宫之中，二十余年难见天日。今夜魂飞到此，只为一事相托。”刘备回答说：“陛下但有诏令，臣万死不辞！”那人便从袖中掏出一支卷轴，递向刘备，说道：“朕册封你为汉中王，令你效仿高祖皇帝故事，杀入中原，光复汉室。”刘备正要相问，那人已经倏然消失，恍若梦境。只有那一支卷轴，还在刘备手中。

刘备满心惊异，便唤起左右，点亮灯火，打开那一支卷轴来看。原来真是一道册书，上面的玺印清晰可见。此事非同小可，刘备赶紧派人去唤醒诸葛亮、法正、赵云等众人，都来观看。诸葛亮感叹说：“可怜皇帝孤苦伶仃，竟然魂飞千里，以使命相托！”便要与众人尊刘备为汉中王。刘备说：“此事来得蹊跷，只恐人们不信。还是小心谨慎，躲避嫌疑为好。”诸葛亮说：“册书在此，有谁不信，都可以亲眼来看。况且主公一旦为汉中王，我们这些文臣武将，也好攀龙附凤，分享一些功名。若是主公躲避嫌疑，不做这个汉中王，则不仅有负皇帝的相托，也只怕冷落了众人的热望。”刘备便沉吟说：“你们都去歇息，且让我好好地想一想。”

不料到了次日天明，消息已经传遍全军，众将都来贺喜、劝进。一连数日，众口一词，刘备无力拒绝，只得答应。于建安二十四年秋七月，就在沔阳登坛受任为汉中王。立刘禅为世子，任诸葛亮为丞相、许靖为太傅、法正为尚书令，封关羽、张飞、赵云、马超、黄忠为五虎大将，封魏延为镇远将军兼领汉中郡太守。其余将校，都以功勋相论，升官授爵。

第六十八章

大水淹没了七座曹营

从前吕范假意做媒，却终有孙刘两家联姻；而今诸葛瑾好意做媒，却惹来孙刘两家反目。关羽不能“东和孙权”，徒然种下失败的前因。

关羽拒婚，自有拒婚的道理，只是拒婚的措辞，却不该这么无情和鲁莽。换作是诸葛亮，则会要孙家的姑娘做媒、刘家的伯母主婚。孙家的姑娘、刘家的伯母是谁？就是那个巾帼不让须眉的孙夫人啊！孙家的姑娘抛下姑爷而归，刘家的伯母抛下伯父而去，哪有资格给下一辈人做媒、主婚？况且孙夫人已经郁郁而终，又怎么能够给下一辈人做媒、主婚？你们看，这样引用孙夫人的故事说话，便只会让孙家人蒙羞，却不至于伤了和气，岂不是绝妙的好辞？

至于大战前夕的爆炸案，则又隐喻着关羽失败的内因。遥想关羽当年，水淹七军，斩庞德，擒于禁，威震华夏，那是何等的英豪！随后吕蒙白衣渡江，关羽败走麦城，临沮道上暮雪纷纷，又是何等的悲壮！

272. 一语不慎，翻脸成仇

话说当今皇帝飞魂授命，册封刘备为汉中王。消息传遍天下，闻者无不惊叹。孙权问顾雍说：“此事真假如何？”顾雍回答说：“皇帝的册封或许是假，但刘备兼占了蜀中与汉中却是真。以当前的形势来看，刘备的崛起似乎已经不可阻挡。”孙权又问：“东吴应该怎么做？”顾雍回答说：“我听说荆州守将关羽，生有一女，待字闺中。主公可遣使为世子求婚。关羽若是应允，则两家结为姻亲，东吴即可相安无事。”此时鲁肃已于一年前病逝，孙权便又问道：“子敬不在，不知谁人可以为使？”顾雍回答说：“诸葛瑾性情温厚，又是诸葛亮的长兄，是个很好的人选。”

诸葛瑾便奉令往荆州来。关羽问：“子瑜兄此来，有何见教？”诸葛瑾说：“有一事相求。我家主公膝下长子孙登，生性良善。听说将军有一女待字闺中，特来求亲，请将军恩允！”不料关羽勃然变色道：“我家虎女，怎么能够许嫁东吴的犬子！”诸葛瑾吃了一惊，说道：“我为吴蜀两家结好而来，将军何故如此动怒？请三思为妙！”关羽说：“子瑜兄请想，我奉命镇守边防，怎能将爱女许嫁外人？请赶紧离去，不要多言！”挺着一张红脸，要左右将诸葛瑾逐出了荆州城。

诸葛瑾自觉无趣，回来相告于孙权。孙权大怒道：“我抬爱他是个英雄，他却是这样不受人抬！”便唤来张昭、顾雍、步骘文官武将，商议对策。张昭骂道：“曹操虽然跋扈，却不曾小看过东吴。关羽目中无人，竟然如此无礼！”顾雍提议说：“刘备初定汉中，事务繁杂，必然无暇东顾。何不趁机攻取荆州，灭了关羽？”孙权就问：“你们有什么妙计？”步骘说：“主公可派使者去见曹操，相约两家夹攻荆州。只待关羽在前方与曹军交战，我便可趁机从后方拿下荆州城。”

孙权以为然，立即派遣使者来见曹操。

曹操正在恼怒，听说东吴要攻打荆州，顿时转怒为喜。于是，一面给曹仁写信，要他在襄阳备战；一面回复使者，要东吴从水路接应。

273. 大战前夕的爆炸案

话说汉中王刘备任用魏延为汉中郡太守，守住各处关隘；又差前部司马费诗为使，往荆州来封赏关羽。关羽问道："汉中王封我什么爵位？"费诗回答说："封为五虎大将之首。"关羽问："是哪五虎？"费诗回答说："关、张、赵、马、黄，是为五虎大将。"关羽说："翼德与子龙，都是自家的兄弟，与我同列，我没有话说。马超世代名家，与我同列，我也没有话说。黄忠何人，竟然也与我同列？大丈夫怎能与老卒为伍？"便不肯接受印绶。费诗劝勉说："将军所言差矣。从前高祖皇帝与萧何、曹参同举大事，情同兄弟；后来封官受爵，竟然以韩信为王，位居萧何、曹参之上，却从未听说萧何、曹参对此有过怨言。而今汉中王与将军亦是早有兄弟之义，应该多为汉中王着想，怎么能够计较官爵的高低呢？况且黄忠与将军共同辅佐汉中王，又如何不是兄弟？"关羽听得惭愧，当时便跪拜在地，向费诗谢罪说："是我糊涂。幸亏得到你的指教，否则岂不误了大事！"当即恭恭敬敬地接过印绶，嘱咐关平好生保存；又陪同费诗视察荆州各地防务。

费诗还没有离开，便有细作来报，说是曹仁与吕蒙两路起兵，前来夹攻荆州。费诗问道："这怎么是好？"关羽大笑，回答道："东吴鼠辈，不在话下。只要击败了曹仁，吕蒙那厮自然退却。请费司马回去向汉中王和诸葛丞相报告，不必为荆州担忧。"将费诗送出二十里；回来召集会议，令马良、糜芳二人筹备军需物料，就要北征襄阳。

军需物料从各地征调，堆放在荆州城外。夜来麋芳与部将士仁饮酒[1]，令亲兵在帐后烹制豺鱼。不料失火，烧着了火药，引发了爆炸，把满营的兵器粮草尽皆炸毁焚烧。关羽在城中也被震动，急忙带兵出来扑救，直到四更才把大火扑灭。次日，关羽升堂，责骂麋芳、士仁说："我要你二人筹备军需，还没有出兵，就被你们烧毁了许多兵器粮草，炸死炸伤若干军人。如此误事，要你二人何用？"喝令刽子手推出去斩首。关平劝告说："未曾出师，先斩大将，恐有不吉，请父亲三思！"关羽余怒不息，喝斥道："死罪可免，活罪难饶！"就令武士将二人按倒在地，各打四十大板，要他们记取教训、戴罪立功。二人满面羞惭，喏喏而去。

关羽便以廖化为先锋，以马良、伊籍为参谋，带着关平，起兵直奔襄阳。曹仁听到探报，与众将说："我正要去打他，他反来自投罗网。"便令满宠守城，自领大军迎战廖化。交战十余回合，廖化败走。曹仁一路追杀，不见了廖化。正在诧异，忽见前面绣旗招展，关羽迎面杀到。曹仁情知中计，急忙撤退，却哪里来得及？只听得一声炮响，从左边杀来了关平，从右边杀来了廖化。曹仁拼死杀出，关羽紧追不舍，一路追到襄阳城外。满宠赶紧放下吊桥，接应曹仁入城。不想关羽的马快，吊桥来不及升起，赤兔马便飞跃而上，被他趁势夺了城门。曹仁只得带着满宠穿城而过，在汉水边将船只大半砸毁沉没，然后渡江去守樊城。

关羽一战夺得襄阳，令众将准备船只渡江。曹仁在樊城望见，对满宠说："关羽素有神勇，这樊城如何坚守得住？"满宠说："情势紧急，请赶快求救于魏王！"曹仁便写了求救的书信，差人送往邺城。曹操沉吟说："关羽作战猛急，须得有一员稳健持重的大将，才是他的敌手。"就从一班武将中看过去，相中了于禁，说："请你领兵去救樊城。"于禁说："愿求一将做先锋，领兵同去。"曹操就问众人："谁敢做先锋？"降将庞德应声而出，奋然说道："我蒙受魏王厚恩，愿效

---

① 罗贯中版《三国演义》写作"傅士仁"，现根据《三国志》更正为"士仁"。

犬马之劳。”曹操大喜道：“关羽自诛颜良、斩文丑以来，从未遇着对手。这次遇着庞将军，正是将遇良才！”于是以于禁为大将、庞德为先锋，点起七路兵马，赶赴樊城。

274. 庞德打造了一口棺木

话说这七路兵马，起自北方七县。其中两员将校，一名董衡，一名董超，带领各路头目来拜见于禁。董衡问道：“将军名闻华夏，军事娴熟，却用降将庞德为先锋，岂不误事？”于禁说：“我也有此疑虑。只因他是魏王亲任，所以不敢驳回。”董衡说：“带兵打仗，人命关天，哪有不敢驳回的道理？”于禁以为然，便来禀告曹操说：“庞德原系马超一党，不得已投降了魏王。而今马超还在蜀中，高居五虎大将；他的堂兄庞柔，也在蜀中为官。我不敢用他为先锋，请魏王另派一员大将给我。”

曹操笑道：“我要庞德做你的先锋，自有我的道理。不信我把他叫来，看他如何向我表白忠心！”便叫人唤来庞德，说道：“我本想给你一个建功立业的机会，奈何众人都说你是一员降将，不可信任。况且你的故主马超和堂兄庞柔都在蜀中为官，怕你随时都要叛变。而今你来做这个先锋官，却要众人如何信服于你？”庞德就跪在那里，把头磕得流血，申辩说：“马超虽是我的故主，而今却各有志向。堂兄庞柔，无才无德，也不可能动摇我的心志。我自汉中投降，时常感念大王的恩遇，一心想要报答大王，请大王明察。”曹操一直看着于禁微笑，良久才收回目光，上前扶起庞德，抚慰说：“我赏识你的才干，更希望你用行动来证明你的忠诚。只要你不负我，我必然给你更多重用。”

庞德再三拜谢曹操，回家请匠人打造了一口棺木。把棺木陈放于堂上，然后就在堂上设酒，请众亲友赴宴。众亲友惊问：“将军就要出征，怎么摆放这种不祥之物？”庞德举杯说道“我受魏王任命，要与关羽决一死战。我若杀了关羽，这口棺木就是他的。我若被关羽所杀，这口棺木就是我的。无论棺木中装的是谁，都是我献给魏王的礼物。”众亲友无不感叹，都说：“将军如此忠不顾死，令人敬佩！”很快便有人密告于曹操。曹操大喜道：“我要的就是这样的死士！”

关羽此时已经越过了汉水，正在攻打樊城。于禁率领七路大军来到，距离樊城三十里下寨。庞德就令人抬着那一口棺木，上来向关羽叫战。关羽冷笑道：“庞德这个小子，胆敢与我为敌，是想用他的脑袋来磨我的青龙偃月刀吗？”关平说：“杀鸡焉用牛刀？请让我代表父亲去教训他。”关羽点头说：“也好，你先去练练手，我随后就来接应。”关平便披挂上马，提刀来战庞德。庞德叫道：“我受魏王任命，来取你父亲的脑袋。你一个小孩子上来做什么？快去换你的父亲来！”关平大怒，舞刀纵马来杀庞德。庞德横刀相迎。两人大战三十几个回合，不分胜负。关羽唯恐儿子有失，便亲自披挂上阵，赶来替换儿子。庞德便放过了关平，转头向关羽叫道：“我受魏王任命，来取你的脑袋。你若不信，看看这口棺木，就是为你准备的。”关羽大骂道：“量你一个癞蛤蟆，能打多大的哈欠？”纵马来取庞德的脑袋。庞德接着，又大战了一百多个回合。战到激烈之处，两军一齐喝彩，庞德越发斗志昂扬。

忽然听到后方鸣金，庞德只得收了刀，含恨退去。回寨遇着于禁，问道：“我正要奋勇杀了关羽，你为什么要鸣金？”于禁回答：“关羽素来神勇，我担心你久战失手，所以要你退兵暂避。”庞德冷笑道：“魏王任命你做主帅，你怎么这样懦弱？来日我与关羽决一死战，不要你来打扰！”于禁听得语塞，心中暗想：“庞德眼里只有魏王，却无视于我，要我怎么做这个主帅？”次日，庞德又要出战，于禁不许。庞德惊愕，问他为什么？于禁说：“庞将军作战勇猛，赢了当然是你的功劳，输了却是我的责任。”庞德叫道：“我来给你立一个状子，输了与你无关。”于禁大怒道：“我做主帅，怎么与我无关？你不要乱来，且听我的号令！”庞德只得退下，次日忍不住又来请战。于禁咬紧牙关，坚决不许。

275. 大水淹没了七座曹营

话说关羽与庞德一战，回来说道："此人刀法娴熟，又不怕死，是个劲敌。等他再来挑战之时，我得用心设计擒拿住他。" 谁知一连数日，不见庞德的动静。令人前去打探，回报说："曹军已经连夜迁移，屯驻在山脚之下。关羽便上了马，带着关平登上高坡观望，问向导："曹军屯兵之处，是个什么地名？" 回答说："罾口川。" 关羽大喜道："于禁必被我擒！" 关平问道："父亲为什么这样说？" 关羽说："既名罾口，便要他如同鱼儿一般落入我的罾网之中。" 众人听了，都以为是一句笑话，都笑。

时值八月汛期，数日晴，数日雨。关羽令人四处征集船只竹筏。关平问道："父亲征集这么多船只，有什么用处？" 关羽说："汉水有一年一度的汛期。每当汛期来时，山洪暴涨，两岸居民必然防汛抗洪。于禁从北方来，不懂这里的河流性情，竟敢把七路兵马屯驻在罾口川。那罾口川虽在山坡之下，却是汉水边上的一个河口。而今正值汛期，无论汉水还是它的支流，都要开始涨水。我先派人在上游修堤拦水，等到水位高涨时再放水一淹，无论罾口川的于禁，还是樊城的曹仁，统统都得化作鱼鳖。" 关平听了，不禁大赞。

接下来果然连日大雨，曹军七座大营开始积水。众将着急，都来向于禁诉苦。于禁说："不要慌急，等到雨势稍歇，便迁往高处。" 谁知大雨无休无止，叫人不得喘息。那一夜于禁正在帐中发愁，忽然听到涛声汹涌，仿佛万马奔腾而至。接着听见军卒们四处乱叫："不好啦，快跑啊！" 于禁惊恐万状，急忙钻出大帐，跟着军卒们一路摸黑向高处迁徙。只见上头是雷电暴雨，下头是黑暗中隐约可见的洪流，军卒们浑身被淋得湿透，都栖集在那个土丘上瑟瑟发抖。等到黎明，七座大寨都浸泡在洪水之中，兵器、木料、垃圾和尸体漂浮了几十里的水路。

关羽带着他的船队，从四面喊杀而来。于禁看看他栖身的土丘，只剩下四五十人，既无处可逃，也无力抵抗，只得告饶投降。关羽便令人绑住他的手脚，把他扔在船舱里，那模样还真像一条大鱼。

此时庞德与将士数百人逃在汉水大堤之上。关羽带着船队赶来，令他投降。庞德不肯，在大堤上舞刀作战斗状。关公令军士一齐放箭，曹军无处躲闪，被射死大半。又停止射击，再次下令投降，庞德依然不肯。董衡见大势已去，哀告庞德说："四下无路，何不降敌求生？"庞德叫道："战场之上，宁做断头的将军，不做磕头的将军！"董衡冷笑说："你从前在汉中向魏王投降时，不是磕过一次头吗？"庞德大怒，挥刀就要砍杀董衡。董衡、董超不甘示弱，带领众人与庞德厮打。庞德寡不敌众，逃向水边。恰好一只小船驶来，上面乘着十几个荆州兵。庞德飞身跃上小船，击杀两人，将其余人等都吓得跳下船去；然后扔了大刀，奋力划桨，想要逃往樊城。

只见周仓撑着一只大竹筏从上游飞流而下，把小船和庞德一起撞翻。接着，又从那竹筏上跳下水去，几番沉浮，把庞德摁在水里淹得半死，擒上船来，押到大寨来见关羽。庞德奋力站起，立而不跪。关羽说："你的故主马超和堂兄庞柔都在蜀中为将，你为什么不降？"庞德叫道："我乃是魏王帐前大将，凭什么降你？有本事就让我死！"关羽见他说话愣头愣脑，就问于禁："他是不是受过什么刺激？"于禁说："此人自出征以来便一心求死，不知道中了什么魔咒。"关羽哭笑不得，便喝令刀斧手将庞德推出去斩首。

276. 在樊城的坚守

话说樊城四周，水位高涨，城垣渐渐浸塌。城中无论军民男女，都来挑土搬砖。有将士慌忙来劝告曹仁说："今日之危，非人力可救。趁着敌军未至，赶紧弃城逃走。”曹仁听了，就令人准备船只。

满宠急忙赶来阻止说：“不要这样。将军若是弃城而去，关羽便会从此长驱直入，自黄河以南，都有沦陷的可能。请将军在这里坚守，为国家提供保障。”曹仁问：“洪水早晚就要涌入，樊城就要变成池塘，难道伯宁兄要我困守在这里做鱼鳖吗？”满宠说：“洪水骤涨骤落，不可能长久。最多坚守十余日，水位自然降落。况且东吴与我相约夹攻荆州，只要他们从南面发起攻击，关羽必然前后不能兼顾，樊城之围便能得到解救。”曹仁听了，顿时悔悟，向满宠拱手称谢说：“若非伯宁兄教我，几乎误了大事。”于是骑马上城，召集众将议事，发誓说：“我受魏王任命，誓死保卫樊城。但凡有人想要弃城逃跑的，斩立决！”

众人没有退路，只能全力挑土担石补救城垣。曹仁日夜巡查，身后跟着一个书吏，但凡有人任劳任怨，立即记功在录，许诺日后重奖；但凡有人偷奸耍滑，立即上前一阵鞭挞。又在城上安排数百名弓弩手，只要关羽来攻，便以乱箭射击。如此坚守了两日，大雨又淅淅沥沥地下了起来。城外的水位，涨了又落，落了又涨。曹仁躲在城楼里避雨，对满宠说：“如此淫雨，何时是个尽头呢？”满宠说：“大雨早晚会停，水位早晚会落，除了坚守和等待，你我别无选择。”曹仁看着城外，心里满是忧虑。此时距离关羽发起攻击还有四日。

第六十九章

当一个人开始骄傲

华佗为关羽刮骨疗毒，关羽竟能谈笑自若，此情此景，无疑是人类医学史上的传奇。然则人生在世，固然要有干净和硬朗的骨头，却更要有空灵的内心。

只有谦虚，才能保持内心的空灵。而吕蒙使用骄兵之计，就是要蒙蔽关羽的圣心，就是要断绝关羽的智慧。只是这骄兵之计来得何其奸邪；吕蒙虽胜，又胜得何其不武！

277. 关羽的毅力与自豪感

洪水果然是骤涨骤落。第二日早上出了太阳，水位也开始下降；到了傍晚，就已经降到城外的墙根。第三日，洪水已经退去，只剩下满地的稀泥。第四日，曹仁已将城垣抢修完工。到了第五日，关羽便踏着泥泞来到了城外，立马扬鞭，叫曹仁出城投降。

众将大惊失色，都说："城墙都是新土，尚未夯实，怎么禁得起攻打？"曹仁说："无妨，但以利箭射击！"叫弓弩手们把箭头都浸染了毒药，看准关羽一齐放箭。一时乱箭如雨，关羽左右拨打，不留神被一箭射中右臂，翻身落在马下，摔得一身污泥。曹仁在城楼上看见，立即带兵冲出城来。关平大惊，急忙上前扶起父亲；又上了马，与曹仁在泥地里一番厮杀，各自罢兵。

关羽回到营寨，拔出臂上箭头。此时药毒已经浸入骨头，伤口肿起，致使右臂不能运动。关平说："父亲全仗右臂挥刀，倘若伤残，怎么杀敌？不如暂回荆州调理。"关羽说："待我取了樊城，即可长驱大进，直取许都，剿灭曹贼，安定汉室。而今樊城就在眼前，岂能因一个小疮误了大事？"关平无奈，只得四处寻访名医。

忽然找到一人，就在丹水一带采药行医。关平问他姓名，自称姓华名佗字元化。关平大喜道："原来是神医到了！"请入帐中来见关羽。关羽忍着疼痛，正在与马良弈棋。华佗就请关羽脱下衣袍，看着他的右臂说："伤口之中有大毒，直透入骨。若不早治，此臂必然伤残。"关羽问："可有疗法？"华佗说："我自有疗法，但恐将军不能忍受。"关羽笑道："我视死如归，有什么不能忍受？"华佗说："我要用利刃割开你此处的皮肉，直到骨头，然后一层一层地刮去骨头上的箭毒，然后敷药，然后用线缝合伤口。整个过程痛彻心灵，绝不是常人能够忍受的。”关羽笑道：“但请先生动刀，我一定忍受到底。”

华佗就要关羽卧倒在床。关羽不肯，要继续与马良弈棋。华佗就从大帐顶端悬下一只铁环，将关羽的右臂穿在铁环中固定。又用两道绳索，把伤口上下捆住。下面置放一口大盆，用来盛装污血。然后取尖刀在手，说道：“我这就动手，请将军不要乱动。”关羽说：“我只管弈棋，请先生自便。”华佗就下了刀，割开皮肉，直到骨头。骨头上已经泛黑，华佗就用刀刮那骨头，窸窸有声。帐内帐外的军士们见了，无不掩面失色。只见关羽用左手端碗饮酒、弈棋，谈笑如故，似乎并无多大痛苦。前后历时两刻钟，华佗已经刮净了箭毒，敷上了金创药[①]，缝合了伤口。

关羽大笑而起，尝试着伸展右臂，赞道：“先生真是神医！”华佗却是大汗淋漓，回答说：“我一生行医，从未见过将军这样的毅力。将军真是天神哪！”关羽听得自豪，当日便设宴答谢华佗。华佗说：“将军刚刚做过手术，还要静养爱护。百日之内，不可使力。只要过了百日，便可康复如故。”关羽令人取来黄金十块相酬。华佗只取一块，又留下几帖敷药，背起药箱，飘然而去。

278. 风雨和夜色中的白衣渡江

话说关羽水淹七军，擒于禁，斩庞德，威震华夏。消息传到邺城，把曹操吓得跌倒。等到惊魂稍定，曹操召集众人商议说：“关羽素来神勇。只要他越过樊城，挥军北上，许都必然难以保全。以我之意，不如早做准备，要皇帝迁都北上，躲避他的锋芒。”司马懿劝阻说：“请不要这样。于禁虽然被擒，樊城犹在。

---

① 金，兵器。创，伤口。金创药，就是治疗刀伤、枪伤、箭伤的药。并有利于伤口愈合也叫刀尖药。有各种配方的金创药，其功效都是为了止血、镇痛、消炎。

曹仁将军在前线都不肯放弃，大王为什么要放弃？况且东吴与我相约夹攻荆州，已经虎视眈眈了许多时日。只要派人去向孙权陈说利害，要东吴尽早出兵，荆州城必然告急，关羽必然不能北顾，而樊城也能立时得到解救。”曹操点头称是，便一面令蒋济出使东吴，催促孙权赶紧出兵；一面又要徐晃率军驰援樊城，以防不测。

蒋济到了建业，呈上曹操的书信。孙权说：“我令吕蒙屯兵在赤壁，要他设计袭取荆州。不晓得是什么缘故，至今毫无动作。”便派遣陆逊为使，前往查看。陆逊乘船一路西行，远远看见赤壁山屹立在长江之中。船行到近处，便可见山头上站着一员大将。料想就是吕蒙。陆逊下了船，攀登上山，来向吕蒙问好。陆逊就问：“主公要你设计袭取荆州，怎么还没有动作？”吕蒙说：“关羽素有神威，令人害怕。”又问：“关羽远在襄阳，你怕他什么？”吕蒙说：“关羽虽然远在襄阳，但他的神威，依然彪列在长江北岸。你看那沿江上下，或二十里，或三十里，都是烽火台。只要我轻举妄动，便有大祸临头。”陆逊笑道：“我有一计，要关羽撤了沿江的守兵。”

吕蒙惊问道：“是何妙计？”陆逊说：“关羽之所以可怕，是因为天神赋予他的勇敢和智慧。然而当一个人开始骄傲，他就会逐渐远离他的天神。只要将军善用骄兵之计，关羽的智慧必然出现空缺。”吕蒙听得有趣，继续问道：“你能说具体一些吗？”陆逊说：“关羽正在大举北征，兵力必然短缺。只要将军善用骄兵之计，他就会轻视东吴的力量，撤下长江沿线的守兵，把各路兵马向北方集结。到那时，江北防务松懈，便可以趁机发起奇袭。”吕蒙大赞，说道：“果然是好计。我近来宿恙复发，可以此为由头返回建业养病，再请你来继任。只要我远离了前线，这骄兵之计便成功了五六分。又因你年轻，不曾有闻名天下的战绩，他必然不以你为意，这骄兵之计便成功了七八分。剩下这一两分，就看我们如何见机而动。”于是吕蒙以养病为由，上书辞职。孙权准允，改派陆逊接手赤壁和巴丘的防务。从此，陆逊就在隽水河中训练水军，隽水河因此更名为陆水河，隽口因此更名为陆口。

荆州守将糜芳探到消息，派人飞报关羽，说：“吕蒙病重，已回建业调养。

新来的将军，姓陆名逊，是一个少年。”关羽大笑道：“东吴自周瑜以后是鲁肃，鲁肃以后是吕蒙，吕蒙以后是这样一个黄口小儿。可见东吴没有人才，竟然一蟹不如一蟹。”心中顿时有了五六分骄傲。过不多日，陆逊的书信也到了，信中极力赞美关羽的功德，但愿吴蜀两家做友好邻居，不要互相侵犯；又以晚辈自称，言辞极其谦恭。关羽顿时又有了七八分骄傲，大笑道：“陆逊小儿初来乍到，如此心虚。一时之间，江南无有战事之忧。”于是下令从荆州防线撤走一半兵力，调往樊城听令。吕蒙在建业探到消息，赶紧来见孙权，说道：“奇袭荆州的时机到了。”孙权大喜，立即升任吕蒙为大都督，点起江东各路兵马，合计三万余人，来取荆州。

有人说，当时吕蒙要他的将士们全部扮作商人，都穿着白衣，令敌人毫无觉察，奇袭荆州，一举成功，因此把这次战役称之为“白衣渡江”。但实际的情形，却并非如此。试想一下，大江之上三万将士穿着一色的白衣，岂不是白茫茫的一大片？要真是如此招人现眼，却怎么能够令敌人毫无觉察？这里所谓“白衣”，其实是对平民百姓的称谓。吕蒙总共有八十多条船，三万将士都躲藏在船舱里；每条船上又选任十几人做水手，都化装成老百姓，在船上摇橹。这些船只并不成群结队，而是断断续续的，或两三只在一起，或独自航行。路上偶尔遇到渔人问起，便诈称是往来做生意的客商。三五天内，八十多条船趁着风雨和夜色，都悄悄地驶进了长江北岸的湖港，隐藏在茂密的芦苇丛中。又悄悄地摸到烽火台上，将守台的军士尽数拿获，用作向导，先到公安城外叫门。守门的军士认得是自己人，便开了城门。东吴兵一声喊起，踊跃而入，四处砍杀。公安守将士仁从梦中惊起，刚要出门，就被周泰拿了个正着。

吕蒙问士仁：“你可愿意投降？”士仁说：“关羽为人，清高无礼。我久有投诚之意，今日正当其时。”吕蒙大喜，又用作向导，来攻荆州。士仁说：“我与荆州守将麋芳，交情向来厚重，愿入城去招他来降。”吕蒙点头准允。士仁便带了三四个从人，到荆州城来请见麋芳。麋芳问道：“你既然已经投降东吴，到我这里来做什么？”士仁说：“我为将军着想，劝你跟我一样投降。”麋芳说：“我跟你不一样。我家大哥麋竺、小妹麋荃和我兄妹三人，自徐州以来与汉中王可谓日久恩深，怎么忍心叛变？”士仁说：“现在的问题，不在于汉中王，而在于关羽。关羽素来高傲，鄙视你我。如今荆州城外大军压境，将军如何支持得住？倘若将军再有差错，以关羽的脾气，岂能轻饶了你？”麋芳犹豫再三，最终答应跟随士仁出城投降。吕蒙立即重赏二人，然后入城安民。

279. 徐晃换了一张冷笑的脸孔

话说关羽驻扎在偃城，令廖化屯兵在四冢，总共一十二座大寨，络绎不绝，声势浩大。徐晃赶到偃城西北十里的阳陵陂下寨，相距一月有余。曹操唯恐徐晃有失，过不多日也到了新野，派遣徐商、吕建向徐晃传令说：“东吴大军已经攻取了荆州城，关羽已经陷入绝境，请将军发起进攻。”徐晃大喜，说：“就请两位将军打着我的旗号，去往偃城向关羽叫战。我却另率一支奇兵，与两位将军呼应。”

关羽听说徐晃到了城外，便令关平出战迎敌。关平飞马而出，不过三四个回合，徐商败走。关平要回，遇着吕建，不过五六个回合，又杀退了吕建。关平杀得兴起，乘胜追出二十余里。转入山谷，正遇一彪军马，徐晃在门旗下高叫道：“关平贤侄，你父子二人已经陷入绝境，何必在此苦战！”关平大怒，舞起大刀，直奔徐晃。刀与斧交战二十多个回合，关平无力取胜，只得败回。半路上又被徐商拦住，关平不敢恋战，转头奔向四冢。廖化接着关平，说道：“传言荆州城已落入吕蒙手中，军心惊慌，如之奈何？”关平说：“这一定是敌人的谣言，要故意扰乱我的军心。”

次日，关平登高远望，只见曹军屯驻于浅山之上，就对廖化说：“徐晃屯兵，不得地利。今夜你来守寨，我去劫了他的大营。”是夜，关平杀入魏寨，不见一人。

关平情知中计，急忙就要撤退，却哪里来得及？此时从左边冲出徐商，从右边冲出吕建，把关平四面围住。关平奋力杀回四冢，只见寨上已经变换了曹军的旗号。徐晃立马在寨前，高叫道："关平贤侄，苦战无益，还不赶快投降？"关平大吃一惊，只得转头杀奔偃城。路上遇着廖化，两人都是唉声叹气，到偃城来见关羽，说："四冢已被徐晃夺了。一路上多有传言，说荆州城已落入吕蒙的手中。"关羽喝斥道："吕蒙病重，住在建业，荆州城怎么会落入他的手中？这是敌人的谣言，要故意扰乱我的军心。"关平回答说："孩儿也是这样认为。奈何传言汹涌，军心已经陷入恐慌。"关羽便传令说："有胆敢传谣言者，定斩不饶。"

徐晃已经兵临城下。关羽下令备马，要亲自出城迎敌。关平劝阻说："父亲伤势未愈，怎能冒险？"关羽说："徐晃与我乃是故友。我去跟他说话，他若听从，相安无事也就罢了；他若不从，我便一刀斩了他。"于是披挂上马，奋然而出。徐晃看见关羽，就在马上躬身施礼，说道："自与将军一别，已是十几年的光景。想将军当年，在白马坡诛颜良、斩文丑，好像就是昨天的事情。前些时又在罾口川水淹七军，擒于禁、斩庞德，也仿佛是历史的重演。将军英雄一世，名闻华夏，令兄弟我由衷敬佩。"关羽听得呵呵一笑，回应说："我与公明兄也算得是二十多年的老友。今日战场相见，难道你就真的忍心，用你的大斧来砍杀我们父子吗？"徐晃并不回答，却回头向众将叫道："今日但有取得关羽首级者，重赏千金！"关羽惊问道："公明兄何出此言？"徐晃早已换了一张脸孔，冷笑道："你我之间虽有旧情，却不敢以私废公。"说罢，挥起大斧就向关羽砍来。关羽大怒，也奋力舞起大刀迎战；奈何右臂疼痛，不能尽力，战到八十回合，竟至于刀法凌乱。关平见势不妙，急忙鸣金收兵。

徐晃就在城外下寨。过不两日，曹操又派遣殷署、朱盖等十二营新兵赶来助战。徐晃四面扎营，围住偃城。关羽见势不妙，对关平说："偃城粮草不足，不能困守。你我父子今夜务必杀出城去。"四更天，见城外静悄悄的，便开了门，父子二人，连同周仓诸将，率领几百亲兵，骤然杀了出去。徐晃追赶不及，眼睁睁看着关羽渡过汉水，仿佛一只大鸟，挣脱了樊笼，远飞而去。

280. 逃入麦城困守

话说关羽渡过汉水，直往襄阳奔来。前方探马报说："襄阳已被曹仁占了。"关公大惊，只得绕道往当阳方向奔走。走到一座山峦，问左右说："此是何处？"左右说："这是景山。赵云将军曾经大战曹军的长坂坡，就在不远处。"关羽感叹说："造化弄人，竟然这样翻来覆去！"就在山中扎营，要探马再去打听消息。

探马去而复返，回报说："荆州城果然已被东吴占领，将军的家眷都在吕蒙手中。"关羽大怒道："麋芳、士仁何在？"回报说："都已拱手投降，成了吕蒙的座上之宾。"关羽怒不可遏，顿时疮口迸裂，摔倒在地。众人慌忙将他扶起。良久，关羽又问："沿江的烽火台上，怎么不见烽火传信？"回报说："吕蒙白衣渡江，骗过了守台的军士，因此不得举火。"关羽长声叹道："好一个奸贼，把我骗得好惨！"马良说："大事不妙，请赶紧派人往成都求救。"关羽依言，便写下一封书信，派马良飞马送往成都。

马良既去，关羽与众人商议说："当前之计，要先取彝陵，站住脚跟，再来收复荆州。"便令廖化断后，自己一马当先，往彝陵进军。忽然喊声大震，一彪军拦住去路，乃是东吴大将蒋钦。只见蒋钦在马上拱手叫道："关将军，大势已去，何不早降？"关羽骂道："我乃大汉将军，怎么能降你们这种蝇营狗苟的贼人！"负痛舞起大刀，直取蒋钦。蒋钦不敌，大败而走。关羽追出二十余里，喊声又起，左边冲出潘璋，右边冲出周泰，蒋钦也回过头来再战。三路夹攻，关羽刀法散乱，只得往斜刺里杀出一条路，带领残军落荒而逃。都粮官赵累遥指前方说道："那里有一座小城，相传为楚昭王筑造，唤作麦城。城池虽小，足可屯驻。"关羽别无选择，只得率军进驻麦城，关上城门，分兵守住垛口。蒋钦、韩当、周泰、潘璋、吕蒙先后赶到，从四面围得水泄不通。

此时残阳如血，正要落在西面的山林之中。关羽看着那残阳，忽然感觉到日暮途穷的凄凉，心中想道：“马良才去两日。如此山重水隔，还得几日才能到达成都？不知道兄长领军来时，我还在人世间否？”

第七十章

睁开眼睛的头颅

吕蒙之杀关羽也，看似是一桩惊天动地的大胜利，而其实是一桩亲痛仇快的大蠢事。关羽可败，却不可杀。关羽之败，是关羽不明智。关羽被杀，却是吕蒙不明智。关羽虽死，而吕蒙也必死。东吴虽然得到了整个荆州，却也得到了泼天的仇恨。

只有曹操才是最大的赢家：此前关羽威震华夏，曹操尚在惊恐；此后关羽败走麦城，忽然少了一大劲敌。更可笑的是，他虽然不曾杀死关羽，却得到了关羽的头颅。唉，岂止是吕蒙不明智，追根究底，孙权又何曾明智？人说曹操多谲，但他厚葬关羽，却又堪称明智。

281. 在麦城困守

话说东吴众将围住了麦城，却又畏惧关羽的余威，无人敢于叫战。潘璋对吕蒙说："从前项羽被围在垓下，韩信不敢跟他对阵，就用四面楚歌之计瓦解他的军心。而今关羽的士卒，多是荆州子弟，何不要他们的父兄来？喊儿子的喊儿子，唤弟弟的唤弟弟，只要几声呼喊，麦城之中必然生变。"吕蒙大喜，赞道："此计大妙！"

便留下众将围城，自己返回荆州，在四门各处张贴告示，说："凡有唤回自家子弟的，赏一万钱。"一时之间，应者云集。关夫人胡氏被软禁在家中，听到传言，急忙来见吕蒙，说："你这是要置我家夫君于必死之地吗？我家夫君是个义人，他若死，我便作法，也要你死。"吕蒙发誓说："阿蒙只为战争胜负，绝不敢害关将军的性命。如有违背，甘受夫人惩处。"于是带领荆州父老五百余人，到麦城四郊来喊话。麦城之中，军心浮动，众人都要离去。关羽叹道："从前韩信有四面楚歌之计，而今吕蒙有四面父兄。"情知人心难留，就在半夜里开门，让要走的都走。回头清点留守兵员，只剩下七百多人。

都粮官赵累说："麦城不宜久守。成都路途遥远，只恐救兵来迟。何不先派人往上庸求救？"关羽便对关平说："我儿可杀出重围，去上庸搬取救兵。"关平说："父亲伤势未愈，孩儿不愿远离。可请廖将军突围而去。"关羽修了一封书信，请廖化贴身收藏。到了半夜，又悄悄地打开了城门，与廖化洒泪而别。廖化便混杂在第二批离城的散兵之中，骤然冲出城去。此时关羽身边，只剩下五百多人。

廖化赶到上庸，在城外叫门。上庸的守将，一个是刘封，一个是孟达。刘封接着廖化，问明情由，说道："我初来上庸，凡事须与孟达将军商议。"先要廖化到馆驿安歇，自来问孟达说："关羽是我的叔父，被东吴大军围在麦城，如之奈何？”孟达说：“岂止是东吴大军？还有曹操的一支大军，驻在汉水两岸。你我若是贸然出兵，非但救不了关将军，反而会丢失了上庸。只能见死不救，保全上庸要紧。”刘封说：“我也知道上庸兵少。怎奈关羽是我叔父，若是见死不救，岂不让天下人唾骂？”孟达说：“为将者要懂得权衡大局。关将军已陷入必死之地，不是你我能够救得了的。当前之际，只要保全了上庸，便是一件大功劳。”

刘封只得来见廖化，将孟达的一番论述，说给廖化听。廖化大惊道：“若是如此，只怕关将军性命休矣！”刘封哭诉道：“不是我不救叔父，只是我这一杯之水，怎么救得了满车的薪火？”廖化无奈，便上了马出城，心想：“事已至此，我且回麦城，与关将军同死去吧！”

282. 睁开眼睛的头颅

话说关羽自从送别廖化，身边又有陆续两百余人离去。吕蒙对众将说道：“关羽心怀仁慈，放任士卒离去，想来已有必死之心。我军不宜相逼太苦，可先放他一条生路，然后设计擒拿。”便故意撤了重围，却令蒋钦、周泰各领一支精兵到大路埋伏，朱然、潘璋各领一支精兵到小路埋伏。

次日，关羽上城来看，只见空旷一片，不知是何变故，便叫来众人说道：“与其困死在城中，不如出城而走，或许还能逃得一条生路。”赵累说：“敌军忽然撤去，路上必有诡计。”关羽说：“管他是什么诡计，我有什么好怕的！”便出了北门，带着两百余人往小路而走。走了一个多时辰，来到一处山坳，忽然鼓声大震，朱然出马叫道：“往哪里走？再不投降，更待何时？”关羽大怒，拍马来战。不过四五个回合，朱然败走，关羽突围往临沮方向而去。来到决石，随行只剩下关平、周仓和亲兵二十余人，都粮官赵累早已战死在路上。

只见两边都是山，山边都是茅草杂木。冷风吹来，无尽萧瑟。忽然扯起一道绊马索，把赤兔马惊得跳起前蹄。关羽落马，青龙偃月刀脱手而出，掉落在五步开外。关羽翻身站起，徒手与众人争战，众人眈眈相向，一声喊起，十几杆长矛一阵乱捅。关羽扑倒在地，顿时气绝。关平、周仓从后面赶来，四面大军尽起，将二人团团围住。一场厮杀，周仓死在当场。关平眼见大势已去，叹道："可怜我父子争战一生，竟然是这样的下场！"便拔出佩剑来，把自己杀死在父亲身边。此时暮雪纷纷，正是建安二十四年冬十二月的光景。

话说潘璋部将马忠，上前割了关羽的头颅，来向潘璋报功。潘璋又制作了一只樟木盒子，把头颅盛装在其中，来向吕蒙报功。吕蒙吃了一惊，心想："我曾经向关夫人起誓，绝不伤害关羽的性命。如今关羽已死，却叫我如何向她交代？"想来想去，也不敢声张，便急忙安排众将去各郡各县的任职；自己提着那只盛装头颅的木盒，乘船返回建业，来向孙权复命。

眼见得战事已经结束，关夫人胡氏设法打听关羽父子的消息，听来的都是噩耗。关夫人初时不信，几番找不见吕蒙，这才渐渐地信了。从前关夫人去见吕蒙时，曾经偷藏了他的一块头巾。此时便作起法事来，用桃木剑挑着他的头巾焚烧。吕蒙站在船头看风景，只觉得脑袋"嗡"的一声，疼痛剧烈难忍，踉跄几步，倒在舱边七窍流血而死。船到建业，孙权看到关羽的头颅和吕蒙的尸体，心中顿时惊骇。

张昭说："关羽素有天神护体，威严不可侵犯。而今吕蒙逞能，害死关羽，因此才有这样的祸报。一旦他的兄长刘备得知，必然还要满怀愤怒，兴兵前来报仇。东吴虽然暂时得到了荆州，却也得到了泼天的仇恨。"孙权大惊，跺着脚叫道："是我有失计较，却怎么是好？却怎么是好？"张昭继续说道："若是刘备一方来攻，东吴尚有力量招架。若是刘备与曹操化敌为友，两面来攻，于东吴岂不是灭顶之灾？"孙权急得走来走去，不住嘴地叫道："却怎么是好？却怎么是好？"张昭说："我有一计，叫刘备不敢来犯东吴。"孙权问是何计？张昭说："派人将关羽的头颅，送给曹操。这就是向天下人宣示，攻打荆州和杀死关羽，并不是东吴单方面的动作，而是曹操与东吴两家的合谋。如此，刘备首先便不可能与曹操结盟来攻东吴，其次还要在曹操与东吴两家之间顾虑重重。”孙权大喜，赞道：“这是一条绝妙的好计！”

此时曹操刚刚回到洛阳，在那里督造宫殿。听说送来了关羽的头颅，也是一喜，大笑道：“云长既死，让我心安。”便打开木盒来看，只见关羽闭着双眼，恍若沉思。曹操调笑道：“云长公，别来无恙？”话音未落，只见关羽忽然睁开了那一双丹凤眼，曹操惊得往后就倒。众人急忙扶起相救。良久，曹操醒来，对众人感叹说：“人说关羽内有天神，我而今信以为然。”下令追封关羽为荆王，用沉香木为他雕刻身躯，设牲醴祭祀，葬在洛阳南门外。曹操亲自主持葬礼，率领一众官员送殡，场面极其隆重。

主簿司马懿问道：“关羽不过是一员敌将，为什么要给他这样尊崇的礼遇？”曹操回答说：“这其中有三个道理。其一，关羽素有神威，令我敬仰。其二，他在华容道上，于我有放生之恩。其三，今日东吴害死关羽，却将头颅送给我，这是恐怕刘备复仇，要我来做他的挡箭牌啊！我偏偏不上他的当，故意以王侯之礼安葬关羽，这就是向刘备表达我的善意，要他放心去打东吴。”司马懿赞道：“丞相深谋远虑，我等自愧不如。”

283. 从烛火中看到关羽

话说刘备从汉中返回成都，法正奏道：“主公既为汉中王，当立王妃。”刘备说：“我原先有糜夫人和甘夫人，与我患难相共，都是极其贤惠，却已先后去世。而后又有孙夫人，也已在东吴染病身亡。如今我孑然一身，哪里来的王妃？”法正说：“吴懿有一个妹妹，亦是美貌贤惠，请纳为王妃。”刘备有些疑惑，问道：“此妇人乃是刘瑁的妻子。虽说刘瑁已经去世，却与我同宗，我怎能纳他的寡妇为王妃？”法正说：“从前晋文公娶侄媳妇为妻，史书尚且称之为秦晋之好。今主公与吴氏，亦可谓是天作姻缘，又怎能以世俗的伦理相论？”刘备听了，点头依允，纳吴氏为王妃。

时光正值七夕，刘备与吴氏在院中共看牵牛织女。有人自荆州来，传说关羽水淹七军之事。近侍又来报与刘备，刘备大喜道：“只待二弟拿下宛城，我便自汉中出兵，两路攻取中原。”于是兴致勃发，与吴氏情意缠绵。谁知乐极生悲，到了次月下弦日，老将黄忠忽然起病，两日后溘然长逝，安葬在成都西郊营门口。从此一连数月，刘备悒悒不乐。紧接着北风渐起，天地大寒，刘备在半夜里就着蜡烛看书，忽然抬头看见一人，竟是关羽。刘备惊讶不已，正要问话，烛火却倏然而灭。刘备就在黑暗里发呆，半晌才忽然惊觉道：“刚才我怎么看见了二弟？莫非又发生了什么不好的事情？”

那一夜诸葛亮也有征兆。他忽然心有悸动，便仰观星象，良久便看见一颗将星落在东南，不由得大惊道：“东南方向便是荆州，只恐关羽凶多吉少！”次日叫来陈震说：“荆州大事不妙，请你赶紧前去打探消息。”陈震在路上跑了一日，遇着马良。马良说：“荆州已经陷落，关将军令我赶来求救。”陈震便带着马良赶回。诸葛亮又带着马良来见刘备，叙说荆州战事。刘备着急，说：“事情紧急，赶紧起兵！”才过两日，廖化也快马赶到，痛诉刘封、孟达不发救兵之事。刘备惊问道：“我二弟现在何处？”廖化回答说：“我自上庸返回麦城，打算与关公同死。岂知此时麦城已失，关公父子二人死在临沮道上。”刘备听罢，只觉天旋地转，大叫一声，仰头便倒。众人慌忙救起，扶入内殿安歇。

从此一连数日，刘备水米不进，痛苦成病。诸葛亮与众人再三劝解。刘备不听，只是恨骂：“我与东吴，不共戴天！”过了半月，又有消息传来，说：“关公的头颅，已被东吴献给曹操。曹操以王侯之礼葬在洛阳。”刘备问：“曹操此举，是何用意？”诸葛亮说：“东吴害了关公父子，却要嫁祸给曹操。曹操厚葬关公，则是为了表达他的善意，要主公放心去打东吴。”刘备恨骂道：“如此说来，杀害二弟的刽子手，就是东吴，与曹操无关。我这就要顺长江而下，血洗江南。”诸葛亮说：“主公若是如此，却又恰好中了曹操的诡计。他就是要挑起吴蜀两家互杀，然后坐收渔利。”刘备便问诸葛亮：“依军师之见，怎么是好？”诸葛亮说：“遇事须三思而后行。当今之计，理应先给关公发丧。留些时间，分析形势，再做打算。”

刘备沉思良久，下令征集关公遗物，用棺柩盛装，安葬在长星桥南面草坡之上。又传令文武市民，尽皆挂孝。刘备亲自扶柩，从南门一路招魂，向天哀号。因此关公便有三座坟冢，所谓“身在麦城，头在洛城，魂在蓉城”是也。此中洛城，即是洛阳；蓉城，即是成都。今成都锦江之上有万里桥，即是刘备安葬关公归魂之时经过的长星桥。

第七十一章

你的脑袋里有一头山猪

神医华佗说破了一个令人多么震惊的奥秘:“你的脑袋里有一头山猪!”原来曹操罹患头风病多年，竟然是这头山猪时常冲撞神明，因而产生了头痛。

恰如神仙左慈无法点化曹操，神医华佗也无法医治曹操的痼疾。神仙左慈想要点化曹操，却遭到曹操的追杀；神医华佗想要医治曹操，同样也遭到了曹操的囚禁和拷打。是以曹操这一辈子，只能生于冲突和疼痛，并最终死于冲突和疼痛。

难道这仅仅是曹操一个人的悲剧吗？曹操虽死，还有他的继承人曹丕。就是天下百姓人等，谁个又不是生活在冲突和疼痛之中？

284. 在濯龙祠砍伐神木

话说曹操在洛阳督造宫殿，每天晚上一合眼就看见关公。曹操惊恐不已，相问于众人。众人纷纷议论说：“洛阳本是汉朝故都，经历过许多恩怨与杀戮，因而多有妖怪。”曹操问：“如何是好？”程昱说：“可更换栋梁与殿名。只要栋梁正直，妖怪便不敢入。”曹操于是更名为建始殿，令工匠寻找栋梁之材。

工匠禀报说：“洛阳城外三十里有一座濯龙祠，濯龙祠边有一口濯龙潭，濯龙潭边有一株梨树。那梨树已有两百年的树龄，生得高大正直，堪作栋梁。”曹操满心欢喜，下令立即砍伐。谁知一连数日，那株大梨树用斧砍不动，用锯解不开，费了许多力气，纹丝不动。曹操听说，并不相信，率领从人来看那树。就在树下仰望，只见那树亭亭如华盖，直上云汉，并无曲节，甚是美好。下令再砍。附近乡老数人前来劝阻说：“此树自光武皇帝以来，已有两百年的树龄。上有神人居住，砍伐不得。”曹操大怒，拔剑而起，说道：“我平生游历天下，上至皇帝，下至庶人，没有不怕我的。此处是何妖神，竟然要我怕他？”挥起宝剑就砍，铮然有声。岂知剑锋所及，鲜血溅起，洒了曹操一身。曹操吃了一惊，自觉晦气，便弃了宝剑，仓皇离去。

是夜三更，曹操辗转难眠。忽然看见一人，背后扑闪着一双花瓣似的翅膀，手提一口梨花剑，飞到面前骂道：“曹操老贼，你为什么要改造建始殿？是不是妄想着自己来做皇帝啊？真是岂有此理，你自己痴心妄想也就罢了，却为什么要来戕害我的神木？”当即舞起梨花剑，寒光闪闪地杀来。曹操受了惊吓，大叫一声。醒来一身冷汗，头疼欲裂，不能忍受，急忙传令四处寻访良医。

华歆来看曹操，问道：“几日不见，大王怎么变成这般病容？”曹操恨骂道：“都是那个可恶的梨树之神！待我病体稍安，一定要将他举火焚烧，看他还能怎样逞凶作恶？”华歆说：“大王可知华佗否？此人当世之神医也，必然药到病除！”曹操将信将疑，看着华歆问道：“你姓华，那华佗也姓华，难道你们是同姓的亲戚？”华歆回答说：“虽然同姓，却不知道是什么亲戚。但以我所知，他与大王乃是谯县的同乡。”曹操忽然大笑道：“原来是我的乡党！”便令华歆去请华佗入宫。

285. 华佗说：“你的脑袋里有一头山猪！”

话说华佗入宫，一望，二闻，三问，四切，然后说道：“大王罹患头风病多年。究其病因，乃是脑袋里有一头青面獠牙的山猪，时常冲撞神明，产生头痛。”曹操顿时记起当年刺杀董卓时，从床头镜里瞥见的两头山猪，心想：“我一直怀疑自己是那两头山猪中的一头，不料今日竟被华佗说破了奥秘。”便按捺住惊恐，问道：“先生既然知道病因，可有治病的方法？”华佗回答说：“并无其他方法。只需用利斧砍开脑袋，取出那头山猪，从此便可顺应神明，不再有冲突和疼痛。”

曹操大吃一惊，问道：“难道你想要杀了我吗？”华佗笑道：“我是一个医生，只为救死扶伤，怎么会杀你呢？”曹操说：“你用利斧砍开我的脑袋，那我哪里还有活命的机会？”华佗说：“大王可曾听说我为关公刮骨疗毒的故事？他右臂中了毒箭，箭毒入骨。我为医者，深得关公信任，因此能够顺利地切开他的肌肉，一点一点地刮除骨头上的毒药。而他那时只顾与人对弈，并无顾虑。今日大王若要用我为医，自然也要信任于我。”曹操冷笑道：“你怎么能够拿他的手臂与我的脑袋相比？啊，想来你是关公的好友，要趁此机会为他报仇，是也不是？”便不由分说，下令左右拿下华佗，喝道：“此人想要趁机害我，与当年的吉本无异。给我拿在狱中，一定要拷问出他的案情。”

于是，华佗便坐在冤狱之中。有一个狱卒，姓吴，人称“吴押狱”，只因敬仰华佗的人品医德，每日都要供奉酒食。华佗感谢他的恩情，就说："我将死去，有一部《青囊书》想要赠送给你。"吴押狱大喜道："我若得到此书，必然辞去这个狱卒的差使，以后便甘做先生的门徒，为天下病人行医。"华佗一家妻小住在徐州，便修了一封书信，要吴押狱从徐州取来《青囊书》，经过反复校对，再赠与吴押狱。等到华佗在狱中溘然而逝，吴押狱便遵照他的遗嘱，将他送回徐州安葬。下葬那日，方圆百里的百姓市民都来祭奠，来者无不痛哭。

半月之后，吴押狱从徐州返回洛阳家中，想要取出《青囊书》研读。只见老婆正在烧火做饭，将那部书塞进灶膛焚烧。吴押狱急忙抢夺，全卷已被烧毁，只剩得一两张残页。吴押狱心疼，放声怒骂。他家老婆却不以为然，辩解说："纵然学得跟华佗一样神妙，也只落得死在牢中，有什么用处？"《青囊书》因此不曾传承于世。吴押狱就用那一两张残页，为四乡百姓阉鸡、阉狗、阉牛、阉马，却也能够谋得一些生计。

286. 曹操之死

话说孙权在江南听说曹操筑造建始殿，与众人商议说："曹操在洛阳筑造宫殿，殿名更始。这分明是曹操想改朝换代自己做皇帝，不知诸位有何见解？"张昭说："曹操早就被人骂作汉贼，如今是想做皇帝而又不敢。主公若是上书劝进，他必然满心欢喜。"孙权便写了一封劝进书，派使者连同新年贺礼一起送到洛阳。

曹操看完，大笑不已，把书信遍示群臣，说："这个狡猾的孩子，是想把我架在炉火上烤啊？"侍中陈群回应说："孙权说得也没错。汉朝久已衰微，只有大王功德巍巍。何不就此采纳他的倡议，早登大位，顺应普天之下的人心？"曹操沉吟良久，笑道："我身为魏王，荣华富贵，已到人臣之极致。假若天命真的在我，就让我做周文王吧！”众人心领神会，纷纷称颂说：“魏王英明神武，令人肃然起敬！”曹操大笑，便令人拟写了一道册书，要皇帝加封孙权为骠骑将军、南昌侯，兼领荆州牧。孙权在江南收到册书，大喜，对张昭说：“曹操虽然不敢做皇帝，却于我多有嘉奖。我等但观其变，必有好戏。”

春来百花竞放，而曹操却病势日重。一日睡到半夜，忽然听到门外有人声说话。曹操心里惊疑，勉强站起，举着烛火开门来看。只见门外满是人群，有伏皇后，有董贵人，有伏完，有董承，有孔融，有祢衡，有荀彧，有杨修，一个个面带血污、怒目相向。曹操惊恐万状，急忙就要关门。那门轰然便倒，把曹操砸倒在下面。可怜曹操被砸得头破血流，动弹不得，左右又没有近侍，竟然在地上躺卧到清晨。等到人们发现他时，已经是气若游丝，奄奄一息。

于是赶紧召见曹洪、夏侯惇、陈群、贾诩、司马懿等人，说道：“我自谋杀董卓起兵，横扫天下，群雄都被剿灭，只剩下江东的孙权和西蜀的刘备。我而今将死，立有世子曹丕，可继承我未竟的事业。请各位好生辅佐他，如同我亲在。”众人听着，无不哭泣。又叫一众侍妾入内，将平日所藏名香，依次分赐，嘱咐说：“我死之后，你们要勤习女工，织造丝履，贩卖得钱，用来自给生活。”众侍妾又是一阵号哭。后事嘱托完毕，便不再说话，双眼紧闭，任凭泪水清流，在无声无息中逝去，享年六十六岁。

曹皇后在许都听说父亲身亡，大哭了一场，抬头对皇帝说道：“你此生最恨我的父亲。而今他已去世，你的苦日子也已到了尽头。”皇帝回答说：“令尊虽然去世，却还有令兄。令尊与你，尚有父女之恩。令兄与你，却未必有兄妹之情。你和我的苦日子并没有结束，而是将要更苦。”曹皇后不信。过不多日，华歆从洛阳来，与曹休来到宫中，要皇帝改封曹丕为丞相、魏王，领冀州牧。曹皇后问道：“为什么不立我家三哥曹植为魏王？”华歆冷笑两声，然后喝斥道：“这可是令尊生前的遗命，由不得你们两个胡来！”曹皇后吃了一惊，这才相信皇帝的预见。

建安二十五年春二月，曹丕继位为丞相、魏王、冀州牧。而后披麻戴孝，为父亲治丧，追谥父亲为武王。又遵从父亲遗命，在漳河上下两岸设立七十二座疑冢。原来自从曹操当年在兖州设置摸金校尉，普天下盗墓成风，因此早有叮嘱：其一，在最显著之处建造一座高陵，却是一座假墓；其二，将那座真正的坟冢混杂在七十二座疑冢之中，不立碑文，不设封土，不藏金玉珍宝。直至今日，人们仍然不知道那座真正的坟冢竟在何处，成为盗墓史上的奇闻。

曹操既已下葬，从此远离了人世间的争斗与权谋。头七那一夜，月色昏黄，星光闪闪，却从坟冢里头拱出一张猪嘴来。接着，一头山猪破土而出，满山林地叫唤。约莫过了一个多时辰，又有一头山猪从远方奔来。两头山猪，一公一母，相见甚欢。原来那公猪竟是曹操，母猪竟是珠娘，自从濮阳城外一别，而今是三十年后重逢，便把那坟冢当作了两情相爱的巢穴。

287. 同一棵根苗里生长的两种命运

话说曹丕继位为魏王，任用华歆为相国。华歆说："大王有嫡亲兄弟二人，鄢陵侯曹彰勇猛难敌，临淄侯曹植风流文采。此二人自先王薨逝，至今不来邺城，想必是不肯臣服于大王。"曹丕说："相国所忧不无道理。此二人素来桀骜不驯，早晚要惹祸乱。"

于是以母亲卞太后的名义召见二人。曹彰先到，与曹丕寒暄，被邀入凉阁对弈。棋至中盘，曹丕吩咐侍妾说："还不快将枣儿端来！"一边下棋，一边吃枣。岂知枣里早已下毒，曹丕自己专挑那些没毒的吃；曹彰毫不察觉，把有毒、没毒的混在一起吃。忽然之间，曹彰神色大变，站起来，脚步踉跄，东倒西歪。卞太后闻讯赶来，急忙令人取水给他饮用，左右都不听令。卞太后只得自己光着脚赶到井边，却找不到打水的器具，原来曹丕事先下令把装水的瓶罐都打碎了。过不多时，曹彰便扑倒在地，抽搐着死去。卞太后思前想后，料定是曹丕捣的鬼，哭诉说："你已经害死了我的子文，不能再害我的子建！"曹丕面无表情，分辩说:“并不是我害死了子文，是母后误解我了！”

次日，曹植也到了邺城。华歆说:“临淄侯才华飞溢，也要剪除，莫留后患。”曹丕说:“奈何昨日已承母命，难以违背。”华歆说:“人言临淄侯出口成章，大王何不出题试他一试？若不能，则杀之有名；若能，也可找一个莫须有的由头。”曹丕说:“也是一个办法。”便召见曹植，说道:“我与你虽是兄弟，却也是君臣，你怎敢自恃有才蔑视我？况且你是否真的有才，还是有人代笔，都不可知。我今日限你在七步之内吟诗一首，若能则免一死，若不能则从重治罪。”曹植便请兄长出题。曹丕说:“我与你既是兄弟，就以兄弟为题。但诗中不许犯着‘兄弟’的字样。”曹植满心悲愤,就在殿上一步一步走来。满殿的人都看着他。只见他走到第三步，便脱口吟道[①]：

食物其实是用生命做的
例如牛肉、羊肉，或者豆子

如今，你就是那豆萁
被食欲点燃的火焰
而我，就是那豆子
在铁锅里，被你烹制

亲爱的豆萁啊，你能听到我的哭泣吗?
为着我们出生的同一棵根苗，以及
从同一棵根苗里生长出来的两种命运

一首诗吟诵完毕，闻者无不动容。就是曹丕自己，也听得潸然泪下，感叹

① 罗贯中版《三国演义》原诗为：“煮豆燃豆萁，豆在釜中泣。本是同根生，相煎何太急！”

再三，只将曹植贬为安乡侯。曹植便先到高陵来拜祭父亲，然后带着从人凄然离去。

从此，曹丕便大权独揽，俨然曹操再世。一日醉酒，下令将侍奉过父亲的妾妇全部召来，就在宫中赤身裸体地玩耍。众妾妇不敢不从。曹丕说：“先王分给你们的香药，我按双倍赏赐给你们。”敢有不听话的，就要其他的妾妇打她的屁股。过了几日，卞太后听说，不敢相信，就亲自前来探看。掀起门帘，见床榻上坐着几位女子，果然都是曹操生前的爱妾。卞太后惊奇地问：“这些人何时被召到你的宫中来？”曹丕脸上并无羞愧之色，回答说：“父亲刚死不久，我就召她们来了。”卞太后于是气愤地说：“你这样的德行，连老鼠和狗都不如，是怎么当上魏王的呢？”

第七十二章

黄初元年与章武元年

曹丕终于完成了他的父王曹操未竟的事业：篡夺汉朝做了皇帝。想曹操当年，曾经以剿灭黄巾军的大功臣自居。而今曹丕年号“黄初”，却表明他们父子俩是与黄巾军同样、甚至是更无耻的逆贼。而刘备登坛称帝和改元“章武”，则表明了他义不容辞、针锋相对的姿态。

288. 有一个名叫殷登的老人

话说建安二十五年春二月，曹丕继位为丞相、魏王。三月，皇帝在绝望和不甘心之间纠结，把年号改为延康。岂料曹丕上任一月，出台两项新政：其一，杜绝宦人干政，废除中常侍和小黄门，以散骑常侍、散骑侍郎充任皇帝侍从，几乎铲除了皇帝身边所有亲信；其二，设立九品中正制度，以家世、道德、才能三项标准选拔人才，把人事任免权从各州各郡各县收归到自己手中。只因这两项新政，使得曹丕的威权，更甚于其父。

有一个名叫殷登的老人前来报告说，谯县上空出现了黄龙。曹丕问："这是什么征兆呢？"殷登回答说："孝灵皇帝熹平五年，谯县上空第一次出现黄龙。当时的太史令单飏就预言说，此地必出王者，而且在五十年之内必有黄龙再现。四十余年后，令尊与殿下果然先后成为魏国的王者，这就应验了单飏的第一则预言。而今谯县上空再现黄龙，这就应验了单飏的第二则预言。"曹丕又问："那么，再现黄龙又是什么征兆呢？"华歆在旁边回答说："这就是殿下您要登基做皇帝的征兆啊！"曹丕大喜，下令重赏殷登，封为太祝。殷登以年迈为由，不愿为官，辞谢而去，此后再无音讯。

华歆便带着太史令许芝和一班文武来见皇帝，要皇帝将大位禅让给魏王曹丕。皇帝因为震惊而沉默，半晌才说："汉朝自高祖皇帝斩蛇起义，相传四百余年至于今日。朕虽不才，却也懂得珍惜，怎么忍心将祖宗大业禅让给恶人？请你们拿出各自的公心来，再从长计议。"王朗听了，厉声反问道："陛下说谁是恶人？当今天下，若不是魏王在朝，陛下早死于乱兵之中。从建安元年至今，陛下已被魏王豢养二十五年，竟然不知恩不报德，反来责骂魏王是恶人，真是岂有此理！"皇帝直视王朗，羞愤不已，就要转身离去。却见华歆纵步向前，拉住皇帝的龙袍，大声责问道：“答不答应，就在于你一句话，你要往哪里逃？”

皇帝奋力挣脱，逃入后殿。曹皇后问：“陛下怎么这样慌乱失态？”皇帝眼泪汪汪地回答说：“都是你那个哥哥，想要篡夺朕的皇位。今日竟然派出文武百官相逼，将朕百般羞辱。”曹皇后大怒道：“我哥哥狼心狗肺，竟然做出逆天的坏事。你且把传国玉玺给我保管，看他能奈我何？”还没说完几句话，又见华歆带着曹洪、曹休和亲兵五十人，气势汹汹地仗剑而入，请皇帝重新出殿议事。曹皇后大骂道：“我家父王功盖寰宇，尚且不敢篡逆。而今你们为着一点可怜的荣华富贵，竟敢做出逆天害理的坏事。皇天在上，难道你们就不怕祂的报应吗？”转头又冲着皇帝吼叫道：“你就坦然出去，看他们谁个大胆，还能把你吃了不成？”

289. 皇帝为什么自称为朕?

话说文武百官就在大殿上苦苦相逼，皇帝无奈，哀告说：“朕与尔等，好歹也是一场君臣，就让我思虑一夜，如何？”华歆冷笑道：“就是思虑一百夜，也得答应。”看看天色已晚，便带着百官离去，约定次日再来。

皇帝就坐在黑暗与寂静中祷告。祷告是他与天父之间的对话。他祷告说：“天父啊，朕还是您的儿子吗？普天下都把朕看作天子，却为什么又让朕遭遇这样的屈辱和迫害呢？”只要他祷告，然后天父就会听见，就会回应他。天父说：“是的，你是天子，你是皇帝，这是一个被天下人确认的事实。可是你知道做皇帝的人为什么自称为朕吗？所谓朕，就是撑船的人。整个国家就像一艘在洪荒中航行的大船，而你要负责稳住这艘船。很显然，你是一个失职的艄公，你不配自称为朕。都是因为你自己的怯懦，才遭遇这样的屈辱和迫害，你怎么好意思向我哀叹呢？”

皇帝便不敢再自称为朕，只知道哭，像小孩子那样哭，说：“我又有什么办法？

我也试图反抗过，但我所有的生活都是被控制的！”天父说：“恕我直言，是你自己把皇帝的权力拱手交给了别人，并因此丧失了自己的力量。如果你有足够的勇气坚持不交，那个人就只能干瞪眼。换一句话说，那个人其实是使用了你给他的力量，这才能够控制住你。”皇帝哭着说：“难道我是傻瓜吗？要把自己的权力拱手交给了别人，并接受那个人的控制？”天父回答说：“事实就是这样。你贵为天子，却经常忘记你的天父。在你忘记我的那些日子里，你就是傻瓜。你并不相信我，而是相信那个人给了你活着的恩赐。就这样，你与那个人达成了交易——为了可怜巴巴地活着，你拱手交出了做皇帝的权力。”

皇帝被天父说出的事实震惊了。他继续坐在黑暗里，良久又问：“那个人已经成功地控制了许多人，以至于他能够利用许多人的力量来控制每一个人。如果我坚决地拒绝他，那么我还能怎么活呢？”天父回答说：“你若是相信我，你就能够永恒地活着，并且活得坚强而有力量。但如果你感到困惑，你就会立即变得怯懦。”夜风吹拂着帷幔，皇帝继续坐在黑暗里，反反复复思考着天父的话语，就像在风中飘摇的烛火。整整一夜过去了，当天空亮起来的时候，他心中的烛火却倏然而灭，再一次陷入了黑暗之中。

华歆带着文武百官去而又来。殿门打开，数百名全副武装的魏兵列阵而入。皇帝终于笑了起来，问道：“魏王要做皇帝，皇帝就是那么好做的吗？”华歆厉声喝斥道：“不是魏王要做皇帝，是你要禅位给魏王做皇帝。”陈群跟着上前说道：“臣已拟写好禅位诏书，请陛下过目。”皇帝冷笑道：“我是一个不称职的天子，就是禅位给魏王又有何妨？但在我上面还有一位天父，只怕尔等早晚要遭到祂的报应。”华歆喝斥道：“不要废话，只在禅位诏书上用印即可。”皇帝说：“传国玉玺在曹皇后那里，若要用印，且看她怎么说？”华歆便与众人面面相觑，说：“我等不怕当今皇帝，却怕这位铁骨铮铮的曹皇后。昨日已被她臭骂了一通，今日怎敢再讨没趣？”贾诩回答说：“陛下已经看过禅位诏书，就是不用印玺又有何妨？”便假托是皇帝亲手签署的禅位诏书，令陈群为使者，送给魏王曹丕。

曹丕正在谯县祭祖，收到禅位诏书，大喜。司马懿却劝阻说：“大王不可轻易接受诏书，而应该反复上表谦辞，免得天下人非议。”曹丕点头称是，令书吏撰写表文，自称德薄能鲜，请皇帝另寻大贤禅位。皇帝打开表文来看，问道："魏王又是何故推辞啊？"华歆回答说："从前魏武王谦辞了三次，然后才受命为王爵。而今陛下也得禅让三次，才能显示出禅位的诚意。有了足够的诚意，自然便不会推辞。"皇帝冷笑说："那就请你们继续拟写禅位诏书吧！"

290. 摔破了一角的传国玉玺

话说曹丕在谯县第三次收到禅位诏书，对司马懿说："虽有三道诏书在手，却也害怕天下人骂我篡夺皇位。"司马懿说："这事好办。可令当今皇帝筑造一座授禅坛，到坛前上告天帝，下告黎民，将皇位当众授予大王。这样一来，众人有目共睹，怎么还会有非议呢？"曹丕便第三次上表谦辞。皇帝问："魏王反复推辞，究竟是什么意思？"华歆回答说："并没有别的意思。只是陛下还得继续表达诚意罢了。"于是就在许都郊外，寻得一处风水宝地，筑造授禅坛。又选择了吉日良辰，召集大小公卿、六军将士，以及匈奴、高句丽、邪马台等藩国使臣，共计三十万人，举办授禅仪式。

又令曹休来向曹皇后索取传国玉玺。曹皇后被逼无奈，将玉玺捧出，忽然奋力扔在台阶下面，大骂道："老天爷长着眼睛哩，决不会让你们永远得逞的！"曹休急忙上前捡起玉玺，上面已经被摔破了一角。次日，皇帝便捧着这一方玉玺，登上坛来。陈群站在他的身边，打开早已拟好的禅位诏书，宣读说："从前尧帝禅位于舜，舜帝又禅位于禹。为什么会这样呢？因为天命要归于有德望的人。而今有汉一朝，传承四百余年，到了朕这一代，在位三十二载，天下动荡，群凶恣逆，全赖祖宗之灵，幸存至今。朕仰瞻天文，俯察民心，大约是刘汉的运数已经到了尽头，天命就要归于魏王曹氏。前面第一代魏王早已建树了英明神武的功绩，当今第二代魏王也有光曜天地的德行，朕于是效仿尧舜故事，禅让皇位。有请魏王上坛，以大礼续承天命。”

曹丕在众目睽睽之中登坛，将象征皇位的传国玉玺接在手上。而后与皇帝交换位置，就在高坛之上答谢天地，登基为新皇帝，改国号为大魏。当然曹丕也已经准备好了新的年号。他想起黄巾军首领张角喊过的那句口号：“苍天已死，黄天当立。岁在甲子，天下大吉。”虽然这一年并不是甲子年，而是庚子年，但苍天终于死了，而魏国曹氏自然就是当立的黄天。于是改延康元年为黄初元年，追谥魏武王曹操为太祖武皇帝。按照曹丕的定义，历史应该从此进入新的纪元。

华歆又上前奏道：“天无二日，民无二主，汉朝的皇帝既然已经禅位，理应退往藩地居住。请新皇帝降旨，要旧皇帝刘氏藩居于何地？”曹丕于是降旨，改山阳郡为山阳国，封旧皇帝刘协为山阳公。华歆便按剑在手，指着山阳公刘协喝道：“自古以来，但凡有一位皇帝兴起，必然有一位皇帝废黜。当今新皇帝仁慈，非但不加害于你，反而封你为‘山阳公’。你今日便走，没有新皇帝的诏令，不许随意妄动。”刘协只得含泪拜谢，上马而去。授禅坛四周三十万军民看见，无不感叹。曹丕从此便自称为朕，一面从坛上拾级而下，一面洋洋得意地笑道：“朕这才明白，原来尧、舜、禹的故事，竟然有如此隐秘的内情！”

话说刘协一路鞍马，迁徙到山阳国。曹皇后此时被降格为山阳夫人，也相随在左右。路上但见百姓流离失所、贫病交困，好不凄凉。刘协心中无限感慨，对夫人说道：“我在许都，不曾做得一个好皇帝，却从太医那里学得许多医术。”于是就在山阳国悬壶济世，施医救民。又亲自到云台山采药，至今百家岩嵇山亭内有石刻画像“山阳公行医图”遗世。又派人四处张贴榜文，减免各种赋税。消息传出，山阳国百姓奔走相告，无不称颂。曹丕在邺城听到探报，大喜道：“以刘协这样善良，又心无大志，原本就不是做皇帝的材料。想来他必然无害于我，我哪里用得着提防他呢？”刘协因此在山阳国安度余生，终年五十四岁，葬于禅陵，被曹丕追谥为孝献皇帝，史称汉献帝。

291. 刘备的昭告文书

刘协的第一个谥号并不是孝献皇帝，而是孝愍皇帝。在他离开授禅坛以后，人世间就突然没有了他的消息。人们根据曹氏父子的做派，猜测他已经在某个地方死于非命。于是成为传说，传到成都和建业，已经被传说成一桩血淋淋的谋杀案。汉中王刘备闻讯大哭，下令文武百官挂孝，面朝许都方向设祭，尊谥刘协为孝愍皇帝。《谥法》曰：在国逢难曰愍，使民悲伤曰愍。想想啊，刘协身为皇帝，在法理上至高无上的皇帝，终其一生，却在自己的国家里遭遇到那么多苦难，焉能不使人悲伤而落泪呢?

诸葛亮与太傅许靖、光禄大夫谯周商议说:“孝愍皇帝既然已经驾崩，天下必然要有一位新皇帝。那么，新皇帝是谁呢？不，我们不可能认同魏国的那个曹丕，他不过是一个篡夺皇位的伪皇帝。我们要拥立汉中王做我们的新皇帝。”于是与文武百官联名上表，请汉中王刘备即皇帝位。汉中王刘备惊问道:“你们想干什么？孝愍皇帝刚刚驾崩，你们就要我来做新皇帝，你们当我是谁，是第二个曹丕吗？我誓死不做这种见利忘义的小人！”不由分说，拂袖而去，退入后宫。众人都觉得尴尬，纷纷散去。

过不几日，诸葛亮又与许靖、谯周邀集众人说:“天不可无日，国不可无君。我们若是不能拥立汉中王为新皇帝，长此以往，人们就会把曹丕那个伪皇帝当作新皇帝了。”于是再次联名上表，请汉中王刘备出来议事。光禄大夫谯周说:“我等联名请汉中王即皇帝位，并不是为了您一个人的权位，而是为了整个大汉王朝的江山社稷。”刘备问:“此话怎讲？”谯周说:“孝愍皇帝虽然驾崩，但只要有新皇帝继位，大汉王朝就依然还在，就依然还有复兴于中华的可能。”刘备愣了一愣，又问:“你说得很对。但孝愍皇帝已经驾崩，并没有遗诏要我做他的继承人。我又有什么资格来做新皇帝？”诸葛亮说：“这事好办。追根溯源，您原本就是孝景皇帝的苗裔，从血统上讲，就有继承皇位的资格。如今虽然没有孝愍皇帝的遗诏，却可以筑造一座祭天坛，如此即可上承天命、下临万民。”刘备见众人说得有理，只得应允。

诸葛亮便令博士许慈、谏议郎孟光在武担山筑造祭天坛，选择黄道吉日，恭请汉中王刘备登坛祭天。刘备就在坛上闭目祷告，怎奈思绪纷飞，并不安宁。祭天完毕，令谯周在坛上高声宣读昭告文书[①]，说：

“时值建安二十六年四月十二日丁巳时，我，汉中王刘备，在此上承天命，即皇帝位，并昭告天下。

“大汉王朝的江山社稷，原本应该永世传承。从前王莽窃取皇位，致使光武皇帝震怒，兴兵讨逆，社稷因而复存。而今曹操再次以武犯禁，残害孝愍皇帝，罪恶滔天。曹操的儿子曹丕更是卑鄙无耻，再次将皇位窃为己有。普天下为复兴中华而争战的将士，都以为大汉王朝的江山社稷不复存在了，但我却要在此说不。现在，就让我奋起勇气来做这个继承人吧！我愿意继承高祖皇帝和光武皇帝的遗志，立誓消灭那些祸害国家的乱臣贼子，使得天下重归太平。

“我唯一担心的是，我可能缺少做一个好皇帝的德行。我因此寻求老百姓和贤能之士的意见，他们回馈说：天命必须顺承，祖业必须永续，国家需要君主。如此说来，普天下老百姓的希望都在我一个人身上。我因此诚惶诚恐，在这里祭告上天和大汉王朝的列祖列宗，请你们保佑我，使得我有能力实现我的誓愿；也使得普天之下，海晏河清，百姓生灵都能安享太平。”

---

① 根据《三国志·蜀书·先主传》相关文字改写。

读罢昭告文书，诸葛亮手捧皇冠龙袍，率领文武官员上前，请新皇帝更衣。军民百姓，都在坛下山呼万岁。于是，刘备也从此自称为朕，继承国号为大汉，改建安二十六年为章武元年。章武，就是章之以武。章，就是章法；也同“彰”，就是显明，彰明。又遵照做皇帝的章法，立王妃吴氏为皇后、长子刘禅为太子，任用诸葛亮为丞相、许靖为司徒，然后告令益州全境放假三日。皇告所到之处，各郡各县军民都出来欢庆，都敲起了锣，打起了鼓，演起了社戏，燃放起了满天璀璨的烟花。每个人都在幻想，大汉王朝将从此复兴。毫无疑问，刘备对未来给出了一个跟曹丕不一样的新定义。

第七十三章

刘备发誓要报仇

所谓“君权神授”，就是刘备既然做了皇帝，就应该领受天神的使命，做一个称职的好皇帝。但他满心都是仇恨，哪里还记得做皇帝的职责？

大军尚未出发，就已经逼反了孟达，冤杀了刘封。这些都是不祥的征兆啊，可惜刘备意气用事，竟然毫无觉察。及至张飞被部将谋杀，众人用张飞制办的白旗白甲为张飞自己发丧，这些都是天神的警示啊，但刘备依然毫无觉察。看刘备如此昏聩，哪里还有做皇帝的资格？

若说刘备昏聩，孙权又如何不昏聩？遥想曹操当年南征荆州，孙权与刘备结为盟友，竟能以周郎区区三万水军大胜八十三万曹军于赤壁；而今与刘备翻脸成仇，却又以江南半壁江山臣服于孺子曹丕。唉，难道这就是孙刘两家的命运吗？合则双赢，分则两败！

292. 刘备发誓要报仇

话说刘备登基做了皇帝，在德阳殿降诏说：“朕与关羽、张飞在桃园结义，誓同生死。不料关羽于建安二十四年冬十二月被东吴杀害，至今已一年有余。朕发誓为关羽报仇，已从各郡各县征得兵丁，合计七十万人。各位爱卿也要早做准备，择日就要顺江而下，讨伐东吴。”文武百官听了，议论纷纷。

那一夜，天神降落在刘备的寝宫，要显灵给他看见。怎奈刘备心事重重，有眼如盲，什么也没有看到。天神便又来向丞相诸葛亮和虎威将军赵云显灵。诸葛亮与赵云此时各在各家，却不约而同地吃了一惊，只听见天神说道：“刘备既然上承天命做了皇帝，却怎么看不见天神？请你为我转达旨意，他既然做了皇帝，就要承担起做皇帝的职责，权衡利弊轻重，却不要意气用事。”赵云听得连连点头，次日便来向刘备进谏说：“陛下既然做了皇帝，就要为天下人着想。天下人最大的仇敌，不是东吴，而是杀害了孝愍皇帝的曹丕。因此，讨伐曹丕才是国家大事，讨伐东吴却不过是兄弟之间的私谊。”刘备回答说：“朕之所以有今日，就是因为有关羽、张飞和你们这帮兄弟。若是不为兄弟报仇，即使拥有万里江山，又何足为贵？”竟然将赵云的忠告置若罔闻。

话说张飞驻守在阆中，忽然有使者到来，宣读刘备的诏书，册封张飞为车骑将军、西乡侯，兼领司隶校尉；又告令各郡各县放假三日，以为欢庆。张飞勃然怒起，将皇诏抢在手里，撕得粉碎，大骂道：“我二哥死得好不凄惨，他倒有闲心欢庆！”使者大惊道：“将军撕毁皇诏，这可是忤逆不道的大罪，叫我如何向皇帝交代？”张飞说：“无妨。我跟你回成都，要当面质问他这个皇帝。”就上了路，快马加鞭往成都而来，抬脚跨进德阳殿，扑到刘备脚下就哭。

刘备慌忙扶起，问道：“三弟何故如此？”张飞说：“不需要陛下问我，且让我来问陛下。难道陛下今日做了皇帝，就忘了桃园结义的誓言吗？二哥的血海深仇，难道就不报了吗？”刘备说：“朕日夜筹备，早晚就要兴起大军。只是每日都有人来劝阻，要朕先公后私。朕听得心烦意乱，不敢下定决心。”张飞就问：“众人以何者为公，何者为私？”刘备说：“众人以讨伐曹丕为公，以为二弟报仇为私。”张飞大怒道：“众人哪里懂得我们兄弟三个的情义？兄长若是为难，我情愿独自领兵出征，血洗东吴，为二哥报仇雪恨！”刘备听了，奋然回答道：“朕与二弟三弟，多少年来早已情同手足。纵使众人不愿出兵，朕也要与你合兵一处，讨伐东吴。”便与张飞相约日期，到江州会师。

293. 刘封的忠诚与冤屈

话说刘备踌躇满志，即将兴兵攻打东吴。忽然从上庸飞来告急文书，说是孟达投降了曹魏，领兵反攻上庸三郡。刘备大怒道：“无耻叛徒，朕一定要剖开他的心肝，看看是红是黑！”下令刘封从犍为起兵，回守上庸。

原来自从关羽父子在麦城殉难，孟达便始终惊惧不安。某日与左右饮酒，说道：“当年我为保守上庸三郡，不曾出兵援救关羽，只怕汉中王日后要追究我的罪过。”左右问：“将军当初究竟为什么不出援兵呢？”孟达说：“那时我军刚刚夺取上庸，脚跟尚未立稳，忽然就传来了关羽被困麦城的消息。此时麦城四周满山遍野都是东吴的军马；襄阳那边，还有曹仁和徐晃的大军。我若出兵救援，不但无力营救关羽，反而会自取灭亡；至于上庸三郡，也会得而复失。纵然我从乱军中侥幸逃得性命，汉中王也还是会追究我的罪责。因此，不出兵援救关公是我的罪过，出兵失利还是我的罪过，我两害相权，只好选择后者，以保守上庸三郡为上策。”左右感叹说：“汉中王眼里只有他与关羽、张飞的兄弟私情，哪里理解将军瞻前顾后的一片苦心？不如辞了蜀汉，去投曹魏，也好逃脱汉中王的问罪。”孟达苦笑说：“且看汉中王怎么说话。”

随后一连数月，从成都传来的，都是汉中王要兴兵报仇的消息。孟达惊叹道：“汉中王兴兵东征之日，便是我的脑袋搬家之时。”便留下一封书信，向汉中王告别。然后带领部属四千余家逃离上庸，到洛阳来见曹丕。曹丕大喜道：“久闻将军有将帅之才、卿相之器，今日一见，果不其然！”于是将上庸、房陵、西城三郡合为新城一郡，封孟达为散骑常侍、建武将军、平阳亭侯，兼领新城郡太守。要孟达与夏侯尚从襄阳起兵，反攻上庸。

话说孟达兵临上庸，对夏侯尚说：“刘封与我同病相怜。我只要向他说以利害，他必然开门献城。”便在信中写道：“我因为害怕汉中王追问我不愿出兵援救关羽的罪过，不得已投降了魏国。当年将军与我同守上庸，必然与我同罪。而今汉朝已经终结，皇位也被禅让给了魏国。将军是一个识时务的俊杰，若要逃脱汉中王的问罪，何不就此改换门庭？”刘封看到书信，大怒道：“从前我答应你不出兵援救关公，是为了保卫上庸。保卫上庸，就是为了国家尽忠。既然为了国家尽忠，而今却怎么可以临阵叛变？”于是把书信扯得粉碎，把信使骂出城关，要孟达到阵前说话。

次日，刘封立马在阵前，放声骂道：“大丈夫敢作敢当，你为什么心虚要做叛徒？况且汉朝并未终结，家父已经上承天命，做了汉朝的皇帝，早晚要平定中原，诛杀你们这些反贼！”孟达听得满心羞愧，退下阵来。夏侯尚却勃然大怒，拍马上前与刘封厮杀。刘封奋起大刀，不过六七个回合，大败夏侯尚，乘胜杀出二十余里。傍晚回到城下叫门，却见申耽在门楼上叫道：“我已归降了魏国，请将军好自为之！”刘封大惊失色，只得弃了上庸，连夜奔往房陵。黎明赶到房陵，只见城上也已遍插魏国旗帜。刘封无奈，只得退往山中驻扎。过不几日，夏侯尚带着申耽、申仪兄弟俩上山劫寨，一把大火烧起。刘封招架不住，只得率领残部败往蜀中。

刘备在演武场见到刘封，责骂道：“前者，你家叔父死在麦城，都是你与孟达的罪过。而今孟达已经叛变，你又有何面目回来见朕？”刘封分辨说：“此中有许多冤屈，请父皇明鉴！”刘备不听，令左右推出场外斩首。刘封之妻杨氏闻讯，入宫来向刘备叫屈，陈述刘封如何保卫上庸、如何责骂孟达的往事。刘备这才相信刘封的忠诚，不禁又悔又急，竟至于大病一场。又下令善待刘封之妻杨氏，将刘封之子刘林封为都亭侯。

294. 又是一个年少的猛张飞

话说张飞回到阆中，下令各军将官限期置办白旗白甲，准备挂孝伐吴。范疆、张达前来禀告说："一时间哪里置办得起这么多白旗白甲？还须将军宽限一些时日。"张飞正在饮酒，拍案叫道："我与皇兄已经约定了日期，尔等怎敢违抗我的将令？"二人还要争论。张飞大怒，喝令左右将二人绑在树上，各打五十鞭，以示惩戒。二人伤痕累累，回到营中商议说："时日无多，哪里置办得起这么多白旗白甲？此人天性暴烈，必然要置你我于死罪！"张达想了又想，说道："与其让他杀了你我，不如你我先杀了他！"

这一日张飞醉酒。范疆、张达便暗藏短刀，潜入帐中，来杀张飞。却见张飞怒眼半睁，惊得二人扑倒在地。过了半晌，又听见他鼻息如雷。原来只因张飞酗酒成性，致使面部神经受损，眼睑不能闭合，形成睁着眼睛睡觉的症状。范疆、张达试探良久，摸上前来，奋力将短刀刺入张飞的胸膛。张飞从梦中惊醒，大叫一声，口吐鲜血而死。范疆、张达不敢停留，当即割下张飞的头颅，带领数十人连夜投奔东吴去了。直到凌晨众人这才惊觉，派兵追出五六十里地，不见范疆、张达的行踪。只得含恨而回，就用张飞置办的白旗白甲为张飞发丧。

刘备已经起兵，要御驾亲征东吴。令丞相诸葛亮留守成都，令虎威将军赵云督办粮草，令各路军马依次起行，往江州进发。众人都到丞相府中来见诸葛亮，纷纷议论说："而今皇帝为了兄弟私恩，以举国之兵征讨东吴，只恐有害国家社稷。丞相身居要职，为什么不出言规劝他？"诸葛亮苦笑道："我劝说了多次，他哪里肯听？可惜法正已经不在人世，也许只有他才能阻止皇帝东征的脚步。”便率领留守成都的一众文官，都到郊外为刘备送行。

就在这时，只见一支大队，都是白旗白甲，从远方而来。到了近前，一员小将滚鞍下马，倒地便哭。刘备仔细一看，却是张飞的长子张苞，惊问道：“贤侄这是为何？”张苞哭诉说：“家父被范疆、张达谋杀，死得好惨！”刘备倒吸一口冷气，又问：“范疆、张达何在？”张苞哭诉说：“这两个贼人，割下家父的头颅，连夜叛逃，往东吴去了。”刘备听得一阵眩晕，站立不稳，几乎摔倒在地。左右赶紧扶住。刘备就势坐在地上，大声哭道：“可怜我大军尚未出征，先失了义子刘封，后失了义弟张飞。若说上天有灵，为什么要这样害我？”左右劝说道：“事出意外，请陛下且回宫中歇息，暂缓两日出征不迟。”

次日，张苞入宫来见刘备，奏道：“东吴罪恶滔天，不但是二叔的大仇，也是家父和侄儿的大仇。侄儿请任为先锋，为陛下去打头阵。”刘备欣赏他的志气，点头赞道：“看你雄心虎胆，分明又是一个年少的猛张飞！”便再次到演武场上点兵，令左右取来先锋大印，要赐予张苞。不料关兴奋然出阵叫道：“此去是为先父报仇，当由我来做先锋，哪里轮得到你？”张苞问道：“你有何能，敢当此任？”关兴反问道：“你又有何能，敢当此任？”

张苞就说：“你可敢与我比试箭法？”便令亲兵高举一面箭靶，站在百步之外。张苞挽起檀弓，连射三箭，皆中靶上红心。众人一片赞叹。关兴冷笑道：“射中箭靶何足为奇？我要射中那鸟的头部。”只见一只鸟从树梢掠过，关兴一箭射去，那小鸟应声而落。小校赶去捡来，原来是一只虎纹伯劳，恰好被一箭射中头部。众人不禁又是一阵喝彩。张苞不服，飞身上马，手提一杆丈八蛇矛，大叫道：“你敢与我比试武艺吗？”关兴也翻身上马，舞起大刀应声叫道：“你会使矛，难道我就不会使刀？”两人各自跃马，就要厮杀。刘备在台上看得欢喜，心想：“原来我军出征致胜的希望，竟在这两员小将身上。”

295. 关羽在青龙峡显灵

话说刘备从白帝城出兵，令黄权走水路，自率大军走旱路。清一色的白旗白甲，仿佛一群白龙遨游在长江之上，飞跃在半山之间。兵出三峡，挺进到彝陵地界，与东吴大将韩当、周泰、徐盛对阵。刘备就在马上扬鞭骂道:“朕与孙权，本是郎舅之亲。不料孙权背信弃义，先是骗走了朕的孙夫人，而后又盗取了荆州，而后又杀害了朕的结义兄弟。而今更是臭不要脸，竟然向篡贼曹丕俯首称臣。你们东吴人若是真有骨气，怎么会认这种小人做主公呢？朕在这里说一句掏心窝子的话，就指望着你们幡然悔悟、弃暗投明、共杀孙权、争创新功哪！”东吴将士听着，一个个心慌意乱，不知所措。刘备便把马鞭一指，左边张苞，右边关兴，一齐掩杀过去。东吴兵顿时土崩瓦解，四下败逃。

刘备乘势杀到猇亭，大获全胜；收拾兵马，却不见了关兴。原来关兴杀入阵中，正遇着仇人潘璋，便一路紧追不舍。追到山谷，却又不知所踪。此时天色已晚，又迷了路，就在月光之下寻到一座山庄投宿。有人开门迎接，关兴便牵马而入。来到堂前，只见正面墙壁之上贴着一张关公神像，下面点着烛火香烟。关兴见了，倒头便拜，哭成泪人。一位老人赶来问道:“将军何故哭成这样？”关兴说:“见到先父遗容，焉能不哭？”老人大惊，叫来全庄老幼都来与关兴见礼，说道:“此处名叫青龙峡，关公当年曾在此点军，至今点军坡犹在。自从前年关公宾天，这一带大小村庄都供奉着他的神灵。而今公子到此，也是我等百姓的缘分。”于是一面围坐叙话，一面准备酒食招待关兴。

到了三更，众人都不曾睡去。忽然外面又有人叫门。老人出来相问，却原来是东吴大将潘璋也来投宿。潘璋进来，迎面遇见关兴，两人都是一惊。关兴便拔剑在手，大声喝道:“杀父之贼，往哪里走？”潘璋转身就逃，刚到门外，却又遇着一人，面如重枣，丹凤眼，卧蚕眉，美髯飘逸，竟然是显灵的关公。潘璋吓得魂飞魄散，正要转身，却被关兴赶上来，一剑砍了脑袋。就听见关兴跪在地上哭叫道："先父果然有灵，竟然要我在此杀了他的仇人！"众人都是惊奇不已。就用潘璋的心肝祭祀关公神像，全庄老幼都跟着关兴一起祭拜。

次日一早，关兴便将潘璋的头颅挂在马项之下，辞别了全庄老幼，一路寻找军营。刘备在猇亭与关兴重逢，心中怜惜不已。又见到潘璋的头颅，听说关公显灵的故事，更是大为感慨。不过三五日时光，关公显灵的故事便传遍了三军，顿时群情激奋、军威大震。

消息传到东吴大寨，闻者无不胆裂魂飞。韩当、周泰、徐盛各部，每日都有大批军士逃亡。韩当制止不住，只得飞马向建业告急。

第七十四章

七百里连营成火海

从前周瑜一把大火，烧了八十三万曹军。而今陆逊一把大火，又烧了七十万蜀军。感叹诸葛亮一生，最善用火，而今却让陆逊火烧了刘备七百里连营，这其中究竟是个什么道理呢？唉，古往今来，人们总是习惯于将成败归于天意，可又有几个人懂得天神的心意呢？

296. 年少的大都督

话说刘备大军攻到夷陵，孙权在建业早已慌成一团乱麻。张昭说："刘备来势凶猛，志在灭吴，江南的末日到了。"孙权急得像热锅上的蚂蚁，不停地叫嚷着："可怎么是好？可怎么是好？"中大夫赵咨小心翼翼地上前说道："我有一计，也许可以解危。"众人都问："是什么妙计？"赵咨回答说："曹丕刚刚登基称帝，主公何不让我为使，去向他俯首称臣？只要他答应接纳东吴为臣，必然出兵相救。这样一来，就是吴魏两家联手作战，哪里还怕一个刘备？"孙权别无法他，只能采纳赵咨的建议。

曹丕在洛阳看到孙权的表文，不禁心花怒放。便以太常卿邢贞为使，随赵咨前往建业宣诏，册封孙权为吴王。大夫刘晔问道："刘备大举倾国之兵讨伐江南，这是上天要覆灭东吴的架势啊。陛下何不趁火打劫，去抢夺东吴地面，却反而要接纳东吴为臣呢？"曹丕说："孙权既然答应臣服，朕便给他一个空头的吴王，用他做一个榜样，好让天下人都有臣服之心。然则朕既不助吴，也不助蜀；只看他两家鹬蚌相争，朕再来趁机取利。"刘晔点头称善。

孙权在建业送别了邢贞，回头向赵咨大发雷霆，叫嚷道："我要他一个空头的吴王有什么用处？为什么不要他派兵助战？"赵咨说："仔细想来，也是有用处的。他既然接纳了东吴，便让东吴少了一面威胁，我便可以倾尽全力与刘备一搏。"孙权就问："我有什么力量与刘备一搏？"阚泽上前奏道："现有一员大将，堪称擎天一柱，为什么不予起用？"孙权问是何人，阚泽说："从前主公外事不决，必问周瑜，周瑜以后有鲁肃，鲁肃以后有吕蒙，吕蒙以后有陆逊。而今陆逊驻守在蒲圻，此人表面上是一介儒生，其实颇有雄才。我愿以性命担保，举荐此人为大将。若有闪失，愿与此人同罪。"

孙权点头赞道:“陆逊是我孙家的女婿，虽然年轻，却有奇才。而今既然有德润兄保荐，我便任他为大将就是。”于是启程往荆州方向而来，在武昌召见陆逊，任命为大都督，总督朱然、韩当、徐盛、孙桓、步骘各路兵马。又任命荆州降将糜芳、士仁为向导官，跟随在陆逊左右，负责作战参谋。

297. 山林中的七百里连营

过不多日，陆逊亲临前线，召集众将议事，下令坚守各处关防，不许轻敌。众人都笑，纷纷议论说:“主公给我们派了一个什么人做大都督？竟然如此怯懦！”陆逊便拔剑在手，说道:“主公既然授权给我，此处便由我说了算。敢有不听号令的，军法从事。”众人无语，一个个愤然退去。

次日，降将糜芳奉令在长江上转运兵器物资。路上遇到朱然的船只，糜芳令亲兵向前喊道:“请让我们的船只过去！”朱然站在船头大笑道:“你家将军不过是一个叛徒。像这样不忠不义的人，哪有资格要我让船？”糜芳在船舱里听得作声不得，只得下令船只靠岸，让朱然先过。傍晚回到营地，糜芳心想:“想我出身于竹仙之家，兄长糜竺，小妹糜荃，都以气节名世。怎么到了我这里，竟然做出变节的丑事，被人看贱？”想到深夜，就用佩剑割断自己的喉管，一命呜呼而去。陆逊听到禀报，嗟叹不已，令人将糜芳安葬在长江之滨的象鼻山。

话说蜀汉各路将官聚集在猇亭，都来刘备帐中议事。领军吴班禀报说:“东吴来了一位白面书生做大都督，姓陆名逊，为人甚是谨慎。”刘备问:“陆逊是何人也？”马良回答说:“此人虽然年轻，却深有心机。吕蒙白衣渡江，据说就是他的诡计。”刘备大怒道:“好小子，原来也是朕的大仇，朕非拿住他碎尸万段不可！”马良进谏说:“陆逊的才能，似乎还要略胜周瑜，不可轻敌。”刘备冷笑道:“朕一生戎马，难道还不如他这个黄口小儿吗？”传令众将出击，务必要突破东吴防线。怎奈陆逊坚守不战，叫刘备找不着半点破绽。

看看天气逐渐炎热，各路军马都是叫苦不迭。刘备于是下令，将营寨迁移到浓荫蔽日之处避暑。前后四十余座营寨，接连七百里，都在山林之中。陆逊听到探报，大喜道："刘备年老昏庸，哪有连营七百里驻军的道理？我等待的机会到了，不出一月，必然大破刘备。"韩当、徐盛、孙桓在旁听见，都是微微一笑，并不相信。

话说赵云与马良督办粮草，回到成都，说起前方战事。诸葛亮大惊道："皇上糊涂了吧，哪有连营七百里驻军的道理？你且画一幅图本给我看，是一个什么究竟？"马良就铺开一张大纸，将四十余座营寨画成地图。诸葛亮看得拍案叫苦，叹息说："只需一把大火，便可叫七十万大军灰飞烟灭。皇上凶多吉少，须得设法补救。"即令马良飞马赶回夷陵，务必苦劝刘备，将营寨附近草木尽数划除，不给陆逊可趁之机。马良不敢停留，当即去了。赵云又问："若是马良赶去不及，皇上已经落败，该如何是好？"诸葛亮说："皇上若是落败，必走白帝城，请将军及时从江州出兵接应。我在鱼复浦设有伏兵，只要将军带领皇上越过了鱼复浦[①]，便可平安无虞。"

298. 大火在山谷之间奔腾

话说蜀汉七十万大军，都在溪流浓荫之处避暑。陆逊大喜，召集众将听令，说道："我自任大都督以来，一直不敢轻举妄动。而今机会就在眼前，诚望各位将军奋勇争先，务必一举而获全胜。"令韩当率军袭击北岸，周泰率军袭击南岸，

① 鱼复浦，乃言鳇鱼至此洄游，故名鱼复。后人错写为鱼腹浦。

每人背负茅草一束，各带火种，偷偷摸到敌营，只待傍晚东南风大作，便可顺风点火。其余徐盛、丁奉、朱然、孙桓诸将，各有任务，即刻出发，赶赴作战地点。

刘备正在帐中苦暑，忽然看见中军旗幡无风自倒，就问左右："这是什么征兆？"从事祭酒程畿说："莫非东吴兵今夜要来劫营？"刘备笑道："我有四十余座营寨，接连七百里，宛如长城。小小一个陆逊，哪有劫营的胆量！"眼看到了黄昏，东南风渐起。众人无不欢喜，都叫凉爽。过不一会儿，风声大作。忽然听到火声哔啵作响，有人赶来禀报，说左边的大营起火。刘备以为是炊饭失火，叫人赶紧去救。就在这时，又有人来报说右边的大营起火。刘备出营看时，只见大风急火，把山林烧成一片火海。各营将士，四处逃窜，自相践踏，喊叫声、哭声乱成一片。东吴兵又从四面杀到，不知道有多少人马。此时江南江北都是火焰奔腾，天地之间有如白日。

领军冯习慌忙扶着刘备上马，带着数十骑亲兵夺路而走。正遇着徐盛，被拦住一场厮杀。刘备提马就往西走。徐盛便舍了冯习，带兵来追。刘备慌不择路，又遇着丁奉，被丁奉和徐盛前后夹击，走脱不得。忽然一彪军杀入重围，原来是张苞赶到，救了刘备。几番厮杀，张苞护着刘备占据了马鞍山，就在山上据险而守，等待天明。

黎明之时，东吴各路军马已经闻风而至，将马鞍山团团围住，从四下里放火烧山。张苞与中军护卫傅彤据险死守，不敢懈怠。眼看午时已过，忽然看见关兴杀上山来。刘备悔恨不已，感叹道："都怪朕老迈昏庸，竟然一败涂地！尔等正值年轻，何必要陪朕就死？"关兴说："此处不可久留，须得速回白帝城，才能整顿兵马。"趁着黄昏，张苞与关兴从左右护住刘备，留下傅彤断后，骤然杀下山来。东吴兵像水花一样散而复聚，铺天盖地追赶而来。刘备一路慌急，令军士脱下衣袍铠甲，就在山道上焚烧，以阻断东吴大军追赶。傅彤落在后面，走脱不得，战死在重围之中。

看看奔走到天明，前方山坳中又杀出东吴大将朱然。想要往后避让，后面追兵又相继赶到。刘备叫苦不迭，叹息道："想不到朕竟死于此地！"关兴、张苞左右冲突，都被乱箭射回。君臣数十人，都舍了马匹，往半山腰一块巨石后面撤退。忽见一支船队顺流而下，船上旗帜鲜明，原来是虎威将军赵云从江州及时赶到，截住了朱然。于是就在峡江岸边一场恶战，杀散了东吴兵，救出刘备，拉着船只往白帝城而来。可怜刘备七十万大军，只剩得数百残兵。

299. 鱼复浦上的十万精兵

话说陆逊乘胜追击，遥见临江路上，杀气腾腾。便勒马回问众将："前面如此险恶，莫非有兵马埋伏？"当即停驻不前，令人赶去打探。探马回来报说，并无一个伏兵。陆逊便带上数十名亲兵向前，只见九十多座石堆，丛立在江边，仿佛排兵布阵。顿时好奇不已，闯入石阵来看。忽然狂风大作，云愁四起，飞沙走石，铺天盖地。陆逊吃了一惊，急忙寻路要逃，却哪里逃得出去？几十个人就在阵中奔走，满眼都是怪石嵯峨，一不留神就被撞得鼻青脸肿，却找不见出路。奔走了大半个时辰，都被惊吓出一身冷汗。

忽然看见一位老者高立于巨石之上，笑问道："将军想要逃出此阵吗？"陆逊立即哀告道："请老先生救我！"老者便拄着拐杖前行，将陆逊带出石阵，送到山坡之上。陆逊问道："此处是个什么处所，怎么有如此险恶的石阵？"老者回答："此处地名鱼复浦。八年前，诸葛亮入蜀，在此布下石阵，名曰'八阵图'。共有休、生、伤、杜、景、死、惊、开八门，反复变化，奥妙无穷，可比十万精兵。我看将军从死门而入，心中不忍，因此赶来解救。"陆逊惊问道："老先生究竟是何方仙人，怎么破得了诸葛亮的阵法？"老者回答："老夫并非仙人，而是诸葛亮的岳父黄承彦。今日既然救了将军，就请将军知难而退，不要在此恋战，免得后方空虚，中了坏人的算计。"

陆逊听了，就在暮色中回望鱼复浦，感叹说："诸葛亮真是卧龙啊，竟然用八年前布置的石阵，打败了八年后逞强好胜的我！”便告别了黄承彦，带领部属班师而回。此时刘备败退白帝城，就在鱼复浦上游五里之遥。也是他不幸之中的万幸，竟然在最后的危险关头，逃脱了陆逊的追击。

话说刘备受了好大一场惊吓，又经历了连日的战乱和劳累，竟至于染病不起。便对赵云感叹说：“朕要是早听了你的话，何至于有今日的惨败！唉，朕还有什么脸面回成都去见诸葛丞相呢？”于是传旨将馆驿改为永安宫，就住在白帝城养病。逐渐有消息从夷陵传来，说冯习、程畿、傅彤、张南等一众将领都已战死，直叫刘备伤感不已。不久又有人说：“黄权率领本部兵马投降了曹仁，请陛下拿下他的家属问罪。”刘备说：“黄权被东吴大军阻隔在江北，无路可归，不得已才投降魏国。追究事情的起因，是朕有负于黄权，不是黄权有负于朕，又何必让他的家属受罪呢？”传旨如数发放黄权的俸禄，让他的家属能够因此得到赡养。

第七十五章

超越血海深仇的第二次结盟

吴蜀之间的第二次结盟，虽然来得太晚，却也是一桩美事。尤其是蜀汉一方，那种超越血海深仇的智慧和勇气，多么令人激赏。

300. 在白帝城托孤

话说刘备在白帝城养病，主要的症状就是腹部疼痛和便血，中医称之为下痢。赵云每日都来看望他，有时候也陪着他到山坡上走走。刘备问道："朕出征以前，你说天神曾经向你显灵，要你阻止朕，此事可是真的？"赵云回答说："千真万确。事实上，天神一直都在阻止你，让我、让诸葛丞相，甚至以刘封和张飞将军的死来阻止你。却想不到陛下这一次为什么这样固执。"刘备感叹说："看来朕在罹患下痢之前，还患有很严重的眼疾和耳疾，致使朕与天神隔绝，才会导致这样的惨败。"

随后一连几月，刘备日益虚弱，竟至于卧床不起。忽然看见关羽、张飞入了宫门，亲亲热热地喊着大哥。他便拉着二人，一左一右，欢喜无限，说起许多往事。又忽然天崩地裂，兄弟三人拉不住手，纷纷坠落在一个巨大的黑洞之中。刘备顿时惊醒，悲悸不已，就把恶梦说给左右听，感叹道："想来朕已经不久于人世，要追随两位兄弟去了！"于是派人到成都去请来丞相诸葛亮、尚书令李严[①]等人，要交代后事。

诸葛亮留下太子刘禅保守成都，与李严护送着吴皇后连夜赶到白帝城。吴皇后带着儿女先入寝宫，一个个都是泣不成声。又传旨要诸葛亮入内，请坐在龙榻之侧。刘备拉住诸葛亮的手，气息奄奄地说道："朕自有丞相运筹，幸而成就帝业。却想不到朕竟以帝王自负，不肯采纳丞相的忠言，落得一场大败。而

---

① 李严，字正方，南阳人氏。曾经与诸葛亮、法正、伊籍、刘巴一起制定《蜀科》。后任犍为郡太守，多有政绩。章武二年，刘备败回白帝城，征召李严入永安宫议事，任为尚书令。次年，与诸葛亮一起成为刘备的托孤大臣，受命辅佐少主刘禅。

今悔恨成疾，死在旦夕，不但有负天命，也有负丞相的苦心。”诸葛亮回答说：“后悔无益。愿陛下放宽心肠，保重龙体，便是天下人的福分！”

当时马谡在旁。刘备有话要说，请马谡退避，然后向诸葛亮问道：“丞相看看马谡，此人才能如何？”诸葛亮说：“马氏兄弟五人，一向并有才名。其中白眉的马良最良，马谡是他的弟弟，想来也是英才。”刘备却说：“不然。朕看此人，言过其实，不可大用。请丞相日后一定要小心观察。”诸葛亮嘴里答应着，心里却满是疑惑。刘备也不解释，只是叹息说：“朕与丞相同仁相忧，矢志报效汉室，事业刚有起色，却要中道而别。太子刘禅，年幼无知，因此要将后事托付于丞相。”

于是传旨召见众人，口述一篇遗诏给太子刘禅，令书吏记录在案，说道：“朕刚刚患病，以为只是下痢。后来却生出许多并发的杂病，难以治愈。朕听说年过五十便不叫夭寿，而今朕已经六十有余，还有什么遗恨呢？朕唯一放心不下的，就是你和你的两个弟弟。请记住朕的教导，勿以善小而不为，勿以恶小而为之；想要治理好一个国家，就必须要有与皇位相匹配的德行。朕作为你的父亲，自问在德行上是有亏欠的。从此以后，就请你把诸葛丞相当作父亲，好好地向他请教。请千万记住朕的话，不要忘记。”说完，亲自御览一遍，吩咐用印，将遗诏托付李严转达给刘禅。

诸葛亮带领众人哭拜在地。此时刘备伸出手来示意，诸葛亮便匍匐向前，握住了他的手。只听刘备说道：“朕与你相识十五年，深知你的才能，十倍于曹丕，必能安邦定国，成就大事。至于朕的那个儿子，如果可堪辅佐，就请你好好辅佐；但如果他不是那块料，也请你当机立断，亲自来做成都的君王。”诸葛亮在龙榻前面哭诉道：“请陛下不要这样说。我身为臣子，只为报答陛下的知遇之恩，绝不会有别的图谋。”刘备就把诸葛亮的手握住不放，任由泪水流了满面。

当日，刘备将后事一一嘱托，便陷入昏睡，于夜半子时驾崩，享年六十三岁。永安宫内外，顿时哭成一片。诸葛亮便令官民挂孝，护送灵柩回归成都。太子刘禅出城迎接，停灵于德阳殿之内。当即拥立刘禅继承皇帝位，追谥刘备为昭烈皇帝，将刘备安葬于惠陵。而后尊皇后吴氏为皇太后；封诸葛亮为武乡侯，领益州牧；封李严为都护将军、都乡侯，镇守白帝城。从此，人们便以刘备为蜀汉之先主，以刘禅为后主，历史至此进入后主时代。

301. 捋虎须的朱桓

话说东吴陆逊从鱼复浦班师，才回荆州，便有流星马告急：魏军大举进攻，东路派张辽、臧霸、曹休进攻洞口；中路派曹仁攻打濡须；西路派张郃、夏侯尚、曹真、徐晃越过汉水，进犯荆州。陆逊大惊道："那黄承彦果然神算，原来真有坏人趁虚来袭。"自领大军在荆州组织抗战，一面令朱桓赶往濡须坞驻守，一面令徐盛、全琮、孙韶火速驰援洞口。

那朱桓虽然年轻，却极有胆略。大军经过武昌，孙权赶到江边劳军，朱桓忽然停杯说道："我就要离开主公远去了，若能让摸一下您的胡须，此生便无憾事。"孙权听了，就倚着案几，把头伸过去。朱桓也不客气，伸手就捋，然后感叹说："我今日终于捋到虎须了！"孙权与众人都是大笑。这便是成语"捋虎须"的出处。

那一日朱桓告别了孙权，赶到濡须坞驻防。不料曹仁诡计多端，一面扬言攻打羡溪，引诱朱桓分兵援救；一面令常雕、王双率领五万精兵来攻濡须。当常雕、王双的大军突然出现，濡须坞仅有驻军五千人，使得众人都很惊恐。朱桓拔出宝剑，奋然插在案头，说道："决定胜负的关键在于将领的意志力，而不是兵丁的多寡。魏将曹仁其实并不善于用兵，而且也不怎么勇猛，哪里能够跟我朱桓比呢？再说他那支大军，长途跋涉而来，人困马乏，又哪里还有作战的力量呢？我军在此驻守高城，南临大江，北靠山陵，以逸待劳，以主制客，这正是百战百胜的战局啊！即使曹丕亲自前来，也未必能赢，何况是一个区区的曹仁？"于是传令在城外设伏，城上只留十几人值守，引诱魏军来攻。

魏将常雕遥见城上人丁单薄，大喜道：“朱桓率兵援救羡溪去了，正好趁虚袭取濡须坞！”便催促军马急行。眼看到了近前，忽然一声炮响，伏兵奋起。常雕大惊，就要撤退。朱桓哪里肯饶？飞马赶来，劈头盖脑就杀，不过三五个回合，一刀将常雕斩于马下。魏兵四处败逃，死者无数。朱桓大胜，夺得许多兵器战马。

捷报传到武昌，孙权大喜道：“此前我被刘备惊吓，只好向曹魏称臣。如今刘备已死，魏军也已败北，我为什么不自立为皇帝呢？”过不多日，又从东路传来捷报，一代名将张辽病逝于江都，徐盛、全琮、孙韶趁机发起反攻，大败曹休。至此，曹魏三路大军都已败退，孙权便在武昌自立为皇帝，国号大吴。只因魏国年号“黄初”，蜀汉年号“章武”，他便从中各取一字，年号“黄武”。

302. 邓芝出使东吴

话说刘禅继承皇帝位，改章武三年为建兴元年。虽然名曰建兴，其实忧患丛生。先是骠骑将军、麓乡侯马超病逝，包括阳平关在内四面边关都无大将镇守。而后雍闿在西南勾连藩王孟获谋反，也没有大将领军平叛。后主刘禅忧心忡忡，问道：“父皇在世之时，五虎上将也在。父皇驾崩之后，哪有大将可用？”丞相诸葛亮回答说：“五虎上将之中，虎威将军赵云尚在，足可镇守阳平关。却还得派一人出使东吴，与孙权重结旧好，只要孙刘两家联手，曹魏便不敢轻举妄动。到那时我便腾出手来，亲自去降雍闿与孟获。”后主吃了一惊，问道：“朕与东吴有血海深仇，怎么可以与他重结旧好？”诸葛亮回答说：“成大事者必得有大格局。至于血海深仇，自可从长计较。”后主点头准允，说：“事关重大，全凭相父做主。”

诸葛亮便令赵云飞马去往阳平关驻守。又寻思了数日，猛然又想起一人来。

此人姓邓名芝字伯苗，名将邓禹之后，为官清廉整洁而有政绩，被先主刘备擢拔为尚书。便请来邓芝，一起议事。邓芝说：“夷陵一战，令我元气大伤。曹丕雄踞东方，虎视眈眈。依我之见，还得与东吴结为唇齿，进可合攻曹丕，退可鼎足而立。”诸葛亮回答说：“我想了很久，不知道任用谁为使者，现在我找到了这个人。”邓芝问是谁？诸葛亮说：“当然是你！”于是令邓芝顺江而下，出使东吴。

孙权疑惑不解，问张昭说：“西蜀与朕有血海深仇，今遣使而来，是什么用意呢？”张昭回答说：“管他是什么用意，等他来时，先给他一个下马威。”邓芝已经到了皇宫，只见两排武士，一个个身材魁梧、全副武装，各持钢刀、利斧，威风凛凛，从皇宫门前广场一直排列到大殿。殿前又架着一口大锅，里面装着数百斤食用油，下面烧起炭火，把满锅食用油烧得沸腾。邓芝昂然而行，并无惧色，入殿问孙权说：“陛下难道是齐王田广，打算像烹杀郦食其那样烹杀我吗？”孙权并不回答，将邓芝上下打量，喝斥道：“你为什么见朕不拜？”邓芝微微一笑，回答说：“你既不是我的主公，也不是我的长辈，我为什么要拜你？”孙权怒道：“别以为你嘴硬，当心我用油把你烹炸着吃了！”邓芝大笑道：“我为东吴而来，你把我烹炸着吃了，岂不是恩将仇报？”孙权见他如此从容，又是惊惶，又是惭愧，赶紧赐坐，然后问道：“先生远道而来，对朕有什么教益呢？”邓芝说：“听你向我求教的口气，仿佛是一代贤主。但看门外的武士和油锅，却好像是夏桀、商纣那样的暴君。”孙权只得继续惭愧，下令撤下武士和油锅。邓芝这才就座，反问孙权说：“蜀汉与东吴，原本就是郎舅之亲。如今你是想继续与蜀汉为敌呢，还是想重结旧好？”

孙权想了又想，说道：“朕也想与蜀汉讲和，但恐你家小主公年幼无知，不愿接纳朕的善意。”邓芝回答说：“我家主公虽然年幼，但我家丞相却是一代英才。如今天下三分，曹魏占有其二，东吴若是向他称臣，则必然被他吞并。不如与蜀汉联手，互为唇齿，合力抗曹。蜀汉有崇山峻岭可以防顾，东吴有大江天堑可以驻守，结合这两个长处，互相呼应，便可成鼎立之势。”孙权沉思良久，赞道：“你说得对！”

于是将邓芝送往馆驿安歇，回头召集众人，问道："蜀汉邓芝此来不辱使命，令人激赏。东吴地处江南锦绣之地，不知道是否也有这样的贤良，为朕出使蜀中？"只见张温应声而出，回答说："我不敢自认贤良，却愿意为使。"孙权问道："当你见到诸葛亮，可知道怎么说话吗？"张温回答说："诸葛亮也是人，我怕他何来？"孙权大喜，便任用张温为使者，与邓芝一同入蜀，来向诸葛亮答礼。

303. 张温以天事相问

话说张温与邓芝入川答礼，后主刘禅设宴款待。张温也学着邓芝的模样，昂然上殿。诸葛亮笑意盈盈，并不见怪，只是殷勤劝酒。

忽然有一人乘醉而来，向众人作揖，入席就坐。张温便问："此何人也？"诸葛亮回答："此人姓秦名宓字子勑，是我益州的学士。"张温笑问道："既名学士，不知胸中学了多少事？"秦宓把眉毛一扬，回答说："蜀中但凡三尺小童，也都好学，何况是我？"张温继续问道："先生既有才学，不知能否以一事相问？"秦宓拱手说："请讲！"

张温便问道："世人皆以上天为父，请问天有头吗？"秦宓回答说："有头。"张温一愣，又问："头在何方？"秦宓回答说："在西方。《诗经》有云：'乃眷西顾。'以此可知，头在西方。"又问："天有耳朵吗？"秦宓回答说："天处高而听卑。《诗经》有云：'鹤鸣九皋，声闻于天。'没有耳朵，怎么能听？"又问："天有脚吗？"秦宓回答说："有脚。《诗经》有云：'天步艰难。'没有脚，怎么能步？"又问："天有姓氏吗？"秦宓回答说："当然有姓！"问曰："姓什么？"回答说："姓刘。"问曰："你怎么知道？"回答说："天子既然姓刘，天父当然也姓刘。"如此问答，问得刁钻，答得巧妙，满座都被惊动。

张温便不敢再问。秦宓却反问道："先生既然以天事相问，想必深明天理。

从前天父创造世纪，划分阴阳，清新的空气上浮为天，凝重的泥土下沉为地。后来共工氏撞断了不周山，弄得天崩地裂，致使天空倾向了西北，大地陷落了东南。我要问的是，天上既然是清新的空气，怎么会倾向西北呢？难道天上除了清新的空气之外，还有别的奥秘？请先生教我。”张温听得目瞪口呆，无言可对，只好离席向秦宓敬礼，说：“想不到蜀中竟有先生这样的学问家，虽然问得奇怪，却让人有异想天开的妙处。”诸葛亮唯恐张温尴尬，便从中用好话圆场，劝说道：“酒席间的答问，且当作戏谈。先生深知安邦定国之道，何必在意唇齿之间的游戏呢？”张温扬声一笑，举起酒杯，与诸葛亮同饮。

次日，诸葛亮又令邓芝殷勤相送，将张温送回东吴。孙权大喜，对邓芝说：“若是吴、蜀联手灭了曹魏，分享太平，岂不是一件快乐的事情吗？”没想到邓芝却微微一笑，回答说：“天上只能有一个太阳，地上只能有一个君王。等到魏国灭亡之后，天命必然会托付给东吴和西蜀其中的一方。到了那时，比的就是两个国家里做君王的德行和做臣子的忠诚；一场新的争战，自然就不可避免。”孙权听得哈哈大笑，说道：“您确实是一个真诚的人啊！”

当晚，孙权便趁着酒兴给诸葛亮写信，说：“丞相真是知人善任，能够和合我们两个国家的，只有邓芝啊！”这样就在刘备去世以后，吴、蜀两家终于搁置了曾经不共戴天的血海深仇，第二次结成了联盟。

第七十六章

在泸水两岸对峙

心止于一中者，谓之“忠”;持二中者，谓之“患”。越嶲城中有两个主公，雍闿的命运，便应在这个“患”字上面。

马谡的攻心之计,便恰好应了“忠”与“患”两字。能攻心，即能收心，便应了一个“忠”字。不能攻心，即不能收心，便应了一个“患”字。七擒蛮王孟获，便从攻心开始。

304. 越嶲城[1]中有两个主公

一自邓芝和合东吴，蜀汉和益州的地缘政治立时得到改善，诸葛亮因此可以专心治理蜀中。不过一两年，成都远近各郡各县各村，竟然再现了传说中夜不闭户、路不拾遗的古朴民风。又值连年丰收，致使米满仓廒，财盈府库。

建兴三年，雍闿与叛军攻打永昌郡。诸葛亮得到飞报，便入朝启奏后主说："雍闿与孟获祸乱南中，始终是一块心病。而今东吴、曹魏两边暂无战事，正好趁此时机出征。"后主说："朕年幼无知，全凭相父做主。"屯骑校尉王连阻拦说："南中地处荒凉，虫媒猖獗，瘴疠横行，丞相身负国家重任，怎可轻易冒险？只须派遣一员大将前去即可。"诸葛亮说："南中不比蜀中，民风粗野，很难降伏。我自己亲临现场，或刚或柔，可以酌情拿捏，却怎么好托付给别人？"便辞别了后主，点起兵马，毅然往南中进发。

话说南中地区共有四郡，雍闿与蛮王孟获在建宁郡叛乱，高定在越嶲郡起兵响应，已经占领建宁、越嶲、牂柯三郡；只有永昌郡，因为王伉和吕凯奋力抵抗得以保全。诸葛亮兵临越嶲，令大将魏延先到城外叫战。城门开处，一将跃出，使一口九环刀，飞马来战魏延。魏延看见那人，身长九尺，面貌丑恶，不由得暗自心惊，问道："来者何人？"那人怪声叫道："我乃是大名鼎鼎的青面兽鄂焕，特来取你的性命！"魏延大怒，舞刀就砍，战到六七回合，诈败而走。鄂焕追出十几里，忽然看见魏延停驻在山道转弯之处回望，不由得满心惊疑。就在此时，两边喊声大震，从左边杀出张翼，从右边杀出王平，魏延也拍马舞

[1] 越嶲郡以邛都县为治所。越嶲郡的郡城，即是邛都县的县城。

刀杀了回来。鄂焕招架不住，被王平一把抓住勒甲皮带，拉下马来。众人一拥而上，绑住鄂焕，押到大寨，来见诸葛亮。

只见诸葛亮笑意盈盈，问道："越嶲城中有两个做主公的，你家主公是谁？"鄂焕回答说："我家主公乃是高定。"诸葛亮便感叹说："我素来就知道高定在越嶲威望卓著，只是无缘得见。我现在就放你回去，请你向他转达我对他的问候。"令人松绑，以酒食相待。然后又令人归还马匹。鄂焕千恩万谢，上马去了。魏延问道："好不容易抓住他，丞相怎么又轻易放了？"诸葛亮回答说："你不知道，我要平定越嶲，成败就在此人身上。"

305. 雍闿心中惊疑

话说鄂焕回到越嶲城中，向高定转达诸葛亮的问候。高定亦是感激不已，说道："若能结识诸葛亮，便是三生有幸。"次日，魏延又来叫战。高定心中不忍，装作不曾听见。雍闿赶来问道："魏延就在城下，为何不愿出战？"高定回答说："并非不愿，而是不敢。"

雍闿满腹狐疑，又问："昨日鄂焕被诸葛亮放回，是有什么蹊跷？"高定回答说："并没有什么蹊跷，无非是要他回来劝我投降。"雍闿说："诸葛亮诡计多端，须得小心提防。"便自告奋勇，出城迎战魏延。相战四五回合，魏延又诈败而走。雍闿追赶到山谷，伏兵尽起，将他团团围住。一场厮杀，雍闿突出重围，却有亲兵五百多人尽数被俘。

诸葛亮坐在案前，把俘虏一个一个叫进来问："你是高定的人吗？"若回答："不是。"便要左右推出去斩首。一连斩了七八个人，后面的便都学得乖了。再问："你是高定的人吗？"便都回答说："是。"诸葛亮继续问道："你何时在高定麾下从军？"众人就编造故事，绘声绘色地讲述。诸葛亮也装作信以为真，将其中一百多人免死，赐以酒食，然后放回；剩下三百多人继续囚禁在监牢之中。又将囚徒押到山前修路，一连数日，苦不堪言。忽然大雨倾盆，囚徒们趁机逃脱，潜回越嶲城来，向雍闿哭诉。

雍闿心中惊疑，暗自想道：“诸葛亮怎么将我与高定分别对待？难道他与高定之间真有什么勾搭？”便写信给蛮王孟获，要与他急忙赶来，里应外合，抢占越嶲城。信使从西门出城，恰好遇着鄂焕，顿时惊慌失态。鄂焕搜出密信，带着信使来见高定。高定大怒道：“我以真心待他，他怎么反来害我？”鄂焕说：“雍闿是一个恶人，我们为什么要跟着他一起谋反呢？当今之计，不如擒住雍闿，去向诸葛亮请功赎罪。”高定频频点头，深以为然。

当今二更，高定便带兵前来擒拿雍闿。雍闿的妻小都在家乡，只与一位姬妾住在越嶲城中。高定到了大院门外，惊动了哨兵。雍闿推开姬妾，从床榻上挑起，越窗而逃。不料鄂焕就在巷口等候，一番厮杀，奋起九环刀，砍了雍闿的脑袋。次日，高定便大开城门，提着雍闿的脑袋归降诸葛亮。诸葛亮大喜，当即任命高定为越嶲郡太守，令他绥靖郡内诸县。

306. 马谡的攻心之计

话说蛮王孟获，听说诸葛亮破了雍闿，慌忙撤回山寨，与三洞元帅议事。是哪三洞元帅？第一洞，金环三结元帅；第二洞，董荼那元帅；第三洞，阿会喃元帅。孟获说：“都说诸葛亮神机妙算，我却不服。你们三个各显才能，分兵三路去会他，如有得胜，必有重赏。”令金环三结元帅从中路进军，董荼那元帅从左路进军，阿会喃元帅从右路进军。三路大军依次渡过泸水，各依山岭下寨。

这一日，马谡奉了后主的诏令，护送粮草酒食前来劳军。当夜，诸葛亮就留马谡在帐中叙话。诸葛亮说："雍闿虽死，孟获尚在。不知幼常有何高见，可以赐教于我？"马谡回答说："不敢说高见，但有一个想法。雍闿可杀，孟获却不可杀。"诸葛亮吃了一惊，问道："是何道理？"马谡回答说："南蛮一族，性格粗野，又仗着山高地险，极难管教。纵然今日杀了孟获，等到明日大军一撤，只恐他们又另立蛮王，起兵复叛。我以为用兵之道，攻心为上。因此，孟获不宜杀，只需将他打得口服心服就好。"诸葛亮频频点头，赞道："幼常所见，竟然与我略同！"于是将马谡留在军中任职。

忽然哨马飞报，说三路蛮兵到来。诸葛亮便升帐点将：第一支将令授给王平，令他往左路迎战阿会喃；第二支将令授给廖化，令他往右路迎战董荼那；第三支将令授给马岱、张翼往中路迎战金环三结。三路人马得令，各自起兵去了。魏延被晾在那里，好不孤单。诸葛亮只顾处理军务，也不管他。良久，魏延忍不住问道："我为大将，何故遭到丞相冷落？"诸葛亮说："先主在时，素以将军为干城。怎奈南蛮野性难敌，更兼此处山高地险，万一有个闪失，岂不有负将军的英名？"魏延勃然大怒道："世上哪有爱惜虚名的将军？我今日愿以军令，与鄂焕一同上前杀敌。"诸葛亮暗自得意，便要魏延签了军令状，拨给五千精兵。魏延翻身上马，带着鄂焕奋然而去。

鄂焕在前面带路，大军逶迤而行。此时正值四更，月朗星稀，蛮兵都在酣睡。魏延纵马杀入中军，四处点火。金环三结元帅慌忙披挂上马，遇着魏延，只有两个回合，被一刀砍落马下。蛮兵顿时大乱，厮杀到天明，能逃跑的都作鸟兽散去，只剩下遍地的死者与伤者。魏延说："且去增援王平！"又往左路杀来。路上遇着王平，原来王平已经杀散了阿会喃。两军会合一处，又往右路杀来。廖化舞着一杆三尖两刃刀，与董荼那打得热闹。魏延一声喊，与鄂焕、王平纵马杀入，杀到晡时，却不见了董荼那。

于是收兵回营，将金环三结的脑袋献给诸葛亮。诸葛亮问："三个蛮兵元帅，还有两个何在？"魏延回答说："都在乱中逃脱，不知去了哪里。"过不多时，马岱、张翼押解阿会喃、董荼那回营。魏延吃了一惊，说道："怪不得我一路上不见马岱、张翼，原来丞相另有安排。"诸葛亮大笑道："我料得文长要立军令状，所以安排他二人去做埋伏，正好捉住阿会喃、董荼那。”魏延因此叹服：“丞相神机妙算，连我所思所想都在意料之中！”说话之间，马岱将董荼那、阿会喃押到大帐，喝令二人跪下。诸葛亮说：“两位元帅是我的贵客，不可以这样无礼！”要左右松绑，赐以酒食。诸葛亮笑意盈盈，说道：“请两位元帅转告孟获，我率大军前来，只为平定一方动乱。劝他赶紧投降，免得战火伤及无辜百姓。”便送还了坐骑，放他二人归去。

307．在泸水两岸对峙

话说董荼那、阿会喃回到寨中，转达诸葛亮的劝降。孟获大怒道：“你二人好不知羞，竟然沦为诸葛亮的说客！”便点起蛮兵，要亲自挑战诸葛亮。两军对阵，孟获回顾左右说：“都说诸葛亮善能用兵，而今看他排兵布阵，旌旗杂乱，队伍交错，并无任何神奇之处。”便拍马而上，与王平在阵前交锋。战到六七回合，王平往山谷败走。孟获追到半路，王平回马又战，战败又走。孟获追杀二十余里，忽然两边喊声大起，左边杀出张嶷，右边杀出张翼。孟获大惊，慌忙往锦带山小路奔走。张嶷、张翼、王平在后面掩杀，大败蛮兵。孟获与数十骑奔入深山，小路崎岖，只得弃了马匹，翻山越岭而逃。忽然听得魏延一声号令，从石林之中伸出二十几杆长枪，将孟获团团围住；孟获后面数十员亲兵，都被砍杀在乱石丛中。

魏延便押解孟获来见诸葛亮。诸葛亮责问道：“先帝在时，不曾亏待于你，你为什么要跟着雍闿造反？”孟获反问道：“我与族人世代都在这里居住，为什么要认你们做皇帝？”诸葛亮回答说：“天生皇帝，只为治理天下，叫四方百姓，共享太平。你今天被我擒住，心中可是服气？”孟获说：“你虽然诡计多端，却也不过是一时的胜负，我怎能服你！”诸葛亮说：“你既然不服，我就放你回去，整合军马再来决战，如何？”魏延、王平、张嶷、张翼等众将在旁边听说，都吃了一惊，纷纷劝阻说：“孟获乃是南蛮的头子，丞相怎能轻易放走，让他继续祸害一方？”诸葛亮笑道：“我有诸位大将，擒拿此人有如囊中取物，就给他一个机会，要他再输一场，看他服也不服？”便赐给他酒食，又送还了坐骑，放他归去。

孟获单人匹马来到泸水之滨，遇着许多败逃到此的旧部。众蛮兵问道：“大王是怎么逃脱回来的？”孟获心中羞急，撒谎说：“诸葛亮把我囚禁在木屋之中，被我拆开窗户，杀死了十几个看守，趁着黑夜逃脱。”便带领众人渡过泸水，到彼岸山崖之上筑造土城，设置弓弩炮石，据险而守。时值建兴三年四五月间，诸葛亮与孟获相隔泸水对峙，三军将士大多不服水土，生出许多肠胃头脑疾病，向当地土著求教药方，怎奈都不得法。孟获得到密报，大喜道：“诸葛亮大军之中，早晚必生瘟疫。我只需坐待时机，便可一举全歼了他们。”

话说诸葛亮一连多日腹痛腹泻，身体虚弱无力，便叫左右制作了一根手杖。日暮时分，拄着手杖上山查看地形，坐在山坡上歇息。又想起刘备的疾病和死，叹息道：“难道天神如此无情，竟也要我死在此地？”坐了许久，忽然有人来报，说是张嶷将军病势沉疴，恐有不测。诸葛亮便吃了一惊，将手杖顿时插在土地之中，撒腿就走，赶去看望张嶷。一番折腾，到二更才各自睡去。次日一早，发现不见了手杖，令人找到山上，那手杖却已经伸长出枝叶，成长为一棵翠翠绿绿的树木。消息传开，大家都觉得惊讶，纷纷赶来观看。

诸葛亮说：“大军正值疫病，忽然生此嘉木，其中必有神的美意。”令人用树叶煮水，供张嶷服用。痢疾之症，竟然大治。张嶷问道：“竟不知此树是何种神物？”诸葛亮说：“此树生于一旦，何不名之为查？”又以人生于草木之间，写作“茶”。于是令人将茶树之枝遍插山岭，一夜之间长成丛林。又叫三军每日都以茶水为饮，凡有胃肠、眼睛、头脑疾病和焦虑之症的，无不得到减轻。虽然天气日渐炎热，将士们却一个个神清气爽。马岱来见诸葛亮，进谏说：“孟获料想我军疫病横行，必然无所防备。丞相可派我趁机暗渡泸水，去劫他的粮草，叫他不战自乱。”诸葛亮问：“你要多少人马？”马岱回答说：“只需三千壮丁即可。”

308. 董荼那与阿会喃之死

话说马岱带领三千壮丁，要从泸水下游沙口之处泅渡。当地土著告诫说：“时值酷热，泸水之中毒气勃发，渡水必中其毒，口鼻出血而死。”马岱将信将疑，令五人先渡，并无中毒症状。又令全军渡河，全都安然无恙。众土著无不惊疑，却不知道是饮用了茶水的缘故。

于是渡过了泸水，杀奔夹山峪。那夹山峪两边是山，中间一小块坪坝，正是孟获的屯粮之地。马岱出其不意，抢占了夹山峪。消息报入南蛮大寨，孟获正在饮酒取乐，冷声笑道：“马岱何人？胆子不小，竟然孤军深入，定叫他有来无回，葬身在山谷之中。”于是对董荼那说：“你前次被诸葛亮捉了放回，今日可愿戴罪立功？”董荼那连声喏喏退下，率领本部兵马往夹山峪而来。孟获又令阿会喃到沙口布兵，以切断马岱的归路。

董荼那到了夹山峪，与马岱对阵。马岱纵马向前，骂道：“前次是我捉住了你，我家诸葛丞相却饶了你的性命。而今你怎么还好意思再来？”董荼那满面惭愧，无言可答，不战而退，回来对孟获说：“马岱英勇，不让马超，叫我抵挡不住。”孟获大怒道：“我早已知道，是你自己不战而退。难道你已经起了异心，要报答诸葛亮的不杀之恩是吧？诸葛亮不曾杀你，今日我却要杀。”吩咐推出去斩首。众人再三哀告，孟获方才免了董荼那的死罪，令武士责打了一百大棍。

夜晚，众酋长都来看望董荼那，说道：“我与汉朝向来相安无事，今日竟然被孟获裹挟，不得已成了反贼。想那诸葛亮神机莫测，连曹操、孙权都怕，何况是我等野蛮之人？今日不如擒住孟获，去向诸葛亮求和，岂不是好？”董荼那问：“你们所说的，可是真心？”好多人齐声回答：“当然真心！”董荼那于是手执钢刀，率领众人直奔大寨。孟获正在醉卧，众人一拥而上，将他绑得和等宰的生猪似的。

次日，众人押着孟获，渡过了泸水，来见诸葛亮。诸葛亮看着孟获，笑道："你前次有言，只要被我再次擒得，便可降服。今日可说话算数？"孟获说："今日不是你的才能，是我手下的小人害我，叫我如何肯服？"诸葛亮说："我今日再放你回去，怎么样？"孟获说："只要丞相真的放我回去，让我在两军阵前凭借真本事一决胜负，若有落败，我必然倾心归降。"诸葛亮便令左右解除了他的绳索，说："你若是再次被我擒住，必不轻饶。"仍然以酒食相赐，然后派船送回彼岸。

众蛮兵接着孟获，问道："大王这次又是怎么回来的？"孟获回答说："诸葛亮是个傻瓜，被我只言片语就骗了，放我回来整军再战。"又派人去请董荼那、阿会喃，诈称要传达诸葛亮的话语。董荼那、阿会喃刚到寨子旁边，便被伏兵击杀。孟获对众人说："我就不相信诸葛亮是个神人，只要我军齐心，哪有打不败他的道理？"

第七十七章

这是一片被诅咒的土地

诸葛亮深入南中，不愁擒不住孟获，所患者虫媒、瘴疠耳。又有毒泷恶雾、蛇虫毒噬，连土地物产和泉水都生出毒来。幸遇孟老先生，竟然是孟获的兄长，有秘方能解世间百毒，也是神奇。

309. 江面上有一个化装的渔家

话说孟获杀了董荼那、阿会喃，当即率军来攻夹山峪。到了夹山峪，却不见一兵一卒。询问土著，都说马岱昨日已把粮食都搬运到泸水那边去了。孟获懊恼不已，又心生一计，对亲弟孟优说：“我从诸葛亮的大营出来，将他的虚实看得清清楚楚。你可冒充是董荼那的弟弟奚马，潜往对岸向诸葛亮诈降。只需如此如此，便可大获全胜。”

孟优便化名奚马，到泸水对岸来见诸葛亮，说：“自从孟获回去，便与我大哥不和，时常争吵拼杀。大哥因此有心过河来投奔丞相，要我先来问信。”诸葛亮大喜道：“董荼那元帅既有诚心，我当然求之不得。”当时便约定，两日后董荼那率领本部兵马过河，诸葛亮亲自到河边接应。孟优又准备了许多金银、宝石、象牙、犀角之类的宝物，四处打点众将，请大家日后多多关照。诸葛亮暗自问马谡：“这个奚马此来投降，是真是假？”马谡说：“此人目光躲闪，似是不敢拿正眼看人。我料得他此来必有诡计。”诸葛亮叹息说：“如果你猜得不错，董荼那可能已经遭遇不测。”于是秘密地将魏延、马岱、王平、廖化唤入，叮嘱如此如此。众将各自领命而去。

到了那日，王平就在大寨之中杀猪宰羊，准备盛宴接待董荼那。马谡又将奚马请来，一边饮酒，一边等候董荼那到来。天色已经擦黑，孟优被马谡和王平一左一右看住，脱身不得。二更时分，孟获到了岸边，对各洞酋长说：“我家弟弟孟优就在诸葛亮大营之中里应外合，今晚必成大事。”于是趁着夜色，依次渡河而来。到了对岸，只见静悄悄的，不见诸葛亮来接应。孟获惊疑，想要返回，又不甘心，竟带领心腹五百余人闯入诸葛亮的大寨。但见帐中灯火荧荧，只有孟优和他的从人醉卧其中。孟获情知中计，急忙叫醒孟优，一顿大骂，上马往河边撤走。忽然一阵喊声，一彪军杀到，乃是大将马岱。孟获急忙改往上游奔走，忽然又是一阵喊声，又杀来了大将魏延。孟获吓得不顾一切，匹马往岸边奔逃。

此时天色微明，江面上还有一盏残留的渔火。孟获便喊：“打鱼的，快过来，我给你重赏，把我送过河去！”那渔船便靠了岸，孟获也下了马。才要上船，那渔家忽然挥起桨，将孟获打倒在泸水之中。众人从四下里包围过去，将孟获擒住。原来那个化装的渔家，竟然是等候多时的廖化。

310. 送给孟获的一座空寨

话说诸葛亮屹立在晨风之中，转头来对孟获笑道：“你今日又被我擒住，可服气吗？”孟获说：“都怪我弟弟贪杯恋酒，误了大事。此乃意外之败，并不是我愚蠢无能，要我如何肯服？”诸葛亮笑道：“你还想怎样？想要再战一场吗？”孟获说：“丞相若真有胆量，就放我兄弟几个回去，再战一场又有何妨？”诸葛亮说：“我就再放你一次。然则事不过三，若是第四次被我擒住，休怪我无情。”便下令将孟获、孟优和各洞酋长全部释放。

此时蜀汉大军已经渡过泸水，急行军到千金坝下寨。次日，又过了西洱河，到南岸野堂山下寨。又派出探马，四处打探孟获的消息。原来孟获已经联络了八番九十三甸的酋长，花费了许多金银宝贝，借来各族健儿十万多人，正从各路赶往野堂山来。诸葛亮笑道：“八番九十三甸散落在崇山峻岭之中，要我怎么找寻得到？孟获将他们召集在一起，也是为我做了一件大好事。”便命令三军，一面在野堂山遍种茶树，一面等候孟获的到来。

话说孟获率领十万蛮兵，满山遍野，汇聚到野堂山前。只见那孟获身穿皮甲，头戴盔缨，骑一头赤毛牛，在山下叫骂；各路蛮兵，一个个赤身露体，像猴子和熊一样跳跃着、叫唤着。魏延、马岱、张翼等诸将看得大怒，都来向诸葛亮请战。诸葛亮笑道："孟获正在劲头，不可与他计较。只要坚守数日，待他疯狂够了，必然懈怠，那时我自有妙计破他。"此后一连五六日，只见那些蛮兵，白日到山前逞强示威，夜晚点起篝火歌舞，果然把自己折腾得劳累不堪。诸葛亮看得大喜，召集众将说："用兵的时机到了！"

于是，一面令魏延、王平过了西洱河，到北岸千金坝布置新寨，一面令马岱、张翼在南岸潜伏用兵，一面又吩咐廖化说："只待魏延、廖化渡过了西洱河，你便拆了浮桥，搬迁到下游重装。然后再去接应他们渡过河来。"众将问道："我们都走了，丞相怎么守得住一座空寨？"诸葛亮笑道："我正要送给孟获一座空寨。"众将释然，开怀大笑，带领各路人马去了。

当天夜晚，寨中灯火如故。蛮兵在山下望见，并无疑心。次日孟获率军上来叫战，却见空寨之中并无人马，只有捣毁的锅灶、废弃的衣物和一些来不及搬走的粮草车仗。孟优问道："诸葛亮弃寨而走，是个什么缘故？"孟获说："我料定诸葛亮遇到了紧急大事，要么是东吴兵临白帝城，要么是曹魏打破了阳平关，要么是成都出现了什么内乱。"于是率军追到西洱河边，遥见河北千金坝上寨墙整齐、旗帜灿烂；低头再看河边的浮桥，也都被拆除不见。孟获说："这是诸葛亮害怕我军追赶，在河北留下的殿后。"便派人去山上砍伐巨龙竹，制作桴筏，准备渡河。

却想不到天黑以后，魏延、王平、廖化又从下游返回南岸，从三面杀来。孟获毫无防备，慌忙披挂出帐，跨上赤毛牛，往野堂山方向奔逃。奔走到天亮，又累又饿，就在山坳里埋锅做饭。谁知炊烟才起，喊声大作，马岱、张翼从左右两路杀来。孟获只得叫起一众亲兵，继续往东面山谷奔逃。才转过山口，只见一片树林，树林前面端坐着一个人，一边喝着茶，一边摇着白羽扇，正是他恨得咬牙切齿的诸葛亮。

有道是"怒从心中起，恶向胆边生"。孟获回顾左右说："此人诡计多端，今日遇见，一定要将他剁成肉泥！"便催动赤毛牛，往树林方向奔腾而来。就听见轰隆一声，孟获连人带牛，一起落入陷阱之中。诸葛亮把白羽扇一招，树林中起来一支伏兵，上前围住陷阱，使枪的使枪，使钯的使钯，将孟获擒住，押上前来，听候诸葛亮的发落。

诸葛亮问道：“你今日又被我擒了，还有什么话说？”孟获说：“不服！”诸葛亮说：“事不过三。如今我擒了你四次，凭什么不服？”孟获回答：“丞相欺负我老实，专门施用诡计，要我怎么肯服？”诸葛亮大怒道：“我若只有诡计，早就把你剁成了肉泥！”孟获听了，低头不语。诸葛亮说：“你若不服，我今日就再放你一次，看你还能怎样？”孟获说：“我自然还有能耐。若是丞相再能拿住我，我那时才会服你。”诸葛亮只好苦笑，便令人松绑，挥手让他去了。

311. 孟老先生的解毒秘方

话说孟获带着一众亲兵，往南方逃窜。路上遇着兄弟孟优，忍不住痛哭流涕，说道：“上天何其不公，每次都是诸葛亮胜，都是我输。虽然已经被他擒了四次，却叫我如何甘心！”孟优说：“此去西南有一座堂狼山，堂狼山有一个秃龙洞，洞主朵思大王，与我颇有交情。可前往投奔，再做打算。”

于是便到秃龙洞来见朵思大王。朵思问道：“王兄向有豪情，今日怎么这样垂头丧气？”孟获感叹道：“遇着一个叫诸葛亮的对头，倒了血霉。”朵思笑道：“王兄不必沮丧。世间人物，各有命运，只要诸葛亮敢来，必叫他死在此处！”孟获惊讶不已，问是什么奥秘？朵思说：“此处远近的土地物产，都遭到了我的诅咒。早晚毒泷恶雾，午间烈日恶毒，山林之中到处都是蛇虫毒噬。至于饮水食物，无不含有毒素。诸葛亮纵有天大的本事，也要喝水、要进食、要呼吸，哪里还有生还的可能？”孟获大喜，额手称庆。

话说诸葛亮一路追踪，忽然不见了孟获的踪影。正当六七月的盛夏，早晚泷雾蒸腾，午间烈日高照，三军将士酷暑难耐，叫苦不迭。到了黑夜，营帐里面毒虫出没，闹出许多惊吓。诸葛亮令人用烈火浓烟驱赶毒虫，将士们才得安睡，又对王平说：“且带人到四处找水，煮茶解暑。”王平便带着两百亲兵，找到一潭清水，不等挑回烧煮，先在潭边饮了一个痛快。等到挑水返回大寨，众人竟然只会张嘴，却说不出话来。诸葛亮大吃一惊，赶紧令人封锁那一口深潭，不得饮用。魏延说：“孟获四次被擒，胆气尽丧，此次南征，已是大功告成。丞相何不下令撤出，也好挽救三军性命。”诸葛亮说：“孟获至今不肯降伏，哪里是大功告成？若是就此撤军，却只能叫作功败垂成。”魏延生气地说：“在这蛮荒之地，又热又渴，难道您竟然要让将士们死于此地吗？”诸葛亮想了又想，回答魏延说：“我要查找那口深潭的奥秘。若三日之内查找不到，我便答应你撤军，如何？”

诸葛亮忧愁了一夜，次日对众将说：“欲知当地事，须找当地人。你们四处寻找，看有谁知道那口深潭的奥秘。”众将领命去了。到了傍晚，李恢找来一位老叟。老叟说：“那深潭乃是一口哑泉，饮用之后，必生喉疾，不能言语。附近又有一口冷泉，饮用之后，五脏俱冷，凝冻成冰，顿失生气。附近又有一口黑泉，饮用之后，心肝俱黑，人形变成魔鬼。附近又有一口灭泉，沸如热汤，毒气蒸腾，人不可近，近之则必然窒息至死。”诸葛亮大惊道：“此处泉水怎么这样毒烈？你们平日又是饮用的什么水源？”老叟说：“此处地名‘堂狼山’，乃是先祖阿普笃慕的神山。当地居民，也都是阿普笃慕的后裔。自阿普笃慕以来，列祖列宗都在这里过着神圣的生活。想不到在数十年以前，土地物产都生出毒来，残害了许多人的性命；幸存的人类，却演变出与毒同生的本事。”诸葛亮听得惊惶无助，问道：“难道我军十几万弟兄，竟要死在此地？”老叟回答说：“倒也未必。丞相可往万安溪寻找一个人，或许能有解救的方法。”诸葛亮就问：“那人姓甚名谁？”老叟回答说：“那人姓孟名节，学问极其高深，令人不可思议。”诸葛亮谢过老叟，次日一早便带着李恢，亲自往万安溪来寻访孟节。

沿着万安溪西行二十里，果然在溪畔看见一座山庄。诸葛亮令李恢上前叩门，出来一位白袍皂绦、碧眼黄发的老者。诸葛亮上前敬礼，问道：“可是孟老先生？”老者回答说：“正是。”又问诸葛亮的姓名，请入草堂就座。诸葛亮便将事情经过，原原本本说给老者听。孟节回答说："丞相可知，老朽正是孟获的长兄？"诸葛亮和李恢都是大吃一惊，竟不知所措。孟节却又笑道："那孟获是我的二弟。我情知他是一个恶人，但我这个做长兄的，却还是希望他得到好报。丞相若是答应善待我家二弟，我便告诉你解救的方法。"李恢说："人世间哪有给恶人好报的道理？"孟节望着诸葛亮，诸葛亮却含笑点头。

孟节说："此地所产泉水，原本清冽而又甘甜，却在孝灵皇帝建宁二年遭到朵思大王的诅咒，因此变成哑泉、冷泉、黑泉、灭泉。然则泉水虽毒，若是懂得感恩，却也无妨。"李恢不解，问道："泉水有毒，却要我们怎么感恩？"诸葛亮也问："孟老先生能否说得更明确一些？"孟节哈哈大笑，半晌说道："唯有一颗感恩的心，能够解除生命的毒。"诸葛亮听得怦然心动，立即鞠躬致敬说："多谢孟老先生指教！"便又带着李恢告辞而去。李恢不懂，在路上追问道："那老孟跟你说的什么哑谜？"诸葛亮回答说："此人真是一位绝世的圣贤，他教给了我一个极其高妙的法门。凡是懂得感恩的人，则必然与天神同在。而与天神同在的人，则必然能解世间的百毒。"

312. 银坑山有一位祝融夫人

话说诸葛亮回到大营，以感恩之法教授三军。于是暑热尽去，清凉自来；所饮用的泉水，也都变成了甘泉。朵思大王在秃龙洞中听说，不肯相信，便与孟获登高来望。只见蜀汉大军，往来担水，饮马造饭，生气盎然。

朵思大王大惊，回头对孟获说："诸葛亮已经得到了天神的相助，不可抵挡，请王兄以投降为上。"孟获却不以为然，反驳说："人世间哪有天神？你若是变心，我便带着弟弟孟优与诸葛亮决战，即便死在战场，也决不投降！"朵思心想："他兄弟二人必败无疑。我有老妻、儿女，何苦受他兄弟牵连，受到战争威胁？不如设计，如此如此。”便回到洞中，设置酒宴。又令美女歌舞，尽兴而欢。等到夜色深处，孟获、孟优都已醉倒，朵思大王便一声令下，将兄弟二人绑住。次日起早，押往蜀汉大营。

诸葛亮看着孟获笑道：“你今日第五次被擒，可服气吗？”孟获说：“是我自己的朋友背叛了我，又不是你的能耐，要我怎么服气？”诸葛亮感叹说：“你兄弟三人，长兄孟节何其圣贤，而你二人何其顽劣！”孟获回答说：“孟节虽然是我长兄，却生性迂腐执拗，哪里是什么圣贤？况且我在银坑山中，还有许多金银财宝和族人，足可与丞相一决雌雄。”

诸葛亮只好苦笑，第五次释放孟获兄弟去了。又下令设宴款待朵思大王，并赐以重赏。席间，诸葛亮举杯问道：“孟获所说‘银坑山’，是个什么去处？”朵思大王回答说：“此山在那彩云之南，山上出银矿，故名为‘银坑山’。孟获因此极其有钱，在山中大造宫殿楼台，以为巢穴。山中风俗，别有天趣。其中男女相爱，不讲礼法，甚是野性。”诸葛亮就请朵思大王为向导，次日起兵往银坑山而来。

话说孟获有一位妻室，乃是火神祝融氏的后裔，性如烈火，敢爱敢恨，善使飞刀，武艺高妙。孟获回到银坑山，与宗党聚会，说道：“我被诸葛亮五次羞辱，恨得咬牙切齿，却无计可施。尔等有何妙计？”夫人祝融氏大笑道：“你身为男子，怎么雄风全无？且看我上阵，怎么为你杀敌！”便披挂上马，背插五口飞刀，使一杆丈八长标，率领精锐洞兵五千，一路怪叫着杀出山来。迎面遇着朵思，就听祝融夫人娇声大骂道：“朵思老儿，我家大王待你不薄，你为什么要卖友求荣？”朵思回骂道：“你家大王五次被擒，臭不要脸，怎好意思骂我？”祝融夫人仰天大笑道：“我今日便要擒住你，为我家大王一雪前耻！”便飞马过来，直取朵思。

朵思到底年迈，不过两个回合，心里便着了慌，拍马就逃。祝融夫人哪里肯饶？立时射出飞刀，正中朵思的后背，将朵思射倒在马下。大将张嶷急忙上前挡住，不过两个回合，轮到祝融夫人败逃。张嶷赶去，忽见祝融夫人回手一扬，情知是飞刀，急忙用手去抓。谁知那飞刀来得急速，正中他的右臂。只见张嶷翻身落在马下，众蛮兵一拥而上，踩住了他的后背。狐笃看见，急忙赶来营救。祝融夫人把手一扬，射出第三把飞刀。狐笃急忙躲闪，却一头栽倒，摔得头破血流。众蛮兵再次拥上来，也将他紧紧地绑了。

祝融夫人于是得胜回山，得意洋洋，叫唤道："我只用了三把飞刀，便射伤了三人，擒获了两员大将。"吩咐将张嶷、狐笃押上前来，令刀斧手斩首示众，以壮军威。孟获急忙阻止说："不可。诸葛亮是个狠角儿，你若斩杀了他的大将，他岂肯善罢甘休？"祝融夫人大笑道："看你那个怂样，哪里还像男子？"孟获回答说："莫看你今日说得轻巧，等你真的见到诸葛亮，才会晓得他的厉害。"

第七十八章

当孟获第七次被擒

诸葛亮既收孟获，乃封孟获为滇王，以蛮治蛮，南中遂得治理。

想诸葛亮一生行历，传奇之事多矣。七擒孟获固然传奇，茶之为饮，竟始自诸葛亮，岂不亦是传奇？以感恩之法教授三军，军心遂得安定，岂不亦是传奇？授权孟获，以羁縻制度治理南中，岂不亦是传奇？

313. 孟获身上暗藏的利刃

话说祝融夫人伤了蜀汉两员大将，诸葛亮大惊道："想不到南蛮之地，竟有这样的巾帼英雄！"魏延说："量她一个女人，能有多大能耐？我愿领一支军马，把她擒来，献给丞相。"诸葛亮说："只你一人，恐怕难以成事。"便叫起马岱、张翼，吩咐道："我令你三人前去擒拿祝融夫人，却千万要小心她的飞刀。"

魏延领军来到山前叫战。祝融夫人上马来迎，不过两三个回合，往西败走。魏延提防她的飞刀，并不追赶。过不多时，祝融夫人去而复返，杀上前来，不过两三个回合，又往东败走。魏延再次勒马不前，等候祝融夫人返回。祝融夫人无计可施，含恨凝视魏延良久，忽然扬手甩出一把飞刀。说时迟，那时快，魏延看那飞刀来到胸前，一把捉住，却又装作被击中的痛苦模样，大叫了一声，掉头往西奔逃。祝融夫人大喜，在后穷追不舍。追出十几里路，眼看魏延就在眼前，忽然从两边扯起一道绊马索，将祝融夫人连人带马绊倒在地。原来马岱埋伏在西路，张翼埋伏在东路，祝融夫人赶来，正好被马岱绊倒擒获。消息传到银坑山，再次把孟获吓得呆住。

话说孟获麾下有一位带来洞主，乃是祝融夫人的兄长，颇有智谋。当时劝说孟获道："诸葛亮有两员大将在大王手中。以我之见，何不趁此机会去诈降？明里用张嶷、狐笃去交换夫人，暗里却趁机起事，擒住诸葛亮。这银坑山方圆百里都是大王的地面，只要用心设计，诸葛亮怎么斗得过大王？"孟获点头称赞，便派带来洞主来见诸葛亮，说："孟获怜惜夫人，情愿投降，并以张嶷、狐笃去交换夫人，请丞相恩准！"诸葛亮大喜，便与带来洞主约定时间，等候孟获到来。

到了那日，孟获果然与张嶷、狐笃并马而来。诸葛亮高立于山坡之上，令人一面送出祝融夫人，一面接着张嶷、狐笃。孟获说："既然已经投降，请让我上前向诸葛丞相致谢。”便下了马，与祝融夫人和宗党两百余人抬脚上山。却想不到诸葛亮忽然把脸一变，大声喝道：“还不给我拿下！”两边伏兵齐出，将孟获一党团团围住。孟获惊问道：“丞相这是什么意思？”诸葛亮并不回答，喝令武士搜查，从每个人身上都搜出了暗藏的利刃。

314. 好一支奇怪的藤甲军

诸葛亮这才大笑道：“量你使出一些小诡计，怎么瞒得过我？你心中只想着诈降，却想不到自投罗网。如今已是第六次擒拿住你，总该服气了吧？”孟获恨声骂道：“这是我自来送死，并不是你的能耐，凭什么服气？”诸葛亮哈哈大笑，说道：“我这就占据了你的银坑山。你连老巢都已丢失，哪里还有服气不服气的资本？”孟获回答说：“虽然丢失了老巢，但我胸中犹有仇恨的怒火。只要你有胆量放了我，我便仍然能够兴起一支大军，再来与你比个高低。”诸葛亮放声大笑道：“我便第六次放了你，看你到底还有多少花招！”

那孟获满怀仇恨，带着祝融夫人和宗党两百余人，一路往东南部山区流亡。祝融夫人问道：“天地苍茫，你要带我到何处安身？”孟获说：“此去东南五百里，有一个国家名叫吴哥。国王兀突骨是我的好友，我去向他借兵，回来收复银坑山。”祝融夫人问：“兀突骨有何能耐，能够战胜诸葛亮？”孟获说：“这个兀突骨啊，身高丈二，叫人摸不着他的头脑。他不食五谷，却以生蛇恶兽为饭。他浑身长满鳞甲，刀枪不入。麾下又有一支藤甲军，极其厉害。若能得到他的相助，必然大破诸葛亮无疑。”路上走了半月，来到吴哥国，找到兀突骨，一场哭诉。兀突骨说：“贤弟何必如此沮丧，且待我点起藤甲军，与你报仇就是。”

兀突骨便点起藤甲军，沿着桃花江往北而来。恰好遇着蜀汉大军南来，两军就在桃花江两岸对峙。那桃花江发源于崇山峻岭，沿岸有桃树花叶落在水中，外地人饮之必然中毒，唯有吴哥人饮之倍添精神。蜀汉大军在江边驻扎两日，已有数百人出现疑似中毒症状。诸葛亮大惊，下令后退五里下寨，挖掘泉水为饮。

次日，兀突骨率领一彪藤甲军杀过江来。诸葛亮见来势凶猛，下令坚守营寨，以弓弩御敌。岂料那些利箭射到藤甲之上，都被反弹，落在地上。诸葛亮大惊道："这是什么怪物，竟然不惧强弩？"紧急之间，令军士们四处寻找、搬运石头砸下。藤甲军因此畏葸不前。守候到日昳，兀突骨一声长啸，藤甲军又转头撤过江去。王平从后追来，赶到渡口，只见那些吴哥人穿着藤甲在桃花江里泅渡；其中有些人索性脱了藤甲，铺在水面上仿佛一张席褥，就坐在那席褥上漂浮。

王平回来，将情形描述给诸葛亮听。诸葛亮又问李恢。李恢说："那是吴哥人制作的藤甲。南中一带其实也有制作藤甲的技艺。要选用一种特别坚韧的藤条，先用草药浸泡，晒干以后再用桐油浸泡，反复二十几道工序，这才造成一身铠甲。这铠甲穿在身上，经水不湿，渡江不沉，能抵挡刀箭砍杀，堪称坚韧不坏。"诸葛亮听得一笑，说道："我已经有了破敌之法。"

次日便请当地土著带路，四处查看地理。远远望见一道峡谷，两边都是悬崖峭壁，中间一条大路。便问土著："那是什么所在？"土著回答说："那是盘蛇谷。往前是一条大路，可通塔郎甸。"诸葛亮心中大喜，便有了计划。回来吩咐王平说："你去找一个隐秘的地方，打造一百辆柜车，里面装置若干根竹竿，然后充满黑油，以备军用。"王平领命去了。又吩咐马岱说："你去盘蛇谷两边峭壁之上，多多准备柴草巨石。要堆放好，不要让人从下面看见。"马岱也领命去了。又吩咐魏延说："你率领本部兵马到桃花渡口下寨。遇到兀突骨率军来攻，你只需稍做抵挡，便要弃寨逃跑，到插有白旗的地方重新下寨。限你在半个月之内，要连输七阵，连弃七寨，不得有误。"魏延也领命去了。又吩咐张翼说："你到以下六个地方去，接连建造六座大寨，接应魏延将军入驻。"张翼领命去了。又吩咐张嶷、狐笃说："你二人负责督造旗幡，到树荫之中布置疑兵。"众将都领命去了。诸葛亮于是胜算在握，只需要等待一个结果。

315. 火烧盘蛇谷

话说兀突骨回到桃花江南岸，对孟获说：“诸葛亮坚守不战，如之奈何？”孟获说：“诸葛亮从远方来，虽然坚守，却难持久。大王只需日日挑战，便能找到机会。”兀突骨大赞，过不两日又率领藤甲军横渡桃花江，杀上岸来。魏延接着，激战半个时辰，弃了大寨，往上游败走。张翼早已建造好一座新寨，接应魏延入驻。

次日，兀突骨又到新寨前面挑战。魏延初时坚守不战，挨到晡时，却叫军士们吃饱了饭，杀出阵来。一场厮杀，又弃了大寨，继续败走。不到半月，魏延便连输了六阵，连弃了六寨。孟获有些惊疑，问道：“诸葛亮的军队，怎么变得这样虚弱，莫非有诈？”兀突骨回答说：“我有藤甲军，锐不可当。管他有没有诈，只要我不入险地，他便难奈我何。”到了第十五日，兀突骨骑着一头大象，又到新寨前面挑战。魏延还是坚守不战。兀突骨便令土安、悉尼为左右两队，冒险冲杀而上。魏延便弃了第七座大寨，往盘蛇谷方向奔走。

兀突骨哪里肯饶？随后一路追杀。路上遇着丛林，都要小心避开。远远望见盘蛇谷之中，并无几棵草木，便放心大胆杀入谷中。走不多远，又望见百十辆柜车沿路陈放，仿佛是被弃置的粮车。兀突骨大喜，追赶到峡谷尽头，不见了魏延，便回头来搬运柜车。就在这时，只见从两边峭壁上翻滚下许多柴草巨石，把峡谷两端都堵住了。兀突骨大叫不好，急令退军，却哪里来得及？只见一捆一捆柴草带着火星从天而落，把峡谷燃烧得一派火光。兀突骨只得带领众人往角落里躲藏。此时百十辆柜车已经被烧着，发生一连串惊天动地的爆炸，把带着火花的黑油飞溅得到处都是。原来那藤甲军虽然坚韧不可摧，却最怕火，被火花点着，顿时惊慌失措，满地里翻滚。大火熊熊燃烧了几个时辰，直到次日黎明才逐渐熄灭。可怜兀突骨和他的藤甲大军，一个个都在挣扎中惨死。诸葛亮在山头上看见，不禁痛心而感叹说：“如此惨胜，虽然有功于社稷，却必然要折损我的阳寿！”

孟获此时驻扎在魏延弃置的旧寨中。兀突骨和藤甲军一去不返，他便焦虑不安起来。等到黄昏，只见东北方向火光冲天，便大叫不好，带领祝融夫人和一众宗党就要弃寨而逃。带来洞主禀报说：“诸葛亮已经派兵四面围住了大寨，走脱不得。”孟获情知大势已去，就在黑暗中坐守了一整夜，直到次日天亮，张嶷、狐笃、李恢破寨而入，将他与祝融夫人和一众宗党尽数擒获。

316. 在泸水边祭祀水鬼

话说孟获被擒，跪在帐下一语不发。诸葛亮心中也不快乐，就令人松了他的绑，带往别处饮食。忽然李恢进来，向孟获、祝融夫人和众人敬酒，说道：“我家丞相有言，从前已经擒了大王七次，也放了大王六次。今日索性把人情做到底，第七次放了大王。大王若有兴致，只管再招人马来决胜负。”众人听说，都吃了一惊，都把目光看向孟获。

孟获仰头饮尽碗中酒，终于开口说道：“我被擒了七次，又放了七次。自古以来，哪有这样的丑事？直叫我无地自容。”于是带着妻子兄弟宗党人等，都到诸葛亮的大帐前面来下跪请罪。诸葛亮迎出大帐来问道：“大王这是什么意思？”孟获含泪说道：“孟获敬畏丞相的天威，口服心服，再也不敢反叛了！”诸葛亮顿时惊喜不已，上前扶起孟获说：“你若是不兴兵造反，四方百姓便能共享太平。我擒了你七次，又放了你七次，等的就是你这句话。”孟获羞愧难当，谢罪说：“都怪我桀骜不驯，惹出了这么多事端！”诸葛亮也不计前嫌，设宴庆贺；又决定以蛮治蛮，封孟获为滇王，继续治理南中。祝融夫人和一众宗党听见，无不欢欣雀跃，都嗔怪孟获说：“早知道有这样的好事，何必折腾得几番死去活来！”

长史费祎问道：“蛮王孟获虽然已经归服，但是否需要留下一员大将监管他，以免他将来起兵复叛？”诸葛亮说：“无论留下谁为大将，总是一个外人。自然是外人，便难免生出许多嫌疑和事端。不如索性将兵马撤得干干净净，只以契约来羁縻他即可。”便选择了一个日期，尽起大军，班师返回成都。

这一日，大军经过泸水。忽然阴云四合，狂风骤起。江面上波浪滔天，不能渡船。诸葛亮便带着众人到泸水岸边观看，只见波涛汹涌，仿佛鬼哭狼号。诸葛亮便问土著：“我上次从此经过，怎么不见这般景象？”土著回答说：“一自丞相经过，每夜都有水鬼号哭。凡有船只，必然葬身于恶浪之中，因此无人敢渡。”诸葛亮叹息说：“都是我的罪过。这些水鬼，想必都是战场上的死者冤魂。却不知要如何才能化解他们的怨愤？”土著说：“河中水鬼作祟，须得祭祀，方能风平浪静。”又问：“用什么做祭品？”土著说：“依照惯例，需要七七四十九颗人头和七对黑牛白羊。”诸葛亮说：“这是以恶制恶之法。而今南中刚刚平定，从此要改用以善制恶之法，怎么可以妄杀一人？”便在南岸一连踌躇了三日。

时值大汉建兴三年秋九月一日，诸葛亮早起用餐，忽然想出一个主意来。赶紧令人准备面粉，和面塑成人头，内以牛肉羊肉为馅，名曰馒头。当夜就在泸水岸上，设置香案，陈列祭品，以馒头充当人头；又点起七七四十九盏明灯，扬幡招魂。到了三更时分，诸葛亮亲自前来主祭，令主簿董厥诵读祭文。董厥声音高亢凄厉，读到“呜呼哀哉，伏惟尚飨”之时，诸葛亮放声大哭，情感痛切。三军将士，有死了兄弟的，也都跟着痛哭。就是土著居民，也忍不住悲从中来，跟着哭泣。只见愁云惨雾之中，隐隐有万千鬼魂，随着风声在空中盘旋，然后逐渐散去。到了次日天明，果然云收雾散、风平浪静。

诸葛亮便带着大军渡过了泸水，再三嘱咐孟获勤政爱民，确保一方平安。孟获匍匐在地，以大礼相拜，信誓旦旦地说道：“孟获感念丞相的恩德，必然铭记在心，决不辜负丞相的苦心！”诸葛亮扶起孟获，双方洒泪而别。此时正值金秋，大军一路向北，头顶上都是晴空。

第七十九章

在天水郡遇到姜维

先有《出师表》，而后有六出祁山。恰如先有隆中对策，而后有蜀汉一国。这就是诸葛亮的智慧：先有战略，而后有执行和战术。

一道《出师表》，言辞何其恳切，心声何其忠诚！诸葛亮其人其志，仅此一“表”，便跃然纸上矣。试问自古以来，有几人能像诸葛亮这样兼有智慧与忠诚？我们在历史中寻找，诸葛亮在人群中寻找，直到他在天水郡遇到姜维。

317. 后曹丕时代的魏国政坛

话说曹丕自从做了皇帝，便迁居于洛阳，改许县为许昌县。又并称长安、谯县、许昌、邺城、洛阳为五都。其中，长安既是汉朝的西京，也是稳定关中、防范蜀汉的重镇；谯县是曹家故里，宗党聚居之地；许昌是曹家的发迹之地；邺城是两代魏王的都城；至于洛阳，既是汉朝的故都，也是魏国的新都。

黄初七年春正月，曹丕从合淝返回许昌。正要进入南门时，城门忽然无故崩塌，腾起大片的灰土。曹丕惊恐不已，以为是不祥之兆，便不敢入，绕城而走，直奔洛阳。同月，在嘉福殿病卧，医治不愈。

同年夏五月，曹丕病重，奄奄一息。皇后郭女王情知不妙，问道："陛下如何安排后事？"曹丕连声咳嗽，说道："从前刘备在白帝城驾崩之时，曾经托孤于诸葛亮、李严。朕今日也效仿他，托孤给朝中的重臣。"于是召见镇军大将军陈群、征东大将军曹休、中军大将军曹真、抚军大将军司马懿四人，嘱咐说："朕病势沉重，自知必死。留下幼子曹叡，孤苦伶仃，令人可怜。你们四人都是国家的柱石，但愿能够同心辅佐他，也好让朕瞑目而去！"曹休、曹真、陈群、司马懿四人就在龙床前面跪下，言之铮铮，立誓效忠。曹丕看在眼里，点头微笑。又过了几日，忽然在夜里一声怪叫，把宫人们惊起。等到郭女王举起烛火看时，已经撒手人寰，年仅三十九岁。

于是连夜通知陈群、曹休、曹真、司马懿和一众大臣治丧，拥立曹叡为新皇帝。曹叡登基，追谥皇父曹丕为文皇帝，葬在首阳山；改黄初七年为太和元年，封钟繇为太傅、曹休为大司马、曹真为大将军、华歆为太尉、王朗为司徒、陈群为司空、司马懿为骠骑将军。魏国政治，从此便又是一番气象。

318. 请允许我以忠诚的方式成全自己

消息传到成都，诸葛亮大喜道：“曹叡是一个幼主，曹真、陈群、司马懿是几个强臣。主幼臣强，魏国朝政必然危机四伏，正是我军讨伐他的绝好时机！”便连夜拟写表文。他在这道彪炳史册的《出师表》[①]中写道：

“先帝（刘备）创业未半，却不幸在中道驾崩。那是一个多么危急的关头，天下分裂成蜀汉、东吴、曹魏三块，而蜀汉只有一个虚弱不堪的益州。幸好朝中还有忠臣，边关还有志士，请陛下一定要善于倾听他们的心声，鼓舞他们的志气。是的，做皇帝不是一件容易的事，请您一定要懂得皇帝为什么尊贵，要说皇帝应该说的话，要做皇帝应该做的事，要建立和维护好您与忠臣之间有效沟通的平台。

“皇宫与丞相府，其实是一个不可分割的整体。就好像掌心和指头，同样值得您疼爱，不要有内外之分。若有作奸犯科或是忠诚善良的言行，或是刑罚，或是奖赏，都应该交给有关职能部门处理，彰显您公正无私的管理理念；却不要偏私，损害到法律的庄严。在您的身边，做侍中、侍郎的郭攸之、费祎、董允等人，都是善良实诚的忠臣，宫中的大事小事，您都可以问责于他们，然后施行。中部督向宠，为人善良正直，而且晓畅军事，率领宿卫军保护您和皇宫的安全，营中的大事小事，您也可以问责于他。只要您愿意亲贤臣、远小人，就必然不会有什么差错。想想汉朝的历史，

---

① 根据诸葛亮《出师表》原文改写。

皇帝若是亲贤臣，就必定兴隆；若是亲小人，就必定倾颓。请您一定要懂得爱护和信任那些贞亮死节的臣子，那么汉朝的复兴，就是指日可待的事情了。

“我原本是南阳的一个农民。先帝并不嫌弃我的卑微，纡尊降贵，三次光顾我家的草庐，我因此像一匹躺卧在山中的野马，满怀着对先帝的感激，奋起而奔走。从那时候到现在，已经二十一年了。先帝知道我性格谨慎，所以在临终前把大事托付给我。我也因此夙夜忧虑，唯恐辜负了先帝对我的信任。现在南方已经平定，兵员和装备也很足实，执行先帝遗诏的时机已经到来，请允许我激励三军，北定中原，复兴汉朝，回归我们已经失去很久的故都。我深深地知道，这就是我报答先帝和忠于陛下您应尽的职任。但若是不能成功呢？我也甘心情愿接受您的问责。”

次日早朝，把《出师表》恭恭敬敬地递交给后主刘禅。刘禅仔仔细细地看完，说道：“相父南征孟获刚回不久，才歇息几日，怎么又要劳累？”诸葛亮说：“国家事大，我个人劳累事小。而今孟获已经降伏，一时没有内忧，又恰逢魏国朝政危机，若不趁机北伐中原，还要等到何日？”刘禅说：“国家大事，全凭相父做主。但无论如何，相父还是保重身体要紧。”诸葛亮沉吟良久，回答说：“请陛下允许我以忠诚的方式成全我自己，即便鞠躬尽瘁，也要死而后已！”

建兴五年春三月丙寅日，诸葛亮点起大军，以镇北将军魏延为督前部，以征南将军刘巴为前监军，以扬武将军邓芝为中监军，以安远将军马谡为中参军，以高阳乡侯吴懿为左将军，以玄乡侯高翔为右将军，以安乐亭侯吴班为后将军，以平北将军马岱兼管运粮左军领兵使，就要奔赴汉中。忽然闯进来一员老将，乃是发须苍苍的赵云，高声叫道：“我虽年迈，尚有廉颇之勇，为什么不用我呢？”诸葛亮说：“昔日五虎上将，而今只剩老将军一人。倘若有些差池，不仅有损老将军的英名，也会打击我军的锐气。”赵云冷笑道：“我生来就是做大将的，死也要死在战场。愿为大军先锋，否则我这就撞死在阶下！”诸葛亮无奈，只得答应，说道：“老将军既然要去，还得一人做你的副将。”扬武将军邓芝应声而出，高声答道：“我虽不才，却愿意追随老将军为副。”诸葛亮沉吟再三，便分拨五千精兵给赵云、邓芝，令他们先行。诸葛亮随后向后主刘禅告辞，一路旌旗猎猎，率领大军往汉中迤逦而来。

319. 凤鸣山之战

话说驻守长安的，是魏国大将夏侯惇之子、安西将军夏侯楙。那夏侯楙自幼说话讨喜，而后与清河公主成婚，是曹操的驸马、曹丕的姐夫、曹叡的姑父。当时接到探马飞报，夏侯楙大吃一惊，暗想：“诸葛亮足智多谋，连武皇帝曹操都怕他三分，我怎么敌得过他？”只得硬着头皮，一面紧急奏报洛阳，一面召集关中各郡各县守将议事。

诸葛亮已经到了沔阳，到马超墓前祭祀。镇北将军魏延说：“夏侯楙是一个膏粱子弟，既不勇猛，也无智谋。我只要精兵五千，从子午谷闪电出击，只要十日便可兵临长安。夏侯楙猝不及防，必然弃城而逃。长安横门邸阁，是魏军屯粮之地，正好取为我用。此时丞相自领大军从斜谷而进，与我到潼关会师，则大事可定。”诸葛亮笑道：“此计虽然出奇，却极难实现。子午道全长七百里，山路崎岖难行，更兼栈道残破，不要说十日，就是十五日、二十日也难到达长安。但使谷中有一支伏兵，将军又往何处躲闪，岂不是全军覆没？就算幸而到达长安，那长安城高池深，夏侯楙又怎么会轻易弃城而逃？一旦战事胶着，将军又往何处求援，五千子弟兵又魂归何处？如此算来，成功率极小，全凭侥幸，决不可用。”因此不肯采用魏延的计谋。

过不多日，先锋赵云赶到凤鸣山下寨。夏侯楙说：“赵云虽有英名，却已垂垂老矣。诸葛亮虽有智谋，麾下却没有大将，我还有什么可惧怕他的呢？”于是采纳参军程武的计策，事先设下两支伏兵；他自己头戴金盔，乘用一匹高头大马，来战赵云。不过两个回合，夏侯楙抵挡不住，呼唤亲随来救。赵云以一敌八，毫无惧色，忽然奋起龙胆亮银枪，接连杀死两将。其余六将大惊失色，先后败走。赵云随后赶来，又刺杀了一将，却不料深入重地。左边杀来了董禧，右边杀来了薛则，将赵云困在垓心。

那夏侯楙站在高处指挥三军，赵云向东就往东指，向西就往西指。大军向潮水一样跟着赵云涌动，致使赵云挣脱不得。回头望见夏侯楙，就要杀上山来，却被擂木炮石打下，只得急忙退下。此时天色擦黑，月光渐起，赵云奔走到一处山溪掬水而饮，正要歇息，忽然鼓声大震，魏军从四面杀到。赵云仰天长叹道："可怜我不服老，竟然死于此地！"便又翻身上了战马，挺起那一杆龙胆亮银枪，来与众人奋战。

忽然从东北角上杀来一彪军马，乃是少将张苞。原来诸葛亮接到邓芝告急，立即命令张苞与关兴赶来接应。赵云大喜，便跟着张苞再往东北角杀出。路上遇着关兴，便合兵一处，就在山中埋锅做饭，稍作歇息。次日天明，赵云说道："夏侯楙欺我太甚。你我叔侄三个，何不返身杀回，拿住夏侯楙，也是一桩大功。"叔侄三人当即杀回凤鸣山来。只见战场上丢弃了许多折损的兵器，却并无一兵一卒。原来夏侯楙难耐山寨艰苦，已经退守貎道去了。

叔侄三人于是攻打貎道，一连半月，纹丝不动。诸葛亮率领中军到来，绕城查看了一遍，回来对众将说道："这貎道乃是南安的郡城，虽然不比长安，却也堪称金汤之城。须得寻找机会，才能破它！"

320. 但见火光之中，姜维跃马而来

话说诸葛亮围住貎道，在城外堆积柴草，佯装火攻。夏侯楙说："貎道城墙高峻，火攻难以得逞。然则诸葛亮诡计多端，不可不防。"副将裴文说："南安

郡之西有天水，之北有安定。但使两处兵马赶来夹攻，诸葛亮必然招架不住。”夏侯楙便写下两封书信，一封写给天水郡，一封写给安定郡，令裴文贴身藏好，趁着黑夜偷偷出了西门，飞马往天水郡奔去。诸葛亮早已看在眼中，笑道：“蛇已惊动，只需擒了此人，便有得胜之机。”

便令王平尾随而去，在十里之外擒获了裴文，搜出两封书信。诸葛亮说：“须得有两个关中口音的人扮作裴文，分头往天水和安定送信，如此大事可成。”邓芝说：“法正便是关中郿县人氏，虽然去世多年，却有两个儿子在此。其一名法宏，其一名法邈。”诸葛亮大喜，便派人去请来法氏兄弟，令法宏扮作第一个裴文去往天水，令法邈扮作第二个裴文去往安定。

话说天水郡城设在冀县。法宏一路奔驰，来到冀城叫门。天水郡太守马遵迎入城来，收看夏侯楙的书信。法宏说：“安定郡的崔太守已经起兵去了，也请马太守火速赶去救援。”马遵说：“请裴将军回复驸马爷，我今日清点名册，明日便可起兵。”把法宏恭恭敬敬地相送去了。次日就要起兵，忽然有一人从外面进来，劝阻说：“太守且慢，只怕是中了诸葛亮的诡计！”马遵吃了一惊，问道：“伯约为什么这样说？”

原来此人姓姜名维字伯约，天水郡冀县人氏，自幼博览群书，精通兵法，现任本郡参军。只见他满脸思索状，说道：“昨日来的那个裴文，或者是真，或者是假，不可不防。以我的直觉此人应该是诸葛亮的间谍，为的是把太守骗出城去，然后另有一军乘虚来取空城。”马遵大惊道：“那怎么是好？”姜维便献上一计，说：“太守可留梁绪、尹赏坚守冀城；另拨三千精兵给我，预先埋伏在城外山林中；等到天光大亮，您自己却如约发兵出城，在离城三十里处停驻。只要诸葛亮敢来，我便点火为号，请太守杀回，与我两路夹攻。梁绪、尹赏又及时杀出城来，从三面围打，诸葛亮必然大败。”马遵点头赞道：“此计甚是妥当。”便依计布置兵马。

姜维料得不差，马遵前脚领军出城，老将赵云后脚就来攻城。梁绪就在城楼上俯看，只见赵云须发苍苍，高举着那一杆龙胆亮银枪叫道：“我乃常山赵子龙也。你家太守已经中计，识趣的赶快开门，给你重奖。”梁绪大笑起来，回答说：

“只可惜中计的不是我家太守，而是你。可怜你一世英名，竟要死于此地。”赵云顿时陷入惊疑，心想：“不管三七二十一，先攻下城门再说。”便发起冲击。梁绪、尹赏从城上射下乱箭，相持一个时辰。

忽然火光大起，一员少将跃马赶来，高声叫道：“天水姜维在此，看你往哪里逃？”挺枪直取赵云，大战二十回合。赵云暗自诧异，心想：“想不到此处竟有这般人物！”恰在此时，马遵从三十里外返身杀回，梁绪、尹赏从城里提马杀出，赵云顿时大乱，只得舍了姜维，往外冲突。亏得张翼、高翔两路军赶来，接应着赵云回去了。

321. 夏侯楙与难民问答

话说诸葛亮分派赵云与魏延，一个去取天水，一个去取安定。没想到赵云大败而回。诸葛亮不由得惊问道：“究竟是何等神人，竟然能够看破我的计策？”赵云回答：“我已在路上打听过了，此人姓姜名维，是一员少将。曾经与我对战，枪法甚是精湛！”诸葛亮听得有趣，赞道：“此人能得老将军叫好，可见武艺不俗，又兼通兵法，确实是个人才！”便有心将那姜维收为己有。

魏延已经拿下了安定，将安定郡太守崔谅押来大寨。诸葛亮问：“你可愿降？”崔谅说：“丞相天威，愿降。”诸葛亮说：“既然如此，今夜你便扮作援军，去豲道城下叫门。”崔谅无奈，只得应允。到了二更，崔谅走在前面，魏延跟在后面，扮作援军骤然杀入重围，来到城下叫门。南安郡太守杨陵在城上看见，大喜道：“崔太守的援军到了！”便急忙打开城门，放下吊桥，出门迎接崔谅。说时迟，那时快，魏延忽然拍马而起，跃上吊桥，杀入城去。杨陵来不及闪躲，在城门口被一刀劈了脑袋。张苞、关兴、廖化各路军马鱼贯而入，当时便破了豲道城。夏侯楙急忙披挂上马要逃，迎面遇着王平，仅仅一个回合，便被王平抓住衣带，生擒了过去。

次日，诸葛亮进驻獂道城，一面令吴懿、董厥接收人口土地账册，四处张贴安民告示，一面吩咐老将赵云说：“你可率军去攻打新阳。姜维的老母，住在新阳。你只要虚张声势，把姜维骗入新阳县城，便是大功一件。”赵云欣然领命，率军去了。又提来夏侯楙问道：“你可愿降？”夏侯楙说：“丞相天威，愿降。”诸葛亮说：“既然如此，我便给你使命，要你到天水去劝降马遵。”夏侯楙磕头如捣蒜，连称：“我愿意！我愿意！”

诸葛亮便送给夏侯楙衣服鞍马，也不派人跟随，叫他一人自由而去。夏侯楙暗自得意，提马往冀城而来。路上遇到许多男女，推着车辆，背着包袱，慌慌张张，仿佛逃难的模样。夏侯楙急忙相问，回答说：“我们都是新阳县的百姓。今日一早，姜维出卖了新阳县，大开城门，归降了一个叫赵云的老将。此时到处都是抢劫的军人，我们因此惊恐不安，要逃难到上邽去。”一路走了几十里地，夏侯楙问了七八回，都是这样回答。日暮来到冀城门外叫唤，马遵慌忙迎接入城。

马遵问：“驸马怎么到了这里？”夏侯楙不说自己被俘，只说自己趁乱逃脱；又问：“马太守麾下姜维何在？”马遵回答说：“昨日赵云攻打新阳，他赶去营救老母去了。”夏侯楙说：“他今日一早献了新阳县城，做了叛徒。”马遵大惊道：“怎么可能？”夏侯楙却坚信不疑，将一路上的见闻说给众人听见。马遵左思右想，只能选择相信。

此时姜维已被赵云围困在新阳县城。县长梁岐说：“时节青黄不接，城中缺粮，如何是好？”姜维说：“我在城上看见蜀军营房之中升起炊烟，那里必有粮食。今夜但请县长守城，我去劫些粮食回来应急。”到了半夜，带领一支军马悄悄出城，直奔蜀军营房。忽然火光四起，左边杀来张翼，右边杀来王平。姜维抵挡不住，夺路返回城来。谁知那梁岐是个文官，哪里守得住城？早被赵云夺了城门。姜维无可奈何，只得弃了新阳，杀奔冀城。马遵在城楼上看见，对左右说道：“姜维是个叛徒，此来必然有诈。”下令乱箭射击。姜维不能分说，仰天长叹，想了半天，拨马往长安而去。

322. 晨光中的师徒情分

可怜姜维一路奔跑到午时，又累又饿又困。正想下马饮用溪水，忽然张苞、关兴两路杀到。姜维已经疲乏至极，不敢应战，只得拍马而逃。忽然从树林间转出一群人来，簇拥着姜母，拦住了去路。

只听姜母呼唤道:“诸葛丞相在此，我儿还要往哪里跑?”姜维便下了马，上前跪倒在母亲面前，痛哭失声。姜母说:“诸葛丞相是大汉朝的丞相，你今日遇着他，正好弃暗投明，还要犹豫什么?”姜维便听从母亲的命令，向诸葛亮叩首投降。诸葛亮亦是满心欢喜，把姜维收在身边，用作亲信。过了数日，两人相约去看日出，诸葛亮迎着晨风说道:“我自出隆中以来，至今治军二十一年，因此积攒了一些学问，不知伯约是否愿意做我的传人?”姜维感念诸葛亮一片深情，急忙大礼拜谢。两人从此结下师徒的情分。

又一同赶来攻打冀城。马遵对夏侯楙说:“诸葛亮足智多谋，姜维又熟知城中虚实，哪里还坚守得住?”便与夏侯楙弃了冀城，带领亲信数百人出了北门，投奔羌胡去了。这样,诸葛亮在相继夺得安定郡和南安郡之后,又夺得了天水郡。消息经长安传到洛阳，魏国朝野，有如地震一样惊慌。

第八十章

司马懿有狼顾之相

什么是义正辞严？但看诸葛亮骂死王朗便是。然则诸葛亮能骂死王朗，却骂不死司马懿，可见司马懿的无耻，更倍于王朗。诸葛亮何其不幸，竟然遇到了他此生最大的劲敌。

魏主曹叡起用司马懿，乃是不得已的权宜之计。若是不用司马懿，则孟达即可不死。孟达不死，即可尽起金城、新城、上庸三郡兵马直取宛、洛，诸葛亮的隆中对策，便有实现的可能。而司马懿急行军一千二百多里擒杀孟达，即可足见他的机警与独断专行。

323. 两军对阵，骂死王朗

话说诸葛亮接连夺得安定、南安、天水三郡，顿时威声大震。魏主曹叡大惊失色，环顾群臣问道："夏侯将军丢失了三郡，诸葛亮已经兵出祁山，众位卿家可有退敌之策？"太傅钟繇启奏说："从前武皇帝在世，时常称赞骠骑大将军司马懿雄豪之志。文皇帝临终之时，也曾向他托孤。陛下若是任用司马懿为帅，诸葛亮必然劳而无功，黯然退去。"司徒王朗并不同意，也跟着启奏说："司马懿虽然雄豪，却怎么比得上大将军曹真？"曹叡思前想后，便以曹真为主帅，以王朗为军师，起兵赶往渭河，迎战诸葛亮。

曹真与王朗率领大军来到长安，在渭河西岸下寨，召见雍州刺史郭淮议事。王朗说："诸葛亮出身于农民，腹中虽有计谋，却差一点高度和见识。老夫明日出阵跟他说话，只要他变心改念，蜀军必然不战自退。"次日，两军对阵于祁山之前。只见曹魏大军，衣甲鲜明，旌旗猎猎，好不雄壮。军鼓声中，司徒王朗乘马而出，向诸葛亮拱手致意，说道："久闻先生有卧龙之名，令人敬慕，却不知先生为什么要兴兵侵犯我的边境？"诸葛亮冷笑着反问："我是大汉朝的丞相，领军前来收复大汉朝的失地，怎么被说成是侵犯你的边境呢？"王朗说："先生此言差矣。大汉朝的皇帝早已禅位给了魏国，如今是魏国的天下。就连汉中与蜀中，也都是魏国的领土。我家皇帝不曾征讨于你，你怎么不识时务，反来惹是生非？有道是，顺天道者昌，逆天道者亡。先生是一个了不起的人才，只要倒戈卸甲，以礼来降，我家皇帝必然封你为王侯。如此国家得享安宁，先生得享富贵，岂不是两美？"诸葛亮就在对面，听得哈哈大笑起来。

笑声停住，便是厉声的责问和痛骂。只听诸葛亮高声喊道："我向来以为先生是大汉朝的元老，应该懂得忠诚的意义，怎么会说出这样卑鄙无耻的话来？

仔细想一想,却也不奇怪。自从曹操挟天子而令诸侯,你名义上是大汉朝的臣子,实际上却是曹贼的帮凶,像你这样的狼心狗肺之徒,怎么会懂得忠诚的意义呢?及至曹丕篡位,你又是可耻的同谋。看看你的一生,罪恶何其深重!普天下但凡有良知的人,都恨不得吃你的肉、喝你的血!你这种与天道隔绝的小人,竟然要来跟我谈论天道,真是可笑啊!你可知什么是天道?而今我以大汉朝的遗民,讨伐你这大汉朝的贼子,便是天道。你这厚颜无耻的匹夫,白发苍苍的老贼,你就要回到九泉之下去了,看你还有什么脸面去见大汉朝的列祖列宗?"听得魏军将士,人人惊动,个个慌乱。听得王朗又羞又怒,气满胸膛。

诸葛亮还要再说,只见王朗脸色惨白,翻身撞死在马下。曹真吃了一惊,赶紧令人上去抢回王朗的尸首。诸葛亮把手一招,左边赵云、马岱,右边魏延、王平,一齐杀出阵来。魏军人马大乱,自相践踏,死者无数。曹真与郭淮败走二十余里,这才稳住阵脚。曹真感叹说:"从前都是传说,我今日才亲眼见识到诸葛亮的厉害。"

324. 姜维大破铁车阵

话说曹真收兵回寨,郭淮安慰他说:"胜负乃兵家常事,大将军不必忧虑。我有一计,可退诸葛亮。"曹真大喜,问道:"你且说来,是怎样的妙计?"郭淮说:"一面坚守不战。蜀道艰难,运粮不便,只要旷日持久,蜀军必然粮草短缺。一面写信给西羌的彻里吉大汗,约他起兵,与我两面夹攻,使诸葛亮东西不能兼顾,必然大胜。"曹真点头称赞,便写下一封书信,令人飞马送往羌胡。

原来西羌汗王彻里吉,与魏国素有姻亲,夏侯楙此时便投奔在他那里。这一日接到书信,便召集众人议事。帐前有一位雅丹丞相说道:"此事甚好,既能卖给魏国一个人情,又能收获蜀国的战利,一举两得,何乐不为?"彻里吉大喜,便起兵来攻下辨。诸葛亮接到告急，吩咐马岱说：“你熟知羌人的性格，又曾驻守下辨多年，可率张苞、关兴二人前去御敌。”马岱领命，便带着张苞、关兴来救下辨。

张苞先到，登上关楼俯看。原来羌人使用一种铁皮车，将粮食、兵器、帐篷都存放在铁皮车里，用骆驼、牛马拉着四处游牧。此时却将铁皮车一辆一辆首尾相连，恰似城墙一般。寻思良久，不知如何破敌。不过两三日，关兴、马岱先后赶到，也登上关楼来看。马岱也看着发呆，说：“是谁想的主意，制作出这些铁皮车来？”关兴说：“铁皮车虽然坚固，却也笨重。明日出战，且看他如何变阵。”次日，马岱领兵出关，张苞在左，关兴在右，与羌兵互相面对。只见羌兵阵中，越吉元帅手舞铁锤，跃马而来。马岱一声呐喊，挥军掩杀过去。不料羌兵忽然往两边分开，从中间推出铁皮车来。马岱大叫：“不好！”急忙就要止步。却哪里来得及？此时铁皮车后万箭齐发，蜀汉大军死伤无数，急忙撤入城关。

当晚，马岱与关兴、张苞饮酒。将近亥时，气温骤降。马岱惊诧不已，叫道：“六七月的天气，怎么这样寒冷？”次日一早，寒气更甚，天空中隐隐飘起雪花。马岱一面令人打开府库，发放寒衣，一面吩咐关兴说：“你赶紧到祁山去见丞相，请问破敌之策。”关兴便快马加鞭直奔祁山。诸葛亮接着，问道：“你把铁皮车的模样画给我看。”关兴就在帐中扫出一块大地，将羌兵的铁车阵画给诸葛亮看。诸葛亮回望姜维。姜维说：“此阵并不难破。这两日彤云密布，风声紧急，似乎要下大雪，正好用计。”诸葛亮大喜，便令姜维跟着关兴驰援下辨。

姜维到达下辨那日，果然天降大雪。令人打探羌兵的消息，原来已后退二十里，在山南躲避风寒。姜维布置停当，亲自率领一支军马出关挑战。彻里吉听到哨探，急令越吉陈列铁车阵迎敌。姜维远远看到铁车阵，便驻马不前。越吉大笑，下令推动铁车阵向前。姜维看看铁车阵进入百步之内，便下令放箭。越吉并不惧怕，继续推动铁车阵向前。姜维看看铁车阵进入五十步之内，便下令撤退，在雪地里奔走。越吉越发大笑不止，下令继续追击。一些羌兵冲到前面，铁车阵随后紧跟。前面羌兵刚过，后面忽然一连串巨响，有如山崩地陷，铁皮车纷纷落在坑堑之中。越吉大叫：“不好！”急忙命令收兵。却哪里来得及？

就在此时，从左边杀出关兴、从右边杀出张苞，姜维又返身杀回，铁车兵顿时大乱。越吉惊慌失措，往西面山谷奔逃，正遇着关兴，被关兴一声大喝，挥刀砍倒在马下。彻里吉汗王那边，早被马岱团团围住，与众多妻妾子女一起做了俘虏。

325. 曹叡起用了司马懿

话说曹真与诸葛亮对阵，一月有余。夏侯楙忽然从西归来，说道："羌人已经出兵，正在攻打下辨。"曹真问："战况如何？"回答说："羌人有铁车阵，坚不可摧。"曹真大喜，设宴招待夏侯楙，然后令人送回长安。过不两日，气温骤降，下起雪花。曹真惊问道："六七月的天气，怎么下起雪来了？"正在惊诧，探马来报说："诸葛亮正在拔寨，收拾起程。"郭淮说："想必是诸葛亮两面受敌，抵挡不住，因此撤军。"曹真便与郭淮分兵两路追击。

曹真麾下有一员副将曹遵，骑着一匹黄骠马，当先奔驰在祁山道上。忽然鼓声大震，大将魏延从山坳中冲杀而出。曹遵大惊，拍马交锋，不过三四个回合，被魏延一刀斩于马下。曹真在后面吃了一惊，急忙就要收兵，忽然王平、廖化从两路冲出，一阵痛杀。曹真惊得魂飞魄散，不顾一切，提马就往回奔逃。此时赵云与邓芝已经劫了大寨，曹真只得奔向渭水，渡河逃生。过不几日，郭淮也败逃过河。清点人马，又折了大将王赞。曹真哀伤不已，只得写本奏报魏主曹叡，请求拨给援军。

曹叡在洛阳接到曹真的奏报，大惊道："安西将军夏侯楙与大将军曹真都不是诸葛亮的对手，不知朝中还有何人可任大将？"太傅钟繇说："何不起用骠骑将军司马懿？我以为满朝文武，只有他是诸葛亮的对手。"原来，自从曹叡登基，司马懿遭到曹氏宗党的排挤，一怒之下便远离了洛阳，带领本部兵马屯驻在宛城。华歆启奏说："从前武皇帝说过，司马懿有狼顾之相。因此不可重用，用则必有大患。不如请陛下御驾亲征，天威所至，将士争死，诸葛亮必然大败。"钟繇反对说："皇上以万乘之尊，怎能铤而走险？而今事情紧急，先用司马懿打退了诸葛亮，再做别的理论。"曹叡想了又想，说道："何不两计并用？朕既要御驾亲征，也要起用司马懿。"便降下圣旨，任命司马懿为平西大都督，即刻率领南阳各路军马赶赴长安，听候调用。

话说诸葛亮大获全胜，挺进到渭水西岸。又写信给姜维，要他好酒好肉接待彻里吉汗王，将妻妾子女和铁皮车尽数归还，双方结为盟好，放回西羌去了。这一日正在寨中议事，中都护李严之子李丰从白帝城赶来求见，诸葛亮吃了一惊，问是何事？李丰说："是一件大好事。"诸葛亮说："我以为是东吴兵侵犯边境，因此惊疑；你且说是什么大好事？"李丰说："叛将孟达从新城寄来书信，请家父禀报丞相，想要回归蜀汉。"诸葛亮便打开书信来看。只见孟达在信中为关羽一事自辩，说之所以不能驰援关羽，第一是援救不得，第二要保全三郡；没想到竟因此被先主刘备降罪，不得已降了曹魏。又说自降魏以后，日夜思念蜀汉，尤其是曹丕死后各方宗党争利，心中惴惴不安，思念之情益发凝重。诸葛亮看得大喜，说道："果然是一件大好事。从前我与先帝在隆中对策，曾经设想一路以益州之众出于秦川，一路以荆州之兵北向宛、洛。而今关公虽然远逝，却有孟达归来，隆中对策，犹可执行。"

便给孟达写信，要他点起金城、新城、上庸三郡兵马举事，从那一路直取宛城；他这一路则扑向长安，越过潼关，与孟达到洛阳会师。书信刚刚寄出，忽然又接到谍报，说是魏主曹叡即将御驾亲征，又起用了骠骑将军司马懿。诸葛亮正在饮茶，惊得把茶碗都掉到了地上。参军马谡问道："曹叡年幼无知，怎么把丞相失惊成这样？"诸葛亮说："我哪里是怕曹叡？我怕的是司马懿啊！而今孟达就要举事，一旦遇到司马懿，事情必然失败。隆中对策，从此就要付诸流水。中原故都，便再难夺回。"马谡说："丞相何不赶紧再写一封书信，要孟达小心提防？"诸葛亮便赶紧写下第二封书信，令人飞马送出。

话说孟达在新城接到诸葛亮的第一封书信，大喜道："诸葛亮果然胸有大略。

若能与他会师于洛阳，他便是中兴大汉朝的第一功臣，我便是第二。天可怜见，叫我委屈到今日，终于等来了建功立业的大好时机。”正要回信，诸葛亮的第二封书信又到了。孟达又失笑道：“我刚刚赞他胸有大略，而今又要笑他多心。”便给诸葛亮回信说：“承蒙丞相教诲，心中不胜感激。但我以为司马懿不足为惧。丞相请想，宛城距离洛阳八百里，距离新城一千二百里，司马懿若要用兵，必先表奏魏主，如此往返，至少需要一个月的时间。在这一个月之内，我早已布置停当，叫那司马懿无懈可击。请丞相放宽心怀，等候我的捷报！”

诸葛亮接到孟达的回信，急得跺脚，哀叹道：“完了，完了，孟达必然逃脱不了司马懿的魔爪！”马谡问：“丞相为什么这样说？”诸葛亮说：“司马懿是何人也，怎么能够用常情来揣度他？以我之见，他既被起用，便会当机立断。不要一个月，只要十日，他必然兵临新城。孟达措手不及，必然被他擒获。”

326. 司马懿的奇兵，出现在新城门外

话说司马懿屯驻在宛城，每日闷闷不乐。司马懿有两个儿子，长子司马师，次子司马昭，从小便有大志。这一日，父子三人在山中狩猎，家人飞马来报，说有人从京城赶来求见。司马懿大喜道：“必是皇帝的使者无疑。我等待已久的大日子终于到了。”父子三人赶回家来承接圣旨，全家老小，喜气洋洋，就要收拾行李起兵。

还没来得及起兵，忽然又有一人从金城赶来求见。司马懿接着，原来是金城守将申仪派遣家人送来密信，举报孟达谋反之事。司马懿看完密信，以手加额，说道：“也是皇上洪福齐天，幸亏有我。我只要擒住孟达，诸葛亮必然为之胆寒，退兵而去。”长子司马师说：“父亲立即写表申奏皇帝，转头去攻打孟达。”司马懿说：“若是申奏皇帝，往返一个多月，早已错过时机。”便立即起兵，昼夜兼程，

要奇袭新城。

又行了二日，前军哨马捉住一人，搜出诸葛亮的书信。司马懿问道：“我不杀你，但你要老老实实地从头说来。”那人只好承认自己是孟达的心腹，将诸葛亮与孟达之间的往来一一告说。司马懿看了诸葛亮的书信，大惊道：“诸葛亮果然神机妙算，能够看破我的心思。奈何人算不如天算，而今孟达必被我擒。”下令继续催动大军前行，十日之内急行军一千二百多里，赶到新城东北面下寨。

只见司马懿骑着一匹高头大马，扬鞭骂道：“反贼孟达，早早开门受降，饶你不死！”孟达站在城楼上后悔不迭，暗恨自己没有听从诸葛亮的劝告。便满含羞愤，挽弓搭箭，看准司马懿的脑袋一箭射去。司马懿把头一偏，那箭便径自往后奔去，正中后面徐杨的脸颊。徐杨一声惨叫，翻身摔倒，当场死去。司马懿大怒，催动大军，把新城围得跟铁桶一般。

一连围了十六个日夜，司马懿每日发起攻击，竟然找不到破绽。申仪对司马懿说：“孟达有一个外甥邓贤，与我甚是交好。我只要写一封箭书给他，对他威逼利诱，他必然大开城门。”便写好箭书，殷切等待。那一日看见邓贤在上面巡城，便拉满弓，一箭射去，插在门楼上铮铮作响。邓贤看了箭书，不由得怦然心动，暗想：“与其困守孤城等死，不如开门谋取富贵。”此时，孟达已经累得不成人形，没想到外甥邓贤与爱将李辅忽然大开城门，将司马懿迎入城来。孟达从噩梦中惊起，急忙披挂上马，要从南门冲出，被一群魏军围住砍杀马腿。那马负痛跳起，把孟达掀翻在地。司马懿因此擒住孟达，以死罪论处，然后令人将他的脑袋飞马送往洛阳，向皇帝禀报。

满朝文武大惊失色。有人盛赞说：“司马懿果然有大将之风，幸亏他当机立断，否则局势大变。”也有人忧虑说：“孟达乃是一方大员，怎能被司马懿擅杀？如此目无君威，只怕他自己就是国家的祸患。”魏主曹叡听得左右为难，感叹说：“国家正值用人之际，哪里能够计较得了许多？”便依据原有计划，起驾到长安与司马懿会合，问道：“爱卿有何妙计，可退诸葛亮？”司马懿说：“我只要张郃做先锋，然后即可随机应变，从中取胜。”曹叡大笑道：“你二人果然是一副绝好的搭档！”

第八十一章

马谡的死与复生

马谡之战街亭，恰如赵括之战长平。街亭失之于守，长平失之于攻。若是究其缘由，都是起于纸上谈兵。

也许有人会问："马谡也曾有过攻心之计，为什么会前智而后愚呢?"仔细说来，攻心之计乃是一个务虚的战略，是诸葛亮用七擒孟获的战术把战略做到了实处；守街亭却是一个务实的战术问题，而马谡却用种种理论把战术做得虚妄起来。从学问上讲，纸上谈兵自有纸上谈兵的妙处；从实践上讲，纸上谈兵却常常制造出一些荒谬的色彩。

街亭之失，而后有空城计。魏延欲自子午谷奇袭长安而诸葛亮不许，此诸葛亮小心之处也。司马懿十五万大军奔袭西城而诸葛亮仅以二十几名老兵扫门，此诸葛亮大胆之处也。这又是什么道理呢？毛宗岗说："唯小心人不做大胆事，亦唯小心人能做大胆事。"做与不做之妙，亦唯小心人知之矣。

诸葛亮为严明军法，必然要斩马谡；为人间亲情，又必然要他死而复生。也许又有人问："人生真的能够死而复生吗？"我要回答说："当然。以我自己的亲身经历，便曾多次遭遇死亡，而后又复生过多次。"

327. 马谡立下了军令状

话说诸葛亮听说孟达已死，感叹说："人算不如天算，命运如此，无可奈何！"便召集众将议事，说："我料司马懿此来必取街亭。街亭是我军咽喉之路，谁愿领兵去守？"参军马谡挺身而出。诸葛亮有些犹豫，说道："街亭没有城池，很难驻守。更何况那张郃熟知汉中地理，司马懿用心狠毒，堪称是一对狼狈。幼常不可掉以轻心。"马谡说："我自幼熟读兵书，怎么会守不住一个街亭？漫说[①]是司马懿、张郃，便是曹叡御驾亲征，我也不怕！"诸葛亮说："军机大事，容不得轻率。"马谡说："丞相若不信我，愿立军令状为证。"便提笔在手，写下一纸军令状呈上。

诸葛亮想了又想，对马谡说："我素知你长于智谋，奈何街亭虽小，关系实在重大。我再派给你一员上将相助。"便叫起王平，吩咐道："我也素知你行事稳重，因此以重任相托。你与幼常同去，要在当道之处扎寨，使魏军急切不能偷过。扎好营寨以后，要及时画好四面山水道路地图，送来给我审看。只要守住了街亭，击退了司马懿，你二人就是进取长安的第一功臣。"二人领命，带领兵马去了。

诸葛亮想了又想，还是不放心，又叫起高翔，吩咐道："街亭西北有一座列柳城。你可带一支人马，到那里屯驻。一旦街亭告急，你要赶紧出兵营救。"又叫起魏延，吩咐道："你也带一支人马，到街亭南面屯驻。"魏延说："我是做先锋的，理应当先杀敌，怎么要我去驻守一个等闲之地？"诸葛亮说："街亭扼

① 漫说：别说，不要说。

守汉中咽喉，怎么是等闲之地？你要以大将之任，小心保守，不得有误！”高翔与魏延便拱手领命，也各自去了。

诸葛亮想了又想，又叫起赵云、邓芝，吩咐说：“你二人各领一支军马，从箕谷而出，故作疑兵。若是遇着魏军，要随机应变，或战，或不战，只为惊扰司马懿，令他摸不清我军的虚实。”赵云与邓芝同声应诺，也各自领命去了。

各路军马依次起行，诸葛亮这才放下心来，对众将说道：“他们去守街亭，你们却随我兵出斜谷去取郿城。只要夺得了郿城，长安便指日可破。”便以姜维为先锋，率领大军往斜谷而来。

328. 街亭是这样丢失的

话说马谡、王平到了街亭，登高四顾。原来街亭位于断山之下，有街市，有泉源，故又名“街泉亭”。马谡看着便笑，说道：“丞相何其多心，就这一个穷乡僻壤，魏军怎么会来？”王平回答说：“无论魏军来或不来，都要依计行事。就在路口下寨，用木头打造栅墙，以为坚守。”马谡却说：“怎能当道下寨，妨碍行人往来？你看那一座断山，山势虽然不高，却独立于四周，正好屯军。”

王平就问：“倘若魏军围住断山，切断泉源，营中无有饮用之水，岂不乱了军心？”马谡回答说：“纵然被魏军围住，我军要夺泉源，岂不死战？想我自幼熟读兵书，深谙兵法之妙，就是丞相也要常常请教于我，你怎么就不愿听从呢？”王平就说：“我素知丞相爱才。奈何此事丞相早有吩咐，不敢违背。你要去山上扎寨你便自去；可分一支人马给我，在山下另扎一座小寨。两寨互为掎角之势，一旦魏军来攻，也好互相呼应。”马谡便分给他三千兵马。王平就在山下十里之外扎寨，然后画出四面山水道路地图，派人飞马送给诸葛亮审看。

话说司马懿果然来攻街亭，就在地图前面对张郃说道：“将军请看这条路上，有一个街亭；街亭旁边，又有一座列柳城。此地是汉中的咽喉，只要被我们拿下，便能切断诸葛亮与阳平关之间的联结。如此一来，诸葛亮粮草军需断绝，必然军心大乱，不战自败。”张郃大赞，便一马当先，直奔街亭。忽然探马来报，说是街亭有大军防守。司马懿大惊道：“原来诸葛亮已算定我要来攻取街亭，真是神人啊！”便令大军就地扎寨，自与张郃骑马到前线查看究竟。只见偌大一块坪地，南有一山，大军都驻扎在山上。司马懿看得惊喜，问道：“何人在此为将？”探马回答说：“是一个叫马谡的。”司马懿便笑，说道：“原来是‘马氏五常’之中的马谡。可叹诸葛亮虽然神算，却要任用这样一个徒有虚名的庸才，岂不误事？”于是分派张郃率领一支军马挡住王平；自领大军一拥而上，把断山四面围定。

马谡从山上四面查看，只见漫山遍野，到处都是司马懿的兵马旌旗，顿时惊呆。便奋起勇气，高举红旗，号令众人杀下山去。众人你推我，我推你，都不敢动。马谡气极，便扔了红旗，拔出佩剑，连杀两人，众人这才硬着头皮冲下山来。只见魏军像潮水般涌来，马谡无力冲突，只得退守山寨。王平从十里外率军赶来援救，却遇着张郃，一番大战，不敌，只得败往山林。

话说魏军围困断山，整整两日。山上无水，不得饮食，军心大乱。马谡召集众将议事，说道：“我军已经陷入死地，非死战不能求生，明日便以必死之心杀下山去，诸位可有信心？”众将听着，却都不言语。到了半夜，便有军士纷纷越过栅墙，去做了降兵。次日一早，司马懿又令人放火烧山。山寨之中，顿时乱成一片。马谡情知把守不住，只得率领残兵杀出一条血路，往山西奔逃。张郃在后紧追不舍，追到三十里外，忽然从山坳里杀出一彪军马，拦住了去路。原来魏延奉命驻扎在此，正好救住了马谡。

只见魏延跃马挥刀，直取张郃。大战十几回合，张郃败走。魏延率军赶来，要夺回街亭。赶出二十余里，忽然两面喊起，左边杀来司马懿，右边杀来司马昭，把魏延团团围住。魏延左冲右突，不得脱身。正在危急之间，忽然又从西北杀入一彪军来，原来是高翔闻讯从列柳城赶来救援。魏延大喜，便与高翔、马谡便合兵一处，好一阵大砍大杀，才把司马懿父子杀得退去。此时天色已晚，三人一番合计，便来回归列柳城。岂知暮色之中，在城墙上猎猎作响的，全都是魏军的旗帜。原来是魏国大将军曹真与司马懿争功，派出郭淮在此，正好趁虚夺取了列柳城。

魏延无奈，只能带着高翔、马谡退守阳平关。一路上马谡追悔莫及，痛哭了几场。魏延大怒道："都是你自作聪明，哭又有何用？丞相若是用我，街亭怎能有失？"激愤之下，一刀劈断道旁的千年古松，那松树便轧然倒下。王平、高翔在旁边看着，都不敢言语。

329. 空城计

话说诸葛亮在行军路上，接到王平送来的地图，铺开在案上来看，不由得惊叫道："马谡无知，坏了我的大事！"主簿董厥问道："丞相何故如此失惊？"诸葛亮说："马谡自作聪明，占山为寨。若是魏军从四面围合，切断饮水，不需两日，军心必然大乱。只恐街亭有失，三军如何回归汉中？"吩咐长史杨仪说："请威公赶紧去一趟街亭。"便在地图上，将营寨位置一一做出修改，再三托付给杨仪。杨仪在路上遇到散兵，得知街亭、列柳城已经尽失，只得急忙回报诸葛亮。诸葛亮跺着脚叫苦："一着不慎，满盘皆输，都是我的过错！"

便又急忙吩咐杨仪、吴懿、刘巴说："街亭既失，陇南三郡已不可守。你们分头去往天水、南安、安定三郡，将三郡官吏军民全部迁往汉中。尤其是姜维的老母，要一路小心保护。"三人领命，赶紧去了。又急忙吩咐张冀带一支人马去修理剑阁的栈道，以备大军回归。又急忙吩咐张苞、关兴说："你二人各带三千人马，从小路赶往蟠龙塬，只在那里四处鼓噪呐喊，故作疑兵。等到大军退尽，便及时撤往阳平关。"又令马岱、姜维断后，伏兵于山谷之中，以备不测。等到众人各自领命而去，诸葛亮便对主簿董厥说："街亭后面有一个西县，也是一个中转的枢纽。你我便赶往那里，应接人马物资的转运。”

这一日，诸葛亮正在西县转运粮食。此时所有将官都已派出，城中只有几名文官和两千多名老兵。忽然探马飞来急报：“司马懿率领大军，从两路往西县蜂拥而来！”众人听到，无不大惊失色。诸葛亮急忙登城眺望，只见尘土冲天而起，果然军情紧急。诸葛亮亦是惊出一身冷汗，却又传下命令：其一，将城楼上的旌旗全部收起；其二，大开四面城门，每一门分派二十名军人，扮作百姓洒扫街道；其三，其余人等，分头守住街边民宅，不许高言大语、妄行出入。董厥问道：“司马懿就在眼前，丞相这是玩的什么游戏？”诸葛亮并不答话，却系好纶巾，披上鹤氅，携带着一张琴，独自到城楼上凭栏而坐，焚香操琴。

话说魏军先头部队已经到了城外，看见如此模样，不由得大起疑心，急忙禀报给司马懿。司马懿并不相信，便带着司马昭飞马赶来查看。果然看见诸葛亮坐在城楼上操琴；又有两个童子，一个随着琴声舞剑，一个在旁拍手叫好。再看看下面的城门内外，又有二十几个百姓低头洒扫，旁若无人。司马懿惊疑不定，便下令后军改作前军，前军改作后军，赶紧撤退。司马昭问道：“诸葛亮并无防备，父亲何故如此惊惧？”司马懿说：“你小子年轻气盛，不懂其中的奥秘。那诸葛亮一生谨慎，若是没有诡计，怎么会大开城门？我就偏不进城，让他的诡计落空。”于是诸葛亮就在城楼上，看见魏军潮水般涌来，又潮水般退去。

危机过去，众人都来问诸葛亮说：“司马懿率领大军到此，怎么见了丞相掉头就走？”诸葛亮回答道：“司马懿其人，一如曹操当年，疑心颇重。见我如此模样，以为我在城内城外设有伏兵，因此惊疑而去。可他哪里知道，我在这里不过是强作镇定、故弄玄虚而已。”众人无不感叹说：“丞相处变不惊，真是神人。”诸葛亮只好苦笑：“城中只有两千老兵，我哪里敢惊？惊则慌乱无措，必被司马懿所擒。”下令加快转运物资，将三郡官吏军民陆续迁入汉中。

话说司马懿后退五十里下寨，令人四处打探消息。探马报说蟠龙塬一带有大军出没，声势颇为浩大。原来是张苞与关兴在那些山头上活动，设立了许多旌旗，大作疑兵之计。司马懿被闹得满头雾水，感叹说：“也不知道诸葛亮布置的什么迷魂阵。”于是退回街亭驻守，在那里观望军情。

330. 马谡的死与复生

话说诸葛亮退守阳平关，清点兵马，只有赵云、邓芝没有返回，便命令张苞、关兴出关接应。张苞、关兴还没有起身，赵云、邓芝已经回来了，不仅没有折损一人一骑，就连兵器辎重也都没有遗失。邓芝禀报说："我在前面带路，多亏老将军断后，几次斩将立功。敌人惧怕，不敢追赶。因此人员物资，都不曾折损。"诸葛亮感叹说："真是将军本色！"便令人取来黄金八百两奖励赵云；又下令将绢布一万匹赏赐赵云本部将士。赵云不肯，推辞说："大军败回汉中，我们都要承担罪责，怎么还能贪图赏赐呢？请丞相将这些物资全部纳入府库，等到秋风起时，再制作成寒衣，发放给将士们穿着。"诸葛亮大赞，感叹说："老将军年高德劭，真是我辈的楷模！"

又把王平、魏延、高翔、马谡一一唤入大帐，追问前情。马谡自知罪责深重，事先叫人把自己绑住，一进大帐便跪倒在地。诸葛亮大怒道："你自幼饱读兵书，却是怎么个读法？从前有一个纸上谈兵的赵括，而今又有你这个马谡。你卖弄的是聪明，输掉的却不仅仅是一座街亭。你为什么不听王平的忠告，惹来这么大的祸患？可怜陇南三郡尽失，北伐大计受挫，这些都是你的罪过！"马谡痛哭流涕，浑身抽搐。诸葛亮也忍不住跟着哭，却又咬紧牙关说道："是你自己写的军令状，是你自己犯的军法，你可不要怨我，老老实实地认罪去死！至于你的家小，请你放心，我会把他们当做亲人赡养，你就放心去吧！"马谡就在地上叩头谢恩，把额头撞得血流。

刀斧手便把马谡推出辕门之外，正要斩首。参军蒋琬大叫："刀下留人！"赶来对诸葛亮说："两军对战，自杀大将，高兴的只是敌人。更何况丞相素来爱护马谡，待他犹如自己的儿子，今日却为什么要对他这样严酷？"诸葛亮回答说：

“从前孙武之所以能够制胜于天下，靠的是军法严明。若为马谡一人而废弛了军法，以后还要我怎么领兵打仗？”过不一会儿，刀斧手砍下马谡的头颅，用木盘托来献给诸葛亮查验。诸葛亮心中悲情涌动，忍不住又是一场大哭。蒋琬问道：“丞相既然要严明军法，却又为什么痛哭呢？”诸葛亮回答说：“先帝在白帝城临危之时曾经叮嘱我说，马谡言过其实，不可大用。我恨自己没有听进先帝的话，这才落得今日的报应！”蒋琬听着，嗟叹不已。

诸葛亮哭过了，便收起眼泪，令刽子手用木盘托着马谡的头颅，到各营示众。到了黄昏，却叫来马谡之子马松，说道：“我为严明军法，必然要斩你的父亲。我为人间亲情，又必然要他死而复生。”又叫来姜维，吩咐说：“马谡的魂魄，都飞散在辕门上空。你托着他的头颅，带着他的儿子，到辕门四周叫唤。等到他的魂魄回来，眼睛必然闪动。那时你便赶紧回来，我自有办法让他死而复生。”姜维便叫亲兵托着木盘，他便拉着马松，在暮色中四处叫唤。

叫唤了半个多时辰，暮色已经大黑，天上的星星都出来了。那亲兵忽然看见头颅上亮光一闪，急忙叫道：“动了！动了！”姜维与马松赶来看时，果然是马谡在眨巴着眼睛。便又急忙把那头颅送回。诸葛亮在大帐里准备了七盏大灯，便就着灯火，把那头颅安放在马谡的身躯之上，然后坐在旁边盘腿静坐，用心语祈祷。祷告到黎明，只听见马谡从喉咙里一声咳嗽，已经翻身醒来。

马谡就在晨光里，带着马松向着诸葛亮大礼相拜，说道：“丞相于我有再生之恩，我父子二人没齿难忘。”诸葛亮说：“马谡已然死去。既然再生，必定是另一个新人。”马谡会意，从此更名宁随，做了诸葛亮的亲兵。又反复叮嘱姜维和马松，不可泄漏了秘密。人们因此只知道那一夜姜维叫过魂，却不知道次日马谡已再生。

331. 管理学的火炉法则

次日，诸葛亮又提笔写下一道表文，说道:“我真是一个庸才啊，不能知人，不能善任，致使陇南三郡得而复失、兵出祁山劳而无功。请陛下把我的职位和待遇降低三等，作为对我的惩处。”请蒋琬带回成都，申奏后主。

后主刘禅看了表文，向左右问道:“胜负乃兵家常事，丞相何故要这样苛待自己？”侍中费祎启奏说:“我听说官法如炉。一座火炉放在那里，烈火熊熊，任何人都不能轻易触碰，这便是它的警示性特征。如果你去触碰它，就会马上被灼伤，这便是它的必然性特征。不管你是什么人，高官也好，百姓也好，将军也好，士卒也好，只要触碰了火炉，都会被灼伤，这便是它的公正性特征。丞相依法自贬，表现的正是对火炉法则的敬畏。”后主刘禅便听从费祎的话，下诏将诸葛亮贬为右将军，并以右将军之职继续代理丞相的事务。

费祎到汉中宣诏。诸葛亮再三自责，再三谢恩。费祎安慰他说:“丞相虽然败绩，却也曾经有过力拔三郡的大功，又何必太过自责呢？”诸葛亮却感叹说:“得而复失，与不得有什么两样？文伟兄所言，叫我好不惭愧。”费祎只好沉默，又问:“丞相虽然退回汉中，犹有雄兵数十万人，还有北伐的打算吗？”诸葛亮说:“我在想，上次兵出祁山，我军兵员总数多于贼人，竟然不能破贼，反为贼所破，究竟是什么缘故呢？原来胜负不在兵员之多寡，而在主将。我接下来要做的，就是要好好地检讨自己的过失，一方面要减少兵员，一方面要精选将官。我希望我的将官们，不仅能够深谋远虑，而且敢于指出我的不足。只有这样，才有大破贼军、直取长安的可能。”

费祎在汉中住了三日，临别说道:“丞相忠心耿耿，有如烈火，令人敬佩。

但求天从人愿，襄助丞相早成大功。”诸葛亮感慨地回答说：“天从人愿只是痴想，人从天愿才是正道。可叹天愿忽高忽远，常常不知何在？我只能勉力向前，奉献我绵薄的一生。”

第八十二章

一道绛烟飞升在陈仓上空

马谡守不住街亭，郝昭却守得住陈仓，这就是理论派与实战派的区别。诸葛亮知难而退，返回汉中课耕，直到郝昭病逝，这才能够抢占陈仓。《黄石公三略》有云：“治国安家，得人也。亡国破家，失人也。”郝昭之守陈仓，就是一个很好的例证。

332. 诸葛亮恰如公输班，郝昭恰如墨翟

建兴六年冬十一月，长史杨仪从成都返回汉中，带来了东吴的消息。原来孙权令大都督陆逊与左都督朱桓、右都督全琮各领三万大军，在石亭迎击魏国大司马曹休，大获全胜。诸葛亮感叹说："我出兵祁山，陆逊攻打石亭。我大败而回，陆逊却大胜。难道以我治军的才能，竟然比不上一个区区的陆逊吗？"杨仪安慰说："丞相才华绝世，岂是陆逊所能比拟？要怪就怪丞相运气不好，不幸遇到了司马懿。而那陆逊却吉星高照，有幸遇到了一个不成器的曹休。"诸葛亮回答说："自古沙场决战，都是以成败论英雄，怎能托词于不幸与有幸？"

一连几日，诸葛亮辗转难眠，心想："我军正值冬闲，又不需要屯田，何不趁魏军大败之机，打他一个措手不及？"于是又写下一道《出师表》，令杨仪送往成都。后主刘禅准奏。诸葛亮便再领大军出征。此次却不走祁山，从散关直奔陈仓。探马回报说："魏军早有防备，在陈仓口筑起了一座新城。"诸葛亮问："何人在城上把守？"回报说："大将郝昭。"诸葛亮便令魏延领军围城，四面攻打。

魏延说："城墙高峻，难有破敌之计。"诸葛亮说："这有何难？"便制作了一百多架云梯，每一架云梯之上承载弓弩手十余人，既可俯看城中虚实，又能居高临下地射击垛口后面的魏军。第一日，乱箭射杀魏军一百多人。城中魏军一个个惊惶不安，都来问郝昭："如何是好？"郝昭说："这有何难？"便叫人用棉花蘸满火油，绑在箭杆上，点着火，射向云梯。那火箭"铮"的一声插在云梯上，把云梯引火烧着。弓弩手惊骇不已，纷纷跳下云梯逃命。诸葛亮又制作

冲车攻城，郝昭却使用流星锤飞打过来，把冲车打得坏烂[①]。诸葛亮又令廖化率领工程兵挖掘地道，郝昭却引水灌入地道之中。如此攻防二十余日，诸葛亮恰如公输班，郝昭恰如墨翟，竟然叫诸葛亮有技穷之叹。

于是，诸葛亮便又在万千感叹之中想起街亭之战来，心想："当时我若有这样一员大将，却怎么会败回汉中？"

333. 击杀大将王双

话说郝昭被围二十余日，魏主曹叡在长安早已得到探报，大惊道："诸葛亮去而复来，如何是好？"大将军曹真要与司马懿抢功，启奏说："诸葛亮甚是可恶。我愿领一支军马，去把他擒来，献给陛下。"

曹叡问："诸葛亮足智多谋，大将军可有胜算？"曹真回答说："诸葛亮连一个郝昭都对付不了，可见并不像传说中那么厉害。更何况我还有大将王双，使一把六十斤大刀，能开两石的铁弓，有万夫不当之勇；又在腰间悬挂一把流星锤，百发百中，每战必胜。我用他做先锋，诸葛亮必然抵挡不住。"便宣召王双上殿。只见那王双身高九尺，肤色黑红，熊腰虎背。曹叡大笑道："朕有此猛将，何惧诸葛亮也？"于是赐给锦袍金甲，令他火速驰援陈仓。曹真自领大军，随后就到。

诸葛亮接到探报，对众将说道："我此次出兵陈仓，原以为可以速胜，只带了一个月的粮草。而今情况不妙，只得再次退回汉中。"谁知王双来势凶猛，诸葛亮还没得及拔寨，他已来到了寨前。诸葛亮问："谁敢出战？"张嶷便挺

---

① 坏烂，犹言破烂，残破。

身而出。诸葛亮说："那王双是一员悍将，须得有人为你压住阵角。"便令赵云、王平同往。三人出阵看见王双，都吃了一惊，感叹道："他哪里是个人？分明是一座铁塔！"只见那王双拍马舞刀跃上前来，张嶷接着，大战十余回合，不分胜负。王双于是诈败而走，张嶷在后紧追不舍。王平远远看见，叫道："小心有诈，伯岐兄赶快回来！"张嶷听见，拔马便回。岂料王双早把流星锤摄在手中，扬手飞打而出，正好打中张嶷的背部。张嶷口吐鲜血，伏鞍而逃。赵云、王平急忙上前，截住王双，左右拼杀，救下张嶷。杀到日暮，各自罢兵。

诸葛亮说："我军就要撤退，哪有时间恋战？却可趁机用计，将王双击杀于半途。"当夜，就在寨中留下灯火如故，暗中却将人马尽数撤去。次日，王双又来挑战，竟然是一座空寨，虚插着数十面旌旗。王双大骂道："诸葛亮是个属兔子的，竟然会逃！"便循着踪迹，提马追来。追出二十余里，看到前方蜀军旗号，王双大叫道："诸葛亮，你往哪里逃？"就在此时，背后一员亲兵叫道："后方大火烧起，好像是我军的大寨。"王双惊叫道："只怕中了诸葛亮的奸计。"便又急忙赶回来救火。回到山路转弯之处，忽然从左侧山林中冲出一匹大马，王双吃了一惊，措手不及，被魏延一刀砍倒在马下。原来，诸葛亮令魏延连夜埋伏在王双的大寨旁边，等到王双出了大寨，他便进来放火；再等到王双赶回来救火，却在半道上发起突击，正好将王双一刀砍为两段。

话说曹真率领大军赶到之时，诸葛亮早已远去，不由得感叹说："诸葛亮来去如风，真是兵贵神速！"于是令众将用心守住各路城池，谨防诸葛亮突如其来的偷袭；又怜惜王双，令人以重金抚恤他的家小。

334. 在汉中屯田课耕

话说诸葛亮回到阳平关，已是建兴七年春二月，于是就在汉中屯田课耕。

农业是一项顺天应人的事业，春耕也是一门很讲究的技术活。春耕深一寸，可顶一遍粪。耕好，耙好，只长庄稼不长草。春耕时节不肯忙，秋后饿得脸发黄。诸葛亮原本是农民出身，对于耕种自是谙熟，一些农谚也是张嘴就来。谁知就在这时，忽然传来镇东将军赵云奄逝的消息。

诸葛亮扔下锄头就跑。只见老将军安详地睡着，只是脸上有几处红色的肿块。亲兵禀报说，老将军平素并无其他病痛，却忽然用手捂住头部，几步踉跄，轰然倒在地上。诸葛亮说："老将军年近古稀，可谓天寿。只是国家失却了一根栋梁，五虎上将终成绝唱。"便在军中治丧。众将士感念老将军的恩德，一个个哭成泪人。赵云有两个儿子，一名赵统，一名赵广，闻讯赶来，把灵柩迎回成都。后主刘禅也赶出成都郊外二十里迎接，哭诉道："朕年幼之时，若非老将军呵护，早已死在乱军之中！"便追谥赵云为顺平侯，敕葬于锦屏山东坡。

同年六月，汉中夏粮丰收。诸葛亮心中欢喜，便又生出引军北伐的念头来，暗想："韶光易逝，早晚我也要像赵云那样老去。有些事情现在不做，以后哪有时间？"想到深夜，听见更夫打更，从这一片营房到那一片营房，"梆梆"之声逐渐远去，而后又逐渐回来，诸葛亮便披衣起床，吩咐左右说道："更夫勤于值守，一夜辛劳，腹中必然饥饿。可选用上等面粉，做一碗面条给他食用。"又特意添加了生姜、葱花、胡椒为作料，配以肉丁，名曰梆梆面[①]，送给更夫食用。更夫感念诸葛丞相的恩德，便到各营传说，将士们亦是纷纷感叹。

① 梆梆面，陕西省汉中地区传统面食。

335. 一道绛烟飞升在陈仓上空

忽然又有探马来报，说是陈仓守将郝昭大病不起，城中大小事务，全都托付给儿子郝凯打理。诸葛亮大喜道:“郝昭将死，接手陈仓防务的，必然是大将张郃。我何不抢在张郃前面,夺占了陈仓?”便升帐议事,吩咐魏延、陈式说:“你二人各选五千精兵，准备一个月的粮草，直奔陈仓，并力夺取城门。”二人领命，又问:“何日起行?”诸葛亮说:“三日之内备好行李，不必向我辞行，及时出发。”二人连声应诺，转身去了。

魏延、陈式还没有出发，张苞、关兴却已经行走在陈仓道上。在那纵马奔驰的队伍中，有一人羽扇纶巾，却正是那使智使勇的诸葛亮。大军日夜兼程，已经接近陈仓，都隐身在丛林之中。忽然看见一道绛烟从城中飞升而起，往东北方向去了。诸葛亮大喜道:“郝昭已经死了，我们来得正是时候!”便与张苞、关兴设计，要从黑夜里奇袭陈仓。

郝昭已经病逝，军中大小将官都来吊唁。又请了唱孝歌的男女，通宵达旦，歌颂郝昭一生的功德。将官就在灵堂内外，或者跟唱孝歌的女人打情骂俏，或者聚在一起赌钱。张苞、关兴率领精兵，从两面攀上城来，一面放火，一面杀开城门。早有大军等候在门外，便一涌而入，四处砍杀。郝昭之子郝凯与众将措手不及，只得束手就擒。

两日以后，魏延、陈式赶到，只见城上旌旗飘飘，都是蜀汉的旗号。不禁大为惊疑，来问诸葛亮说:“丞相既然已经派遣了我们，怎么自己又抢先赶来夺城?”诸葛亮回答说:“用兵讲究出奇制胜。我明里派遣你二人起兵，众人的注意力便都在你们身上，我却可以趁机出其不意、攻其不备。倘若我在前面失手，你二人跟在后面，也刚好可以赶来接应。此计虽然奇诡，却是万无一失。”众人听着，无不叹服。

魏延又问："陈仓已被夺取，我二人却要在何处安扎营寨？"诸葛亮说："你二人的营寨却不在这里，而在散关。散关守将鹿磐，来此吊唁郝昭，已经被我擒获，你二人只需以他为质，即可入驻散关。兵贵神速，请赶紧起兵。稍有延迟，魏将张郃必然赶来争战。"魏延、陈式便押着鹿磐，一路急行军赶到散关。关上的将士，都是鹿磐的部属，不费一兵一卒，便入驻了散关。

336. 张郃心中有一群奔马

话说诸葛亮在汉中春耕之时，孙权却在武昌郊野踏青。有人遥指山湖之间，对孙权说道："今年某月某日，那里有凤凰来仪。"同年六月，又有人在夏口城上看见黄龙出没于长江之中。孙权便以此为祥瑞之兆，自称东吴大帝，改黄武八年为黄龙元年，追谥父亲孙坚为武烈皇帝、母亲吴氏为武烈皇后；立长子孙登为皇太子，任诸葛恪为左辅都尉。诸葛恪是诸葛瑾的长子，从小以神童著称，颇得孙权的赏识。

消息传到洛阳，魏主曹叡深为忧虑，问道："孙权在江南拥兵自大，早晚必成大祸，如何是好？"大将军曹真启奏说："何不任用满宠？此人有廉颇之勇，必然能够震慑东吴。"曹叡又问："西边一路，原有郝昭镇守。如今郝昭病在旦夕，又有何人接防？"骠骑将军司马懿启奏说："非大将张郃不可。"曹叡大喜，便任命满宠为征东将军，张郃为征西将军，令二人即刻就任，不得延误。

张郃在长安接到诏令，率领三千亲兵，赶来陈仓接防。路上遇着一队人群，都是白衣白幡。走近一看，却原来是孝子郝凯护送着父亲郝昭的灵柩。张郃问："令尊既逝，陈仓安在？"郝凯回答说："陈仓已经落在诸葛亮的手里。只因他怜悯家父一生忠诚，便将我全家老小放归河东，让我将家父安葬在魏国境内。"

张郃失惊道："诸葛亮来得好快！"便与郝凯道别，提马赶赴散关。只见一路上群山叠嶂，恰似马群，或悠然而卧，或便然而立，或奔腾而起。可怜张郃着急，心中便恰似一群奔马。转过了一座山头又一座山头，抬眼一看，散关之上也早已变换成了魏延的旗帜。

张郃无奈，只得返回长安来见郭淮，说："郝昭已死，陈仓已失，散关也被蜀军夺取，诸葛亮去而复来，如何是好？"郭淮大惊道："诸葛亮野心勃勃，既然已经夺取散关与陈仓，下一步他必然来取郿城！"张郃便与郭淮分头把守长安与郿城，一面派人飞马向洛阳告急。

第八十三章

诸葛亮忽然要退兵

诸葛亮远征，必求于战。司马懿每战必败，则转求于不战。诸葛亮粮道艰难，不战则只能退却。唉，司马懿每以不战而退诸葛亮之兵，这也叫作智慧吗？而诸葛亮的过人之处就在于：虽然退兵，也要设计给敌人一点教训；上一次击杀了大将王双，这一次又几乎覆灭了张郃、戴陵的全军。

---

337. 一颗大都督的印信

话说魏主曹叡在洛阳接到告急，大惊失色，临朝问道:“大司马曹真何在?”左右回答:“大司马贵体有恙,告假没来。”曹叡只好遍问群臣:“诸葛亮去而复来，大司马又有恙在身，不知何人可以领军御敌啊?”太傅钟繇启奏说:“骠骑将军司马懿就在朝中，何不任命他为大都督，前往长安统御各路军马?”曹叡再三思忖，便要侍臣到曹真府上去取大都督的印信。原来曹真此前刚刚升任大司马，总管全国军事，大都督的印信，恰好归他掌管。

也亏司马懿想得周到。侍臣正要出门,司马懿劝止他说:“且让我自己去取。”便亲自来见曹真，坐在床榻前跟他说话。司马懿说:“诸葛亮已经取了陈仓，长安震动。国家安危，都系在大司马一人身上。”曹真呻吟说:“可恨我被病魔困扰，难以履职。仲达兄胸怀韬略，正好是诸葛亮的敌手。”司马懿回答说:“我不过是时常抖抖机灵而已,哪里有什么韬略?若论韬略,大司马当是魏国第一。”曹真一阵咳嗽，说道:“仲达兄向来颇得皇帝宠信，今日何必这样谦虚?既然是军情紧急，我便抱病去见皇帝，保举仲达兄为大都督，可好?”司马懿干笑了两声，回答说:“皇帝已有恩命，要让我代理大都督一职。只是我思前想后，不敢接受。”曹真连笑带着咳嗽，说道:“原来你是有所顾虑，故意来试探我的吗?”便令人取来大都督印，递给司马懿。

话说曹真有一位同乡，姓桓名范字元则，颇有俊才，人称“智囊”，官至东中郎将，都督青州、徐州军事。只因与徐州刺史郑歧生有仇隙，桓范便企图使用职权谋杀郑歧，被郑歧告发。魏主曹叡大怒，要问桓范的罪，幸亏曹真力保，仅仅只是被免了官职。此后一连数月，桓范常来走动，一为报答曹真的恩情，二为复出做一些活动。这一日来，说起司马懿，桓范问:“司马懿是一个阴险弄权的小人。可叹曹公宅心仁厚，却怎能把如此贵重的大都督印托付给他？”曹真笑道：“恶人自有恶人磨。皇帝要司马懿对战诸葛亮，胜则为国家立一大功，败则为你我减一雠敌。如此想来，便有两利，何乐不为？”桓范因此赞叹曹真的胸怀。

338. 在山道上遇见诸葛亮

话说司马懿到了长安，召集张郃、郭淮、孙礼议事。司马懿说：“诸葛亮既得陈仓，必取郿城。郿城方面，可有动静？”郭淮说：“我便守在郿城，并无动静。”司马懿又问：“蜀军千里而来，利在速战。若是不战，必有隐谋。陇西诸郡，可有消息？”郭淮说：“各郡各县，日夜提防，并无异常。只有武都、阴平二郡，没有消息回来。”司马懿便对郭淮说：“想来这两个郡已经落入敌手。我与张郃将军在这边拖住诸葛亮，你与孙礼赶紧去救武都、阴平。然后你我从两路夹攻诸葛亮，必然叫他大败。”

郭淮、孙礼便各领五千精兵，从小路来救武都、阴平。两人还没有分道，孙礼问郭淮：“人们传说，诸葛神算无人敌，就怕遇着司马懿。这其中究竟是什么缘故呢？”郭淮大笑，并不回答。此时探马赶来飞报：“阴平郡、武都郡已经被蜀军攻取。”郭淮对孙礼说：“两郡既已沦陷，你我何不合兵一处，先攻武都？”武都郡的治所，就在下辨。两人便催动兵马，奔往下辨而来。

正走得匆忙，忽然一声炮响，从山坳里闪出一队人马。当中一人，正是羽扇纶巾的诸葛亮。只听见诸葛亮扬声大笑道：“郭淮，你来得好巧。我正要捉你，你便来了。”郭淮大惊，对孙礼说：“诸葛亮果然神眼如炬，竟然看破了司马大都督的妙计。”便催动兵马，上来厮杀。诸葛亮把白羽扇一招，左有张苞，右有关兴，冲上来分头敌住郭淮、孙礼。忽然背后喊杀声大起，王平、姜维从两路拍马赶到。郭淮、孙礼抵挡不住，先是落荒而逃，而后弃马爬山而走。张苞在后紧追不舍，不料一个颠蹶，连人带马跌倒在山涧里，摔得头破血流。诸葛亮见他伤势沉重，令人赶紧送回成都医治。

话说郭淮、孙礼逃回，向司马懿告罪。司马懿说："这不能怪你们，要怪只能怪诸葛亮。你二人暂且分头去把守雍城、郿城。若有蜀军前来，不要出战，只要禀报给我。我就不信诸葛亮是个神人，要好好想一个妙计，一举灭了他这个祸患。"郭淮、孙礼连声喏喏，拜辞而去。

339. 在火光中往来冲突的张郃

司马懿想了又想，便又吩咐张郃、戴陵说："诸葛亮既然出现在武都，必然要到各县设置官员、安抚百姓。此时陈仓空虚，正好趁机攻取。你二人各领五百精兵，从山路赶往陈仓西门，三更出兵，四更到达，五更发起冲击。我自领大军在东门等候，只看城头动乱，便从东门攻杀。只要一个时辰，你我就到城中共用早餐。"张郃、戴陵领命，便二更用餐，三更出兵，要从山路绕到陈仓西门。

在山路上急行军五十余里，忽然遇着一道沟堑。沟堑那边一座哨卡，哨卡周遭灯火通明。张郃说："蜀军早有防备，可速速沿原路返回。"传令后军改为前军，掉头就要撤退。忽然鼓声大震，满山伏兵举火而起，把魏军四面围住。诸葛亮在山上大叫曰："久闻张郃一代名将，今日看你偷偷摸摸的，怎么看都像个贼王。识趣的，赶快投降，我饶你不死！"

张郃大怒，骂道："诸葛村夫，你在我国的地界上，也敢这般无礼？待我捉住你时，把你碎尸万段！"便纵马挺枪，杀上山来。诸葛亮一声号令，山上抛石头的抛石头，射箭的射箭。张郃眼前光影飘移，不敢犯险，便又调转马头，杀出重围，决然而去。回头不见戴陵，却又翻身杀回，将戴陵救出。诸葛亮从高处几次看见张郃往来冲突的英姿，便对左右感叹说："从前听说过张飞大战张郃的故事。我今日亲眼所见，才知道并非虚传。此人是个祸害，我发誓一定要除掉他。"

话说司马懿等候在东门之外，看看时候已到黎明，不见半点动静。正在着急，忽见张郃、戴陵狼狈而来，惊问道："儁乂兄怎么变成这般模样？"回答说："想不到诸葛亮早有提防，被他好一顿羞辱。"司马懿感叹不已，说："孔明果然是个神人。不如退兵，以静制动。"便传令大军各回本寨，坚守不出。

340. 诸葛亮忽然要退兵

话说诸葛亮驻守陈仓，令魏延、王平、张翼轮番出城挑战。司马懿下令严守，一连半月，并不应战。诸葛亮日夜设谋，不幸感染痢疾，弄得身体甚是虚脱。忽然又有消息传来，说张苞已死在成都。诸葛亮几场痛哭，不能自已。王平问道："丞相一向爱才，却何至于悲痛成这样？"诸葛亮说："我也不知是何缘故，心中时常涌动悲情。"

又过了七八日，诸葛亮唤来心腹众将入帐，吩咐说："想我人生在世，最大的敌人并不是司马懿，而是这些莫名其妙的疾病。我已不能理事，不如弃了陈仓，暂回汉中休养，以后再作良图。"魏延说："丞相自回汉中养病，何不留我驻守陈仓？"诸葛亮说："我军出兵，只求速胜，哪能久守？况且此次出兵已经收了阴平、武都二郡，也算得胜而归。"便传令各部起兵班师。

前方哨马禀报司马懿，说诸葛亮已经退兵，陈仓已是一座空城。司马懿说："诸葛亮必有大谋，不可轻动。"张郃说："蜀军粮草转运艰难，不能久守，因此撤退，正好趁机追打。"司马懿说："蜀军粮草艰难，是个不争的事实。却唯恐诸葛亮以此设计，让我军上当受骗。”于是令哨马再探，回报说：“诸葛亮离开陈仓二十里下寨。”司马懿说：“不知诸葛亮在弄些什么玄虚。传令三军，坚守寨栅，不可轻进。”又过了十日，哨马回报说：“蜀军已经起营，再退二十里下寨。”又过了十日，哨马回报说：“蜀军又退了二十里，在故道下寨。”张郃说：“诸葛亮用缓兵之计，已经退出六十里外。大都督再不追赶，便要贻误战机了！”司马懿说：“诸葛亮诡计极多，宁可不战。”

张郃便奋然请战道：“我愿以军令状为凭，赶去擒拿诸葛亮。”司马懿无奈，便说：“你既然要去，可与戴陵同去，也好互相呼应。我在后面接应，谨防你们在前面中了埋伏。”张郃大喜，便与戴陵各带一支精兵，飞奔出寨。奔跑了一程，张郃说道：“人们传说诸葛亮就怕司马懿。依我看恰好相反，司马大都督还就怕诸葛亮。”戴陵听得大笑。

341. 如何做一只捕蝉的螳螂?

诸葛亮已经到了故道，召集众将议事，说道：“魏军追来，正好用计。我有重任，谁敢请战？”一面说一面看向魏延，不料魏延却低头不语。

只见王平挺身而出，说道：“我敢请战！”诸葛亮赞叹说：“王平将军真是忠勇。虽然如此，却只可挡住一头，须得再有一员勇将同往。难道军中再也没有第二员勇将吗？”又见张翼挺身而出，说道：“我愿同往！”诸葛亮说：“张郃乃是魏国名将，有万夫不当之勇，你恐怕不是他的敌手。”张翼回答说：“丞相何故要灭我的威风，长他的志气？我此番请战，若有失误，但凭丞相处置。”诸葛亮频频点头，赞道：“好。你既然敢去，可与王平各领一万精兵埋伏在山林之中。只待张郃赶来，先放他过去，然后从后掩杀。若是司马懿随后赶来，你二人就要分兵两头。张翼继续向前截杀张郃，王平却要挥军杀向司马懿。

这必然是一场恶战，我却自有妙计，让你二人有惊无险。”二人同声应诺，领兵去了。

诸葛亮又叫起姜维、廖化，吩咐说：“我给你们一个锦囊，带领一千精兵埋伏在前山之上。魏军一旦围困王平、张翼，纵然十分危急，也不必去救。只要打开锦囊，自有解围之计。”二人同声应诺，也领兵去了。又叫起邓芝、张嶷，吩咐说：“但等张郃来时，你二人便要上去迎敌。此时张郃锐气正盛，你二人要且战且走，不可以硬碰硬。等到我把红旗一招，令关兴奋勇杀出之时，你二人再翻身杀回。”二人同声应诺，也领兵去了。又吩咐关兴说：“你且率领五千精兵，在山林里以逸待劳，只看我把红旗一招，便要奋勇杀出。”关兴高声应诺，也领兵去了。魏延就问：“众将都有任务，却要我做何事？”诸葛亮说：“文长兄多有功劳，今日且在寨中静候捷报。”

话说张郃、戴陵来得飞快。张嶷当先迎战，约有七八个回合，抵挡不住，回身就走。邓芝赶来接应，又是七八个回合，也回身走了。张嶷又来，又是七八个回合。退到后面，山路忽然陡峭，便舍了马，攀登而走。张郃跟着，一路追杀。时值暖秋，天气炎热，人人出汗如浆。刚到一个缓坡之处，早被诸葛亮看在眼里。此时诸葛亮已经病得不能站立，却令亲兵把红旗一招，关兴便从树荫里翻身上马，冲杀而出。张郃正在步战，吃了一惊，且战且退，转身也上了马，一连斩杀了七八个蜀兵。恰在此时，王平、张翼从后面奋起掩杀，邓芝、张嶷也从返身杀回。张郃向众将大叫道：“我等陷入重围，只有拼死一战！”顿时便做困兽之斗。

话说司马懿率领大军跟在后面，对众将叫道：“螳螂捕蝉，黄雀在后。我今日便要诸葛亮做那只倒霉的螳螂。”把佩剑一挥，众将蜂拥而上。王平早有准备，带领本部精兵据险而守，司马懿虽然势大，一时间却也奈何不得。廖化在高处看见，叫道：“丞相果然神算，却不知锦囊里面是怎样的妙计！”便要姜维打开来看，里面写道：“火速返回陈仓，在附近山头燃放几堆大火，便是大功一件。”二人大喜，立即起兵往陈仓而来。

话说司马懿自以为得计，忽然背后几堆大火烧起，只道是蜀军袭击了他的大寨，不由得惊叫道：“原来诸葛亮早已算到了我这只黄雀，而我却算不到黄雀后面还有诡计。”便像黄雀似的惊飞而起，再也不顾螳螂，急忙回军去救他的大寨。王平也不追赶，回头又来围歼张郃、戴陵。可怜张郃、戴陵全军都被打散，只能各自奔入深山老林，逃生而去。蜀军因此杀敌无数，大获全胜。

第八十四章

曹真的爱姬与惊帆马

司马懿与曹真打赌，情愿以“面涂红粉”“身穿女衣”为赌本。在那个以大丈夫为荣的年代，这样的打赌其实颇能反映司马懿的性格。他好像并不在乎名誉，而只在乎实际的利益。

倒是曹真爽快，愿赌服输，输掉了他的惊帆马。值得注意的是，他事后竟然要用他的爱姬换回惊帆马。可知那时候女人地位之卑下，不过是男人怀中的玩物，甚至还不如男人胯下的骏马。由此反观司马懿，越发要为他敢于“面涂红粉”“身穿女衣”的厚脸皮而惊叹。

342. 大司马曹真要征西

话说诸葛亮清理战场，发现逃走了张郃，心中便又悒悒不乐。回到汉中，令各军各归营房，到陇上收割秋粮，储备过冬的马料。然后自回成都养病，兼处理一些重要的政务。后主刘禅亲来慰问，令御医把脉。御医说："丞相所罹患的疾病，一在胃肠，二在情志。"便开了一些草药，供诸葛亮调养。

费祎便与后主商议说："诸葛丞相的悒郁之症，可能始自街亭之战。他为用人失察而自责颇深，至今不能遣怀。然则两三年来，丞相亦可谓功勋卓著，去年斩杀了王双，今年收复了阴平、武都二郡。虽然在陈仓道上逃走了张郃，却几乎将魏军全歼。请陛下恢复他的原职，对他也是一种宽慰。"后主刘禅便立即下诏，令费祎到丞相府宣读诏书。诸葛亮说："我可以继续代理丞相之职，却哪有脸面官复原职？"费祎说："丞相若不受职，岂不是冷了皇帝的情意？况且皇帝爱惜丞相，并不是丞相一个人的事，还有军民百姓都在观看。"诸葛亮这才拜受，多谢皇恩。

冬去春来，诸葛亮的胃肠疾病渐有好转。偏偏悒郁是个匪夷所思的怪病，恰似潮水一样，到了春天便起落无常。夫人黄阿丑每日为他煎药，感叹说："我在隆中初见你时，看你那么英俊活泼，我也满心高兴。而今看你悒悒寡欢，我也满心忧虑。"诸葛亮也是长吁短叹，回答说："我为丞相，身负治理国家的重任，却不知自己的命运在被何人治理？"

消息传到洛阳，智囊桓范对大司马曹真说："当今之世，唯有诸葛亮是魏国的劫数。诸葛亮既在病中，何不趁机征讨西蜀？先取益州，再灭江南，便可成就绝世之功。"曹真问："却不知何人可做大将？"桓范说："张郃虽然屡败，却是不可或缺的大将，可任作先锋。就是司马懿，也要带在军中，成可归功于大司马，输可诿责于司马懿，岂不是两美？”曹真赞道：“大妙！”便来启奏魏主曹叡。曹叡召集众位大臣商议，几番讨论，方才准奏。曹真亲领大军，却又把司马懿任作征西大都督，浩浩荡荡地来取汉中。

343. 大雨淋漓的陈仓

曹真兵临渭水，已是七月。诸葛亮在成都接到急报，赶紧来向后主辞行。后主刘禅问道：“相父贵体违和，如何能当大任？”诸葛亮回答说：“虽然如此，却足以抵御来犯之敌。”便带了几个亲兵，快马加鞭赶到汉中。王平接着，禀报前线军情。诸葛亮说：“魏军来势虽然凶猛，却不必惊慌。你与张嶷先领一千精兵去守陈仓道，以防万一。”王平听得发呆，问道：“曹真号称八十万大军，就其实数少说也有二十万。我以一千壮丁却怎么守得住？”诸葛亮说：“你要那么多兵丁做什么？要管他们吃，要管他们喝，你就不怕辛苦吗？”王平便与张嶷面面相觑，都不敢去。

过了一会儿，诸葛亮回头看见二人，问道：“你们两个怎么还在这里？”二人便哀告说：“丞相是想借曹真之手杀了我们两个吗？八十万魏军，足以排山倒海，我们哪里敢去？”诸葛亮展颜笑道：“你二人既在汉中屯田，怎么不懂天时气候？今年是个庚戌年，地土燥热不安，早晚必有大雨。我又夜观天文，见毕星躔于太阴之分，大雨就在本月。纵有八十万魏军，却哪里挡得住山洪？一千精兵，足以守住陈仓道。我自在汉中以逸待劳，一月之后挥军掩杀而至，必然大败曹真。”王平与张嶷听得大喜，领军去了。

话说魏军入驻陈仓，不到半月，果然大雨淋漓。山洪奔来，一片汪洋。屋舍漏雨，人不得睡。粮草战马，都浸泡在水中。一连月余，病疫与饥荒大起，人马死伤无数，怨声沸腾。便有军官人等，纷纷投诉到洛阳。黄门侍郎王肃上疏说：“大司马出师不利，上面天在下雨，下面山路湿滑。将士们劳累成病，却连一口饭都吃不到口，哪里还有精神行军作战呢？而敌人却能够以逸待劳，胜负已经是可以预见的事。恳请陛下就此罢兵，以便士卒们得到休养，等待有利的机会再作争战不迟。”曹叡又问群臣，华歆、杨阜都来附议。曹叡便下诏，令曹真、司马懿罢兵还朝。

344. 陈式在箕谷陷入重围

话说诸葛亮的军队，一支屯驻在赤陂，一支屯驻在城固。王平使人来报，说魏军苦雨，将要班师。众将大喜，纷纷请战说：“正好乘势追击，一举夺回陈仓，抢渡渭水，去取长安！”诸葛亮便兵分三路，一路令魏延、杜琼、陈式、张嶷从赤陂起兵，直奔箕谷；一路令马岱、王平、吴班、张翼出斜谷；自领一路大军走陈仓道。约定三路大军相会于郿城。

魏延一路已经起兵，诸葛亮也要动身。忽然大风骤起，一声响亮，吹折了牙旗。诸葛亮大惊道：“不好！魏军虽然班师，却有一个司马懿，必然要设埋伏，等着我军中计。”急忙吩咐邓芝说：“你可速速追赶魏延，令他四人提防魏军埋伏，不可轻进。”邓芝便快马加鞭，赶上魏延，传达军令。陈式在旁听着，嗤笑道：“丞相用兵，怎么这样多疑？魏军遭逢水灾，饥不得食，哪里还有心思埋伏？且看我率领本部兵马杀出箕谷，打一场大胜仗给他看看。”邓芝惊问道：“丞相算无遗策，你怎敢违令？”陈式嗤笑道：“若真是算无遗策，怎会有街亭之败？”魏延也跟着嗤笑道：“都是丞相偏爱马谡。当年若是要我驻守街亭，怎会连失三郡，退回汉中？他今日一会儿又要进，一会儿又要退，带兵打仗，哪有这样号令不明的？”邓芝说他二人不过，只得再三劝诫，回马向诸葛亮飞报。

话说魏军已经陆续起兵班师。司马懿说：“诸葛亮必然赶来追打。”曹真不信，说："连绵秋雨，栈道断绝，诸葛亮怎能得知我军消息？"司马懿说："我料诸葛亮必然兵分两路，从箕谷和斜谷而来。大司马若是不信，你与我可各守一个谷口，十日之内若无蜀军来，我情愿面涂红粉，身穿女衣，来向大司马伏罪。"曹真就说："我有一匹名马，奔跑时鬃毛飘飞犹如风帆，故有'惊帆'之名。若真有蜀军来，我情愿将它输给你。"当即分兵两路，司马懿去守箕谷，曹真去守斜谷。

才过四日，便有探马飞报："来了！来了！"只见陈式一马当先，率领五千精兵逶迤而至。司马懿一声号令，伏兵尽起，将陈式四面围住。陈式大惊，这才相信诸葛亮有先知先觉之能。从未时杀到申时，又从申时杀到酉时，陈式左右冲突，不得挣脱。眼见得太阳就要落山，魏延、杜琯、张嶷先后赶来，救起陈式。陈式麾下五千精兵，只剩得四五百伤兵。

345. 曹真的爱姬与惊帆马

话说诸葛亮一面派出邓芝，一面赶到马岱军中，吩咐马岱、王平、吴班、张翼四将，说道："斜谷有两个谷口，南曰褒谷，北曰斜谷。先要派人打探，看看是否设有埋伏。若有，你四人便要兵分两路，各自翻山越岭，趁夜去袭击魏军的大寨。"布置妥当，自回中军。

此时邓芝已回，禀报魏延、陈式如何无礼。诸葛亮无语，半晌说道："箕谷一路，必然有失。我却自领中军，也走斜谷。这一路却绝不可失。"便点起大军，令关兴为前锋，也往斜谷而来。

话说曹真驻守在斜峪关，根本不相信蜀军会来。又因军中缺粮，便纵容将士到山中打猎。时间不觉过了五日，忽然有两个士卒回来报信，说在山中与猎户发生械斗，死了二十多人。曹真大惊，令秦良挑选五百大兵，跟着那报信的士卒赶去弹压。走了五六十里山路，并不见猎户。秦良心里疑惑，回头又不见了那两个报信的士卒。就在此时，两面喊杀大起，前面杀来了关兴，后面杀来了廖化，纷纷大叫道："放下兵器，投降者免死！"魏军走投无路，纷纷扔下兵器投降。

秦良前脚刚走，司马懿的使者后脚便到。曹真有请使者入帐。使者禀报说："昨日大都督用埋伏计，击杀蜀军四千多人。请大司马务必用心防备。"曹真暗自心惊，却又犟嘴说："我这里并无一个蜀兵。"打发使者回去了。等到下昼，左右报说秦良已回。曹真没有别事，便上了关楼，令人开门迎接。只见秦良到了门前，背后关兴忽然奋起一刀，砍倒秦良，杀入关来。曹真惊得魂飞魄散，急令左右上前抵挡，一面慌慌张张地上了马，往山外奔逃。马岱、王平从山林中望见，立即挥军赶来厮杀。曹真不顾一切，杀出重围，又被吴班、张翼拦住去路。曹真自以为必死，只得仰天长叹。

正在绝望之际，蜀军忽然大乱，各自往山林散开。曹真睁眼一看，原来是司马懿驰援赶到。一场大战，救起曹真。司马懿说："诸葛亮已经夺了斜峪关，此处不可久留。须得赶紧退守郿城。"曹真感叹说："仲达兄有通神之才，确乎在我之上！"当天入驻郿城，令人将惊帆马作为输掉的赌资送给司马懿。司马懿再三推辞，曹真再三要送。司马懿推辞不过，只好笑纳。

话说曹真极其宠爱那匹惊帆马，虽然愿赌服输，心中却懊悔不已。晚餐喝了两杯冷酒，半夜竟起了疾病，次日竟卧床不起。司马懿前来探望，曹真忽然问道："你看我的爱姬，长得可美？"司马懿看了又看，回答说："佳人也，美极。"曹真说："我情愿用她换回惊帆马，你看可好？"司马懿大笑，回答说："倘若她将来生了儿女，是姓曹呢，还是姓司马？"便叫人把惊帆马牵来，归还给曹真，也不要他的爱姬。曹真因此对司马懿大生好感，便留下司马懿把守郿城，自回洛阳养病。

346. 只为一个“若”字

诸葛亮因此大胜。三军会师，魏延、陈式、杜琦、张嶷入帐请罪。诸葛亮问道:“是谁不听号令，损兵折将来着?”四人都不言语，诸葛亮便要魏延说话。魏延说:“是陈式求胜心切，贸然进兵，因此大败。”陈式说:“是魏延唆使我进兵，因此大败。”诸葛亮暗恨魏延，却忍不住大骂陈式:“是他救了你，你怎么不懂报恩?不必巧说，论罪当斩!”喝令刀斧手将陈式推出帐外斩首。

前面处斩了大将陈式，后面又要处斩解粮官李代。这个李代，乃是都护将军李严的侄子，只因好酒，在路上耽搁了时间，比预定计划晚了十多日。诸葛亮大怒道:“军中无粮不稳，误了三日，便该处斩。你今日误了十日，有何理说?”又喝令刀斧手斩了李代。李代告饶说:“请丞相看在我叔父的情面上，饶我一条狗命!”诸葛亮心想:“他的叔父李严，与我都是先帝刘备的托孤之臣，不能不给情面。”又喝令道:“我为国家大计，可暂免你的死罪，却免不了你的活罪。”便令武士将他按倒，责打了八十大杖。

李代痛在身上，恨在心上，竟然潜往郿城，向魏军投降。司马懿说:“我怎知你是真投降还是假投降?你若能为我干一件大事，我便信你，给你享不尽的荣华富贵。”下令好酒好肉招待李代，又招来几个美女朝夕侍候，一连住了几日，令他归往蜀中。李代便来向叔父李严造谣说:“诸葛亮自恃有功，自高自大，把谁都不放在眼里，早晚要篡位做皇帝。”李严大惊，急忙入奏后主。后主惊问道:“若真有此事，如之奈何?”李严说:“诸葛亮若有异心，他的危害便远远超过一百个司马懿，超过整个魏国。不如将他召回成都，削了他的兵权，免生叛逆。”只为李严这一个“若”字，后主便决定诏令诸葛亮班师回朝。蒋琬问道:“丞相出师大捷，无缘无故，要他班师回来做什么?”后主说:“朕有机密事，要与丞相面议。”

诸葛亮接到诏令，仰天叹曰：“皇帝年幼，必有佞臣在侧说我的闲话。我若不回，又有欺君之罪。而今奉命而退，也不知日后是否还有机会？”下令兵分五路，依次退去。又下令在行军路上，每日都要增加灶台，例如一千兵丁，要挖掘两百座灶台，第二日四百座灶台，第三日六百座灶台。姜维问：“从前孙膑用添兵减灶之法，大胜庞涓。丞相今日为什么要增灶？”诸葛亮说：“司马懿善能用兵，听说我军撤退，必然要来追赶。见我每日增灶，便会惊疑于我军是真撤退呢，还是假撤退？如此，便不敢继续追赶，让我军从容退回汉中。

话说司马懿自送走李代，与蜀军对峙已经一月有余。忽然听说诸葛亮带兵撤退，又是高兴，又是疑虑，便犹犹豫豫地上来追赶。遇到一道山坡，分明是蜀军的宿营之地，数一数灶台，竟然有几千座。继续追赶，灶台又翻了一倍。继续追赶，灶台又翻了一倍。司马懿对众将说：“蜀军撤退，怎么反而添兵增灶？只恐中了诸葛亮的诡计，不如任他归去，以免上当。”于是不敢再追，领军返回。诸葛亮因此从容退回汉中，不曾折损一兵一卒。

第八十五章

成千上万个诸葛亮一齐回过头来

成千上万个诸葛亮，一样的装束，一样的动作，一齐挥动镰刀，齐刷刷地收割一片又一片的麦穗。这种万众一人的景象，便是管理学所描述的最高境界。

诸葛亮收割了陇上的麦子，因此有足够的军粮与司马懿相拒。不料三个月后，忽然接到李严的告急文书，说是东吴将要兴兵犯境。诸葛亮无奈，只得再次引兵退去。这一次被诸葛亮设计在半道上击杀的，竟然是一代名将张郃。

347. 诸葛亮第五次出兵

话说诸葛亮回到成都，入见后主，问道:“我已经出了斜峪关，正要攻取郿城，直指长安。陛下忽然召我回来，不知有何大事？”后主刘禅无言可对，良久才说:“朕好久不见相父，心中想念，并无他事。”诸葛亮一声长叹，问道:“陛下天性良善，奈何有奸臣进谗，说我心怀异志，是也不是？”

后主刘禅便默然无语。诸葛亮又问:“进谗的那个人是谁？”后主回答说:“是都护将军李严。”诸葛亮大怒，又来追问李严，责备他说:“先帝在白帝城托孤，要你我继承他的遗志。而今我年已半百，唯恐我对先帝的承诺化为虚言。至于正方兄你自己，自然要与我共同担当，却怎么可以在背后说我的闲话？”李严无奈，只得将侄子李代如何编造谣言的经过从头叙说了一遍。诸葛亮说:“李代罪责重大，不可轻饶！”于是问罪李代，处斩。李严自此与诸葛亮不睦。

说来诸葛亮也是心急，只在家中小住半月，便又返回汉中，对众将说:“明年是个大有之年，军粮充足，正好进军。”众将问:“而今才是冬月，丞相怎么知道明年丰收？”诸葛亮回答说:“为主将者，怎能不懂天文地理？明年是个辛亥年，天干之辛属金，地支之亥属水，是个风调雨顺的年份。《经》曰，太岁辛亥年，耕夫多快活，春夏风雨顺，秋冬好收割。明年出征，陇上小麦丰收，正好收作军粮。”众将感叹说:“丞相学识渊博，令人敬佩！”

建兴九年春二月，诸葛亮第五次出兵，往祁山进发。三月，诸葛亮抵达天水，令魏延、马岱、王平、吴班、张翼、廖化分兵收复冀县、上邽、成纪、西县、新阳、显新六县。告急文书从六县纷纷飞出，飞往长安和洛阳。魏主曹叡大惊，急忙召见大司马曹真议事。使者去而复返，禀报说:“大司马脸上长满疮毒，鼻梁塌陷有如马鞍，气息奄奄，命在旦夕。”曹叡无奈，便与黄门侍郎夏侯玄商议说:“大司马曹真贵体有恙，朕打算任用司马懿为主将，你以为如何？”夏侯玄说：“司马懿虽然善媚，行事却甚是豪横。如此重用，只怕早晚养成大患。”曹叡感叹说：“国家危难，非司马懿不能定陇西，如之奈何！”便再拜司马懿为大都督，令他火速赶到长安，调遣各路军马御敌。

348. 什么叫作万众一人

话说诸葛亮驻守在祁山堡。那祁山堡位于犀牛江北岸，地扼蜀陇咽喉，势控攻守要冲，堪称九州之名阻、天下之奇峻。司马懿已经到达陇西，召集众将议事，说道：“祁山堡虽然易守难攻，但此时却正值麦熟季节，蜀军必然要下山割麦子。我军只要像老虎那样伺机而动，就一定能够克敌制胜。”

诸葛亮也在召集众将议事，说道：“陇上麦熟，须得赶紧收割。却又要提防司马懿在暗中潜伏。我因此需要用一个计策，让他好好地受一些惊吓。”姜维问：“丞相可有什么妙计？”诸葛亮说：“我在想，等到司马懿来时，让他看到成千上万个诸葛亮在一起割麦子，岂不叫他吓死？”众将说：“那怎么可能？”诸葛亮说：“此事极易。我曾向我家夫人学过幻术，能够让三军将士都幻化成诸葛亮，都以诸葛亮的形象去割麦子。那种万众一人的场面，便足以让司马懿震惊。”众将听了，都觉得惊奇。

次日黎明即起，便为三军将士准备早餐。只见诸葛亮遥望金星，祷告良久，忽然挥笔写下一道符箓。就用那道符箓引火，给将士们煮面圪垯[①]吃。那符箓里写有咒语，通过灶火输入到了面圪垯里。又通过面圪垯，把诸葛亮的形象输

① 面圪垯，一种传统风味面食。先和好面，再把面块一点一点揪到沸腾的面汤之中，最后再加入蔬菜调料。具有面筋道、汤香浓的特点。

入到了每个人的生命中。两万多人都吃了那面圪垯，彼此之间看着就变了形象。两万多个诸葛亮都撸起了袖子、卷起了裤腿、手握镰刀、肩扛扦担，纷纷从祁山堡和各县的县城里面走出来，到垄上去收割麦子。

早有探马飞报司马懿，禀告说：“大都督，大都督，出了一个天大的稀奇事，垄上有几万个诸葛亮在一起割麦子！”司马懿说：“哪有这样的怪事？”便带领一队亲兵赶来查看，正遇着一群人在挑麦子。司马懿便一个一个地看过去，竟然每一个人都是诸葛亮。司马懿大惊道：“诸葛亮做的什么古怪？”郭淮说：“何不捉一个诸葛亮回去，问他一个究竟？”司马懿便带着众人一起追赶上来。却见那些诸葛亮一个个快步如飞，无论怎样追赶，总是追赶不上。众人大惊，各自勒马叫道：“奇怪，他们一个个肩负重担，我们快马加鞭，竟然追赶不上，如之奈何？”郭淮说：“追赶不上挑麦子的，何不回头去找几个割麦子的？”

便又回到麦地。只见一大片劳动的人群，每一个都是诸葛亮，一样的装束，一样的动作，一齐挽起麦穗，一齐挥动镰刀，齐刷刷地倒下了一片又一片的麦穗。司马懿大惊道：“真是见了鬼了！”便令亲兵动手捉人。只见成千上万个诸葛亮一齐回过头来，齐刷刷地怒视着司马懿。这一回，连司马懿鞍下的战马都惊得跳了起来，掉头就逃。郭淮和众亲兵也跟着逃。逃回大寨，心中犹自惊惧不已。司马懿感叹说：“我到今日才懂得，原来这才是万众一人！”

可惜这种万众一人的场面，仅仅维系了一日。次日醒来，咒语已经开始失效，许多人都在复萌他们各自的故态。到第三日，绝大多数人都已经回到他们最初的常态中。原来心念变化多端，能够持续保持三日，已是极限。但就在这三日之内，蜀汉大军已经将垄上的麦子收割得干干净净。

349. 接到李严的告急文书

话说司马懿疑惑了三日，终于忍不住，令人在半路上捉了一个蜀兵回来审问。蜀兵便将个中原委一一道来。司马懿感叹说：“我不曾参加赤壁之战。只记得那时候，人们纷纷传说是诸葛亮借来了东风，而我却是将信将疑。但以前日万众一人的奇迹来看，却又令我不得不相信，此人确实拥有不可思议的法术。”又问蜀兵：“收割的麦子囤积在何处？”蜀兵回答说：“都囤积在卤城轧场[①]。”司马懿便对郭淮说：“你我分兵两路去取卤城，且看诸葛亮这次还能鼓捣出什么古怪来？”

那一日天色已经擦黑，却又升起了月亮。司马懿行军到卤城五里外歇脚，对众将说：“蜀军轧场一日，此时应该正在造饭。我们稍等片刻，便要杀他一个措手不及。”等到一更时分，郭淮也带兵到了，一阵鼓响，从两面杀向卤城。岂知诸葛亮早在四周埋伏了弓弩手，但有异常，便万弩齐发。魏军见诸葛亮已有防备，便不敢前进。忽然四下里喊声大震，魏延、姜维、张翼、马岱从东西南北四面杀来；关兴、廖化、杜琼、吴班也从四门杀出。司马懿大叫：“快撤！”却哪里来得及？魏军顿时大乱，被冲杀得四分五裂。司马懿借着月光，带着一众亲兵奋死突出重围，从此再也不敢轻举妄动。

两军相拒三月有余。诸葛亮会攻，司马懿却也会守。诸葛亮说：“秋雨将至，我要设一个计策，将司马懿赶出陇西。”忽然接到都护将军李严的告急文书，书中写道：“我听说东吴孙权派人秘密与魏国连和，打算趁丞相远在陇西，从荆

---

① 轧场：稻谷、麦子、高粱、豆子等农作物收割后，平摊在场上，用碌子碾压脱粒。

州起兵攻我。虽然东吴至今尚未起兵，但我已经探知消息。请丞相早作良图。”诸葛亮看了一遍，又看一遍，于是召集众将商议说：“上次收割的小麦即将告罄，国内的军粮又迟迟不能运到。而今李严将军又有消息传来，说是东吴将要兴兵犯境。我前思后想，只能传令再次退军。”便传令兵分两路，一路是水路，以船只装载辎重，退回汉中；一路是旱路，令将士们轻装行军。

早有哨探报入魏军大寨。郭淮说：“诸葛亮无故退兵，不知是什么意思？”司马懿说：“想必是他攻我不破，故意设计，引我上当。且令哨马再探。”过了数日，哨马又报：“蜀国大队人马都已退去，却不知祁山堡还有多少人留守。”司马懿便亲自来看，只见城堡之上旌旗招展，吃了一惊，说：“那必然是一座空城。”便上山来看，果然是一座空城。张郃说：“既然已退，何不趁机追打？”司马懿说：“诸葛亮极善用计，每一次都在退兵路上设伏，叫我军吃尽苦头。往事历历在目，今日怎敢再次犯险？”张郃说：“两军打仗，就要斗智斗勇。若是不斗，要我们这些军人做什么？”司马懿说：“儁乂兄既然执意要去，可领五千精兵先行。我率两万健卒在后接应，以防不测。”

350. 在木门道击杀张郃

话说张郃一路追赶蜀军，追到四十余里外。果然见到一支军队，都坐在山梁上歇脚，为首的大将，正是那个心雄万夫的魏延。只见魏延翻身上马，赶来交锋。张郃大怒道：“你是何人，能是我的敌手？”奋勇冲杀，大战十余回合。魏延不敌，拍马而走。

张郃哪里肯舍？随后赶出二十余里，却不见了魏延。转过山坡，忽然喊声大起，又杀出来一个马岱，横刀勒马叫道：“张郃休要逞凶，今日就让你见识见识我的刀法！”张郃上前，又是十余回合。马岱不敌，也大败而走。张郃赶到一处密林里，只见沿路都是丢弃的衣甲兵器，却又不见了马岱。张郃大笑道："那马岱败得好不狼狈！"追到谷口，只见东西两面峭壁对峙恍若门柱，中间一道空谷恍若门户，原来是远近闻名的木门道。大将魏延立马在木门道口，大骂道："张郃老儿，你究竟有多大本事，非要穷追不舍？来，来，来，我今日与你决一死战！"张郃回骂道："老子当年临阵杀敌之时，你还是一个屙尿和玩泥巴的小屁孩吧？"便提马上来，挺枪直取魏延。

又是十余回合，魏延丢盔弃甲，匹马往木门道中奔逃。张郃杀得性起，便骤马赶来。此时天色已黄昏，但听一声炮响，山上大石巨木仿佛塌方似的滚落而下，阻断了去路。张郃大惊道："不好，我中了诸葛亮的诡计！"转回头来，背后也被木石塞满了归路。可怜张郃进退无路。忽然一声梆子敲响，两面万弩齐发。张郃挥舞枪杆左右抵挡，却被一箭射中膝盖，翻身倒在马下。紧跟在后的几十员部将，都被那阵乱石箭雨打死在木门道中。司马懿随后赶来，却被大石巨木阻塞了木门道，不能通行。只得就地下寨，展开营救。忙碌了几日，将木门道清空，却无一人幸存。

魏延已经击杀了张郃，飞马赶来禀告诸葛亮。诸葛亮感叹说："我很久以来就想除掉张郃，今日果然如愿。多亏文长兄神勇，也是一桩大功。"魏延因此洋洋得意，神气活现了许多时日。

351. 起用李严之子李丰

话说诸葛亮退回汉中，安置军人依次回乡省亲。消息传到蜀中，都护将军李严却来奏报后主说："我奉命置办军粮，已经送到半路，不知丞相是什么缘故突然班师。"后主说："竟然有这样的事？这不是把军国大事当儿戏吗？"便令费祎赶往问责。

诸葛亮吃了一惊，解释说：“我在陇西，军粮迟迟不能运到。李严又传来消息，说是东吴将要兴兵犯境。我前思后想，只能退军。”费祎说：“李严奏称军粮已送在半路，因此要皇帝追问丞相，是什么缘故要突然班师？”诸葛亮大怒道：“可恨李严，怎么做出这样的事来？”便派人察访，原来是李严路遇大雨，泥泞难行，延误了押运军粮的期限，又害怕重蹈侄子李代的覆辙，因此玩弄权术，想要推卸责任。诸葛亮便到成都来，将李严的信件原本和察访到的证据全部呈献给后主，与李严当堂对质。李严辞穷理屈，只得叩头认罪。

后主刘禅勃然大怒，喝令刀斧手推出午门斩首。尚书费祎出班启奏说：“李严乃是先帝的托孤之臣，请酌情开恩宽恕。”后主便问诸葛亮。诸葛亮说：“可暂且贬为庶人，到梓潼郡闲住思过。”又叫来李严之子李丰，劝勉他说：“从前有一个神人叫作鲧，因为犯下大罪，被天神处死。天神却又起用了他的儿子禹，令他治理洪水，终成大功。我希望你就是那个禹，能够从此做出一番有利于国家的功绩来。”李丰看看他的父亲，又看着诸葛亮，问道：“听丞相的话，难道我的父亲已经被处死了吗？”诸葛亮回答说：“是的，但也许他还能复活，如果他能够得到天神的饶恕。”便将李丰任作江州都督，委以一方大任。李严在旁边听着，不禁羞愧万分，回来跟儿子说了许多后悔的话。

第八十六章

木牛流马是个什么奇物?

木牛流马是个什么奇物?司马懿不懂,后人亦不甚懂。但诸葛亮使用木牛流马大胜司马懿的故事,不仅见于传说,亦可见于史实,甚至还有制造工艺传世。多年以来,屡屡有人想要复制木牛流马,也不知道能否再现诸葛亮当年的原物?

352. 诸葛亮第六次出兵

自从诸葛亮退回汉中，魏主曹叡终于过上了两个难得的太平年。太和七年正月二十三日，有人在郏县摩陂的一口大水井里看到青龙现身，急忙禀报县官。曹叡也急忙赶来观看，青龙还在，便赶紧令画工当场绘图。还没来得及画完，青龙却忽然消失不见。曹叡惊叹不已，于是将摩陂改名为龙陂，将太和七年改元为青龙元年。

接着是第三个太平年。土地里的庄稼，绿油油地生长着，沐浴着春天的风、夏天的雨，也奉献着秋天里金黄的收成。到了秋高气爽的季节，曹叡便来大石山搜猎。只见那山三面沟壑纵横，往北看却是丘陵起伏，云蒸霞蔚，气象万千。曹叡看得欢喜，便吩咐说："好一处风水宝地，来日朕一定要归葬于此。"

曹叡在大石山搜猎，关兴与姜维也在天荡山搜猎。忽然一只山猪从岩石后面窜出，惊了姜维的马，把他掀翻在地。关兴说："伯约这匹马不好，改日我送一匹好马给你。"过了几日，便牵过一匹马来。姜维见那马毛色犹如火炭，惊问道："莫非是传说中的赤兔马？"关兴说："赤兔马原本是先父的坐骑。建安二十四年，先父在麦城遇难，赤兔马也从此绝食而死。送给你的这匹马，乃是赤兔马的第三代。"姜维大喜，便骑了那马奔来给诸葛亮观看。诸葛亮大赞道："古来名将配良马。伯约坐在马上，好不英俊！"

也是天意难测，好好一个暖和的冬十月，忽然风寒大作。关兴受了冷风，起了咳嗽，竟至于次日卧病。诸葛亮和姜维都赶来探望。关兴忍住喉咙刺痒，苦笑说："自丞相第五次兵出祁山以来，三年不曾征战。可怜我这命生得拙野，享受不起安闲。"诸葛亮说："三年不曾征战，为的是养兵。将军正值盛年，应该养得气壮山河才对，怎么反而闹出了疾病呢？"劝关兴好生休养，不要胡思乱想。不料在十几日后的深夜，关兴却猝然离世。

诸葛亮因此悲恸不已，整整一个冬季都像被封冻的厚土一样沉默寡言。但到了次年春二月，他已经有了成熟的计划，便来入朝启奏说：“老臣在汉中养兵三年，而今人马雄壮，军备完善，可以起兵再征魏国。”后主刘禅说：“而今天下已成鼎足之势，魏国、吴国也不曾侵犯我国边境，相父何不乐亨太平？”诸葛亮说：“陛下此言差矣。我国号为大汉，今魏国、吴国都是我国版图，而并非益州这一个部分。况且孟子早已说过，生于忧患，死于安乐；你我君臣虽然能够偏安于西南一隅，但若是一味地贪图安乐，只恐不得长久。想当年先帝在时，五虎上将也在；而今将才凋零，张苞、关兴先后离世。再这么安乐几年，哪里还有进取中原的力量？”

后主听得心慌，便连声准奏。诸葛亮于是回到汉中，令魏延、王平、姜维收拾军马器具，第六次起兵，浩浩荡荡，从斜谷而出。此次到达的地点，并非人们传说的祁山，而是岐山。

353. 魏军主场作战的优越性

话说魏主曹叡接到边关告急，大惊道：“诸葛亮三年不曾入寇，而今去而复来，声势犹胜往昔，如之奈何？”中书监刘放说：“有司马懿在，诸葛亮何惧之有？”曹叡沉吟良久，说道：“虽有司马懿，还需一员大将。”便拜司马懿为大都督，又起用已故征西将军夏侯渊的次子夏侯霸为先锋，同往长安调集各路兵马御敌。

司马懿到达长安，调集各路军马，在渭水南岸背水下寨。郭淮说：“若是诸葛亮绕道跨越渭水，登上北原，和北山连兵，断绝长安通往陇西的道路，形势便颇为不利。”司马懿说：“伯济所言甚是。”便又令郭淮总督陇西军马，到渭水北原下寨。又在渭水之上搭起九座浮桥，使两岸形成呼应。

消息传到岐山，诸葛亮对众将说："郭淮之所以在北原下寨，是害怕我军阻断了陇道。我军只要虚攻北原，司马懿必然惊慌，挥军来救；我军却正好焚烧浮桥，阻断他的归路，去取他的渭南大寨。"便令魏延率军北渡渭水去攻北原；令吴懿、吴班制作木筏，上载草把，顺水去烧浮桥；令王平、张嶷为前队，马岱、姜维为中队，廖化、张翼为后队，三路来攻魏军的渭南大营。

话说魏延北渡渭水，临近北原。此时夕阳正好，阳光明亮。魏军远远看见蜀军，竟然弃营而走。魏延惊叫道："其中必然有诈！"便急令撤退。才到渭水北岸，忽然两边喊声大震，从左边杀来了司马昭，从右边杀来了郭淮。魏延急令渡河，人马死伤大半。

吴懿、吴班这边浑然不知。天色已经擦黑，便依计撑着几十只木筏顺水来烧浮桥。还来不及点火，魏将张虎、乐綝从两岸丛林中起兵，射出乱箭。吴班站在当先一只木筏上，被一箭射中脸颊，落水而死。吴懿大惊，只得弃了木筏，号令众人跳水逃生。

两路败军飞报诸葛亮。诸葛亮大惊道："司马懿果然老辣，竟然算到我的计策！"急令亲兵飞马告知王平。此时王平、张嶷已经兵临魏军渭南大寨，只待浮桥火起，便要进攻。忽然接到飞报说："魏军早有准备。丞相令你二人赶紧撤军。"王平、张嶷大惊，急令撤退。司马懿在暗中看见，哪肯放过，立即擂起战鼓，从后面掩杀而来。司马昭、郭淮也已踏过浮桥，挥军杀了回来。王平、张嶷来不及奔逃，只得驻马死战。马岱、姜维赶来，在黑暗中一场混战，杀退魏军，救得王平、张嶷回寨。等到天亮，败军陆续回到岐山大寨，诸葛亮清点名册，竟然折损了一万余人，心中好不郁闷。

话说司马懿一战得胜，便对众将笑道："蜀军粮草艰难，不能久守，必然妄动。诸位只需深沟高垒，按兵不动，他便无可奈何。若是再如今日这般伺机而战，必使诸葛亮死在此处。"郭淮赞道："大都督所见极是高明。我军主场作战，措置裕如。纵然诸葛亮如何足智多谋，也是枉然。"

354. 信使费祎和他乘坐的黄鹤

话说蜀军与司马懿相持日久，不得战机，众将都不免焦躁。大将魏延问道：“记得丞相有言，我军出兵，贵在速胜。如今两厢对峙，不出一月，我军岂不又要退回汉中？”却见诸葛亮微微一笑，回答说：“我去年在汉中令人制造出木牛一种、流马一种，可用来搬运粮米，虽翻山越岭如走平地。有这样的木牛流马，军粮便不再那么艰难，怎么不能与魏军对峙？”众将听了，都觉得不可思议。

过不多日，高翔便押来一队木牛流马。原来那木牛流马既非牛、也非马，既不饮水、也不食草，用木料精工制造，翻山越岭，甚是便利。打开一看，腹中尽是粮米。众将士见了，无不欣喜，说：“自古至今，未曾听说木牛流马。不知丞相有何妙法，能造如此奇物？”诸葛亮笑道：“此中自有机巧，乃是我军专利。我已撰写制造之法，唯有忠诚者可观其中奥秘。”众将士从前后、从上下、从左右反反复复地看稀奇，都赞叹说：“丞相真是神人！”

费祎时任丞相司马。诸葛亮请他饮茶，说道：“我在这里与司马懿对峙。若是东吴能够从江南起兵，两路夹攻魏国，形势必然大变。”费祎便问：“丞相需要我做些什么？”诸葛亮说：“敢请文伟兄送一封书信给孙权。”费祎回答说：“丞相之命，岂敢推辞？”诸葛亮于是奋笔写道：“自从董卓祸乱洛阳，人世间就失去了应有的纲常。到后来曹氏父子又篡夺了汉朝的皇位，让普天下每一个有良知的人都义愤难平。而今我军驻扎在岐山，居高临下，可遥看渭水，直向长安。陛下何不趁此良机率军北征，与我同取中原，会师洛阳，共商天下大计？”写完，封好，无比殷勤地托付给费祎。

费祎毅然领命，先从陆路返回成都，再从水路直达武昌，将书信递交给孙权。费祎性情宽和平实，却有风雅生乎其间，无论东吴大帝孙权还是守城的门吏都很喜欢他。人们纷纷传说，费袆是骑着黄鹤从成都飞来又骑着黄鹤从武昌飞走的，于是就把武昌北面临江的一座山命名为黄鹤山，把山上的一座楼命名为黄鹤楼。孙权亲自到黄鹤楼送行，对左右说：“此人君子淑德。诸葛亮以后，必以此人为股肱。”

张昭问道：“诸葛亮若是灭了魏国，必然与东吴翻脸成仇。陛下当真要答应诸葛亮出兵攻魏？”孙权回答说：“朕何尝不知道诸葛亮的心思？倘若关羽还在，那么此时起兵北征的便不是朕，而是关羽。朕正好趁此良机抢夺中原，将来与诸葛亮共商天下大计之时，也能凭借自己的实力说话。”于是御驾亲征，起兵十万，进驻巢湖口，攻向合淝；一面又令陆逊、诸葛瑾率军从汉口顺江而上，攻向襄阳；一面又令孙韶、张承从淮河进兵，进取广陵。

355. 世上竟有木牛流马这样奇物

话说诸葛亮用木牛流马转运粮草，消息传入魏军大寨，司马懿大惊道：“我之所以坚守不出，是因为他粮草艰难，想用持久战拖死他。而今他有木牛流马，持久战哪里奈何得他？”

想来想去，唤来张虎、乐綝，吩咐说：“你二人挑选五百精兵，到小路上去埋伏。待蜀军运粮经过时，从后面掩杀。只要能抢回三五只木牛流马，便是大功一件。”过不几日，二人去而复返，果然抢回来几只木牛流马。司马懿看了，只见那木牛流马进退自如，恰似活的一般，于是大喜道：“你会用木牛流马，难道我就不会？”便从远近郡县找来能工巧匠一百余人，当面拆开，然后按照每一块木料的尺寸长短厚薄，批量制造木牛流马。不要半月，造成一千多只，同样能够行走。司马懿环顾众将，笑道：“诸葛亮虽有巧思，我却拿来就用，同样能够转运军粮。”将这一千多只木牛流马，尽数分拨给镇远将军岑威，令他到陇西搬运粮草，往来不绝。魏军将士见了，无不欣喜，纷纷赞道："世上竟有木牛流马这样奇物，真有意思！"

话说高翔被魏军抢夺了木牛流马六七只，回来禀告诸葛亮。诸葛亮说："抢得好。我就要他抢。"高翔一愣，问道："丞相怎么这样说话？"诸葛亮大笑起来，回答说："那司马懿见了木牛流马，必然要拆了开来，一模一样地制造。我只丢了几只木牛流马，不久之后却能得到很多很多木牛流马。"过不多久，魏军果然也会制造木牛流马，果然也用木牛流马搬运粮草。诸葛亮大喜，便吩咐魏延说："你且带领五千精兵，到渭南去挑战。"魏延说："我已挑战多日。怎奈司马懿甘做缩头乌龟，并不应战，无计可施。"诸葛亮说："你只要去挑战就好。我却另有安排。"又吩咐王平说："魏延将军在这边挑战，你却趁机带上一千精兵，扮作魏军到那边去打劫，把他的木牛流马尽数赶回。"王平问："倘若敌军追来，如之奈何？"诸葛亮说："在那木牛流马的口里，有一个舌头。倘若敌军追来，你只要把手伸进去扭转舌头，牛马就不能行动。然后你尽管撒腿就跑，把难题暂且扔给魏军。"又吩咐马岱、张翼说："魏军遇到难题，一时不能行动。你二人带领五千精兵前去，正好与王平合兵一处，把木牛流马夺回。"

话说魏军大将岑威带领一大队木牛流马，不紧不慢地走在山道之上。忽然遇到一队魏军，就问："干什么的？"回答说："巡守粮道的。"岑威也不多疑，依然行走如故。就在这时，王平一声号令，蜀军挥刀就砍，杀散魏军，将木牛流马劫回。郭淮在北原听到消息，大怒道："好大胆子，竟敢来捋我的虎须！"飞身上马，赶来救应。王平远远看见，急令兵丁把手伸进木牛流马的口腔，扭转舌头，然后撒腿就跑。郭淮哈哈大笑，也不追赶，叫道："只要留下木牛流马，任他去吧！"便下了马，吩咐众军士将木牛流马赶回北原。可怜众军士费劲九牛二虎之力，却哪里赶得动？

郭淮正在惊疑。忽然喊声四起，左边杀来了马岱，右边杀来了张翼，王平又从后面杀回。郭淮不能抵挡，只能弃了木牛流马，自顾逃走。回头却见那些木牛流马到了蜀军手里，却依然行走如故。郭淮大惊道："难道蜀军能施魔法？"又不敢追赶，眼睁睁地看着那一大队木牛流马渐行渐远地去了。回头禀报司马懿，司马懿亦是惊疑，感叹说："诸葛亮是个神人。我军只宜坚守，尽量不要招惹他。"

356. 东吴那边传来的消息

话说司马懿与蜀军已经相持一百余日，中书监刘放忽然从洛阳来，说道："东吴孙权兵分三路，从西到东分头攻打襄阳、合淝、广陵。"司马懿大惊道："吴蜀两面夹攻，却要怎么应对？"刘放说："陛下有诏，只要大都督能够守住西面，便是一件大功劳。南面的东吴，陛下已经御驾亲征，请大都督不要分心。"司马懿便向天祷告说："愿皇天保佑我主。只要南面不出纰漏，我这里也必然要诸葛亮水泼不进。"再三吩咐各寨将领，高挂免战牌，不得出战。

过不两月，果然有捷报传来，说是孙权已经大败。司马懿又是惊喜，又是疑惑，问道："不知皇上用的什么妙计，胜了孙权？"刘放说："我主果然英明，闻听东吴兵分三路而来，便令张颖率军去救襄阳，令田豫率军救广陵，自领一路大军去救合淝。青龙二年七月壬寅日戌时，我主从巢湖西岸起船，亲率水师向东攻打东吴水寨，令满宠、张球各带火具从顺风处放火。孙权事先并不知情，骤然看到我主，好不惊讶；又见大火烧起，越发惊乱。就在此时，我主挽起宝雕弓，看准孙权一箭射去。孙权急忙躲闪，那箭却恰好射中他旁边的侄子孙泰。双方厮杀到天明，孙权大败，只得退却。"司马懿又问："广陵那一路战况如何？"刘放说："广陵那一路是吴将孙韶，也已经跟着退却了。"司马懿又问："襄阳那一路呢？"刘放说："陆逊在襄阳那边见势不妙，也已经顺着汉水退回武昌去了。"司马懿便大喜道："我主果然英明，使我再无后顾之忧，只要专心对付诸葛亮就是。"

过不多日，消息也传到了诸葛亮的岐山大寨。可怜诸葛亮听得一声长叹，不觉昏倒在地。众人大惊,急忙叫来军医抢救。只见诸葛亮悠悠醒转,叹息说:“想当年我在隆中与先帝对策，设计两路大军共取中原。关羽败走麦城，已经使我伤心了一次。孟达被司马懿擒杀，又使我伤心了一次。而今孙权无功而退，已经使我三番五次地伤心。我只觉得心口疼痛,头脑眩晕,只怕是旧病又复发了。”众人无不惊慌，纷纷劝慰说:“丞相贵体要紧，千万保重！”诸葛亮却止不住再三叹息，说道:“军国大计，还得从长计议。”便下令蜀军就在塬上屯田，军耕其一，民耕其二，互帮互助，各得其所。司马懿听到探报，并不敢来骚扰。

第八十七章

大渊火与大暴雨

诸葛亮一生最善用火：火烧博望，火烧新野，火烧赤壁，火烧盘蛇谷，每当用火，则必有大胜。而今火烧上方谷，却不料被一场大暴雨浇灭了烈火，让司马懿父子逃出了生天。难道这就是诸葛亮的不幸和司马懿的有幸吗？我们不知道上帝为什么要这样安排，我们也实在猜不透祂的心意。

病体垂危的诸葛亮还在寻找最后的战机，但司马懿就是不应战，即使被骂作妓女也决不应战。唉，要是一个人无耻到司马懿这种地步，即使是诸葛亮也拿他没有办法呀！

357. 上方谷：蜀军的囤粮之地

话说诸葛亮岐山屯田，一日，带着亲兵到处踏看地理。只见一座山谷，入口可通一人一骑，其内却有如葫芦，可容一千余人。诸葛亮叫来当地土著，问道："此处是何地名？"回答说："此名上方谷，又名葫芦谷。"诸葛亮灵机一动，计上心来，高兴得连声咳嗽，说道："此处如此封闭，恰好可以囤积军备粮草。"便吩咐马岱将上方谷布置成库房，又令高翔隔三差五就驱赶一批木牛流马在上方谷附近来回行走。过不多日，魏军将士都知道那里是蜀军的囤粮之地。

话说夏侯荣、夏侯惠，乃是大将夏侯霸的五弟和六弟，也在军中担任将领，来向司马懿禀告说："蜀军在我们眼皮子底下屯田和搬运物资，如此肆无忌惮，分明是欺负我们胆怯。"司马懿说："这必然又是诸葛亮的诱敌之计。"夏侯兄弟说："大都督是被诸葛亮打怕了，只当他是老虎。我兄弟两个不服，偏要去摸摸他这只老虎的屁股。请大都督准许我们出营一战。"司马懿想了想，说："也好。你二人去摸一摸他，看看他怎样反应。"便准许兄弟两个同领五千精兵出寨。

兄弟俩第一日出寨，夺得二三十只木牛流马，又搬不回来，只好就地烧毁。司马懿说："你二人下次再拿获几个蜀兵回来审问。"过两日又出寨，拿获蜀兵一百多人。司马懿问："两边久不作战，贵军究竟在做什么？"众蜀兵回答说："我家丞相料定大都督不敢出战，命令各队分散扎寨，四处屯田。"又问："那上方谷中是一个什么去处？"回答说："那上方谷恍若一座极大的库房，是我军的囤粮之地。"司马懿故意使诈说："你们这样胡说八道，就不怕我杀了你们吗？"众蜀兵急忙叩头说："在大都督面前可不敢胡说八道。情愿投靠大都督，在大都督麾下当差吃粮。"

司马懿哈哈大笑，便不再疑惑。次日升帐，令夏侯霸率领众将并力攻打岐山大寨，他却另率一军来取上方谷。司马师问："父亲身为大都督，理应在主战场督阵，怎么会想到要去攻他的后路？"司马懿说："上方谷囤积粮草，是蜀军安身立命的根本。我若得手，岐山大寨必然崩溃。"

358. 大渊火与大暴雨

此时诸葛亮在山上张望，只见各路魏军从渭南大寨列队而出，就在山上放出信号。吴懿、马岱、张嶷、廖化从两侧看见，纷纷赶来救应岐山大寨。魏延、王平、张翼也看见了，却趁机起兵去取渭南。姜维在上方谷也看见了，便去谷口等候司马懿。

话说司马懿父子到了上方谷。值守在谷口的蜀兵一声惊叫，姜维便跃马而出。战到第四个回合，司马懿不敌，往回就走。司马师、司马昭兄弟两个上前接战。姜维左右招架了几个回合，忽然拨马往谷中败走。司马懿追到谷口，先令人到谷中哨探，回报说谷内并无伏兵，只有一座座草房。司马懿大喜道："果然是蜀军的粮库。"便纵马杀入谷来。只见好大一座山谷，除了一座座草房，便是百余只木牛流马。司马懿便立马在草房跟前，令亲兵进去查看。亲兵回报说："大都督，草房中并非粮米，都是柴草。"司马懿大吃一惊，再看第二座草房，还是柴草。再看第三座草房，还是柴草。司马懿顿时心慌意乱，四处又找不见姜维，便回头对两个儿子说："大事不妙，赶快退往谷口！"

话音未落，只听得一声炮响，两边飞滚下许多成捆的柴草。都带着火苗，风火轮似的从天而降。魏军大乱，互相踩踏着奔往谷口。岂知谷口早被阻断，司马氏父子已经成了瓮中之鳖。司马昭叫道："无路可走，只能冒险杀上山坡。"诸葛亮一声令下，弓箭手发出连弩，万箭齐发，把魏军纷纷射杀在半山之间。所有的草房都已着火，又点着了草房底下埋藏的地雷，顿时引发了一连串爆炸，把上方谷燃烧成了一座烈火熊熊的火库。司马懿惊慌失措，与两个儿子抱头痛哭，叫道：“可怜我父子三人，竟然死在此地！”

此时魏延、王平、张翼那边，已经趁虚夺取了渭南大寨。吴懿、马岱、张嶷、廖化那边，也纷纷从岐山大寨冲杀而出。魏军恰似潮水一样败退，纷纷退往渭水北岸逃生。正在慌乱，忽然狂风大作，将渭水之中掀起巨浪，又把许多魏兵从浮桥上打落在水中。

上方谷中的大渊火[1]得到风势，自然是越发奔腾炽烈。却不料一声霹雳，又下起一场大暴雨来。满山谷的烈火，顿时都被浇灭。司马懿喜出望外，大叫道：“此时不走，更待何时？”父子三人翻身上马，带领残兵，不顾一切从谷口冲杀而出。

359. 天神爱我们，但也爱我们的敌人

话说诸葛亮站在高处，眼见上方谷中烈火奔腾，自以为司马懿此番必死。却料不到一场大暴雨浇灭了烈火，又让司马懿父子逃出了生天。可怜诸葛亮就站在那暴雨之中，僵直了身体，任由泪水和着雨水纵横流淌，一动也不肯动。姜维赶来，与亲兵左右搀扶，将他护送着回到大寨。当晚，诸葛亮又起了咳嗽，陷入了病中。

大雨一连下了几日。等到雨住云收，诸葛亮便令人在五丈原建造窑洞居住。那窑洞冬暖夏凉，又不漏雨，住得舒爽，很利于诸葛亮养病。他又令人制造了一辆四轮车，坐在车上，可以让亲兵推着四处走走。他病得那么厉害，连稍微

---

① 渊火，地域之火，即炼狱般的艰难困苦。

沉重一点的甲衣都承受不住，因此只能穿着轻软的便衣。但他又讲究自己的形象，每一次出来都要把头发收拾得干干净净，然后用纶巾认真地扎起。这是诸葛亮留给人们最后的印象，他已经没有了当年那种指点江山、意气风发的英姿，只剩下鞠躬尽瘁的忠诚与劳累。

后来有人传说，诸葛亮六次出兵，都是坐在四轮车往返。但那怎么可能？蜀道艰难，诸葛亮怎么可能乘坐四轮车赶路？事实上，诸葛亮虽然喜欢纶巾儒服，但作为主将，他一样要穿着盔甲，一样要骑马奔驰，甚至也一样要手执兵器临阵杀敌。时至今日，已经很少有人知道，诸葛亮头戴纶巾、身穿便衣、乘坐四轮车的形象，其实是他病体垂危的形象。

姜维哭诉说："老天爷不公啊，看着丞相这样为国操劳，祂却三番六次使您不能成功！"诸葛亮却又微笑道："可不要这样责怪上天。你若能懂得天意，便知道祂是爱我们的。看看世道如此黑暗，祂却让我们活得光芒万丈。"姜维不懂，问道："祂既然是爱我们的，却为什么降下一场大暴雨，让那司马懿逃出生天呢？"诸葛亮沉默良久，回答说："这恰好便是上天的仁慈之处。是的，祂爱我们，但祂也爱我们的敌人。好比兄弟二人，一个为善，一个为恶，而天父却要两个都爱。"

360. 诸葛亮的礼物

话说诸葛亮坐在四轮车里，从五丈原上眺望渭水，沉思良久。便叫来众将，问道："司马懿可有动静？"众将回答说："司马懿已经退往渭水北原，高挂免战牌。无论我们怎样挑战，他只是坚守不出。"诸葛亮说："我有一计，若能激起司马懿过河来战，我便一定要他有来无回。"令人准备好一份礼物；又令姜维执笔，口授了一封书信，派人一同送过河去。

司马懿收到礼盒，打开一看，里面是一小盒胭脂、一小盒香粉、一件妖艳的襦裙。司马懿与众将看得发愣，又打开书信来看，只见上面写道：“我听说令尊司马防生得威仪魁岸，真可谓是天下的大丈夫。再看看你，身为大将，却只知道躲藏，跟一个胆小娇弱的女人又有什么两样呢？这么说吧，你若真是个男人就出来跟我决战。你若不是个男人，就穿上我送给你的襦裙，抹上我送给你的脂粉，到两军阵前载歌载舞，我便与你罢兵言和。”孰料司马懿看了，却并不激动，反而对使者微微笑道：“多谢你家丞相的礼物。待我选一个好日子，我便穿上他送给我的襦裙，抹上他送给我的脂粉，到两军阵前去载歌载舞。”吩咐左右准备好酒好菜，殷勤招待使者。

席间司马懿频频举杯，问道：“你家丞相忠于事业，堪称是天下人的楷模，却不知身体怎样？”使者听得心头一热，回答说：“我家丞相勤于军务，当得上一个‘敬’字。他又爱兵如子，哪怕是处罚二十大板的案件都要亲自过目，当得上一个‘慈’字。但他的身体确实不好，每一餐都吃不了几口。”司马懿又是微微一笑，环顾众将说：“诸葛亮食少而事烦，像这个样子，他还能活多久呢？”使者这才知道自己失口泄露了机密，顿时大惊失色。

361. 高挂在寨门上的“奉旨免战”

诸葛亮送礼的故事，很快传遍了魏军每一座营寨。众将愤愤不平，都来中军请战，说：“我们身为军人，而且都是大国的名将，怎么能够忍受诸葛亮这样的辱骂？他把大都督当作什么啦？当作妓女吗？请准许我们出战，跟他拼上一个高低。”司马懿说：“不是我不敢出战，也不是我甘心受辱，怎奈皇帝早有诏令，要我坚守勿动。”众将说：“皇帝怎知大都督被诸葛亮骂作妓女？此事关系国家尊严，焉能若无其事？”司马懿便回答说：“你们既要出战，我说了不算，需要得到皇帝的准许。我这便表奏皇帝，如何？”

魏主曹叡已从合淝班师，驻在许昌。当时接到奏表，迷惑不解，问左右说：“司马懿已经坚守数月，而今怎么又来上表求战呢？况且朕并不在渭水战线，战与不战，朕都不能确定，可他又为什么要来问朕呢？”卫尉辛毗回答说：“司马懿其实并无战心，必然是众将受不了诸葛亮的耻辱，引发了众怒。司马懿按捺不住，因此上表，要借助陛下的旨令来遏制众将的激情。”曹叡点点头，便写下一道诏令，派遣辛毗赶往北原宣读。

这边司马懿每日都在向东张望，远远望见辛毗到来，心中且喜。便将辛毗接入大帐，令众将都来接诏。只听辛毗宣读道：“军国大事，不得妄动。若是再有轻言出战者，按违旨论处。”众将听得面面相觑，只得黯然退去。司马懿暗自向辛毗致谢说：“还是老先生您懂我的心啊！”当晚设宴款待，并且赠送了许多贵重的礼物。次日又制作了三十多块免战牌，上面写着“奉旨免战”，令各队将领高挂在寨门之上。

诸葛亮在五丈原听到探报，只得叹息说：“司马懿自己厚颜无耻也就罢了，没想到他竟然还会假借曹叡的旨意来弹压众怒。唉，以他的老辣，真是到了天下无敌的地步啊！”又一连思考了多日，却再也想不出一条有效的好计。

第八十八章

烈火是他的翅膀

《烈火歌》是诸葛亮一生的志向，而《飞越之歌》则是他最后的心声。我为诸葛亮哭啊，哭他的呕心沥血，哭他的鞠躬尽瘁，哭他的壮志未酬！我唱着《烈火歌》而哭，唱着《飞越之歌》而哭，仿佛我就是那个跪在他灵前哭得死去活来的姜维。

362. 诸葛亮已经命在旦夕

诸葛亮从昏迷中渐渐地醒来。他感觉到体内像火窟一样燃烧着。这使得他好像看到了烈火奔腾的大地，看到了博望坡、新野、赤壁、盘蛇谷和上方谷那一场场熊熊燃烧的大火。接着他又从那些张天的烈火中，看到了曹操、周瑜、孟获，以及兀突骨和藤甲军，以及仰天哭嚎的司马氏父子。接着他好像又听见有谁在唱歌，在唱那首《烈火歌》：

> 天地之间是一团火，烈火熊熊地烧着。
> 要让黑暗成灰烬，灰烬之中有新我。

接着他循着歌声看过去，便看到了曾经那样意气风发的自己。他看到从一片灰烬之中，隆中的柳树渐渐地绿了，桃花一朵朵地开了。他又看到了阿丑，那样淘气而又娇美的阿丑，那样明眸善睐的阿丑，在桃花林里像红云一样飘忽着，飘忽着。转眼之间，他又看到了先帝刘备，在火焰中呼喊着什么。烈火啊烈火，把整片山林、整个天地燃烧得一团通红。就在这时候他忽然醒来，他听到姜维在他的耳边一遍又一遍地呼喊着他。

“丞相，您终于醒了！”姜维眼里闪烁着因为焦急而沁出的泪花，“从昨天晚上到现在，您已经昏睡了整整十二个时辰啦！”诸葛亮感觉到一阵一阵眩晕，但他的意识还很清楚，问道：“现在是什么时辰？”姜维抹着眼泪回答说：“戌时三刻。”诸葛亮努力用胳膊把自己支起来，感叹说：“到了睡觉的时候，但我却醒了。”姜维问：“肚子饿吗？”诸葛亮说：“有点儿。”姜维便急忙吩咐亲兵去做吃的。

吃了小半碗汤面，诸葛亮又要姜维把他扶起，从窑洞里出来仰看天象。然后听见他又是一声长叹，说道:“可怜我已命在旦夕！”姜维大吃一惊，问道:“丞相何出此言？”诸葛亮遥指星空，说道:“你看见了那颗三台星吗？那就是我的主星，它是多么微弱，可它旁边的客星却是那样闪亮。在天有象，在身有命，我因此知道我的时日已经不多了。”姜维又问:“丞相既然懂得命运的奥秘，可有什么办法做一些挽救？”诸葛亮想了又想，回答说:“也许我可以设法向上天祈禳，却不知能否应验。”姜维便劝慰他说:“心诚则灵，丞相何妨一试！”

363. 大风吹灭了他的本命灯

这一夜正值八月中秋，银河耿耿，玉露泠泠。姜维带领七七四十九人，身穿皂衣，手执皂旗，在帐外团团守护。诸葛亮吩咐说:“你在外面用心守住，闲杂人等，不准放入。我在里面禳星，若是七日之内本命灯不灭，便可增寿一纪；若是灭了，便必死无疑。”所谓一纪，就是十二年；岁星（木星）绕地球一周约需十二年，故称十二年为一纪。

诸葛亮在大帐之内点亮七盏大灯，分布成北斗七星的形状。又在北斗七星之下，点亮一盏本命灯。又环绕帐内四周，点亮七七四十九盏小灯。他便在灯光之中席地而坐，面前设置香花祭物，然后闭目入静，祈禳说:“天神在上，我是虔诚的诸葛亮。只因疾病相残，阳寿将尽，故在此祷告天神。所祷告者，不是为了贪生怕死，而是为了报国情深。但得年寿，一为效忠于昭烈皇帝的托孤之任，二为天下乱世重归太平。若蒙天神开恩，我情愿把我的三生三世都奉献给您！”随着祷告，诸葛亮渐渐进入静虚之境。到了天亮鸡叫，他便走出大帐，扶着病体继续主持军务，每一天都要咯出许多黑血。到了晚上，他便再次入静祈禳。一个正在发生的好现象就是，他咯出的黑血渐渐地少了。

话说司马懿也在夜里仰看天象，忽然心有所动，不禁又惊又喜，叫道："三台星入疾厄宫，诸葛亮不久必死于胃脾之疾。"便吩咐夏侯霸说："你且带五千兵马过河试探。蜀军若是攘乱，不敢出战，那么诸葛亮必然病重，你我便终于等到了起兵反攻的大好时机。"夏侯霸得令，率军赶过河来，直奔渭南大寨。

此时诸葛亮已经祈禳了六个夜晚，只见本命灯熠熠生辉，心中甚是愉悦。忽然听得寨外人声嘈杂，情知有异，便又不免惊慌。只见魏延掀开大帐，飞步进来禀告说："魏军趁夜来袭，却该如何应对？"一阵大风就从掀开的帐门吹入，将七星灯和诸葛亮的本命灯尽数吹灭；就是四周的四十九颗小灯，也被吹灭了大半。诸葛亮顿时浑身冰冷，萎顿于地，感叹说："命运如此，已经禳不可得了！"

姜维随后追赶进来，拔剑大骂道："魏延，你好大胆子！"便要扑上来杀了他。魏延惶恐不已，只得扑倒在地，跪求诸葛亮饶命。诸葛亮便制止姜维说："是我命该如此，怨不得文长。"一面说，一面呻吟，叫人端来瓦盆，又咯出几口腥臭的脓血来。良久，眼望魏延，吩咐说："想必那司马懿也会夜观天象，料想我已病重，故意派人来试探虚实。你与马岱可从两路出寨迎敌，魏军必然退去。"魏延赶紧告辞出帐，飞马来寻马岱，从两路赶出寨来。夏侯霸果然往渭水外滩退走。魏延和马岱在后纵马追杀。夏侯荣、夏侯惠等候在岸边，放出乱箭，掩护着夏侯霸上了船，返回北岸去了。

364. 临终前的嘱托

次日，诸葛亮醒转，唤来董厥和姜维，吩咐说："我已听到天神的呼召，要我到另一个世界去了。因此有许多事，需要交代。"董厥和姜维就哭。诸葛亮说："第一件事情，我死以后，无需使用棺椁；可火化成灰土，带回定军山去安葬。"众人听得心惊，面面相觑。董厥就问："世人无论良贱，都以入睡棺椁为安，丞相怎么要用火化？”诸葛亮说：“从前有一个仪渠国，每当家中有亲戚去世，便把他放在柴草堆上焚烧成灰土。这是什么缘故呢？一堆烈火，把浑身肮脏的疾病，焚烧成一抔干干净净的灰土，多好啊！况且，早成灰土，便可早入天国、早得新生。这件事情，请你们不必惊疑，一定要好好记着。”董厥便忍住悲哭，答应着，提笔记在了折札之上。

“我喜欢烈火。烈火是我的翅膀，带着我从往事中一路飞来，也必将带着我飞向未来的世界。”此时，诸葛亮可一点儿也不像烈火，他轻言细语地说着，仿佛月光下清风徐来的山河。但接着又开始飘起一点儿小火苗了，他轻轻咳嗽了两声（他已经不能大声咳嗽了），用低哑的嗓音唱出一首歌来。歌曰：

烈火是我的翅膀
请让我乘着大风飞翔

从一种生命飞越到另一种生命
就在那烈火与烈火之间
就在那翅膀与翅膀之间

姜维说：“丞相唱得真好，却不知是何歌名？”诸葛亮微笑道：“我随心唱来，可名为《飞越之歌》。”又令董厥从书案上找来一份目录，递给姜维说：“这是我平生所学，可名为《兵法二十四篇》，其中包括八务、七戒、六恐、五惧，合计十万四千多字。我今日便传授给你，不要辜负了我的心血。”姜维便跪拜在地，双手接着。诸葛亮又说：“我还有一项技艺，制作连弩。将箭矢按八寸长的规格制作，装置在弩机之上，可以连发十矢。虽然不曾使用，但我已画成图本，也一起传授给你。”姜维千恩万谢，也恭恭敬敬地接着。诸葛亮说：“你且起来。我还有很多事，要一一交代给诸位将军。”姜维便起来，出了窑洞。众将都在等待，便一一进去，一一出来。最后一个进去的是杨仪，出来时神色凝重。姜维待要再次进去看望诸葛亮时，董厥拦住了他，说：“丞相已经累极，需要歇息。”

话说后主刘禅在成都，一连几日，莫名其妙地心神不宁。谯周入内禀告说：“我昨夜仰看天象，丞相在渭水之滨遭遇大事。”后主大惊道：“是何大事？你且细细说来！”谯周说：“丞相向来呕心沥血，身患诸多疾病。以天象来看，必殒命于胃脾之疾。”后主惊慌不已，急忙叫来尚书仆射李福，令他日夜兼程到军中问安。

建兴十二年秋八月二十三日，李福已经到了五丈原，到窑洞来看望诸葛亮。诸葛亮睁眼看到李福就问：“你怎么去而复来？”李福说：“我今日才来，并非去而复来。”诸葛亮说：“是我恍惚了。我记得你几日前才来劳军，说起成都的许多事情。”李福顿时眼泪就出来了，说：“那是丞相多情，挂念着成都啊！”诸葛亮又问：“孙德兄去而复来，所为何事啊？”李福情知诸葛亮已经恍惚了，便赶紧说道：“皇帝要我来问，丞相百年以后，谁可继任大事？”可怜诸葛亮等的就是这一问，便毫不犹豫地回答说：“蒋琬。”李福又问：“蒋琬以后呢？”诸葛亮回答说：“费祎。”李福又问：“费祎以后呢？”却再也听不见回答。众人都是一惊，近前看时，诸葛亮已经悠然去矣，寿终五十四岁。

365. 魏延做了一个梦

就在诸葛亮去世的那一夜，魏延做了一个梦，梦见头上长出一只角来。次日，请教于占梦[①]赵直。赵直说：“苍龙头上长角，麒麟头上长角，将军头上也长角。此梦是猛兽变龙之象，大吉大利。”魏延听得大喜，不由得趾高气

① 占梦，官职。商、周、秦、汉历代均有设置，家属于太常，按蜀汉官制，应隶属于丞相。

扬起来。

此时已是辰时，丞相司马费祎前来相告说："丞相已于昨夜薨逝。临终前再三嘱咐，将他火化成灰，不可发丧，不可举哀，秘密带回汉中。又特意叮嘱，全军之中，只有将军能够断后，打退司马懿的追击。"魏延问："军中大事，都由何人代理？"费祎说："一应大事，都已托付给杨仪。"魏延大怒道："丞相虽然已去，却还有魏延在。杨仪不过是一个长史，怎么能够担当大任？再者说了，又怎么能够因为丞相一人而废置国家大事呢？且叫杨仪护送丞相的骨灰返回汉中；我自领大军攻打司马懿，决不撤退。"费祎说："丞相遗令如此，你我怎好违背？"魏延冷笑道："丞相又能如何？当初若是听从我的计策，从子午谷进取长安。恐怕早已平定了天下！况且我堂堂一个征西大将军，怎么能跟区区一个长史断后？"

费祎无奈，只得回来向杨仪复命。路上遇着赵直，问道："听说你为魏延将军占梦，是凶是吉啊？"赵直回答说："大凶。"费祎又问："为什么这样说呢？"赵直回答说："角，刀之用也。苍龙、麒麟、犀牛，头上原本有角，即可用之于他者。魏延头上本来无角，忽然梦见刀用于头，算来必有断头之虞。"费祎沉吟良久，然后叮咛赵直说："此事切切不可瞎说，只恐惹出事故。"赵直连声应诺，相别而去。费祎便一路感叹，径自往渭南大寨而来。

话说杨仪听到费祎回复，苦笑道："以魏延的勇猛，其实不让五虎上将。然则身为大将，除了勇猛，还得有所忠、有所顺。若无忠顺，早晚必反。因此，丞相在世之时，还能使用他的勇猛；丞相才刚刚薨逝，他便果然萌生异志。"于是按照诸葛亮的计划，改令姜维与王平断后，杨仪自领大军，徐徐退去。魏延在营中等候，以为杨仪必有妥协，这一日出来探看，却见渭南大寨，已经十营九空；唯一剩下的，只是平北将军马岱一营。

魏延便赶来对马岱说："杨仪小人得志，竟敢欺负你我。我发誓一定要杀了他，不知伯瞻兄愿意相助否？"马岱说："你我既然都这么痛恨杨仪，我当然愿意跟随在将军马后。"魏延大喜，便与马岱合兵一处，日夜兼程，从捷径赶超杨仪大军。

366. 死诸葛能走生仲达

话说司马懿每夜都要仰看天象，无奈一连多日，天上多云，看不见星空。这一日忍不住对夏侯霸说："许久不见蜀军动静，也不知诸葛亮是死是活，敢请仲权兄过河一探究竟，可好？"夏侯霸便再过河来，往渭南大寨来看，却不见一个军人。再登上五丈原来，也不见一个军人。寻问当地土著，回答说："蜀军两日前刚刚离开。"又问："蜀军之中可曾见到诸葛亮？"回答说："诸葛亮日理万机，我们这些老百姓哪能轻易得见？"夏侯霸只得回来禀告司马懿。

司马懿跺脚叫道："诸葛亮必然已死，赶快追击！"便亲自率领众将风急火急地追上前来。过了陈仓地界，已经可以远远望见蜀军旗帜，于是继续奋力追赶。忽然一声炮响，从山头上站出一大群人马，杨仪、费祎、吴懿、杜琼、杜琯、张翼、张嶷等几十员上将簇拥着一辆四轮车，车上端坐着的正是那个羽扇纶巾的诸葛亮。司马懿大惊道："原来诸葛亮尚在人世，竟然将我诱入重地！"恰在此时，姜维与王平各率一军，从左右山林中喊杀而出。司马懿只当是中了埋伏，急忙拨马就逃。魏军将士都慌了神，一个个丢盔弃甲，自相踩踏，四散奔走。

只见那司马懿一口气奔走了五十余里。右将军夏侯霸和行军司马夏侯惠双双追赶上来，扯住他的马辔头叫道："大都督不要害怕，蜀军并未追来。"司马懿抚摸着自己的额头问道："我的头颅还在吗？"夏侯霸和夏侯惠哭笑不得，回答说"大都督不要害怕。不知是何缘故，蜀军并未追来。"司马懿便勒住马，就在路上聚集散乱的将官士卒，并派人前去打探蜀军的消息。探马回来禀报说："诸葛亮果然已经死了。那端坐在四轮车上的，其实是一个特制的木头人。"司马懿听得无语。自此，从汉中到关中便有一句民谚流传，叫作："死诸葛能走生仲达。"

话说司马懿领军返回，一路上自我解嘲，对众将说道：“诸葛亮虽有才华，既然已死，我等自可高枕无忧！”又到岐山来观看蜀军营寨遗址，只见前后左右整整有法，不禁又感叹说：“诸葛亮天下奇才，我不如他啊，我不如他！”又到上方谷来，只见满山谷的烟火颜色，便又想起那一场惊心动魄的大火来。他站在那里抬头向上仰看，仿佛看到一条火龙，扇动着巨大的翅膀，向下俯冲而来。他顿时吓得把眼睛闭上，再一次用双手抱住了自己的头颅。

第八十九章

魏延顾盼自雄的三声大叫

魏延是否生有反骨？诸葛亮是否授命马岱斩杀魏延？这些问题都已经成了历史上的公案。读者若是有心，可以亲自做一些研究。

但魏延的性格颇是自我，向来以勇猛善战而自矜。这种性格又作用于人际关系，以至于人人都要回避他的锋芒，即使是诸葛亮也不例外。唯独杨仪敢于争执，激怒得魏延几次拿刀作势要杀杨仪；诸葛亮爱惜他们两个，费祎也常常从中为他们调解。与赵云相反，魏延的这种性格类型无疑是不忠顺的。若说他生有反骨，大约就是这个缘故。

诸葛亮最终选择的，既不是魏延，也不是杨仪，而是蒋琬、费祎。从后来的情况来看，这样的人事安排似乎并无失当之处。

367. 两份奏表，互相告状

话说杨仪率领大军往汉中撤退，三军将士都已知道诸葛亮薨逝，一路上走着，一路上又忍不住痛哭举哀。忽然前方来报，说栈道都被毁坏，无法通行。杨仪大惊，问是何人所为？回报说，是魏延抄近路赶到前面，烧毁栈道。费祎问："此人想要干什么？想要把我们拦截在国门之外吗？"杨仪说："丞相在世之时，就已料定此人久后必反。"费祎感叹说："性格决定命运，丞相果然神算不差。只是如今被他断绝了道路，却如何是好？"王平说："只得改走丛林，开辟新路。"便身先士卒，在前面做向导，一路砍伐荆棘灌木，带领大军翻山越岭，认准汉中方向回归。

尚书仆射李福已先行回到成都，向后主刘禅报丧。后主惊慌失措，然后失声大哭道："上天啊，你何其不公，竟然要这样剥夺我的相父！"吴太后亦是感叹说："诸葛丞相满腔忠诚，虽死而后已。从今往后，还有他这样的人臣吗？"消息传到宫外，顿时引起街谈巷议，满街市民，无不哀恸。消息传到梓潼郡，李严大惊道："当今之世，唯有诸葛亮懂得我的才能和毛病。诸葛亮既已离世，我这辈子还有什么前途呢？"不久竟然郁闷而死。一连数日，在城郊，在村野，在山坡，在地头，在大树下，到处都有人用香火纸钱祭祀诸葛亮的英灵。有人禀告后主说："官吏百姓纷纷在乡野末路拜祭诸葛丞相，虽然情由心生，却恐怕于礼法不合。"后主刘禅是个没主意的人，便来问谯周。谯周说："陛下何不让我去一趟汉中，看看丞相的后事如何安排？"

谯周前脚刚走，魏延的信使后脚便到。那魏延在奏表中说道："丞相刚刚薨逝，杨仪便抢夺兵权，率众造反，妄图引导敌人入境。我因事出紧迫，临机决断，毅然烧毁栈道，带领本部兵马为国守御在汉中一线。又唯恐朝中有人与杨仪里应外合，危害国家大事，特此上表启奏陛下。”后主看得又是一场大惊，说道：“相父刚刚薨逝，怎么就发生这么大的变故？”过不两日，杨仪的信使也到了，也在表中起诉说：“丞相鞠躬尽瘁，已薨逝于五丈原。承蒙他老人家的信任，临终时将大事托付给我，使魏延断后，退回汉中。孰料魏延不肯遵从丞相遗嘱，自提本部兵马抢回汉中，放火烧断栈道，阻止大军回归。事变虽然来得仓猝，却由此可见魏延的不轨之心，请陛下小心防备。”后主便问群臣：“两份奏表，互相告状，却不知谁是谁非？”

丞相长史蒋琬启奏说：“杨仪先后跟随先帝和丞相，虽然禀性急切，却颇能参赞军机。我愿以全家良贱，为杨仪作保，却不敢保魏延。”侍中董允也启奏说：“魏延自恃功高，常常口出怨言。从前之所以不敢反，是因为丞相还在。而今丞相既薨，他便目中无人矣。”后主刘禅惊疑不定，又问：“魏延勇猛无敌，若真是谋反，却怎么抵挡得住？”蒋琬说：“丞相算无遗策，虽然人已薨逝，却能使大军平安返回汉中。至于魏延的变故，也一定在他的预算之中，请陛下宽心，不出半月，必有消息传来。”

果然，才过十日，杨仪第二道奏表又到，奏称已在南郑城外将魏延正法。

368. 魏延顾盼自雄的三声大叫

原来杨仪、王平带领大军翻山越岭，历尽艰辛，终于到达阳平关。魏延出关来迎，责问王平说：“你与杨仪在五丈原谋反，而今是想要夺取汉中吗？”王平大骂道：“真正谋反的是你。丞相虽然不在，却早已算定你有今日。”又转头环顾魏延麾下一众将士，喊道：“各位兄弟，你们都是蜀中的子弟，家乡还有父母妻子。丞相在时，待你们不薄，你们怎么忍心帮助这个贼人谋反？请暂且各自散去，听候朝廷告谕，来日必有奖赏。”众将士听了，各自招呼同乡，纷纷就要离散。吴懿、姜维跟在后面，趁机一声大喊，挥军杀入关来。魏延惊慌失措，只得弃了阳平关，退守南郑。

过不两日，杨仪率领大军也到了南郑城外。魏延问马岱："我与杨仪势不两立。伯瞻兄有何妙计，可以打退他的攻势？"马岱回答说："杨仪虽然人多势众，但众将与你我原本都是同僚。将军若能把两军之间的大事，简化成你与杨仪之间的私事，众将自然不好相助于他。"魏延赞道："大妙！"当即带着马岱出城迎战。

话说杨仪立马在城外，看着城门开启，魏延与马岱双双跃马而出，猛然记起诸葛亮临终前托付的一只锦囊来。便伸手从贴身内衣之中，摸出那只锦囊，打开来看。此时姜维已经绰枪在手，上前要与魏延决战。魏延说："伯约，我与杨仪的私事，请你们各自让开！"姜维只好驻马，犹豫不决。在他身后，杨仪已经看完锦囊中的字条，提马来到阵前，用马鞭指向魏延说道："丞相在世之时，就知道你久后必反。你今日所作所为，果然印证了他的预言。"魏延大笑道："就算是印证又如何？诸葛亮在时，我尚且怕他三分。如今他已不在，天下谁敢杀我？"杨仪冷笑道："你若是敢在马上连叫三声'谁敢杀我'，我便认你是天下无敌的大丈夫，情愿拱手将兵权敬让给你。"魏延就问："此话当真？"杨仪回答说："此话当真！"

魏延哈哈大笑，说道："休说是连叫三声，便是三百声、三万声，又有何难！"只见他顾盼自雄，张嘴便叫出第一声："谁敢杀我？"杨仪心中忐忑，浑然不知后面即将发生什么。紧接着听见魏延叫出第二声："谁敢杀我？"杨仪心中一紧，刚要后悔，便听见魏延叫出第三声："谁敢杀我？"话音未落，后面一人忽然应声答道："我敢杀你！"手起刀落，将魏延劈倒在马下。众人大骇，那忽然出手力斩魏延的，竟然就是他身边的马岱。原来诸葛亮临终之时，将众将一一唤入，各有叮嘱，马岱便是他安排在魏延身边的卧底。费祎顿时便想起占梦者赵直，原来那"刀用于头"的预言竟然应验在这里。

杨仪于是率领大军进驻南郑，一面派出信使奏报后主，一面遵从诸葛亮遗嘱发丧。

369. 黄夫人在墓前居丧

原来诸葛亮自从罹患疾病，常有悲观之念，早在定军山前相中一块墓地。陵墓四周环拥着九条小山岗，流淌出八条小溪。墓前又有三层岗地，恰似三台书案，从定军山向西层层叠叠而来，到此形成眠弓之状。丞相夫人黄氏和孝子诸葛瞻、诸葛怀已经赶来，将诸葛亮的骨灰和日常穿着衣物葬于墓穴之内，并无其他珍贵器物殉葬。出殡之日，遍地立起白幡，三军尽皆服孝，四面八方的乡民都来送行，万众一片哀哭。

谯周已回成都，来向后主禀报说："丞相想得周到，早已选好墓地，仅以骨灰与几件旧衣裳入殓，并无不合礼法之处。"后主暗叫惭愧，便带着董允，亲自到汉阳来祭祀诸葛亮。黄夫人和孝子诸葛瞻在墓前草庐之内居丧，都来向后主见礼。后主说："相父劳苦功高，你们是他的家属，理应得到优抚。"黄夫人微微一笑，谢绝说："先夫在成都尚有薄地八百顷，桑树八百株，自己耕种粮食，自己蚕缫纺织，足够全家人支用。况且先夫早有叮嘱，不可使内有余帛、外有赢财，以免辜负陛下的信任。"后主便越发敬重，在墓碑前再三致敬。董允说："诸葛丞相的八百顷土地和八百株桑，是先帝在建安十九年入主成都时赏赐给他的。从那时到现在整整二十年过去，他以举国之重，却不曾添加半点家财。其人之才高气清，真可谓旷古罕见。"后主听得感慨万千，竟不知道说什么好。

又来军中接见众将。杨仪自责说："都怪臣等无能，不能为丞相分忧，致使丞相呕心沥血而去。"后主上前扶起，慰勉说："若不是你遵从丞相的遗教，大军如何能够回归，魏延又如何能够覆灭？多亏你尽心尽力，才能为国家保全大事。"便升任杨仪为中军师。又赞马岱讨逆有功，封为陈仓侯。

370. 凭什么是蒋琬?

话说东吴大帝孙权听到诸葛亮的凶信，急忙告知于诸葛瑾。诸葛瑾叹息说：“上天给了他绝世的才华，却又让他英年早逝，这是他的幸运呢，还是不幸？”孙权说：“令弟既已薨逝，蜀中便极有可能变乱。朕思前想后，打算陈兵于巴丘，以备不测，你以为如何？”诸葛瑾说：“陛下天思缜密，如此甚好！”孙权便令偏将军全琮在巴丘集结各路军马，一时竟有数万人之盛。

消息传到成都，后主大惊道：“东吴集结大军，难道是要背弃盟约，上来欺负朕吗？”蒋琬启奏说：“陛下可一面向白帝城增兵，一面派人出使东吴，问个究竟。”后主问：“何人可以为使？”蒋琬说：“可令宗预前往，必然不辱使命。”

宗预领受了使命，便到江南来见孙权。孙权质问他说：“吴与蜀汉两家，既是亲戚，也是盟友。但朕却听说你们最近增加了白帝城的防守，这是为什么呢？”宗预回答说：“是的，我们在白帝城增强防守，但你们不是也在巴丘集结大军吗？都是为了各自的国家利益，有什么好责问的呢？”孙权听得一愣，改容赞道：“想不到蜀中多有才俊，邓芝之后有费祎，费祎之后又有你。”然后又正色辩解说：“朕听说诸葛丞相归天，每日哀思，唯恐魏国人乘丧侵略蜀中，所以在巴丘增兵，以为救援。请转告你家皇帝，不要误会。”宗预立即顿首拜谢说：“陛下既然胸怀盟友之义，那便是吴与蜀汉两家的福祉。”孙权哈哈大笑，便令使者跟随宗预入蜀，到成都来做友好访问。

后主刘禅因此欢心，召见蒋琬说：“丞相生前多次夸奖你，说你不仅兼通军政，而且又有忠心和雅量，是一个可以托付军国大事的人。朕今日便遵从丞相遗志，任命你为尚书令。”蒋琬不悲不喜，上前拜谢。至于次年，后主益发信任他，又升任他为迁大将军，录尚书事，兼领益州刺史。消息传到汉中，杨仪大怒道：

“论年资，我在他之上。论功劳，我也在他之上。凭什么是他，而不是我？”费祎劝慰说：“国家用人，并不只是看年资和功劳，你又何必计较呢？”杨仪按捺不住，愤然骂道：“丞相薨逝之时，我若是率领全军投靠魏国，必然得享荣华富贵，怎么会受今天的窝囊气呢？”

费祎吃了一惊，随后具表密奏后主。后主大怒，下令拿问杨仪。蒋琬启奏说：“杨仪虽然有罪，毕竟多有功劳，莫问死罪，可废为庶人。”后主便将杨仪贬往汉嘉郡为民。临行前，杨仪请见费祎，问道：“是你出卖的我吗？”费祎说：“威公从前评论魏延说，为大将者若无忠顺，早晚必反。而今请问威公自己，你的忠顺又在哪里呢？”杨仪听了，无言以对。

第九十章

曹爽是一匹驽马

魏主曹叡托孤，要司马懿以诸葛亮为榜样效忠国家，这岂不是一个天大的笑话吗？仅仅过了十年，司马懿便发动了“高平陵政变”。而那个“高平陵”，恰好就是曹叡自己的陵墓啊！

可怜曹爽不过是一匹驽马，只记得马槽里的那点儿豆料，哪里是司马懿的对手呢？且看司马懿造谋布阱，手段何其老辣，倒更像是曹操的翻版。

371. 在嘉福殿托孤

话说自从诸葛亮薨逝，魏主曹叡与群臣皆大欢喜。便大兴土木，令博士马钧监造朝阳殿、太极殿、崇华殿、青霄阁、凤凰楼、芳林园、九龙池，耗费天下巧匠三万多人、民夫三十多万人。宫殿既成，又从天下挑选美人居于其中，曹叡夜夜笙歌，乐不可支。又宠爱一个郭夫人，日夜相爱，一个多月不下楼阁。某一日醉酒，对左右说："人们之所以争着做皇帝，不就是为了这点儿乐趣吗？"

景初二年冬十一月，曹叡忽然染病不起，便召来中书监刘放、侍中孙资，问道："朕自知后事不远，打算任用燕王曹宇为大将军，辅佐太子理政，你们觉得怎样？"刘放启奏说："燕王为人恭顺温和，却未必能够担当重任。"曹叡问："满朝文武，谁可担当？"孙资启奏说："太尉司马懿正在辽东征讨公孙渊，何不召他回来，委以重任？"曹叡说："司马懿老成持重，是一位重臣。却还得从宗室中选拔一人，两人一起共同辅佐朝纲。"刘放便推荐说："邵陵侯曹爽，性格豪迈，又能文，又能武，是个理想的人选。"曹叡有些犹豫，问道："曹爽能够担当大事吗？"曹爽就在旁边，紧张得汗流满面。刘放急得踩他的脚，附在他的耳边说："赶快宣誓，说'臣愿尽忠报国'。"曹爽赶紧趴在龙榻前面宣誓说："臣曹爽愿尽忠报国。"曹叡便任用曹爽为大将军，令他总督天下兵马。

同月，司马懿在襄平城东南面斩杀公孙渊、公孙修父子，随后平定辽东、带方、乐浪、玄菟，班师回到洛阳。曹叡已经病势沉重，宣召太子曹芳、大将军曹爽、太尉司马懿一同入宫商议后事。曹叡紧握着司马懿的手，嘱托说："从前刘备在白帝城托孤于诸葛亮，诸葛亮因此呕心沥血、尽忠报效。先帝也曾将朕托付给太尉，而今朕又要将幼子曹芳托付给太尉，太尉便是先帝与朕两代托孤的重臣。愿太尉不要辜负了朕的一片痴心！"又吩咐曹芳上前向司马懿行礼。

可怜曹芳是个八岁的幼童，正值天真烂漫，上来就抱住了司马懿的脖子。曹叡感叹说：“请太尉不要忘记了幼子今日的相恋之情！”司马懿立即趴在地上，信誓旦旦，领受曹叡的使命。

景初三年春正月丁亥日，曹叡崩于洛阳嘉福殿，年仅三十六岁。大将军曹爽、太尉司马懿遵从遗嘱，扶持太子曹芳即皇帝位；追谥曹叡为明皇帝，于癸丑日葬于高平陵。

372. 司马懿装病

话说曹爽就任大将军之初，待司马懿颇是恭敬，无论大事小事，都要征求他的意见。名士何晏对曹爽说：“大将军权威在身，为什么要下问司马懿那个老儿？”曹爽说：“我与他同为辅政大臣，凡事与他商议，岂不是正理？”何晏说：“司马懿有狼顾之相。从武皇帝、文皇帝到明皇帝，曹氏三代皇帝哪一个不提防着他？只因国家多难，不得已才要用他，竟使得他坐大，有了今日的权势。请想想看，明皇帝为什么要任用你为大将军？为的就是让你钳制司马懿啊！”曹爽猛然省悟，便入奏魏主曹芳说：“司马懿功高德重，可晋升为太傅。”

曹芳懵懂无知，点头称好。司马懿不再担任太尉一职，将兵权全部归于曹爽。曹爽又任命他的弟弟曹羲、曹训、曹彦，一个担任中领军，一个担任武卫将军，一个担任散骑常侍，将御林军都控制在自家人手中。又任用五个心腹，其中何晏、邓扬、丁谧为尚书，毕轨为司隶校尉，李胜为河南尹。于是，曹爽顿时成为一代权豪，天下人趋炎附势，都来争做他的门客。司马昭不服气，对司马懿说：“明皇帝要父亲以诸葛亮为榜样效忠国家，但看这朝堂上乌烟瘴气的，却哪里还有做诸葛亮的机会？”司马懿回答说：“诸葛亮已经死了，我为什么要做他？我只要做司马懿就好。”

从此，司马懿便推说年老多病，在家休养，装出一副不理朝政的样子。转眼到了正始九年冬十月，李胜被外放为荆州刺史，即刻就要赴任。这一日，众人都在大将军府饮酒，曹爽忽然说道："许久不见司马懿，也不知他如今是个什么状况。请公昭兄以辞行为名，到他的府上去探听一下虚实。"李胜领命，来到司马懿门前，请门吏入内通报。司马懿对两个儿子说："李胜是曹爽的死党，今日来必然是为了窥探我。"赶紧脱下帽子和衣袍，斜躺在床上，装出一副病病歪歪的样子，然后才请李胜进来说话。

李胜到了床榻前面，问候说："好久不见太傅，怎么病成这样？"司马懿装作没听清楚，反问："你说什么？"李胜说："皇帝派我为荆州刺史，特来向太傅辞行。"司马懿说："并州靠近胡人，你要注意安全。"李胜说："我要去荆州，不是并州。"司马懿装作听懂了，就笑："哦，原来你从并州来？"李胜说："不是并州，是宛城那边的荆州。"司马懿说："哦，原来你从荆州来？"李胜曰："太傅怎么病成这个样子？"司马昭在旁边说："家父年迈，耳朵聋了。"李胜说："请给我纸笔。"便在纸上写下："此去荆州，向太傅辞行。"司马懿看了，叹息说："我真的是老了，耳朵不中用了。"

过不一会儿，侍女进来，奉上汤药。司马懿把头靠过来，就着汤匙喝药，洒得满襟都是，直叫人看得心酸。只见司马懿吧嗒着嘴巴说："老夫已老，死在旦夕。可怜两个儿子不肖，望公昭兄多多赐教。还有大将军那边，也要请你多多美言。"一边说，一边气喘吁吁。李胜寒暄几句，告辞而去。

李胜前脚走，司马懿后脚起来穿衣。司马昭赞道："父亲装得真像。"司马懿说："当年曹操煮酒论英雄，刘备若是不装，哪能骗过曹操，逃出生天呢？而今，你我父子只要骗过曹爽，使他马虎大意，便必然有机可趁。"

373. 高平陵之变

话说李胜回来细说详情，曹爽大喜道："司马老儿是个阴谋家，他若死了，我便可高枕无忧。"从此忘乎所以，不以司马懿为意。过年便是正始十年正月，是明皇帝曹叡十周年的祭日，曹姓宗族要去拜祭高平陵。大将军曹爽、中领军曹羲、武卫将军曹训、散骑常侍曹彦等兄弟四人，率领御林军，簇拥着魏主曹芳出了洛阳城，往高平陵方向进发。大司农桓范拦住曹爽的马头问道："大将军身负重任，怎能轻易外出？城中若有变乱，如何是好？"曹爽嗤笑道："谁有那么大的熊心豹子胆，能够变出什么乱来？"不听劝告，纵马远去。

司马懿听到消息，立即发起政变，史称"高平陵之变"。先令司徒高柔代理大将军一职，占领了曹爽的军营；又令太仆王观代理中领军一职，占领了曹羲的军营；然后率领一班心腹老臣入宫启奏郭太后说："曹爽骄横跋扈，奸邪乱国，有负先帝托孤之恩，其罪当废。"郭太后大惊道："皇帝在外，如何是好？"司马懿气势汹汹地回答说："请太后不要担忧，一切责任都在我的肩上。我这就与太尉蒋济、尚书令司马孚写表，派人申奏皇帝。曹爽纵有飞天的翅膀，我也要他伏法。"郭太后心中惧怕，只得由着他。

鲁芝时任大将军司马，赶来通知参军辛敞说："司马懿发起政变，要赶紧出城去禀告皇帝和大将军。"辛敞急忙回到后堂更衣。姐姐宪英问道："你怎么这样慌张？"辛敞说："司马懿发起政变，城中到处都是刀光剑影，我要赶去禀告皇帝和大将军。"姐姐宪英说："大将军不是司马懿的对手。你纵然赶去，他也一定会失败。"辛敞问："那我还要去吗？"姐姐宪英说："明知是失败，也要毅然前去，这便是你的职守。"辛敞听从姐姐的话，便与鲁芝率领数十骑亲兵，从开阳门斩将夺门而出。

大司农桓范赶到平昌门时，城门已经关闭。门将司蕃，乃是桓范的旧部。司蕃问：“大司农要去哪里啊？”桓范说：“奉太后诏令，去面见皇帝。”司蕃问：“太后诏令？”桓范喝斥道：“你是我的旧部，怎么这样无礼？”司蕃无奈，只得打开城门。桓范出了门，回头说道：“太傅造反，你跟随我一起走吧！”司蕃大惊，急忙追赶上来，却哪里来得及。只见桓范快马加鞭，一溜烟去了。司马懿听到禀报，大惊道：“桓范人称智囊，他都跑了，大事不妙啊！”蒋济说：“曹爽不过是一匹驽马，只会贪恋马槽里的那点儿马料。桓范纵然有海洋似的智慧，也不可能得到他的重用。”司马懿听了，这才稍稍有一些心安。

但司马懿还是不放心，召来许允、陈泰说：“你二人去见曹爽，就说我不为别事，就为他兄弟几个太过跋扈，只想削减他的兵权而已。”许允、陈泰一声应诺，出城去了。司马懿还是不放心，又想起一个人来。此人姓尹，自小为曹氏家奴，并无名字，生得浓眉大目，都叫他大目；时任殿中校尉，深得曹爽信任。司马懿对大目说：“我与蒋太尉在此指洛水为誓，只为兵权，别无他意。你也去见曹爽，要他放心回来。”大目满腹疑惑，也上马去了。

374. 曹爽一夜不能成眠

话说魏主曹芳已经祭拜了高平陵，与曹爽几个就在大石山搜猎。忽然从洛阳飞来急报，说司马懿在洛阳发起兵变。曹爽大惊，差点儿落在马下。过不一会儿，司马懿的信使也到了，就在曹芳马前申奏道：“我至今还记得，十年前明皇帝诏见大将军曹爽与我，把国家大事都托付给我们两个。事到如今，没想到曹爽却背弃了明皇帝的遗命，一心只为专权营私，不惜败乱国典。我虽老迈，却愿以江山社稷为念，与太尉蒋济、尚书令司马孚联名奏报皇太后，请求罢免了曹爽兄弟的兵权。承蒙皇太后恩准，而今再次奏报皇帝陛下，请陛下裁处。”

魏主曹芳听得发呆，问曹爽说："太傅说得对吗？你该怎么办呢？"

曹爽不知道该怎么办，回头来看几个弟弟。曹羲说："司马懿老谋深算，连诸葛亮都斗不过他，何况你我兄弟？不如把自己绑了去见他，以免一死。"正说着，参军辛敞、司马鲁芝到了，禀报说："太傅把洛阳城围得跟铁桶似的，又在洛水浮桥那边屯起大军。大将军已经不可复归，要赶紧决定大事。"正说着，大司农桓范也到了，对曹爽说："司马懿发起政变，设局好不凶恶。请大将军护送天子驾幸许昌，调集各路兵马问罪于司马懿。"曹爽说："我全家妻小都在城中，岂可忍心抛弃？"桓范回答说："大将军与皇帝相依为命，天下谁敢不从？况且大将军有兵权在手，要兵有兵，我是大司农要粮有粮，司马懿又能把你我怎么样呢？倘若大将军不听我劝，自投死地，全家老幼便都在司马懿的把玩之中了。"曹爽犹豫不决，只知道发愁和哭。

过不一会儿，侍中许允、尚书陈泰也到了，禀告说："太傅不为别事，只想争夺大将军的兵权而已。请大将军不必惊疑，早早回城。"过不一会儿，殿中校尉尹大目也到了，禀告说："司马太傅与蒋太尉以洛水为誓，只为兵权，并无他意。有蒋太尉书信在此，请将军过目。"曹爽把蒋济的书信看了几遍，又给几个兄弟看，都是犹豫不决。桓范再次劝告说："大将军若是交出兵权，生死可就由不得你啦！"

这一夜，曹爽长吁短叹，不能成眠。一会儿起了信心，拔剑在手。一会儿又泄气，把剑插入鞘中。直到天亮，脸上都是泪痕。桓范入帐催问他说："大将军思虑一夜，打算怎么决定？"曹爽站起，把宝剑扔在地上，回答说："我情愿放弃兵权，也不做官，但为一富家翁足矣！"桓范吃了一惊，出帐大哭道："从前曹真是何等睿智，谁知生下这兄弟四个，一个个愚蠢得跟小猪一样！"

375. 张当的供状

此时日头高起，许允、陈泰也来帐中催问。曹爽令主簿杨综交出大将军的印信，杨综大哭道："主公今日舍了兵权，明日却不免问斩于东市啊！"曹爽也跟着哭，回答说："要相信太傅，必然不会失信于我。"许允、陈泰便取了印信，先回洛阳去了。众将眼见曹爽失势，顿时一哄四散。

司马懿等候在浮桥那边，见到曹爽兄弟四人，笑容可掬。曹爽诚惶诚恐，再三鞠躬致意。接着，司马懿又见到了桓范，不禁感叹说："可怜了大司农一片心肠！"桓范低头不语，径自入城而去。待到曹爽兄弟四人入住家中，司马懿就用大锁锁住了他的大门，又派出便衣八百人围守四周，将全家老幼软禁起来。一连多日，内外不通消息，曹爽心中好不忧闷。夫人刘氏说："家中缺粮，你可写信向太傅借粮。他若是愿意借粮，说明全家还有活路。"曹爽便写下一封书信，令人送去。司马懿倒也爽快，立即送来一百斛米粮。曹爽大喜道："太傅果然只要兵权，并无害我之心！"

谁知此时司马懿早将黄门侍郎张当拿在狱中问罪。张当挨打不过，供称曹爽兄弟与何晏、邓扬、李胜、毕轨、丁谧等人谋反，要在三月间起事。司马懿拿到供词，立即动手，将曹爽一党全部问斩于市曹。可怜桓范一代智囊，竟然也被累及三族。司马昭说："辛敞、鲁芝斩关夺门，理应同罪。"司马懿回答说："辛敞之父、已故卫尉辛毗与我颇有旧情，我怎么忍心断了他们辛家的香火？"便法外开恩，特赦了辛敞；大将军司马鲁芝，也很奇怪地得到了宽恕。

接着，魏主曹芳便以司马懿平叛有功，拜为丞相，加九锡。司马懿再三谦让说："老臣老矣，不堪任重。请陛下垂爱于我的两个儿子，也让他们有机会报效国家。"曹芳便起用司马师为抚军大将军，起用司马昭为安西将军。同年，改正始十年为嘉平元年。至于嘉平三年八月戊寅日，司马懿在洛阳薨逝，享年七十三岁。次年正月，司马师升任大将军，总领枢密大事。

消息传到江南，孙权慨然长叹说：“北方兴起司马氏父子，难道是上天给魏国的报应吗？”时值东吴太元元年秋八月，大风掀起海啸，海水汹涌而入，并将武烈皇帝孙坚陵园所种松柏尽皆拔起。孙权因此受惊成病，至次年四月驾崩，寿终七十一岁。

第九十一章

司马师的左眼长了一颗肉瘤

从前汉献帝在衣带上写血诏，而今曹芳也在龙凤汗衫上写血诏，这不分明就是把司马氏父子比作董卓、曹操吗？在大将军司马师看来，魏主曹芳实在是太不懂事了。就在这时，他的左眼长了一颗肉瘤。

他需要一个懂事的皇帝。他废掉了曹芳，改立曹髦为帝。接着，他给他的左眼做了外科手术，在府中静养。没想到镇东将军毌丘俭和扬州刺史文钦兴师问罪，他便蹶然而起，带着伤病踏上了征途。

376. 魏主曹芳的血诏

魏主曹芳其实是一个可爱的孩子，但在大将军司马师看来，却不是一个好皇帝。为什么呢？因为他只会装可爱，但欠缺一个好皇帝应有的主见和决断力。曹芳呢，也很为难，因为司马师需要的并不是曹芳的主见，而是曹芳常常不能给出合他心意的主见。于是，司马师越来越不耐烦，曹芳也越来越怕他。这一日，司马师身配宝剑上朝，吓得曹芳慌忙下阶来迎。司马师喝斥道："自古以来哪有皇帝讨好臣子的道理？请陛下注意自己的身份！"入座以后，群臣议事，司马师独断专行，仿佛身边并不存在曹芳这位皇帝。

等到司马师起身离去，群臣也各自散去。曹芳环顾大殿，只剩下太常夏侯玄、中书令李丰、光禄大夫张缉三人。曹芳心有不平，邀请三人到密室说话。三人之中，张缉乃是皇后张氏的父亲，当朝的国丈。曹芳就拉着张缉的手，哭诉道："司马师把朕呼来喝去，如同小厮一般使唤，哪里还有君臣伦理可言？"李丰说："从前武皇帝、文皇帝、明皇帝，都知道司马懿狼子野心。只因国家危难，需要用他，竟然把他父子豢养成大患。如今司马懿虽死，司马师、司马昭兄弟二人早晚要篡夺皇位。"夏侯玄说："武皇帝创业不易，岂能把江山断送给司马师这样的强贼？张缉说："陛下可写下一道血诏。我三人便可奉诏招募死士，设计剿灭司马兄弟。"曹芳便脱下龙凤汗衫，咬破指尖，写道："兹有司马师兄弟，挟持朕躬，肆意妄为，图谋篡逆。诚望各方忠义之士，为国讨贼，匡扶社稷。功成之日，必有名爵重赏。"写完，授予张缉，一再叮嘱三人小心行事。

谁知三人刚出东华门，却见司马师已等候多时。司马师问："你们三个怎么到现在才退朝啊？"李丰说："啊，啊，陪皇帝读书去了。"司马师又问："读的什么书啊？"李丰说："都是一些历史书，伊尹啦，周公啦，诸如此类。"司马师冷笑道：“什么历史书？借古喻今吧？刚才你们和皇帝在密室里哭什么？”三人大惊，回答说：“实无此事。”司马师喝令武士们搜身，一番折腾，从张缉身上搜出一件龙凤汗衫来。司马师看了血诏，勃然大怒道：“我们司马家的父子兄弟，为国立下多少功勋，你们竟敢妄图谋害，真是天理难容！”下令将三人打入狱中，并搜捕他们的族人。

377. 司马师说：“我只要一个懂事的皇帝。”

话说魏主曹芳有一把宝剑，每日佩带在身边。这一日午寐，那宝剑却不翼而飞，只剩下一只空鞘。曹芳便对张皇后说：“朕有不祥的预感，好像要出什么大事。”正在惊疑，只见司马师怒气冲冲，直闯而入，质问说：“陛下八岁登基，全靠我们司马家悉心扶持。以家父的功德，其实不在周公之下。却想不到你竟然恩将仇报，与小人串通，想要谋害我们兄弟两个！”曹芳辩解说：“大将军这是说什么话？朕何曾恩将仇报？”司马师就把那件龙凤汗衫扔在曹芳面前，质问说：“你且看看，这是谁干的好事！”

曹芳吓得魂飞魄散，战栗着回答：“这，这，这不是朕的本意。”司马师冷笑道：“不是你的本意？难道是夏侯玄、李丰、张缉逼迫你干的？”曹芳扑通一下跪倒在地，哀告说：“都是朕的罪过，请大将军饶恕！”司马师傲然而立，说道：“陛下给臣子下跪，像什么样子？既然不是陛下的本意，我便不怪你就是。”却忽然手指张皇后说道：“唯独这个皇后，是反贼张缉的女儿，必须除灭！”曹芳大惊，就在地上磕头如捣蒜，请求司马师饶命。司马师不由分说，喝令左右捉住张皇后，拖到东华门，用白练绞死。过不多日，又将夏侯玄、李丰、张缉和他们的族人押到东市处斩。

话说司马师原本是饶恕了曹芳，谁想转头又改变了主意。于是大会群臣说：“当今皇帝，做事荒唐，颇不懂事，不堪为天下之主。我想依照伊尹、霍光的旧例，为国家另立新君，你们以为如何？”众人都回答说：“大将军就是当代的伊尹、霍光，有何不可？”司马师便率领群臣来见郭太后。郭太后问：“大将军想立何人为君？”司马师说：“我看彭城王曹据是个贤人，可以立为新君。”郭太后说：“那怎么行啊？论辈分，彭城王是文皇帝的弟弟、明皇帝的叔叔，哪有叔叔给侄子做继承人的道理呢？”司马师说：“我只要一个懂事的皇帝。太后若有合适人选，我也依从。”郭太后说：“明皇帝的亲弟弟东海王曹霖，膝下有一位王子曹髦，被封为高贵乡公。虽然只有十三岁，却是一表人才，又懂得温恭克让，是个很好的人选。”司马师回答说：“很好，我情愿依从太后的旨意。”便一面派遣使者到郯城去接曹髦，立为新皇帝；一面勒令曹芳收拾细软，搬出皇宫。

曹芳大哭了几场，对光禄大夫王夔说：“朕记得当年董卓在嘉德殿发动政变，废掉了少帝刘辩，改立陈留王刘协为帝。而今以司马师的专横跋扈，又与董卓何异？”王夔急忙捂住他的嘴巴说：“不可任性瞎说，小心他要了你的脑袋！”曹芳只得住嘴，拱手让出传国玉玺，带着几个忠义之臣迁往河内居住。

378. 少年文鸯当先杀入寨来

话说曹髦继位为新皇帝，改嘉平六年为正元元年；特赐黄钺给大将军司马师，准允他享有入朝不趋、奏事不名、带剑上殿的特权。消息传到扬州，刺史文钦大怒，前来拜谒镇东将军毌丘俭，说：“司马师专权，竟敢废置皇帝，与董卓当年何异？将军为一方大员，应当起来主持正义。我虽不才，却也愿追随在将军左右，舍死效命。”毌丘俭便与文钦酹酒为誓，密谋起事。次年春正月，有彗星数十丈长，从吴、楚分界之处开始，跨过了西北的天空。毌丘俭大喜道：

“这是吉祥的征兆啊，看来我们的大事必然能够取得成功！”于是诈称有郭太后密诏，尽起淮南各路兵马，向北讨伐司马师的种种大罪。

此时司马师恰好有恙。他的左眼长了一颗肉瘤，又痛又痒，便吩咐医官割了它，用药敷住，在府中静养。忽然听到淮南告急，蹶然而起，叫道：“除非我亲自上阵，否则怎么破得了毌丘俭？”便令弟弟司马昭留守洛阳，自己带病出征。这一日，司马师亲率大军来到乐嘉，在城西立下营寨。只为一路颠簸，疮口剧痛，司马师只好躺在帐中歇息。又问左右说：“我与邓艾约定在此会师，他怎么还没有来？”等到黄昏，忽然喊声大起，一员小将当先杀入寨来。司马师大惊，顿时迸裂了疮口，连同眼珠子一起迸发出来，流了一床的淤血；又恐怕乱了军心，只得用牙奋力咬住被头，把被头咬得湿烂。

原来那一员小将乃是扬州刺史文钦之子文鸯，年方十八，手执长枪，腰悬钢鞭，骁勇非常。几番冲突，杀到天明，只见一路大军从北面赶来救援，为首的大将，正是司马师苦苦等候的邓艾。文鸯毫无惧色，跃马上前，挺枪就刺，大战五十回合，不见胜负。忽然魏军从前后夹攻而来，文鸯身边亲随都被打散，只剩下单人独马，望南而走。魏军众将欺负他落单，聚集了数百铁骑，从四面围合而来。文鸯逃到乐嘉桥边，忽然勒马回头，大喝一声，返身杀入魏军阵中；钢鞭起处，纷纷落马。魏军退了一程，聚在一处议论说：“我等从军多年，岂能容许这个小子猖狂？一定要追上去，击杀了他！”于是又集合了悍将百员，再来追赶。文鸯返身怒吼道：“你们这些鼠辈，还真是不怕死啊！”提马再次杀入魏军阵中，用钢鞭打死数人。一路上，魏军连续追赶了四五回，都被文鸯一人杀退。于是，那魏军之中便有老兵赞叹说：“小子如此骁勇，就是长坂坡上的赵云也不过如此啊！”

文鸯回来，找见父亲，问道：“我与父亲相约两路夹攻司马师，怎么不见父亲前来？”文钦回答说：“我在夜间行军，迷失在山谷之中，到天亮才得出山，因此贻误了战机。”父子二人懊恼不已，只得收集人马，退守寿春。不料寿春早被诸葛诞夺取，从城上飞下乱箭。过了数日，胡遵、王基、邓艾三路大军杀到，父子二人只得奋力杀出重围，投奔东吴去了。

话说邓艾打败文钦，返身杀往项城。毌丘俭抵挡不住，率领几十员亲兵逃到慎县。县令宋白开门接入，设宴款待。毌丘俭大醉，被安风津都尉张属一刀砍了头颅，拿来献给邓艾。于是淮南各郡各县，都被诸葛诞和邓艾一一平定。

379. 司马师薨逝以后

且说司马师发作了疮口，日夜疼痛，憔悴不堪。等到班师返回许昌，已经是奄奄一息。自料时日不长，便派人到洛阳请来司马昭，要交代后事。司马昭扑倒在床头，放声大哭。司马师叹息着说："你我兄弟身在权利场上，有多少人在暗中咬牙切齿，要置我们于必死。我死以后，你要继承我的职位，紧握大权，切切不可轻信他人。稍有闪失，便是灭族之祸。"说罢，把大将军印亲手交付到司马昭手中。次日丑时，司马师气绝而死，寿终四十八岁。司马昭悲痛不已，一面派人向亲族发丧，一面写表申奏魏主曹髦。

曹髦到底是个孩子，接到奏报，脱口说道："大将军一死，朕却倍觉轻松。"冗从仆射李昭会意，立即启奏说："大将军既已薨逝，陛下何不着手选拔一批忠君爱国的臣子，重新安排人事？"曹髦心灵剔透，一点就通，便下诏升任司马昭为卫将军，令他驻守许昌；又令尚书傅嘏率领大军，回归洛阳复命。司马昭接到诏书，心中狐疑。钟会说："大将军刚刚薨逝，朝中人心叵测，你若留守于此，一旦有变，追悔莫及。"司马昭点头称是，便不肯留守许昌，亲率大军返回，屯驻在洛水南岸。

曹髦大惊，便身穿素服，与太尉司马孚、太常王肃、司空陈泰一起，亲到军中凭吊司马师，并想趁机收缴大将军印。司马昭说："这颗大将军印是我兄长用性命换来的，岂可轻易让与他人？况且朝中舍我之外，更有何人能做大将军？"曹髦与群臣听得面面相觑，只得默然离去。过了数日，太常王肃入宫启奏说:“司马昭已经接掌了大将军的实权，陛下哪里还有别的办法？何不做个顺水人情,再给他一个大将军的名分？”曹髦无奈,只好令王肃再往军中宣读诏书,任司马昭为大将军、封为高都侯。司马昭转怒为喜,这才将司马师归葬于峻平陵,然后入朝谢恩。

到了次年五月，邺城、上洛各地官员都来上表，奏称天降甘露。曹髦问:“何谓甘露？”太尉司马孚说:“甘露这种东西，是上天降下的神浆。陛下请看，其凝如脂，其甘如怡，食用了它能活到八百岁哩。”曹髦举匙而食，果然甘甜如怡，心情大悦，于是改正元三年为甘露元年。群臣都来启奏说:“上天之所以降下祥瑞，都是因为有大将军司马昭啊！”曹髦无奈，只得加封司马昭为高都公，采邑七百里。同年八月十六日，又赐给他黄钺，使得他有权统领全国各路兵马。至此，司马昭权势显赫，已经超越了他的父亲司马懿和兄长司马师。

第九十二章

不愿做汉献帝的曹髦

魏主曹髦身上集合了魏武帝曹操的英武、陈思王曹植的文采和汉献帝刘协的命运。当他再也不愿意做汉献帝时，便只能壮烈地死去。

380. 少康与刘邦谁更厉害?

话说魏主曹髦虽然年幼，却颇是敏而好学。这一日，在太极东堂宴请群臣，评论历史。曹髦说:“若论历代帝王，朕最敬佩的还是少康。那时候，少康的父王相被寒浞杀害，可是少康却在艰难困苦中光复了先祖大禹的功业。”侍中荀顗说:“少康只是一个中兴之君，可以跟汉朝的光武皇帝刘秀相提并论。但却比不上汉高祖刘邦。”曹髦说:“创业之君未必比中兴之君更优秀。你们看看少康，虽然是一个王子，却在亡国以后出生，命运颠沛流离，沦为人家的奴隶，但他却凭借着深厚的德行和被广为传颂的仁义，使得夏朝焕然复兴。你们再看看汉高祖，不过是遇到了秦朝土崩瓦解的好时机，凭借的只是权谋和武力，论德行却近乎一个无赖。如果让汉高祖和少康互换一下时代，他很显然就不如少康那么有担当和有作为。请各位细细想来，是不是这个道理?”

尚书崔赞说:“陛下说得对，若论德行，当然是少康更优秀。但若是考核功绩，那么汉高祖更胜一筹。还有创业的资本问题，少康似乎比汉高祖更有条件一些，汉高祖似乎比少康更艰难一些。”曹髦说:“汉高祖从一无所有中创业，确实艰难。但各位是否想过，自古以来有几个人愿意坚守自己的德行并因此成就大事呢?与之相反，凭借权术和武力成功的人却是那么多。况且圣人早就说过，最上等的是立德，其次才是立功。因此朕以为，无论汉高祖有多大的功劳，都比不上少康在德行上的光辉。”大臣们听了，都很佩服他的见识。

黄门侍郎钟会将曹髦的谈论转述给大将军司马昭听。司马昭问:“你又怎么看待他呢?”钟会感叹说:“他到底是曹家的子孙啊，既有陈思王（曹植）的文才，也有武皇帝（曹操）的英武。”司马昭却冷笑着说:“从前汉献帝也是一天到晚跟臣子们谈论德行，结果又怎么样呢?还不是拱手把皇位让给了强者?

这是一个弱肉强食的世界，怎么可以听信德行之类的迂腐之论！”

次日朝会，廷尉贾充出班启奏说：“陛下既然要以德行立国，就应该尊崇有德行的大臣。大将军功德巍巍，理应进位为晋公。”群臣听了，纷纷起来附议。曹髦吃了一惊，只把头来低着，却不愿言语。司马昭冷眼旁观，良久问道：“陛下是什么意思？对大臣们好歹也要有个回复啊！”曹髦还是不愿言语。司马昭便勃然大怒，厉声喝斥道：“我司马氏父子兄弟三人，为国立有大功，就算不做晋公，也应该得到你的尊重。你这么不言不语，难道是小瞧我吗？”曹髦涨红了脸，嗫嚅着分辩说：“并不是这样啊！”司马昭一声冷笑，站起身来，拂袖而去。

381. 不愿做汉献帝的曹髦

甘露五年夏五月初六日戌时，曹髦在陵云台召见侍中王沈、尚书王经、散骑常侍王业。“三王”来时，只见数百名宿卫军已经整装待发。王经问道：“陛下这是要干什么？”曹髦说：“司马昭之心，路人皆知。朕已经不能忍受被他肆意欺凌的耻辱，将要带领你们一起去讨伐他。”“三王”听说，大吃一惊。王经说：“司马昭手握兵权号令天下已经很久了，在朝廷和地方上任职的官吏几乎全是追随他的势利小人。陛下凭借区区数百名宿卫军能做什么大事？请您一定要隐忍，否则会惹出可怕的祸患来。”曹髦把已经写好的讨贼诏书扔在地上说：“朕已经做好了决定，我宁可这样死，也决不像汉献帝那样生。”随即拔剑而起，登上龙辇，率领群臣和宿卫军呐喊着冲向云龙门。

王沈、王业在后面对王经说：“事情来得危急，你我赶紧到大将军府上自首，免得惹来灭族之祸。”王经大怒道：“你们平日里满嘴忠孝仁义，怎么事到临头就露出了小人的本相呢？”王沈羞急，回答说：“忠孝仁义说说也就罢了，事到临头不能不识时务。”便撇下王经，与王业两个飞马报告司马昭去了。

话说曹髦冲到云龙门，正遇着屯骑校尉司马伷率领的骑兵队。黄门从官焦伯一马当先，怒声呵斥司马伷说：“皇帝陛下在此，只要你们胆敢挥舞一下兵器，天下人就会共同讨伐你们的忤逆大罪。”骑兵们顿时惊惧，从司马伷身边各自散去。贾充新任中护军，急忙点起禁军赶来，与曹髦的宿卫军激战。曹髦大怒，亲自驱车上前拼杀。太子舍人成济问道：“皇帝身份尊贵，都不敢动，你说该怎么办？”贾充骂道：“大将军平日里养着你们这些人，不就是为了今日吗？”成济便执戟在手，又问道：“是要死的，还是要活的？”贾充大叫道：“大将军有令，只要死的！”成济便奔向龙辇，挺起长戟，直往曹髦前胸刺来。

曹髦喝问道：“匹夫岂敢无礼？”话音未落，长戟已经飞风而至。曹髦前胸顿时血如泉涌，扑通一声撞倒在龙辇之下。王经随后赶来，手指贾充和成济，厉声大骂道：“你们这些弑君的逆贼，就不怕上天的降罪吗？”贾充一声冷笑，喝令将王经绑在车轮上，派人飞报司马昭。

大将军司马昭第一个赶到，却装作无比震惊的模样，跪在地上一面大哭，一面静观事态变化。太傅司马孚第二个赶到，他抱起曹髦，把曹髦的头枕在自己的大腿上，哀哭道：“陛下被弑，都是我做太傅的罪过啊！”紧接着，太尉高柔、侍中荀顗、尚书崔赞也纷纷赶来，伏拜在龙辇之前，一片哀哭。

382. 成济是一只替罪羊

次日，司马昭召集群臣在东堂议事。尚书仆射陈泰披麻带孝，一路号啕大哭着进来，拜倒在曹髦灵前。司马昭也跟着哭，问道：“我也想不到会发生这样的事，请问该怎么处理啊？”陈泰说：“必须问斩贾充。这样这样，才能稍微安抚天下的激愤。”司马昭沉吟良久，又问：“还有别的办法吗？”陈泰说：“这已经是最无奈的办法了，难道还要问责更大的官员吗？”

司马昭听了，沉默良久，说道：“我以为这件事情真正的罪魁祸首，乃是王经。若不是他离间重臣、教唆圣上，怎么会激起这样的巨变？”便一声令下，派人收捕王经全家，王经被绑在廷尉厅下，忽然看见母亲被推了进来，顿时大惊，叩头大哭道：“都是孩儿不孝，连累了慈母！”王母大笑道：“人生哪有不死？只要死得其所，便没有憾恨！”次日，王经全家被押往东市问斩。只见母子二人含笑自若，满城士庶无不动容。

太傅司马孚请以帝王之礼厚葬曹髦，司马昭表示同意。于是将曹髦葬在洛阳西北三十里瀍水与涧水交汇之处的山岗上，却不设旌旗，也没有谥号。出殡那日，沿途都有老百姓聚在一起观看，纷纷议论说：“就是那个皇帝，年纪轻轻的就被司马昭杀了。”屯骑校尉司马伷回来对司马昭说：“群情激愤，不杀人不足以平息。”司马昭想了想，说：“动手杀人的是成济，应该砍了他，把他的脑袋挂在城门示众。”

这天晚上，成济刚刚入睡。忽然听见官兵进来抓人，已经抓了他的哥哥成倅。成济来不及穿衣服，四处奔逃，最后光着身子爬到屋顶上站着，大骂司马昭说：“杀害皇帝的不是我，是司马昭！他才是真正的乱臣贼子，我不过是一只被他使唤的狗，而今又被他当成了替罪的羊！”官兵就在下面团团围住，一阵乱箭将他射倒，骨碌碌地滚落下来，像包袱一样摔在地上。

事情过去了二十多天，中护军贾充对司马昭说：“曹髦既然已经死了，大将军何不自登皇帝位，君临天下？”司马昭说：“曹髦若是不死，我也许还有做皇帝的福分。曹髦既然拼死抗争，我若做了皇帝，则天下人都知道我是篡贼。事已至此，我只能做魏武帝。”于是将燕王曹宇之子曹璜确定为候选人，接入京城，改名曹奂。同年六月，曹奂登基为新皇帝，改甘露五年为景元元年，拜司马昭为相国，封为晋公。司马氏家族的子弟，凡是没有爵位的，都被封为亭侯，赐钱千万、帛万匹。

消息传到成都，后主刘禅感叹说：“司马氏兄弟两个，司马师好比董卓，司马昭好比曹操，都是多么心狠手辣的人啊！可怜曹操父子、祖孙三代苦心经营，竟然落得一报还一报的下场！”奉车都尉黄皓说：“恭喜陛下，这是上天赐给您的福分啊。司马昭残杀魏主曹髦，魏国人心动乱，必然自顾不暇，哪里还有闲心来侵犯我国的边界呢？蜀中的老百姓从此又可以过上好几年的太平岁月哩。”后主刘禅听了，认为黄皓说得很对。

第九十三章

在剑阁抵挡钟会

唐人张怀瓘评论钟会的书法，称之为妙品，但比神品要差一点。而今我来评论钟会的学问和才华，也可称之为妙品，但比神品要差一点。

钟会的确很优秀，但还没有优秀到谦卑的程度。他的野心成就了他，但也害了他。他好像一个在梦中做梦的人，他以为他在控制着这个世界，却想不到他也被别人控制着。这便是司马昭的厉害之处，他已经预设了钟会的结局。

相比较而言，后主刘禅可不是一个坏皇帝。先主刘备教育他说："勿以善小而不为，勿以恶小而为之。"这样教育的结果，就是刘禅对小善小恶的关注，却没有能够培养出他的雄才大志。在那个战争的年代，他的平庸造成了他的无所作为、被动挨打和最终的失败。

383. 钟会做了镇西将军

话说司马昭自从做了晋公，越发踌躇满志。景元四年夏，司马昭与群臣议事，说道：“蜀汉自诸葛亮以后有蒋琬、费祎，这两个人虽有贤名，却没有什么作为。费祎以后有个姜维，时常犯我边境，我有邓艾据守，却也有惊无险。而今我军兵员充沛、粮草丰足，我打算先取西蜀，然后水陆并进直取东吴，诸位以为如何？”群臣都说：“不可。姜维颇得诸葛亮真传，即使是邓艾也只有防守之力。我若出兵深入，置身于蜀道之中，必然被姜维所扼制。”

司马昭甚是扫兴，又问钟会。钟会说：“蜀中大将，可畏者只有姜维一人。如今姜维在沓中屯田，只要邓艾能够拖住他，大将军即可另遣一军袭取汉中。”司马昭大喜，一面令征西将军邓艾调集陇西各路军马向甘松、沓中等地集结，以牵制姜维；一面擢拔钟会为镇西将军，令他统筹征蜀事务。

钟会做了镇西将军，却在青州、兖州、豫州、荆州、扬州等五个地方监造大船。司马昭不懂，便召来钟会问话，说：“你出兵去攻汉中，哪里用得上大船呢？”钟会回答说：“我去攻打汉中，蜀汉必然求救于东吴。所以我先故作声势，令东吴不敢妄动。一年之后，蜀汉已破，大船也已造成，到那时再趁势讨伐东吴，岂不是顺理成章？”司马昭大赞道：“士季兄真是天下良将！”

景元四年秋七月初三日，是钟会起兵的日子。司马昭亲自到城外军营相送。只见钟会登台点将，左有监军卫瓘，右有护军胡烈，麾下上将八十余员，威风凛凛，令人震惊。西曹掾邵悌暗地里对司马昭说：“我看钟会志大心高。而今他手握十万大军，主公就不怕他出意外吗？”司马昭说：“我哪里有不知道的呢？群臣心怯，都不敢伐蜀。心怯则不能强战，强战则必败。只有钟会，胜算在胸，必然破蜀无疑。等到破了成都，蜀国人早已丧失了雄心斗志，魏国的军人们也想着回家，都不会跟着钟会造反。纵然钟会志大心高，到那时却也翻不起多大的风浪。”邵悌因此叹服。司马昭又叮嘱说：“这些话我只说给你一个人听，切切不可泄漏。”邵悌听了，赶紧连声应诺。

384. 生死关头的蒋舒和傅佥

话说邓艾在陇西接到诏令，立即召集众将议事。第一支令箭授给雍州刺史诸葛绪，要他率军去断姜维的归途。第二支令箭授给天水郡太守王颀，要他从左路攻打沓中。第三支令箭授给陇西郡太守牵弘，要他从右路攻打沓中。第四支令箭授给金城郡太守杨欣，要他从甘松去抄姜维的后路。邓艾自领三万大军，往来接应。

姜维在沓中得到消息，大惊失色，立即派人飞报后主，申奏说：“邓艾重兵围困沓中，必然另有所图。请陛下诏令左车骑将军张翼守住阳平关、右车骑将军廖化守住阴平桥；我这边也将自率本部兵马从沓中突围去援救汉中，确保汉中万无一失。还有东吴那一面，也请陛下火速派遣使者前往求救。”后主刘禅正与奉车都尉黄皓在园中游乐，当时看了奏表，感叹说：“姜维飞马告急，却不知如何应对？”那黄皓是个宦官，最会讨后主欢心，便劝慰说：“姜维驻守边关，哪一次不是飞马告急？见得多了，也就见怪不怪。况且那阳平关是一夫当关、万夫莫开，纵然有魏军赶来袭击，又岂能轻易得手？”后主深以为然，便随手将姜维的奏表弃置一边，因此误了大事。

话说钟会自领大军来取汉中，令先锋许仪在前面抢修栈道。这一日，钟会骑马经过一座桥梁，忽然塌方，陷住了马蹄，险些将他掀下马来。桥梁下面，都是深沟涧峡，惊得钟会一身冷汗。当晚宿营，将许仪唤到帐前，责骂他说：“我任用你做先锋，要你逢山开路、遇水筑桥。你怎敢敷衍塞责，做出这种豆腐渣工程，违背我的将令？”喝令左右推出去斩首。众人大吃一惊，都来求情，说：“请看在许老将军的情面上，且宽恕他一回吧！”许老将军，即已故武卫将军、壮侯许褚是也。岂知钟会不为所动，继续骂道：“许褚一代虎将，怎么生出这样一个孬种？况且军令如山，又怎可因为他一人而被废弛？”不由分说，令刽子手砍了许仪的脑袋，挂在辕门示众。三军将士看见，无不骇然。

九月，钟会分兵三路，一路令荀恺攻打汉城，一路令李辅攻打乐城，一路令胡烈攻打阳平关。阳平关的守将，乃是傅彤之子傅佥，任职关中都督。副将蒋舒对傅佥说：“魏军远来疲惫，不宜闭关自守，应该主动出击，打他一个措手不及。”傅佥回答说：“魏军来势凶猛，怎能轻率出战？况且你我奉令守关，只要守住就是功劳。倘若失守，不仅辜负了国家，而且有辱自己的忠坚之名。”蒋舒说：“你以保守关城为功劳，我以出战破敌为功劳，请让我们各行其志。”执意要率领本部兵马出战。胡烈接着与蒋舒交战四五个回合，诈败而走，将蒋舒引入重围。蒋舒左右冲突，挣脱不得。胡烈挽弓搭箭，射中那马的后臀。那马一声长啸，抬起后腿，将蒋舒掀翻在地。魏军从四面围上来，擒住蒋舒。胡烈就问：“生死关头，可愿投降？”蒋舒哭丧着脸，回答说：“败军之将，哪里还有别的选择呢？”

傅佥在阳平关上看见蒋舒去而复返，急忙开门来迎，不料蒋舒却趁势带领胡烈杀入关来。傅佥急忙下了关楼，飞马赶到门前死战。胡烈大叫道：“生死关头，还不投降？”傅佥回答道：“我们老傅家只有战死的将军，没有投降的将军。”就在门洞里奋力击杀魏军将士二十余人，直到最后与马匹同时摔倒在地，被一顿乱枪刺死。钟会于是入驻阳平关，大喜道：“阳平关既得，汉中便已尽在我的拿捏之中。”

385. 诸葛亮显灵

次日，钟会过了汉水，在南岸宿营，半夜里忽然听见四周喊声大震。钟会慌忙起来穿衣，出营来看，周遭却并无动静。次日三更，喊声又起，吓得魏军人人惊慌，一夜都不敢睡。钟会好不惊惧，挨到天明，派人四处打探。回报说：“方圆十几里之内，人烟断绝，并无驻军。”

钟会只觉奇怪，便率领数百名亲兵，一个个全副武装，四处巡哨。远远望见一山，愁云翻卷，阴风袭人。钟会勒马问道：“这是一座什么山？”向导官回答说：“此名定军山，四十四年前征西将军夏侯渊殁于此地。”钟会听了，心情颇是低落。转过山坡，风力大作，仿佛千军万马掩杀而来。钟会大叫：“不好！”率领一众亲兵纵马而逃。等到逃回大营，你看看我，我看看你，不是丢失了头盔，就是摔破了头皮，纷纷惊叹说：“只觉背后千军万马杀来，吓死人了，却不过是一阵旋风而已。”钟会就问降将蒋舒：“定军山有神庙吗？”蒋舒回答说：“并无神庙，只有诸葛武侯之墓。”钟会感叹说：“这一定是诸葛亮显灵，我得率领众将一起去祭祀他。”

钟会便令左右备好牺牲，亲到武侯墓前拜祭。顿时阴风止息，愁云四散，露出了久违的晴光。午后回到大帐，钟会倦极，伏在案上假寐。忽然一阵清风吹来，只见一个人，头戴纶巾，手摇羽扇，飘然而至。钟会起身相迎，问道：“请教先生高姓大名，从哪里来，有什么见教我的吗？”来人慨然长叹道：“我此来有好言相劝。将军既入汉中，但请告诫三军，不可残杀生灵。”钟会说：“带兵打仗，哪有不杀人的？”来人冷笑道：“你只要纵兵烧杀，人间便会立即沦为地狱。到那时满地狱都是冤仇，必然也要你葬身其中。我为将军着想，请好自为之！”说罢，拂袖而去。

钟会想要追赶，忽然扑倒在案前惊醒。这才知道是诸葛亮托梦，不胜诧异。便制作了几千面白旗，上书“奉诸葛武侯灵命”“保境安民”两行大字，发放给各队佰长张扬；又传令三军所到，不得骚扰百姓，如有妄杀必然以命偿命。于是，汉中各县百姓惊恐稍安；钟会所到之处，亦是望风归降。

386. 姜维退守剑阁

话说姜维在沓中，几番冲突，杀出重围。前方探马来报：“魏将诸葛绪驻守在阴平桥头，切断了归路。”姜维感叹说：“邓艾处处算计，难道真是要置我于死地吗？”副将宁随说：“诸葛绪既然率军驻守在阴平桥头，雍州必然少有兵马。大将军若从孔函谷去取雍州，诸葛绪便一定要从阴平分兵赶去扑救。到那时大将军再返身杀回，即可夺占阴平桥头，去守剑阁。”

姜维大赞：“好计！”下令大军扬起旌旗，从孔函谷直奔雍州。诸葛绪听到探报，大惊道：“我是雍州刺史，倘若丢失了雍州，其罪不小。”便急忙带领大军扑救雍州，只留一员都尉值守桥头。姜维向北已经走出五十里路，忽然返身回奔。桥头果然只剩下小队魏军，被姜维冲杀得五零四散。姜维便过了阴平桥，在白水关遇着廖化。廖化说：“白水关乃是四战之地，不易久守，不如退守剑阁。”两人便合兵一处，连夜赶往剑阁。

剑阁守将张翼，闻听钟会调集十路大军杀来，日夜惊恐不安。忽然见到姜维，悲喜交加，哭诉道：“都是皇帝陛下胸无大志，不肯发愤图强，致使今日有亡国之祸，却说如何是好？”姜维说：“伯恭兄倒也不必悲观。剑阁连山绝险，一夫当关，万夫莫开，又有诸葛丞相的十矢连弩，钟会想要攻取，势比登天还难。”正说着，诸葛绪从雍州率领大军杀到大剑山下。姜维大怒道：“诸葛绪是个什么东西，竟敢欺负到了我家门口！”率领五千精兵，猛虎般杀下山来。

诸葛绪抵挡不住，败走二十余里，正好遇着钟会。钟会责问他说：“邓艾要你切断姜维的归路，你是怎么把他放回剑阁的？而今又擅自攻打剑阁，一败涂地，哪里还有大将的风范？”喝令左右推出去斩首。监军卫瓘说：“诸葛绪虽然有罪，但他却受邓艾的节度。将军若是杀了他，岂不是叫邓艾难看？”钟会说：“我奉诏征蜀，就是邓艾有罪，也当斩首！”卫瓘再三劝阻。钟会便将诸葛绪套上枷锁，派人送往洛阳，听凭司马昭发落；同时又将诸葛绪部属，全部收在麾下调遣。

早有人报与邓艾。邓艾大怒道：“他钟会与我一样的官品，为什么要妄自尊大？就连我麾下的大将，他也敢动？”邓艾的儿子邓忠就在旁边，劝说道：“钟会如此骄横，早晚有人跟他计较，父亲又何必把他放在眼里？”邓艾沉吟良久，回答说：“你说得对，但他既然叫作钟会，我便去会会他。几年不见，我倒要看看他摇身变成了一个怎样的人物？”

387. 邓艾要出奇兵

钟会听说邓艾要来，问道：“他带了多少人？”左右回答：“只有十几员轻骑。”但钟会依然有些害怕，特意选拔了数百名武艺高强的亲兵布置在帐内帐外。邓艾下马入寨，见他如临大敌，暗自冷笑。

两人入席饮宴。邓艾举杯赞道：“将军夺取汉中，立下大功。接下来只要破了剑阁，便可直指成都。”钟会说：“剑阁连山绝险，一夫当关，万夫莫开。世载兄有何妙计，可破剑阁？”邓艾回答说：“我已探知，从阴平有一条崎岖小路可通汉德。以我之见，可用奇兵从这条路去取江由[①]。姜维听说江由告急，必

① 江由，即江由戍，又写作“江油”，今四川省江油市即是。

然撤兵来救。到那时将军即可趁虚大破剑阁，可获全功。”钟会不以为然，却佯装大喜，回答说：“世载兄此计大妙！就请世载兄出奇兵去取江由如何？我在这里恭候你的佳音！”两人各怀心思，却又把酒言欢。当日散了宴席，将邓艾送出大寨，钟会回头对众将说：“人们都说邓艾有才。以今日来看，不过是喜欢幻想罢了。”众将问：“将军为什么这样说呢？”钟会说：“我怎么不知道阴平那条小路呢？那条小路极其艰险难行，只要有蜀军百余人扼守险要，邓艾纵有十万大军，也会被困死在崇山峻岭之中。攻打剑阁，还得另寻可行的计策。”

话说邓艾返回自家军营，邓忠问道：“父亲见了钟会，感觉此人如何？”邓艾回答说：“此人心雄万夫，声色俱厉，却又暗自惊惧不安。”邓忠笑道：“人逢乱世，哪个不是如此？”邓艾冷笑道：“此人甚是可恶。若不是我在沓中拖住姜维，他怎么会轻易夺得汉中呢？我诚心诚意给他出谋划策，他反而一副不以为然的模样。我今日便从阴平小路出奇兵去取江由，取了江由再取成都，立下一个大功劳给他看看！”次日，召集众将议事，问道：“钟会与姜维在剑阁对峙，我正好趁虚去取成都。创立丰功伟绩的时候到了，你们愿意跟随我吗？”众将纷纷应诺道：“愿遵将军将令，万死不辞！”邓艾大喜，便令邓忠率领五千壮士手执钢凿大锤在前面凿山开路；邓艾自领大军携带干粮绳索随后一路跟进。

第九十四章

成都是怎么沦陷的?

刘备自幼丧父，诸葛亮自幼丧父，邓艾恰好也是自幼丧父。当刘备屯驻新野、诸葛亮在隆中晴耕雨读之时，邓艾恰好也是同郡的乡民。所不同者，等到曹操南征荆州，诸葛亮便追随刘备踏上了逃难的旅途，而邓艾和他的母亲却被掠到北方的汝南郡做了屯田的奴隶。而后邓艾便从奴隶的身份里开始发迹，并最终成长为司马懿麾下的一员名将。

邓艾出身奴隶，便有奴隶的勤劳和坚毅。飞越摩天岭这样艰难的行军，也只有他这样出身贫苦的将军才能做得到。就是不知道，当他在面对诸葛瞻父子和后主刘禅时，会不会想起童年的故乡?在他的心里，会不会像浪花那样翻涌起同乡的情谊?

388. 飞越摩天岭

话说邓艾率领大军行进在蜿蜒崎岖的阴平小路上，每走一百多里，便留下三千人就地扎寨。走了一个多月，合计七百多里，沿路扎下七座大寨。一路上都是荒无人烟的绝境，山谷里回响的都是行军的脚步声。爬上摩天岭时，邓艾身后只剩下三千多人。

队伍忽然停滞不前，邓艾越过众军士，赶到前面查看，只见邓忠与开路的壮士们都在哭泣。邓艾便问："发生了什么事？"邓忠说："前方都是悬崖峭壁，不能通行。可怜我们一路上开山辟路，历尽艰辛，因此伤悲。"邓艾说："我军已经走了七百多里，岂可前功尽弃，到此退去？"邓忠叹息说："除非生出翅膀，否则还怎么能过去？"邓艾回答说："我素来不信天神，但此时唯有信祂才能创造奇迹。"于是跪在崖边向天祷告，良久站起，回头号令众人说："富贵险中求。我打算从这悬崖上攀援而下，一旦失手，也许会死；但只要活下来就是绝世的功勋。有愿意跟随我的，一起来。"

众人一起动手。先把兵器捆好，扔下崖去。然后把绳索连结在一起，一头系住树桩，一头系在腰间，用脚蹬着悬崖一步一步下到山谷。也有胆大性急的，用毡布裹住身体，一路飞滚而下。有摔伤的，也有摔死的，也有待在悬崖上不敢下来的。邓艾就在摩天岭下面清点人头，连同开山的壮士，居然也有两千多人。邓艾喜极而泣，号令众人整顿衣甲兵器，继续起行。

忽然看见一片废墟。近前再看，有栅栏，有屋舍，有灶台，分明是一个废置已久的营寨。邓艾说："若干年前，诸葛亮一定派人在此驻守过。可惜人亡政息，此处久已荒废，因此让我们得以平安通过。"再往前走，又见着道旁有一通石碑，上面刻着："二火初兴，有人越此。二士争衡，不久自死。丞相武乡侯诸葛亮题。"

邓艾疑惑不解，说道："这通碑文，甚是奇怪，似乎是在预言我们。却看不懂'二士争衡，不久自死'是什么意思。"

389. 江由关上变换了旌旗

后主刘禅听说失了汉中，这才惊醒，叫来黄皓大骂道："相父老早有言，亲贤臣远小人，此先汉所以兴隆也；亲小人远贤臣，此后汉所以倾颓也。如今看来，你就是那个小人。都是你误了大事，若不拿你问罪，叫朕如何向三军将士交代？"黄皓跪在地上，磕头如捣蒜。后主终究不忍，长叹一声，一挥手，让黄皓抱头鼠窜去了。

秘书令郤正劝慰后主说："汉中虽然已经丢失，只要姜维守住剑阁，蜀中必然能够得到保全。陛下亡羊补牢，从此发愤图强，为时也不算晚。"后主痛定思痛，便到惠陵来拜祭先帝刘备，立志图强。次日，改景耀六年为炎兴元年；令辅国大将军董厥督办粮草，驰援姜维。

话说江由关守将马邈，每日只知道饮酒作乐，不理军务。夫人李氏问道："我听说边关告急，而你却在这里若无其事，为什么？"马邈说："边关自有姜维抵挡，关我屁事？"李氏说："你可以不管边关，江由关的事，总得管好吧？"马邈说："皇帝宠爱宦官黄皓，却并不爱惜将士。我身为将领，早已灰心丧气，任他山河破碎，也不想管他。"李氏大怒，"呸"地一声骂道："皇帝是不是一个好皇帝，那是皇帝自己的事。你是不是一个好臣子，那也是你自己的事。你身为七尺男儿，如此不忠不义，叫人怎么能够做你的指望呢？"马邈听了，羞愧无语。

次日清晨，马邈尚在睡梦中，江由关大门开放，任由行人进出。邓艾令邓忠和师纂化装成贩卖山货的羌民，忽然杀入关来。马邈从床榻上惊起，邓艾已经率领两千多名壮士冲进了宅院。马邈失惊，只得扔了兵器，拜伏在邓艾脚下投降。邓艾于是占领江由关，派人返回阴平小路迎接各寨官兵。半月之内，三万大军都到了江由关。城关上猎猎作响的都是邓艾的旌旗。

忽然有一日，马夫人李氏在屋梁上自缢身亡。邓艾问："尊夫人何故要寻短见啊？"马邈据实回答说："我家夫人骂我没有骨气，因此弃我而去了。"邓艾大笑道："你家夫人不懂温柔，去了也罢。等到拿下成都，我情愿送你三房夫人。"于是将马邈用作向导官，率领三万大军直扑成都。告急文书飞报入宫，后主刘禅与群臣面面相觑，互相发问："邓艾难道是神兵，是从天上降下来的，这么突如其来？"郤正启奏说："大将都已派驻边关，而今事出紧急，可令尚书仆射诸葛瞻领兵拒敌。"

话说诸葛亮有两个儿子，长子诸葛瞻，次子诸葛怀。诸葛亮薨逝于五丈原时，诸葛瞻年仅八岁，才思敏捷，堪称神童。等到稍微长大，被后主刘禅招为驸马，先后受任骑都尉、羽林中郎将、射声校尉、侍中、尚书仆射，有美名在蜀中传扬。这一日，后主听了郤正的劝告，召见诸葛瞻，说道："邓艾神兵天降，成都危在旦夕，众人都认为只有你能够领兵拒敌。"诸葛瞻毅然领命。后主大喜，立即升任诸葛瞻为卫将军，率军七万，北上与邓艾决战。

390. 诸葛瞻的死与诸葛亮的生

话说诸葛瞻即将出征，湔氏公主问道："你从未上阵领兵，却怎么能够杀敌取胜？"诸葛瞻回答说："唯有满腔热血而已。"湔氏公主说："我有一计，能够激励三军。"令人制作了一尊诸葛亮的神像，纶巾羽扇，端坐在战车之上，活灵活现，颇具神采。诸葛瞻大喜，赞道："既有先父与我同在，哪有不能取胜的道理！"当即起兵北上，与魏军相遇于绵竹。

邓艾那边，左有师纂，右有邓忠。诸葛瞻这边，左有张遵，右有黄崇。只见邓艾高坐在马上，向着诸葛瞻叫道："你是何人，敢来与我对阵？"张遵立即反唇回叫道："你又是何人，敢来与我家丞相对阵？"邓艾的目光，便越过了诸葛瞻，看见门旗后面端坐在战车上的诸葛亮神像，顿时吓出一身冷汗，回顾左右问道："难道诸葛亮还活在人世？"就在那时，诸葛瞻一声令下，张遵与黄崇从左右两路掩杀过来。邓艾措手不及，顿时大败。

当晚，邓艾后退二十余里下寨，唤来马邈问道："诸葛亮二十多年前便已薨逝，怎么到今日还在人间？"马邈说："诸葛丞相确实早已薨逝，那在战车上端坐的，不过是他的木刻神像。"邓艾转惊为喜，笑道："既然如此，那我还有什么可忧虑的呢？"想了又想，提笔给诸葛瞻写下一篇书信，说道："我以为自两汉以来，令尊是人世间最了不起的贤才，未出茅庐即已三分天下，扫平荆、益遂成一方鼎足。可惜他运气不好，虽然六出祁山，但几乎每一次都让我们魏国人不战而胜。我想，这大概是因为他命里遇着了克星吧！而今成都危在旦夕，你为什么不应天顺人，翻然归降呢？出于对令尊和对你的尊重，我将会让你富贵还乡，让你回到东海边的老家去做琅琊王。"写完，派人送往蜀军大寨。信使去而复返，骑马而去的一个活人，变成了被马驮着回来的一具尸体；那篇激情洋溢的书信，也被诸葛瞻扯得粉碎。

邓艾大怒，令师纂从左路包抄，邓忠从右路包抄，自领大军从中路进攻。诸葛瞻毫无惧色，令张遵从左路回击，黄崇从右路回击，自与副将李球从中路迎战。蜀汉大军士气昂扬，致使邓艾不能前进半步。杀到日暮，左路的师纂和右路的邓忠都已败退。邓艾无奈，也只得含恨退却。次日与众将议事，监军丘本提议说："诸葛瞻空有满腔热血，却不善用计，何不用计擒杀了他？"邓艾大赞，便令天水郡太守王颀、陇西郡太守牵弘各率本部兵马在山林中设伏，自领一军再来与诸葛瞻厮杀。

话说诸葛瞻连胜两阵，众将无不欢喜。诸葛瞻说："全赖先父在天有灵，所以能够侥幸得胜。"黄崇进谏说："虽然得胜，却要乘胜向前抢占险要，不可以让邓艾进入平地。平地无险可守，怎么能够御敌？"诸葛瞻反复查看地图，犹豫不决。黄崇急得要哭，私下里对张遵说：“诸葛瞻名过其实，我很担心他究竟能够坚守多久。”过不两日，邓艾率军又来。诸葛瞻大怒，令张遵守寨，自领大军杀向敌阵。邓艾且战且走，将诸葛瞻引入埋伏圈里，将诸葛瞻四面围住。可怜诸葛瞻左右冲突，拼杀到天黑，脱身不得。张遵率军来救，也被击退。

整整一夜，诸葛瞻困守在山头。次日，邓艾再派使者劝降。诸葛瞻苦笑道：“我这一生，都活在先父的血液里。我若怕死，则先父必死。我若毅然死去，则先父可得永生。”令使者回复邓艾，即将决一死战。邓艾感叹不已，令众军士备好弓箭，只待诸葛瞻下山时，便要乱箭射杀。时近中午，太阳暖和和地照在当空，诸葛瞻率领一百多员亲兵，骤然杀下山来。丛林里乱箭飞起，将诸葛瞻射下马来。诸葛瞻抱住伤口，依靠在树下，叹息说：“我最后的时间已经到了，只有以死报国！”便拔出配剑，自刎而死。

邓艾厚葬了诸葛瞻，返身再战绵竹。诸葛瞻之子诸葛尚也在军中，闻听父亲战死，大放悲声，叫道：“我家祖孙父子，生来就是为国捐躯的命啊！”当即穿了一身素服，策马冲杀而出。魏军如同潮水般涌来，将诸葛尚击杀于混乱之中。张遵、黄崇、李球诸将，也都各自战死。邓艾因此夺得绵竹，挥军来取成都。

391. 烈士刘谌的痛哭

绵竹失守的消息传到成都，后主刘禅与群臣顿时乱成一团。有人说：“成都兵微将寡，不如奔往南中据险自守。”光禄大夫谯周说：“不可。南中蛮夷只是慑于天威暂时不反，我若流亡到了那里，天威荡然无存，必然被他祸害。”又有人说：“可求助于东吴，再借荆州暂住，以待东山再起。”谯周说：“这个办法也不可取。自古以来，哪有寄住在别国做皇帝的呢？我预料魏国将来必然能灭东吴，我而今向东吴称臣，等到东吴灭亡再向魏国称臣，岂不是两番受辱？不如直接向魏国投降来得明智，也许还能让陛下保全宗庙。”后主斗志全无，便令谯周写作降书。

话说后主刘禅生有七子，第五子北地王刘谌天性刚烈。谯周正在写作降书，刘谌忽然从屏风后转出，厉声骂道：“你们这些不忠不义的臣子，自己苟且偷生也就罢了，怎么还劝皇帝投降敌国？自古以来，只有投降敌国的臣子，哪有投降敌国的皇帝？”群臣听了，无不尴尬。后主皱起眉头，责备刘谌说：“邓艾神兵天降，连诸葛瞻父子都不是他的敌手，难道你想以死相拼，让成都沦为焦土吗？”刘谌说：“诸葛瞻父子虽死，成都尚能征集数万血性男儿从军。况且姜维的军队还在剑阁，只要赶来救应，与我内外攻击，必然可败邓艾。您身为皇帝，怎么能够轻信孽臣的谗言，废却了先帝的基业？”后主大怒，责骂道：“小儿不孝，有你这样责骂父皇的吗？”刘谌奋然叫道：“我宁可死，也不要你这样昏庸无能的父皇！”后主气极，令人将刘谌赶出大殿，然后派遣侍中张绍、驸马都尉邓良与谯周一起到雒城向邓艾请降。

刘谌满怀悲愤，回到府中。夫人崔氏问道：“你怎么脸色这样难看？究竟发生了什么事？”刘谌说：“邓艾大兵压境，父皇已经献了降书，与邓艾约定十二月初一日开门投降。可怜汉家社稷就要从此殄灭，你我都要沦为奴婢。”全家老小呆坐了一夜。刘谌说：“我宁可死，也不愿为奴。只可惜了你们，却要沦为别人的侍妾。”崔氏说：“夫君既然要死，我又怎能忍辱偷生？请夫君赐我先死。”刘谌便与崔氏带着三个孩子到宗庙来拜祭先帝，全家五口人就在先帝刘备的牌位前大哭一场。哭够了，只见刘谌咬牙切齿，奋起宝剑，将夫人和孩子一一刺杀。崔氏匍匐在血泊中，大赞道：“杀得好！杀得好！”刘谌仰天狂笑，然后一剑插入了自己的胸口。

到了约定的日子，邓艾率领大军兵临城下。刘禅打开北门，率领群臣六十余人出城十里，向邓艾投降。邓艾哈哈大笑，扶起刘禅，好言劝慰；而后令刘禅为向导，驱车入城。成都满城市民，都在街边跪拜迎接。邓艾跟着刘禅入驻皇宫，接收户籍、账簿，全境共有人口二十八万户、九十四万人；库藏粮食四十余万石，金银各二千斤，蜀锦彩绢各二十万匹。邓艾翻看账簿，大喜过望，笑道：“蜀中人丁虽然有些单薄，物产却堪称富饶，果然是天府之国！”便一面出榜安民，一面吩咐刘禅写信敕令姜维来归。

第九十五章

人间惊现飞头族

钟会、邓艾能灭蜀汉，但他二人又是被谁所灭？若论因果，灭邓艾者姜维，灭钟会者亦姜维也。从前关羽说过：“义不负心，忠不顾死。”而今诸葛亮、姜维何尝不是义不负心、忠不顾死？从五丈原到定军山，又从定军山到成都的蜀汉故宫，我为诸葛亮哭啊，我也为姜维哭！

蜀汉虽灭，而司马昭亦灭。灭司马昭者，何人也？是宁姬吗？我抬眼便看见了宁姬那颗从窗外飞来的美人头。

392. 姜维的两眼热泪

话说太仆蒋显到了剑阁，传达后主刘禅的敕命。姜维与众将大惊，叫道："天底下竟然还有这样的事情，将士们还在抗战，皇帝却已经投降敌国！"顿时群情激愤，有人把头盔扔到地上踩踏，有人拔出刀来砍树、剁石头，还有人互相斗殴打得头破血流。姜维却于心潮澎湃之中想出一计，与众将密谋说："皇帝既然要我们投降，我们不可降于邓艾，却要降于钟会。"众将问："这是为何？"姜维说："邓艾奇袭成都，抢了钟会的功劳，钟会心中必然嫉恨。我们投降了钟会，即可与他联手击杀邓艾，从中寻找复国的良机。"众将听了，都赞大妙。

姜维于是派人向钟会递交降书，然后带领董厥、张翼、廖化归降于钟会。钟会大喜，率领众人迎出帐来，拉住姜维的手说："伯约兄怎么才来？叫我等得好苦。"姜维认真地看着钟会，情不自禁地涌出两行热泪，回答说："我麾下全军都在，至少还可以奋战数月。昨日接到皇帝的敕命，便在第一时间投奔将军，已经是来得够快的啦！"钟会心中大震，问道："伯约兄乃是诸葛亮门下高足，为什么不降邓艾，却来降我？"姜维回答说："将军用兵如神，司马氏能有今日之盛，全赖将军之力，我因此由衷敬佩。至于邓艾那厮，趁着你我在此交战，偷袭得手，于我有亡国之恨，我恨不得食他的肉、寝他的皮，怎么会投降他呢？普天下唯一能让我真心拜伏的，只有将军啊！"钟会听了，感叹不已，说道："你我惺惺相惜，何不以刘备、关羽、张飞桃园结义为榜样，结为异性兄弟？"姜维连声赞好。就在大剑山下筑起一座高坛，两人折箭为誓，结为兄弟之亲。以姜维年长为兄，以钟会年幼为弟。

话说邓艾既已占领成都，便任用师纂为益州刺史，变更各郡各县政权。又在绵竹筑坛纪功，宴请蜀汉一众官员。邓艾手指众人笑道："我出身虽然贫寒，论功绩却只有光武皇帝时期的吴汉可以相提并论。你们幸亏是遇着我，才有今日的肉食。若是遇着吴汉，你们就被剁成了肉食。”众人纷纷起身敬酒。邓艾来者不拒，喝得大醉。次日酒醒，兴致不减，提笔写下一道奏表，说：“我既然已经灭了蜀汉，正好可以趁势去灭东吴。如今之计，不宜将刘禅解送到洛阳，而应该让他暂且留在蜀中，封他扶风王，给他优厚的待遇。这样就能让他给东吴的孙休做个榜样，使得东吴军民人等畏威怀德。等到我这里出动大军，便可令东吴君臣望风而降。”写完，看了又看，自以为得意，派人飞马送往洛阳。

过不多日，蒋显从剑阁回来，说姜维已经降了钟会。邓艾大怒道：“我正要使用姜维为先锋去灭东吴，怎么让他落入了钟会的手中？”因此闷闷不乐，痛恨钟会坏了他的好事。

393. 邓艾父子被打入了囚车

话说司马昭看到邓艾的奏表，心中惊疑，暗想：“如何对待刘禅，是否要灭东吴，都应该是我做决定的事，他邓艾怎么可以擅作主张？”于是，一面令魏主曹奂降诏奖赏邓艾，擢拔他为太尉，给他增加二万户奴客的封地；一面又写下一封亲笔信送给监军卫瓘，要他劝告邓艾，凡事都要奏报，不可随意妄行。

谁想邓艾看到司马昭的亲笔信，却颇不以为然，便又写下一封回信，再派使者送往洛阳。司马昭拆开看时，上面写道：“蜀中刚刚平定，每一天都会发生很多意外的事情。若是凡事都要奏报，岂不坐失时机？《春秋》有云，大将出守外地，如果遇有紧急事情，只要有利于国家，便可临机决断。我邓艾虽然比不上古代的贤人，但在国家利益面前，也是可以做到不避嫌疑而勇于担当的。”

邓艾表白的是忠心，司马昭看到的却是野心。紧接着，卫瓘、胡烈、师纂和钟会也都有密信送到，都说邓艾胆大妄为，有谋反之心。司马昭因此忧虑不已。中护军贾充进谏说：“邓艾骄傲自大，若是弹压不住，恐怕要惹出大祸。当今之计，只有使用钟会来扼制他。”司马昭深以为然，便升任钟会为司徒，令他率军进驻成都，将邓艾拘禁到洛阳问罪。

钟会对姜维说：“司马昭疑心邓艾，要我拿他问罪。请问伯约兄，我该怎么做呢？”姜维说：“将军可令监军卫瓘前去拘捕邓艾。邓艾桀骜不驯，必然奋起击杀卫瓘，如此便坐实了邓艾谋反的罪名。到那时将军再起兵讨伐他，便可成就大事。”钟会大赞：“妙计！”便令卫瓘前往成都拘捕邓艾父子。

有人劝告卫瓘说：“这是钟司徒要借邓艾的手杀害将军，以坐实邓艾谋反的罪名，请将军千万小心啊！”卫瓘脸色铁青，回答说：“我自有办法解决这个难题。”便来到成都郊外，等到黄昏才入城，然后连夜向各路将领发出檄文，说：“我奉诏拘捕邓艾，其余人等概不追究。如果现在就来向我报到，即可享受从前一样的爵位和俸禄。如果胆敢不来，就要诛灭他的三族。”于是一夜灯火通明，将领们纷纷赶到卫瓘的寓所表白忠心，只瞒着邓艾父子二人。

日上三竿，邓艾还在床上做梦。卫瓘率领从人破门而入，大叫道：“邓艾父子何在？”邓艾失惊得滚下床来。卫瓘喝令绑了邓艾父子，把他们打入囚车。邓忠扭着头问：“父亲，怎么会这样？”邓艾感叹说：“我们父子二人都是忠臣啊，没想到功高震主的故事，如今又在我们身上重演。”

此时钟会已经赶到城门口，用马鞭敲打邓艾的脑袋，骂道：“你一个放牛娃出身的贱货，也敢存心造反？”邓艾挣扎着回骂道：“并不是我存心造反，是你这个狗日的存心害我！”姜维跟在后面，一马鞭把他抽得昏死过去。钟会于是进驻成都，将邓艾麾下兵马全部收编。

394. 乱军在火光中纷纷翻越宫墙

话说钟会进驻成都，正在踌躇满志，忽然接到司马昭的书信。信中说道：“我担心钟司徒拘捕不住邓艾，因此屯兵在长安，作为你的后援。”钟会惊疑不定，问姜维说：“司马昭这是说的什么话？他明明知道我的兵马多于邓艾数倍，明明知道我有能力拘捕邓艾，却偏偏要亲自率领一支大军屯驻在长安，这究竟是什么意思？”姜维回答说：“司马昭疑心邓艾，因此要你拘捕邓艾。而今又在疑心你，却不知他下一步要怎么对付你。”钟会大惊，说道：“兵法有云，君疑臣则诛。我该怎么办？我该怎么办？”

姜维暗想：君疑臣则诛，臣疑君则反。钟会既然与司马昭相疑，却正是我教唆他造反的良机。便试探说：“司徒听说过韩信的故事吗？当初楚汉相争，韩信帮助刘邦赢得了天下，等来的却是长乐宫的杀身之祸。如今又有了一个邓艾，下一步就轮到你。如果你不想重蹈韩信和邓艾的覆辙，就应该像范蠡那样泛舟于五湖，或者像张良那样跟随赤松子云游，飘然而去。”钟会听了，脱口就说：“我并不懂得泛舟五湖和云游的玄妙，但在我看来，韩信就是一个傻瓜蛋。我若是韩信，一定会采用蒯通的计谋，做自己的主公；当年天下所归的，那就不是汉王刘邦，而是齐王韩信了。”姜维又惊又喜，追问道：“司徒竟然有这样的雄心壮志吗？”钟会说：“我已经下定决心，就在成都谋图大事，成则君临天下；不成则退守西蜀，做第二个刘备。”两人从此便心往一处想，每日都在密谋大事。

恰于此时，从洛阳传来郭太后崩逝的消息。姜维说：“何不诈称太后遗诏，起兵讨伐司马昭的弑君之罪？”钟会点头说：“此计大妙！”于是就在蜀汉故宫大张灯火，宴请众将共度元宵佳节。酒过数巡，钟会执杯大哭。众将惊问其故，钟会回答说：“郭太后临崩有遗诏在此，要我讨伐司马昭当年在云龙门弑杀皇帝的大罪。请大家各自在此签名，共成大事。”众将大吃一惊，不禁面面相觑。钟会拔剑出鞘，恐吓说：“此事关乎国家大义，违令者斩！”众将不得已，只得一一签名。钟会还是不放心，就调来重兵，把他们围困在宫中；要他们一一宣誓效忠，才能获释。

护军胡烈，也被围困在宫中，与众将商议说：“可怜我一家老小都在魏国，一旦追随钟会，必然祸及三族，如何是好？”众将听了，都是同病相怜。正在哀叹，忽然看见一人，乃是钟会的帐下督丘建。胡烈与丘建素有旧情，便偷偷问道：“我虽死无憾，不知是否可以拜托你，给我儿胡渊通报一个消息？”丘建说：“恩公既然相托，我自然会想办法。”胡烈便写下一封书信，请丘建秘密带出。胡烈之子胡渊，年方十八，当时拆开书信来看，只见信中写道：“钟会残暴不仁，已经挖掘了一个大坑。但有抗拒不从者，就会被打死在坑中。”不禁大吃一惊，立即将书信传阅于整个军营。

此时将领们都被围困在宫中，留在军营中的是他们各自的亲兵。时值正月十八日黄昏，胡渊振臂一呼，亲兵们蜂拥而起，争先恐后地涌向城门。钟会听见宫外人声沸腾，问：“究竟发生了什么事？”左右出门看时，只见满城起火。钟会又问：“怎么火势这样凶恶？究竟是谁在纵火？”过不一会儿，乱军已从四面八方围住了皇宫。钟会大惊道：“那些士卒犯上作乱，怎么办？”姜维说：“赶紧杀了那些将领。否则，那些士卒和他们各自的将领会合在一起，后果不堪设想。”钟会立即带兵前去，但将领们在里面用案几顶住了大门。钟会命令士兵奋力砍门，但乱军已经纷纷翻越宫墙，杀了进来。钟会拔出配剑，接连杀了数人，却被一箭射中后脑，扑倒在地，被乱军赶上来剁了脑袋。姜维也在乱军之中往来冲突，挣脱不得，只得仰天长叹道：“天命何其谲异，竟使我谋事不成！”于是奋起一剑，插入胸口，把自己钉死在宫门之上。

话说邓艾旧部段炜，见钟会、姜维已死，立即上马出城，要赶去营救邓艾。卫瓘听到禀报，大惊道：“是我亲手拘捕的邓艾，他若回来，我岂不是死无葬身之地？”赶紧命令田续率领五百亲兵赶上去，格杀邓艾父子勿论。邓艾父子已经到了绵竹，刚刚走出囚车，正在与段炜说话。田续忽然赶到，一阵大砍大杀，将邓艾父子和段炜全部击杀于道中。诸葛亮刻在石碑上那句“二士争衡，不久自死”的预言，至此都得到了应验。

395. 人间惊现飞头族

话说姜维、钟会、邓艾已死，卫瓘便将蜀汉君臣及其妻女尽数押解到洛阳。其中姿色艳丽的女子大多被送来孝敬司马昭。司马昭尤其喜欢一位宁氏女，堪称色艺双嘉。

这一日，司马昭因收复西蜀有功受封为晋王，便在宫中设宴庆贺，一并邀请刘禅等一众君臣列席。先安排的是魏国的乐舞，蜀地的官员们看了，没有不感伤的；唯独刘禅满脸欢喜。接着又令宁姬表演蜀地的乐舞，蜀地的官员们看了，一个个伤心得落泪；唯独刘禅嬉笑自若。司马昭看在眼里，暗想："这个人没心没肺，即使是诸葛亮还活着，也没办法很好地辅佐他，何况是姜维呢？"酒过三巡以后，司马昭便忍不住问道："公嗣兄，你是不是很思念蜀国啊？"刘禅回答说："我在这里过得很快乐，并不思念蜀国。"成语"乐不思蜀"便出于此处。

司马昭听了刘禅的话，连连摇头嗤笑。过了一会儿，刘禅起身上厕所，郤正跟在后面说："陛下怎么能够回答不思念蜀国呢？倘若再被问起，你一定要流着眼泪回答说：'先人坟墓，都在蜀地，所以我没有一天不思念的。'晋王听见你这样说，没准儿会放你回去的。"刘禅默记在心，入席继续饮酒。司马昭果然又问："公嗣兄，你是不是很思念蜀国啊？"刘禅就流着眼泪回答说："先人坟墓，都在蜀地，所以我没有一天不思念的。"司马昭嗤笑说："这不是郤正刚刚教给你的话吗？"刘禅惊讶地回答说："对呀，你是怎么知道的呢？"司马昭见他憨态可掬，忍不住大笑起来，从此便喜欢上了刘禅的诚实；于是吩咐魏主曹奂，册封刘禅为安乐公。

话说司马昭喜爱宁姬，每夜都要她侍寝。这一夜，司马昭忽然醒来，发现身边有些异样。原来宁姬睡在旁边，只剩下一具无头的身体。司马昭惊得魂飞魄散，急忙揭被而起。但见宁姬的那颗美人头从窗外倏地飞了进来，回到她的脖子上面，还原成一个千娇百媚的美女。司马昭便跳到地上，叫人捉住宁姬，连夜审问她说：“你是何方的妖怪？是被谁指使，故意来谋害我的吗？”宁姬回答说：“我的父亲宁随，曾经因为违犯军令被诸葛亮砍头示众，而后又被诸葛亮作法，死而复生。我们宁家的子女，因此有了一种特异功能，常常在不知不觉中飞起头颅，四处游走，直到回神之时才会返回。”

司马昭惊骇不已，用宝剑指着宁姬说道：“想不到人世间竟然还有你这样奇怪的异类。我虽然喜爱你的美艳，但我今天非杀了你不可。”宁姬跪在地上求饶，说道：“天下飞头一族，并非只有我们宁氏。据我所知，钟会、邓艾和许许多多野心勃勃的人，其实都是飞头族。”司马昭半信半疑，问道：“你此话当真？”宁姬说：“大王不信，可以照看镜子，您自己就是一个飞头族。”司马昭便令人点亮蜡烛，拿着镜子来照，果然看见他自己的头颅与脖子之间有一道断裂的缝隙，上下晃动着，犹如鬼魅。司马昭大叫了一声，扔了镜子，仰天就倒。那头颅猝不及防，被摔落在三丈之外。左右吓得四处惊逃，无人敢于营救。等到众人闻讯赶来，只见司马昭身首异处，早已死去。时值八月辛卯日凌晨，一道闪电划破了窗外的夜空，紧接着是一连串响雷，然后在淅淅沥沥之中下起了倾盆的大雨。

第九十六章

三国真的归晋了吗?

陆抗被誉为“东吴最后的名将”。陆抗与羊祜之间的战争，也堪称是那个时代不可思议的传奇。这才是君子之间的战争啊，令人叹为观止。

整部《三国演义》都是火，却想不到最后一把大火竟然烧断了长江上横陈的铁锁。“王濬楼船下益州，金陵王气黯然收。千寻铁锁沉江底，一片降幡出石头。”历史至此便走向了人们常说的“三国归晋”。

可是，三国真的归晋了吗？在小说的结尾，陆抗的儿子陆云出人意料地提出了一个新问题：“什么是归呢？”

396. 被筑造的第二座授禅坛

话说晋王司马昭猝然薨逝，府中上下顿时乱作一团。贾充与何曾、裴秀商议说："天下不可一日无晋王。可立世子司马炎为新晋王，然后为老晋王祭葬。"于是拥立司马炎即晋王位，追谥司马懿为晋宣王、司马师为晋景王、司马昭为晋文王。有人异议说："老晋王进退可轨、宽裕有容、从容有常，理应追谥为度。"司马炎说："古代有周文王、周武王，今日怎么就不能有晋文王、晋武王？"此时已有篡夺皇位的野心。

一阵忙碌之后，忽然又记起了飞头族宁姬。叫人到狱中提审，狱吏说："那宁氏早已趁着大雨逃遁，不知去了何方。"司马炎勃然大怒，下令痛斩狱吏，一面令黄门侍郎张华追查宁姬的下落。张华查找到一些线索，再往下查问，有人说她去了江南，有人说她去了东夷，飞头族宁姬从此便成为了一个杳渺的传说。

同月，又有官员从陇西来京禀报说："襄武县城外出现了一个巨人，目测身高三丈有余，度量足迹长三尺二寸，白头发，身穿黄衣，头裹黄巾，手拄一根藜头拐杖，站在城外叫喊'天下要换皇帝了，天下就要太平了'。一连三天，在城外出现了三次，不知是什么征兆？"贾充对司马炎说："这是殿下即将要绍魏做皇帝的预告啊，应该筑造一座授禅坛，仿效汉献帝禅位给曹丕做皇帝的惯例，令曹奂禅位给殿下。"司马炎大喜，便不再理会飞头族宁姬的故事，全身投入到了政治变革的事务之中。

布置妥当，司马炎便仗剑入宫，坐在魏主曹奂左侧，与群臣议事。司马炎问道："曹魏之有天下，都是谁的功劳啊？"曹奂回答说："都是晋王祖孙父子三代的恩赐。"司马炎哈哈大笑，说道："天命有常，唯有德者居之。陛下无德无能，何不禅位于我？"曹奂大吃一惊，半天说不出话来。黄门侍郎张节在旁边诘问道:“当今皇帝并未失德，为什么要禅位于晋王？”司马炎冷笑道:“当年曹操父子篡夺皇位，汉献帝又何曾失德？姓曹的能够做皇帝，姓司马的就做不得皇帝？况且我祖孙三代功盖天下，国家大政都出自司马氏一门，早就有了皇帝的实权，只是缺少皇帝的虚名罢了。我今日要姓曹的禅位，不过是为了实至名归。”张节听得有点发呆，问道:“难道你也要做篡夺皇位的国贼吗？”司马炎大怒道:“就算我与汉献帝报仇，又有何不可？”喝令武士一顿乱棍将张节当场打死。曹奂看得惊心动魄，只得跪在地上哀告说:“朕便依从了晋王就是。”

咸熙二年十二月十七日，魏主曹奂登上授禅坛，亲手将传国玉玺授与晋王司马炎。司马炎就在坛上更衣称帝，国号大晋，改咸熙二年为泰始元年，大赦天下。改封曹奂为陈留王，令他迁居邺城。文武百官都在坛下跪拜，山呼万岁。历史从此进入晋朝。

397. 陆抗与羊祜之间的战争

话说司马炎登基做了皇帝，不由得傲睨得志，目空天下。在这一年，全国各地纷纷出现祥瑞，包括三条青龙、两条白龙、一只麒麟和六只凤凰。第二年，全国各地又出现了十条青龙、九条黄龙、一只麒麟和六只凤凰。不料到了泰始三年三月丁未日，白日昏暗如夜，泰山上巨石崩塌，灾异开始出现。泰始四年七月，泰山再次崩塌巨石，众星向西流动。同年九月，青州、徐州、兖州、豫州都爆发了大洪水；伊水和洛水漫出了河堤，洛阳城外一片汪洋。紧接着，更大的灾难来临了：从襄阳传来的消息说，东吴大将陆抗在江陵集结兵马，已经夺取了西陵，并且随时有可能向北发起进攻。太尉何曾启奏说:“只有调任羊祜都督荆州各路军事，才能扼制住陆抗的势力。”司马炎便升任羊祜为卫将军，令他紧急驰援荆州。

原来，自东吴大帝孙权于神凤元年四月崩逝以后，吴国已经历了四任皇帝。第二任皇帝孙亮是孙权的第七子，太平三年九月被大将军孙綝废为会稽王。第三任皇帝孙休是孙权的第六子，永安七年七月二十五日崩逝于建业。第四任皇帝孙皓是孙权的长子长孙，生得相貌堂堂，时常登高望远，颇有祖父的英雄气概。甘露二年八月，有人在武昌掘得一尊宝鼎，献给孙皓。孙皓大喜，以为自己必然能够一统天下，于是改甘露二年为宝鼎元年，在武昌大兴土木，筑造昭明宫。又拜名将陆逊之次子陆抗为镇军大将军，有志于扫荡北方，要与司马炎比试高低。

话说羊祜奉诏到了襄阳，派出探马，四处侦探军情。一日，部将入帐禀告说："前哨来报，吴国兵马懈怠无备，我军趁机发起袭击，必然大胜。"羊祜笑道："你们把陆抗当成什么人啦？此人足智多谋，即使是他的父亲陆逊，也未必赶得上他。况且国家正值多难，速战取胜不易，只可用心久守。"于是学习诸葛亮在岐山屯田的办法，一面严令众将坚守边防，一面屯田，总共开垦良田八百多顷。羊祜初来襄阳之时，军粮仅够百日支用，到后来竟然有了十年的储备。

又有一日，羊祜率领众将打猎，刚好遇见陆抗也在边界那边打猎。羊祜立即下令："我军将士，不许触碰边界。"众将得令，只在界内打围。陆抗从远处观察了很久，感叹说："羊祜军纪严明，凛然不可侵犯。"到了黄昏，各自归营，羊祜查看猎物，无论飞禽走兽，凡是被吴国人先射伤的，全部送还。吴国人高兴得不行，赶来报告陆抗。陆抗感叹说："羊祜如此仁慈，等到下次作战，我军将士如何下得了手？"于是又吩咐手下送过来几坛好酒，作为酬谢。羊祜见到酒坛，开坛便饮。部将陈元急忙劝说道："将军不可性急，只恐其中有毒。"羊祜笑曰："陆抗气度恢弘，决不是放毒的小人。"当晚且酌且饮，竟然把一坛酒喝得精光。从此双方经常派人问候，恰如睦邻。

又有一次，陆抗生病，求药于羊祜。羊祜立即派人送来药包，并说："这是我自己刚刚配制的草药，应该有助于你的健康。"陆抗的长子陆晏劝告父亲说："羊祜是我们的敌人，他的药你也敢吃？"陆抗哈哈一笑，回答说："他若放毒，是自甘卑下，必然激起我军愤慨。这样的傻事，是羊祜决不会做的。"有人将陆抗的所作所为报告吴主孙皓，孙皓派人前来问责，陆抗回答说："一个人居住在城市或者乡村里，尚且需要信义，何况一个国家呢？我之所以这样做，其实与羊祜无关，而是为了彰显吴国的风范啊！"孙皓听了，竟无言以对。

从永安二年到凤凰三年，陆抗镇守江陵整整十五年，吴晋两国边界稳如长城。羊祜始终不敢发起进攻，陆抗也始终不曾动摇。凤凰三年秋七月，陆抗病逝于武昌。羊祜立即上书晋主司马炎说："陆抗以后，敌国再无大将，兴兵征讨东吴的时机到了。"司马炎闻讯大喜，便改泰始十年为咸宁元年，拜羊祜为征南大将军，令他统筹征吴事务；又令益州刺史王濬在江州打造连舫大船，早晚就要发起进攻。

398. 大江上的铁锁与楼船

征讨东吴的大事拖延了整整四年。咸宁四年八月，羊祜不幸染病，回到洛阳，至十一月病势垂危。晋主司马炎亲临床榻询问后事，问道："老将军威望卓著，却不知日后何人能够继承你的遗志？"羊祜回答说："右将军杜预，老成练达，可任大事。"次日凌晨，羊祜溘然而逝。司马炎令满城举哀，并且亲自穿着丧服扶柩痛哭；时值严寒，他的泪水流到鬓须上面都凝结成了冰凌。消息传到荆州，满街百姓罢市痛哭，并且有人在岘山之上建祠立碑。而后，便常常有人在碑前追思落泪，所以又被人们叫作"堕泪碑"。

同年，晋主司马炎依从羊祜的遗言，拜杜预为镇南大将军，都督荆州各路军事。次年，王濬已经造好大船，每艘大船可装载二千多人，周边以木栅为城，上面可以来往驰马。司马炎大喜，便立即升任王濬为龙骧将军，令他率领船队沿江东下西陵，听候调用。镇南大将军杜预便上表请求起兵征吴，自领十万大军出江陵；令镇东大将军司马伷出涂中，安东大将军王浑出横江，建威将军王戎出武昌，平南将军胡奋出夏口，浩浩荡荡，直扑江南。

杜预亲率大军，横扫沅、湘，到达广州诸郡。龙骧将军王濬的船队则顺江而下，直指建业。吴国丞相张悌[①]大惊失色，问道："晋国在长江上游置办水军已经很久了。现在它的船队顺江而下，仿佛一群猛兽咆哮而来，恐怕沿江驻军都无法抵挡它的来势。"吴主孙皓说："丞相不必担忧。江南多铁，朕早已令吴彦打造连环铁锁一百多条，每条铁锁长达数百丈，横在沿江险要之处拦截它的船队。又打造了几万个大铁锥，每个一丈多长，暗藏在水中。当它的船队来时，逢锥必破，哪里还能行进？"但张悌还是忍不住满心忧虑，出来对左将军沈莹、右将军诸葛靓说："沿江驻军都以铁锁横江，恐怕缺少足够的戒备。晋国水军迟早会突破那些铁锁，像猛兽一样出现在我们面前。我们没有别的办法，只能做好最后的打算。"于是率领三万人马渡江来到牛渚，准备着最后的战斗。

当第一只楼船被铁锥击破时，便已经引起王濬的警觉。当即派遣细作向前打探，原来沿江上下都是铁锁、铁锥。副将唐彬大惊道："江底布满铁锥，江面铁锁横陈，大船如何飞得过去？"王濬笑道："这有何难？只需要像诸葛亮那样用一点儿小小的计谋，就可以势如破竹，直下建业。"唐彬问是何计？王濬说："诸葛亮最善用火，如今我也用火。"便令人打造了一百多只大木筏。先放下一批，直冲而下，遇着铁锥，都带起来顺水流走。又放下一批，上面堆放着浸泡过火油的木料，被铁锁拦截在大江之中熊熊燃烧，直到把铁锁烧得熔断。船队就跟在后面长驱直入，一路上再也没有阻挡。于是接连攻取江陵、夏口、武昌、柴桑，直往建业而来。

张悌已经率军到达牛渚，命令左将军沈莹向晋军发起攻击。但晋军阵列依然严整，沈莹心中害怕，只得下令撤退。晋军趁势掩杀，吴军大败。右将军诸葛靓劝说张悌赶快撤离，张悌不肯。诸葛靓说："国家存亡自有气数，并不是丞相你一个人所能支撑的，为什么一定要自己求死呢？"张悌流着眼泪说："吴国

① 张悌，字巨先，襄阳人氏。吴主孙皓天纪三年被任为丞相，封山都侯。

即将灭亡，这是毫无疑问的。但如果没有人死于国难，也是一个巨大的耻辱啊。请让我今天以身殉国吧！”诸葛靓想要拉他走，但拉不动他，只得放开手，敦促最后一百多人撤离。撤出一百多步远回头再看，张悌已倒毙在十几个晋兵的长枪之下。

话说王濬一路扬帆，过了三山，将东吴大将张象围困在江面。张象无处可逃，只得请降。王濬说：“你若是真降，就在前面为我叫开城门。”张象返回他自己的大船，来到石头城下，叫开城门，带领晋军杀入城来。吴主孙皓惊慌失措，拔剑就要自刎。中书令胡冲、光禄勋薛莹拦住他说：“陛下怎么可以轻生？为什么不像安乐公刘禅那样投降呢？”孙皓于是准备了亡国之礼，缚住自己的双手，令人抬着棺材跟在后面，带着文武官员二十一人出城投降。过不多日，镇东大将军司马伷和安东大将军王浑先后到达，各自出兵平定江南各郡各县。吴国从此覆灭。

399. 三国真的归晋了吗?

话说吴主孙皓一行被押解到洛阳。晋主司马炎登殿接见他，给他赐坐，说：“朕设置这个座位等待你已经很久了。”孙皓回答说：“我在南方也设置了这样一个座位等待着陛下。”司马炎听了，心中颇是不喜，却佯装大笑。就听见贾充咳嗽了一声，向孙皓问道：“我听说你被人们称作暴君，经常挖人的眼睛，剥人的面皮，为什么要这样残忍呢？”孙皓回答说：“但凡有弑杀君王和不忠不义的奸臣，不如此不足以解恨。”贾充听了，尴尬得再也说不出话来。司马炎责备他说：“你已经是我的臣子了，说话就不能收敛一些吗？”孙皓回答说：“陛下并不是一个丰功懿德的好皇帝，只是依靠一时的机缘才打败了我，有什么值得我尊敬的呢？”

司马炎勃然大怒，跳起来就要发作。太常张华急忙拦住他说："陛下乃是万金之躯，何必跟一个亡国之君计较呢？"司马炎激动得不能自抑，只好哼了一声，拂袖而去。一场宴会，不欢而散。数日以后，司马炎临朝，改咸宁六年为太康元年，册封孙皓为归命侯；将孙皓之子孙瑾、孙虔、孙充任命为郎官，收在宫中听用。又重用重赏一批灭吴的功臣，升任司马伷为大将军；封王浑为京陵公；封杜预为当阳侯，享邑九千六百户；升任王濬为辅国大将军，封襄阳侯。

话说吴国名将陆抗生有六子，长子陆晏、次子陆景和第三子陆玄随父从军，都已殉职；第四子陆机[①]、第五子陆云、第六子陆耽幸免于难，回到老家吴县晴耕雨读。一日，陆机与陆云结伴出游，黄昏时分在隔壁的毗陵县迷了路，只好在暗夜里奔走。忽然望见丛林中有亮光，料定是一户人家，急忙赶去叩门投宿。开门见到一位老者，风姿优美，颇有神仙之气。兄弟俩便与老者探讨了一夜的学问，直到天亮时才告辞而去。过了一个多月再来拜访老者，只见芳草萋萋，只有一座坟墓。墓前立有一块石碑，碑文曰：大汉蔡中郎之墓。兄弟俩惊奇不已，这才知道那一夜见到的老者是大学问家蔡邕。从此，兄弟俩学问大长，被人们并称"二陆"。

太康五年春二月，太常张华[②]听说"二陆"的名气，便以朝廷的名义征辟兄弟俩入京，与兄弟俩谈论天下兴亡，问道："西蜀、东吴两国各有山川之险，却为什么有亡国的结局呢？"陆机回答说："孟子早已说过，地利不如人和。这就是说，保全一个国家的关键，不在于地势的险要，而在于皇帝和官员们的德行。皇帝和官员们若是没有德行，整个国家漏洞百出，即使恃险而守，那也迟早是

---

① 陆机，字士衡。陆云，字士龙。兄弟俩并称"二陆"，吴郡吴县人氏。太康年间，兄弟俩初入洛阳，志气高昂，有"二陆入洛，三张（张载、张协和张亢）减价"之说。兄弟俩因此成名，是西晋著名的文学家。

② 张华，字茂先，范阳郡方城县人氏，是西汉留侯张良的十六世孙，西晋时期政治家、文学家、藏书家。张华学识渊博、工于书法、记忆力极强，被任为中书令，加散骑常侍。咸宁五年，西晋大举伐吴，张华被任为度支尚书，负责策划及运输粮草。吴国被灭亡后，张华进封广武县侯并出镇幽州，随后入朝担任太常。张华工于诗赋，词藻华丽，并且编纂有中国第一部博物学著作《博物志》。

要崩溃的啊！”张华大笑道：“这么说来，三国归晋竟然是一个道德的问题吗？”陆云一直沉默着，此时却忍不住反问道：“什么是归呢？”张华被问得一愣，请教说：“我还真没想过这个问题，愿闻士龙兄的高见。”

陆云说：“所谓归，就是回到最初的完整之中。那么，当今的晋朝是最初的完整吗？当然不是。我们假设汉朝是一面完整的镜子，被汉桓帝、汉灵帝和董卓打成了一地的碎片，后来出现的魏、蜀、吴三国不过是清扫出来的三堆碎片而已。所谓三国归晋，则不过把三堆碎片合成了一堆碎片而已。可是，这怎么能叫作归呢？真正的归究竟是什么呢？”张华听得怦然心动，感叹良久，说道：“一场轰轰烈烈的征吴之战，其实并没有别的收获，江山还是那片江山，但却收获了‘二陆’。”

就在张华与“二陆”谈话的这一年，归命侯孙皓和当阳侯杜预相继薨逝；同年五月十三日，晋宣帝司马懿的神庙忽然折断了屋梁。次年，襄阳侯王濬薨逝；同年六月，北方十六个郡国普降冰雹，大风拔起大片树木，毁坏民房无数；同年七月，泰山、江夏爆发大洪水，冲毁民房三百多家。太康七年五月，十三个郡国出现旱灾；同年七月，犍为、京兆接连发生地震；同年十二月二十一日，河阴降下一大片红色的雪。各种稀奇古怪的灾异现象一直延续到元康元年，并最终爆发了“八王之乱”。张华与“二陆”也先后在“八王之乱”中蒙难逝去。